Der Ruf des Kolibris

Christine Lehmann, 1958 in Genf geboren, wollte bereits mit 14 Jahren Schriftstellerin werden. Nach dem Abitur studierte sie Literaturwissenschaften und Kunstgeschichte. Die promovierte Literaturwissenschaftlerin arbeitet als Nachrichten-Redakteurin beim SWR. Darüber hinaus schreibt sie seit fast 20 Jahren Krimis und Liebesromane, Essays, Kurzgeschichten für Anthologien und Kriminalhörspiele fürs Radio. Christine Lehmann lebt mit ihrem Mann in Stuttgart.

CHRISTINE LEHMANN

Der Ruf des Kolibris

CARLSEN

MIX
Papier aus verantwortungsvollen Quellen
FSC® C014496

Veröffentlicht im Carlsen Verlag
Juni 2012
Mit freundlicher Genehmigung des Thienemann Verlages

Umschlagbild: Gundula Hißmann, Andreas Heilmann
Umschlaggestaltung: formlabor
Corporate Design Taschenbuch: bell étage
Druck und Bindung: GGP Media GmbH, Pößneck
ISBN 978-3-551-31001-9
Printed in Germany

– I –

Mein Koffer ist gepackt. Der Flug geht am späten Abend. Ich habe meine Eltern noch mal besucht. Tante Valentina hat mich mächtig an sich gedrückt. Sie hofft, dass ich mein Studium bald abschließe, damit ich für sie arbeiten kann. Ich weiß noch nicht, ob ich einen Abstecher nach Kolumbien machen werde. Es tut immer noch zu weh.

Auch nach acht Jahren.

Hätte mir damals nicht der Affe die Uhr geklaut! Und so weit wäre es gar nicht erst gekommen, wären meine Eltern nicht solche hoffnungslosen Romantiker gewesen. Plötzlich hatte mein Vater den Wunsch verspürt, als Arzt das Elend in der Dritten Welt zu lindern, und meine Mutter mit der Idee infiziert, ihrem Leben noch mal einen neuen Sinn zu geben. Deshalb gingen wir, als ich gerade sechzehn Jahre alt geworden war, für ein Jahr nach Kolumbien. Total der Schwachsinn, zwei Jahre vor meinem Abitur. Aber ich hatte vergeblich diskutiert.

»In Bogotá gibt es eine vorzügliche deutsche Schule!«, erklärte meine Mutter »Und du kannst dein Spanisch vervollkommnen.«

Ich hatte in Deutschland seit drei Jahren Spanischunterricht.

»Und ein Jahr im Ausland tut dir auch ganz gut«, behauptete mein Vater. »Dann siehst du mal, wie andere Menschen leben.«

Wenn Eltern ihr letztes Abenteuer im Leben suchen, hat die Tochter nichts mehr zu melden. Da stecken ganz tiefe Sehnsüchte dahinter oder Lebenskrisen, die ich mit sechzehn nicht verstehen konnte. Das glaubten zumindest meine Eltern, weshalb sie mir eine echte Begründung für diesen Irrsinn nicht geben wollten.

Als wir auf dem Flughafen El Dorado landeten, legte ich die Hand auf die Uhr an meinem Handgelenk. Ich hatte sie während der ganzen Reise immer wieder angefasst. Simon hatte sie mir zum Abschied gegeben. »Bring sie mir zurück«, hatte er gesagt und gelächelt. »Sie ist nur geliehen. Damit du in einem Jahr wiederkommst, Jasmin. Damit du dich nicht etwa verliebst und uns vergisst.«

Simon hatte die Uhr von seinem Vater bekommen, als er vierzehn war, einen Tag bevor sein Vater zu einer Tour in den Himalaja aufbrach, von der er nicht mehr zurückkehrte. Simons Vater wiederum hatte die Uhr auf einer früheren Reise von einem Mann in Tibet geschenkt bekommen, einem Missionar, der dort buddhistischer Mönch geworden war. Es war eine altmodische goldene Uhr mit buckelrundem Glas, zum Aufziehen noch, mit speckigem Lederarmband, das sich warm an meinem Handgelenk anfühlte.

Simon hatte sie mir ans Handgelenk geschnallt und mich danach zum ersten Mal auf die Lippen geküsst. Es war ein trockener zarter Kuss gewesen, in Simons Rastalocken hatte ich für einen Moment den Duft von Zigaretten wahrgenommen.

Keine vierundzwanzig Stunden später landeten wir auf dem Flughafen von Bogotá. Es regnete. Von den Bergen, welche die Hochebene flankierten, waren nur vernebelte blaue Wände zu erkennen. Ein gelblich grauer Schleier hing über der unüberschaubar riesigen Stadt.

In der Ankunftshalle waberten und plapperten spanische Stimmen. Sie verbreiteten sofort eine gewisse Hektik. Die Menschen balgten sich förmlich um die Koffer am Gepäckband, als ginge es um Leben und Tod. Eine Frau sackte halb ohnmächtig zusammen und wurde von zwei Männern auf einen Kofferwagen gesetzt. Sie schnappte nach Luft wie ein Fisch und fächelte sich mit einem Fächer Kühlung zu.

Auch Papa keuchte wie nach einem Sprint, als er unsere Koffer vom Gepäckband hob. Mama rieb sich die Schläfen. Ein sicheres Zeichen, dass sie Kopfweh bekam. Die Hauptstadt von Kolumbien lag immerhin gut zweieinhalbtausend Meter hoch. Bei jedem Atemzug, den ich tat, hatte ich das Gefühl, Wasserdampf einzuatmen, und zwar ohne Sauerstoff.

»Man gewöhnt sich an die Höhenluft«, bemerkte mein Vater und küsste meine Mutter. »Wir haben es geschafft, Schatz! Schau, was für ein Himmel! Diese Wolken! Was für ein grandioses Land!«

Wenigstens er war glücklich.

Ich für meinen Teil war entschlossen, nichts schön zu finden. Ich war nur unter Protest mitgegangen, ich befand mich unter Zwang hier. Ich war praktisch die Geisel meiner Eltern. Solange ich noch nicht volljährig war, musste ich dort leben, wo meine Eltern leben wollten. Dabei hätte Tante Valentina mich für das Jahr genommen. Sie besaß jede

Menge Zimmer in ihrer Wohnung in Konstanz mit Blick über den Bodensee in die Schweizer Berge. »Das können wir Valentina nicht zumuten«, hatte meine Mutter erklärt. »Was ist daran denn eine Zumutung?«, hatte ich gefragt, aber keine Antwort bekommen außer: »Schlag dir das aus dem Kopf, Jasmin.«

Mit einem gelben Taxi rollten wir auf einer Autobahn ins Zentrum. Die Straße bestand aus vier Spuren in jede Richtung. Für die roten Busse des TransMilenio gab es noch einmal zwei Extraspuren. Alles an Bogotá war gigantisch, wenn man wie ich nur Konstanz und Stuttgart kannte und von einem Schullandheimaufenthalt gerade mal noch Berlin. Aber das waren Kuhdörfer verglichen mit der kolumbianischen Hauptstadt. Sieben Millionen Menschen wohnten hier. Im Süden herrschte Mord und Totschlag in den Slums, im Norden hauste in Wolkenkratzern das Geld.

»Es ist doch alles recht sauber«, bemerkte meine Mutter, als hätte sie Ratten und Müllberge erwartet. »Und so grün!«

Kunststück, es regnete ja auch ständig.

»Guck mal!«, rief mein Vater, als wir an einer Ampel hielten. »Hier gibt es noch diese Schilder für Parkverbot, die wir früher auch hatten. Die mit dem durchgestrichenen P.«

Ich schaute aus dem Fenster. Hätte ich das nur nicht getan. Statt des nostalgischen Schilds, das mein Vater entdeckt hatte, sah ich den Bettler, der am Mäuerchen einer kleinen Grünanlage lehnte. Ein junger Mann in Regenjacke ging an ihm vorbei und warf ihm einen angebissenen Hamburger zu, aber nicht weit genug. Das Brötchen knallte auf den Gehweg und fiel auseinander. Ehe der Bettler hinkam, war ein bis aufs Skelett abgemagerter Hund aus der Grünanlage hervorgestürzt und hatte sich den Fleischklops geschnappt.

Ich sah, wie der Bettler den Mund zu einem Schrei aufriss und dem Hund eine Eisenstange, die dort herumlag, über den Schädel schlug. Der Hund brach zusammen. Unser Taxi fuhr los und ich sah gerade noch, wie der Bettler dem wie tot daliegenden Hund den Fleischklops aus den Zähnen klaubte und sich selbst in den Mund steckte.

Ich hätte beinahe gekotzt.

Usaquén lautete der Name des Stadtteils, San Patricio hieß das Viertel und *Residencia El Rubí* die von Kameras und Pförtner bewachte Anlage, in der wir wohnen sollten. Das Krankenhaus, in dem Papa arbeiten würde, hatte die Wohnung ausgesucht. Die roten zehnstöckigen Klinkerblocks umschlossen wie Festungsmauern einen grünen Rasen mit Bananenstauden und Papageien in den Bäumen.

Unsere Wohnung befand sich im zweiten Stock. Sie hatte vier Schlafzimmer, zwei Bäder und einen Tanzsaal von Wohn- und Esszimmer, in dem schwarze Holzkommoden und steile Stühle im spanischen Kolonialstil herumstanden. Und sie war kalt wie eine Gruft.

»Heizung?« Estrellecita zog die Brauen hoch und lächelte. »Es liegen Decken in den Schränken.«

Estrellecita war unsere Haushälterin, die das Krankenhaus vermutlich gleich mitgemietet hatte. Und sie hatte von Heizungen offensichtlich noch nie etwas gehört.

In Bogotá wurden Häuser und Wohnungen für tropische Wärme gebaut, schließlich befand man sich am Äquator, nur dass es tropische Wärme hoch oben in den Anden nicht gab, was man ja eigentlich seit Gründung der Stadt vor fünfhundert Jahren wusste. Es wurde, so hatten die Reiseführer gedroht, die meine Eltern gelesen hatten, selten wärmer als 15 Grad und nachts schnell kälter als 5 Grad.

Die ganze Stadt war eine Fehlkonstruktion. Und deshalb aß man heiße Suppen. Estrellecita empfing uns jedenfalls mit einem Ajiaco Santafereño, einer Kartoffelpampe mit Hühnerfleisch, in der sich ein Stück Maiskolben verbarg. Dazu gab es ein Schälchen Grünzeug, das mein Vater Franzosenkraut nannte und das nach rohen Erbsen schmeckte, außerdem Kapern, Sahne und eine halbe Avocado in weiteren Schälchen. Und natürlich Brot.

»Wir müssen uns mit dem Brot zurückhalten, Markus!«, ermahnte meine Mutter meinen Vater schon mal. Für Mama war Brot eine totale Katastrophe, denn es machte dick.

So begann also meine Zeit der Regenjacke.

– 2 –

Mein erster Schultag verlief typisch Jasmin Auweiler. Ich ging alleine. Meine Mutter lag mit Migräne im abgedunkelten Schlafzimmer, mein Vater operierte. Schon an meinem ersten Schultag in meinem Leben war ich alleine mit der Schultüte losgezogen, weil meine Eltern irgendwie nicht abkömmlich gewesen waren.

Der Schulbus fuhr zwanzig Minuten gen Norden aus der Stadt heraus ins Grüne. An der Pforte musste ich meinen Ausweis zeigen. Außerdem wollte der Pförtner ein Papier von mir, das ich nicht dabeihatte. Eine Autorisation, wie er das nannte. Meine Erklärung, dass ich ab heute hier Schülerin sei, genügte ihm nicht. Er telefonierte erst mit der Verwaltung, ließ sich bestätigen, dass man auf eine Jasmin Auweiler wartete, und winkte mich dann durch. In einer Stadt, in der die Bushaltestellen des TransMilenio bewacht wurden wie bei uns in Flughäfen der Übergang zu den Gates, war das eine fast harmlose Sicherheitsmaßnahme.

Die roten Ziegelgebäude des Colegio Bogotano lagen weit verstreut in einer parkähnlichen Anlage. Überall standen Schülerinnen und Schüler in Gruppen herum und ich hatte gleich Gelegenheit, die Schuluniform fürchten zu lernen.

Die meisten Jungs und viel zu viele von den Mädchen trugen den hellblauen Trainingsanzug mit grünen Streifen. Der Schottenrock war auch nicht schöner. Aber immer noch besser als diese Hosen aus einem hellblauen Stoff, der auf grauenvoll großräumige Weise Jeans imitierte, ohne Jeans zu sein. Dazu gab es blaue Pullover mit Schulemblem, weiße Poloshirts mit grünen Streifen und hellblaue Regenjacken. In der Verwaltung bekam ich als Erstes einen Stapel dieser Kleider des Schreckens überreicht und musste auch gleich Hosen und Pullover anziehen. Da war man streng im Colegio.

Immerhin würde ich so morgens viel Zeit sparen, die ich in Deutschland mit der Frage verbracht hatte, was ich anziehen sollte.

Ich war nicht gerade hübsch. Da machte es nicht wirklich Spaß sich anzuziehen. Meine Freundin Vanessa konnte bauchfrei tragen und Hüftjeans und Piercing im Bauchnabel. Abgesehen davon, dass mir meine Eltern das Piercing verboten hatten – sie waren Ärzte und dachten immer gleich an Infekte und die Übertragung tödlicher Krankheiten durch unsaubere Instrumente –, war mein Bauch auch nicht wirklich flach.

Tante Valentina meinte zwar immer: »Du bist so ein hübsches Mädchen, du siehst wenigstens nach was aus.« Aber das sagten die Erwachsenen immer. Die hatten keinen Blick dafür, wie ein Mädchen mit sechzehn aussehen musste. Sie fanden Hosen total kleidsam, die an den falschen Stellen Falten warfen.

In Uniform betrat ich das Rektorat. Die Rektorin des Colegio Bogotano hieß Claudia Aldana, war einen Kopf kleiner als ich, geschminkt und blond gefärbt und sprach perfekt

Deutsch und Spanisch, wenn auch beides mit bayrischem Akzent.

»Und Ihre Eltern?«, fragte sie, irritiert an mir vorbeiblickend, als müsse noch jemand durch die Tür treten.

»Meine Mutter ist krank und mein Vater musste zu einem Notfall ins Krankenhaus«, erklärte ich.

»Na dann, herzlich willkommen«, sagte sie. »Ihre Noten sind gut, wie ich sehe. Sie kommen sicher gut zurecht hier. Es wird Sie gleich jemand in Ihre Klasse bringen. Scheuen Sie sich nicht, sich bei Problemen sofort vertrauensvoll an mich zu wenden. Viel Erfolg.«

Und – wusch – war sie weg.

Eine junge Frau brachte mich ins nächste Gebäude und übergab mich einer Lehrerin, die mich in die 11C einführte und ans Fenster neben Elena Perea platzierte. Elena war eine kleine, knubbelige Person mit schwarzen Haaren und einem südländisch dunklen Teint. Ihre Mutter sei Deutsche, erklärte sie mir sofort flüsternd. Ihr Vater war der berühmte schwerreiche Smaragdminenbesitzer Leandro Perea. Von dem hatte ich bis dahin nie gehört.

»Ich habe einen Leibwächter«, flüsterte Elena. Sie sprach Spanisch. »Ich werde mit dem Auto in die Schule gebracht und abgeholt.«

Ihre Schuluniform peppte sie mit Halstuch, Uhr, iPod-Kopfhörern und Sonnenbrille auf. Und sie musste am Morgen bestimmt eine Stunde vor dem Spiegel verbracht haben.

»Ich bin das geborene Entführungsopfer«, wisperte sie von der Seite auf mich ein. »Natürlich würde mein Vater sofort zahlen. Für mich würde er jede Summe zahlen. Ich bin doch sein Juwel, sein Smaragd, seine *Esmeralda*! Wenn die FARC mich entführen würde, würde er alles zahlen. Er ist in seinem Herzen ein Sozialist! Du weißt, was die FARC ist? Die Revolutionäre Volksarmee Kolumbiens. Sie entführen Leute und ...«

Ich nickte. »Ich weiß!«

»Aber leider ist nicht nur die FARC das Problem«, fuhr Elena unerschrocken fort. »Auf mich hat es praktisch jeder Kriminelle abgesehen. Ich kann jederzeit auf offener Straße gekidnappt werden. Du solltest auch aufpassen. Sie kommen von hinten auf Motorrädern und schnappen dir die Handtasche weg. Ein lahmer Bettler greift sich deine Geldbörse und rennt davon. Und die Imbissverkäufer tun dir K.-o.-Tropfen in die Cola und dann wachst du zwischen Mülltonnen wieder auf und bist geschändet und ausgeraubt und solche Sachen. Und nimm dich vor den Affen in Acht!«

»Den Affen?« Ich musste lachen. »Hier in der Stadt?«

»Ich spreche von den gezähmten Affen. Man findet sie süß und niedlich und will sie streicheln und währenddessen reißen sie dir die Ohrringe aus den Ohren und klauen dir das Handy aus der Tasche. Meine Landsleute sind leider alle Diebe, weißt du! Sie sind ungebildet und faul. Sie wollen alle das schnelle Geld und Party und Marlboro-rote Autos.«

»Ruhe, bitte!«, sagte die Lehrerin.

Elena war immerhin bis zur Pause halbwegs still. Dann fuhr sie fort, mich vor dem gefährlichen Pflaster zu warnen, das Bogotá darstellte. Aber eigentlich war sie ganz in Ordnung. Irgendwie bewunderte sie mich sogar. Das kannte ich von Vanessa gar nicht. Für Vanessa war ich immer die kleine Schwester gewesen, die man mal mitnahm, aber auch mal einfach sitzenließ. Elena dagegen erklärte mir alles, zeigte mir die Mensa, die Bibliothek und ihre Computerräume. Außerdem stellte sie mich ihrer Clique vor und lud mich ein, mit ihnen allen zusammen am Wochenende ins Kino zu gehen, wenn es meine Eltern erlaubten. Schon nach einer Woche nahm sie mich mit zu sich nach Hause. Und als sie hörte, dass ich daheim geritten war, lud sie mich ein, sie in den Reitstall zu begleiten und auf einem von den fünf Pferden zu reiten, die ihrem Vater gehörten.

Ich musste zugeben, dass die Schule total okay war.

Inzwischen trat meine Mutter auch ihre Stelle im Labor der Privatklinik an, in der mein Vater arbeitete. Sie war eigentlich Fachärztin für Labormedizin und Mikrobiologie. Für die Laborstelle im San Vicente war meine Mutter zwar überqualifiziert, aber »besser als daheim herumsitzen«, wie sie meinte. »Vielleicht findet sich ja bald etwas Interessanteres. Und soll ich den ganzen Tag mit den Engländerinnen Tee trinken? Jasmin ist ja den ganzen Tag in der Schule.«

Genauer bis vier Uhr nachmittags. Bis ich an der Haltestelle Pepe Sierra aus dem Schulbus gestiegen und nach San Patricio hineingelaufen war, war es halb fünf. Dann dauerte der Tag noch anderthalb Stunden. Denn in dieser Gegend am Äquator gibt es keine Jahreszeiten. Die Sonne scheint immer nur zwölf Stunden. Sie geht um sechs auf und um sechs unter. So gingen die ersten Wochen dahin.

– 3 –

Dann kam der Tag, an dem der Affe Simons Uhr stahl. Es war ein Sonntagmorgen, noch vor dem Frühstück. Ich hatte mich gerade angezogen. In der Nacht hatte es wüst geregnet, aber jetzt schien die Sonne. In den Bäumen der Grünanlage, die von jungen Kolumbianern peinlich genau gepflegt wurde, schnatterten die Papageien und pfiffen die Vögel. Der Rasen dampfte, wie so oft, und der Fleck blauer Himmel wurde schon wieder bedrängt von dunklen Wolken.

Da erschien auf einmal ein Äffchen auf dem Balkongeländer. Es hatte ein seidiges Fell und ein rotes Halsband und gab zirpende Laute von sich. Seine Augen waren groß und schauten mich unverwandt durch die Scheibe der Balkontür an. Es wirkte erschreckt, aber diese kleinen Seidenäffchen sahen immer so aus.

Vielleicht hat es Hunger, dachte ich.

Auf dem Balkon standen die Pfützen und das Äffchen turnte zwitschernd auf dem Stuhl herum. Ich öffnete die Balkontür. Kühle, feuchte Luft fiel herein. Das Äffchen sprang mir sofort auf den Arm. Es war federleicht und quicklebendig. Seine Finger, die sich in die Falten meines Shirts krallten, waren winzig. Einen Augenblick später sprang es von meinem Arm herunter, lief ins Zimmer, hüpfte über die Bettkante auf meinen Nachttisch, schnappte sich meine oder vielmehr Simons Armbanduhr und war mit zwei Sprüngen wieder federleicht über meinen Arm hinweg hinaus auf den Balkon gesprungen, ehe ich kapierte, was geschah. Und schon war es über das Balkongeländer verschwunden.

Scheiße!

Immerhin hatte es meinen iPod nicht genommen mit all den Songs von Juanes und meinen gesamten CDs, die ich draufgeladen hatte. Ich dachte an Elena und ihre Schauergeschichten von Dieben und diebischen Affen. Man fand sie niedlich und streichelte sie …

Ich sprang auf den Balkon, um zu sehen, wohin das Äffchen verschwand, und sah, wie es auf drei Beinen zwischen den Bananenstauden hindurch quer über den Rasen hüpfte.

Vom anderen Ende betrat einer der Gärtner die Anlage. Es war der junge Kerl, den ich schon ein paarmal am Wochenende gesehen hatte. Er schnitt Bäume und mähte den Rasen. An ihm hangelte sich das Äffchen jetzt hinauf. Er griff nach ihm, aber es sprang von seiner Schulter sofort in den nächsten Baum. Soviel ich von oben erkennen konnte, steckte er sich dann etwas in die Tasche.

Er trug eine weite kakifarbene Hose und an den Füßen Gummistiefel, was bei dem nassen Rasen das Beste war. Über der Hose, die mit einem Gürtel auf den schmalen Hüften gehalten wurde, trug er, obwohl es in Bogotá nie wirklich sommerlich warm wurde, nur ein graugrünes Unterhemd, das einen muskulösen Oberkörper und breite Schultern zur Geltung brachte. Sein Alter war schwer zu schätzen, vermutlich war er kaum zwanzig Jahre alt. Seine glatte Haut schimmerte bronzefarben, sein Haar war rabenschwarz, die Augen schmal und dunkel. Er gehörte eindeutig zu den indianischen Ureinwohnern, die man Indígenas nannte.

In Kolumbien mischten sich viele Volksgruppen, Weiße spanischer Herkunft, ehemalige schwarze Sklaven, Indianer unterschiedlicher Stämme. Es gab im Land mehr Kinder und Jugendliche als Erwachsene. Viele von ihnen verdienten sich irgendwie ihren Lebensunterhalt auf der Straße, in Cafés, als Boten, als Straßenverkäufer. Elena wurde nie müde, mich vor ihnen zu warnen. Sie wechselte sogar die Straßenseite, wenn sie einen Bettler sah oder ein Kind mit Bauchladen.

Ich zögerte. Mein erster Impuls war es gewesen, sofort runterzurennen und diesen Indio zur Rede zu stellen. »Gib die Uhr wieder her oder ich hole die Polizei!«

Und dann? Wenn er mich auslachte? »Welche Uhr?« Wenn er den zu Tode Gekränkten spielte? »Glaubst du, nur weil du weiß bist, kannst du behaupten, ich sei ein Dieb?« Und welche Polizei sollte ich holen? Bis ich hinaufgegangen und die Polizei angerufen hätte und bis die erschienen wäre, wäre der Kerl längst über alle Berge gewesen. Er hätte damit zwar seine Arbeit verloren, denn hier konnte er sich nicht wieder blickenlassen, aber meine oder vielmehr Simons Uhr hätte ich trotzdem nicht wiederbekommen.

Was konnte ich ihm also anhaben? Ich, ein aufgeregtes Mädchen aus Europa? Er würde sich über mich lustig machen. »Wo soll ich die Uhr haben? In der Tasche? Möchtest du mich durchsuchen?«

Ich konnte ihm unmöglich in die Hosentasche fassen. Nicht einem jungen kolumbianischen Mann, der in der anderen Hosentasche vielleicht ein Messer stecken hatte. Und dieser Gärtner strotzte nur so vor männlichem Selbstbewusstsein. Jeder seiner ruhigen und flüssigen Schritte forderte die Luft, den Wind, die Sonne heraus, ihn zu streicheln, ihm zu schmeicheln, ihn zur Krone der Schöpfung zu erheben.

Nein, er würde mich auslachen, ohne Zweifel. Und was stellte ich mich so an wegen einer Uhr, die für ihn vermutlich ein Vermögen wert war und für mich so gut wie gar nichts? Fast schämte ich mich jetzt schon. Aber durfte ich es ihm einfach so durchgehen lassen? Nur weil ich unermesslich reich war, verglichen mit einem Gärtnerjungen?

Und schließlich war die Uhr sehr wohl etwas wert. Wenn auch nur ideell. Sie war die Uhr von Simons totem Vater, das Pfand meiner Wiederkehr. »Damit du in einem Jahr wiederkommst«, hatte Simon zum Abschied gesagt. »Damit du dich nicht etwa verliebst und uns vergisst.«

Dazu muss ich allerdings sagen, dass Simon und ich nie miteinander gegangen waren – nicht, dass da Irrtümer aufkommen! Er war nämlich eigentlich in Vanessa verliebt. Aber sie nicht in ihn. So hatten wir beiden Überbleibsel aus Vanessas Anhang uns eines Abends bei einer Party verbündet, bei der Vanessa mich und ihn in einer Ecke hatte sitzenlassen. Wir hatten angefangen uns zu unterhalten, über alles Mögliche. Simon war ziemlich belesen, nicht so oberflächlich wie die anderen Jungs. Er wollte so wie ich Medizin studieren und dann Arzt werden und den Krebs besiegen. Wir hatten beschlossen, dass wir zusammen Medizin studieren würden, und zwar in Berlin. Im Grunde hatte ich da erst entschieden, das Gleiche zu studieren wie meine Eltern. Bis dahin hatte ich es immer abgelehnt, das zu sagen, wenn Onkel und Tanten und allerlei Freunde und Bekannte meiner Eltern mich danach fragten. Anscheinend gab es keine andere Frage als diese, um ein Gespräch mit einer Minderjährigen anzufangen. »Na, was willst du denn mal werden?«

»Gar nichts!«, hatte ich früher gesagt. »Ich bin schon was. Ich bin Jasmin Auweiler.« Das hatte tantenhaftes Gelächter ausgelöst. Ihr wisst alle, wie tantenhaftes Gelächter klingt? Laut, leicht entrüstet und ziemlich hochnäsig. Ich hasste das. Als ich anfing zu sagen, dass ich Ärztin werden würde, waren alle plötzlich ganz zufrieden.

Simons Uhr mit ihrem alten Lederarmband und der glatten Unterseite aus Stahl hatte sich die letzten Wochen sehr gut angefühlt an meinem Handgelenk. Und immer wieder hatte ich mich gefragt, warum er sie mir gegeben hatte. Warum war es Simon so wichtig, dass ich mich in Kolumbien nicht verliebte? Irgendwas musste ihm ja wohl an mir liegen. Vielleicht war mir da was entgangen. Andererseits, ein Jahr war lang, und er würde, wenn ich wiederkam, sicherlich eine Freundin haben. Vielleicht sogar endlich Vanessa. Dann war es ihm vermutlich egal, wer ihm das Erbstück seines Vaters zurückbrachte, Hauptsache, er bekam die Uhr überhaupt wieder.

Und nun hatte ich sie verbaselt, verloren, hatte sie mir von einem Seidenäffchen klauen lassen und besaß nicht den Mut, den Dieb zur Rede zu stellen.

Und ob ich den Mut besaß! Ich musste es ja nur nicht überstürzen. Der Indio würde noch ein paar Stunden da unten in der Anlage zubringen. Und wenn ich ihn heute nicht kriegte, dann irgendwann sonst. Es war bestimmt nicht das erste und letzte Mal, dass er sein Äffchen auf Beutezug durch die Zimmer schickte.

Große Dinge konnte so ein Äffchen nicht mitnehmen, aber die kleinen teuren: einen Ring, eine Kette, einen iPod, ein Handy. Wenn es den Besitzern auffiel, würde man die Haushaltshilfe beschuldigen. »Dienstpersonal klaut immer.« Diesen Satz kannte ich seit meiner ersten Grillparty bei den neuen Kollegen meines Vaters, er fiel auf jedem Kaffeeklatsch. Sie klauten Besteck, Nahrungsmittel, Geld. Man musste sie hin und wieder entlassen.

Aber beweisen musste man es ihnen schon.

Hätte ich nicht beobachtet, wie der Affe Simons Uhr klaute, sondern erst später bemerkt, dass sie nicht mehr auf meinem Nachttisch lag, dann hätte ich vermutlich unsere Estrellecita beschuldigt. Oder wenn nicht ich, dann hätte meine Mutter es getan. Sie regte sich immer gleich auf. Und dann bekam sie Kopfschmerzen.

Deshalb beschloss ich meinen Eltern erst einmal nichts von dem zu sagen, was ich an diesem Morgen beobachtet hatte. Sie saßen schon beim Frühstück, als ich in den Salon kam. Sonntags kam Estrellecita nicht, deshalb gab es nur Kaffee und Brot.

»Heute ist es so weit«, sagte mein Vater vergnügt. »Wir wollen endlich unsere Fahrradtour auf der Ciclovía machen.«

Jeden Sonntag wurden in Bogotá 120 Kilometer Straßen in achtzehn der zwanzig Stadtteile für den Autoverkehr gesperrt und zu Fahrradwegen erklärt und dann schwärmten die Radler aus wie die Fliegen.

»Ich kann nicht mit«, stellte ich gleich klar. »Ich bin mit Elena zum Reiten verabredet.«

Mein Vater machte traurige Augen. »Ausgerechnet wenn ich mal am Sonntag freihabe. Wir sehen uns so selten.«

»Praktisch täglich«, sagte ich.

»Aber immer nur zwischen Tür und Angel.«

Seit meiner Kindheit ging das so. Als Arzt war Papa oft nicht zu Hause gewesen. So manchen Sonntag, den er freihatte, war ich dazu verdonnert worden, daheimzubleiben, mit den Eltern auf dem Bodensee zu segeln, in den Schweizer Bergen zu wandern oder bei Regen Gesellschaftsspiele zu spielen. »Beschäftigungstherapie für Eltern« hatte ich das immer genannt. Logisch, dass ich dabei nicht vor guter Laune gesprüht hatte. Was mir keinen Spaß machte, sollte ihnen auch keinen machen. Aber bislang hatten sie noch nicht eingesehen, dass sie nichts davon hatten.

»Willst du dir nicht auch mal mit uns zusammen ein bisschen was von der Stadt anschauen?«, fragte Mama mit diesem vorwurfsvollen Timbre in der Stimme, als dürfte ich nichts Schöneres kennen, als mit den Eltern loszuziehen.

»Ich komme mehr herum als ihr«, antwortete ich. »Und ich würde noch mehr sehen, wenn ihr mir nicht alles verbieten würdet.«

»Fang nicht wieder damit an!«, mahnte Mama. »Das haben wir doch ausdiskutiert.«

Der Punkt war der: Elena hatte mich eingeladen, Anfang der Sommerferien mit ihr und ihrem Vater für ein paar Tage ins Gebirge zu einer Smaragdmine zu fliegen. »Viel zu gefährlich«, hatte meine Mutter sofort befunden.

»Aber wir werden mit dem Hubschrauber fliegen«, erklärte ich noch einmal. Vielleicht sah mein Vater es ja weniger eng. »Was soll da passieren?«

Papa hob interessiert den Kopf.

»Ich habe mir das auf der Karte angesehen«, erklärte meine Mutter, mehr ihm als mir. »Genau dort in der Gegend ist diese deutsche Lehrerin Susanne Schuster entführt worden.«

Diese deutsche Lehrerin war neben klauenden Dienstboten das zweite Thema, das aufkam, sobald man sich in der ausländischen Gemeinde traf. Susanne Schuster war vor gut drei Jahren in den Anden verschleppt worden und bis heute Geisel der FARC. Derzeit gingen Gerüchte um, sie sei schwer krank und werde sterben, wenn sie nicht bald in ärztliche Behandlung komme. Aber Genaues wusste man nicht.

»Aber Mama«, hatte ich argumentiert, »ich kenne niemanden, der mehr Schiss hat als Elena. Und wenn die es für sicher hält, dann ist es sicher. Ihr Vater hat Bodyguards für die ganze Familie, wir wären keine Sekunde ohne Schutz.«

»Ich habe Nein gesagt, Jasmin!«, sagte Mama. Es klang, als würde sie gleich Migräne kriegen.

»Für einen Arzt sind die Smaragdminen ein wichtiges Thema«, überlegte mein Vater jetzt plötzlich laut. »Die Arbeitsbedingungen dort sind hart, in den Slums an der Mine leben Zehntausende von Schatzgräbern, die im Minenschlamm nach Steinen suchen. Da gibt es sicher viel zu tun.«

»Dann komm doch einfach mit!«, schlug ich vor. »Elena und ihr Vater haben sicher nichts dagegen. Ich frage sie gleich nachher, wenn wir uns zum Reiten treffen.«

»Ja, frag sie mal«, antwortete Papa.

Mama seufzte. Wieder mal hatte ich Papa auf meine Seite gezogen und gewonnen: Sie machten ihre Fahrradtour und ich musste nicht mit.

Doch kaum waren sie weg, rief Elena an und sagte unseren Ausritt ab, weil sie mit ihren Eltern Verwandte besuchen musste. Aber natürlich könne ich mir eines ihrer Pferde nehmen und alleine ausreiten. Dazu hatte ich jedoch keine Lust.

Ich surfte ein bisschen im Internet und schrieb eine E-Mail an Vanessa. In Deutschland war es jetzt bereits Nachmittag. Vanessa war auf einem Stadtfest, wie sie mir letztes Mal geschrieben hatte. Ich hatte schon halb erzählt, wie das Seidenäffchen Simons Uhr geklaut hatte, als mir einfiel, dass Vanessa nichts von Simons Pfand meiner Wiederkehr wusste, denn das war eine Sache nur zwischen ihm und mir, und dass womöglich Simon meine E-Mail an sie lesen würde. Es war nicht sehr wahrscheinlich, aber möglich. Also löschte ich alles wieder. Statt E-Mails zu schreiben, sollte ich überhaupt besser versuchen die Uhr zurückzubekommen.

Jetzt wünschte ich mir, ich hätte es doch meinen Eltern erzählt oder Elena, auch wenn ihre Ratschläge mir meistens nicht wirklich weiterhalfen.

Vielleicht hätte mein Vater den Gärtner zur Rede gestellt, auch wenn sein Spanisch noch etwas unbeholfen war. Andererseits war so ein Konflikt für Männer gefährlicher, denn die Messer saßen hier locker und Auseinandersetzungen verliefen schnell blutig. Wenn meinem Vater etwas passiert wäre, wäre ich mit schuld daran gewesen, und das hätte ich nicht ausgehalten. Meine Mutter hätte wahrscheinlich vorgeschlagen, dass wir zur Polizei gehen. Und dann hätten wir den Sonntagvormittag auf der Polizeistation verbracht. Vielleicht hätten sie uns gefragt, ob wir mit dem Gärtner gesprochen und unser Eigentum zurückgefordert hätten. Es wäre total peinlich gewesen: Ausländer, die sich reinlegen lassen, mein Vater, der nicht Manns genug ist, sich einen Gärtner zur Brust zu nehmen, und ich, ein deutsches Mädchen, das so bescheuert ist, die Tür zu öffnen, wenn ein Affe auf dem Balkon herumturnt, weil es glaubt, das Tierchen habe Hunger. Nein, das wäre wirklich zu peinlich gewesen.

Aber irgendwie musste ich Simons Pfand meiner Wiederkehr zurückbekommen. Ich war es ihm schuldig, dass ich etwas unternahm. Ich musste ihm wenigstens etwas erzählen können: »Du, ich habe alles Mögliche versucht! Alles! Aber der Gärtner hat geleugnet, das Äffchen war über alle Berge und die Polizei hat dann auch nur mit den Schultern gezuckt.«

Nichts von dem hatte ich bisher in Angriff genommen.

Also stand ich auf und ging noch mal auf den Balkon meines Zimmers, um hinunterzuschauen. Der Indio war in dem Teil der Anlage, den ich überblicken konnte, nicht mehr zu sehen. Na gut, dann eben nicht.

Nur, was fing ich jetzt mit dem Sonntag an? Meine Eltern würden nicht vor dem Nachmittag zurückkommen. Der Himmel war ausnahmsweise mal blau. Spazieren gehen?

Sonntage waren nicht meine Tage. Echt nicht. Meine Eltern hatten nie Lust, Leute zu treffen. Sie trafen schon die Woche über so viele, da wollten sie den Sonntag für sich und mit mir alle Gespräche führen, die sie die Woche über nicht führten. Die Grillnachmittage, die in unserer Siedlung *El Rubí* am Wochenende stattfanden, hatten sie bereits für langweilig befunden. Und auf den Diplomatenball am kommenden Samstag hatten sie natürlich auch keine Lust. Glücklicherweise fand Papa ihn aber aus beruflichen Gründen interessant. Er wollte wichtige Leute kennenlernen und ihnen seine Ideen für eine Verbesserung der Gesundheitsversorgung erläutern. Also gab es eine realistische Chance, dass wir hingehen würden. Elena redete seit Tagen von nichts anderem als dem Ball.

Aber das löste jetzt mein Problem nicht. Ich präparierte mich für einen Spaziergang: iPod, Regenjacke, Handy, Plastikschuhe. Mit den Kopfhörern im Ohr verließ ich die Wohnung. Das Treppenhaus war kalt, vor der Tür knallte die Sonne.

Mit Juanes – alias Juan Esteban Aristizábal Vázquez aus Medellín – auf den Ohren ging ich den Weg zum Siedlungstor entlang. »*A Dios le pido*«, sang Juanes, »Ich bitte Gott … *que mi pueblo no derrame tanta sangre, y se levante mi gente* … dass in meinem Volk nicht so viel Blut vergossen wird und dass meine Leute sich erheben …« Dabei war es eigentlich ein Liebeslied. Aber in Kolumbien lagen Liebe und rote Revolution immer nahe beieinander.

Ich weiß nicht, was mich bewog mich umzudrehen, vielleicht eine Ahnung, denn gehört haben konnte ich ihn nicht.

Der Gärtner kam mit großen Schritten über die Wiese heran. Mein Herz begann zu pochen. Er kam direkt auf mich zu, mit einer großen Gartenschere in der Hand, einer mit langen Teleskopgriffen, mit der man Zweige weit oben abschneiden konnte. In seiner Hand schien das Gerät nichts zu wiegen. Die Sonne stand hinter ihm, sein Gesicht lag im Schatten. Ich sah die hohen Wangenknochen, die schmalen pechschwarzen Augen, die scharf gezeichneten vollen Lippen, zusammengepresst und gezeichnet von der Härte des Lebens, die das Schicksal den Familien und Kindern der Indios, Mestizen und den Abkömmlingen der Sklaven oft schon früh bescherte. Es war ein ernstes, gleichmäßiges Gesicht, jung und dennoch reif und erwachsen. Vermutlich war er kaum älter als ich, doch für ihn hatte der Ernst des Lebens längst begonnen. Womöglich schlug er sich seit seinem dreizehnten Lebensjahr mit Jobs durch, ernährte seine Familie, Schwestern mit Kindern, seine Mutter, einen Vater, der Alkoholiker war. Wahrscheinlich war es ein enormer Glücksfall, dass ihn die Verwaltungsgesellschaft der Siedlung *El Rubí* angestellt hatte, damit er die Grünanlagen in Ordnung hielt. So was war wie ein Sechser im Lotto.

Wenn ich ihn des Diebstahls bezichtigte, verlor er nicht nur seinen Job, sondern die Chance seines Lebens. Und sicher würde er sich verteidigen, mit allen Mitteln. Für ihn ging es um alles, für mich nur um eine alte Uhr von geringem materiellem Wert. Wenn ich es Simon erklärte, würde er es wahrscheinlich verstehen. Aber andererseits: Konnte man es dem Indio einfach so durchgehen lassen? Ich meine, wenn er schon hier bei uns die Chance seines Lebens bekommen hatte, warum musste er dann seinen Affen auf Diebestour schicken?

Das alles ging mir blitzschnell durch den Kopf, als er ohne sichtbare Anstrengung, leicht und kraftvoll ein Mäuerchen übersprang, das den Rasen von einem Blumenbeet trennte.

Die Art, wie er sich bewegte, faszinierte mich wider Willen. Sie hatte mich schon früher fasziniert, wenn ich ihn von meinem Balkon aus in der Ferne auf dem Rasen werkeln gesehen hatte. Und es war schwer zu beschreiben, wie ich dabei auf den Gedanken kam: Armut macht glücklich. Die Nähe zur Natur, das In-der-Natur-Sein, Selbst-Natur-Sein, das er verkörperte, lebendig, kraftvoll wie der schwarze Jaguar, der in den Urwäldern jagte. Es war albern. Aber daran musste ich auch jetzt wieder denken: Wie ein Jaguar, der den Wald beherrschte. Und wenn er satt war, dann tötete er nicht.

Mit leisem Schritt eroberte er den Weg.

Unwillkürlich trat ich zurück, obwohl mir hier in der Anlage nichts passieren konnte. Absolut gar nichts. Hoffentlich! Doch was wollte er von mir mit dieser schweren Gartenschere in der Hand?

Er steckte die andere Hand in die Tasche seiner weiten Hose, zog sie wieder heraus und streckte sie mir hin. Auf seiner nicht wirklich sauberen Handfläche lag Simons Uhr.

»*This is yours!*«, sagte er.

Im nächsten Moment hatte ich die Uhr in meiner Hand und er hatte sich umgedreht und ging mit langen Schritten davon. Erst im zweiten Moment fiel mir auf, dass er mich auf Englisch angesprochen hatte, nicht auf Spanisch. Und dann dachte ich: »He, warte mal!« Aber falls ich es sagte, dann nur ganz leise, und da war er auch schon in einem Durchgang zwischen den Häuserblocks verschwunden.

Ich hätte ihm hinterherlaufen müssen. Aber mir klopfte das Herz im Hals. Die Luft war einfach zu dünn hier, ich geriet immer noch schnell außer Atem. Und was hätte ich, wenn ich ihm hinterhergelaufen wäre und ihn eingeholt hätte, sagen sollen? Ich hatte meine Uhr ja wieder. Er hatte sie mir nicht gestohlen. Er hatte sie dem Äffchen abgenommen. Er hatte sich gemerkt, von welchem Balkon es heruntergesprungen war. Womöglich hatte er mich an anderen Sonntagen bereits dort oben gesehen. Warum auch nicht? Kein Grund, mich aufzuregen. Es war das Normalste von der Welt. Er hatte mich nicht beobachtet, er hatte mich nur gesehen. So wie ich ihn. Man sah sich eben, man kannte sich mit der Zeit in so einer Siedlung. Die Witwe aus der Schweiz sprach sogar hin und wieder mit ihm und anderen Angestellten. Sie war eine Dame mit vom Bräunen gegerbter Haut, Brille, rotem Lippenstift und vielen Goldketten um den Hals, eine von denen, die sich für knackige junge Männer interessierten, wie Papa einmal spöttisch bemerkt hatte.

Ich würde bestimmt keinem kolumbianischen Gärtner hinterherlaufen. Das war schon mal klar. So was hatte ich nicht nötig. Auch wenn er total gut aussah, sich bewegte wie ein schwarzer Jaguar und sein Englisch besser geklungen hatte als das, was die Bettler auf der Straße einem an kaum verständlichen Worten hinterherriefen.

Ich weiß nicht mehr genau, wie ich auf die Straße hinauskam. Da fehlt mir ein Stück in der Erinnerung. Ich erlangte gewissermaßen das Bewusstsein erst wieder, als ich auf dem Gehweg stand, mit dem Fuß auf den Boden stampfte und vor mich hin sagte: »So was Albernes! Bist du bescheuert oder was?«

Ich hatte mich benommen wie eine Zwölfjährige, total kopflos: Ich hatte nicht gewusst, was ich sagen sollte, ich hatte einfach die Uhr eingesteckt und die Anlage verlassen, so als ob nichts geschehen wäre. Ich hatte nicht mal Danke gesagt. Das wäre doch das Mindeste gewesen. Irgendeine Äußerung, wie man sie unter vernünftigen, sprachbegabten Wesen tat: »Vielen Dank! Ich bin ja so froh, dass du dem Affen die Uhr abgenommen hast. Sie bedeutet mir viel. Sie ist ein Geschenk von meinem Freund!«

Damit hätte ich auch gleich klargestellt, dass zwischen dem Burschen und mir nichts laufen konnte, absolut gar nichts.

»Mann, bist du bescheuert!« Ich ertappte mich dabei, wie ich schon wieder mit dem Fuß auf die Gehwegplatten stampfte. Was für Überlegungen stellte ich denn da an? Das war doch gar nicht die Frage, ob zwischen dem Indio und mir was lief oder jemals laufen würde. Ich wusste nicht einmal, wie er hieß. Wir hatten keine drei Worte gewechselt – ich überhaupt keins und er drei, um genau zu sein – und ich dachte schon daran klarzustellen, dass ich einen Freund hatte …

Dabei hatte ich keinen Freund. Es wäre eine Lüge gewesen. Na ja, so halb, denn Freund konnte man ja immer sagen, und wenn ein anderer dachte, ich meinte einen festen Freund, dann musste ich das nicht so gemeint haben. Auf jeden Fall war all das, was ich da gerade dachte, sowieso total daneben.

Ich versuchte ruhig auszuatmen. Wieso nur hatte ich mich so aufgeregt? Wieso hatte ich eigentlich solche Angst gehabt? Elena hatte mich schon ganz blöd im Kopf gemacht mit ihren Schauergeschichten von Räubern, Entführern und Mördern. Ich hatte gleich sonst was gedacht. An Diebesbanden, an Messer in der Tasche, an Blut und Tod. Himmel! Dabei war alles ganz harmlos gewesen. Er hatte einfach nur gesehen, dass ein Äffchen etwas aus einem Zimmer geholt hatte. Vielleicht kannte er das Äffchen sogar. Es musste ja irgendwohin gehören mit seinem Halsband. Vielleicht wusste er sogar, dass es immer mal wieder etwas mitnahm, und hatte es deshalb angelockt und ihm die Uhr abgenommen. Dabei hatte er sich gemerkt, wo sie hingehörte.

Hätte er nicht klingeln können?, fragte ich mich. Aber dann hätte er wissen müssen, welches Klingelschild an dem zehnstöckigen Häuserblock zu dem Balkon im zweiten Stock gehörte, auf dem er mich schon gesehen hatte. Oder er hätte meinen Namen wissen müssen. Und dazu hätte er sich mehr für die Bewohner der Anlage interessieren müssen, als es einem Gärtner vermutlich zustand.

Also hatte er keine andere Wahl gehabt, als zu warten, bis ich erschien, und mir die Uhr dann zu geben. Und offenbar hatte er keine Lust gehabt, näher mit mir in Kontakt zu treten. Oder es war ihm verboten, die Töchter der Siedlungsbewohner anzusprechen. Vermutlich sogar. Wir Weißen könnten uns belästigt fühlen. Wahrscheinlich war das wirklich so.

Etwas ruhiger setzte ich meinen Weg fort. Schlüssige Erklärungen waren immer beruhigend, stellte ich fest. Der Tag war schön. Ich hatte meine Uhr wieder. Ich musste Simon nicht enttäuschen. Alles war gut. Die Straße dampfte. Der Himmel war ungewöhnlich blau, fast fleckenlos zwischen den Hochhäusern. Kirchenglocken läuteten. Ich war froh, dass meine Eltern von dem Drama meines Sonntagmorgens nichts mitbekommen hatten. Zum Glück hatte ich ihnen nichts erzählt und zum Glück hatte ich auch Elena am Telefon nichts gesagt. Sie hätte mich spätestens morgen in der Schule gelöchert. Ich hätte ihr alles haarklein erzählen müssen, auch von seinen drei englischen Worten und meiner kompletten Sprachlosigkeit.

Ich schaute mich um. Ich war bis zur *Hacienda Santa Bárbara*, einem Einkaufszentrum im Kolonialstil, gekommen. Ziemlich weit schon. Mir war heiß, ich zog die Jacke aus. Die Sonne schien. In Bogotá herrschte Dauerfrühling von der schwülen Sorte. In der Sonne war es sofort warm, aber wenn sie hinter düsteren Wolken verschwand, dann pfiff einem der Wind durch die Knochen.

Bogotá war eine total krasse Stadt. Sonne und Regen lagen eng beieinander, Armut und Reichtum, Frieden und Verbrechen. Ich fühlte es immer wieder körperlich. Seit sechs Wochen lebte ich jetzt hier mit einem Knoten hinterm Brustbein. Nie durfte man sich entspannen, nie unaufmerksam, nie sorglos sein. Wenn ein Auto am Straßenrand hielt – das hatte Elena mir beigebracht –, schaute man, wer ausstieg, und machte einen Bogen. Noch besser, man betrat sofort einen Laden oder ein Restaurant. Sonst wurde man plötzlich ins Auto gezerrt und entführt. Bogotá sei vergleichsweise sicher, sagten die Leute, und im nächsten Atemzug erzählten sie von einer Freundin, die vor ihrer Haustür überfallen worden sei. Es gab reichlich Parks mit Teichen und Grillplätzen, doch immer standen dort auch Leute mit Plastiktüten und hatten irgendwas auf dem Pflaster zum Verkauf ausgelegt. Männer guckten mir hinterher und ich durfte nicht zurückgucken, sonst fühlten sie sich gleich animiert mich anzusprechen.

Nicht viel anders verhielten sich die Rucksacktouristen aus Amerika und Europa. Sie fragten nach dem Weg und bettelten im selben Atemzug um Geld oder um einen Schlafplatz. Sie schienen zu meinen, dass sie Anspruch auf Gastfreundschaft und kostenlose warme Mahlzeiten hätten, nur weil sie einen Rucksack auf dem Rücken trugen.

Was zum Teufel machte ich hier nur? Seit sechs Wochen trugen wir jetzt Regenjacken, und von der Armut und dem Elend, die mein Vater bekämpfen wollte, hatten wir nicht wirklich etwas gesehen. Mein Vater operierte in einem privaten Krankenhaus Leute mit ordentlicher Krankenversicherung und meine Mutter testete im Labor Blutwerte. Was war daran anders als zu Hause? Hätten wir nicht wenigstens nach Cartagena gehen können? Das lag an der Karibikküste und ich hätte jeden Tag im Meer baden oder tauchen lernen können.

Vermutlich grollte ich so vor mich hin, weil ich eigentlich mit mir selbst nicht zufrieden war. Wahrscheinlich sogar. Dabei gefiel es mir doch immerhin in der Schule. Ich war Klassenbeste und niemand fand das schlimm. Der Abstand von Vanessa tat mir auch gut. Das merkte ich erst jetzt. Sie hatte bestimmt, was wir machten und auf welche Partys wir gingen. Meine Vorschläge waren nie was wert gewesen. Ich war mir immer dumm und hässlich vorgekommen. Und es war mir nie egal gewesen, was sie von mir dachte. Eigentlich war es total der Stress gewesen. Das war am Colegio Bogotano ganz anders. Elena hörte zu, wenn ich was sagte. Niemand lehnte meine Vorschläge gleich ab, niemand lächelte verächtlich, wenn ich eine Meinung äußerte. Zum ersten Mal war ich ein angesehenes Mitglied einer Clique.

Ein kalter Hauch streifte plötzlich meine nackten Arme. Ich schreckte aus meinen Grübeleien und guckte hoch zum Himmel. Er war immer noch sonnig und blau. Die Kälte kam aus dem Wald auf der anderen Straßenseite. Es war ein dichter grüner Wald an einem steilen Berghang. In dieser Stadt war die Grenze zwischen Stadt und Urwald scharf und undurchlässig.

Auch der Fußweg hatte sich verändert. Er war brüchig und schmal geworden. Die Bordsteine waren gekippt, in den Asphalt versunken oder sie fehlten ganz. Die Häuser auf der anderen Straßenseite waren niedrig geworden, rot und gelb gestrichen mit Satellitenschüsseln auf den Balkonen.

In dieser Gegend war ich noch nie gewesen. Doch in Bogotá konnte man sich eigentlich nicht verlaufen. Alle Straßen waren nummeriert. Diejenigen, die von Nord nach Süd verliefen, hießen Carrera, und alle, die von Westen nach Osten gingen, hießen Calle. Ich war aus meinem Viertel San Patricio weit nach Osten geraten und befand mich nun in der Calle 110.

Aus dem Wald sickerte feuchte Kälte. Grüne Frösche hüpften vom Fußweg. Diese Frösche fanden sich auch gern bei uns in der Dusche ein und klebten an der Wand. Mama hatte ziemlich gekreischt am ersten Morgen. Aber inzwischen hatte auch sie sich daran gewöhnt, dass in Kolumbien Sauberkeit und Ungezieferstatus einer Wohnung mit anderen Maßstäben zu messen waren. Die Frösche hüpften auch nicht herum, sie guckten nur, wenn man sich duschte, und sie fingen die Fliegen, Motten und sonstiges Insektenzeugs weg, von dem ich lieber nicht wissen wollte, wie es hieß.

Ich dachte daran, umzukehren, da fiel mir im Grün des Waldrands ein blau gestrichenes Törchen zwischen zwei weißen Pfosten auf. Auf die Pfosten waren mit roter Farbe Gesichter einer alten indianischen Kultur gemalt. Sie hatten die Formen von Dreiecken oder Kreisen. Oben auf den Pfosten saßen in Stein geschlagene würfelförmige Köpfe. Der eine davon grinste, der andere heulte und zeigte Eckzähne.

Und siehe da: Auf dem Grinsekopf turnte zirpend ein Seidenäffchen mit rotem Halsband herum. Es blickte mich mit verschreckten nussbraunen Augen an, stieß plötzlich einen spitzen Schrei aus, wobei ich seine nadelscharfen Eckzähnchen sehen konnte, und sprang in den nächsten Baum davon.

Ich ging ans Tor und spähte in den Garten, konnte aber das Äffchen nicht mehr sehen. Ein schmaler, von Pfützen durchwebter Pfad führte bergan ins dunkle Grün. An den matschigsten Stellen lagen Holzbohlen. Am Ende einer Biegung ahnte ich ein kleines Haus, eine Hütte eher.

Als ob der Affe oben Bescheid gesagt hätte, dass unten jemand war, kam jetzt ein kleiner Hund den Weg herabgekläfft. Er hatte wilde, lange braune Haare. Im Grunde sah er aus wie ein Seidenäffchen auf vier Pfoten. Er verschluckte sich fast vor Zorn. Oben am Ende des Wegs erschien außerdem eine alte Frau in bunten Kleidern, wie ich sie aus meinem Spanischunterricht in Deutschland von Fotos aus südamerikanischen Städten kannte: eine krasse Mischung aus Rot, Gelb, Violett und Blau. Es waren Farben, die sogar im Schatten leuchteten.

Die Alte rief etwas, das ich nicht verstand, was aber den Hund zum Schweigen brachte, und kam den Weg herab. Sie ging ein wenig hüftlahm und schief auf ausgelatschten Plastikschlappen. Routiniert setzte sie die Füße auf die Steine und die Bohlen zwischen den Pfützen. Es wirkte leichtfüßig, obwohl sie dick und rund war und, wie gesagt, links immer ein wenig einknickte.

Ihr Gesicht war rund, faltig und bronzefarben. Darin blitzten schwarze Augen aus schmalen Schlitzen. Ihr zu Zöpfen geflochtenes, schweres schwarzes Haar hatte silberne Strähnen. Sie war eine ungewöhnlich folkloristische Erscheinung in dieser so europäischen Stadt, wie aus Urzeiten hierhergezaubert. Vielleicht blieb ich deshalb wie gebannt stehen, statt einfach weiterzugehen. Die Alte hob die Hand und rief erneut etwas. Es klang wie: »*Hola*, Jasmin!«

Meinte sie mich? Das konnte nicht sein.

Sie lächelte breit und winkte. Zwischen ihren scharf gezeichneten Lippen blitzten zwei Goldzähne. Ich wollte mich nun doch abwenden, da rief sie noch einmal, und diesmal war kein Irrtum möglich.

»Hallo, Jasmin!«

Ich blieb stehen, wie gebannt, wie hypnotisiert, wie verzaubert. Vielleicht war sie eine Hexe. Ich wollte innerlich lachen: Das war total bescheuert. Es gab keine Hexen. Wirklich nicht? In Südamerika mit seinen alten Göttern, Medizinmännern und heilenden Frauen war alles anders. Wir hatten in der Schule García Márquez gelesen, *Hundert Jahre Einsamkeit*. Eine Geschichte von Ameisen, die die

Macht übernahmen, Vorahnungen und Magie. Ich hatte das nicht so ernst genommen. Das war dichterische Freiheit. Kolumbianische Schriftsteller glaubten an Zauberei, aber ich nicht. Ich war Jasmin Auweiler aus Konstanz, sechzehn Jahre, und glaubte nicht an Zeichen, Vorahnungen und Flüche.

Doch plötzlich war ich mir da nicht mehr so sicher. Wieso war ich hierhergegangen, wie war ich in diese Gegend gekommen? Was für ein seltsamer Zufall, dass ich hier das Äffchen wiedersah, das mir vor drei Stunden mindestens drei Kilometer weg von hier eine Uhr gestohlen hatte, die ich von einem indianischen Gärtner zurückbekommen hatte ... Oder hatte ich mir das Äffchen nur eingebildet? Und wieso wusste die Alte meinen Namen?

Ich stand da, als wären meine Schuhe festgeklebt, und schaute der Alten entgegen, die mit sicherem, aber schiefem Schritt über die Pfützen hüpfte, dass ihre Röcke schaukelten; als ob sie mich verzaubert hätte. Und wenn sie mir mit dem Daumennagel ein Kreuz auf die Stirn geritzt hätte, ich hätte es geschehen lassen wie ein Opferlamm.

Etwas außer Atem langte die Alte am Tor an. In ihren schwarzen Augen funkelten unheimliche Geschichten von Opfern und Heldentaten, von Liebe und Tod, die Mythen alter Kulturen aus den Zeiten vor der blutigen Eroberung durch die Spanier. Sie lächelte und wischte sich eine Haarsträhne aus dem Gesicht. So alt, wie ich erst gedacht hatte, war sie wohl doch nicht. Jedenfalls nicht hundert Jahre oder so, sondern vielleicht siebzig oder vielleicht auch nur fünfzig? Hierzulande wurde eine Frau schnell Großmutter, denn viele Mädchen brachten mit vierzehn ihr erstes Kind auf die Welt.

Sie zog von innen den Riegel der blauen Gartentür zurück und sagte: »*Pasa* Jasmin! Komm rein.«

»Sie kennen mich?«, fragte ich ziemlich blöde. »Woher denn? Ich kenne Sie nicht. Wir sind uns nirgendwo begegnet. Sie können mich nicht kennen!«

Sie lachte meckernd. »Die blauäugige Jungfrau von *El Rubí*, wie sollte ich dich nicht kennen?«

Ich erschrak. Sie hatte »*virgen*« gesagt, Jungfrau. Wie kam sie dazu? Sah man mir das etwa an? Und woran sah man das? Es war total peinlich! Es war das Schlimmste, was mir an diesem Scheißsonntagmorgen noch hatte passieren können. Nicht einmal meiner Tante Valentina hatte ich gestanden, dass ich noch nie was mit einem Jungen gehabt hatte. Auch wenn sie wahrscheinlich ahnte, dass sich hinter meinen Besuchen bei Simon nicht unbedingt das verbarg, von dem ich gerne wollte, dass sie es glaubte. Und die anderen Jungs auch.

Wenn mich die Erwachsenen fragten, ob ich denn »schon einen Freund hätte‹, dann pflegte ich zu antworten: »Momentan nicht.« Dann dachten sie, ich hätte mich getrennt oder so. Allein ihr ›schon« war eine Unverschämtheit. Ich fragte die Freunde und Bekannten meiner Eltern, etwa die Frau vom Professor, doch auch nicht, ob sie schon mal geschieden worden seien oder einen Geliebten hätten. Aber mich fragten sie, ob ich »schon einen Freund« hätte. Und was ich denn mal werden wollte und so weiter.

Und jetzt die Alte. Jungfrau! Ja gut, ich war sechzehn und noch Jungfrau, aber wen ging das was an? Stolz war ich bestimmt nicht darauf. Ich hatte nicht vor, meine Jungfräulichkeit mit in irgendeine Ehe zu bringen. Im Gegenteil. Dem Jungen, mit dem ich eines Tages zum ersten Mal schlafen würde, dem würde ich gar nicht sagen, dass ich noch nie vorher mit einem anderen was gehabt hatte. Er sollte sich nichts darauf einbilden, dass er der Erste war. Ich würde einfach sagen, dass ich gerade meine Tage bekommen hätte.

»Woher kennen Sie mich?«, fragte ich noch einmal und reichlich verärgert.

Die Alte lächelte mit blitzenden Goldzähnen. »Ich bin Mama Lula Juanita. K'lum und Cuene erzählen mir alles.«

»Wer?«

»Der Kobold und der Gott des Blitzes.«

»An so was glaube ich nicht! Lassen Sie mich in Ruhe, ja? Und wenn ich den diebischen Affen noch einmal bei mir sehe, dann gehe ich zur Polizei! Jetzt weiß ich ja, wo er hingehört.«

Die Alte wurde schlagartig ernst.

Jetzt wird sie mich gleich verfluchen, dachte ich. Das musste ich mir nicht anhören. Ich drehte mich einfach um und rannte los. Ein Donnerschlag dröhnte über der Stadt. Irgendwo ging gerade ein Gewitterregen nieder. Bogotá war so riesig, dass immer irgendwo anderes Wetter herrschte als dort, wo man selbst gerade war.

Ich lief direkt nach Hause und verbrachte den Rest des Tages mit Musikhören und meinen Schulbüchern, in denen ich kaum las. Am Nachmittag kamen meine Eltern wieder. Papa war fröhlich, Mama hatte Migräne und legte sich ins Bett. Ich erzählte ihnen nichts von dem, was ich erlebt hatte.

– 4 –

»Was hat die Alte gesagt?«, fragte Elena, als ich in der Mittagspause Zeit fand, ihr ausführlich von meinen Sonntagsabenteuern zu erzählen.

»Es klang wie Lula und Klumm. Und dann sagte sie was von Cuene, das soll ein Gott des Blitzes sein. Und dann hat es auch noch gedonnert.«

Elena blinzelte nachdenklich. »Irgendeine Indianersprache. Ich kenne mich da nicht aus. Auch wenn mein Papa seit neuestem stolz verkündet, er sei selber ein halber Indianer. Das sagt er nur, weil er es zu was gebracht hat. Inzwischen ist das ein großes Thema hier, die Indianersprachen und die Kultur und all das. Und die Indígenas streiten untereinander darüber, ob man die Indianersprachen überhaupt aufschreiben darf. Wenn die Kinder die Sprache der Großväter lesen und schreiben könnten, dann könnte das die Autorität der Alten und Schamanen untergraben. Stell dir das vor!«

Das half mir nicht wirklich weiter.

Wir standen an der Essensausgabe in der Mensa. Elena entschied sich für Sauerbraten mit Kartoffelpüree. Sie liebte deutsches Essen, nur beim Nachtisch war sie konservativ und wählte Churros, ein knallsüßes spanisches Spritzgebäck, das in Fett ausgebacken wird. Ich suchte mir im Gegenzug das einheimische Gericht aus, Pollo a la Cazadora, Jägerinnenhuhn mit Reis.

»Aber das mit dem Affen, das musst du anzeigen!«, sagte Elena, als wir uns mit unseren Tabletts einen freien Tisch suchten. »Wenn der in eurer Anlage klaut, dann bist du es deinen Nachbarn schuldig, finde ich. Vielleicht vermissen sie auch schon Schmuckstücke. Und eine Haushaltshilfe hat es abbekommen.«

»Und wenn das Ganze keine Absicht war?«, gab ich zu bedenken. Ich musste schreien, so laut war es hier. »Er hat mir doch die Uhr sofort zurückgegeben, kaum dass er mich gesehen hat.«

Elena zog die Stirn kraus. »Das gefällt mir gar nicht, Jasmin. Du bist zu vertrauensselig. Was, wenn er dich einfach nur auf den Balkon hat treten sehen, als der Affe ihm die Beute brachte? Da hat er gewusst, dass du ihn gesehen hast. Er war entlarvt. Also hat er gedacht, er gibt dir die Uhr besser gleich zurück. Dann kannst du ihn nicht wegen Diebstahls anzeigen.«

»Aber er hat gar nicht viel zu mir gesagt.«

Elena blickte mich fragend an. »Was hätte er denn sagen sollen?«

»Er hätte irgendwas erklären können. Dass er das Äffchen gesehen hätte, dass es nicht seines wäre. Dass er auch nicht wüsste, wo es hingehört, dass es aber wohl was mitgenommen hätte aus meiner Wohnung und dass er selbst es ihm weggenommen hätte und mir jetzt zurückgeben wollte. So die Art. Wer einen Diebstahl vertuschen will, der gibt Erklärungen ab. Der versucht alles, damit man nicht denkt, es sei ein geplanter Diebstahl gewesen. Der muss reden, verstehst du, Elena?«

Sie zuckte mit den Schultern. »Wenn du meinst.«

Ein paar aus unserer Klasse kamen und setzten sich zu uns an den Tisch. Wir redeten über den Diplomatenball am kommenden Samstag. Er versprach eine altmodische britische Veranstaltung zu werden, mit Smoking, langem Kleid und »Etikette«. Wie üblich hatte sich Präsident Uribe angesagt. Aber wahrscheinlich würde mein Vater im letzten Moment einen Dienst im Krankenhaus vortäuschen, nur um nicht hinzumüssen. Deshalb brauchte ich mir über mein Kleid nicht wirklich Gedanken zu machen.

Ich beschloss, nach dem Sportunterricht in die Bibliothek zu gehen, um herauszufinden, was Mama Lula hieß und wer Cuene war. Dort gab es massenhaft Bücher über die Kulturen der alten indigenen Stämme. Vielleicht erkannte ich sogar die Fratzen wieder, die auf die Torpfosten gemalt worden waren, und fand heraus, zu welchem Stamm die geheimnisvolle Alte vom Waldhaus gehörte.

Montags stand Schwimmen auf dem Stundenplan. Das lag mir. Ich war größer als die meisten und etwas kräftiger, was beim Schwimmen gut war, und darum sogar schneller als die älteren Mädchen. Im Colegio wurde ziemlich viel Sport getrieben. Ich hatte mich für Schwimmen eingetragen und für Feldhockey.

Gegen vier Uhr steckte ich wieder in meiner blauen Uniform – es wurde streng darauf geachtet, dass man sie nach dem Sport wieder anzog – und machte mich auf den Weg zur Bibliothek. Wieder einmal genoss ich es, dass die Schule so groß war, dass ich nicht alle nasenlang »Hallo« sagen musste. Nicht, dass ich was gegen das Hallo-Sagen hatte, das nicht, aber ich hatte zuletzt in meiner Schule in Konstanz zu viele schnippische Gegengrüße bekommen, und manche hatten mich gar nicht gegrüßt. Ich weiß nicht, was ich denen getan hatte, dass sie mich schnitten. Das weiß man meistens nicht, hatte mir Papa erklärt. Offenbar war es bei ihm im Krankenhaus auch so. Zu viel Neid und Missgunst. »Wenn einer was besser kann als andere«, hatte Papa gemeint, »dann wird er zur Zielscheibe von Hetze und Intrigen, und dann kann er machen, was er will, er allein kann das Klima nicht verbessern.«

Der Lesesaal war ziemlich leer. Die meisten saßen in den Computerräumen.

Ich überlegte, statt in Büchern doch auch erst mal im Internet nachzugucken. An den Computern waren leider alle Plätze belegt. Aber einer erhob sich gerade und drehte sich um.

Ich erschrak bis in die Kniekehlen. Es war der Gärtner. Er steckte im Anzug der Angestellten des Colegio Bogotano. Sein Blick streifte mich nur kurz, aber ich war mir sicher, dass auch er mich wiedererkannt hatte. Ich wollte etwas sagen, aber mir fiel buchstäblich nichts ein, vielleicht auch, weil ich mich nicht entscheiden konnte, in welcher Sprache ich ihn ansprechen sollte: Deutsch, Spanisch oder Englisch. Ehe ich auch nur den Mund aufbekam, war er an mir vorbei hinausgegangen. Rasch und leise, fast fluchtartig.

Mein Herz klopfte völlig unangemessen heftig. Mit zittrigen Knien setzte ich mich an den Computerplatz, den er eben verlassen hatte, und mit fahrigen Händen klickte ich mich rein. Was hatte er hier gemacht? Die Bibliothek stand zwar den Angestellten offen, aber es waren meist die von der Verwaltung, die man hier traf, nicht die Gärtner oder Reinigungskräfte. Andererseits, wer sagte, dass er auch hier der Gärtner war? Wer war er überhaupt?

Ich wandte mich an das Mädchen, das neben mir saß und in einem Musikportal surfte, und fragte: »Weißt du, wer das gerade eben war?«

»Wer?«

»Der hier saß?«

»Ach, das war Damián von der Hausmeisterei.«

»Ah.«

»Er ist ein ehemaliger Schüler, glaube ich.«

Ein ehemaliger Schüler! Ich staunte. Wenn er in der Hausmeisterei einen bestimmt ordentlich bezahlten Job hatte, wieso arbeitete er dann noch als Gärtner bei uns in der Anlage? Hatte er eine so große Familie zu ernähren? Andererseits, wenn seine Eltern sich diese Schule hatten leisten können, dann gehörten sie zur Oberschicht. Dann konnte er nicht ihr Alleinernährer sein. Und er konnte auch nicht aus den Slums der Südstadt stammen.

Ich versuchte krampfhaft, mich an das zu erinnern, was ich heute Nachmittag hatte nachgucken wollen, aber mir fiel von den Worten, die die Alte am Waldhaus zu mir gesagt hatte, nur »Klumm« ein. Die Alte hatte das Wort irgendwie kompliziert ausgesprochen. »Klumm« würde mich sicher nicht zu geheimnisvollen indianischen Kobolden und Göttern führen. Eine Weile saß ich stier vor dem Bildschirm, dann gestand ich mir ein, dass ich immer noch mit dem Gärtner beschäftigt war, mit Damián.

Damián! Ein seltsamer Name für einen Lateinamerikaner! So katholisch wie Kolumbien war, wurden Kinder zwar nach Heiligen benannt. Aber Damian, so nannte man bei uns den Schutzpatron der Ärzte. War Damiáns Vater womöglich auch Arzt, so wie meiner? Doch dann stellte sich einmal mehr die Frage, warum er als Gärtner und Hausmeister arbeitete, statt zu studieren, und zwar Medizin.

Ich rief die Colegio-Seite auf, die nur für Interne zugänglich war, und schaute in der Liste der Angestellten nach. Da war er aufgeführt als Gehilfe des Hausmeisters: »Damián Dagua. Cl. 110, 45B, Santa Ana, Distrito Capital, Bogotá.«

War ich nicht gestern genau dort herumgelaufen, in der Calle 110? War am Ende die Hausnummer genau die der Hütte mit den bemalten Pfosten?

Mein Herz begann erneut heftig zu schlagen. Verdammtes Herz! Warum reagierte es so hektisch? Das war total peinlich! Aber was ich eben entdeckt hatte, war auch ein Hammer. Wenn Damián bei der alten indianischen Hexe wohnte, dann war es sein Affe gewesen, der mich gestern früh beklaut hatte. Denselben Affen mit dem roten Halsband hatte ich auf dem Törchen zum Hexenhaus wiedergesehen. Wenn Damián in dem Haus mit dem Affen wohnte, wenn der Affe also womöglich ihm gehörte, dann war er am Ende doch ein Dieb. Dann hatte Elena Recht, wenn sie meinte, er habe mir die Uhr nur zurückgegeben, weil ich zufällig vom Balkon hinabgeschaut hatte, als er sie sich von dem diebischen Äffchen hatte geben lassen. Und wenn das so war, dann hatte das Colegio Bogotano einen Dieb als Hausmeistergehilfen angestellt.

Andererseits, wenn er vorher Schüler gewesen war, wer hatte dann das Schulgeld bezahlt? In so einer Hütte zwischen Bäumen am Berghang wohnten keine reichen Kolumbianer, die sich eine deutsche Schule leisten konnten. Es sei denn, das Geld war nicht rechtmäßig erworben worden, sondern stammte aus Drogengeschäften und wer weiß was noch alles. Vielleicht dealte Damián sogar mit Drogen. Hier an der Schule!

Meine Überlegungen halfen leider nicht mein Herzklopfen zu dämpfen. Im Gegenteil. Was musste ich jetzt tun? Musste ich zur Schulverwaltung gehen und sie darauf aufmerksam machen, dass ihr Hausangestellter noch woanders gärtnerte und dort mit einem Äffchen Raubzüge unternahm? Und dass er in einem Haus wohnte, das nicht darauf schließen ließ, dass legal erworbenes Geld vorhanden war? War es meine Pflicht, meine Beobachtungen zu melden, oder nicht? Und musste ich das jetzt augenblicklich entscheiden? Hingen unmittelbar Menschenleben davon ab? Nein. Also konnte ich vorher noch mit Elena sprechen, vielleicht sogar mit meinen Eltern. Aber auch darüber musste ich noch nachdenken.

Ich überlegte vorerst kurz, ob ich Vanessa eine Mail schreiben sollte, aber bis der Bus ging, war nicht mehr viel Zeit. Eines konnte ich noch tun, auch wenn ich mir dabei wie eine Polizistin vorkam: schauen, welche Seiten Damián besucht hatte. Die waren im Verlauf gespeichert. Ich klickte das Symbol an. Nichts! Er hatte den Verlauf gelöscht. Mein Herz pochte hart und traurig. So was tat nur jemand, der etwas zu verbergen hatte.

Ich gab meinen Computerplatz auf – ich konnte sowieso keinen klaren Gedanken fassen – und rannte über das Gelände zur Haltestelle des Busses vom Servicio Escolar. Manchmal nahm Elena mich mit. Sie wurde ja von einem Chauffeur abgeholt. Aber heute war sie schon früher gegangen, weil sie nicht mit beim Schwimmen gewesen war.

Beim Abendessen fragte Mama mich, ob ich eigentlich ein Kleid für den Ball hätte. Ich war erstaunt. Sie wusste, dass ich keines besaß. »Gehen wir denn hin?«

»Dein Vater hat versichert, dass er keinen Dienst hat, auch keine Rufbereitschaft«, antwortete meine Mutter. Sie lächelte streng. Die Arbeitszeiten meines Vaters waren ein ständiges Thema bei uns. Oft war er zum Abendessen noch nicht zu Hause. Meine Mutter hatte dagegen regelmäßige Arbeitszeiten. Sie war nur tagsüber im Labor, wenn ich in der Schule war.

Aber heute war mein Vater ausnahmsweise schon zu Hause. Und er nickte amüsiert. »Ich weiß doch, was ich meinen zwei Damen schuldig bin.«

Dafür wusste ich auf einmal nicht mehr, ob ich mich darüber freuen sollte, dass wir zum Ball gingen. Er kam mir plötzlich irgendwie nebensächlich vor. Diplomaten, Ärzte, reiche Leute, schöne Kleider. Doch Damián würde nicht dabei sein … Stopp! Wo denkst du hin? Ich war erschrocken. Ich hatte mich doch nicht etwa verliebt? Aber nein! In einen Dieb und Drogendealer, niemals! Ich war nur besorgt, ob ich meine Beobachtungen melden musste oder ob ich Unrecht hatte und einem Unschuldigen schaden würde. Und niemand konnte mir sagen, was richtig war. Auch meine Eltern nicht. Sie würden sich nur unnötig aufregen und sie konnten es auch nicht besser beurteilen als ich. Sie würden mir sicherlich raten der Schulleitung Bescheid zu sagen, weil sie nur an unsere, an meine Sicherheit dachten. Für sie wäre Damián einer von Millionen jungen Kolumbianern, die irgendwie ihr Glück machen wollten, einer wie der andere. Der eine strauchelte und hatte Pech, vielleicht zu Recht, vielleicht auch nicht. Ihnen konnte es egal sein, sie hatten

Damián sicherlich noch nie gesehen, noch nie bewusst angeschaut.

»Freust du dich denn nicht?«, hörte ich meine Mutter fragen. Sie hatte schon eine Weile darüber gesprochen, wo wir am besten ein Kleid für mich bekommen würden.

»Doch. Ich … ich dachte nur nicht, dass wir gehen. Und ich glaub's auch erst, wenn wir tatsächlich dort sind.«

Der Ball galt als Höhepunkt des Sommers, drei Wochen bevor die Sommerferien anfingen, die zwei Monate dauerten. Wobei sich der Sommer hier, wie gesagt, nicht groß vom Winter unterschied. Regenzeit war im März und April und dann noch einmal im Oktober und November. Am wenigsten regnete es im Januar und Februar.

»Wir werden gehen, wenn nicht etwas völlig Unvorhergesehenes passiert«, sagte mein Vater. »Ich will nämlich mit Präsident Uribe über die medizinische Versorgung in Bogotá reden.«

»Der wird auch gerade mit dir darüber reden!«, sagte ich.

»Warum nicht? Meine Klinik in Konstanz könnte zum Beispiel die Patenschaft für eine mobile Kinderklinik übernehmen, einen Bus kaufen und die jungen Ärzte bezahlen. Vielleicht kriegen wir sogar einen Hubschrauber.«

Mein Vater war ein Träumer, ich sagte es schon.

»Dir reicht es wohl nicht, dass du in deiner Klinik reiche Leute operierst, die sonst gestorben wären«, sagte ich. »Du willst auch noch die Armen retten.«

Mein Vater lächelte. »Irgendwo muss man anfangen, Jasmin.«

Ich mochte ihn, wenn er so lächelte. Dann sah er aus wie ein Junge und zugleich klug und gelassen wie ein weiser Mann.

»Und dir kann es doch nur recht sein«, fuhr er feixend fort. »So kommst du auf jeden Fall auf deinen Ball.«

Wenn er gewusst hätte, wie egal mir das im Moment war! Ich hatte ganz andere Probleme. Ich musste über das Schicksal eines jungen Kolumbianers entscheiden.

Ich stand vom Abendessen auf, sobald ich konnte, und setzte mich an den Computer in Papas Arbeitszimmer. Ich versuchte Vanessa in einer E-Mail alles zu erklären. Dann las ich den Brief noch mal durch und dachte, wenn meine Freundin in Deutschland das las, musste sie mir raten Damián anzuzeigen. Sicher ist sicher. Zumindest mit der Schulleitung zu sprechen, damit sie ihn überprüfte. Ich schickte die Mail nicht ab. Was konnte mir Vanessa schon raten? Ich stellte auf einmal fest, dass sie für mich keine Bedeutung mehr hatte. Sie lebte ein anderes Leben. In Deutschland war jetzt tiefste Nacht.

– 5 –

Gleich am nächsten Tag gingen Elena und ich in der Shoppingmall von Bogotá Ballkleider kaufen. Die Mall war eine mehrstöckige, überdachte Einkaufsstraße, an deren gläsernen Eingangstüren in Kniehöhe kreisrunde Verbotsschilder klebten, auf denen eine Kamera, ein Getränk, ein Hamburger, ein Inlineskater, eine Pistole und ein deutscher Schäferhund abgebildet waren, alle durchgestrichen. Ich hatte längst aufgehört über das Waffenverbotsschild zu lachen.

Kleiderkaufen war für mich eher grausig. Elena jubelte zwar jedes Mal, ich sähe toll aus, aber ich sah nur meine runden Hüften und fand mich in jedem Kleid zu dick und zu groß. In meiner Größe gab es außerdem nicht viel Auswahl. Die Kolumbianerinnen waren alle kleiner als ich. Elena reichte mir auch nur bis zur Schulter. Sie war übrigens auch nicht gerade spindeldürr, sie hatte durchaus Hüften und Busen, aber sie wirkte dennoch zierlich, temperamentvoll, elegant und sehr spanisch, obwohl ihre Mutter Deutsche war. Das Kleid in Rot und Beige mit den Volants eines Flamenco-Rocks stand ihr total gut mit ihren schmalen Fesseln. Unter dem Kleid ein paar dezente Netzstrümpfe und Stilettos, das war's.

Aber ich? Oje! Egal was ich anhatte, ich sah aus wie ein Konstanzer Bodenseemädel, das im nächsten Moment auf den Saum tappen und stolpern würde.

Vanessa war in dieser Hinsicht besser gewesen, wenn wir zusammen einkaufen gingen. Sie war immer sofort taktlos herausgeplatzt mit ihrem: »Das macht einen total fetten Arsch.« Oder: »Das schlägt voll hässliche Falten.« Oder: »Das ist zu knapp am Busen.« Aber Elena sagte so etwas nicht. Sie schaute mich nur mit großen entsetzten Augen an und rief: »Wunderbar siehst du aus!«

Ich war dicht davor, den Ball sausenzulassen. Ehe ich wie eine Tomate im Hochzeitsgewand auflief, blieb ich lieber zu Hause. Die Blamage konnte ich mir sparen, von meinem Vater zu allem Überfluss auch noch dem kolumbianischen Präsidenten vorgestellt zu werden und beim Händeschütteln auf den Pumps umzuknicken und der Länge nach hinzuschlagen. Aber plötzlich näherte sich uns eine ältere Verkäuferin, die ich bisher noch nicht gesehen hatte. Sie kam aus den Tiefen des Ladens mit einem Kleid, das eigentlich nach nichts Besonderem aussah. Ein Stück Stoff in indianischen Farben mit violetten und roten ineinanderfließenden Streifen.

Elena schaute gar nicht hin. Sie suchte schon nach einem Schal. Die Verkäuferin schob mich lächelnd in die Umkleidekabine und drückte mir das Kleid in die Hände. »Probier es. Es passt zu dir, hübsch, wie du bist.«

Ich war skeptisch. Aber tatsächlich war das Kleid wie für mich gemacht. Es bestand aus einem etwas groben, aber weich fließenden Webstoff und setzte sich zusammen aus einem Etuikleid und einem kurzen Bolero, der von meinem gebärfreudigen Becken ablenkte und meine Schultern betonte. Die Farben waren ziemlich folkloristisch, weshalb ich das Kleid nie selbst vom Kleiderständer gezogen hätte. Ich hätte auch nicht gedacht, dass meine rötlich blonden Haare und meine helle Haut zu den violett-roten Farben passten. Normalerweise trug ich Blau und Schwarz und Weiß. Aber aus dem Spiegel blickte mir auf einmal eine hübsche und lebenslustige Person entgegen, lächelnd mit leuchtenden blauen Augen und goldfarbenen Haaren.

Elena war nicht begeistert. »Du siehst aus wie unsere Putzfrau Pepita«, sagte sie.

Die Verkäuferin dagegen lächelte und brachte mir noch ein Handtäschchen aus demselben Stoff und ein Paar flache Schuhe aus golddurchwirktem violettem Leinenstoff. Meine Mutter würde vermutlich aufschreien: »Diese Farben! Kind!«

Aber ich konnte mir nicht helfen, mir gefiel es. Ich gefiel mir. Es war, als wollte das Kleid mich haben. Der Stoff schmeichelte meiner Haut, die Farben spielten mit meinem Teint und verwandelten meine Haare in üppiges Goldblond. Das Kleid erfüllte meine Glieder mit Lust auf Tanz und Festlichkeit. In diesem Kleid würde ich zur Not sogar einen Laufsteg oder einen roten Teppich entlanggehen können, ohne zu stolpern.

»Ich nehme es!«, sagte ich. Der Preis, den mir die Verkäuferin nannte, war akzeptabel, auch wenn ich immer eine Weile brauchte, bis ich die Hunderttausende von Pesos in Euro umgerechnet hatte. Zwei Euro waren gut fünftausend Pesos wert. Aber in solchen Läden standen sowieso meist gleich Dollarpreise dabei.

Ich war zum ersten Mal nicht unzufrieden mit dem, was ich gekauft hatte. Es war kein Kompromiss zwischen Mode und meiner Figur, sondern es passte. Dennoch beschlich mich ein kleines seltsames Gefühl von schlechtem Gewissen, als wir mit Tüten und Taschen den Laden im ersten Stock verließen und auf die Galerie traten. Zuerst dachte ich, typisch Jasmin! Wenn ich mir etwas nicht zugestehen wollte, dann, dass ich hübsch war. Ich war es einfach gewöhnt, ein bisschen zu plump zu sein, nie wirklich scharf, zu sportlich, ein bisschen zu füllig und ziemlich öde. Damit konnte ich umgehen. Wenn Vanessa mir sagte, ich hätte zu dicke Schenkel, dann kränkte mich das nicht. Aber wenn mein Vater mir sagte, ich sei hübsch, oder wenn einer seiner Kollegen mir Komplimente machte, dann war mir das höllisch unangenehm. Sie logen doch nur, dachte ich, sie sagten mir nur was Nettes, um mich in Verlegenheit zu bringen. Außerdem fanden Männer sowieso alle jungen Frauen hübsch. Die sahen gar keine Unterschiede. Denen ging es auch nicht wirklich um mich. Unlängst war mir aufgefallen, dass manche älteren Kollegen von Papa mich anstarrten, als hätten sie mich schon ausgezogen. Vanessa gefiel so was, mir nicht. Es war ja auch gar nicht mein Ziel, den Jungs oder Männern zu gefallen. Ich wollte nicht geheiratet werden, ich wollte Ärztin werden.

Doch das Gefühl, mit dem ich jetzt meine Neuerwerbung für den Diplomatenball in der Einkaufstüte durch die Galerie trug, war nicht so sehr Ekel, Abscheu oder Ärger, es ähnelte eindeutig eher einem schlechten Gewissen. Aber was war es, was mich störte? Worum ging es? Warum war ich einerseits glücklich und andererseits beschämt? Durfte ich nicht glücklich sein?

Auf der Rolltreppe fiel es mir plötzlich ein und ich fühlte, wie ich errötete und wie mein Atem schneller ging. Wird das Kleid Damián gefallen?, hatte ich gedacht. Ich hatte es mehrmals gedacht, als ich vor dem Spiegel stand, ich hatte mich mit Damiáns Augen betrachtet. Was würde einem Indio gefallen, der mit einer Alten zusammenlebte, die noch die alte Tracht trug? Wenn ich mich auf dem Ball in diesem Kleid präsentierte, dann zeigte ich ihm, dass ich mich für die Ureinwohner interessierte, für ihn, für seine Welt. Ich machte deutlich, dass ich in seine Welt wollte, die der bunten Farben. Ich hatte mich für ihn schön gemacht.

Mir wurde schwarz vor Augen. O Gott! Wie peinlich! Ich übersah das Ende der Rolltreppe und stolperte.

»Sag mal!«, kicherte Elena. »Was ist denn los?«

»Nichts. Ich überlege nur …«

Ich würde das Kleid nicht anziehen können. So viel stand fest. Am besten, ich brachte es gleich zurück.

»Was überlegst du?«

»Ich überlege, ob ich das Kleid zurückbringe.«

Aber was würde die Verkäuferin sagen, die sich so viel Mühe gegeben hatte? Wie sollte ich ihr das erklären? »Es gefällt mir nicht« wäre eine Lüge gewesen und sie wüsste es, denn sie hatte gesehen, wie ich mich anschaute und dass es mir gefiel. »Es ist mir zu teuer« ging auch nicht. Elenas Kleid hatte das Doppelte gekostet und wir beide sahen nicht so aus, als könnten wir uns die Kleider nicht leisten. Elena hatte der Verkäuferin sogar erzählt, dass wir am Samstag auf den Diplomatenball gehen würden.

»Zurückbringen?«, fragte Elena nach. »Warum denn?«

»Du fandst doch auch, dass ich darin aussehe wie eure Pepita.«

»Du siehst gut aus darin. Du als Deutsche kannst so was tragen. Ich könnte es nicht, ich als Kolumbianerin. Aber du kannst das tragen.«

»Warum kannst du als Kolumbianerin so was nicht tragen?«

»Mein Vater sagt, wir können uns nicht anbiedern bei den Ureinwohnern. Obwohl er indianisches Blut in seinen Adern fließen hat, wie er sagt. Aber hauptsächlich hat er spanisches Blut. Er stammt auch von den Eroberern ab, und die haben die Indios getötet, früher einmal. Wenn wir in Indioklamotten rumlaufen, dann wäre das ... na ja, wie Hohn und Spott. Verstehst du?«

»Deshalb habe ich jetzt auch gedacht, ob es nicht besser ist, wenn ich was anderes anziehe, irgendwas aus Chiffon mit Volants, was Hellblaues oder so.«

Hellblau! Mir grauste jetzt schon. Tante Valentina hatte einmal festgelegt: »Hellblau, das steht der Jasmin. Da sieht sie frisch und fröhlich aus.«

Meine Mutter hatte leider überhaupt keinen Geschmack. Deshalb vertraute sie in Kleiderfragen ihrer Schwester Valentina, die zwar keine Kinder hatte, dafür aber zu allem eine Meinung.

Doch frisch und fröhlich wollte ich auf keinen Fall aussehen. Auch wenn das den Erwachsenen am besten gefiel.

»Aber das Kleid steht dir«, sagte Elena. »Und richtig echt Folklore ist es doch auch nicht. Die Frau von Präsident Uribe hat kürzlich auch mal so was angehabt. Das ist jetzt Mode. Außerdem ist es schon spät. Der Chauffeur wartet. Und wenn du willst, dass ich dich mitnehme ...«

Und davon abgesehen: Damián würde mich in diesem Kleid doch niemals zu Gesicht bekommen. Ein Hausmeistergehilfe wurde nicht auf einen Diplomatenball eingeladen.

– 6 –

Ich war nicht dazu gekommen, mit Elena meine Beobachtungen, die Damián betrafen, zu besprechen. Vielleicht hatte ich auch nicht dazu kommen wollen. Die nächsten Tage hielt ich nach ihm Ausschau, wenn ich übers Schulgelände ging. Aber ich sah ihn nicht. Vielleicht hatte er ja von sich aus gekündigt, nachdem er mich hier gesehen hatte und wusste, dass ich aufs Colegio Bogotano ging und ihn jederzeit entlarven konnte.

Am Freitag fragte mich Elena beim Mittagessen, ob ich wieder was von dem Gärtner gehört hätte, der mich beklaut hatte.

Ich gab mich zerstreut. »Wer? Ach der. Übrigens arbeitet er hier, in der Hausmeisterei. Er heißt Damián Dagua.«

»Was?«

»Ja, ich habe ihn gesehen, am Montag, glaube ich, war das. An einem Computer in der Bibliothek. Jemand hat mir dann gesagt, wie er heißt und dass er hier arbeitet.«

»Aber er hat dich beklaut!«

»Nein. Er hat mir die Uhr zurückgegeben. Vergiss es, Elena!«

»Aber wenn er hier auch klaut!«

»Hör mal, jeder gilt als unschuldig bis zum Beweis des Gegenteils.«

»Du musst mit ihm reden!«

»Das werde ich auf keinen Fall tun. Was geht's mich an?«

»Da sind doch kürzlich Materialien in der Hausmeisterei weggekommen. Erinnerst du dich nicht?«

Das war vor meiner Zeit gewesen. Im Dezember hatte es einen Einbruch in den Wirtschaftsräumen gegeben. Die Einbrecher hatten hauptsächlich Elektrokabel und Werkzeug gestohlen, aber auch Putzmittel und Gärtnereibedarf, darunter eine Kettensäge.

»Das passt doch!«, stellte Elena fest. »Damián spioniert aus, was es wo gibt, und sagt es dann seinen Leuten. Wetten, dass er selber ein Alibi hat. Das weiß man doch, wie so was geht.«

»Vorsicht!«, warnte ich sie noch einmal, ohne mir Rechenschaft darüber abzulegen, warum ich das tat. »Das ist nur ein vager Verdacht. Wir wissen nicht, ob es so ist. Und wenn wir solche Gerüchte in die Welt setzen und es stimmt nicht und er wird deshalb entlassen, dann ist das auch nicht richtig.«

Zum Glück setzten sich ein paar Mädchen aus der C zu uns und wir sprachen über etwas anderes. Aber Elena fing in jeder Pause wieder davon an. Schließlich platzte mir der Kragen.

»Jetzt mach mal einen Punkt!«, fuhr ich sie an. »Du verdächtigst ihn doch nur, weil er ein Indio ist. Das ist Rassismus! Jedenfalls bei uns in Deutschland.«

»Du weißt nicht, wie es hier ist!«, antwortete Elena. »Die erschießen dich wegen ein paar Tausend Pesos! So ist das hier. Man muss sich schützen!«

Mehr sagte sie dazu nicht. Ich merkte, dass sie gekränkt

war. Sie hatte schnell mal den Eindruck, dass ich auf sie hinabschaute, weil sie Kolumbianerin war. Hier galten wir Deutsche als stark und diszipliniert, aber auch als ein bisschen arrogant. Elena war in der Frage besonders empfindlich, weil ihre Eltern, wenn sie sich stritten, irgendwann bei den Nationalitäten anlangten und ihr Vater ihrer Mutter vorhielt, sie sei eine typische Deutsche, geizig, dickköpfig und arrogant, und sie ihm vorwarf, er sei ein echter Latino, stolz und undiszipliniert und ein Macho.

Zum Glück konnte Elena mir nicht lange böse sein. Und außerdem gab es aufregendere Dinge als einen Hausmeistergehilfen, nämlich den Diplomatenball am nächsten Tag. Alle redeten von nichts anderem. Zumindest diejenigen, deren Eltern eingeladen waren und die mitgehen durften. Das waren etwa zwei Drittel der Klasse C. In den anderen, den spanischsprachigen Klassen waren es vermutlich nicht so viele.

Die britische Botschaft hatte für das Großereignis den Ballsaal und das Restaurant im dreißigsten und einunddreißigsten Stock des Bolívar-Hochhauses angemietet. Papa hatte nach längerer ironischer Streiterei, die meine Mutter schier in den Wahnsinn trieb, eingesehen, dass er sich einen Smoking leihen musste, weil der leicht vertrottelte Charme seines Vollbarts und seiner heilenden Hände allein nicht reichen würde, um den Briten und der anwesenden kolumbianischen Prominenz Respekt zu erweisen.

Vormittags ging er noch einmal kurz in die Klinik, während wir Weiber uns aufstylten. Mama hatte für solche Gelegenheiten ein langes schwarzes Kleid, das ihre schmale Figur betonte. Sie fand es zeitlos, ich fand es ein bisschen altmodisch. Von ihrem Schmuck hatte sie nur die Perlenkette mitgenommen. Die Reiseführer hatten davon abgeraten, Reichtum zur Schau zu stellen. Sie sah blass und edel aus. Ihr dunkles Haar hatte sie hochgesteckt.

Papa kam am späten Nachmittag nach Hause. Wir standen schon alle bereit, das Taxi wartete, da kam es noch einmal kurz zur Krise, als mein Vater sich eine Aktenmappe unter den Arm klemmte.

»Was willst du denn damit?«, fragte Mama entgeistert.

»Das sind die Unterlagen für mein Konzept für eine ambulante Versorgung der Slums.«

»Papa!«, rief ich.

»Du wirst doch die Leute heute Abend nicht mit Konzepten belästigen«, sagte Mama mahnend.

»Nur deshalb gehen wir dorthin.«

»Dann wirst du ohne mich gehen«, sagte Mama.

»Aber ...«

Meine Mutter drehte sich um und ging in ihr Zimmer.

»Papa, bitte!«, flehte ich.

»Also gut.« Mit unendlichem Bedauern trug er seine Unterlagen ins Arbeitszimmer zurück und ging Mama besänftigen. Dann endlich brachen wir auf. Mein Vater hakte sich zwischen uns beide, »seine beiden Hübschen«, und so gingen wir durch die Anlage zum Tor. Ich wollte es nicht, aber ich konnte nicht anders als mich verstohlen umblicken, ob Damián in den Grünanlagen stand und mit der Schere Bananenstauden beschnitt. Er war nicht da. Enttäuschung verfinsterte meine Laune. Ich versuchte sie abzuschütteln.

Aber die freudige Erregung, die auch mich in den letzten Tagen erfasst hatte, war plötzlich in sich zusammengefallen. Zum ersten Mal konnte ich nachvollziehen, wie mein Vater sich fühlte. Er mochte die Reichen nicht, er benutzte sie nur, um seine Ziele zu verfolgen. Er fühlte sich nicht wohl im

Smoking und er würde sich die ganze Zeit langweilen. Allerdings würde er es sich nicht anmerken lassen, denn er konnte mit jedem reden. Aber ich sah ihm an, dass er nur auf den Moment wartete, wo er sich den Menschen nähern konnte, die ihm wichtig waren, dem Präsidenten, dem Bürgermeister, möglichen Spendern für seine Slumambulanz.

Auch ich würde mich den ganzen Abend langweilen. So viel stand fest. Wir würden zwar ständig schwatzen, Elena, unsere Klassenkameradinnen und ich, und uns scheinbar prächtig unterhalten, aber im Grunde war es Zeitverschwendung. Alle Probleme, die wir hatten und emsig besprachen, waren banal und albern verglichen mit denen, die die meisten in diesem Land hatten: Hunger zum Beispiel. Fast schämte ich mich wegen meines teuren Kleids und der Feierlichkeit, mit der wir auf die Straße traten. Auf einmal war ich sogar froh, dass Damián mich nicht in diesem Aufzug gesehen hatte. Was musste er denken? Mit welchem Neid musste er uns betrachten? Er war Schüler am Colegio Bogotano gewesen und jetzt doch nur Hausmeistergehilfe und Gärtner. Mehr würde einer wie er nie erreichen.

Am Eingang des Bolívar-Hochhauses lag sogar ein roter Teppich. Ein Dutzend Sicherheitskräfte bewachte den Aufmarsch der Konsuln, Minister und Magnaten mit ihren aufgehübschten Frauen, glitzernden Töchtern und schlaksigen Söhnen. Im Saal im dreißigsten Stock standen festlich gedeckte Tafeln. Kronleuchter funkelten von der Decke herab, polierter dunkler Marmorboden spiegelte jedes einzelne Licht. Obstkörbe und Blumenbouquets schmückten die Anrichten. Hundertschaften von Kellnern und Serviermädchen standen im Hintergrund.

Von den Fenstern hatte man einen grandiosen Ausblick über die Siebenmillionenstadt mit ihren Hochhausnadeln im Meer erdfarbener Hausdächer, die im Dunst verschwammen. Wolken veranstalteten ihr tägliches Theater über dieser Stadt, an einer Stelle ballten sie sich dunkel, an einer anderen rissen sie auf und ließen den schrägen Strahl der Abendsonne auf ein Stadtviertel fallen. Und im Hintergrund immer die blauen Berge der Anden mit ihren unendlichen Urwäldern und Nebeln in den Tälern.

»Ja«, sagte plötzlich ein Mann, der zu mir ans Fenster getreten war, »dort im Dschungel hinter den blauen Bergen herrscht die FARC.«

Der Mann war jung, fast jugendlich noch, blond, blass, blauäugig und von schmaler Gestalt. Er sprach Spanisch mit starkem englischem Akzent, aber sehr korrekt. »Die FARC hält derzeit 26 Geiseln in ihrer Gewalt.«

»Oh!«, sagte ich. »So viele?«

»Manche befinden sich bereits seit vielen Jahren in Gefangenschaft. Zum Beispiel die Lehrerin aus Ihrem Land, Susanne Schuster. Sie ist seit drei Jahren verschwunden. Der Präsident von Venezuela hat sich sehr für sie eingesetzt, aber eine Befreiungsaktion im Februar ist im letzten Moment geplatzt.«

»Woher wissen Sie, dass ich Deutsche bin?«, fragte ich. »Sieht man mir das an?«

Der junge Mann lächelte. »Sie sind die Tochter von Dr. Markus Auweiler, nicht wahr? Das schließe ich daraus, dass Sie mit ihm und Ihrer Frau Mutter den Saal betreten haben. Darf ich mich vorstellen: John Green, Militärattaché an der britischen Botschaft.«

Sein Händedruck war nicht sonderlich fest.

»Wir kennen uns hier alle untereinander«, fuhr er lächelnd fort. »Eine kleine eingeschworene Gemeinschaft. Sie werden sie auch alle kennenlernen. Das da drüben ist Mrs Montafort, die mit dem hellgrünen Kleid und dem Hut, eine Britin, wie sie im Buche steht, Geschäftsführerin einer der größten Modeketten in Kolumbien, und der kleine Dicke neben ihr, das ist unser Botschafter, Sir Thomas Darell. Man sieht ihm an, dass Winston Churchill sein großes Vorbild ist. Für eine kubanische Zigarre würde er alles wagen, und no sports.«

John fuhr fort, mir die nach und nach in Smoking und raschelnden Kleidern eintreffenden Damen und Herren vorzustellen. Ich kam mir vor wie in der Welt eines Romans aus dem neunzehnten Jahrhundert, wo es noch Adlige gab, reiche Kaufleute und junge Mädchen, die zum ersten Mal in die Gesellschaft eingeführt wurden. Genau so ein Mädchen war ich, und John war mein Kavalier, der mich später um den ersten Tanz bitten würde. Danach kamen die Verwicklungen des Herzens. Allerdings war ich mir ziemlich sicher, dass John mein Herz nicht ernsthaft in Gefahr bringen würde, auch wenn er mich mit seinem britischen Humor immer wieder zum Lachen brachte.

Ich stellte ihm meinen Vater vor. Er stellte meinen Vater dem britischen Botschafter vor. Ich präsentierte ihn meiner Freundin Elena, die endlich zusammen mit ihren Eltern eingetroffen war und mir nun auch zum ersten Mal ihren Vater vorstellen konnte. Leandro Perea war ein kleiner agiler Mann mit scharfem Blick und kräftigem Kinn, der sich natürlich gar nicht für mich, sondern weit mehr für meinen Vater interessierte. Womöglich hatte er ein gesundheitliches Problem, das er besprechen wollte, jedenfalls nahm er meinen Vater schnell beiseite. Elenas Mutter hatte ich schon ein paarmal gesehen. Sie war eine schmale Frau mit langem blondem Haar, die an Hals, Handgelenken und Fingern die in Gold gefassten, geheimnisvollen grünen Smaragde trug, die ihr Mann in seinen Minen förderte. Sie sah müde und gelangweilt aus. Wenn ich sie bei Elena daheim getroffen hatte, dann hatte sie kaum etwas gesagt und nie gelächelt. Wahrscheinlich würde ich auch trübsinnig werden, wenn ich mein Leben im Schutz von Bodyguards hinter Mauern mit Stacheldraht und Überwachungskameras verbringen müsste. Sie war einst ein Hippie gewesen, hatte Elena mir erzählt, bevor sie sich in den damals noch jungen und keineswegs reichen Abenteurer Leandro Perea verliebte, der dann Elenas Vater wurde.

Als wir uns zum Abendessen an die Tische begeben wollten, geschah, was mir immer passierte: das Missgeschick.

Die aufgeschossene Tochter eines Bankers trat unvermittelt einen Schritt zurück und stieß dabei einer Kellnerin den spitzen Ellbogen in die Rippen. Das Serviermädchen schrie auf und taumelte. Dabei verloren die Getränke auf dem Tablett das Gleichgewicht. Eine Mischung aus Sekt, Obstsaft und Rotwein ergoss sich über mein Kleid.

Wieso musste immer mir so etwas passieren?

Alle Blicke richteten sich auf den Tumult, also auf uns, auf mich. Meine Mutter sagte: »Das schöne Kleid!« Die aufgeschossene Tochter des Bankers entschuldigte sich und verteidigte sich lautstark, sie habe hinten keine Augen, wieso müsse die blöde Kellnerin auch so dicht hinter ihr vorbeigehen. Die Kellnerin weinte fast und begann an meinem Kleid herumzuwischen. Elena schlug ihr die Hand weg. »Das muss man mit warmem Wasser rausmachen«, sagte Elenas

Mutter. Ein Chefkellner eilte herbei und keifte die Kellnerin zusammen. Es war alles total peinlich. Das Kleid klebte mir nass am Schenkel. John guckte etwas verlegen. Und wieder einmal machte ich mich auf die Suche nach den Waschräumen. Mitleidige Blicke folgten mir. Alle anwesenden Frauen waren heilfroh, dass das ihnen und ihrem teuren Kleid nicht passiert war. Wieder einmal würde ich mit einem Fleck herumsitzen, wieder einmal würde ich nicht tanzen können, weil dann alle mein Missgeschick sehen konnten.

Elena wollte mich begleiten, aber ich lehnte ab, weil ich sah, dass es ihrer Mutter nicht recht war. Denn es war Zeit, sich an die Tische zu begeben oder vielmehr sich von den Bediensteten zu den Tischen führen zu lassen, an denen immer jeweils zehn Personen Platz hatten. Gegen den langsamen Strom all derer, die sich in den Saal bewegten, schlängelte ich mich hinaus. Aus dem Augenwinkel sah ich, wie die kleine Kellnerin von ihrem Chef aus dem Saal geschickt wurde.

Ich suchte nach dem Schild zu den Toiletten. Sie befanden sich in einem mit spiegelndem Marmor ausgelegten Gang. Auch die Waschräume spiegelten, der Boden glänzte, die Waschbecken waren blitzblank. Ein großer Spiegel an der Wand offenbarte mir mein ganzes Elend. Der Fleck auf meinem Schenkel war groß und dunkelrot.

»Oje!«, bemerkte eine ältere Dame, als ich ein Papiertuch aus dem Spender zog und den Wasserhahn anstellte.

Sie war knochig, steckte in einem zippeligen Gewand aus grauem Stoff und hatte kurz geschorene graue Haare, ein verschmitztes Lächeln in den Augen, knallrote Lippen und knallrote Ohrclips aus Plastik.

Das Papier klumpte sofort unter dem Wasserhahn und

schon beim ersten Strich über den Stoff hinterließ es Knötchen.

»Stopp!«, rief die Frau. »Das ist Wein. Da muss Salz drauf.«

»Guter Tipp, aber wo bekomme ich jetzt Salz her?«

»Aus der Küche, mein Kind. Soll ich dich hinbringen? Oder schaffst du das alleine?«

Ihre Augen blitzten spöttisch.

»Ja, lachen Sie nur!«, entfuhr es mir ungewollt heftig. »Meine kleinen Missgeschicke sind ja so lustig. Und es ist auch voll komisch, dass es mir peinlich ist, in irgendeiner dampfigen Küche nach Salz zu fragen, und alle starren mich an und lächeln amüsiert, während ich mir Salz aufs Kleid schütte. Wirklich irre komisch!«

Die Dame wurde ernst. »Ein Fleck auf dem Kleid ist doch kein Beinbruch! Denk nur, falls eine Kellnerin daran schuld ist, verliert sie ihren Job.«

»Das ist mir jetzt gerade scheißegal!«, schrie ich. »Ich bin nicht verantwortlich dafür, dass es in diesem Scheißland so scheißungerecht zugeht.«

»O Gott! Kindchen!«, sagte die Dame. »Du bist ja ganz durch den Wind! Reg dich nicht auf. Das kriegen wir wieder hin. Vertrau einer alten Ballveteranin. Setzt dich da hin, lass das Wasser in Ruhe, ich bin gleich wieder da.«

Sie nahm ihre Handtasche und verschwand. Von den Toiletten kam noch eine Frau, wusch sich die Hände, puderte sich und ging. Dann war ich allein. Ich zupfte mir den feuchten Stoff vom Schenkel, wagte aber nicht, irgendwas an dem Fleck zu machen. Das »Bin gleich wieder da« zog sich hin. Vermutlich würden Elena oder meine Mutter mich bald suchen kommen. Noch peinlicher!

Am liebsten hätte ich mich zum Fahrstuhl geschlichen und wäre nach Hause gefahren. Der Ball war mir vergällt. Ich hatte ohnehin keine Lust gehabt. Dann hatte es besser angefangen, als ich befürchtet hatte. Ich hatte sofort jemanden kennengelernt, ich war nicht links liegengeblieben wie so oft, wenn ich mit Vanessa irgendwohin gegangen war und sie sofort alle Blicke auf sich gezogen hatte. Doch wie immer, wenn ich gerade anfing mich ein bisschen wie Vanessa zu fühlen, als Prinzessin, als junge Frau von Interesse, als Dame von Welt, dann passierte etwas, was alles zunichtemachte. Dann hatte ich eine Laufmasche, der Absatz brach mir ab oder eine Taube schiss mir auf den Kopf.

Als ich auf meine, eigentlich Simons Uhr guckte, hatte ich das Gefühl, zehn Minuten seien bestimmt vergangen. Vielleicht gehörte es zu dem seltsamen Humor dieser Dame, dass sie mich einfach vergaß. Ich öffnete die Tür zum Gang und spähte hinaus.

Ein paar Meter von mir entfernt, an den Türen zum Treppenhaus, standen zwei Männer und diskutierten leise, aber heftig miteinander. Der eine war offensichtlich ein Kellner in einem etwas zu großen schwarzen Anzug, der andere steckte in einem Smoking und kehrte mir den Rücken zu. Erst nach einem Moment wurde mir bewusst, was nicht stimmte. Sie waren beide Kolumbianer, was nicht weiter befremdlich war. Denn unter den Ballgästen waren etliche Kolumbianer, auch solche, die nicht europäisch aussahen, wie Leandro Perea, Elenas Vater mit seinem Viertel indianischem Blut in den Adern. Aber der Mann im Smoking hatte das pechschwarze Haar der Indígenas, der Ureinwohner. Es war kurz geschnitten, und zwar erst unlängst und von einem guten Friseur.

Das waren alles Dinge, die ich nebenbei registrierte, während ich nach der grauhaarigen Dame in dem grauen Zippelgewand Ausschau hielt und überlegte, ob ich mich vielleicht nicht doch selbst auf den Weg in die Küche machen sollte, wo auch immer sie war, und mir mit Salz oder Putzmitteln aushelfen ließ. Zwei Minuten noch, dachte ich und wollte die Tür gerade wieder schließen, als es an der Tür zum Treppenhaus eine Bewegung gab.

Ein Handgemenge war zwischen den beiden Kolumbianern entstanden. Der Indio im Smoking wich zurück, der Kellner sprang vor, packte ihn am Revers und rief: »Nehmt euch in Acht, dein Onkel und du! Ich brauche bloß zu sagen, was ich weiß!«

»*Hijo de puta!*«, knurrte der Indio und entzog sich dem Griff des Kellners mit einer kleinen, aber kraftvollen Bewegung. »Dann pass aber gut auf deine Mutter und deine Schwestern auf!« Und damit gab er dem Kellner einen Stoß in Richtung Treppe.

Mir lief es kalt den Rücken runter. Das Schlimme war, so was passierte, im Zuge solcher Streitereien wurden ganze Familien ausgelöscht, Kinder, Frauen, Alte. Ein Menschenleben galt nicht viel, es sei denn, es gehörte den eigenen Familienangehörigen, dann löste ihr Tod eine fürchterliche Rache aus und ein weiteres Töten.

Der Kellner stieß einen Fluch aus, den ich zum Glück nicht verstehen konnte, denn mit Sicherheit hatte er uns allen Pest und Wahnsinn an den Hals gewünscht, und verschwand durch die Tür ins Treppenhaus.

Der Indio fuhr sich mit den Händen glättend und ordnend über den feinen Stoff seines edlen Anzugs und blickte sich um.

Ich erstarrte in meiner Tür. Auch er erstarrte.

Es war Damián Dagua.

»Hallo!«, stotterte ich. Und ich war stolz darauf, dass ich überhaupt einen Ton herausbrachte.

»Guten Abend«, erwiderte er auf Englisch.

Ich antwortete auf Spanisch: »Guten Abend. Was ... äh ... hat er denn ... ?«

Mir schien, dass er um einen Hauch blasser wurde, als er erkannte, dass ich den Wortwechsel mit dem Kellner verstanden hatte.

Der schimmernde Anzug stand Damián übrigens irrsinnig gut. Ich meine, ich hätte erwartet, dass ein Indio in einem europäischen Smoking irgendwie blöd aussah, weil Gesicht und Kleidung nicht zusammenpassten. Aber das war nicht der Fall. Im Gegenteil. Damiáns Erscheinung kam mir natürlicher vor als die von John Green oder dem britischen Botschafter mit ihrem europäischen Gebaren, das so gar nicht nach Südamerika gehörte. Sie waren die Fremdkörper in dieser Stadt, während Damián mit seinen breiten Wangenknochen, den funkelnden Kohleaugen, den scharfen Bögen seiner Brauen und dem schön geschnittenen Mund mit den vollen Lippen hierhergehörte. Es war sein Land. Wir waren die Eindringlinge, wenn auch seit Hunderten von Jahren. Eines Tages würden er und seine Leute uns vermutlich vertreiben. Ja, er wirkte wie der Prinz eines Volks, das im Verborgenen lebte. Die Aura einer unbekannten urtümlichen Magie, einer Macht von Göttern verliehen, die ich nicht kannte, umgab ihn.

»Der Kellner ... «, antwortete Damián mir auf meine gestammelte Frage. Er sprach auch nicht viel flüssiger: »Er ist ein Dieb!«

»Ein Dieb?«, sagte ich mit bemüht ironischem Unterton.

Wäre ich im Vollbesitz meiner geistigen Kräfte gewesen und hätte ich nicht immer an den Fleck denken müssen, der mein Kleid verunstaltete – ein Kleid, das ich eigentlich für ihn, den geheimnisvollen Indianer, oder vielmehr in Gedanken an ihn, Damián, ausgesucht hatte, ohne realistische Hoffnung, dass er mich darin sehen würde –, dann hätte ich das sicher nicht gesagt. Und ich hätte auch nicht dabei spöttisch die Brauen hochgezogen. Er musste es so verstehen, als spielte ich auf die Tatsache an, dass auch er sich als Gärtner im Besitz meiner Uhr befunden hatte, wenn auch nur für ein paar Stunden.

Ein Schatten fiel auf seine Züge.

»Wir Indígenas sind alle Diebe«, erwiderte er. »Das weiß man ja.«

Jetzt hätte ich unbedingt fragen müssen, was er hier machte. Aber ich wusste nicht, wie ich das tun sollte, ohne durchblicken zu lassen, wie erstaunt ich war, einen Gärtner und Hausmeistergehilfen beim größten gesellschaftlichen Ereignis von Bogotá im Smoking zu sehen. Ich überlegte zu lange.

Damián verbeugte sich leicht und sagte: »Dann wünsche ich Ihnen noch einen schönen Abend.«

Damit wandte er sich um und verließ den Gang durch die Tür zum Vestibül, zu der eben auch die ältere Dame hereinkam, die mir mit meinem Fleck hatte helfen wollen. Sie stießen fast zusammen. Er entschuldigte sich, sie blickte ihn nur kurz an und wandte ihren Blick rasch ab.

»Was wollte der von dir?«, war ihre erste Frage, als sie bei mir an der Tür ankam.

»Wer?«

»Na gut. Komm, Kindchen, ich habe Fleckenwasser. Ein richtiges Zaubermittel. Ich wusste doch, dass meine Freundin immer was dabeihat für solche Fälle. Es hat leider ein bisschen gedauert, bis ich sie gefunden habe. Dann schauen wir mal.«

– 7 –

Die Dame hieß Felicity Melroy, war verwitwet, lebte seit fünfzig Jahren in Bogotá und vollbrachte Wunder. Sie neigte zum Spötteln, war aber, wie mir schien, eine zupackende und herzliche Frau. Als sie ein junges Mädchen war, erzählte sie, seien ihr auch immer solche Missgeschicke passiert. Immer wieder habe sie mit rotem Kopf dagestanden, bis sie sich entschlossen habe es von der komischen Seite zu nehmen.

»Meinen Mann hätte ich überhaupt nie kennengelernt«, erzählte sie, während sie meinen Fleck mit einem Taschentuch aus ihrer Handtasche abrieb, »wenn mir nicht ein Depp die Stola angezündet hätte – er ist später irgendwo Präsident geworden, ich glaube in Bolivien – und mein späterer Mann die Flammen mit seinem Jackett gelöscht hätte. Meine Haare waren auch angesengt, aber wir haben uns halb totgelacht. Es ist alles zu was gut. So, und jetzt gehen wir erhobenen Hauptes in den Saal.«

Ich hielt nach Damián Ausschau, konnte ihn aber nicht finden unter den gut zweihundert Menschen an den zwanzig Tischen unter den Kronleuchtern. Überdies eilte bereits das Dienstpersonal zwischen den Tischen umher und verteilte die Vorspeisen. Ich bin sicher, Damián sah mich, denn wer wollte, sah uns eintreten. John nickte mir freundlich lächelnd zu, als wir seinen Tisch passierten. Ich sah Elena zwischen ihrem Vater und ihrer Mutter, aber keinen Indio im Smoking. Und jemand winkte hektisch vom anderen Ende des Saals und rief: »Hier, Jasmin!« Es war meine Mutter. Jetzt wussten auch alle, die es wissen wollten, wie ich hieß.

»Das hat aber lang gedauert«, bemerkte meine Mutter, als ich mich endlich setzte.

»Du kannst dich glücklich schätzen, dass du die Reden verpasst hast«, sagte mein Vater.

Bei uns am Tisch saßen der Direktor der Klinik San Vicente mit seiner Frau, außerdem Claudia Aldana, die Direktorin des Colegio Bogotano, mit ihrem Mann und der Pfarrer mit seiner Frau, ein Industrieller, zwei alte Damen und ein Mann, dem der schwarze Anzug nicht richtig passte und der mit einer Kamera mit Teleobjektiv ausgerüstet war. Er war der Reporter von *El Tiempo*, der Tageszeitung von Bogotá.

Das Essen sah aus und schmeckte, als hätten kolumbianische Köche nach Kochbuch englisch kochen müssen. Es war eine Mischung aus grünen Erbsen, Lammfleisch, Chips und Chilisoße. Als Beilage gab es Maniok, Reis, Avocados und Süßkartoffeln. Es war schaurig. Und es war auch unendlich langweilig. Elena saß Kilometer von mir entfernt. Mein Vater war missgestimmt, denn Präsident Uribe hatte sich entschuldigen lassen. Wichtige Amtsgeschäfte. Er hatte die Kommunikationsministerin mit dem fantastischen Namen Maria del Rosario Guerra de la Espriella geschickt. Ich war auch nicht sonderlich gut drauf. Denn sosehr ich auch den Hals verrenkte, was zudem nicht zu sehr auffallen durfte, ich sah Damián nirgendwo.

Nach den üblichen Fragen der Tischnachbarn meiner Eltern, wie mir das Land gefalle und was ich mal werden wolle, blieb ich mir selbst überlassen und begann mir darüber Gedanken zu machen, ob das Serviermädchen, das durch den Rippenstoß der Tochter eines Bankers ins Straucheln gekommen war und mir die Getränke übers Kleid geschüttet hatte, wirklich entlassen wurde. Es konnte doch nichts dafür. Und ich hatte mich über einen albernen Fleck fürchterlich aufgeregt und dabei nur an mich gedacht.

Hatte man sie schon weggeschickt, fragte ich mich, oder ließ man sie heute noch zu Ende arbeiten, als Tellerwäscherin in der Küche zum Beispiel? Dann hatte ich vielleicht noch eine Chance, alles richtigzustellen. Am liebsten wäre ich sofort aufgestanden und hätte den Chefkellner gesucht. Aber der hatte jetzt vermutlich auch anderes zu tun, als sich mit mir und meiner Bitte zu beschäftigen. Die Teller des Hauptgangs wurden abgetragen. Der Yorkshirepudding, ein eigentlich luftiges Gebilde, wie mein Vater mir erklärte, hatte die Konsistenz von Kautschuk mit Leim gehabt. Nachdem endlich auch der Nachtisch aufgetragen worden war, Pfefferminzeis – nicht essbar! – und Obstsalat, Nüsse und Flan, wurde es unruhiger in dem großen Saal. Die Ersten begannen aufzustehen.

Endlich!

Elena passte mich auf dem Weg in Richtung der Türen ab, aus denen die Kellner kamen. Ich erklärte ihr, was ich vorhatte. Sie meinte, das müsste ich nicht tun, auch in Kolumbien gebe es Gewerkschaften, aber sie schloss sich mir an. Wir traten an die Türen heran, durch die wie die Bienen die Kellner ein- und ausschwärmten. Ich fragte eine Kellnerin, die gerade zurückkam, ob wir mal kurz den Chef oder den

Geschäftsführer oder den Verantwortlichen sprechen könnten. Nach einer Weile erschien ein verschwitzter Mann. Er war zwei Köpfe kleiner als ich, was ihm sichtlich missfiel. Als er jedoch merkte, dass wir uns nicht beschweren wollten, wurde er freundlich, fast ein bisschen zu freundlich, machte uns Komplimente und bestritt mit großer Geste, dass die Kellnerin Konsequenzen befürchten müsse. Ich hatte den Eindruck, dass er das Blaue vom Himmel runterlog.

Ich fragte, ob ich die Kellnerin mal sprechen könnte.

Das brachte ihn ins Schlingern. Es sei jetzt nicht der richtige Zeitpunkt, lavierte er, es gebe viel zu tun. Ob ich in einer Stunde noch mal wiederkommen könnte.

»Wie heißt sie denn?«

»Das weiß ich nicht«, antwortete er. »Es sind fünfzig Leute. Und viele sind nur für heute eingestellt.«

»Mein Kleid ist wieder sauber«, erklärte ich mit Nachdruck. »Sehen Sie. Es ist überhaupt nichts passiert. Die Kellnerin kann nichts dafür. Ich möchte nicht, dass sie meinetwegen Nachteile hat. Dann könnte ich nicht mehr ruhig schlafen.«

»Regen Sie sich nicht auf!«, sagte er. »Natürlich möchte ich nicht, dass Sie nicht ruhig schlafen können. Kommen Sie in einer Stunde wieder oder in zwei. Und jetzt bitte ich um Entschuldigung. Ich habe zu tun.«

»Na, immerhin haben wir es versucht«, bemerkte Elena.

»Aber das reicht nicht!«, schnaubte ich. »Versuchen reicht nicht. Ich werde in einer Stunde hier noch mal nachfragen. Und wehe, wenn sie dann nicht da ist!«

»Was dann?«

»Dann mache ich einen Riesenaufstand.«

»Dickschädel!«, lachte Elena. So nannte sie mich immer, wenn sie meinte, ich verhielte mich typisch deutsch. Sie wollte in den Tanzsaal. Es gab auch eine Bar, die sich langsam füllte, ein englisches Klubzimmer, in dem der Zigarrenqualm in Schwaden unter der Decke hing, und einen Tearoom, wo Damen mit Hüten in feinen Porzellantassen rührten.

Der Botschafter und seine Frau eröffneten den Tanz mit einem Walzer.

Wenn ich behaupten wollte, ich hätte nicht die ganze Zeit nach einer breitschultrigen Gestalt mit pechschwarzem Haar Ausschau gehalten, hätte ich gelogen. Einmal meinte ich Damián ganz hinten in einer Ecke gesehen zu haben, kurz bevor sich die Menge zwischen ihm und mir schloss, aber als ich wieder freien Blick hatte, war er nicht mehr dort. Du spinnst!, sagte ich mir. Was willst du denn von ihm? Das kann nichts werden. Definitiv nicht. Er interessiert sich doch auch überhaupt nicht für dich, sonst hätte er dich jetzt schon gefunden und zum Tanzen aufgefordert.

Enttäuschung sickerte mir in die Glieder. Ich spürte sie wirklich körperlich. Sie lähmte meine Beine und Hände und meine Seele. Es fiel mir schwer, mich auf den Beinen zu halten. Der Ball kam mir auf einmal unendlich öde vor. Was machten wir hier eigentlich? Ich dachte, ich müsste sterben, wenn ich jetzt nicht sofort ging. Aber Elena hätte das nicht verstanden. Und meine Eltern auch nicht. »Bist du krank?«, hätte meine Mutter gefragt und ihr sorgenvolles Gesicht aufgelegt, mit dem sie an Wärmflaschen dachte und an mein Lieblingsessen, das sie mir kochen würde. Ich hasste das. Ich war kein kleines Kind mehr, das sich vom Papa vertrauensvoll den Puls fühlen ließ und sich danach schon viel besser fühlte. Dabei war es ihm eigentlich immer ein bisschen peinlich, wenn er mich als Arzt untersuchen musste. Aber Mama bestand darauf: »Wenn wir schon einen Arzt in der Familie haben!«

Ich versuchte die innere Lähmung abzuschütteln. Zum Glück merkte Elena nichts, ein bisschen beschwipst, wie sie bereits war. Außerdem hatte sich inzwischen John Green zu uns gesellt. Weil ich ziemlich wortkarg war, beschäftigte er sich notgedrungen intensiver mit Elena. Und dann kam es, wie es kommen musste: Es war Elena, nicht ich, die er auf die Tanzfläche führte. Es war wie daheim mit Vanessa. So war es immer. Ich war schlecht gelaunt, mein Kleid hatte einen Fleck und deshalb wandten sich die Jungs meinen Freundinnen zu. Es lag an mir, ich wusste es. Ich musste heiterer und unbeschwerter sein, mehr lächeln, plappern, lachen und all das. Aber ich war eben nicht so eine, die auf Knopfdruck fröhlich war und mit einem Jungen flirtete, der sich die Ehre gab, sich für mich zu interessieren. »Na, lassen sie dich wieder stehen?«, fiel mich von schräg hinten eine Stimme an. Es war Felicity Melroy, die Dame in Grau. Wegen der lauten Musik musste sie sich meinem Ohr nähern und ziemlich schreien. Ich roch ihr Parfüm.

»Ich habe keine Lust zu tanzen«, erwiderte ich.

»Oh!«, lachte sie. »Schlechte Laune. Ist dein Schätzchen nicht da? Hat er dich versetzt? Komm mal mit, Kindchen. Wir geben die vornehmen Damen und gehen Tee trinken.«

Ich winkte Elena zu und bedeutete ihr mit Gesten, dass ich nach nebenan ging, aber ich war nicht sicher, ob sie mich verstand. Egal. Mrs Melroy führte mich in den Tearoom, in dem in erstaunlicher Stille ein Dutzend alte Damen leise miteinander redeten. Wir fanden ein Plätzchen in einer

Ecke. Felicity bestellte zwei Earl Grey. »Der macht munter«, befand sie. »So, und nun erzähl mal. Was ist los?«

Ich hatte eigentlich keine Lust, etwas zu erzählen. Wie hätte ich meinen Zustand auch in Worte fassen sollen? Mrs Melroy hätte nur gedacht, dass ich in diesen Damián verliebt sei. Aber das war ich nicht. Mein Problem war, dachte ich, dass ich nicht wusste, ob er gefährlich war. Er hatte dem armen Kellner gedroht, dessen Mutter und Schwestern zu töten. So einer war Hausmeistergehilfe in meiner Schule. Und ich wusste verdammt noch mal einfach nicht, was ich tun musste. War er ein Spion der FARC, ein Untergrundkämpfer, der einen Anschlag in Bogotá vorbereitete oder eine Entführung? Hatte er sich im Smoking hier eingeschlichen, um irgendwas zu tun oder auszukundschaften? Immerhin hatte Präsident Uribe ursprünglich sein Kommen angekündigt. Und nun war Damián verschwunden, gegangen, weil statt des Präsidenten die Kommunikationsministerin gekommen war und das, was er vorgehabt hatte, nun nicht mehr stattfinden konnte. Vielleicht war der Kellner sein Komplize gewesen und er hatte sich mit ihm gestritten, weil etwas schiefgegangen war oder die Informationen nicht gestimmt hatten.

»Ich bin gegen meinen Willen in Kolumbien«, sagte ich, damit Mrs Melroy etwas zu hören bekam. »Ich wollte nicht. Aber meine Eltern haben es einfach beschlossen, und weil ich erst sechzehn bin, musste ich mit. Punktum. Dabei hätte meine Tante Valentina mich so lange genommen.«

»Und nun grollst du deinen Eltern immer noch? Du Dummerchen.«

Wir sprachen Spanisch und sie duzte mich konsequent. Aber ich brachte es nicht fertig, sie auch zu duzen. Obwohl es mich ärgerte. Und es ärgerte mich auch, dass sie mich Dummerchen nannte Mich ärgerte eigentlich alles an ihr, aber sie faszinierte mich auch, ohne dass ich mir erklären konnte, warum.

»Ihr jungen Mädchen«, sagte sie, »meint immer, ihr wüsstet genau, was gut für euch ist. Und eure Eltern hätten keine Ahnung davon. Sie dächten nur an sich selbst. Aber das ist ein Irrtum! Deine Eltern denken permanent an dich. Sie zerbrechen sich den Kopf über dich. Sie machen sich ununterbrochen Sorgen, ob auch alles richtig läuft. Denn du hast keine Ahnung, was wirklich gut für dich ist. Dazu fehlt dir die Lebenserfahrung, glaub mir. Jaja, du bist intelligent und klug und all das. Mit sechzehn ist man im Vollbesitz seiner geistigen Kräfte, intelligenter wird man nicht, aber deine Gefühle, die befinden sich noch im Chaos. Die sind noch nicht richtig justiert. Himmelhoch jauchzend, zu Tode betrübt, so ist das. Du verstehst dich selbst oft am wenigsten.«

Ich nickte unwillkürlich.

»Ich sage dir, dagegen kann man nichts machen. Nur abwarten. Deshalb, glaub mir, ist es gut, wenn du auf uns Erwachsene hörst. Hast du einen Freund?«

Ich schüttelte den Kopf.

»Wirklich nicht? Hast du keinen in Deutschland zurückgelassen, den du ein bisschen magst?«

Ich musste lachen. »Das schon. Aber … na ja …«

»Er ist in eine andere verliebt.«

Ich nickte. »Aber ich war nie in ihn verliebt. Nicht wirklich.«

»Dann ist es ja gut. Und wo ist jetzt das Problem?«

»Es gibt kein Problem.«

Felicity Melroy lachte. »Ich stelle zu viele indiskrete Fragen, ich weiß, das ist weder britisch noch spanisch. Aber sehr deutsch. Aber natürlich musst du mir nicht erzählen, was du auf dem Herzen hast, Kindchen. Worüber wollen wir dann reden. Übers Wetter?«

»Das ist wirklich grauenhaft«, stöhnte ich. »Immer muss man Regenjacken mitnehmen. Übrigens ...« Endlich fiel mir etwas ein, was ich für einigermaßen ungefährlich hielt. »... war ich kürzlich mal spazieren und bin auf eine Hütte gestoßen. Die Hütte ist nicht das Besondere, aber die Pfosten unten am Törchen. Sie sind bemalt mit seltsamen Gesichtern.«

»Was für Gesichter?«

»Relativ geometrisch, in Dreiecken und Quadraten.«

»Dann weiß ich, welches Haus du meinst. Es steht sogar in irgendeinem Reiseführer. Das sind Figuren aus Tierradentro.«

»Was?«

Auf Deutsch übersetzt hieß Tierradentro so etwas wie »in der Erde«.

»Das ist eine geheimnisvolle Grabstätte in den Zentralanden«, erklärte Felicity Melroy. »Sie gehört dem indigenen Volk der Páez. Sie selbst nennen sich Nasa. Es sind die einzigen unterirdischen Gräber, die man hier bislang gefunden hat. Katakomben. Sie sind ausgemalt. Es lohnt sich, da mal hinzufahren. Die Hütte hier in Bogotá gehört einer Medizinfrau der Páez, einer weisen Frau. Sie ist ein wandelndes Buch, sage ich immer. Was sie alles weiß. Viel mehr, als man ihr zutrauen würde. Man sagt, ihr Dorf habe sie ausgestoßen, weil sie zu klug ist. Bei den Páez haben die alten Männer das Sagen, nicht die Frauen. Ich kenne übrigens Leute, die zu ihr gegangen sind und geheilt wurden. Sie kennt sich mit Kräutern und Naturheilmethoden aus, aber sie hat auch geheimnisvolle Kräfte. Man erzählt sich da die erstaunlichsten Dinge. Aber hier erzählt man immer gern von magischen Ereignissen. Alles ist Magie. Die Kolumbianer glauben an Zauberei. Und auf uns Europäer wirkt das besonders, sage ich immer, weil wir es nicht gewohnt sind.«

»Wie?«

Sie lachte. »Du bist doch auch schon ganz blass geworden, Jasmin. Es ist dir unheimlich.«

»Es ist doch auch unheimlich!«

»Ja, aber nur, weil du nicht gewohnt bist so zu denken. Die Indios hier glauben an Geister, sie glauben, dass die Wälder den Kobolden gehören, sie glauben, dass man seine Seele verlieren kann, wenn man sich erschreckt, und solche Dinge. Sie leiden körperlich darunter, sie leiden an Depressionen und Blutarmut, und nur ein Medizinmann kann ihre Seele zurückholen, wenn er sie an den Ort des Schreckens zurückführt. Wir Europäer würden das vielleicht Psychoanalyse nennen oder Traumabehandlung. Dann ist es gleich viel weniger unheimlich, nicht wahr? Es sind ganz normale Vorgänge für die Leute hier, alltägliche Wunder. Sie haben keine Angst davor. Es ist normal, dass sich unerklärliche Dinge ereignen. Nur wir suchen immer nach Erklärungen. Und was wir nicht logisch erfassen können, macht uns Angst. Aber du musst keine Angst haben. Es gibt keinen Schadenszauber, es sei denn, man glaubt daran.«

Ich nickte. »Und was ist mit den Páez oder Nasas? Wer sind die?«

»Es gibt von ihnen schätzungsweise noch 100.000. Sie sind ein sehr friedliches Volk, heißt es. Sie weigern sich seit vierzig Jahren erfolgreich, an den kriegerischen Auseinandersetzungen in Kolumbien teilzunehmen. Sie bauen Koka an und halten Schafe. Die Frauen färben Schafwolle und stricken. Mehr weiß ich nicht. Aber wenn es dich interessiert, dann stelle ich dich unserem Professor Torres y Torres vor. Er ist Anthropologe und erforscht seit langem die indigenen Völker. Irgendwo habe ich ihn heute Abend schon gesehen.«

Sie machte Anstalten aufzustehen. Da klingelte mein Handy. Es war Elena, die mich suchte.

Felicity lächelte. »Du musst los, ich verstehe! Hat mich gefreut, dass wir uns kennengelernt haben.«

»Mich auch«, sagte ich.

»Wir sehen uns sicher bei nächster Gelegenheit wieder! Und jetzt spring schon, Kindchen.«

Als ich am Eingang des Tanzsaals anlangte, waren Elena und John nirgendwo zu sehen. Die Band hatte inzwischen auf Discomusik umgestellt. Die älteren Herrschaften strömten zur Bar, in die Klub- und Teeräume und in die Lounges. Alle waren von hier nach dort unterwegs. Ich erinnerte mich, dass ich ja eine Verabredung mit der Kellnerin hatte, die mir den Fleck auf dem Kleid beschert hatte, und begab mich zum Speisesaal. Die großen runden Tische waren nahezu verlassen. Die Kronleuchter strahlten auf die weißen Tischdecken herab. Das Servicepersonal war damit beschäftigt, abzuräumen und für das Supper – den Tee mit Snacks – neu aufzudecken. Nur wenige Leute waren an den Tischen sitzen geblieben, darunter mein Vater. Er befand sich in einem intensiven Gespräch mit Elenas Vater Leandro Perea. Ich steuerte die Küchentüren an und fragte eine der Kellnerinnen nach dem Chef. Sie versprach nachzuschauen, wo er sich befand, und kam nach einigen Minuten mit der Mitteilung wieder, er sei gerade nicht da. Sie sah müde aus.

Ich schilderte der Kellnerin mein Gespräch mit dem Chef und dass er gesagt habe, ich solle in einer Stunde wiederkommen.

Ein Lächeln erhellte plötzlich das Gesicht der Kellnerin. »Ach, Sie sind das«, sagte sie. »Jemand hat vorhin erzählt, dass Sie sich für Manuela eingesetzt hätten. Aber leider hat man sie sofort weggeschickt, nachdem das passiert war.«

»Kennen Sie sie?«, erkundigte ich mich. »Haben Sie ihre Adresse?«

Die Kellnerin schüttelte bedauernd den Kopf, versprach aber herumzufragen, ob jemand sie kenne. »Was wollen Sie denn von ihr?«

»Ich wollte ihr nur sagen, dass ich …« Ich unterbrach mich. Was redete ich da eigentlich? Es würde dieser Manuela wenig helfen, wenn ich ihr erklärte, dass ich nicht verantwortlich war für ihre Entlassung. Das klang bestenfalls so, als wollte ich mein schlechtes Gewissen beruhigen. Und wie ich mich fühlte, konnte Manuela völlig egal sein. Sie hatte vermutlich viel existenziellere Sorgen. Am Ende erwartete sie von mir noch, dass ich ihr einen neuen Job besorgte. Und das konnte ich nicht. Oder dass ich ihr Geld gab. Wer weiß.

»Ach nichts«, sagte ich. »Nichts. Ich dachte nur … Ich wollte nicht, dass sie entlassen wird.«

»Ich weiß«, antwortete die Kellnerin und drückte mir kurz und herzlich den Arm. »Sie sind ein guter Mensch. Aber machen Sie sich nicht so viele Gedanken. Das Leben ist ein Auf und Ab.«

Damit war sie hinter der Schwingtür zur Küche verschwunden.

Das Ganze war ein Schuss in den Ofen gewesen, dachte ich. Typisch Jasmin. Viel Wind, wenig Ergebnisse, gut gemeint, aber sinnlos, und all das. Was hätte Mrs Melroy wohl dazu gesagt? Wahrscheinlich hätte sie gespöttelt: »Jasmin will alleine die Welt verbessern!« Es war wirklich schwierig, das Richtige zu tun. Ich seufzte tief. Jetzt musste ich Elena finden.

Ich drehte mich um und stand unmittelbar vor einer Gestalt im Smoking mit pechschwarzen Haaren und schmalen Kohleaugen.

»Damián!«

Seine Brauen zuckten leicht. »Du kennst meinen Namen?«

»Damián Dagua«, antwortete ich. »Ex-Schüler des Colegio Bogotano und heute Hausmeistergehilfe und ... und Gärtner in der Siedlung *El Rubí*.«

Er deutete ein Lächeln an. »Du hast dir viel Mühe gegeben, das herauszufinden.«

»Nein, gar nicht.«

Mir fiel auf, dass er mich jetzt duzte, was dem normalen Umgangston hierzulande viel mehr entsprach. Auch wenn er im Halbschatten der Sichtblenden zwischen Speisesaal und Küchentür stand und ich sein Gesicht nicht so deutlich sehen konnte, wirkte er auf mich entspannter als die anderen Male, wo wir uns begegnet waren. Ein leichtes Lächeln lag auf seinen Lippen.

»Und seit drei Stunden«, sagte er, »fragst du dich, was ich auf dem Diplomatenball verloren habe? Ein Hausmeistergehilfe, Gärtner und ... Dieb.«

Ich konnte nicht anders, ich nickte. »Aber im Grunde«, stotterte ich, »geht es mich ja nichts an.«

»Wir Indígenas stehen immer unter Generalverdacht.«

»Nein! Das stimmt nicht. Jedenfalls nicht, was mich betrifft.«

Ich sagte es mit Nachdruck und großer Leidenschaft. Und in diesem Augenblick zerstoben und verflogen alle meine Überlegungen der letzten Woche und all meine selbstquälerischen Fragen der letzten Stunden. Nein, Damián stand nicht unter Generalverdacht. Schon gar nicht, weil er ein Indio war. Wie hatte ich ihn auch nur eine Sekunde lang für einen Dieb halten können? Er hatte mir meine Uhr doch sofort zurückgegeben. Bei erster Gelegenheit. Und was waren das für kranke Ideen gewesen, er sei auf dem Ball als Undercover-Revolutionär im Dienst der FARC unterwegs? Sogar Pläne für ein Attentat auf Präsident Uribe hatte ich ihm unterstellt! Ich musste von allen guten Geistern verlassen gewesen sein. Jeder Mensch ist unschuldig bis zum Beweis des Gegenteils. Und jetzt stand er vor mir. Warum, wenn nicht, um sich meinen dummen und kindischen Vorwürfen zu stellen und sie zu entkräften? Immerhin fand er es wichtig, es zu tun und die Dinge richtigzustellen, mir, einer Deutschen, gegenüber, die ihm nichts bedeutete und deren Gefühle und Gedanken ihm völlig gleichgültig sein konnten.

Ein eigenartig reserviertes Lächeln spielte auf seinen Lippen, ernst und zugleich amüsiert. Ich spürte, wie er Luft holte, um mir zu antworten.

Da rief jemand: »Achtung!« Aus dem Augenwinkel sah ich drei Kellner aus dem Saal heraneilen und die Schleuse aus Stellwänden stürmen, beladen mit Stapeln von Tellern und Tabletts mit benutzten Gläsern auf dem Weg in die Küche. Ich musste beiseitespringen, wenn ich nicht über den Haufen gerannt werden wollte, und prallte gegen Damián.

Ich spürte seine Hand zwischen meinen Schulterblättern, warm und kräftig, und die Härte seiner Brust unter den raschelnden Stoffen von Jackett und Hemd an meiner Schulter, die zuckenden Muskeln, den raschen Griff seiner Hand an meinen Ellbogen, um zu verhindern, dass ich das Gleichgewicht verlor. Ich atmete tief ein, atmete den Geruch von frischer Wäsche, der sich nach all den Stunden im Anzug mit einem Hauch von Schweiß mischte, der mir unendlich köstlich erschien. Es war ein berauschender, ein wilder und würziger Duft nach Dschungel und Zivilisation, den ich nie wieder in meinem Leben vergessen werde. Ich spürte, wie sich sein Brustkorb hob. Im nächsten Moment hatte er mich sanft von sich geschoben. Seine Augen blitzten, das Lächeln war von seinen Lippen verschwunden, ein Anflug von Bitterkeit zuckte in seinen Mundwinkeln. Er sah mich an. Ich dachte schon, er werde nichts mehr sagen, sondern sich einfach umdrehen und gehen, aber dann sagte er hastig und leise: »Wir gehen besser woandershin.«

Wohin denn?, fragte ich mich. Wo konnten wir hin in diesem Trubel? Mein Herz begann wie wild zu klopfen. Was dachte ich denn da?

»Komm!«, sagte er, drehte sich um und trat in den leeren, abgefressenen Speisesaal hinaus. Die Stadt glitzerte endlos in den Panoramafenstern, der Himmel war stockfinster, vermutlich bewölkt. Man sah die Magistralen im Lichtermeer ihre Kielspuren ziehen. Vermutlich war ich einen Moment stehen geblieben.

»Von ganz oben hat man einen noch besseren Ausblick«, hörte ich Damián jedenfalls sagen. »Wenn du willst …?«

Ich nickte nur.

Ich dachte, wir würden den Fahrstuhl nie erreichen, so

dicht war das Gewühl im Vestibül, oder ich würde vorher ohnmächtig werden. Und stets fürchtete ich, Elena mit John im Schlepptau würde uns in die Quere kommen mit ihrem lauten Geschrei und ihrem »Hier bist du ja, ich suche dich schon eine Ewigkeit!«. Und John würde darauf bestehen, dass man sich einander vorstellte. Ich würde den Namen meines Begleiters nennen müssen. »Das ist Damián Dagua!« Und Elena würde entweder schreien: »Der Dieb!«, oder sie würde verstummen und ihn vorwurfsvoll oder erschreckt anstarren. Solche oder andere Peinlichkeiten konnte ich jetzt gar nicht brauchen. Auch nicht meine Mutter, die mir am Kleid zippelte und mein Haar zu unordentlich fand, oder meinen Vater, der »Amüsierst du dich gut?« fragte. Und am schlimmsten wäre es gewesen, wenn Felicity Melroy mit ihrem spöttischen Lächeln uns gestoppt und bemerkt hätte: »Na, hast du doch noch einen gefunden. Na bitte, jetzt wird ja alles gut.«

Nichts war gut. Doch noch nie in meinem Leben war ich so entschlossen gewesen, genau das zu wollen, hinzunehmen, was kam, furchtlos und zugleich voller Angst. Du bist wahnsinnig, sagte ich mir, und es war mir egal. Ich war wahnsinnig. Ich ging mit einem Mann mit, den ich nicht kannte. Und wenn er mich entführte? Verschleppte? Wenn ich jetzt den entscheidenden Fehler meines Lebens machte? Egal. Es musste sein. Es gab kein Zurück mehr!

Damián drückte auf den Fahrstuhlknopf. Wir schwiegen. Aus dem Vestibül drang das Gemurmel der Leute. Gelegentlich Gelächter. Die Töne der Band wummerten aus dem Ballsaal herüber.

Wir schauten uns nicht an. Wie gebannt starrten wir auf das Lämpchen, das anzeigte, dass der Fahrstuhl von unten heraufkam. Schließlich hielt er mit einem Pling. Die Tür öffnete sich, wir traten in die Kabine.

In ihr standen schon zwei Personen, ein Mann und eine Frau, beide älter als wir, aber auch nicht so alt wie meine Eltern. Der Mann fuhr sich über die Haare, sie kicherte beschwipst und taumelte gegen ihn, als der Fahrstuhl anfuhr. Damián senkte den Blick, verkniff sich ein Lächeln. Er drückte den obersten Knopf und hob den Blick zur Stockwerkanzeige. An seinem Hals pochte eine Ader, ruhig, aber kräftig. Wangen und Kinn waren glatt rasiert und schimmerten wie bronzefarbener Satin. Seine Lippen waren einen Ton dunkler und bis in die Winkel deutlich und scharf gezeichnet. Die Wimpern seiner Augen waren lang und schwarz. Bei jedem Lidschlag schienen sich die Wimpern des Lids in den dichten Wimpern des Unterlids verfangen zu wollen. Sein Haar war, wie ich schon bemerkt hatte, erst gestern oder vorgestern kurz geschnitten worden und sehr dicht. In seinem Nacken lief es zu einem Wirbel zusammen, der ein kleines Fragezeichen formte.

Plötzlich schoss sein Blick zu mir herüber und tauchte in meinen. So dunkle Augen hatte ich noch nie gesehen, sie glitzerten wie polierte Kohle und zuckten wie meine vermutlich auch, weil sie mal in mein linkes, dann in mein rechtes Auge schauten. Er hob die Hand, ich weiß nicht, um was zu tun, doch da stoppte der Fahrstuhl.

Wir traten hinaus, wie gejagt von dem Pärchen, das offenbar auch die Aussicht genießen wollte. Sie knickste auf Stöckelschuhen an seinem Arm und kicherte.

Wir und das Pärchen waren nicht die Einzigen im obersten Stockwerk, das eine jetzt halbdunkle und geschlossene Cafeteria beherbergte. Hier und dort standen in dunklen

Gruppen Leute an den Fenstern. Andere kamen zurück zu den Fahrstühlen. Wir traten an die Fenster. Selbst von hier oben schien die Stadt endlos.

»Fast sieben Millionen Menschen leben hier«, erklärte Damián. »Bogotá ist eine der Städte auf der Welt, die am schnellsten wachsen. Der Name kommt aus der Chibcha-Sprache, Bagatá, das heißt: hoch gelegenes Feld. Wir sind hier zweitausendsechshundert Meter hoch in der fruchtbaren Ebene Sabana de Bogotá, mitten in den Anden.«

Ich nickte. Ich hatte es zwar in der Schule gelernt, aber ich genoss jedes Wort, das Damián in seiner ruhigen und bestimmten Art und mit leiser, unaufdringlicher Stimme zu mir sagte.

»Ungefähr dort«, er deutete in die Ferne, »liegt das Colegio Bogotano.«

Während er mir Stadtteile und Gebäude nannte, wanderten wir von der Nordseite hinüber zur Südseite. Die Tische und Ablagen für Besteck und Geschirr reihten sich hinter einer Stellwand aus Holz, welche uns vom Rest des Saals abtrennte. Hier war es dunkler, so dass nichts den Blick auf das Lichtermeer störte, das sich zu unseren Füßen unübersehbar weit nach Süden ausdehnte. Wie leuchtende Adern durchzogen die großen Magistralen das Gebiet.

»Die Eje Ambiental«, sagte Damián und deutete auf eine breite Straße, die sich im Licht zwischen den Hochhäusern fortschlängelte. »Dort ist der Campus der Staatlichen Universität.« Er blickte mich an. »Ich studiere Ökonomie.« Er zögerte etwas. »Na ja, ich will da, wo ich herkomme, eine … eine Universität gründen. Bildung ist der Schlüssel zum Wohlstand. Und meine … meine Leute …«

»Die Páez?«, fragte ich.

»Wer hat dir das erzählt?« Er wartete meine Antwort nicht ab. »Páez, so nennen uns die Spanier. Wir selbst nennen uns Nasa. Die Provinz ›El Cauca‹, wo wir leben, ist die ärmste von ganz Kolumbien. Im Cauca leben die meisten indigenen Völker. Wir haben uns zusammengeschlossen zum Consejo Regional Indígena del Cauca, kurz CRIC. Der Regionalrat vergibt Stipendien, deshalb konnte ich hier in Bogotá aufs Colegio gehen. Die Rektorin hat mir freundlicherweise ein Praktikum angeboten, damit ich in den verschiedenen Abteilungen lernen kann, wie eine große Lehranstalt geführt und verwaltet werden muss.«

»Ich will Ärztin werden«, sagte ich. Und zum ersten Mal hatte ich das Gefühl, dass ich es wirklich wollte. Und ich wusste plötzlich auch, warum: »Ich will später mal … hier arbeiten. So wie mein Vater.«

»Das ist gut«, sagte Damián mit einem Lächeln. »Dein Vater ist ein engagierter Mann. Ich habe vorhin mit ihm gesprochen.«

»Du hast mit ihm gesprochen?« Ich war leicht alarmiert. »Worüber denn?«

»Er hat mir erzählt, dass er zur Smaragdmine von Inza reisen möchte.« Ein bitterer Zug huschte über Damiáns schönes Gesicht. »Außerdem möchte er gerne die Gebiete der Indígenas besuchen. Dein Vater wollte von mir wissen, wo medizinische Hilfe am nötigsten ist. Ich habe ihm gesagt: Sie ist eigentlich überall nötig.« Er zögerte.

»Was ist?«, fragte ich.

»Du willst es immer ganz genau wissen, hm?«

Ich nickte.

»Ich habe deinem Vater abgeraten. Es ist zu gefährlich. Die Mine von Inza gehört Leandro Perea. Das ist … «

»Seine Tochter Elena geht mit mir in eine Klasse.«

Eine steile Falte war zwischen Damiáns Brauen erschienen. »Leandro Perea ist ... wenn du erlaubst, dass ich das sage, der reichste und skrupelloseste Minenbesitzer im Land. Alle Smaragde, die legal ausgeführt werden, stammen aus seinen Minen. Die Guaqueros ...«

Er sah, dass ich stutzte.

»So nennt man die Smaragdsucher. Sie leben zu Zehntausenden in Hütten rund um die Mine. Wenn der Schlamm aus der Mine abgelassen wird, dann suchen sie mit bloßen Händen nach Quarz und kleinen Smaragden. Männer, Frauen, ganze Familien, Kinder. Sie alle hoffen auf einen grünen Stein und das große Glück. Von einem winzigen Smaragd kann eine Familie monatelang leben. Aber Leandro Perea verdient jeden Tag eine Million Dollar. Er denkt nicht daran, sein Geld in Schulen oder Krankenhäuser zu investieren. Es ist ein Witz, wenn er deinen Vater einlädt, die Guaqueros einen Tag lang medizinisch zu versorgen. Aber dein Vater sagt, es sei ihm egal. Irgendwo müsse man anfangen. Er ist ein Mann mit vielen Illusionen.«

»Er ist ein hoffnungsloser Romantiker«, sagte ich lächelnd.

Damián erwiderte mein Lächeln. »Das kann aber auch gefährlich sein. Er ändert damit nichts, er unterstützt nur das System Perea. Die Menschen, die er an der Mine heilt, werden nicht deinem Vater, sondern Perea dankbar sein, den sie El Gran Guaquero nennen. Sie werden denken: Er ist ein guter Mann. Er schickt uns einen Arzt.«

Mir wirbelte der Kopf von so viel Politik. »Soll mein Vater deshalb nicht gehen?«

Damián wandte sich abrupt dem Panoramafenster zu, als

könnte er von hier aus seine Heimat sehen, südwestlich hinter der Gebirgskette der Anden gelegen, die man in finsterer Nacht kaum sah. Seine Hand lag auf dem Fensterbrett, schmucklos, von warmen Adern überzogen, mit langen und kräftigen Fingern. Seltsam fremd und zugleich vertraut kam sie mir vor, so bekannt und neu wie dieses Gesicht, das ich jetzt im Profil sah, mit der pulsierenden Ader am Hals über dem steifen Kragen des weißen Hemds mit der Fliege und dem schimmernden Satin des Jackenaufschlags.

Er holte tief Luft, dann wandte er sich wieder mir zu. Die Hand, die ich eben noch gemustert und dann aus den Augen verloren hatte, schloss sich plötzlich warm um meine Hand.

»Jasmin«, sagte er. »Ich möchte dich um etwas bitten.«

»Du kennst meinen Namen?«, unterbrach ich ihn.

Glück sprudelte in mir empor, plötzlich, gewaltig und überwältigend. Er kannte meinen Namen! Wie lange schon? War es ihm in der zurückliegenden Woche ergangen wie mir, hatte auch er heimlich nach mir Ausschau gehalten, nachdem wir uns im Colegio unversehens wiederbegegnet waren? Meine Hand fühlte sich gut an im warmen Griff der seinen. Behalte sie für immer!, dachte ich und erschrak zutiefst. Für immer? Ja, für immer! Ich war glücklich wie nie zuvor. Unendlich, unsäglich, unbeschreiblich glücklich. Das Glück war ein jubelndes Beben, das mich mit Mut und Kraft erfüllte. Mit einem Schlag öffnete sich mir die Zukunft, weit und groß, auch wenn sie im Dunkeln lag, kompliziert und verwickelt sein würde, abenteuerlich, völlig fremd und ungewiss. Aber das schreckte mich nicht. Ich würde sie angehen. Ich hatte die Kraft dazu.

»Hör mir zu, Jasmin«, sagte Damián. Mein Glück geriet ins Zittern. Er war seltsam ernst, er lächelte nicht.

»Ich höre!«, antwortete ich. Ich konnte nicht verhindern, dass meine Stimme vor Übermut und Glück flatterte, und vielleicht auch ein wenig aus Angst vor dem, was er mir sagen würde. Es würde entscheidend sein für unsere Zukunft, das wusste ich. »Was ist?«

Er stöhnte: »Jasmin, Jasmin!«

Vielleicht zuckte meine Hand in seiner, vielleicht zog ich unbewusst seine Hand zu mir an meine Brust, vielleicht aber war es auch nur so, dass unsere Blicke sich trafen, ineinandertauchten, sich aneinander betranken. Seine Nasenflügel waren geweitet, seine Lippen halb geöffnet. So also war das, wenn man alles um sich herum vergaß, wenn die Welt verstummte und versank. Es war ganz anders, als ich es mir vorgestellt hatte. Gewaltiger, ausschließlicher. Es machte, dass man alle Warnungen in den Wind schlug, sich auf nichts mehr besann. Gefahr? Vorsicht? Gesundes Misstrauen? Das waren Worte, die für mich nicht mehr galten, nie mehr gelten würden. Die Jasmin, die ich gekannt hatte, starb. Eine neue entstand und sie war völlig anders. Ich wusste nur noch nicht so genau, wie anders.

Seine Lippen waren weich und warm und schmeckten ein wenig salzig. Seine Hände waren zart wie Spinnweben. Ich hielt still. Viel zu still. Seine Haare hätte ich anfassen wollen, mit dem Daumen seine Lippen nachziehen, fühlen, wie seine wunderbare Bronzehaut sich anfühlte, aber ich tat nichts dergleichen. Ich stand still und ließ mich küssen. Es war viel zu kurz.

Er löste sich von mir, hielt meine Hände fest, die nach ihm fassen wollten, um noch mehr von ihm zu bekommen, und er sagte gequält: »Es geht nicht, Jasmin.«

Der Schreck explodierte kalt in meinem Magen. »Warum

nicht?«, fragte ich. »Was heißt das? Ist es, weil ich Deutsche bin und du Indio? Das stört mich nicht. Ich bin sechzehn! In anderthalb Jahren bin ich volljährig, dann können meine Eltern mir nichts mehr …«

»Langsam!« Ein Lächeln wider Willen huschte über seine Lippen. Machte er sich über meinen Eifer lustig? Hatte er mich nur geküsst, weil es sich so ergeben hatte, weil ich gerade vor ihm stand und es so offensichtlich gewollt hatte?

Ich wollte mich von ihm losmachen, aber er hielt meine Hände fest. »Hör zu, Jasmin. Du musst wissen, ich bin …«

Weiter kam er nicht, denn mit einem Pling war auf der anderen Seite des Saals der Fahrstuhl angekommen und mit Gelächter und Getöse enterten Leute den Saal. Hatte ich bis eben nichts mehr von meiner Umgebung wahrgenommen, so zeichnete sie sich jetzt umso schärfer und deutlicher ab. Obwohl wir uns hinter einer Stellwand befanden und vom Saal geschieden waren, konnte ich von meinem Standpunkt aus die Fahrstuhltüren sehen.

Der Schrecken fuhr mir in die Glieder.

»Elena!«, unterbrach ich Damián hastig. »Das ist Elena, die Tochter von Leandro Perea. Wahrscheinlich sucht sie mich!«

Aber sie durfte mich nicht mit Damián sehen. Das war mir sonnenklar, wenn mir auch noch nicht so ganz klar war, warum ich das verhindern musste. Und sagen konnte ich das Damián so auch nicht. Das hätte geklungen, als schämte ich mich, von meiner Freundin mit einem Indio erwischt zu werden. Abgesehen davon, dass ich außer Stande war, ihn wegzuschicken. Nicht jetzt! Nicht bevor wir das alberne Missverständnis geklärt hatten, das ihn dazu brachte, zu glauben, mit uns beiden, das gehe nicht.

Aber was sollte ich tun? Wo sollten wir hin? Vom Saal aus konnten sie uns nicht sehen, aber wenn sie wie wir die Fenster entlangwanderten, würden sie uns in unserer Ecke aufstöbern. John Green war bei Elena, wenn ich richtig gesehen hatte, und noch zwei Leute, die ich nicht erkannt hatte oder nicht kannte. Deren lärmende Fröhlichkeit konnte ich jetzt ganz und gar nicht brauchen. Aber wo sollten wir uns verstecken? Hinter den Theken der dunklen Cafeteria?

Damián nahm mir die Entscheidung ab. »Geh!«, sagte er leise.

»Aber ich …!«

»Geh!« Und widerstrebend setzte er hinzu: »Ich … ich melde mich bei dir!«

Und wenn er das nur gesagt hatte, damit ich ging? Im nächsten Augenblick war ich hinter der Stellwand hervorgetreten und auf dem Weg durch den Saal zu der Gruppe der Neuankömmlinge. Ich hätte mich nicht wegschicken lassen dürfen, dachte ich, aber jetzt war es zu spät, um umzukehren. Elena hatte mich erblickt und winkte und rief. Auch John drehte sich um. Bei ihnen befanden sich auch unsere Väter, meiner und Leandro Perea. Sie waren bereits auf dem Weg zu den Fenstern. Perea erklärte mit großer Geste irgendetwas.

»Hier steckst du also!«, rief Elena.

Ich stolperte. Mir war hundeelend. John Green fasste mich am Ellbogen. »Geht's?«

Ich riss mich los, viel zu heftig. »Mir geht es gut.«

Elena lachte. Sie war ziemlich beschwipst. »Ich habe dich gesucht. Ich hätte ja noch mal angerufen, aber dann dachte ich, vielleicht störe ich nur bei einem … na ja!« Sie kicherte und blickte sich suchend um. »Wer ist es denn? Kenne ich ihn?«

»Hör auf! Ich wollte nur mal kurz ... Ich meine, der Blick von hier oben ist wunderbar. Und wann hat man schon mal die Gelegenheit, hier heraufzukommen, nicht wahr?«

Ich musste all meine Selbstbeherrschung aufbieten, damit ich mich nicht umdrehte, um zu schauen, was Damián machte. Blieb er in seiner Ecke, wartete er, schlich er sich davon? Es war zu albern und irgendwie völlig absurd. Was für einen Grund gab es denn, dass wir aus unserer Beziehung ein Geheimnis machten? Aber war es denn schon eine Beziehung? Und was für eine? Was hatte er mir wirklich sagen wollen? Was für ein Geheimnis hütete er?

Am liebsten wäre ich augenblicklich umgekehrt. Aber schon befand ich mich in der Gefangenschaft einer gut gelaunten und unbeschwerten Gesellschaft, die mich nicht entlassen würde, wenn ich nicht eine sehr gute Begründung lieferte. Wie hasste ich diesen Ball! Und dennoch konnte ich ihn nicht wirklich hassen, hatte er mir doch nicht nur peinliche, verzweifelte und unglückliche Momente beschert, sondern etwas, womit ich in meinen kühnsten Träumen nicht gerechnet hatte, nicht hatte rechnen können, auch wenn ich die ganze Zeit nur an Damián gedacht hatte. Ich hatte nicht ahnen können, dass wir uns heute hier küssen würden und sich mein Leben in diesem Moment total verändern würde.

»He!«, rief Elena. »Hörst du mir überhaupt zu?«

»Ja«, sagte ich. »Wir ...« Ich versuchte mich zu erinnern, was sie mir gerade erzählt hatte. Es war in meine Ohren gerauscht, ohne in meinem Bewusstsein Platz zu finden. »Die Smaragdmine ... du ... hast gesagt, dass ...«

»Ich sagte, in drei Wochen geht es los, am ersten Ferientag. Und dein Vater kommt mit und du auch! Mein Vater wird deinem Vater bei seiner mobilen Krankenstation helfen. Ist das nicht super? Wir können zusammen meinen Geburtstag in Inza feiern. Und ich bekomme endlich meinen Smaragd!«

Elena wedelte vor meinen Augen mit ihren Fingern, an denen sie jede Menge silberner Ringe stecken hatte. »Mein Vater hat es versprochen: Zu meinem sechzehnten Geburtstag, Sonntag in drei Wochen, kriege ich ihn. Ich glaube, ich werde wahnsinnig bis dahin.«

»Wirst du schon nicht!«

Dass Elena zu ihrem sechzehnten Geburtstag ihren ersten großen Smaragd geschenkt bekommen würde, hatte sie mir schon ein halbes Dutzend Mal erzählt. Die höheren Weihen des Erwachsenwerdens in Gestalt eines wertvollen Edelsteins waren derzeit ihr größtes denkbares Glück. Letzte Woche hatte ich ihre Hoffnungen auf einen schönen Stein noch mit ihr geteilt. Wenn ich mit Elena eine Smaragdmine besichtigte, hatte ich insgeheim gedacht, dann würde Elenas Vater sich sicher nicht lumpen lassen und auch mir einen kleinen Stein schenken. Er saß ja an der Quelle, Smaragde waren ein typisches Souvenir aus Kolumbien. Doch nichts schien mir jetzt so belanglos wie ein Schmuckstück. Seit ein paar Minuten lag mein Glück woanders, kilometerweit von Elenas unbeschwert und heiter funkelnden Welt entfernt und zugleich nur ein paar aufregende Meter weit weg hinter der Stellwand der Cafeteria. Aber das musste sie jetzt nicht wissen, zu sehr war sie in ihrer eigenen Begeisterung gefangen.

Offenbar hatte mein Vater sich mit Leandro Perea verständigt, dass wir alle zusammen eine seiner Smaragdminen in den Bergen besuchen würden. Mama würde nicht begeistert sein.

Und ob ich wirklich mitwollte, wusste ich im Moment auch nicht. Es hing davon ab, was Damián … Ich stoppte meine Gedanken. Es machte mir ein bisschen Angst, dass ab heute alles von Damián abhing. Vielleicht würde er auch Ferien haben, wenn unsere Schulferien begannen, und dann konnte er uns … Ich stoppte meine Gedanken erneut. Ausgeschlossen, dass Damián uns auf unserer Reise zur Smaragdmine in Inza, wo auch immer das lag, begleiten würde. Er hatte vorhin nicht gerade freundlich über Leandro Perea gesprochen, den Gran Guaquero, den Großen Schatzgräber.

Viel wichtiger war es, dass ich meine Eltern überredete, in den Cauca zu reisen, die ärmste Provinz des Landes. Ihre Hauptstadt Popayán wurde immerhin in jedem Reiseführer als sehenswert angepriesen. Dort konnte Damián uns … Ich bremste mich wieder. Langsam! Hatte er mir nicht gerade eben zu verstehen gegeben, dass wir noch weit davon entfernt waren, dass ich anfangen konnte sein und mein Leben zu verplanen? Hatte er sich nicht im Grunde von mir getrennt, bevor es richtig angefangen hatte?

Mir wurde erneut übel. Alles drehte sich. Was hatte er wirklich gesagt? Fast nichts. Und was hatte er sagen wollen? Dass er und ich … dass es mit uns beiden nicht ging. Das hatte er gesagt. Und zwar warum? Das hatte er nicht gesagt. Aber er hatte es sagen wollen: »Ich bin …«

Und ich blöde Kuh, ich dummes Huhn hatte mich wegschicken lassen. Warum hatte er mich weggeschickt? Weil er gespürt hatte, dass ich mit ihm ums Verrecken nicht von Elena erwischt werden wollte? Oder weil er selbst nicht mit

Elena zusammentreffen wollte, der Tochter des superreichen Smaragdminenbesitzers, die offensichtlich meine Freundin war. War es das, was zwischen uns stand?

»Ist dir nicht gut?«, hörte ich John fragen. Wieder spürte ich seine Hand am Ellbogen.

»Ich bin in Ordnung!«, blaffte ich ruppig. »Es ist nur ein bisschen stickig hier oben.«

Ja, wenn es nur das ist!, dachte ich währenddessen einfach weiter. Erleichterung sackte mir ins Gemüt. Das ließ sich klären, erklären. Und zwar sofort. Elena konnte nichts für ihren Vater. Wenn ich nicht verrückt werden wollte, musste ich jetzt sofort noch einmal mit Damián sprechen. Ich wollte mich umdrehen, aber John hielt mich immer noch.

»Wer ist das denn?«, hörte ich da halb hinter mir Elena erstaunt fragen.

»Wer?«, fragte John.

»Hallo, Damián«, rief da auch schon mein Vater vom Fenster her und hob winkend die Hand.

Ich dachte, ich müsste im Boden versinken. Außerdem verschluckte ich mich schier, so klopfte mir das Herz im Hals.

Leandro Perea hatte sich ebenfalls umgedreht.

Alle blickten den hoch aufgerichteten jungen Mann an, der auf dem Weg zum Fahrstuhl gewesen war und jetzt seine Richtung änderte. Langsamen Schrittes durchquerte Damián den Saal, die Sohlen seiner Schuhe knisterten auf den spiegelblanken Steinplatten, seine Hände hingen ohne Zeichen der Verlegenheit herab. Er wirkte unverschämt selbstbewusst. So als gehörte ihm nicht nur der Laden hier, sondern das ganze Land. In seinem ruhigen Gesicht zuckte kein Muskel.

»Wer ist das? Wer ist das?«, flüsterte mir Elena drängend ins Ohr. »Kennst du den? Der sieht voll süß aus.«

»Komm, nicht so schüchtern, Damián!«, rief mein Vater fröhlich.

Dabei war an der Haltung des Indios wirklich nichts von Schüchternheit zu bemerken.

»Komm, ich will dir jemanden vorstellen!«

Mein Vater ließ wirklich keine Peinlichkeit aus.

»Das«, wandte er sich jetzt an Leandro, »ist der junge Mann, von dem ich Ihnen erzählt habe. Der in seiner Heimat eine Universität gründen will.«

Leandro Perea lächelte interessiert, aber reserviert.

»Er heißt Damián Dagua.«

Elena an meiner Seite verschluckte sich an dem eingeatmeten Flüsterwort »Der Dieb!«, krallte sich an mir fest und hustete fürchterlich.

»Und Damián, das ist Leandro Perea. Er ist ...«

Damián deutete eine Verbeugung an und unterbrach meinen Vater: »Sein Name ist jedem Mann im Land bekannt. Die kleinen Jungs träumen davon, eines Tages einen kleinen grünen Stein zu finden und so reich zu werden wie er. Die Mütter fürchten den Tag, an dem die Söhne losziehen, um in den Minen zu verrecken.«

Leandro Perea richtete sich mit einem Ruck auf. Sein gemütliches rundes Gesicht vereiste. »Nicht so ungestüm, junger Mann! Immerhin gebe ich Zehntausenden von euch Arbeit. Nicht zu reden von all den Hunderttausenden, die indirekt von der Smaragdverarbeitung und dem Export leben.«

»Die Smaragdminen in den Bergen des Cauca gehören uns«, erwiderte Damián ruhig.

Leandro Perea lachte. »Ich habe das Land bei Inza rechtmäßig erworben. Willst du den Kaufvertrag sehen?«

Ein bitteres Lächeln zuckte über Damiáns Gesicht. »Ich kenne den Kaufvertrag. Sie haben damals erklärt, Sie wollten feste Häuser bauen und ein landwirtschaftliches Zentrum errichten, mit Schule und Krankenhaus. Die Bauern haben es Ihnen geglaubt. Sie warten noch immer auf ihre Krankenhäuser und Schulen. Denn Sie wussten damals bereits, dass der Berg eine Smaragdmine enthält.«

»Das hättet ihr auch wissen können«, antwortete Perea. »Ihr habt doch eure *Thé Walas*.«

»Unsere *Thé Walas* sind Medizinmänner, sie sind unsere geistlichen Führer, keine Geologen!«

»Und sagen die nicht immer, Gold und Smaragde interessierten euch nicht?«, lächelte Leandro. »Heißt es nicht, ihr wolltet im Einklang mit der Natur leben, Koka anbauen, Alpakas züchten und Pullover stricken? Was kann ich dafür, dass ihr eure Berge und euch selbst so schlecht kennt? Ich zwinge niemanden, bei mir zu arbeiten und im Schlamm nach den Edelsteinen zu suchen, die ihr so sehr zu verachten vorgebt.«

Damiáns Augen blitzten gefährlich.

»Kinder!«, rief mein Vater beschwichtigend. »Kein Grund, sich hier zu streiten. Soziale Widersprüche müssen dadurch gelöst werden, dass man miteinander redet. Und, Damián, dir wollte ich sagen, dass Señor Perea bereit ist, etwas zu tun. Er wird mir helfen, für die Guaqueros eine Krankenstation zu errichten. Und vielleicht könnt auch ihr euch einigen, wenn ihr einander zuhört. Es ist ja auch in Leandros Interesse, wenn die Indígenas Schulen und Krankenhäuser bekommen und eine Universität.«

Oje, mein Vater! Unerschütterlich in seinem Glauben an die Vernunft und das Gute im Menschen.

Inzwischen hatte sich Elena wieder so weit von ihrem Hustenanfall erholt, dass sie dazwischenkrächzen konnte: »Das ist doch der Dieb!«

Damián fuhr herum.

»Still!«, zischte ich in Elenas Ohr.

»Das ist doch der, der dir die Uhr geklaut hat!«, sagte sie noch lauter. »Oder vielmehr, dem der diebische Affe gehört, der dir die Uhr geklaut hat. Ist das nicht so? Ist das nicht dieser Damián Dagua, der im Colegio Bogotano als Hausmeistergehilfe arbeitet? Einen Diebstahl hatten wir dort schon. Als Nächstes sind vermutlich die Computer dran.«

»Elena!«, fauchte ich. »Mir hat niemand meine Uhr geklaut. Trüge ich sie sonst hier am Arm?«

»Aber, du hast doch gesagt ...«

»Halt den Mund, du bist total betrunken!«

»So, wenn du meinst?« Sie schnappte ein und torkelte. Ich musste sie festhalten, damit sie nicht sonst wohin segelte.

Damiáns Blick streifte mich, sanft wie der letzte Hauch eines Sommerwinds, bevor es kühl wird und die Mücken zu stechen beginnen. Dann blickte er in die Runde. *»Buenas noches, señores y señoras«*, sagte er mit einer schrecklich eisigen Höflichkeit, drehte sich um und verließ mit langen Schritten den Saal. Er blieb auch am Fahrstuhl nicht stehen. Er nahm die Treppe, vermutete ich. Bitter und zornig! Ich konnte es ihm nachfühlen, ich spürte seinen Zorn körperlich. Und ich schämte mich so sehr, dass es wehtat. Leandro Perea hatte es nicht einmal für nötig gehalten, den Indio zu siezen. Mein Vater zwar auch nicht, aber das lag daran, dass er das Spanische noch nicht so gut beherrschte und ein freundlicher Mensch war. Aber bei Perea war es pure Überheblichkeit gewesen.

Der Ball hatte grässlich angefangen und endete fürchterlich. Niemand von uns hatte jetzt noch Interesse am Ausblick. Wir fuhren dicht gedrängt mit dem Fahrstuhl hinunter. Elena konnte sich von der Idee nicht lösen, dass dieser Damián derjenige sei, von dem ich ihr erzählt hatte, und sie fragte mich immer wieder, ob ich gewusst hätte, dass er hier war, und was er hier zu suchen habe. John Green betonte, dass niemand hier hereinkomme, der keine Einladung habe, was ihn, je mehr er es betonte, immer weniger zu überzeugen schien.

Eine Stunde später wollten meine Eltern endlich nach Hause aufbrechen. Da hatte ich schon eine ganze Weile das Gefühl, ich würde es keine Sekunde länger aushalten. Ich konnte kaum noch stehen, die Füße taten mir weh und in meinen Kopf ging nichts mehr hinein von all dem Gerede. Ich wollte nur noch ins Bett und nachdenken.

Auf der Heimfahrt im Taxi fragte Papa mich, was es mit Elenas Behauptungen auf sich habe. Auf ihn habe Damián einen höflichen und gebildeten Eindruck gemacht.

Und Mama wollte es auf einmal ganz genau wissen. »Was ist das für eine Geschichte mit der geklauten Uhr?«

Woher zum Teufel wusste sie das?

»Elenas Mutter hat erzählt, dass es Gärtner gibt, die über die Balkone einsteigen und die Wohnungen ausräubern. Manchmal schicken sie kleine Kinder die Balkone hoch. Die kommen durch die kleinsten Fenster. Manche haben auch dressierte Affen.«

Sie insistierte so lange, bis ich einräumte: »Ja, das stimmt. Mir hat letzten Sonntag ein Affe die Uhr vom Nachttisch gestohlen. Aber der Gärtner hat sie ihm dann weggenommen und mir zurückgegeben, als ich aus dem Haus ging, um einen Spaziergang zu machen.«

»Und der Gärtner, war das dieser Damián?«

»Könnte sein«, sagte ich.

»Was heißt, könnte sein? Ist er es oder ist er es nicht?«

»Ja, ich denke schon!«

Wenn ich gehofft hatte, dass meine Mutter sich damit zufriedengab, hatte ich mich getäuscht, auch wenn sie während der Fahrt zunächst mit meinem Vater den Abend besprach, wie sie es immer tat. »Eine nette Frau, die Mutter von Elena, aber sehr einsam und traurig. Sie ist Deutsche und in Düsseldorf geboren. Doch sie hat Deutschland mit fünf Jahren verlassen.«

Mein Vater machte immer nur »Hm«.

Ich hörte nicht hin. Ich fragte mich, wo Damián jetzt war. Schon zu Hause? Lebte er wirklich bei der alten Frau im Haus am Wald, der Wunderheilerin? Ich war nicht dazu gekommen, ihn zu fragen, welche Beziehung er zu dieser Frau hatte. Es gab so vieles, was ich ihn in der kurzen Zeit nicht hatte fragen können. Wir mussten uns wiedersehen! Wir würden uns wiedersehen. Am Montag in der Schule. Ich begann zu träumen. Aber meine Mutter machte dann alles kaputt mit ihren Fragen. Zuverlässig wie ein Zirkel zum Ausgangspunkt des Kreises kam sie auf das Thema zurück, als wir durch die nächtliche Anlage von *El Rubí* gingen, die Damián jedes Wochenende pflegte, vermutlich um sich Geld für sein Studium zu verdienen.

»Und dieser Damián«, begann sie. »Der soll ja auch als Hausmeister im Colegio Bogotano arbeiten. Stimmt das, Jasmin?«

Es klang wie ein Vorwurf. Dabei hatte ich ihn nicht eingestellt. Was wollte sie überhaupt?

»Hat es im Colegio nicht auch Ende letzten Jahres einen Einbruch gegeben?«, fragte sie weiter.

Was hieß hier »auch«? Ich biss die Zähne zusammen. Lieber nichts sagen. Vielleicht ging es so vorbei. Ich sehnte mich nach dem Bett. Ich hatte so viel zu durchdenken!

»Elenas Mutter hat mir erzählt«, fuhr Mama unerbittlich fort, als wir im Fahrstuhl hochfuhren, »dass Diebesbanden immer wieder ihre Leute in Reinigungsfirmen und Hausverwaltungen einschleusen, die dann auskundschaften, wo es was zu holen gibt.«

»Aber doch nicht Damián!«, entfuhr es mir. »Nicht alle Indios sind Diebe!«

»Das hat auch niemand gesagt, Jasmin!«, antwortete meine Mutter. »Du sollst nicht immer alles so interpretieren, wie es dir gerade passt.«

Meine Sicherungen begannen durchzuschmoren. »Aber ihr verdächtigt Damián völlig grundlos«, ereiferte ich mich wider Willen.

»So? Grundlos? Das scheint mir gerade in diesem Fall nicht so zu sein«, bemerkte meine Mutter, während mein Vater die Wohnungstür aufschloss und uns eintreten ließ.

»Ihr kennt ihn doch gar nicht!« Beinahe hätte ich geschrien. Es war so ungerecht! Mussten sie mir mit ihrem Gemäkel und Kritisieren alles kaputt machen, was an diesem Abend schön gewesen war?

»Aber du kennst ihn offensichtlich«, sagte Mama.

»Ja! Und ich finde es voll ungerecht, dass ihr an ihm herumkritisiert, obwohl ihr ihn gar nicht kennt.«

»Was regst du dich denn so auf, Jasmin?« Lächelnd stand meine Mutter vor mir, als wollte sie im nächsten Moment sagen: »Du hast dich doch nicht in diesen Gärtner verknallt! Sei nicht kindisch, Jasmin!« Aber sie sagte es nicht. Sie sah nur so aus. Oder ich fühlte mich so: kindisch und übermüdet!

Stattdessen sagte sie: »Was interessiert dich denn dieser Gärtner?«

In mir knallte eine Sicherung durch. »Dieser Gärtner hat einen Namen. Er heißt Damián Dagua, er studiert an der Uni Ökonomie. Und ich ...« Ich konnte mich nicht mehr bremsen: »Ich liebe ihn!«

Mama lachte auf. »Sei nicht kindisch, Jasmin! Was redest du da für einen Unsinn.«

»Das ist kein Unsinn!«, schrie ich. »Und damit ihr es wisst: Ich werde ihn heiraten ...« Verdammt, was redete ich da? »Wenn er mich nimmt«, setzte ich für mich hinzu.

Stille plumpste in die grabeskalte Diele.

Meine Eltern wechselten ihren Katastrophenblick. Es war ein rascher Blick, mit dem sie sich rückversicherten, dass sie beide das, was ich mir gerade geleistet hatte, inakzeptabel fanden und nun gemeinsam zu erzieherischen Worten und Maßnahmen schreiten mussten. Mein Vater würde zuerst einen Vorschlag zur Güte machen.

»Es war ein langer Tag«, sagte er. »Da sollte man nicht alles auf die Goldwaage legen. Deine Mutter hat das alles sicher nicht so gemeint, Jasmin, und du hoffentlich auch nicht.«

»Doch!«, sagte ich.

Meine Mutter verschluckte einen Stock und richtete sich kerzengerade auf. Langsam und vorsichtig, als enthielte sie

Sprengstoff, stellte sie die Handtasche auf der Kommode ab. »Was soll das heißen, Jasmin?«

»Was ich gesagt habe.«

»Du hast dich also in diesen Damián verknallt.« Hätte sie dabei nur nicht so amüsiert gelächelt!

»Nein«, widersprach ich. »Ich habe mich nicht in ihn verknallt. Ich liebe ihn! Und ich werde ihn heiraten!«

»Kind!«, murmelte mein Vater. »Das ist eine wichtige Entscheidung. Die trifft man nicht so mir nichts, dir nichts auf einer Tanzveranstaltung.«

»Zum Glück bist du ja noch nicht volljährig«, setzte meine Mutter drauf und zog den Mantel aus.

»Darüber reden wir morgen«, versuchte mein Vater zu schlichten.

»Da gibt es nichts zu reden!«, schrie ich aufgebracht. »Und wenn ihr nicht mein Lebensglück zerstören wollt ...«

»Nun mach aber mal einen Punkt!«, donnerte meine Mutter. »Und schrei bitte nicht so! Niemand zerstört dein Lebensglück. Wir wollen nur dein Bestes. Und du wirst gefälligst vernünftig mit uns reden!«

»Aber nicht mehr heute Nacht«, sagte mein Papa. »Wir werden jetzt alle erst einmal darüber schlafen.«

– 8 –

Ich schlief die ganze Nacht nicht. Ich hörte den Regen rauschen, hörte das Geschrei der Nachtvögel, den fernen Autoverkehr. Ich wusste nicht, wie ich ins Bett gekommen war. Irgendwie musste ich mich ausgezogen haben. Mein Körper tat es automatisch, mein Kopf war gestopft voll mit Eindrücken, die so gewaltig waren, dass sie sich gegenseitig blockierten und behinderten.

Ich heulte sogar, vor Glück, glaube ich. Ich war verliebt. Es war erschreckend großartig. Es war eine so ungeheuerliche Gewissheit, dass sie alles überdeckte, was ich bis dahin an Gefühlen kannte und erlebt hatte. Simon? Ich erinnerte mich kaum an ihn, den netten Jungen mit den Rastalocken, der mir zum Abschied die Uhr seines Vaters gegeben hatte, damit ich mich nicht verliebte und zurückkehrte.

In der Tat, sie hatte mir Glück gebracht. Allerdings Simon nicht. Sie hatte genau das bewirkt, was er hatte verhindern wollen. Wenn sie nicht von dem Seidenäffchen geklaut worden wäre, hätte ich Damián nicht kennengelernt, wir hätten nie miteinander gesprochen.

Mit jeder Faser!, dachte ich. Das gab es wirklich. Jede Faser in mir, von den Haarwurzeln bis zu den Zehenspitzen, begehrte ihn, wollte ihm nah sein, seinen Körper fühlen, die harten Muskeln, den tiefen Atem, die bronzefarbene Haut, glatt, weich und kühl wie das Blütenblatt einer Rose, wollte für immer gefangen sein in seiner Umarmung.

Aber empfand der stolze und kluge Indio, der sich im Smoking so schwindelerregend gut bewegte wie in schlabbrigen Gärtnerhosen, dasselbe für mich? Ich war nicht besonders hübsch. Und ich hatte keine Ahnung von dem Leben in Kolumbien. Würden seine Eltern mich akzeptieren?

»Die erste Liebe ist nur eine Übung«, erklärte mir Papa nach dem Sonntagsfrühstück. »Du weißt nicht, wie dir geschieht. Die Hormone spielen plötzlich verrückt. Und weil es das erste Mal ist, dass es dir passiert, erscheint es dir einmalig und außerordentlich. Aber es ist nur ein ganz natürlicher Vorgang, Jasmin, glaub mir. Du wirst dich noch oft verlieben. Das ist eine reine Sache der Neuronen und Hormone. Die Liebe ist etwas ganz anderes. Sie gründet sich auf gemeinsame Werte, ähnliche Interessen ...«

»Ich bin nicht verrückt«, antwortete ich. »Und blöd bin ich auch nicht.«

Meine Eltern saßen am Tisch, aufrecht und konzentriert, als müssten sie über mich Gericht halten. Meine Mutter sah kopfweherisch aus. Am liebsten hätte ich gelacht, weil sie derart ernst wirkten, so als gälte es, den Weltuntergang zu verhindern.

»Das sage ich doch auch nicht, Jasminchen«, fuhr mein Vater milde fort. »Niemand sagt, dass du verrückt bist. Ich verstehe dich nur zu gut. Du hast dich in einen attraktiven jungen Mann verguckt. Die erste Liebe ist immer gewaltig und überraschend. Da glaubt man, es gäbe keinen anderen

Menschen in der Welt und man würde niemals ohne ihn leben können. Aber du kannst deinem alten Vater ruhig glauben. Das geht vorbei. Und in ein paar Jahren lächelst du darüber.«

»Bestimmt nicht«, antwortete ich. Dabei hatte ich mir vorgenommen, nichts zu sagen. »Und ich habe mich auch nicht verguckt, wie du das nennst.«

»Wie stellst du dir das denn vor?«, griff Mama ein, leicht hysterisch angeschrillt. »Willst du mit ihm im Dschungel leben und fünf Kinder zur Welt bringen? Ist es das, was du willst? Du kannst ja nicht mal kochen!«

»Damián ist keineswegs so primitiv, wie du denkst!«, keifte es aus mir heraus. »Er studiert Ökonomie. Er will in den Indianergebieten des Cauca eine Universität gründen! Deshalb macht er ein Praktikum im Colegio Bogotano. Und dass er gesellschaftlich mit uns gleichgestellt ist, siehst du schon daran, dass er zum Diplomatenball eingeladen wurde. Da werden nämlich nur handverlesene Leute reingelassen.«

Mein Vater runzelte die Stirn.

Meine Mutter sagte es deutlicher: »Das wird noch zu klären sein!«

»Da ist nichts zu klären!«, rief ich.

Dabei hätte ich eigentlich aufhorchen und nachfragen müssen. Wäre ich nur nicht so aufgebracht gewesen und hätte ich mich weniger über meine Eltern geärgert, meinen Vater, der wieder mal neurologisierte – wie ich seine medizinischen Erklärungen meiner Gefühle nannte –, und meine Mutter, die wieder mal allerlei gegen jemanden einzuwenden hatte, den sie gar nicht kannte, nur weil er anders lebte als wir.

»Ihr habt doch nur Angst«, keifte ich, »dass ich meinen eigenen Weg gehe und ihr nicht mehr bestimmen könnt, was ich tue!«

»Ja«, antwortete Mama streng. »Davor habe ich allerdings Angst, meine Liebe. Denn ich bezweifle, dass dir klar ist, was das bedeutet, wenn du dich an diesen Damián bindest. Weißt du denn, wie er lebt, kennst du seine Familie? Weißt du, ob diese Familie überhaupt eine Weiße akzeptieren würde? Und lass dir gesagt sein, unter den Eingeborenen haben Frauen nicht viel zu melden. Da wirst du dich als Europäerin noch ganz schön umgucken.«

»Damián ist anders!« Mir war selbst klar, dass ich das überhaupt nicht wissen konnte. Aber Wut und Trotz trugen mich fort. »Und ihr habt nur Vorurteile. Ihr seid gar nicht so liberal, wie ihr immer tut. Armen Eingeborenen helfen, das ja, aber wehe, einer kommt und will gleichwertig behandelt werden.«

»Schluss jetzt! Das muss ich mir nicht anhören!« Wenn die Stimme meiner Mutter kippte, wurde es ernst.

Mein Vater versuchte zu vermitteln. »Schau mal, Jasmin«, sagte er. »Damián scheint ein durchaus vernünftiger, ernsthafter und gewissenhafter junger Mann zu sein. Ich habe mich ja länger mit ihm unterhalten. Und ich kann mir durchaus vorstellen, dass er erreicht, was er anstrebt. Er wirkt sehr entschlossen. Aber wir als deine Eltern stellen uns durchaus die Frage und müssen sie uns stellen, ob er der geeignete Mann für dich ist. Man kann die kulturellen Unterschiede nicht einfach beiseitewischen. Du bist ein sorgenfreies Leben gewöhnt …«

Hatte er eine Ahnung. Sorgenfrei! Ja, materiell. Aber dass ich unglücklich gewesen war, das hatte er nie bemerkt. Ja sicher, ich hatte alles, ich würde mit achtzehn den Führerschein haben, meine Eltern würden die Studiengebühren bezahlen können. Aber sorgenfrei? Doch das würden meine Eltern nie verstehen. Es hatte keinen Sinn, ihnen es zu erklären.

»Du weißt nicht, was materielle Not ist«, fuhr mein Vater fort. »Du bist eine lückenlose medizinische Versorgung gewöhnt …«

»Und ich darf dich daran erinnern«, unterbrach ihn Mama, »dass du dich mit Händen und Füßen dagegen gesträubt hast, für ein Jahr in Kolumbien zu leben. Du hast uns als wahnsinnig bezeichnet und die Gefahren aufgezählt. Und jetzt auf einmal soll das alles ganz anders sein, nur weil ein Junge dir den Kopf verdreht hat.«

»Er hat mir nicht den Kopf verdreht! Ich liebe ihn. Damit werdet ihr euch abfinden müssen.«

»Solange du bei uns lebst, Jasmin, und das wirst du, bis du achtzehn bist, finden wir uns mit gar nichts ab. Wir haben nicht nur die Pflicht, Schaden von dir abzuwenden, wir wollen es auch, weil wir dich lieb haben. Wir möchten, dass du glücklich wirst.«

»Aber ihr zerstört mein Leben!«, schrie ich. »Ihr seid schuld, wenn ich unglücklich werde! Ich hasse euch!«

Meine Eltern blickten mich so entgeistert und betroffen an, dass ich nicht anders konnte, als aufzuspringen und in mein Zimmer zu laufen. Ich warf mich aufs Bett und heulte.

Das hatte ich doch alles überhaupt nicht sagen wollen. Aber warum mussten sie auch so ein Drama daraus machen? Es war doch noch gar nichts entschieden. Damián hatte mir gestern Abend deutlich zu verstehen gegeben, dass er einer Beziehung keine Zukunft gab. Dass er sie nicht wollte. Aus welchen Gründen auch immer. Vielleicht liebte er mich nicht. Das war die nackte, trostlose Wahrheit. Mit diesem Gedanken war ich am Morgen aufgewacht. Ich fühlte mich wie gerädert, ich war benommen, ich stand neben mir. Die Hochgefühle der Nacht waren verloschen, ätzende Asche lag in meinem Herzen.

Ich war zum Frühstück geschlichen mit Wasser Oberkante Unterlider. Am liebsten hätte ich mich bei Papa ausgeheult und ihm all die Fragen gestellt, die in meinem Gemüt herumätzten: Warum ist er so? Warum küsst er mich und sagt mir dann, dass es nichts werden kann? Warum hat er keinen Mut? Warum gibt es auf der Welt solche krassen Unterschiede? Warum lebe ich in Wohlstand und er und seine Leute haben nichts, kämpfen um Schulen, sterben in den Minen, streiten sich auf der Straße mit den Hunden ums Essen? Warum musste ich mich ausgerechnet in einen Mann verlieben, der meine Welt nie verstehen wird und den ich nie verstehen werde?

Das war das, was ich eigentlich mit meinen Eltern gern besprochen hätte. Stattdessen hatten sie Kanonen aufgefahren, um mein unglückliches, unsicheres und verzweifeltes kleines Herz in Stücke zu schießen.

Sie hatten Angst, das verstand ich. Sie hatten Angst, dass ich so wahnsinnig und blind vor Liebe sein würde, mich an einen Indio zu hängen, der wer weiß was für krumme Sachen machte. Ich kannte ihn ja nicht, und was ich von ihm gesehen hatte, warf durchaus Fragen auf. Wer war er tatsächlich? Ging es ihm wirklich um eine Universität für sein Volk oder gehörte er der FARC an, den revolutionären Streitkräften, die mit Drogen handelten, um ihren Kampf gegen die Regierung zu finanzieren, die Leute entführten und Dörfer niederbrannten? Ich hatte ja auch Angst. Ich wusste doch auch gar nichts.

Gegen Mittag wurde mein Vater zu einer Notoperation in die Klinik gerufen, meine Mutter pflegte ihre Migräne und ich lag auf dem Bett oder saß auf dem Balkon – Damián war nicht erschienen, es war kein Gärtner da, der die Pflanzen schnitt – und versuchte nachzudenken. Aber ich war zu aufgebracht, zu traurig, zu aufgeregt, um einen klaren Gedanken zu fassen. Ich hätte gerne an Vanessa geschrieben, aber was sollte ich ihr schreiben?

Ich war allein, unendlich allein. Und ich hatte meine Eltern fürchterlich gekränkt.

Am Abend kam mein Vater zu mir ins Zimmer. Ich sagte ihm, dass es mir leidtue und dass ich nicht so gemeint hätte, was ich gesagt hatte, und er sagte, er verstehe das, aber bei Mama müsste ich mich schon entschuldigen. Sie wolle doch nur mein Bestes. Und jetzt solle ich zum Abendessen kommen.

Weder Mama noch ich bekamen einen Bissen herunter, obwohl ich gleich um Entschuldigung gebeten hatte. Sie sah aus, als hätte sie eben erfahren, dass ich todkrank wäre und binnen weniger Monate an Krebs oder etwas anderem Schrecklichen sterben würde, ohne dass sie etwas dagegen tun konnte. Es war eine komisch gedrückte Atmosphäre. Papa und Mama gaben sich Mühe, ruhig mit mir zu reden. Sie fragten nach Damián und wer er sei und was ich von ihm wisse. Und das war, wie schon gesagt, nicht viel.

Ich gab mir auch Mühe, ruhig zu bleiben und vernünftig und einsichtig zu erscheinen. Ich wisse ja auch noch nicht, sagte ich, ob aus Damián und mir etwas werden könne, es sei alles noch ganz ungewiss, und vielleicht würden wir ja schnell merken, dass wir nicht zusammenpassten, aber wir müssten wenigstens die Chance bekommen, es herauszufinden. Und man dürfe ihn nicht einfach vorverurteilen.

Der Horrorsonntag endete damit, dass meine Mutter mir das Versprechen abnahm, dass ich mich nicht ohne ihr Wissen mit ihm treffen würde.

Vielleicht zögerte ich eine halbe Sekunde zu lang.

»Und sollte ich merken«, sagte sie, »dass du dich nicht daran hältst, dann ist Schluss mit Reiten bei Elena und irgendwelchen Unternehmungen nach der Schule. Dann wirst du deinen Vater oder mich immer um Erlaubnis fragen, und zwar bevor du etwas unternimmst. Haben wir uns verstanden? Ich will immer wissen, wo du bist.«

Ich nickte und plante Schleichwege. Elena würde mir helfen, dachte ich.

– 9 –

Wie sehnte ich den Montag herbei! Ich konnte kaum schlafen vor Ungeduld, dass endlich der Wecker klingelte und ich in die Schule durfte. Allein der Gedanke, dass eine ganze lange Nacht vergehen musste, dass ich erst einmal einschlafen, dann schlafen, dann aufstehen, frühstücken und in die Schule fahren musste, bevor ich Damián wiedersah, machte mich so zappelig, dass ich stundenlang wach lag.

Die Schule würde fortan der einzige Ort sein, wo ich frei war, dachte ich. Und zum Glück arbeitete Damián dort. Ich würde alle Missverständnisse mit ihm klären und wir könnten uns jeden Tag sehen und uns besser kennenlernen.

Aber ich hatte nicht mit der Macht der Erwachsenen gerechnet. Es war ganz einfach: Damián hatte Leandro Perea geärgert, und der ließ sich nicht ärgern. Seine Tochter hatte überdies in ihrer unendlichen Angst vor ihren eigenen Landsleuten laut genug behauptet, er sei ein Dieb und habe mich in der Anlage beklaut. Meine Mutter hatte am Sonntag mit Elenas Mutter telefoniert, voller Sorge, ich könnte das Abitur schmeißen und mit einem indigenen Revolutionär in den Dschungel flüchten. Daraufhin hatte Elenas Mutter mit der Schuldirektorin telefoniert und Damiáns Schicksal war besiegelt. Vielleicht hatte er es genau so gewollt, vielleicht hatte er es sogar herausgefordert, als er sich auf dem Diplomatenball mit einem der reichsten Männer des Landes anlegte …

Jedenfalls, als ich in der großen Pause ins Hausmeisterbüro lief, um mich nach Damián zu erkundigen, erfuhr ich, dass er montags nie komme, und am Dienstag sagte mir der Hausmeister in knappen Worten: »Der kommt überhaupt nicht mehr.«

»Warum?«, fragte ich.

»Keine Ahnung.«

»Und woher wissen Sie das?«

»Von der Verwaltung.«

»Haben sie ihn rausgeschmissen?«

»Das weiß ich nicht. Ich weiß nur, er kommt nicht mehr.«

Ich rannte zum Klo und heulte. Es war so unfair! Es war gemein und unfair. Es war ungeheuerlich!

Elena merkte, dass ich total durch den Wind war, denn in der Mittagspause konnte ich nichts essen. Sie schleppte mich hinaus in den Park und löcherte mich mit Fragen. Ich erzählte, dass ich Streit mit meinen Eltern gehabt hatte. »Die glauben, sie müssten mich vor Damián schützen! Sie haben Angst, ich könnte mich, nun ja, in Damián verguckt haben.« Es war zwar nicht ganz die Wahrheit, aber Elena musste ja nicht unbedingt wissen, dass ich mich in Damián verliebt hatte, jedenfalls jetzt noch nicht.

Sie schwor Stein und Bein, dass sie nichts davon wusste, ob ihre Eltern an der Schule Stimmung gegen Damián gemacht hatten. An das, was beim Ball oben im Panoramastockwerk geschehen war und was sie gesagt hatte, erinnerte sie sich nur nebelhaft. Es tat ihr furchtbar leid, dass sie mit ihrem betrunkenen Gerede über den Affen und die geklaute Uhr Damián in die Scheiße geritten hatte, falls es wirklich ihr Gerede gewesen war, was dazu geführt hatte, dass er nicht mehr kam. Sie versprach, sie werde ihre Eltern fragen, ob sie dafür gesorgt hatten, dass Damián seine Praktikumsstelle im Colegio Bogotano verloren hatte.

»Aber ich glaube nicht, dass es deswegen ist«, sagte sie. »Mein Vater hat es nicht nötig, so was zu tun. Warum sollte er sich an Damián rächen? So einer ist mein Vater nicht. Und du hast dich doch nicht wirklich in ihn verknallt, oder?«

»Darum geht es nicht«, behauptete ich. »Es ist einfach unfair! Es ist ungerecht. Auf den bloßen Verdacht hin, dass er ein Dieb sein soll, bloß weil das jemand sagt, kann man ihn doch nicht rauswerfen. Man muss ihn doch wenigstens anhören. Er muss sich doch verteidigen können.«

Elena zuckte mit den Schultern. »Vielleicht hat er von selbst gekündigt. Das wissen wir doch nicht.«

»Dann müssen wir es herausfinden.«

»Und wie?«

»Ich frage die Rektorin.«

»Das kannst du nicht bringen!«, rief Elena. »Da würden die doch nur Verdacht schöpfen.«

»Was für einen Verdacht denn?«

»Die Rektorin würde deine Eltern anrufen, wenn du im Rektorat einen Aufstand machst. Und alle würden denken, dass da was läuft.«

»Erstens, wer sagt, dass ich einen Aufstand mache? Und zweitens, man wird sich doch noch für Benachteiligte einsetzen dürfen. Man muss es sogar.«

»Hm.« Ich sah es Elena an, dass mein Sozialfimmel sie nicht beeindruckte. »Er sieht ja schon voll süß aus«, überlegte sie. »Aber ein Indígena, das ist nicht so einfach. Ich meine, wir sind keine Rassisten, wir leben im 21. Jahrhundert, aber die Mentalität ist doch eine ganz andere.« Sie kicherte. »Andererseits ... ich würde ihn auch nicht von der Bettkante stoßen.«

Wir kicherten uns ein. Dabei war ich total sicher, dass sie noch keinen Jungen über ihre Bettkante gelassen hatte.

»Du musst mir helfen, Elena«, sagte ich. »Ich brauche zwei Stunden.«

»Wozu?«

»Ich habe eine Idee, wie ich ...« Ich zögerte zwar, aber dann sagte ich es doch. »Wie ich Kontakt mit ihm aufnehmen könnte, um zu erfahren, was wirklich passiert ist. Ehe ich im Rektorat einen Aufstand mache.«

»Wie?«

»Über ...« Ich entschied mich, auch hier nicht die ganze Wahrheit zu sagen. »Über die Universität. Ich fahr heute nach der Schule oder morgen hin und frage nach ihm. Vielleicht habe ich Glück. Nur meine Eltern dürfen nichts davon mitkriegen. Sie würden sich viel zu sehr aufregen.«

Elene grinste. »Und was soll ich tun?«

»Wir gehen reiten, heute nach der Schule, wie immer. Aber nur du, ich nicht. Und damit meine Mutter keinen Verdacht schöpft, rufen wir sie an.«

»Warum sollte sie Verdacht schöpfen?«

»Man weiß nie. Sie haben mir verboten ...« Jetzt war es halb raus, also musste ich den Rest auch noch sagen. »Sie haben mir schon mal vorsorglich verboten, mich ohne ihr Wissen mit Damián zu treffen. Total blödsinnig, aber so sind sie eben.«

Elena feixte.

»Deshalb machen wir Folgendes: Ich mache mit meinem Handy eine Schaltkonferenz. Zuerst rufe ich dich an, und du sagst dann aber kein Wort, du sorgst nur dafür, dass man die Hintergrundgeräusche vom Stall hört, die Boxentüren, Pferdehufe und so. Ich rufe währenddessen meine Mutter an. Dann hört sie die Stallgeräusche und meine Stimme und denkt, auch ich sei im Stall.«

»Hm. Meinst du, das funktioniert?«

»Wäre doch eine interessante Frage, oder nicht?«

Wir probierten es gleich aus. Ich wählte Elenas Handy an, tippte auf Zweitanruf und rief Marco an, einen Jungen aus unserer Klasse. Er bestätigte, dass er Elena und mich hören konnte. Es ging also im Prinzip. Wenn wir bei mir zu Hause dann auf dem Festnetz anriefen, würde meine Mutter auch nicht an den Nummern sehen können, dass es zwei Handys waren, falls man das sah.

Auch das zweite Problem konnte ich mit Hilfe von Elena lösen. Ich brauchte Geld, das nicht nur für den Bus des TransMilenio reichte, sondern zur Not auch für ein Taxi. Ich hatte Geld für die Getränkeautomaten und die Cafeteria dabei. Es gab keinen Grund, meinen Eltern gegenüber zu behaupten, ich brauchte mehr.

Dienstags hatten wir schon um halb vier Schulschluss. Ich rief meine Mutter im Labor an und fragte verabredungsgemäß um Erlaubnis, ob ich wie üblich mit Elena in den Reitstall gehen durfte. Ich durfte. »Aber um sechs bist du daheim!«

In diesen Breiten ging die Sonne schließlich unerbittlich um sechs Uhr abends unter. Nach Einbruch der Dunkelheit war kein Mädchen mehr allein unterwegs. Das fand zumindest meine Mutter und war sich da einig mit Elena.

»Soll ich dich vom Stall aus noch mal anrufen?«, erkundigte ich mich bei meiner Mutter. Dabei bemühte ich mich, dass es weder ironisch noch bockig klang, sondern nett, kindlich und unbefangen.

»Warum?«, fragte sie verwundert.

»Na ja«, antwortete ich. »Ich dachte nur, du wolltest doch immer genau wissen, wo ich bin, und ...«

Es war ihr jetzt selbst ein bisschen peinlich, glaube ich. »Nein, ich vertraue dir.«

In meinem Magen gab es einen kleinen Stich. Da hatte ich mir nun ausgedacht, wie Elena und ich meine Mutter täuschen konnten, und wenn wir es gemusst hätten, hätte es mir weniger ausgemacht, sie zu hintergehen und zu betrügen, als jetzt, wo sie mir sagte, dass sie mir vertraute. Ich hasste die Dramatik, die das alles bekommen hatte. Warum reagierten Eltern oft so panisch, sobald ein Junge am Horizont auftauchte?

Na gut, ich hatte gesagt, ich wolle Damián heiraten. Aber meine Eltern waren dreißig Jahre älter als ich. Sie mussten wissen, dass ein Mädchen den ersten Jungen, in den es sich verliebte, meistens nicht heiratete. Genauso hatte es mein Vater mir doch erklärt. »Das geht vorbei.« Warum regten sie sich also so auf? Ich dagegen war sechzehn, ich machte meine ersten Erfahrungen, ich durfte radikal sein! Aber sie nicht. Wozu waren sie Erwachsene? Wozu hatten sie Lebenserfahrung? Sie waren doch sonst auch immer ganz abgeklärt. »Nichts wird so heiß gegessen, wie es gekocht wird«, pflegte Papa zu sagen, wenn ich wieder mal beschlossen hatte die Schule zu wechseln, weil ein Lehrer mich ungerecht behandelt oder Vanessas Clique mich geschnitten hatte. »Morgen sieht die Welt ganz anders aus.« Und so weiter. Da sollten er und Mama sich jetzt mal dran halten, dachte ich. Ich war ja kein kleines Kind mehr, auf das man ständig aufpassen musste, ich wusste durchaus, was ich tat und wann es gefährlich wurde. Und wenn ich jetzt nicht Damián suchen ging, dann würde ich es für den Rest meines Lebens bereuen. Das war klar. Und wenn meine Eltern das nicht verstehen konnten, dann musste ich sie eben austricksen, so leid es mir tat.

Der Reitstall lag an der großen Ausfallstraße gen Norden, der Autopista a Tunja, an der auch das Colegio lag. Mit dem Bus war es eine Haltestelle. Elena stieg aus, ich fuhr weiter bis zur Bushaltestelle Pepe Sierra, an der ich immer ausstieg, wenn ich nach Hause musste, nur dass ich diesmal an San Patricio vorbei die ganze lange Avenida Pepe Sierra entlang bis hinüber nach Santa Ana laufen musste, wo in der Calle 110 die geheimnisvolle Medizinfrau mit dem Äffchen im Waldhaus wohnte.

– 10 –

Blitze zuckten über dem Süden der Stadt, der Donner hallte in den Bergen wider, die den Nordosten umgaben. Aber es schien die Sonne, als ich am Wald entlang bis zum blauen Tor mit den bemalten Pfosten eilte. Der schlammige Weg, der sich schmal den Hang hinaufschlängelte, lag verlassen. Das Tor ließ sich leicht öffnen.

Ganz wohl war mir nicht, als ich zwischen den Pfosten mit den geometrischen Fratzen hindurchtrat in eine andere Welt. Was würde hinter der letzten Biegung auf mich warten? Würde ich Damián sehen? Wie würde er reagieren? Verärgert oder erfreut? Vielleicht verletzte ich die Regeln des Anstands oder brach ein Tabu, wenn ich ihm als Mädchen hinterherlief. Angst flatterte mir durch den Magen. Am liebsten wäre ich umgekehrt, aber wer weiß, wann ich wieder die Gelegenheit haben würde, mich für zwei Stunden davonzustehlen aus dem Stundenplan und meinem Familienleben.

Nach ein paar Metern nahm mich der Wald vollständig in sich auf. Die Geräusche des Autoverkehrs verebbten. Vögel zwitscherten und pfiffen. Ich balancierte auf den Latten, die über die schlimmsten Schlammlöcher gelegt waren. Ich hörte meinen Atem. Das Herz schlug mir im Hals. Ich befand mich mitten im dunklen grünen Urwald.

Die Hütte, die man von unten nur erahnte, kam in mein Blickfeld. Sie war blau gestrichen, das Dach bestand aus graubraunem Laub, vermutlich von Bananenstauden, die meterdick gelegt waren. Überall standen Holzpfosten, die mit dreieckigen oder quadratischen Fratzen bemalt waren. Um manche schlangen sich Grünpflanzen, manche hatten sich geneigt. Eine unheimliche Magie ging von ihnen aus. Als ob sie das Haus bewachten, als ob sie jeden mit einem Fluch belegten, der sich weiterwagte.

Ich schüttelte mich unwillkürlich und dachte an Felicity Melroy, die sich auf dem Ball um mich gekümmert hatte. Nach ihrer Ansicht wirkte die Magie auf uns Europäer deshalb so stark, weil wir sie nicht gewohnt waren. Wir lebten ohne Zaubereien, wir fühlten uns normalerweise vor ihnen sicher. Aber hier im Wald am Rand von Bogotá in Kolumbien fühlte ich mich ganz und gar nicht mehr sicher. Vanessa hätte mich ausgelacht, hätte ich ihr davon erzählt. Es gibt keine Hexen. Niemand kann irgendjemanden verzaubern. Das sind Märchen. Mit Simon hatte ich mich einmal über unerklärliche Dinge unterhalten. Er war überzeugt, dass es mehr gab, als man mit wissenschaftlicher Logik erklären konnte. Ich hatte ihm beigepflichtet und gelacht. Das meiste von dem, was passierte, konnte ich sowieso nicht wissenschaftlich erklären, denn dazu fehlten mir die Kenntnisse in Physik oder Chemie oder welche man gerade brauchte. Und was heute unklar war, dafür würde die Menschheit in zwanzig Jahren eine wissenschaftliche Erklärung finden. Vielleicht gab es Vorahnungen und manche Menschen hatten ein besonderes Gespür für die Gedanken anderer, aber Zauberei mit Hokuspokus, das gab es nicht wirklich. Davon war ich überzeugt gewesen.

Jetzt war ich es nicht mehr.

Ich hatte mich der Hütte bis auf etwa zehn Meter genähert und blieb stehen, um zu Atem zu kommen. Immer noch geriet ich schnell außer Atem in der dünnen Luft von Bogotá. Die Haustür war geschlossen, die welligen Fensterscheiben in den winzigen Fenstern spiegelten die Düsternis des dichten Waldes. Es gab einen Brunnen, über dessen Rand Lappen hingen. Eimer und Besen standen säuberlich an der Hausecke. Ich hörte eine Ziege meckern. Hühner scharrten in der Erde. Es machte vermutlich viel Arbeit, die Fläche um das Haus herum immer von Unkraut frei zu halten.

Ich überlegte, ob ich rufen sollte.

Aber ich erinnerte mich daran, dass meine Tante Valentina, die zusammen mit meiner Mutter in einem kleinen Dorf am Bodensee aufgewachsen war, mir einmal erklärt hatte, dass nur Städter, wenn sie auf einen Bauernhof kamen, sofort an der Haustür klingelten oder »Hallo!« riefen. Echte Dörfler warteten höflich ab, bis der Bauer sie bemerkte und Zeit fand, herbeizukommen und zu fragen, was man wollte. Also beschloss ich noch ein bisschen näher zu gehen und zu warten.

Als ich den Brunnen erreicht hatte, begann im Haus der kleine Hund zu kläffen. Spätestens jetzt musste die Alte mich bemerken. Ich schaute auf Simons Uhr. Ich hatte noch anderthalb Stunden. Ungeduld flackerte in mir hoch, aber ich schlug sie nieder. Der Kläffer im Haus verschluckte sich vor Zorn. Die Ziege hinterm Haus meckerte lauthals. Vögel kreischten und flatterten in den Bäumen. Es war, als fahre ein kalter Wind durch den Wald. Die Sonne verschwand.

Plötzlich hatte ich das Gefühl, dass ich hier nichts zu suchen hatte. Es war nicht meine Welt. Zum ersten Mal nagten in mir schäbige Zweifel, ob ich wirklich so überzeugt war, dass ich mit Damián überall würde leben wollen. So eine Hütte war nett anzusehen, malerisch und all das, aber wollte ich in dieser schlammigen Welt leben, ohne Wasser im Haus, dafür mit Pfützen davor?

War das meine Zukunft? Vermutlich nicht, denn Damián studierte ja, wollte in einer Indianerstadt des Cauca eine Universität gründen. Wir würden in einer ordentlichen Wohnung wohnen. Die Überlegung kam mir trotzdem wie Verrat an der Bedingungslosigkeit meiner Liebe vor. Aber musste ich wirklich überall mit ihm leben wollen, auch in einer Hütte im Urwald, wenn ich ihn wirklich liebte? Vielleicht hatte Damián genau das gemeint, als er sagte, es gehe nicht. Aber er hatte auch gesagt, er werde sich mit mir in Verbindung setzen, und hatte es nicht getan. Vielleicht hätte ich das akzeptieren sollen! Aber in mir protestierte alles dagegen, bei der geringsten Schwierigkeit aufzugeben. Wo ein Wille ist, ist auch ein Weg!

Ich hörte den Regen kommen. Er rauschte den Hang herauf, im nächsten Moment schon schlugen erste große Tropfen auf meine Schuluniform. Ich flüchtete unter das Dach der Hütte, das weit genug vorragte, um mir Schutz zu gewähren. Der kleine Hund fing wieder an zu kläffen.

Plötzlich stand sie vor mir, die Alte mit den langen silberdurchwirkten schwarzen Zöpfen, dem schwarzen Hut auf dem Kopf und dem bunten Rock unter einem blauen Poncho. Ich hatte sie nicht kommen sehen. An den dunklen Flecken auf ihren Schultern erkannte ich, dass auch sie aus dem Regen kam.

»*Hola,* Jasmin«, sagte sie.

»*Hola,* Juanita«, stotterte ich.

Sie lächelte mit blitzenden Goldzähnen. »Bist du doch gekommen? *Pasa,* komm herein. Der Kaffee ist fertig.«

Sie tippte die Haustür an, die nach innen aufging. Der kleine Kläffer schoss heraus und rannte an mir vorbei, den Waldweg zum Tor hinab, um zu bellen. Die Alte lachte. »El Tonto!«, sagte sie.

Das hieß »der Idiot«.

»Heißt er so?«

»Er hat eigentlich einmal ganz anders geheißen. Aber inzwischen heißt er so. Er hat sich den Namen redlich erworben.« Sie kicherte. »Willkommen, Jasmin.« Sie streckte mir eine rissige Hand hin. Sie fühlte sich warm und trocken an und etwas rau. »Und nun komm herein.«

»Ich wollte nur was fragen«, sagte ich hastig.

»Ja?« Ihre pechschwarzen Augen glitzerten tief in den Höhlen, ein Strahlenkranz aus Lachfalten milderte die durchdringende Schärfe ihres Blicks. Sie war zwei Köpfe kleiner als ich und musste zu mir aufblicken. Aber mir kam es eher so vor, als blicke sie auf mich herab. »Was willst du mich fragen?«

»Ich habe … äh … kennen … kennen Sie Damián Dagua?«, platzte es schließlich aus mir heraus.

»Das ist mein Enkel.«

»Ist er …« Mir stockte die Stimme. »Ist er hier?«

Die Alte lächelte über beide Backen. Ihr Gesicht versank in Lachfalten und sie begann leise zu lachen. Es klang mütterlich und mitfühlend, wissend und amüsiert. Ich kam mir ertappt vor. Zweifellos durchschaute sie mich bis auf den Grund meiner Nöte, Gefühle und unglücklichen Verwirrung. Aber es war mir egal. Es war mir sogar recht. Da brauchte ich mich nicht cooler zu stellen, als ich war.

»Nein, *cariño*«, sagte sie schließlich und ein Schatten fiel über ihr Gesicht. »Er ist nicht mehr hier«, sagte sie traurig und zugleich besorgt um mich. »Er musste fort.«

»Warum? Wohin?«

»Seine Schwester Clara ist krank. Wenn es noch einen anderen Grund gibt, so hat er ihn mir nicht genannt. Aber junge Männer sagen ihrer alten Mama Lula nicht immer, warum sie etwas tun.«

Ich begriff, dass Mama Lula in ihrer Sprache Großmutter hieß.

»Ich muss …«, stammelte ich, »ich wollte … ich muss ihm etwas erklären.«

»So? Komm herein.« Sie nahm mich am Arm und schob mich in die Hütte.

Drinnen herrschte Dämmerung. Die Hütte enthielt nur einen Raum, der Küche, Schlafstatt und Wohnzimmer zugleich war. In den Regalen befanden sich geheimnisvolle Utensilien: Stöcke, Schalen mit Kräutern und Tierhaaren, Knochen, Masken und Felle. Auf der einen Seite stand ein gemauerter Herd, in dem ein Holzfeuer glomm. Auf der Eisenplatte kochte eine Kanne Kaffee. Auf der anderen Seite des Raums stand ein einfaches Bett mit einer Waschgelegenheit und in der Mitte des Raums befand sich ein Tisch mit einem Stuhl und zwei Schemeln.

Juanita lud mich ein, Platz zu nehmen, und stellte mir einen Tinto hin, den kleinen pechschwarzen kolumbianischen Kaffee.

»Du fragst dich, wo der Affe ist?«, bemerkte sie.

»Ja.«

»Er hat dir eine Uhr geklaut. Das hat mir Damián erzählt.«

»Damián hat sie mir sofort zurückgegeben.«

»Ja, ich weiß. Es war ihm sehr peinlich. Der Affe hat einmal einem Dieb gehört. Es war nicht immer leicht, all die Gegenstände zurückzugeben, die er geklaut hat.« Sie lachte vergnügt. »Seit Damián mit seinem Moped fährt, kann er ihm nicht mehr so leicht folgen. Aber an dem Sonntag musste Damián zu Fuß gehen, weil das Moped kaputt war, und da ist der Affe ihm wieder einmal gefolgt. Damián hat ziemlich mit mir geschimpft!« Juanita lachte wieder, und wenn sie lachte, bebte ihr ganzer Körper. Es war ein überaus ansteckendes Lachen. »Aber einen Affen kann man nicht einsperren. Vor ein paar Tagen habe ich ihm nun das Halsband abgenommen. Denn er ist erwachsen geworden und hat sich verliebt. Er will eine Familie gründen, da draußen im Wald. Jetzt ist er fort. Liebende kann man nicht halten, Jasmin.«

Wem sagte sie das? Ich wusste, dass mich derzeit nichts und niemand aufhalten können würde.

»Die Liebe ist mächtiger als der Tod«, sagte Juanita. »Die Liebe hat sieben Leben. Weißt du das?«

Ich schüttelte den Kopf. »Was bedeutet das?«

»Die Liebe ist Schrecken, dann folgt die Blindheit. Sie ist Wandlung und Erfüllung, dann folgen Zerstörung und Opfer und schließlich die Erlösung. Das sind die sieben Leben der Liebe. Manche erleben nur einige, manche erleben nur die glücklichen, manche die unglücklichen, manche erleben aber auch alle.«

»Dann möchte ich lieber nicht lieben«, sagte ich leichthin und griff nach dem Tässchen Tinto. Es kostete mich alle

Kraft, beim Konversationston zu bleiben, während mir das Grauen eiskalt durch die Glieder sickerte. Das Tässchen zitterte in meiner Hand.

Auf jeden Fall befand ich mich im ersten der sieben Leben, im Schrecken! Ja, wirklich! Da hatte Juanita Recht. Meine Eltern waren total panisch und mir pochte ständig das Herz vor Angst, vor Sorge. Ich hatte meine Mutter belogen, ich saß in dieser feuchtkalten Hütte und lauschte einer indianischen Wunderheilerin, die sich alle Mühe gab, mich in eine fremde, magische Welt einzuspinnen, und das alles tat ich nur, weil ich herausbekommen musste, wo Damián steckte und was genau er mir hatte sagen wollen, um jeden Preis und mit allen Mitteln! War ich damit womöglich auch schon im Stadium der Blindheit angekommen?

»Ich wollte dich nicht erschrecken!«, sagte Juanita. Ihr scharfer Blick ruhte auf mir. »Damián schimpft mich aus, wenn ich mit meinem indianischen Zauberzeugs komme, wie er das nennt. Er möchte nicht, dass man seine Mama Lula für eine wirre alte Hexe hält.«

»Woher wussten Sie, wie ich heiße, als ich Sonntag vor einer Woche schon mal hier war?«, fragte ich. »Und erzählen Sie mir bitte nichts von Kobolden und Göttern!«

Die Alte kicherte freundlich, doch ihr Blick blieb forschend. »Das ist dir unheimlich, mein Kind. Ich verstehe. Du brauchst eine rationale Erklärung. Nun, Damián hat es mir gesagt, als er den Affen brachte, damit ich ihn an die Kette lege und er ihm nicht mehr folgt.«

»Und woher wusste er, wie ich heiße?«

»Das weiß ich nicht, Jasmin. Ich habe ihn nicht danach gefragt. Aber er arbeitet doch in der Anlage, wo du wohnst. Wie sollte er nicht wissen, wie du heißt?«

Die Erklärung war einfach und gut. Damián hatte tausend Gelegenheiten gehabt zu erfahren, wie ich hieß, etwa wenn Mama mich rief oder wenn Elena unten am Türschild klingelte. Er konnte mich auch im Colegio gesehen und sich nach meinem Namen erkundigt haben.

Doch eigentlich spielte es jetzt schon keine Rolle mehr. Damián hatte Bogotá verlassen. Womöglich würde ich ihn nie wiedersehen. Vielleicht war er abgehauen, ehe er in der Schule Schwierigkeiten bekam, vielleicht hatte man ihm gekündigt und er hatte es seiner Großmutter verschwiegen und behauptet, er wolle nach seiner kranken Schwester Clara schauen. Vielleicht machte er auch mich dafür verantwortlich, dass er den Praktikumsplatz im Colegio verloren hatte, womöglich war er sauer auf mich und deshalb gegangen, ohne sich noch einmal mit mir in Verbindung zu setzen. Zorn stieg in mir auf. So viel waren also seine Versprechen wert! Und offenbar resignierte er lieber, als zu kämpfen. Und wenn das so war, war es am Ende wirklich besser, wenn wir uns nie wiedersahen. Auch wenn es im Moment wehtat, fürchterlich weh.

»Weißt du«, hörte ich Juanita erzählen, »wir kommen aus einem kleinen Dorf tief in den Bergen bei San Andrés de Pisimbalá. Ihr nennt die Gegend Tierradentro, wir nennen sie Uyu. Das liegt in der Provinz Cauca. Mein Vater war ein *Thé Wala*, ein Medizinmann. Ich war sein einziges Kind und neugierig wie ein Äffchen. Er hat mir alles beigebracht, was er wusste. Ich heiratete und bekam einen Sohn, Gustavo, und zwei Töchter, Maria und Pepa. Dann starb mein Mann an einem Schlangenbiss. Gustavo ging schon bald nach Popayán, Maria heiratete und verließ ebenfalls unser Dorf. Pepa blieb und gebar zwei Kinder, Clara und Damián. Eines Tages kamen Männer mit Waffen, die Paramilitärs, erschossen die Alten, vergewaltigten die Frauen, verschleppten die Mädchen, raubten uns das wenige, was wir besaßen, und brannten die Hütten ab. Sie töteten meine Eltern und meine Tochter Pepa. Damián war damals drei, seine Schwester Clara war fünf Jahre alt. Ich habe die beiden mit mir genommen zu meiner Tochter Maria, die mit ihrem Mann Tano in den Bergen lebt. Dort sind Clara und Damián aufgewachsen. Vor drei Jahren habe ich den Ort verlassen. Zuerst bin ich zu Gustavo nach Popayán gegangen und habe Kräuter und Tees verkauft. Dann bin ich weitergezogen. In den Städten gibt es viele Verlorene, die nicht wissen, wie sie sich selbst helfen können. Seit einem Jahr lebe ich jetzt hier. Als Damián das Stipendium fürs Colegio Bogotano bekam, ist er zu mir gezogen.«

Ich wusste nicht, was ich sagen sollte.

Sie erzählte es ohne Bitterkeit, ohne Aufregung, so als sei es etwas, was tagtäglich passierte und keiner besonderen Erwähnung mehr wert war. Wahrscheinlich erzählte Mama Lula Juanita es mir auch nur, damit ich verstand, dass meine Welt und ihre, also die von Damián, nicht zusammenpassten. Ich würde nie wirklich ermessen können, was in einem Mann vorging, dessen Eltern ermordet worden waren und der auf den bloßen Verdacht hin, er sei ein Dieb, entlassen wurde, nur weil er ein Indígena war. Und wenn ich es zu ermessen versuchte, dann packte mich ohnmächtige Wut.

»Und wo ist Damián jetzt genau?«, fragte ich.

»In Popayán, denke ich.«

Also in der Hauptstadt der Provinz Cauca.

»Dort findet bald ein Treffen des Regionalrats der Indígenas statt«, fuhr die Alte fort. »Außerdem wird er bei seiner Schwester in den Bergen sein.«

»Er möchte eine Universität gründen, nicht wahr?«

Juanita musterte mich nachdenklich. »Hat er dir das erzählt? Vielleicht wird er es schaffen. Ich traue es ihm durchaus zu. Gut reden kann er ja. Vielleicht wird er sogar eines Tages Präsident von Kolumbien sein.«

»Wenn das so ist ...« In mir stürzte etwas zusammen. Plötzlich erkannte ich die Wahrheit: Eine kleine deutsche Schülerin hatte keinen Platz in Damiáns Leben. Er musste für sein Volk kämpfen, gegen Armut und für mehr Gerechtigkeit.

Ich trank meinen Kaffee aus, dankte Juanita, erklärte, dass ich jetzt gehen müsse, und stand auf.

»Ich werde Damián sagen, dass du nach ihm gefragt hast«, sagte sie. »Das wird ihn freuen. Es ist eine noble Geste.«

Mit einem Schlag begriff ich: Sie wusste alles. Sie wusste, mit welchen Gedanken ich hierhergekommen war. Mein Kopf, meine Sinne waren bis zum Rand angefüllt mit Liebe, Romantik und Küssen. Doch in Damiáns Kopf war dafür nur ein kleiner Platz vorgesehen. Sein Kopf war voller großer Pläne, voller Elend, voller Kampf, voller Politik.

»Nein«, erwiderte ich. »Es war nicht als noble Geste gemeint. Ganz und gar nicht. Ich wollte ihn sehen. Ich wollte wissen, was er mir nach unserem Kuss auf dem Ball hat sagen wollen, aber nicht gesagt hat. Jetzt weiß ich es. Er kann sich nicht mit mir abgeben. Er hat andere, wichtigere Ziele. Sie können ihm sagen, das habe ich jetzt verstanden. Ich werde ihn nicht weiter belästigen.«

»Nein, warte, Jasmin!«, rief Juanita. Aus dem Augenwinkel sah ich, dass sie die Hand nach mir ausstreckte, als wollte sie mich aufhalten, aber da war ich schon hinausgelaufen.

Zum ersten Mal war ich dem verdammten Regen von Bogotá dankbar für den Schleier, den er ausbreitete. Er mischte sich auf meinem Gesicht mit meinen Tränen. Ich musste mir keine Gedanken machen, was die Leute dachten, als ich wieder unten war und halb blind den Fußweg entlangstolperte.

– II –

Die letzten Wochen vor den Ferien waren vollgestopft mit Tests und Abschlussarbeiten. Ich absolvierte sie wie in Trance. Der Stoff machte mir keine Mühe und die Anspannung und Konzentration bei den Klassenarbeiten waren für mich wie eine Erholung von der unendlichen Mühe, zu leben und vor meinen Eltern und Elena und all den anderen Alltag zu spielen: zu essen, zu reden, zu atmen, ins Bett zu gehen und aufzustehen, mich anzuziehen, zu frühstücken, in die Schule zu fahren, in den Pausen über Nichtigkeiten zu plaudern, in der Mensa ein Gericht auszuwählen, als ob es von Bedeutung wäre, was ich aß und ob ich überhaupt etwas aß, und nachmittags wieder heimzufahren.

Manchmal ertappte ich meine Eltern dabei, wie sie sich leise unterhielten und laut das Thema wechselten, wenn ich ins Zimmer trat. Einmal hörte ich, bevor ich eintrat, meine Mutter sagen: »Ich glaube nicht, dass sie sich heimlich mit ihm trifft. Wann denn? Sie kommt immer gleich heim nach der Schule und lernt.«

»Ihr könnt ganz beruhigt sein«, sagte ich, als ich eintrat. »Das mit Damián ist vorbei. Ich werde ihn nie wiedersehen.«

»Das tut mir leid«, sagte meine Mutter.

Es tat ihr sicherlich wirklich leid, weil sie sah, dass es mir nicht gut ging, aber natürlich waren sie und mein Vater einfach nur erleichtert. Sie fragten nicht einmal, was passiert war. Sie wussten sicher, dass er nicht mehr im Colegio arbeitete, denn meine Mutter telefonierte regelmäßig mit Elenas Mutter. Ich fragte sie nicht, wer den Rauswurf von Damián tatsächlich veranlasst hatte. Es war nicht mehr wichtig. Meine Eltern waren es sicherlich nicht gewesen, die bei der Rektorin angerufen hatten. Ich erzählte ihnen allerdings auch nie von meinem Besuch bei Mama Lula Juanita im Haus am Wald. Es war, als sei das alles eine unglückliche Affäre, die man am besten totschwieg.

Aber ich dachte oft an die sieben Leben der Liebe, die Juanita aufgezählt hatte: Schrecken, Blindheit, Wandlung, Erfüllung, Zerstörung, Opfer und Erlösung. Den Schrecken hatte ich bereits erfahren. Es war kein böser Schrecken gewesen, sondern ein freudiges Erschrecken: Der ist es. Ich habe mich verliebt. Jetzt ist es so weit. Jetzt ändert sich alles.

Ich erinnerte mich gut, dass es mir auch Angst gemacht hatte. Ich hatte deutlich erkannt, dass ein Leben mit dem Indio Damián mich ganz woanders hingeführt hätte, als ich es vor ein paar Wochen noch gedacht hatte. Bestimmt nicht zum Medizinstudium nach Berlin. Und ich konnte mir auch vorstellen, was Blindheit bedeutete. Liebe macht blind, sagte man ja.

Wobei ich nicht behaupten konnte, dass ich an Damián nur die guten Seiten sah. Im Gegenteil. Ich sah eher die schlechten. Er hatte mir ja auch keine andere Wahl gelassen. Er hatte sich entschieden und es dabei nicht für nötig gehalten, mir seine Entscheidung zu erklären. Er hatte mir keine

Möglichkeit gegeben, meine Argumente vorzutragen, falls ich welche gehabt hätte. Er hatte mich nicht zu Wort kommen lassen. Wenn er so einer war, der einsame Entscheidungen traf und bei dem die Frauen nichts zu melden hatten, auch wenn es sie direkt etwas anging, dann gefiel mir das eigentlich nicht. Das fand ich nicht tolerabel. Vermutlich war er so erzogen. Aber damit würde ich nicht leben können.

Manchmal kam ich sogar an den Punkt, wo ich zu erschöpft war, um weiterzugrübeln, und plötzlich Erleichterung empfand bei dem Gedanken, dass es nicht hatte sollen sein, dass ich frei war, dass alles so blieb, wie ich es kannte, dass meine Zukunft nun doch wieder die alte war. Ich war immer noch Jasmin Auweiler aus Konstanz am Bodensee, die sich mit Simon in Berlin verabredet hatte, wo sie beide Medizin studieren würden.

Und das Leben ging weiter. Felicity Melroy schickte mir per Mail Hinweise auf Internetseiten, auf denen etwas über die Páez stand. Und ich hielt in der Schule ein Referat über Popayán, die Hauptstadt des Cauca und eine der ältesten Städte von Kolumbien.

Eine gute Ablenkung waren auch die Vorbereitungen für unsere Reise in die Berge zu der Smaragdmine von Inza. Elena war ganz aufgeregt in Erwartung der Reise und ihres Geburtstags und sprach von nichts anderem. Mein Vater hatte alle Hände voll damit zu tun, eine sinnvolle Apotheke für seine ärztlichen Pläne zusammenzustellen. Wir würden mit dem Hubschrauber fliegen, deshalb konnte er nicht viel mitnehmen. Es galt zu überlegen, was die Minenarbeiter und die Familien, die unterhalb der Mine in Slums hausten, wohl für Krankheiten hatten, vermutlich Verletzungen, Entzündungen, Hautkrankheiten, Nierenprobleme und Durchfall.

Zwei Tage bevor es losgehen sollte, eröffnete uns Mama, dass sie nicht mitkommen werde. Sie hatte sich immer noch nicht wirklich an die dünne Luft gewöhnt und befürchtete, dass sie einen Migräneanfall bekommen werde. Damit wäre sie für drei Tage lahmgelegt.

»Dann fahren wir auch nicht«, beschloss mein Vater sofort. »Dann bleiben wir alle hier.«

»Aber dir ist das doch so wichtig!«, antwortete meine Mutter.

Mein Vater und ich wechselten einen kurzen Blick. Wir beide wussten, dass meine Mutter mehr Angst hatte, als sie zugeben wollte. Sie befürchtete immer das Schlimmste, während mein Vater eher der Typ war, der sagte: »Es wird schon gut gehen.« Er war hierhergekommen, um genau das zu tun, wozu er jetzt durch Elenas Vater die Chance bekam: helfen, wo Hilfe selten hinkam und dringend nötig war. Im Grunde hatte meine Mutter unserem Jahr mehr aus Liebe zu meinem Vater als aus Interesse zugestimmt. Seit wir hier waren, ging es ihr nicht gut. Der Job im Labor gefiel ihr nicht besonders. Sie kam sich überflüssig vor, denn die technische Ausstattung entsprach kaum dem Standard, den sie gewöhnt war, und ihr Spezialwissen war nicht gefragt. Eine Zentrifuge könne jeder anstellen, sagte sie.

Vielleicht hätte ich es ihr und meinem Vater leichter gemacht, wenn ich jetzt gesagt hätte: »Papa, fahr du mal. Ich werde hierbleiben, bei Mama.« Dann hätte Papa sein Abenteuer gehabt und Mama hätte sich nur um ihn und nicht auch noch um mich Sorgen machen müssen.

Aber ich brachte es einfach nicht fertig, das zu sagen. Es ging nicht. Der Gedanke, zwei Monate lang in dieser Wohnung in der abgeschotteten Siedlung zu hocken und nichts

Besonderes zu tun zu haben, war der pure Horror. Fast alle Schulkameraden, mit denen ich mich hätte treffen können, wenn ich gewollt hätte, waren weg, machten Urlaub in der Karibik oder an der Pazifikküste.

Und was den Horror nicht gerade milderte, war John Greens Angebot, mir die Museen und kulturellen Einrichtungen der Stadt zu zeigen. Er hatte uns seit dem Ball einige Male besucht, artig mit Krawatte auf dem Sofa im Salon gesessen und mit meinen Eltern Konversation gemacht. In seinem Kopf spukten offenbar solche Ideen herum, dass man einer Tochter den Hof machte, indem man sich gepflegt mit den Eltern unterhielt, während meine Eltern amüsiert und leicht ungeduldig darauf warteten, dass er sich endlich mit mir zurückzog, woran ich wiederum kein gesteigertes Interesse hatte. Ich wusste nicht wirklich, was ich mit ihm reden sollte, und die Idee, mir das von den spanischen Eroberern zusammengeklaute Gold von Bogotá anzuschauen und Johns kunsthistorische Erklärungen anzuhören, war eher ein Grund, fluchtartig die Stadt zu verlassen. Unsere Reise in die Berge des Cauca fand er natürlich gefährlich und bedenklich. Das Einzige, was ihn einigermaßen beruhigte, war die Tatsache, dass wir nicht mit Autos fahren, sondern mit dem Hubschrauber fliegen würden.

– 12 –

Wir brachen an einem Freitagmorgen bei schönstem Wetter auf. An Bord des Hubschraubers befanden sich Leandro Perea, der eine taschenreiche Anglerweste und wetterfeste Lederstiefel trug, seine Tochter Elena, mein Vater mit zwei Koffern medizinischer Ausrüstung, ich und vier Sicherheitsleute mit Sonnenbrillen, Pistolen, drei Pumpguns und einem Maschinengewehr. Sie trugen Militärgürtel und gelbe Schleifen, um damit der zehn Polizisten zu gedenken, die vor einigen Wochen von Guerilleros erschossen worden waren. Die Schleife symbolisierte den Engel, der sie und uns beschützen würde.

In Kolumbien schossen verschiedene Militärs aufeinander und auf die Bevölkerung. Es gab die offiziellen kolumbianischen Streitkräfte und die Militärpolizei, neben ihnen agierten die Paramilitärs, die von der Bevölkerung bitter »die Paras« genannt wurden. Wer ihr Befehlshaber war, war meist nicht klar. Ihnen gegenüber standen die Revolutionsarmee der FARC und ihre Untergruppen. Und außerdem gab es schwadronierende Guerilleros, also Krieger, die einfach nur Beute machten.

Nach einer halben Stunde Flug mussten wir in Campoalegre landen, einem Nest, das an einem großen See lag. Das Wetter war plötzlich umgeschlagen. Die Gipfel der Anden lagen in finsteren Wolken, Nebel waberte die Hänge herab, Regen fiel senkrecht auf die Hütten und Betonhäuser der Stadt und auf die Felder. Leandro fluchte. Die Leute erklärten uns, dass es seit fünf Tagen regnete. Weiterfliegen wäre lebensgefährlich gewesen. Zurückfliegen auch. Die Aussicht, eine Woche lang in Campoalegre, dem »fröhlichen Feld«, festzusitzen, machte vor allem Elena nervös. »Soll ich etwa meinen Geburtstag am Sonntag in diesem Kaff verbringen?«

Leandro schickte seine Leute los, zwei Autos zu organisieren. Es waren gut hundert Kilometer bis hinauf nach Inza und bis zur Mine, und die Straße sah zumindest hier in der Ebene gut aus. Mit den Autos oder mit einem Bus hätten wir auch nach Bogotá zurückfahren können, aber das wollte niemand wirklich, vor allem mein Vater und Leandro nicht.

Wir schlugen uns in einem Wirtshaus die Bäuche mit Ajiaco voll, der Suppe mit Hähnchen, Kartoffeln und Maiskolben, sahen dem Regen beim Fallen zu und warteten. Nach zwei Stunden erschienen zwei Männer mit zwei Jeeps und erklärten sich bereit, uns in die Berge zu fahren. Aber der Weg sei gefährlich: Guerilleros, Paras, kriminelle Banden, Erdrutsche, Laster, die die Straße versperrten. Leandro zückte Scheine in dicken Bündeln und die Gefahren nahmen rasch ab. Aber fünf Stunden würde es schon dauern. Besser, man führe erst am nächsten Morgen, dann komme man nicht in die Dunkelheit. Leandro legte noch ein Bündel Scheine drauf und es konnte losgehen.

Die Sicherheitsleute saßen im vorderen Jeep, mein Vater,

Leandro, Elena und ich samt der medizinischen Ausrüstung stiegen in den zweiten Jeep. Als wir den See und die spärlichen Felder hinter uns ließen, bekreuzigte sich unser Fahrer. Er trug ein goldenes Kreuz um den Hals und einen Ring am Finger. Zwar fehlten ihm etliche Zähne, aber er gehörte ohne Zweifel zu den Reichen hier in der Gegend. Sein Bruder und er fuhren schwere Toyota-Geländewagen mit acht Zylindern. Die brauchten wir auch. Die schöne Straße versickerte bald in engen, steinigen Serpentinen. Das Wasser lief in Bächen die Straße herab oder kreuzte sie, tiefe Schlammlöcher warfen uns im Auto hin und her. Elena kreischte jedes Mal. Die Scheiben beschlugen vom Nebel. Manchmal sah man kaum zehn Meter weit. Immer wieder verloren wir den vor uns fahrenden Jeep aus den Augen. Es war, als führen wir im Nichts nach Nirgendwo, durchgeschüttelt von einer Straße.

Leandro saß vorn und starrte gespannt durch die Windschutzscheibe. Mein Vater hatte bereits das Vergnügen an der Holperfahrt verloren und hielt sich auf seiner Seite am Türgriff fest. Elena saß in der Mitte, und immer wenn sie gegen mich fiel, schlug ich mit dem Oberarm gegen die Tür. Lustig war es wirklich nicht.

Unser Fahrer behauptete, es sei schlimmer, als er befürchtet habe. Er hoffe, dass wir noch vor Einbruch der Dunkelheit den Todeshang erreichen würden. Der sei sehr gefährlich, viele hätten dort die Kontrolle über ihr Fahrzeug verloren und seien Hunderte von Metern in die Tiefe gestürzt.

Das alles machte mir keine Angst. Ich staunte darüber. Es war mir gewissermaßen unmöglich, Angst oder Sorge zu empfinden. Ich konnte mir nicht vorstellen, dass wir hier auf dieser Straße sterben würden. Und selbst wenn, dann passierte es eben. Dann brauchte ich mir keine Gedanken mehr zu machen, dann brauchte ich das ganze lange Leben, das noch vor mir lag und mit Lernen und Arbeiten, Verlieben, Lieben und Sich-Trennen gefüllt werden wollte, nicht mehr zu leben. Auch recht. Es würde eh alles so kommen, wie es kommen musste. Wozu sich anstrengen mit Angst oder Vorfreude, Befürchtungen und Plänen?

Mein Vater mit seiner Sehnsucht zu helfen, mit der Leidenschaft des Arztes, Krankheiten zu finden, sie mit Apparaten, Mitteln und Operationen zu beseitigen und Menschen gesünder zu machen, wenn vielleicht auch nicht unbedingt glücklicher, und Elena mit ihrer kindlichen Vorfreude auf ein teures Schmuckstück und ihren Schreckensschreien, immer wenn der Wagen auf die Seite kippte – sie waren mir beide sehr fremd in diesem Moment. Dieses angestrengte Wollen immer. Ich hatte aufgehört zu wollen, denn was ich wollte, was ich mir wünschte, das würde ich nicht bekommen. Es war unmöglich. Und alles andere, was ich stattdessen bekommen würde – einen angesehenen Beruf, vielleicht einen Mann, Kinder, ein Haus, Urlaubsreisen –, das interessierte mich gerade überhaupt nicht.

Dennoch war ich nicht mehr innerlich so eingefroren wie noch vor zwei Wochen. Es war mir nicht alles egal. Es war mir nur alles nicht mehr so wichtig. Und auch wenn es fürchterlich unbequem war und ich blaue Flecken am Oberarm bekommen würde, genoss ich die Fahrt in das wilde Gebirge, ins Indianergebiet.

Auf der Karte hatte ich gesehen, dass Inza gar nicht so weit entfernt lag von Tierradentro und San Andrés de Pisimbalá, wo Mama Lula Juanita und ihr Enkel Damián herkamen. Ich würde die Berge sehen, die er gesehen hatte. Ich würde die Vögel hören und die Luft riechen, die er in seiner Kindheit gehört und gerochen hatte. Ich würde ihm nahekommen.

Wir fuhren durch winzige Dörfer, die aus regennassen Wellblechhütten bestanden. Halb bekleidete Kinder und Alte drängten sich an die Hauswände, damit wir in unseren Jeeps die schlammige Straße überhaupt passieren konnten. Manchmal begegneten wir einem einsamen Mann oder Kindern, die mit in Tüchern gewickelten Lasten auf dem Rücken und Gummistiefeln an den Füßen unterwegs waren, den Berg hinauf oder hinab.

Irgendwann ließ der Regen nach. Die Wolken rissen auf und wir konnten das Gebirge sehen: immense Hänge, so schroff, dass es kaum Pflanzen darauf hielt, durchfurcht von Wasserfällen, Täler in schwindelerregender Tiefe, Kaffeeplantagen, Nebel, der in Fetzen über die Pässe zog.

Nach sechs Stunden hatten wir knapp die Hälfte des Wegs geschafft. Es war gerade noch hell, als wir den Todeshang erreichten. Einspurig führte die holprige Straße an der fast senkrechten Felswand entlang. Entgegenkommen durfte uns hier niemand. Leandro erklärte uns mit angespannter Stimme, dass das Gestein schieferhaltig sei und bei Regen schmierig werde wie Seife. Links ging es senkrecht hinunter. Ich konnte es gut sehen. Elena hatte die Augen geschlossen, mein Vater blickte auf der anderen Seite auf den Felsen. Und dann fiel die Nacht auf uns herab mit einer Geschwindigkeit, an die ich mich nie gewöhnen würde. In diesen Breiten dauerte die Dämmerung nur Minuten, dann war es stockfinster. Der Abgrund sackte in die Unsichtbarkeit. Die Scheinwerfer zuckelten über Steine und Schründe.

Und plötzlich stockte alles. Wir rückten auf den Jeep der Sicherheitsleute auf, der vor uns fuhr. Er stand. Davor standen noch zwei weitere Fahrzeuge, soweit ich das in der Finsternis erkennen konnte. Erstaunlich, wo die herkamen in dieser Einöde. Sie standen, weil ein Sattelschlepper sich im Schlamm festgefahren hatte. Ich fragte mich, wie er überhaupt den Todeshang hinaufgekommen war. Schon im Jeep hatte die Straße zu schmal für vier Reifen ausgesehen.

»Das könnte eine Falle sein«, bemerkte Leandro. »Türen zu und verriegeln!«

Aber Elena wollte sich unbedingt die Beine vertreten. »Sonst kriege ich einen Anfall, Papa!«

Leandro gab nach und stieg selber aus. Ganze sieben Stunden hatten wir uns jetzt durchschütteln lassen. Die Luft war kalt und feucht. Es roch nach nassem Stein und fremden Hölzern und Kräutern.

Mein Vater atmete tief ein. Leandro rauchte eine Zigarette. Über uns lag die Mondsichel auf dem Rücken und das Sternbild des Orion stand im Zenit. In den umliegenden Bergen glitzerten einzelne Lichter.

»Wer da wohl wohnt?«, staunte mein Vater. »Und was für ein Leben, so weit weg von jeglicher Zivilisation.«

»Und warum bleiben sie dort?«, fragte Elena. »Warum gehen sie nicht woanders hin? Sie könnten doch, wenn sie wollten.«

»Sie wollen vermutlich nicht«, sagte ich.

»Aber wie kann man nur so primitiv leben wollen?«

»Aus Gewohnheit«, bemerkte Leandro. »Sie kennen es nicht besser.«

Es gefiel mir nicht, wie wir über Menschen redeten, die wir nicht kannten, aber ich sagte nichts dazu. Was hätte ich auch sagen sollen? Vielleicht lebte Damiáns kranke Schwester Clara in so einem Ort, der nachts sein einsames Licht in die Dunkelheit schickte. Und sie hatte einen ganz bestimmten Grund, warum sie dort lebte.

Aber ich musste mir eingestehen, dass ich nicht jahraus, jahrein mitten im Urwald am Berg würde leben können, so ganz ohne Bücher, ohne Musik, ohne Internetzugang und E-Mails, ohne Kino. Vielleicht war es dumm, denn man brauchte viel weniger zum Leben, als man dachte, aber ich musste mir meine Möglichkeiten ja auch nicht beschneiden, indem ich die Zivilisation ablehnte. In der Bildung, hatte Damián gesagt, liegt der Schlüssel zum Wohlstand. Er wusste das.

Die Motoren des Sattelschleppers röhrten immer mal wieder auf, die Räder pfiffen. Dunkle Gestalten huschten durchs Scheinwerferlicht der wartenden Autos. Plötzlich kamen unsere Sicherheitsleute herbei, umringten uns schützend und zogen die Waffen.

»Verdammt!«, knurrte Leandro. »Es ist doch eine Falle!«

»Nicht schießen!«, schrie mein Vater und: »Auf den Boden. Jasmin, runter mit dir.«

Wir kamen nicht mehr dazu. Ein Schuss knallte und verhallte in den Bergen, dann waren überall Soldaten in Gummistiefeln. Taschenlampen blendeten uns. Unsere Wachleute wurden ruck, zuck entwaffnet. Zum Glück kamen sie nicht dazu, noch einen Schuss abzugeben, denn hätten die Angreifer das Feuer erwidert, wären wir mit Sicherheit von der einen oder anderen Kugel getroffen worden, so eng, wie es auf der Straße zwischen Hang, Autos und Abhang war.

Der Atem der Soldaten dampfte im Gegenlicht der Autoscheinwerfer, obwohl viele Tücher vor den Gesichtern trugen. Die Läufe von Maschinenpistolen, Gewehren und Pistolen schimmerten keine Handbreit von uns entfernt. Wir wurden zu den Insassen der anderen Autos getrieben, drei Männer, zwei Frauen und drei Kinder.

»Die FARC«, flüsterte Leandro uns zu. »Die tragen Gummistiefel! Daran erkennt man sie. Kein Wort zu ihnen, dass wir zur Mine wollen! Klar?«

Noch immer hatte ich nicht wirklich Angst. Es war ein Überfall, vielleicht würden wir sogar entführt werden, das war mir schon klar, aber aus irgendeinem Grund glaubte ich nicht, dass sie uns erschießen würden. Sie wirkten so jung, auch wenn man ihre Gesichter nicht sah. Ihre Bewegungen waren fast ein wenig müde und erschöpft, so als seien sie selbst nicht richtig überzeugt von dem, was sie taten.

Sie forderten uns auf, Geld, Handys und Schmuck herauszugeben. Die Frauen aus den beiden anderen Autos zeterten und schimpften. Leandro Perea rückte mit dem Gesicht eines kleinen Angestellten ein Bündel Geldscheine heraus, das viel kleiner war, als ich vermutet hätte. Wenn die Revolutionären Volksarmisten unseren Jeep auseinandernahmen, würden sie vermutlich den viel größeren Rest finden und dann … Ich wollte mir nicht ausmalen, was passieren würde, wenn die kriegerischen Burschen in den Tarnuniformen mit den Gummistiefeln herausfanden, dass Leandro El Gran Guaquero war, einer der reichsten Männer Kolumbiens. Zum Glück trug er seinen Reichtum nicht zur Schau. Er trug keinen Schmuck, keine teure Uhr, nur diese alberne Anglerweste und Schaftstiefel, die ihn aussehen ließen wie einen Bankbeamten auf Tour durch die Wildnis.

Elena verlor ihre Halskette, ihr Armband, zwei Silberringe und ihre Uhr an drei Männer, die lächelten wie die Kinder. Mir nahm einer Simons Uhr weg. Handys hatten Papa und ich nicht dabei, denn wir waren der Meinung gewesen, dass wir nirgendwo in der Wildnis ein Netz finden würden. Das Satellitenhandy, das Leandro dabeihatte, wurde er jedenfalls los.

Nachdem sie uns alles abgenommen hatten, näherte sich uns der Chef der Bande, ein kleiner Mann mit einer langen Narbe auf der Wange. Er trug ein Maschinengewehr und zwei Munitionsgürtel und sah aus wie aus einem von den alten Western entsprungen, in denen die Mexikaner immer wagenradgroße Hüte trugen und von Mario Adorf gespielt wurden.

»Ihr seid Ausländer«, sagte er. »Wo kommt ihr her?«

»Aus Deutschland«, antwortete mein Vater in seinem Spanisch mit starkem Akzent. »Ich bin Arzt. Ich habe Medikamente und Instrumente dabei. Wir wollen nach …«

Leandro unterbrach ihn rasch: »Nach Popayán.«

»So? Nach Popayán?« Der Bandenchef kratzte sich die Narbe. »Was wollt ihr da?«

»Menschen kurieren«, sagte mein Vater.

»Wir haben ein Krankenhaus in Popayán. Wer hat euch denn eingeladen?«

»Der CRIC«, sagte ich schnell. »Der Regionalrat der Indígenas vom Cauca.«

Leandro und Elena zuckten zusammen.

Der Narbige tauchte seinen Blick unter dicken Brauen hervor tief in meinen, während eine Taschenlampe mich beleuchtete und sicherlich meine blauen Augen erhellte.

»Und wer bist du?«, fragte er. »Wie heißt du?«

»Und du? Wie heißt du?«, fragte ich zurück.

Der Mann mit der Narbe lachte amüsiert. »Ich bin Major Antonio de Paicol.«

»Und ich heiße Jasmin. Das ist mein Vater, Markus, das sind meine Freundin Elena und ihr Vater. Wir sind in Popayán mit Damián Dagua verabredet. Morgen um zehn Uhr am Torre del Reloj. Seine Schwester Clara ist krank. Mein Vater soll sie behandeln. Sie stirbt vielleicht sonst.«

»So? Was hat sie denn, die Schwester von unserem Damián?«

»Das weiß ich nicht. Niemand weiß es. Deshalb soll mein Vater sie sich ja anschauen.«

»Und da reist ihr zu viert und mit vier Männern mit Pistolen und Gewehren? So viele gute Absichten, und solche Angst habt ihr, durch die Anden zu fahren?«

»Müssen wir denn keine Angst haben?«, fragte ich.

»*Por supuesto que no*«, antwortete Major Antonio de Paicol. »Natürlich nicht. Wir lieben die Gerechtigkeit. Wir sind keine Unmenschen. Wir werden doch Damiáns Schwester nicht sterben lassen. *Venga, va!* Kommt mit! Das hier wird noch Stunden dauern. So schafft ihr es nie bis morgen um zehn Uhr. Los! Wir bringen euch.«

Wenn man von etwa dreißig bewaffneten Revolutionsarmisten umringt war, immer in Gefahr, erschossen oder den Abhang hinabgeschubst zu werden, klang eine solche Einladung wie ein Befehl. Wir hatten keine Wahl. Nicht einmal Leandro Perea protestierte. Er hielt den Mund. Hier, auf dieser Straße, hatte er keine Macht. Lammfromm nahm er meinem Vater einen der beiden Medizinkoffer ab und schritt folgsam hinter ihm an den Insassen der anderen Autos und dem Sattelschlepper vorbei, dessen Räder tiefe Löcher in den Fahrweg geschliffen hatten.

Elena stolperte und flüsterte auf Deutsch: »Bist du verrückt? Warum hast du das erzählt? Vielleicht hätten sie uns wieder laufenlassen.«

»Vielleicht auch nicht«, sagte ich. »Mein Vater und ich haben deutsche Pässe. Vielleicht hätten sie uns entführt, um Lösegeld zu erpressen. Deutsche werden doch immer gern entführt, oder nicht?«

Als wir am Führerhaus des Sattelschleppers vorbeikamen, sah ich, dass einer der Guerilleros neben dem Fahrer saß. Ein paar der Bande hatten Bretter unter die Reifen gelegt. Wenn wir vorbei waren, würden sie einen neuen Versuch unternehmen, den Laster freizufahren. Dann würden sie ihn irgendwohin in die Berge bringen, ihn ausladen und die Lebensmittel und Waren in der Gegend verkaufen. Vermutlich waren wir einer kriminellen Bande in die Hände gefallen. Aber Kriminalität konnte hier ganz schnell in Politik umschlagen, hatte uns John Green gewarnt.

Vor der Schnauze des Sattelschleppers standen drei klapprige Militärlastwagen mit Planen. Der Major führte uns zu dem vordersten und lud uns ein hinten auf die Ladefläche zu klettern. Fünf Bewaffnete folgten uns, der Major, ein Fahrer und ein weiterer Bewaffneter stiegen ins Führerhaus. Dann ging es los.

Der Jeep war schon unbequem gewesen, aber man hatte wenigstens auf gepolsterten Sitzen gesessen. Auf der Ladefläche des Lasters gab es nur Bretter zum Sitzen und die Stangen der Plane, um sich festzuhalten. Jedes Schlagloch warf uns gegeneinander. Die jungen Kerle hatten sich auf den Boden gesetzt und sich mit den gestiefelten Füßen und ihren Schultern routiniert in den Ecken verkeilt. So hatten sie die Hände frei, um Zigaretten zu drehen.

»Bringen sie uns wirklich nach Popayán?«, fragte mein Vater leise auf Deutsch.

»Es sieht so aus«, antwortete Leandro leise und ebenfalls auf Deutsch, das er immerhin gebrochen sprach. »Wenn wir Glück haben, lassen sie uns dort laufen.«

»Und wenn nicht?«, fragte Elena.

Leandro zuckte mit den Schultern. »Auf jeden Fall sollte morgen um zehn dieser verdammte Damián am Uhrenturm auftauchen.«

»Und wir sollten eine kranke Schwester herbeizaubern«, ergänzte Elena. »Wie bist du nur auf diese schwachsinnige Idee gekommen, Jasmin?«

»Jasmin hat uns vermutlich gerettet«, sagte Leandro knapp.

»Und Damián hat wirklich eine kranke Schwester«, antwortete ich. »Sie lebt in den Bergen.«

»Was hat sie denn?«, fragte mein Vater.

»Keine Ahnung.« Ich zuckte mit den Schultern. Eigentlich durfte ich ja nicht viel über ihn wissen, nachdem ich meinen Eltern erklärt hatte, ich hätte keinen Kontakt mehr mit ihm gehabt. »Ich habe nicht mit ihm darüber gesprochen«, sagte ich. Und es stimmte sogar. »Ich habe ihn nicht mehr gesehen seit dem Ball. Ich habe nur gehört, wie es jemand sagte. Deshalb sei er plötzlich zurück nach Popayán gegangen.«

Mein Vater fragte nicht weiter, wo und von wem ich was über Damián gehört hatte. Es war ja auch unwichtig in der Lage, in der wir uns befanden. Auch Leandro Perea mochte eingesehen haben, dass es ein Glück war, dass ich Damián Dagua kannte. Sonst hätten wir vielleicht immer noch im Schlamm hinter dem Sattelschlepper gestanden und hätten im besten Fall, unserer Autos beraubt, den Weg ins nächste Dorf zu Fuß antreten können. Im schlechtesten Fall wären wir jetzt tot. Allerdings, wenn diese bewaffnete Bande und ihr Major Damiáns Namen kannten, dann bedeutete das auch, dass Damián irgendeine Größe in diesen Kreisen war. Daran führte kein Weg vorbei.

Ein Schlagloch schüttelte uns durch. Wir mussten uns erst wieder sortieren.

»Das hast du mir gar nicht erzählt«, flüsterte Elena mir zu, als wir etwas ruhiger durch die Nacht rollten.

»Was denn?«

»Dass man Damián nicht von der Schule geworfen hat, sondern dass er von selbst gegangen ist.«

»Das weiß ich nicht so genau. Ich habe es jetzt nur erfunden«, wisperte ich zurück.

»Und woher weißt du das mit der kranken Schwester?«

»Das erzähle ich dir ein andermal in Ruhe.«

»Und wie benachrichtigen wir ihn jetzt, damit er morgen an den Uhrenturm kommt? Falls die hier uns bis dahin nicht aus den Augen lassen.«

»Das weiß ich auch nicht, Elena. Ich habe keinen Kontakt zu ihm.«

Ich überlegte ja schon die ganze Zeit fieberhaft, wie ich mit Damián Kontakt aufnehmen konnte, aber mir war noch nichts eingefallen. Ich hatte keine Telefonnummer von Mama Lula Juanita, ich wusste nicht einmal, ob sie überhaupt ein Telefon besaß. Und selbst wenn ich ihre Nummer gehabt hätte, so gab es hier auf dem Lastwagen keine Möglichkeit zu telefonieren. Leandros Satellitenhandy befand sich in den Händen der jungen Männer mit den olivgrünen Uniformen und den Gummistiefeln.

Außerdem war es tiefe Nacht. Ich konnte also nur darauf hoffen, dass sich morgen früh irgendwo ein Telefon fand. Doch wenn Damián sich in den Bergen bei seiner Schwester aufhielt, war er vermutlich gar nicht oder nur per rennendem Boten erreichbar. Und wer sagte, dass er überhaupt bereit war, uns aus unseren Notlügen zu erlösen und dem Major und seinen Waffengängern die Komödie vorzuspielen, die ich angezettelt hatte? Warum sollte er uns denn helfen? Schließlich musste er vermuten, dass Leandro Perea seine Macht genutzt hatte, um sein, Damiáns, Praktikum im Colegio Bogotano zu beenden, weil meine Freundin Elena ihn lauthals und öffentlich einen Dieb genannt hatte und weil er selbst sich dem Minenbesitzer gegenüber offen feindselig geäußert hatte. In Damiáns Augen war ich mit den falschen Leuten zusammen.

Wir rollten inzwischen auf einer Asphaltstraße. Weil wir keine Uhren mehr hatten, konnten wir nicht nachschauen, wie spät es war. Elena war gegen mich gesunken und schlief.

Dann hielt der Transporter plötzlich. Elena fuhr hoch.

Der Major erschien mit einem der Bewaffneten, die vorn gesessen hatten, hinten an der Klappe und rief: »Jasmin, komm runter.«

Mein Vater richtete sich auf und packte mich am Arm. »Warum?«, fragte er. »Was habt ihr vor?«

»Keine Angst, wir tun deiner Tochter nichts. In einer Stunde sind wir in Popayán. Jasmin fährt vorn bei mir. Ich möchte mich ein wenig mit ihr unterhalten.«

Widerstrebend ließ mein Vater mich absteigen. Währenddessen stieg der Soldat aus dem Führerhaus auf die Pritsche. Der Major führte mich am Rand einer überraschend breiten Asphaltstraße nach vorn und ließ mich auf der Beifahrerseite einsteigen. Ich musste an den Fahrer heranrücken, damit der Major selbst ebenfalls noch Platz fand.

Wir fuhren los.

Antonio bot mir Zigaretten an und, als ich ablehnte, Kokablätter. »Das hält wach«, sagte er. »Man spürt die Kälte nicht, man hat keinen Hunger und es hilft gegen die Höhenkrankheit.«

Ich schüttelte instinktiv den Kopf. Kokablätter enthielten Kokain, soviel ich wusste.

»Keine Sorge«, sagte Antonio. »Man wird nicht abhängig davon. Kokablätter gehören zu unserer Kultur wie bei euch Kaffee oder Tee. Die Spanier haben früher die Minenarbeiter damit versorgt. So konnten sie zwei Tage arbeiten, ohne zu essen und zu schlafen. Dann kamen die Kommunisten und wollten sie verbieten, weil sie zur Ausbeutung dienten. Aber der Kokaanbau gehört zu unserer Kultur und niemand kann ihn uns verbieten.«

Er drückte mir ein paar trockene Blätter in die Hand. Sie waren länglich geformt wie Weidenblätter.

»Du steckst sie in den Mund, kaust sie ein bisschen und machst eine Kugel daraus, die du unter die Zunge steckst. Wenn sie nach einer Stunde nach nichts mehr schmeckt, nimmst du die Kugel raus. Aber du spuckst sie nicht auf den Boden, denn Kokablätter sind heilig und Pachamama bespuckt man nicht.«

Pachamama, so nannte man in der Sprache der Andenvölker die heilige Mutter Erde.

»Nun nimm schon!«

Sollte ich es riskieren, Antonio zu beleidigen? Ich steckte mir drei Blätter in den Mund und begann vorsichtig darauf herumzukauen. Sie schmeckten grasig.

Antonio de Paicol lachte freundlich. »Es macht dich wach, wirst sehen.«

Es wirkte wie starker Kaffee. Ich fühlte mich schlagartig ziemlich klar im Kopf. Der Fahrer, ein junger Kerl, dem die halbe Hand fehlte, nickte mir freundlich zu. Auch er hatte Kokablätter in den Backen. Die Scheinwerfer fraßen die Straße. Büsche und Bäume huschten vorbei. Sterne standen am Himmel, wenn man ihn zwischen den Höhen sah. Es ging bereits bergab.

Popayán lag etwa tausend Meter tiefer als Bogotá, aber ebenfalls in einem Hochtal der Anden. Das hatte ich gelesen, als ich mein Referat über die alte Kolonialstadt schrieb. Und ich hatte mir alles, was diese Stadt betraf, genau gemerkt: Straßennamen, Plätze, Gebäude. Denn Popayán war die Stadt, in der zu leben ich mich vielleicht hätte entscheiden müssen, wenn Damián seine Universität gründete. Es hatte mich allerdings etwas irritiert zu lesen, dass Popayán bereits eine Uni hatte. Popayán war mir inzwischen fast so vertraut, als wäre ich hundertmal an Damiáns Seite durch die Straßen und über die Plätze der Weißen Stadt gelaufen und als hätten wir uns ein Dutzend Mal am Torre del Reloj verabredet, dem wuchtigen weißen Turm mit der Uhr neben der schneeweißen Kathedrale am Parque Caldas.

»Woher kennst du Damián?«, riss mich der Major aus meinen Gedanken.

So wenig wie möglich lügen!, dachte ich. »Er hat ein Praktikum an der Schule gemacht, in die ich gehe.«

»In Bogotá?«

Ich nickte. Wie genau wusste Antonio wohl Bescheid über Damián? »Da habe ich ihn kennengelernt. Aber wir kennen uns nicht sehr gut.«

Antonio zündete sich noch eine Zigarette an. »Und da fragt er dich, ob dein Vater seine Schwester heilen kann? Seine Großmutter ist eine weise Frau, sie soll schon viele geheilt haben, sagt man. Warum kann sie ihre Enkelin nicht heilen?«

Mir wurde kurz heiß und kalt. Stimmt! Das hatte ich nicht bedacht. Rief ein Indígena einen Schulmediziner zu Hilfe, wenn er eine Wunderheilerin in der Familie hatte, zu der in Bogotá die Leute pilgerten, die von keiner anderen Medizin mehr geheilt werden konnten?

»Mein Vater ist … ist … ist Arzt. Vielleicht muss man sie operieren.«

»Hm.«

»Kennst du Damián?«, fragte ich. »Und seine Schwester, Clara?«

»Seine Schwester kenne ich nicht.« Er wirkte auf einmal wortkarg. »Was hat Damián in Bogotá gemacht?«

»Studiert, glaube ich.«

»Und an dieser Schule? Ist er Lehrer?«

Ich hatte auf einmal das Gefühl, dass ich jetzt nichts Falsches sagen durfte. Nur dass ich nicht wusste, was das Falsche war. In Antonios Fragen schwang ein gewisses Misstrauen mit oder so etwas wie Bitterkeit oder Zorn oder Neid. Es war schwer zu sagen. Ich spürte nur, dass er und Damián keine Freunde waren. Womöglich hatte ich uns doch keinen Gefallen getan, als ich den erstbesten Namen nannte, der mir einfiel, um unsere Fahrt nach Popayán zu erklären, nachdem Leandro Perea uns gewarnt hatte, etwas über unser wahres Reiseziel zu sagen.

»Nein, er hat dort gearbeitet, als Hausmeister«, erklärte ich. »Soviel ich weiß. Aber, wie gesagt …«

»Wie gesagt, du kennst ihn nicht besonders gut«, ergänzte er mit spöttisch augenzwinkerndem Unterton. »Die Kokablätter sind gut, nicht wahr? Sie helfen!«

Ich nickte. »Ja. Sie machen wach. Das stimmt.«

Der Major lachte. In der Finsternis tauchte tief vor uns das Geglitzer einer Stadt auf. Ein fremdartiges Juwel in der gigantischen Finsternis der Berge.

»Popayán«, sagte Antonio. »Warst du schon mal dort?«

»Nein.« Ich begann mich zu fragen, was der Guerillero mit der Narbe im Gesicht von mir wollte. Aber vielleicht wollte er sich wirklich einfach nur ein bisschen mit mir unterhalten.

»Du bist ein mutiges Mädchen. Das habe ich gleich gesehen.«

Mir gefiel sein Ton immer weniger. »Es ist schade«, sagte ich, »dass man Mut haben muss, hier in diesem Land.«

»Wir haben uns das nicht ausgesucht«, antwortete Antonio ernst. »Hätte es die Ausbeutung der Bauern durch die Großgrundbesitzer nicht gegeben und hätte die Regierung nicht Bürger zweiter Klasse geschaffen, dann hätte es uns niemals geben müssen. Wir haben den Frieden gesucht, aber die Konservativen wollen keinen Frieden mit uns. Wir wollten am demokratischen Prozess teilnehmen, wir haben Kandidaten für die Wahlen aufgestellt, aber die Armee hat Tausende unserer Politiker ermordet. Die Regierung will keinen Frieden mit uns.«

»Wollt ihr denn wirklich Frieden?«

»Wir wollen Lösungen auf politischer Ebene. Wir wollen, dass die Armee nicht mehr gegen die Bevölkerung vorgeht, wir wollen Demokratie und Gewaltenteilung zwischen Justiz und Politik, wir wollen Pressefreiheit, wir wollen soziale

Unterstützung für die Armen, wir wollen, dass mehr Geld für Bildung ausgegeben wird. Wir wollen Entwicklungsprogramme für die ländliche Region. Dann können die Kokabauern etwas anderes anbauen und das Drogenproblem ist gelöst. Die Smaragd- und Goldminen sollen unter staatliche Kontrolle gestellt werden. Ist das verkehrt, Jasmin? Wollen wir etwas Böses?«

»Nein. Aber ...« Ich zögerte.

»Ja?«, fragte Antonio nach. »Nur Mut, bei mir darf jeder seine Meinung sagen.«

Wenn ich nur so genau gewusst hätte, was ich sagen wollte. »Vielleicht will auch die Regierung nichts Böses. Sie versucht es nur auf andere Weise.«

»Die Regierung interessiert sich nicht für die armen Leute. Die Politiker wirtschaften nur in ihre eigene Tasche. Sie haben dem Volk viele Milliarden Dollar geraubt und in Privatfirmen gesteckt. Sechzig Prozent der Smaragdminen gehören einem einzigen Mann, Leandro Perea, genannt El Gran Guaquero. Den Namen hast du sicher schon gehört.«

»Ja.«

»Er reist immer mit ein oder zwei Hubschraubern. Er wagt sich nicht mehr unters Volk. Er hat Angst. Er ist ein Feigling. Seine Minen werden von Soldaten geschützt, Soldaten der Regierung und einer Privatarmee. Sie haben starke Waffen. Wir haben keine Chance, die Minen fürs Volk zurückzuerobern.«

Mir klopfte das Herz bis zum Hals. Ich fühlte Antonios Blick auf mir ruhen und hoffte inständig, dass es viel zu dunkel war, als dass er mir irgendwas ansehen konnte. Womöglich wusste er längst, wen er hinten auf dem Lastwagen hatte, und amüsierte sich darüber, dass wir glaubten, wir könnten ihn täuschen Das Gesicht eines Mannes, dessen Name im Land so bekannt war wie der von Leandro Perea, war vermutlich ebenso bekannt. Wahrscheinlich hatte Antonio den Großen Schatzsucher sofort erkannt. Oder war es zu dunkel gewesen, um ihn zu erkennen? Elena hatte mir mal erzählt, dass ihr Vater sich nicht gern in der Öffentlichkeit zeigte und keine Fernsehinterviews gab.

Ich überlegte hin und her, während wir den Kurven der Straße folgten. Immer wieder sah ich Popayán unten vor uns glitzern. Solange wir nicht auf einen der unbefestigten, steinigen und schlammigen Wege ins Gebirge abbogen, waren wir einigermaßen in Sicherheit, dachte ich. Und wie es aussah, fuhren wir tatsächlich ins Pubenza-Tal hinab.

– 13 –

Es war nachts um eins, als wir am Stadtrand in den Innenhof einer Herberge fuhren. Antonio ließ uns aussteigen und Papas Arztkoffer in das Haus tragen. Die Zimmer, die uns eine Alte zeigte, waren bessere Bretterverschläge. Papa und Leandro bekamen eines zugewiesen, Elena und ich ein anderes.

Er werde uns morgen mit dem Auto abholen, sagte Antonio, und in die Stadt zu unserem Treffpunkt bringen. Der Laster mit der Plane fuhr röhrend wieder vom Hof.

»Hier gibt es sicher Kakerlaken und Flöhe«, stellte Elena fest, als sie Laken und Decke des einfachen Betts zurückschlug. »Und frisch ist die Bettwäsche auch nicht. Papa, wir brauchen frische Bettwäsche, sonst schlafe ich hier nicht.«

»Wir schlafen hier überhaupt nicht«, antwortete Leandro. »Antonio und seine Leute dürfen uns hier morgen früh nicht mehr antreffen. Sonst fliegt alles auf.«

Er wies uns an im Zimmer zu warten und begab sich, während Papa, Elena und ich auf den verwanzten Betten saßen und warteten, die Treppe hinunter. Nach zehn Minuten kam er zurück und berichtete mit finsterer Miene: »Draußen stehen fünf Bewaffnete. Sie wollten mich nicht auf die

Straße lassen. Ich habe ihnen gesagt, das Hotel gefällt uns nicht, wir wollen ein anderes, aber sie sagten, das gehe nicht, sie dürften uns nicht auf die Straße lassen, das sei zu gefährlich für uns.«

»Und was bedeutet das?«, fragte mein Vater.

Leandro zuckte mit den Schultern. »Sieht so aus, als säßen wir hier fest. Wir sind Gefangene.«

Er hatte auch geschaut, ob man irgendwie heimlich aus der Herberge hinauskam, hintenherum, aber das war riskant. Um von dem Haus fortzukommen, hatten wir nur die Straße, und dort konnten uns jederzeit die Leute von Antonio entdecken. Zu Fuß waren wir langsam.

»Und wenn wir die Polizei rufen?«, schlug mein Vater vor. »Hier gibt es doch sicher ein Telefon.«

»Das habe ich auch schon erwogen, aber das Telefon steht in der Rezeption, und da hört jeder mit, auch unsere bewaffneten Bewacher.«

»Und was haben die mit uns vor?«, fragte Elena ängstlich.

Leandro zuckte wieder mit den Schultern.

»Nichts«, antwortete mein Vater beruhigend. »Was sollen sie mit uns schon vorhaben? Wir sind hier nicht im Urwald.«

»Aber fast«, sagte Elena. »Ich habe Angst!«

Wir hielten eine Weile Kriegsrat und kamen überein, dass wir versuchen würden zu schlafen, so gut es ging, wenn möglich in frischer Bettwäsche, die Leandro zu organisieren versprach, und dass wir uns morgen mit kaltblütigen Mienen in die Stadt zum Uhrenturm fahren lassen würden, um dort auf Damián zu warten, natürlich vergeblich. Daraus, dass er nicht kommen würde, würde Antonio uns keinen Vorwurf machen können. Es wäre kein Beweis, dass wir ihn angelogen hatten. Und dann würde Antonio uns hoffentlich in Ruhe lassen. Schließlich konnte er uns mitten in der Stadt nicht mit Waffengewalt wieder ins Auto zwingen. In Kolumbien standen auf allen Plätzen gut bewaffnete Polizisten.

Ich hatte schon, als Elena und ich in unser Zimmer gingen, das Gefühl, dass es ganz anders kommen würde. Es war ein seltsames Gefühl der Ruhe und Neugierde, das ich mir nicht erklären konnte. Elena plapperte aufgeregt vor sich hin, auch als wir in den frisch bezogenen Betten lagen. Sie redete sich die Angst weg. Ihr Vater werde eine Lösung finden, die Bodyguards, die wir zurückgelassen hatten, würden uns retten, die Armee würde helfen. Uns würde nichts geschehen, und wenn wir entführt würden, dann würde Papa eben Lösegeld zahlen. Alles würde gut. Und irgendwie schien sie der Ansicht, dass das alles heute oder morgen erledigt sein würde, damit sie an ihrem Geburtstag in Inza war und vom Vater ihren Smaragd überreicht bekam. Na, wenn das ihre größte Sorge war, dachte ich und wunderte mich wieder über meine große innere Ruhe.

Ich hatte keine Angst, obwohl ich glaubte, unsere Lage ganz klar zu sehen: Wir waren Geiseln von Antonio und seiner Bande. Sie waren irgendeine Splittergruppe der FARC. Dieser Major Antonio war nicht dumm. Er hatte mein Manöver vermutlich durchschaut. Vermutlich wusste er auch, wer Leandro wirklich war. Doch wenn er uns als Geiseln hätte nehmen wollen, hätte er uns sicherlich nicht hierher in die Stadt gebracht. Er musste irgendetwas anderes vorhaben. Ich wusste nur nicht, was.

Ich versuchte, nicht an Kakerlaken, Läuse und Flöhe zu denken, und schlief über Elenas Gerede schließlich ein.

Morgens um acht erschienen Major Antonio und sein Fahrer wieder in unserer Herberge. Wir saßen schon beim Frühstück, das aus Tamales bestand, Maisteig, der mit Fleisch und Gemüse gefüllt und in einem Maisblatt gegart worden war. Außerdem gab es Obst und Kaffee.

»Ich fahre Jasmin jetzt in die Stadt«, verkündete Antonio.

»Und wir?«, erkundigte sich mein Vater.

»Ihr bleibt hier, bis wir mit Damián zurückkommen.«

»Ich werde meine Tochter begleiten«, verkündete Papa. »Sie ist erst sechzehn. Außerdem bin ich der Arzt. Was sollen wir hier herumsitzen und warten, wenn Damiáns Schwester unsere Hilfe braucht. Vielleicht ist es eilig.«

Aber Antonio ließ nicht mit sich reden.

»Sind wir denn eure Gefangenen?«, fragte mein Vater schließlich.

»Es ist nur zu eurer eigenen Sicherheit«, verkündete der Major, der an diesem Morgen in Zivil steckte. »Hier gibt es viele Gruppen, die gegeneinander kämpfen. Und wir wollen doch sicherstellen, dass dieses Treffen mit Damián zu Stande kommt.«

»Unsinn«, entfuhr es Leandro. »Popayán ist eine Touristenstadt. Uns kann nichts passieren, wenn wir uns im Zentrum aufhalten.«

Antonio überlegte einen Moment. Dann sagte er: »Na gut, dann will ich es ganz deutlich sagen. Damián gehört unseren Informationen nach zu einer Gruppe, die einige Menschen in den Bergen im Urwald als Geiseln hält und nur gegen viel Geld freilässt. Sie sind Arzt, Don Markus, Sie denken darüber nicht nach. Sie wollen helfen. Und Sie glauben, dass die Ihnen dankbar sind und Sie und Ihre Tochter und Ihre Freunde wieder nach Popayán zurückbringen werden. Aber was, wenn das nicht so ist? Was, wenn die Guerilleros Sie dort behalten, weil ihnen ein Arzt fehlt? Und das möchte ich verhindern. Es wäre doch schade, wenn Ihre reizende Tochter und deren Freundin die nächsten Jahre im Urwald verbringen müssten und Ihre Ehefrauen sich vor Angst und Sorge verzehrten.«

Mein Vater und Leandro wechselten einen kurzen Blick. »Dann müssen wir das wohl glauben«, sagte mein Vater auf Deutsch. Und auf Spanisch fügte er an: »Und welche Garantie habe ich, dass Sie mir meine Tochter gesund wiederbringen?«

»Sie haben mein Wort!«, warf sich Antonio in die Brust. »Ich werde Ihnen Ihre Tochter Jasmin unversehrt wiederbringen.«

Vielleicht hätte mein Vater einen größeren Aufstand gemacht, wenn Leandro, der sich mit den Gegebenheiten in seinem Land besser auskannte, nicht so passiv gewesen wäre. Die Frage war ja, was passiert wäre, wenn wir alle entschlossen die Herberge verlassen hätten. Hätten sie uns niederschießen wollen? Zumindest hätten sie dann offen zeigen müssen, dass wir uns in ihrer Gewalt befanden. Oder glaubten Leandro und mein Vater wirklich, dass dies alles zu unserem eigenen Schutz war?

»Wie kann ich mit meiner Tochter Kontakt halten?«, machte mein Vater einen letzten Versuch.

Antonio blickte ihn erstaunt an.

»Ich möchte ein Handy und ich möchte, dass sie auch eines hat, damit wir miteinander telefonieren können.«

»Ich habe ein Handy«, sagte Antonio. »Und meine Männer haben die Nummer. Hier gibt es ein Telefon. Sie können uns anrufen, wann immer Sie möchten.«

Popayán gefiel mir sofort. Es war eine überraschend große, lang gestreckte Stadt. Früher einmal hatte man die Häuser weiß gekalkt, um Seuchen zu unterbinden. Deshalb erstrahlten bis heute die teils vierhundert Jahre alten Häuser in gleißendem Weiß und man nannte die Stadt auch »La Ciudad Blanca«, die Weiße Stadt. Die Fassaden waren so hell, dass ich die Sonnenbrille brauchte. Es war deutlich wärmer als in Bogotá und es regnete nicht.

Antonio stellte das Auto in einer Straße ab und brachte mich zu Fuß in die Innenstadt. Er zeigte mir eine Bar in einer Gasse, die auf den Platz mündete, und verkündete, er werde dort warten. So kam es, dass ich ganz allein den Platz betrat, an dessen einer Seite sich schneeweiß mit ihren Säulen und der weißen Kuppel die Kathedrale erhob. Am rechten Ende der weißen Fassade stand der breite, aber nicht sonderlich hohe viereckige Turm mit der Uhr, der einst gebaut worden war, um die Kathedrale abzustützen.

Auf den Straßen um den Caldas-Park und in der grünen Insel der Gummibäume und Denkmäler befand sich allerlei Volk, darunter viele Rucksacktouristen. Außerdem standen Uniformierte herum, Polizisten mit Pistolen und Maschinengewehren.

Ich hatte noch eine gute halbe Stunde bis zehn Uhr, dem fiktiven Datum meiner Verabredung mit Damián, also Zeit zu überlegen, was ich tun würde, wenn Damián nicht erschien. Und dass er nicht erscheinen würde, war sicher. Es war ja alles eine Erfindung von mir gewesen. Dennoch war ich so erregt, als würde ich ihn gleich sehen. Ja, es schien mir fast gewiss, dass er erscheinen würde. Ich hätte meine eigene Notlüge gern geglaubt, ja ich glaubte sie fast.

Aber tatsächlich würde ich gegen Mittag dem Major Antonio erklären müssen, warum Damián nicht erschienen war. Vielleicht hatte er sich im Tag geirrt, war aufgehalten worden, hatte sich anders entschieden, war in einen Hinterhalt geraten und verletzt oder tot …

Alles, bloß das nicht!, dachte ich und rief mich zur Ordnung. Wenn mein Treffen Erfindung war, war auch alles andere reine Fantasie. Ich musste hier nur zwei Stunden warten und dann Major Antonio in der Bar in der Gasse aufsuchen und mitteilen, Damián sei nicht gekommen.

Ich schlenderte an der Kathedrale entlang und durch den Parque Caldas. Die Sonne wärmte mich. Vielleicht gab es doch eine Möglichkeit, mit Damián in Verbindung zu treten, überlegte ich. Überall standen Frauen und Männer mit Handys herum, die *»Minutos a celular«* anboten, Handyminuten. Aber Geld hatte ich keines. Allerdings musste ich auch gar nicht telefonieren. Denn hier befand sich ja das Büro des Consejo Regional Indígena del Cauca, kurz CRIC. Und hatte nicht Mama Lula Juanita gesagt, Damián habe ein Treffen der Indígenas zu organisieren? Sicher konnte mir ein Einheimischer sagen, wo sich das Büro befand.

Als ich für die Schule mein Referat über Popayán schrieb, hatte ich gelernt, dass blaue kittelartige Hemden und Ponchos zur traditionellen Tracht der Bauern aus dem Cauca gehörten. Die Männer trugen außerdem Strohhüte, die Frauen schwarze Bowler. Entlang des Parksaums saßen Schuhputzer und Händler, die Teile dieser Tracht trugen, und verkauften Wassereis, Raspado genannt, weil es geraspelt wurde, Postkarten, Pullover, Töpferware und Krimskrams. Ein Alter erklärte mir bereitwillig, wo sich das Büro des CRIC befand. Es war nicht weit. Das Büro war im ersten Stock eines alten weißen Hauses mit blauem Balkon untergebracht. In einem großen düsteren Raum standen alte Schreibtische aus dunklem Holz mit uralten schwarzen Schreibmaschinen. Auf den Tischen häuften sich Papiere, Flugblätter und Prospekte, in den Regalen standen Bücher. In der Ecke am Fenster befand sich der einzige Computerarbeitsplatz. Dort saß, mit dem Rücken zu mir, eine junge Frau und tippte. Eine Kaffeetasse und ein voller Aschenbecher standen neben ihrer Tastatur. Ich räusperte mich.

Die Frau am Computer drehte sich um. »Hallo.«

»Hallo, ich suche Damián Dagua«, erklärte ich.

»Moment«, sagte die junge Frau, zündete sich eine Zigarette an und griff zum Telefon.

Erregung durchspülte mich. So einfach war das?

Sie sprach schnell und leise und ich brauchte eine Weile, bis ich mir sicher war, dass sie nicht Spanisch, sondern einen der indigenen Dialekte sprach, die so klangen, als müsse man einen Knoten in die Zunge machen. Sie unterbrach sich, hielt die Sprechmuschel zu und fragte mich: »Wer bist du?«

»Jasmin. Ich komme aus Bogotá.«

Sie nickte, lächelte und schnurrte etwas ins Telefon. Eine Deutsche hätte wahrscheinlich nachgefragt, denn dass ich keine Kolumbianerin war, musste die Frau mir ansehen und anhören. Aber im spanischen Sprachraum war es nicht üblich, indiskrete Fragen zu stellen. Wenn Damián Dagua eine Ausländerin kannte, die gerade aus Bogotá nach Popayán gekommen war, dann war das seine Sache und ging sie nichts an.

»Es ist dringend!«, sagte ich.

Die Frau unterbrach erneut, hielt die Muschel zu und blickte mich an.

»Es ist ein Notfall!«, ergänzte ich. »Hast du Damián dran? Kann ich mal mit ihm sprechen?«

»Ich habe seinen Onkel Gustavo dran. Er hat einen Laden in der Calle Sexta. Er weiß nicht, wo Damián steckt. Er hätte schon gestern wieder hier sein müssen. Wir warten nämlich auch auf ihn. Möchtest du mit Gustavo sprechen?«

Ich schüttelte den Kopf.

Die Frau sagte noch ein paar Worte ins Telefon und legte dann auf.

Vermutlich stand ich ziemlich ratlos herum, denn sie fragte in einem fast privaten Ton: »Was ist los?«

»Sie haben meinen Vater und … und noch ein paar Leute«, sprudelte es aus mir heraus.

Die junge Frau wurde ernst: »Wer hat deinen Vater?«

Ich erzählte ihr alles.

»Ich verstehe«, sagte sie, als ich geendet hatte, »Don Antonio will an Damián heran. Er will ihn haben und du sollst ihn ihm bringen.«

Ich erschrak zutiefst.

»Gut, dass du mir alles erzählt hast, Jasmin. Übrigens, ich heiße Rocío.«

Sie reichte mir die Hand. Dabei lächelte sie nicht.

»Und was«, fragte ich, »wollen sie mit Damián machen, wenn sie ihn haben?«

»Ihn töten.«

»Warum denn?«

Rocío zuckte mit den Schultern. »Das sind böse Leute. Sie wollen nicht, dass wir Indígenas uns selbst organisieren. Sie haben gut verdient in den letzten Jahren. Sie wollen, dass es so bleibt. Das sind Kriminelle. Sie kennen nichts anderes als Erpressung, Diebstahl und Mord. Sie überfallen Lastwagen, entführen sie und verkaufen die Ladung zu überhöhten Preisen an die Leute. Denen geht es nur um Macht und Geld.«

»Und was soll ich jetzt tun?«

»Ich sage dir, was du tun wirst, Jasmin. Du gehst zurück und wartest am Uhrenturm. Wenn du zwei Stunden gewartet hast, gehst du zu Don Antonio in die Bar und sagst, Damián sei nicht gekommen, euer nächster Termin sei am Nachmittag um vier. Wenn er dich dann wieder mitnehmen will in die Herberge, sagst du, du wolltest ein paar Hygieneartikel kaufen, was Frauen so brauchen.« Sie lachte kurz. »Da wird er nicht mitkommen wollen. Du gehst aber nicht einkaufen, sondern kommst wieder hierher ins Büro. Bis dahin haben wir etwas organisiert und sagen dir, wie es weitergeht. Hast du mich verstanden?«

– 14 –

Als ich zum Parque Caldas zurückkehrte, war es kurz nach zehn. Ich setzte mich auf eine Bank unter einen riesenhaften Gummibaum. Ich hatte zwar meine eigene – eigentlich Simons – Uhr nicht mehr, aber der Turm hatte eine große Uhr, deren Zeiger ich langsam wandern sah. Und jeder Einwohner oder Besucher von Popayán schien einmal am Tag auf den zentralen Platz und in den Park kommen zu wollen. Es war wie ein Volksfest. Die eine Hälfte wollte der anderen etwas verkaufen.

Ich hatte viel Zeit zum Nachdenken. Wir, mein Vater und ich, waren in eines der Abenteuer hineingeraten, die wir unbedingt hatten vermeiden wollen und von denen wir geglaubt hatten, wir seien davor sicher. Wenn Mama das wüsste!

Ich überlegte, ob ich zurück ins Büro des CRIC gehen sollte. Sie würden mich sicher meine Mutter anrufen lassen. Doch was sollte ich sagen? »Mama, wir sind da in eine dumme Geschichte hineingeraten, aber mach dir keine Sorgen, das kriegen wir schon hin.« Auch in der Herberge hätte ich anrufen können. Aber ich verwarf es. Müdigkeit klebte mich an die Bank. Ich hatte wenig geschlafen in der Nacht und die Sonne wärmte so schön. Solange ich mitten unter Leuten saß, war ich sicher. Ihre Stimmen verschwammen zu einem Brei von Geräuschen. Irgendwann schreckte ich hoch. Ich musste einen Moment eingenickt sein.

Mein erster Blick galt der Uhr. Es war ein Uhr durch. Dann schaute ich mich um und entdeckte Don Antonio, der am Ausgang der Gasse mit der Bar stand, im Schatten des Eckhauses, und die Hand zu einem schnellen Zeichen hob. Er wollte, dass ich zu ihm kam.

Auf einmal begriff ich, warum er mich allein auf den Platz geschickt hatte. Wenn er und seine Leute Feinde von Damián waren, dann würde Damián ihn sofort erkennen. Antonios Narbe war auffällig. Damián hätte sofort gewusst, dass ihm Gefahr drohte, und wäre vermutlich umgekehrt. Das gab mir eine gewisse Freiheit Don Antonio gegenüber. Ich beeilte mich darum auch nicht besonders, zu ihm zu gehen. Langsam stand ich auf, gemächlich überquerte ich die Straße, mich immer wieder nach dem Uhrenturm umblickend, so als ob ich ernsthaft mit Damiáns Erscheinen rechnete und mich nicht zu weit vom Treffpunkt entfernen wollte. Und ich blieb in der Sonne stehen, so weit von dem Major in Zivil entfernt, dass er mich nicht packen und in den Schatten der Straße ziehen konnte, ohne dass es die bewaffneten Polizisten, die überall herumstanden, bemerkt hätten.

»Er ist noch nicht da«, rief ich Antonio zu. »Sicher ist ihm was dazwischengekommen.«

Antonio sah unzufrieden aus.

Ich lächelte. »Aber er wird kommen. Um sechzehn Uhr ist der nächste Termin, den ich mit ihm ausgemacht habe, falls er es bis zehn Uhr nicht schafft. Deshalb möchte ich jetzt kurz was einkaufen gehen. Hygieneartikel. Elena braucht da was. Aber du musst mir Geld geben. Ihr habt mir ja heute Nacht alles abgenommen.«

Antonio griff sich in die Jackentasche. Ich machte zwei Schritte auf ihn zu, blieb dann aber stehen und schaute mich um, so als hätte etwas drüben an der Kathedrale meine Aufmerksamkeit erregt.

»Und du«, fuhr ich fort, »kannst in der Zwischenzeit meinen Vater und die anderen hierherbringen. Dann verlieren wir keine Zeit, wenn Damián aufkreuzt. Dann können wir gleich losfahren zu seiner Schwester in die Berge.«

»Komm!«, rief Antonio. »Komm mal her!«

Ich wich zurück und blickte mich hastig um. Ein junger Mann in blauem Kittel schritt zügig den breiten Weg am Rand des Parque Caldas entlang in Richtung Kathedrale. Mein Herz hüpfte. Aber ich wusste, ich irrte mich, ich hatte heute schon ein Dutzend Mal geglaubt Damián zu sehen, und dann war er es doch nicht gewesen. Er konnte es ja auch gar nicht sein. Er wusste nicht, dass ich auf ihn wartete. Aber es war meine Chance, Antonio zu entgehen.

Ich rief: »Ich glaube, da ist er!«

Aus dem Augenwinkel sah ich, wie Antonio sich in den Schatten verdrückte, und lief los, ohne mich noch einmal umzudrehen.

Der Mann im blauen Hemd war bei dem Fotografen stehen geblieben, der Fremden und Einheimischen seine Dienste anbot. Ich versuchte meinen Blick von ihm zu wenden. Ich konnte unmöglich jedem jungen Indio hinterherschauen wie eine läufige Hündin, dachte ich. Aber meine Augen kehrten schon nach wenigen Schritten wieder zu ihm zurück. Ich würde knapp zehn Meter hinter seinem Rücken vorbeigehen, wenn ich meinen Weg zum Uhrenturm fortsetzte. Er trug eine verwaschene graue Hose und die Gummistiefel derer, die aus dem Urwald kamen oder in den Urwald gingen. Das blaue Hemd war fast zu knapp für die breiten Schultern. Das kurze Haar formte im Nackenwirbel ein kleines Fragezeichen. Mir wurden die Knie weich.

Der Fotograf mit seiner Kamera auf dem Bauch und seiner Kladde Beispielfotos erklärte ihm gerade etwas. Der Indio streckte den linken Arm aus, deutete auf den Uhrenturm und schien sich zu vergewissern, dass er den Fotografen richtig verstanden hatte.

Die Knie wollten mir nachgeben.

Die Uhr!

Der Indio trug am linken Handgelenk eine goldene Uhr mit gewölbtem Glas und altem Lederarmband. Und es war nicht seine Uhr. Ich erkannte sie wieder. Es war Simons Uhr, also meine.

»Damián!«

Was ein Ruf hatte werden sollen, missriet mir zu einem Flüstern. Aber der Fotograf sah mich. Vielleicht hatte mein abruptes Innehalten seine Aufmerksamkeit erregt. Er sagte etwas und der Indio vor ihm drehte sich um, nicht hektisch, aber schnell.

Damián schien nicht einmal überrascht. Aber ich erschrak zutiefst. Ich hatte vergessen, wie schön sein Gesicht war, wie scharf sein Blick, wie dunkel seine Augen, wie süß seine Lippen. Ein Lächeln zuckte in seinen Mundwinkeln. Doch es verlosch im nächsten Moment. Sein Blick löste sich von mir und suchte den Platz ab. Zwischen seinen Brauen war eine steile Falte erschienen. Reserviertheit und Wachsamkeit beherrschten seine Gesichtszüge.

»Entschuldige«, sagte ich. Ich hatte plötzlich das Gefühl,

dass ich ihm lästig fiel, zumindest aber erhebliche Probleme bereiten würde mit dem, was ich ihm gleich erzählen musste.

Er richtete seine schmalen schwarzen Augen wieder auf mich. »Wofür?«

Seine Stimme rann mir in die Seele wie Honig. Es war, als kostete ich erneut etwas, von dem ich schon wusste, wie gut es mir tat, und das mich dennoch überraschte, weil es noch besser war, als ich es in Erinnerung hatte. Er hatte nur ein Wort gesagt, und das mit gerunzelter Stirn, doch ich stand da wie überwältigt, zitternd vor Freude und Entsetzen, vor Scham und Begierde. Mein Körper erinnerte sich an seine Hände und seinen Körper, an seine kräftigen Arme, die mich umfangen hatten, als wir uns auf dem Diplomatenball hinter der Stellwand der Cafeteria im obersten Stockwerk des Bolívar-Hochhauses geküsst hatten. Ich hätte auf der Stelle sterben oder ihm in die Arme fallen mögen. Beides ging nicht.

»Wo kommst du auf einmal her?«, fragte ich. »Ich habe auf dich gewartet.«

Er zog die Brauen hoch.

Es war, zugegeben, nicht besonders logisch. »Du bist in großer Gefahr. Sie wollen dich töten!«, setzte ich hinzu, um das Maß der Unlogik vollzumachen. »Ich meine, Major Antonio und seine Leute! Er wartet dahinten in der Gasse.«

Damián nickte.

Unbegreiflicherweise begriff er sofort. Er wandte sich dem Fotografen zu, verabschiedete sich von ihm, nahm mich am Ellbogen und führte mich, ohne sich nach der Gasse umzublicken, in der Don Antonio vermutlich noch immer stand und uns beobachtete, in die entgegengesetzte Richtung, hinüber zum Portal der Kathedrale.

»Ich war im Büro des CRIC«, sprudelte es aus mir hervor, »und habe mit Rocío gesprochen.«

»Ich weiß. Ich komme gerade von dort. Sie hat mir gesagt, dass du mich suchst. Ich habe gerade den Fotografen gefragt, ob er dich gesehen hat. Gilberto sieht alles.«

»Aber Rocío hat doch gesagt ...« Ich kapierte gar nichts. »Sie hat mit deinem Onkel Gustavo telefoniert. Niemand wusste, wo du bist. Wieso bist du doch da? Es hieß, du seist bei deiner Schwester in den Bergen. Mein Vater ist auch hier und wir wollen ...« Ich stoppte, denn ich konnte mir kaum vorstellen, dass ihn die Tatsache erfreute, dass auch Elena und ihr Vater Leandro Perea, El Gran Guaquero, mit von der Partie waren.

Ein amüsiertes Lächeln zuckte in seinem Gesicht. »Ganz schön clever von dir, das Büro des CRIC aufzusuchen und dort nach mir zu fragen.«

Ich fühlte mich geschmeichelt. »Wie hätte ich dich sonst finden sollen?«

Er schüttelte lächelnd den Kopf. »Du gibst nie auf, was?«

»Oh, nein, so ist das nicht gemeint! Ich ... ich respektiere deine Entscheidung. Ich ... ich laufe dir nicht hinterher. Dass ich hier bin, war nicht beabsichtigt. Außerdem, woher hätte ich wissen sollen, dass du auch hier bist? Es war eine Notlüge, sonst wären wir ...«

»Jasmin!«, sagte er sehr leise, aber bestimmend. »Beruhige dich. Ich höre dir zu. Aber du musst mir alles der Reihe nach erzählen. Sonst verstehe ich gar nichts. Und zunächst müssen wir hier weg.«

Er nahm mich am Arm und führte mich hinein in die Kirche. Drinnen war es kühl und dämmrig und roch nach Weihwasser und Kerzen. Viel Gold und viel Weiß beherrschten das Kirchenschiff; die Säulen und Arkaden waren von barocken Schnörkeln überwuchert. Der Chor bestand aus einer gänzlich vergoldeten Wand, in deren Nischen Heilige standen. Auch wenn die Besucher nicht nur aus frommen alten Frauen bestanden, sondern auch aus Touristen, war es dennoch still. Und Antonio würde es niemals wagen, uns hier mit Waffengewalt aufzustöbern. Nicht in einer Kirche. Damián zog mich in eine der knarrenden Bänke, setzte sich und wandte sich mir zu, die Hand über die Rückenlehne der Vorderbank gelegt.

»Nun erzähl mal«, sagte er. »Was genau ist passiert?«

Automatisch senkte ich die Stimme. Das half mir, ruhig und der Reihe nach zu erzählen, was geschehen war. Ich berichtete von unserem Aufbruch im Hubschrauber von Leandro Perea, von unserer Landung in Campoalegre und unserer Weiterfahrt in zwei Jeeps, von dem Sattelschlepper, der sich festgefahren hatte, von dem Überfall der Gruppe von Major Antonio, von meiner Notlüge mit seiner, Damiáns kranker Schwester, weil Leandro den Guerilleros verschweigen wollte, dass wir eigentlich zur Mine wollten, von der Fahrt im Laster nach Popayán, die in der Herberge und mit unserer Erkenntnis geendet hatte, dass wir vermutlich Geiseln von Don Antonio waren, von meinem Gang ins Büro des CRIC und Rocíos Vermutung, dass es Don Antonio nur darauf ankam, durch mich ihn, Damián, in die Hände zu bekommen.

Er hörte sich alles schweigend an. Nur als ich von meiner Notlüge mit seiner kranken Schwester erzählte, veränderte sich seine Miene kurz. Und als ich geendet hatte, bemerkte er: »Meine Schwester Clara ist tatsächlich schwer krank.«

»Ich weiß, Damián«, antwortete ich. »Sonst wäre ich doch nie auf die Idee gekommen, dich da so mit reinzuziehen. Deine Mama Lula Juanita hat es mir erzählt.«

Unbehagen trat in Damiáns Gesicht. Aber er schien nicht überrascht. Er wirkte eher wie einer, der an etwas erinnert wird, was er zu vergessen versucht hat.

»Ich ... ich habe sie vor drei Wochen besucht«, beeilte ich mich zu erklären. »Ich wollte ... nun ich wollte wissen, wo du steckst. Ich wollte dir sagen, dass ich ... ich es unmöglich finde, dass die Rektorin dich entlassen hat, nur weil Leandro ...«

Damián schüttelte den Kopf. »Nein! Señora Aldana hat mich nicht entlassen. Ich bin ...« Er zögerte. Sein Gesicht verschloss sich. »Es war meine eigene Entscheidung. Ich wollte ...« Er unterbrach sich. Sein Blick flüchtete in den goldenen Chor, als könne nur die Mutter Maria ihm weiterhelfen.

»Du wolltest zu deiner Schwester?«, schlug ich vor.

Er schwieg.

»Das hat deine Großmutter jedenfalls gesagt«, fuhr ich fort. »Und du müsstest wegen einer Konferenz des Regionalrats in Popayán sein.«

Ich erwähnte nicht, dass Mama Lula Juanita auch von den sieben Leben der Liebe gesprochen hatte, dem Schrecken, der Blindheit, der Wandlung, der Erfüllung, der Zerstörung, dem Opfer und der Erlösung, und dass ich mich jetzt vermutlich im Stadium der Blindheit befand. Ich erzählte auch nicht, dass ich am Schluss zornig erklärt hatte, ich hätte verstanden, warum Damián sich nicht mit mir, einer Weißen aus dem fernen Deutschland, abgeben konnte, bei den großen politischen Plänen, die er hatte.

Aber vielleicht war sowieso alles ein Irrtum, womöglich war er auch nur ein Guerillero und gehörte einer der vielen, einander bekämpfenden Gruppen an, womöglich sogar der Gruppe von Don Antonio, denn er trug ja Simons Uhr, die mir gestern Nacht einer von Antonios Kämpfern abgenommen hatte.

»Hat Juanita dir nichts davon gesagt?«, fragte ich.

Damián blickte mich wieder an, reagierte aber nicht. »Ja«, sagte er schließlich, »es stimmt. Ich habe hier zu tun. Wir bereiten ein großes Treffen der Indígenas vor.«

»Und deine Schwester?«

»Clara!« Ein leidvoller Unterton trat seine Stimme. »Sie ... sie wird sterben, fürchte ich.«

»Kann deine Großmutter ihr denn nicht helfen? Wenn es nur am Weg liegt, Leandro könnte sie mit dem Hubschrauber holen. Wenn ich ihn darum bitte, wird er bestimmt ...«

Damián schüttelte den Kopf. »Meine Großmutter hat schon alles versucht. Sie kann Clara nicht helfen. Die indianischen Heilmethoden sind sehr erfolgreich, wenn ... wenn die Seele mitspielt. Die Kräuter stärken die Abwehrkräfte und die Zaubersprüche fördern den Willen, gesund zu werden.«

»Aber Clara will nicht gesund werden?«, fragte ich vorsichtig nach.

»Sie kann nicht.«

»Was hat sie denn?«

»Es geht ihr schlecht. Sie kann nicht essen. Schon seit vielen Jahren. Sie ... sie hat immer wieder Fieber und Schmerzen in den Gliedern und im Leib.«

»Mein Vater könnte sie untersuchen. Er kann ihr vielleicht helfen.«

Ein trauriges Lächeln huschte über Damiáns Gesicht. »Das möchtest du so gerne, dass dein Vater meiner Schwester hilft, dass er helfen könnte, nicht wahr, Jasmin? Dein Vater ist ein guter Mann, er würde sicher alles tun, was er kann. Aber auch er wird ihr nicht helfen können, fürchte ich. Clara war schon hier im Krankenhaus. Sie haben viele Untersuchungen gemacht.«

»Aber er könnte sie sich doch wenigstens einmal anschauen. Dann … dann hätte unsere Reise hierher doch noch einen Sinn. Bitte, lass es meinen Vater versuchen!«

Damián senkte den Blick auf seine Hand, die auf seinem Oberschenkel lag. Ich sah, wie er mit sich rang. Seine Brust hob sich unter einem stillen Seufzer. Dann blickte er mich wieder an.

»Okay, Jasmin«, sagte er. »Aber«, fügte er hinzu, ehe ich auf die Idee kam zu jubeln, »vorher müssen wir wohl deinen Vater, deine Freundin Elena und den Großen Guaquero aus Don Antonios Klauen befreien, nicht wahr?«

Ach ja, richtig! Die schwierige Wirklichkeit brach wieder über mich herein. Seltsamerweise hatte ich jetzt auch endlich die Angst, die ich schon die ganze Zeit hätte haben müssen. Jetzt, wo Hilfe so nah war. Damián würde uns helfen, das war gewiss, aber das bedeutete eben auch, er würde sich selbst in Gefahr begeben. Und das machte mir Angst. Wenn ich daran schuld war, dass er diesem narbengesichtigen Major Antonio de Paicol in die Hände fiel und womöglich ums Leben kam, dann würde ich das nicht überleben. Das stand fest. Und so wie es aussah, war ich schuld daran, dass mein Vater, Elena und Leandro sich in der Lage befanden, in der sie sich befanden, denn es war meine Notlüge gewesen, die uns hierhergebracht hatte. Vielleicht wären wir andernfalls längst tot gewesen oder man hätte uns gleich in irgendein Camp in die Berge gebracht, das mochte ja sein, aber Damián wäre nicht in die Geschichte verwickelt worden.

»Ich möchte nicht, dass du dich in Gefahr begibst«, sagte ich.

Damián lachte leise. »Unser Leben ist immer gefährlich. Aber hab keine Angst, Jasmin. Don Antonio ist ein Dummkopf.«

Er überlegte einen Moment. Dann stellte er mir ein paar Fragen über die Art und Weise, wie wir untergebracht waren. Und es beruhigte ihn, dass wir keine Bewacher auf unseren Zimmern hatten. Jedenfalls bisher nicht.

»Wird es eine Schießerei geben?«, erkundigte ich mich.

»Wir Indígenas von Tierradentro tragen keine Schusswaffen«, erwiderte Damián. »Auf unserem Boden wird kein Krieg geführt, dafür haben die Ältesten gesorgt, als sie, allein mit unseren traditionellen Stäben bewaffnet, den Armeen der Drogenbosse aus Medellín und der FARC gegenübertraten und eine Waffenruhe erzwangen.«

Stolz saß er auf der harten Kirchenbank, den einen Arm über die Lehne der vorderen Bank gelegt, die andere Hand auf seinem Oberschenkel. Nur seine Finger zuckten leise. Er strahlte eine unbegreifliche Ruhe aus, eine Kraft und Sicherheit, die mich umhüllte wie eine warme Decke, in die ich mich am liebsten hineingekuschelt hätte. Es war beinahe unerträglich, ihm so nahe zu sein und dennoch von ihm getrennt. Ich traute mich nicht, seine Hand zu ergreifen. Immerhin befanden wir uns in einer Kirche. Vielleicht hatte er mich hier hereingebracht, damit genau das nicht passierte, damit wir das, was zwischen uns stand, nicht übersprangen, damit sich unsere Hände nicht ineinander verflochten und unsere Lippen sich nicht trafen. Und dennoch konnte ich kaum an etwas anderes denken.

»Pass auf«, sagte er, »du gehst jetzt …«

Ich musste mich zwingen, den Inhalt seiner Worte zu begreifen.

»… zu Don Antonio und sagst ihm, dass ich erst noch ein paar Dinge erledigen muss, bevor wir in die Berge gehen, und dass wir uns morgen um zehn wieder hier am Uhrenturm treffen. Und dann lässt du dich von ihm zurück in die Herberge bringen. So gewinnen wir Zeit. Ihr benehmt euch ganz normal, ihr esst zu Abend, ihr unterhaltet euch, ihr geht ins Bett. Aber ihr zieht euch nicht aus und ihr habt eure Sachen gepackt und griffbereit. Ihr schlaft nicht alle, einer von euch ist immer wach. Ihr haltet euch bereit, jederzeit die Herberge zu verlassen. Und ihr bleibt auf euren Zimmern, egal was passiert, bis jemand von uns kommt und euch holt. Verstanden?«

»Aber wie soll das gehen? Unsere Bewacher haben Waffen! Gestern Nacht waren es fünf.«

»Ganz ruhig, Jasmin! Wir werden uns etwas einfallen lassen. Hauptsache, ihr seid bereit, jederzeit die Herberge zu verlassen.«

Er stand auf. Ich rutschte aus der Kirchenbank. Die Uhr, meine Uhr oder genauer Simons, die Damián am Handgelenk trug, fiel mir wieder ins Auge. Wie war er an sie gekommen? Wie konnte das gehen? Vor nicht ganz zwölf Stunden hatte mir diese Uhr ein Kämpfer mitten in den Anden abgenommen. Damián musste Kontakt zu dieser Gruppe oder zumindest zu diesem einen jungen Kämpfer haben, wie sonst hätte er in den Besitz dieser Uhr gelangen können? Doch wenn das so war, dann war alles Lüge, was er mir hier gerade vorspielte: dass er uns befreien werde, dass er niemals eine Schusswaffe anrührte. Wenn er zu der Bande gehörte, die uns gefangen hielt, dann konnte es Antonio auch nicht auf ihn abgesehen haben, dann ging es um etwas ganz anderes. Dann war die Falle eigentlich für Leandro, den Großen Schatzsucher, aufgestellt, einen der reichsten und mächtigsten Männer von Kolumbien. Und wir würden mitten in die Falle laufen, wenn wir uns Damián anvertrauten, wenn wir uns von ihm und seinen Leuten zum Schein befreien ließen und mit ihm in die Berge reisten, um seine kranke Schwester Clara zu besuchen. Wir würden uns gewissermaßen freiwillig in die Hände der Banden mit den Gummistiefeln begeben, welche die Nebelberge kontrollierten.

Die Kirchenbänke nahmen die Mitte des barocken Kirchenschiffs ein, deshalb gingen wir an den Pfeilern und Arkaden entlang zum Ausgang. Aber ich hatte keinen Blick für die Pracht der Kirche. Damiáns Gegenwart nahm all meine Sinne ein, und die waren schon verwirrt genug. Mein Verstand, soweit ich über ihn noch verfügte, schwankte zwischen Misstrauen und ungläubigem Staunen: Würde Damián mir so was wirklich antun, mich und meinen Vater als Geiseln nehmen, nur um Leandro Perea zu bekommen? Aber andererseits, was kümmerte ich ihn denn, ich, eine verwirrte Deutsche, die sich in einen Indio verguckt hatte. Keineswegs musste er dasselbe für mich empfinden wie ich für ihn. Wie oft hatte ich bei meinen Klassenkameradinnen schon beobachtet, dass die große Liebe etwas sehr Einseitiges sein konnte.

Und gleich würde Damián sich von mir verabschieden,

sich umdrehen und in den Gassen verschwinden und wieder war nichts geklärt, und noch immer wusste ich nicht, wer er war und was er mir verschwieg. So viele Dinge waren zwischen uns ungesagt geblieben und würden nie gesagt werden. Ich würde ihn verlieren, hatte ihn schon verloren, hatte ihn nie besessen. Es war alles nur ein kurzer Traum gewesen, aus dem aufzuwachen ungeheuer wehtat, körperlich. Mit taten alle Glieder weh und es fiel mir schwer zu atmen.

»Ach ja«, sagte Damián, als wir unter die Säulen hinaustraten, und drehte sich zu mir um. »Deine Uhr!« Er löste Simons Uhr von seinem Handgelenk und reichte sie mir. »Ich habe sie heute Nacht in den Bergen auf dem Weg hierher einem jungen Kerl abgekauft. Es ist doch deine, nicht wahr?«

Mir schwindelte. Es war die einfachste Erklärung. Aber war es auch die Wahrheit?

Zum zweiten Mal nahm ich Simons Uhr, das Pfand meiner Rückkehr nach Deutschland, aus seiner Hand entgegen, zum zweiten Mal hatte Damián sie mir gerettet und bewahrt.

»Aber ...«, stammelte ich, während ich sie mir ums Handgelenk schnallte. »Wo hast du ...?«

»Steck sie lieber in die Tasche«, unterbrach er mich lächelnd. »Damit Don Antonio sie nicht sieht.«

Richtig! Etwas beschämt über meine Unvorsichtigkeit nahm ich die Uhr wieder ab und steckte sie in meine Jackentasche. »Was hast du dafür bezahlt, Damián? Ich gebe es dir zurück. Sobald ich wieder Geld habe.«

Damián hob die Hände und lächelte. »Nein, das wirst du nicht tun.«

»Du musst mir sagen, was du dafür bezahlt hast, Damián! Ich möchte nicht, dass du ...«

»He, Jasmin!« Seine Stimme klang sehr bestimmend. »Wo denkst du hin? Nimm es als Geschenk. Mehr kann ich dir nicht geben.«

Ich spürte seine warme Hand an meinem Kinn, sein Daumen strich sanft, aber unnachgiebig über meinen Kiefer, sein Blick tauchte tief in meinen. Ich konnte ihm nicht ausweichen. Alles um mich herum, die Kathedrale, der Platz, die Menschen, verschwand, versank, verflog. Für einen Augenblick gab es nur uns beide auf dieser Welt, wir waren blind für alles andere. Sein Blick aus tintenschwarzen Augen saugte sich fest an meinem. Ich wollte mich losmachen, konnte es aber nicht.

»Hab keine Angst, Jasmin«, murmelte er. »Ich habe nur noch nie Augen gesehen, die so blau sind wie deine. Blau wie der Himmel. Sie sind wunderschön, weißt du das?«

Im nächsten Moment ließ er mich los, drehte sich um, sprang die Stufen hinunter und eilte davon. Im Nu war seine Gestalt mit den schmalen Hüften und den breiten Schultern im blauen Hemd zwischen Touristen, Händlern und herumrennenden Kindern verschwunden.

– 15 –

Ich hatte viel Zeit, meinen Zweifeln nachzuhängen. Damián hätte schon gestern in Popayán sein sollen, hatte Rocío mir erklärt. Sein Onkel hatte nicht gewusst, wo er steckte, doch urplötzlich, just in dem Moment, wo ich ihn brauchte, war er aufgetaucht. Wieso auf einmal? Die einzige logische Erklärung war doch, dass er von dem Überfall auf uns gewusst hatte. Und dem Burschen, der mir die Uhr abgenommen hatte, hatte Damián sie nicht abgekauft, sondern weggenommen, um sie mir zurückzugeben. Deshalb hatte er auch nicht sagen wollen, was er dafür bezahlt hatte. Das war das Geheimnis seines Geschenks. Er hatte mir nur zurückgegeben, was einer seiner Leute mir geklaut hatte, wie vor drei Wochen schon mal das Seidenäffchen seiner Großmutter. Er wollte nicht als Dieb dastehen. Er hatte auch seinen Stolz. Und für etwas Geld nehmen, wofür er nichts bezahlt hatte, verbot sich ihm. Ansonsten interessierte er sich nicht für mich. Drei Wochen lang hatte er nichts von sich hören lassen, sich nicht einmal bei seiner Großmutter erkundigt. Wonach auch? Nach mir? Nein. Es waren nur meine blauen Augen, die ihn faszinierten. Mehr war da nicht. Es gab nicht viele blaue Augen in den Höhen der Anden.

Und irgendwann im Laufe dieser Nacht würden wir, Papa, Leandro, Elena und ich, seine Gefangenen sein. Wir würden es nur nicht gleich merken.

Antonio hatte es mit ziemlich unbewegtem Narbengesicht hingenommen, dass Damián mich und ich ihn, Antonio, auf morgen vertröstet hatte, und mich in die Herberge zurückgefahren. Am Nachmittag waren bewaffnete Leute erschienen, mit denen er davongefahren war, ohne Erklärungen abzugeben.

Elena jammerte beim Abendessen, dass sie morgen an ihrem Geburtstag nicht in Inza sein würde, fand sich dann aber damit ab und erklärte: »Wenn wir dafür Damiáns Schwester Clara retten, dann ist es das wert.«

Ich überlegte währenddessen fieberhaft, ob ich meinem Vater und Leandro meine Zweifel an Damián mitteilen musste. Aber was, wenn ich mich irrte? Dann hätte ich wieder einen schändlichen Verdacht gegen ihn geschürt.

»Wie hätte eigentlich«, überlegte mein Vater, als wir nach dem Abendessen im Zimmer von Leandro und meinem Vater saßen, »Antonio Damián hierherbringen wollen? Ich meine, Damián hätte ihn doch erkannt und wäre nicht mitgegangen, wenn Jasmin ihn zu Antonio gebracht hätte.«

Deutsche Logik, wie mir schien, denn Leandro fand das kaum einen zweiten Gedanken wert. »Antonio hätte ihm eine Waffe ins Gesicht gehalten und ihn gezwungen oder er hätte Jasmin die Pistole an die Schläfe gehalten und ihn so gezwungen. Oder er hätte gleich geschossen.«

Ein Menschenleben war nicht viel wert in Kolumbien. Vielleicht hatte uns wirklich nur die Kirche geschützt.

»Denken Sie, dass Antonio meine Geschichte glaubt?«, erkundigte ich mich.

Leandro zuckte mit den Schultern. »Warum sollte er deine Geschichte nicht glauben? Warum soll Damián nicht noch Vorbereitungen treffen müssen für die Reise in die Berge? Ein Auto beschaffen, Pferde ... «

Die Nacht war längst gefallen, schnell und umstandslos, beinahe ohne Dämmerung, wie üblich in diesen Breiten. Wir hatten nur eine Petroleumlampe als Licht, die auf einem wackligen Tisch stand. Elena hatte sich an ihren Vater gekuschelt. Er hatte den Arm um sie gelegt und rauchte. Ich versuchte mich zu erinnern, wann ich zuletzt so in die Achsel meines Vaters gekuschelt gelegen hatte. Jedenfalls nicht mehr nach meinem zwölften Lebensjahr. Mein Vater war kein Papa zum Kuscheln. Ich weiß nicht, wann das angefangen hatte mit dieser Befangenheit zwischen ihm und mir. Er schaute mich auch anders an als früher, so als wäre ich ihm ein bisschen fremd geworden. Einmal hatte ich meine Mutter zu ihm sagen hören, ich sei schon recht fraulich geworden. »Fraulich!«, ein Wort, das ich seitdem hasste, denn ich ahnte, dass es das war, was Papa und mich dazu zwang, vorsichtig und distanziert miteinander umzugehen, und was ihn befangen machte, wenn er den Arm um mich legen sollte. Und mich auch. Und jetzt, nachdem ich vor ein paar Stunden erst Damiáns verwirrende Nähe, den bezwingend zärtlichen Griff seiner Hand an meinem Kinn und seine Finger auf meiner Haut gespürt hatte, verstand ich auf einmal, dass mein Vater eben auch ein Mann war und ich eine Frau.

Plötzlich fühlte ich mich sehr erwachsen. Und das Wort »fraulich« hatte seinen hässlichen, mütterlich diagnostischen Beigeschmack verloren. Auf einmal bedeutete es etwas ganz anderes: Es war meine Chance! Damián war kein Junge wie Simon, er war ein Mann, der mit seinen rund zwanzig Jahren so viel erlebt hatte, wie Simon oder mein Vater mit vierzig nicht erlebt haben würden. Und dieser Mann verliebte sich nicht einfach in ein Mädchen, dessen einzige Interessen bisher Bücher und Pferde gewesen waren und dessen größte Probleme darin bestanden hatten, was es am Morgen anzog und warum es in der Klasse nicht beliebt war. In so eine Tussi hätte ich mich auch nicht verknallt. Aber die Jasmin, die ich bis dahin gewesen war und für unabänderlich gehalten hatte, war auf einmal irgendwo zurückgeblieben, in Bogotá oder sogar bereits in Konstanz am Bodensee.

Hier war ich etwas Neues. Meine blauen Augen waren eine Besonderheit, meine Fraulichkeit zog Blicke auf sich. Ja, ich war auf einmal erwachsen geworden. Und es fühlte sich gar nicht mal unangenehm an. Es enthielt die ungeheure Möglichkeit der Liebe. Und was sie war, das begann ich zu ahnen, schmerzhaft zwar und intensiv, aber auch als mein Weg in die … ja, in die Freiheit!

Mir schwindelte etwas, denn wohin mich meine Freiheit führen würde, war völlig ungewiss. Aber es war auch erregend. Es machte mich mutig. Komme, was da wolle, mein Leben fing gerade an, und es fing ganz anders an, als das meiner Eltern vor zwanzig Jahren angefangen hatte, als sie sich kennenlernten. Meines war komplizierter und aufregender und ungewisser. Und das schien mir im Moment keineswegs erschreckend oder beängstigend. Ich musste also tatsächlich bereits im zweiten Leben der Liebe angekommen sein, im Stadium der Blindheit. In der Tat: Denn ich erzählte niemandem etwas von dem vernünftigen Verdacht gegen Damián. Ich beschloss für mich allein, dass der Verdacht unbegründet war. Damián würde niemals etwas tun, was mir und meinen Gefährten schadete. Davon war ich blind überzeugt.

»Komm, erzähl eine Geschichte, Papa«, sagte Elena.

Der lange Abend mit den vielen Stunden, die wir warteten, verging damit, dass Leandro und mein Vater Geschichten erzählten.

Leandro sprach von seiner Kindheit in Armut, von dem ersten großen Smaragd, den er mit vierzehn im Abwasserschlamm der großen Mine von Muzo gefunden hatte, von seinem Bruder, der versprochen hatte, ihm den Stein in der Stadt zu Geld zu machen, und den er seitdem nie wieder gesehen hatte, und von seiner Erkenntnis, dass auf niemanden Verlass sei und er fortan größere Steine als die anderen finden müsse, wenn er reich werden wolle. Und das wollte er.

Mein Vater erzählte von der paradiesischen Schönheit und Milde des Bodensees zwischen Alpen und Allgäu, von grünen Weiden, fetten Kühen und Segeljachten, von seinem Vater, der schon Chirurg gewesen war, von seinen Bergtouren in der Türkei und in Afghanistan, von der Wüste und Kamelen mit Höckern und dass er seine Frau, meine Mutter, auf der Akropolis in Athen kennengelernt hatte.

Dann wollte Elena noch wissen, wie ihr Papa ihre Mama kennengelernt hatte

»Aber das weißt du doch«, sagte Leandro. »Das habe ich dir doch schon hundert Mal erzählt.«

»Dann erzähl es noch mal. Ich erinnere mich nicht mehr genau. Wie war das? Mama war eine Rucksacktouristin und sie hatte alles Geld verloren.«

»Nein, man hatte es ihr geklaut. Gleich am ersten Abend in Bogotá, Travellerschecks, Scheckkarte, Bargeld, Pass, alles. Und sie saß im Regen und sah aus wie eine nasse Katze.«

»Und du?«

»Ich war damals ein armer Guaquero, der seine ersten großen Steine verkaufen wollte, und zwar an den größten Edelsteinhändler von Bogotá, und ich hatte keinen anständigen Anzug.«

Elena kuschelte sich in die Armbeuge ihres Vaters und fragte: »Wozu brauchtest du denn einen Anzug?«

»Aber Elena, das weißt du doch! Ich wollte, dass man mir einen anständigen Preis zahlt, nicht den, den man den kleinen Schlammgräbern zahlt, sondern einen, wie man ihn einem Mann zahlt, der eine Mine entdeckt hat und mit dem man auch künftig Geschäfte machen will. Deine Mutter hatte zwar kein Geld mehr und keine Schecks und sie konnte auch kaum vier Worte Spanisch, aber sie hatte in ihrem Rucksack zwei Bierkrüge aus München, und die ...«

Wir lachten. »Bierkrüge aus München? Bierseidel?«, fragte mein Vater.

»Ja, genau.« Leandro nickte. »Mit der Münchner Frauenkirche drauf und einer Inschrift vom Oktoberfest, und die konnten wir in einem dieser Trödelläden in La Candelaria verkaufen, und für den Erlös haben wir einen Anzug und Schuhe für mich erstanden. Die Idee, die Seidel zu verkaufen, kam von mir, eigentlich hatte Sandra sie einer Familie mitbringen wollen, die in Bogotá lebte, die sie aber nicht gefunden hatte, denn die Adresse war falsch oder die Familie war woanders hingezogen. Ich habe Sandra überredet, das Geld für einen Anzug für mich auszugeben, denn wenn ich damit meine Smaragde teuer verkaufen könnte, dann würde sie das Geld doppelt von mir zurückbekommen, und so habe ich es gemacht. Sie hat mir vertraut und ist bei mir geblieben.«

»Einfach so?«, fragte mein Vater nach.

»Sie war volljährig«, antwortete Leandro. »Und sie war frei, ihre eigenen Entscheidungen zu treffen, und sie hat es nicht bereut, denke ich.«

»Und ihre Eltern?«

»Sandra ist bei ihrer Tante aufgewachsen. Ihre Mutter war Geschäftsfrau und musste viel reisen, ihren Vater kennt sie nicht.«

»Oma hat uns auch einmal besucht«, ergänzte Elena. Sie lachte. »Ich glaube, wir haben sie ganz schön beeindruckt, nicht wahr, Papa? Mit unseren Hubschraubern und deinem Jet und all dem.«

Irgendwann musste ich eingeschlafen sein. Mein Vater rüttelte mich wach. Elena und Leandro standen im Zimmer und lauschten. Ich zog meine Uhr aus der Jackentasche. Im flackernden Licht der Petroleumlampe konnte ich gerade so erkennen, dass es kurz vor Mitternacht war. Man hörte gedämpfte Stimmen unten im Haus. Ein Auto war in den Hof gefahren, wie mir Elena aufgeregt wispernd mitteilte. Ich glaube, dass wir alle insgeheim darauf warteten, dass Schüsse fielen. Aber es kamen nur zwei junge Männer, die sich in nichts von unseren Bewachern unterschieden, nur dass sie, wenn man genau hinschaute, vielleicht indianischer aussahen.

»Ihr seid die Deutschen?«, fragten sie. »Wir kommen von Damián. Kommt mit.«

»Wo ist Damián?«, fragte Leandro.

»Er hat uns geschickt. Kommt mit. Schnell!«

Wir blickten Leandro an, den Einzigen unter uns, der irgendwelche Erfahrungen mit Situationen hatte, die man schwer einschätzen konnte. Er nickte. Wir packten unsere wenigen Habseligkeiten, darunter die beiden Arztkoffer meines Vaters, und folgten den beiden Jungs. Unten in der Herberge standen noch vier von ihnen. Sie hatten unseren fünf Bewachern die Gewehre abgenommen. Die fünf Guerilleros blickten ziemlich verdutzt drein. Vermutlich waren sie im Schlaf überrascht worden.

Im Hof stand ein Lastwagen mit Plane. Wir stiegen hinten auf die Pritsche, die vier Indios aus der Rezeption sprangen dazu, die beiden anderen stiegen vermutlich vorne ein, und schon rollte der Laster vom Hof auf die glatte Straße, die direkt nach Popayán hineinführte.

Eine Stunde später befanden wir uns bereits in einem strahlend weißen Hotel, einem absoluten Nobelschuppen für hiesige Verhältnisse. Es hieß *La Plazuela* und verfügte über zwei Stockwerke und den hier absolut notwendigen Patio, den Innenhof. Es gab elektrisches Licht, 24 Stunden heißes Wasser, frische Bettwäsche und eine Minibar im Zimmer. Luxus pur. Die Jungs, die uns befreit hatten, verschwanden ohne weitere Erklärungen.

»So einfach ist das?«, fragte mein Vater.

»Nicht immer«, antwortete Leandro.

»Und wo ist Damián?«, erkundigte sich Elena.

Darauf wusste niemand eine Antwort.

»Gehen wir schlafen«, sagte mein Vater. »Der wird schon auftauchen, wenn wir seine Schwester behandeln sollen.«

Das laute Leben unten in den Gassen der Altstadt begann mit Sonnenaufgang gegen sechs Uhr.

Vom Hotel aus riefen wir am Morgen zunächst meine Mutter an.

»Wir mussten den Hubschrauber stehen lassen und mit

Autos weiter«, erklärte mein Vater. »Da hatten wir kein Netz. Und jetzt sind wir in einem tollen Hotel unterbracht, mitten in der Altstadt.« Kein Wort über Paramilitärs, Entführung und Befreiung. Er blinzelte mir zu, als er mir das Telefon gab. Dass er so unverschämt lügen konnte, war mir neu.

»Seid vorsichtig!«, ermahnte Mama mich. »Schlaft nur unter Moskitonetzen, hörst du?«

Was Elena ihrer Mutter erzählte, hörte ich nicht. Anschließend telefonierte Leandro seinem Hubschrauber hinterher, aber das Wetter auf der Ostseite der Anden war noch zu schlecht, als dass der Hubschrauber in Campoalegre starten konnte, und es würde sich in den nächsten drei Tagen vermutlich auch nicht wesentlich bessern.

Wir saßen erst einmal fest, es sei denn, wir wollten in Autos die Fahrt zurück in die Berge und hinauf nach Inza wagen. Mein Vater hätte es wohl gewagt, aber Leandro war strikt dagegen. Ein zweites Mal mussten wir im Gebirge Don Antonio und seinen Kriegern nicht in die Hände fallen.

Wir frühstückten draußen im Patio. Und weil sich keine Kerze organisieren ließ, sang ich zur Flamme eines Streichholzes Elena das Geburtstagsständchen. Wir umarmten sie alle und wünschten ihr alles Gute. Ihr Vater versprach ihr eine Überraschung, sobald wir in Inza seien, nur ich konnte ihr mein Geschenk jetzt schon überreichen, denn das Buch für sie hatte mir niemand abgenommen. Es waren Songtexte von Grönemeyer. Ich hatte das Büchlein bei einem Antiquar gefunden. Den vielen Buchläden im Zentrum verdankte Bogotá auch den Namen »Stadt der Bücher«.

Elena freute sich.

Als nach dem Frühstück weder Damián noch irgendein

anderer Indio erschien, schlug ich vor, dass wir ins Büro des CRIC gingen. Dort könnten wir uns bedanken und uns auch, wenn wir das wollten, nach Damián erkundigen. Ich versuchte so gleichgültig wie möglich zu klingen. Es sollte sich nicht so anhören, als brannte ich darauf, Damián wiederzusehen.

Elena feixte. Ich trat ihr unterm Tisch gegen das Bein. Mein Vater musterte mich kurz. Er hatte doch was gemerkt. Papa wirkte zwar manchmal ziemlich verpeilt, aber er bekam wohl viel mehr mit, als ich immer dachte.

Tatsächlich war ich voller Angst, dass Damián, aus welchen Gründen auch immer, wieder abgetaucht war. Ich hatte ihn doch erst mühsam überzeugen müssen, dass mein Vater seiner Schwester vielleicht helfen konnte. Womöglich hatte Damián mir nur zugestimmt, damit ich Ruhe gab, so wie er mir auf dem Ball versprochen hatte sich bei mir zu melden, damit ich ohne Gegenwehr ging. Doch schlimmer als diese Befürchtungen war meine Angst, dass ihm etwas passiert sein könnte. Und deshalb musste ich unbedingt los und herausfinden, warum er heute Nacht bei unserer Befreiung nicht dabei gewesen war.

Es dauerte noch eine Weile, bis unsere Väter sich darauf verständigt hatten, dass sie dem jungen Mann, der sich für unsere Befreiung eingesetzt und sie organisiert hatte, auf jeden Fall danken mussten, und sei es in Form eines Briefs, den sie im Büro des Regionalrats hinterlegen würden. Zuvor musste das Risiko abgewogen werden, dass ein ergrimmter Major Antonio uns mit der Waffe in der Hand stellen und erschießen würde. Doch das schien unseren Vätern dann doch gering, in Anbetracht der Menge bewaffneter Polizisten, die im Zentrum von Popayán herumstanden. Und so schlenderten wir endlich bei leichtem Nieselregen über den Platz des Parque Caldas mit der weißen Fassade der Kathedrale und dem Uhrenturm, wo ich gestern stundenlang gewartet hatte, in die Gasse, wo das Büro des CRIC lag.

Rocío saß an ihrem Schreibtisch mit Bildschirm in der Ecke am Fenster zwischen Papieren und übervollem Aschenbecher, als wäre sie über Nacht gar nicht weg gewesen. Ein Mann mit Bart, Pferdeschwanz und haarigen Armen stand bei ihr und diktierte ihr etwas. Beide drehten sich um, als wir zu viert hereinkamen.

»*Ah, los alemanes*«, bemerkte Rocío und lächelte. »*Todo bien?* Alles okay? Ist das Hotel in Ordnung?«

Wir nickten.

Leandro fand am schnellsten von uns die Richtung. »Wir suchen Damián. Wir möchten uns bedanken.«

Der Bärtige setzte sich wortlos in Bewegung und verschwand durch die Tür zum Nachbarraum.

Rocío lächelte weiter. »Vielleicht möchten Sie auch eine kleine Spende an uns machen. In drei Wochen haben wir unser großes Treffen der indigenen Völker.«

»Selbstverständlich«, sagte mein Vater. »Ich habe nur momentan kein Geld. Aber wenn Sie mir eine Kontonummer geben.«

Doch Leandro besaß noch Reserven in den tiefen, verborgenen Innentaschen seiner Weste. Er zog einen Scheck hervor und füllte ihn auf einem der sperrmüllalten Tische aus. Rocío bekam Stielaugen. Offenbar war die Summe hoch. Bei den vielen Nullen, die hier die Währung hatte, konnte ich das nicht so schnell beurteilen.

Rocío nahm den Scheck und bedankte sich strahlend.

»Trotzdem«, sagte mein Vater, »eigentlich wollten wir

mit Damián sprechen. Er hat meiner Tochter erzählt, dass ...«

Da öffnete sich die Tür zum Nachbarraum und der Bärtige erschien wieder, gefolgt von einer abgekämpften Gestalt in verschlammten Gummistiefeln und verdreckter und regennasser Hose.

Ich erschrak immer noch, sobald ich Damián erblickte.

»Da ist er«, hörte ich Rocío noch sagen. Danach hörte ich kaum noch, was gesprochen wurde.

So hatte ich Damián noch nie gesehen. Sein Gesicht war ausdruckslos vor Erschöpfung, der Schlamm, der sich in den verregneten tropischen Bergen ausbreitete wie eine Seuche, hing ihm nicht nur in den Kleidern, sondern sogar in den Haaren. Um seine Augen lag ein angestrengter Zug. Es schien ihn Mühe zu kosten, sich auf die heiter geschäftige Atmosphäre im Büro umzustellen und unsere erwartungsvollen Blicke auszuhalten. Einen kurzen Moment hatte ich den Eindruck, er könne sich kaum noch auf den Beinen halten, dann wieder wirkte er angespannt, geradezu kampfbereit. Seine Augen blitzten dunkel und fast feindselig, als er Leandro erblickte.

Ich fragte mich beklommen, was er in dieser Nacht gesehen, was er erlebt hatte, während wir gemütlich auf dem Lastwagen in die Stadt gezuckelt waren und uns in frisch bezogenen Betten zum Schlafen niedergelegt und morgens vergnügt geduscht hatten. Er sah aus, als müsste er viele böse Bilder vertreiben, bevor er uns richtig wahrnehmen konnte, die wir munter und froh vor ihm standen und uns irgendwie bedanken wollten.

Aber wofür bedankten wir uns wohl? Würden wir jemals wirklich ermessen können, was er in dieser Nacht für uns getan hatte? Dass unsere Befreiung für uns so harmlos und leicht ausgesehen hatte, musste nicht heißen, dass es dort, wo er sich aufgehalten hatte, friedlich zugegangen war. Er hatte zwar behauptet, die Indígenas von seinem Stamm der Nasas nähmen keine Schusswaffen in die Hand, aber auch Messer waren entsetzliche Waffen. Wollten wir es wirklich so genau wissen? Wollte ich es wissen?

Mein Vater, Elena und ihr Vater, und vermutlich auch ich, formulierten Worte des Dankes. Ich bekam es, wie gesagt, nicht wirklich mit. Ich sah eine frische Wunde auf Damiáns Handrücken und spürte körperlich seine Erschöpfung und seine ungeheure Fremdheit uns gegenüber.

Er griff sich in die Tasche seiner Wetterjacke und legte auf dem nächsten der Tische zwischen Prospekten, Papieren und neben einer der uralten schwarzen Schreibmaschinen ein Häufchen Uhren, Ringe, Geldscheine und Leandros Satellitenhandy ab.

»Meine Kette!«, rief Elena erfreut.

»Dann ist ja alles wieder gut«, sagte Rocío lächelnd.

Auch ihr Lächeln kam mir irgendwie fehl am Platz vor, unangemessen und verharmlosend. Die ernste Miene des Bärtigen mit dem Pferdeschwanz und den haarigen Armen, der stumm zuschaute, kam mir angemessener vor. Im Grunde waren wir naive Touristen, denen man nicht alles erzählen würde, nachdem sie durch eigene Dummheit nicht nur sich selbst, sondern eine Reihe anderer Leute, darunter Damián, in Schwierigkeiten gebracht hatten. Auch Leandro gehörte nicht mehr wirklich zum Volk, denn er war schon zu lange reich.

»Meine Tochter hat mir erzählt«, ergriff mein Vater schließlich das Wort, »dass deine Schwester krank ist.«

Zum ersten Mal streifte mich Damiáns Blick, nur kurz, aber mir rieselte es trotzdem heiß das Rückgrat hinab.

»Das ist richtig«, antwortete er wohlerzogen in seinem akkuraten Spanisch, das in so krassem Gegensatz stand zu seiner wilden, abgekämpften und verdreckten Erscheinung, »aber, ohne Ihre medizinischen Fähigkeiten in Frage stellen zu wollen, Don Markus, fürchte ich doch, Ihre Tochter macht sich zu große Hoffnungen. Die Ärzte im Krankenhaus von Popayán haben ihr Bestes getan.«

Mein Vater lächelte fein und antwortete ebenso höflich. »Selbstverständlich will ich die Kenntnisse und Künste der hiesigen Kollegen nicht in Frage stellen. Aber du hast uns heute einen großen Dienst erwiesen und ich würde mich gern erkenntlich zeigen. Wenn nur die kleinste Chance besteht, deiner Schwester zu helfen, würde ich sie gerne genutzt haben.«

Rocío lächelte und wedelte mit dem Scheck dazwischen. »Gespendet haben sie auch schon.«

Zwischen Damians Brauen erschien eine steile Falte. Seine Gesichtszüge hatten sich in den letzten Minuten etwas entspannt und belebt. Jetzt wurden sie erneut reserviert.

»Sie sind sehr großzügig«, erwiderte er. »Aber …«

»*Che, hombre!*«, mischte sich da Leandro ein. »Wir machen keine Politik und wir führen keine Verhandlungen über die Rechte der Indígenas. Wir wollen dir nur das Leben ein bisschen erleichtern, weil wir dankbar sind. Ich weiß, das ist die Strafe für den, der hilft. Er muss danach auch noch die Dankbarkeit ertragen.«

Damián deutete ein Lächeln an.

»Komm, geben wir uns die Hände«, sagte Leandro und

streckte ihm seine Pranke hin. »Schließen wir … wenn nicht Frieden, dann einen Waffenstillstand, eh?«

Damián zögerte nicht. Er reichte dem Gran Guaquero seine Hand. Der Bärtige kaute mit den Unterzähnen an seinem Oberlippenbart.

»Und jetzt verfüge über uns, Damián«, fuhr Leandro fort. »Wir sitzen hier mindestens drei Tage fest. Und die stehen wir dir und deiner Schwester zur Verfügung, wenn du magst. Und wenn ich sage, verfüge über uns, dann meine ich, verfüge über alles, worüber ich im Moment verfügen kann. Leider nicht über einen Hubschrauber. Aber wenn wir Autos brauchen …«

Damián schaute mich an, fragend fast, nachdenklich und abwägend, und dann wandte er sich meinem Vater zu. »Ich bin es meiner Schwester schuldig, dass ich jede, auch diese Chance nutze. Aber der Weg ist beschwerlich, Don Markus. Wir können nur einen Teil mit dem Auto fahren. Dann geht es mit Pferden weiter, einige Stunden in die Berge.«

»Oje«, seufzte mein Vater. »Unsere Töchter und Leandro können natürlich reiten, aber ich kann gerade mal oben bleiben, hoffe ich.«

Damián lächelte plötzlich offen. Und jetzt endlich duzte er meinen Vater auch. »Keine Sorge, die Pferde kennen den Weg. Und es geht langsam. Du wirst schon oben bleiben.«

»Na, dann bin ich ja beruhigt«, grinste mein Vater.

»Wann brechen wir auf?«, fragte Leandro.

»Gleich«, erwiderte Damián. »Das schaffen wir bis Einbruch der Dunkelheit.«

Er klang gehetzt.

– 16 –

Andererseits, worauf hätten wir noch warten sollen? Damián fuhr eine halbe Stunde später mit einem alten, klapprigen Ford vor unserem Hotel vor. Elena, mein Vater und ich quetschten uns in den Fond und Leandro saß vorn. Wir fuhren auf der 25 nach Nordosten aus der Stadt hinaus. Im Tal war die Straße asphaltiert, als es dann in die Berge ging, bröckelte der Asphalt ein bisschen. Die Sonne ließ sich kaum blicken. Es nieselte. Aber es war immer noch deutlich wärmer als in Bogotá.

Gegen Mittag durchquerten wir Silvia, eine hektische kleine Stadt voller Verkehr, von dem man sich fragte, wo er herkam. Schließlich erreichten wir eine Ansammlung von Häusern am Ende eines Tals. Die Berge schoben sich bis hinauf in die Wolken. Damián fuhr das Auto hinter ein Haus und ließ uns aussteigen. Auf einer Koppel dösten vielleicht zwanzig struppige Pferde vor sich hin.

Ein Schild am Haus warb für Exkursionen zu Pferd nach Tierradentro mit seinen unterirdischen Grabstätten der Nasas. Aber Touristen, die das wollten, waren keine da. Auf der einzigen, schlammigen Straße waren nur Kinder und Alte zu sehen, viele in blauen Kitteln, und ein paar Mädchen, die kaum sechzehn Jahre alt sein konnten und schon Babys an der Brust trugen. Sie steckten in weiten Röcken, Strickpullovern und Ponchos. Die Gesichter unter den schwarzen Bowlerhüten waren ernst, fast finster.

Zur Pferdefarm gehörte ein Gasthaus, in dem alte Männer saßen und tranken. Eine Frau tischte uns Bandeja Paisa auf, einen Teller mit Reis, Bohnen, Maniok, Avocado, Hackfleisch, Spiegelei und Schwarte. Damián kümmerte sich derweil um die Pferde. Eine halbe Stunde später standen fünf gesattelte Pferde bereit, auf dem sechsten befanden sich die Medizinkoffer meines Vaters.

Über die knochenharten Sättel waren verfilzte Schaffelle gezogen. Sie hatten vorn einen Aufbau, wie man ihn von Westernsätteln kannte, nur dass der Sattelknauf fehlte. Die Gurte waren schwarz und rissig und die Steigbügel so breit, dass man mit dem ganzen Fuß aufsetzen konnte. Es waren Sättel, in denen Kuhhirten den Tag verbrachten und aus denen auch mein Vater nicht bei erster Gelegenheit herausfallen würde.

Elena stöhnte natürlich nicht nur über die Cowboysättel, sondern auch über die Gäule. Sie hielten einem Vergleich mit den englischen Halbblütern, die wir in Bogotá mit englischen Sätteln zu reiten pflegten, nicht stand. Aber sie waren für Wind und Wetter, steile Aufstiege und Geröll wie geschaffen.

Der Pferdebesitzer verteilte an uns noch Ponchos aus Plastik gegen den Regen. Sie hielten immerhin bis zu den Knien hinab halbwegs trocken. Dann ging es los. Damián ritt vorneweg, gefolgt von meinem Vater, mir und Elena. Leandro machte zusammen mit dem Packpferd am Strick den Schluss.

Ein unbändiges Glücksgefühl flatterte mir in der Magengrube herum. Ich versuchte nicht es zu ergründen.

Die Bäume tropften, es roch nach feuchter Erde. Sobald irgendwo ein Baum voller Blüten hing – und in dieser Gegend ohne Jahreszeiten blühte es immer irgendwo –, schwirrten wie fliegende Smaragde und Rubine Kolibris von Blüte zu Blüte. So nahe war ich dem Urwald bisher noch nicht gekommen. Immer waren Fensterscheiben eines Autos zwischen mir und dem tropischen Hochwald gewesen. Auf dem Pferd kam man der Natur dagegen sehr nahe, näher als ein Fußgänger. Denn Wildtiere fürchteten sich nicht vor Pferden.

Die unheimlichen Töne von Brüllaffen hörte man kilometerweit. Papageien flogen in bunten Schwärmen auf. Insekten sirrten in der Luft. Einmal meinte ich sogar zu sehen, wie ein Tapir sich ins Unterholz verdrückte. Vielleicht war es auch eine Täuschung, ich hatte keine Ahnung, ob es hier Tapire gab. Immer wieder hatte ich gelesen, dass Kolumbien eine der artenreichsten Gegenden der Welt war. Hier gab es Tiere, die noch niemand entdeckt hatte, und vor allem Pflanzen, deren Nutzen für die Medizin bestenfalls einheimische Medizinmänner kannten.

Als wir nach einigen Stunden eine kleine Hochebene erreichten, auf der wilde Lamas grasten, blickte Damián sich um, zügelte sein Pferd, ließ meinen Vater vorbei und schwenkte an meine Seite.

»Alles okay?«, erkundigte er sich.

»Ja, und bei dir?«

Er lächelte. Alle Härte, Müdigkeit und Bitterkeit waren aus seinem Gesicht verschwunden. Sein hartes Stadtgesicht, so schien mir, hatte ich in Bogotá auf dem Ball und in Popayán zu sehen bekommen. Aber er hatte noch ein Gesicht, ein weiches mit wachem Blick und entspannten Lippen, auf denen ein natürliches Lächeln lag. Er ritt einen Braunen, der mehr Temperament hatte, als er momentan zeigte. Auch wenn Damián nicht schulmäßig auf dem Pferd saß, sondern ziemlich locker mit durchhängenden Zügeln, sah man, dass er vermutlich früher reiten als laufen gelernt hatte. Die Bewegungen des Pferdes und seine waren eins. Er dirigierte es, anders als Elena und ich, nur mit Gewichtsverlagerungen, also nur mit dem punktgenauen Druck seines Gesäßes und seiner Schenkel, nicht mit dem Zügel.

»Du hast doch gar nicht geschlafen, diese Nacht«, bemerkte ich.

Er winkte ab.

»Ja, ja, Kokablätter schaffen wahre Wunder«, bemerkte ich grinsend. »Hast du welche dabei?«

Er zog die Brauen hoch und griff sich unter den Regenponcho. »Willst du?« Auf seiner Hand lagen fünf Blätter. Sie waren weißlich bestäubt.

»Kalk«, erklärte er. »Das setzt die Substanzen frei. Kokablätter enthalten viele Vitamine und Kalzium. Heute essen wir auch Milchprodukte, aber früher waren Kokablätter als Kalziumquelle sehr wichtig.«

Ich nahm die Blätter.

Er lächelte. Dann drehte er sich zu Elena und Leandro um, die nebeneinander ritten, weil der Weg gerade breit genug war, und bot ihnen auch welche an. Beide griffen zu.

»Und dein Vater?«, fragte Damián mich leise, als er wieder neben mir ritt.

Ich grinste. »Keine Ahnung. Probier's.«

Er schickte sein Pferd vor zu meinem Vater, dem, wie ich

an seiner etwas gequälten Haltung sah, vermutlich der Hintern wehtat. Er war es nicht gewöhnt, stundenlang in einem knochenharten Sattel auf einem Pferd zu sitzen.

Ich sah die beiden Männer auf den Pferden vor mir, Schulter an Schulter, einen grauen und einen schwarzen Kopf. Mein Vater, den ich bislang für einen großen Mann gehalten hatte, wirkte schmal und schmächtig neben dem muskulösen und breitschultrigen Damián, der soeben die Hand hinüberstreckte. Ich sah, wie mein Vater erst seinen grauen Kopf schüttelte, dann aber doch zugriff. Damián erklärte ihm etwas, vermutlich, wie man sich die Blätter entweder in die Backe schob oder sie zu einer Kugel biss und unter die Zunge legte. Mein Vater steckte sich die Blätter in den Mund. Damián ließ sein Pferd wieder zu mir zurückfallen.

»Und?«, fragte ich. »Hast du ihm auch gesagt, dass er die Blätter später nicht auf den Boden spucken darf, um Pachamama nicht zu kränken?«

Damián schüttelte den Kopf. »Für deinen Vater hat das keine Bedeutung, er glaubt nicht an Pachamama. Und sie lässt sich nicht kränken von einem Fremden, der die Regeln nicht kennt. Sonst hätte sie schon viele von ihrem Boden vertreiben müssen. Und außerdem, wo will man hier mit ausgelutschten Kokablättern sonst hin? Hm?« Er grinste.

»Du glaubst nicht an Pachamama?«

»Was heißt glauben? Ich bin christlich erzogen. Wir sind von den spanischen Eroberern christianisiert worden. Popayán ist sogar ein Zentrum des katholischen Glaubens. Die Kenntnisse der Naturreligionen sind alle verloren gegangen.«

»Aber deine Mama Lula Juanita …«, widersprach ich.

»Juanita weiß viel, das stimmt. Sie ist aber auch ihr Leben

lang herumgereist und hat alles gesammelt, was an Wissen über unsere Götter, die Heilkräfte der Pflanzen und die weiße, graue und schwarze Magie hier und dort noch bekannt ist. Gleichzeitig kann sie sich problemlos in unser heutiges Leben mit Autos und Handys einfügen. Mir fällt es dagegen schwer, mich in ihre Welt, die alte Welt, zurückzuversetzen. Aber ich teile mit ihr die große Achtung, die wir traditionsgemäß vor der Natur und ihren Erscheinungen haben.«

Klar, Damián war kein Urwaldindianer, der sich mit Kokablättern in Trance versetzte und ums Feuer tanzte.

Schweigend ritten wir eine Weile nebeneinanderher. Mir genügte es vollauf, Damián dicht neben mir zu spüren, seine Bewegungen, seinen Atem. Aus dem Augenwinkel sah ich seine Hand, die den Zügel hielt. Noch vor einer Woche hatte ich nicht zu hoffen gewagt, dass ich ein, zwei oder drei Tage zusammen mit ihm vor mir haben würde.

»Wie alt bist du eigentlich?«, fragte ich.

»Zwanzig.«

»Und du bist hier irgendwo aufgewachsen?«

Damián nickte kurz angebunden und streckte die Hand aus. »Schau, ein Kolibri!«

Ich sah den kleinen Smaragd von Blüte zu Blüte schwirren, kaum größer als ein Schmetterling. Er blieb immer mehrere Sekunden unterhalb einer Blüte in der Luft stehen, trank den Nektar und schoss dann zur nächsten weiter. Sein Flügelschlag war so schnell, dass man nur ein grünes Rauschen sah. Zuweilen schillerte das grüne Gefieder urplötzlich rubinrot.

»Der kleinste der Kolibris«, erläuterte Damián mir, »wiegt nur anderthalb Gramm. Er ist der kleinste Warmblüter, den es gibt. Sein Herz schlägt mehrere hundert Mal in der Minute. Nachts, wenn sie nicht fressen können, fallen die Kolibris in eine Starre, das Herz schlägt nur noch vierzig Mal. Sie müssen ihren Stoffwechsel drosseln, damit sie in den sechs langen Stunden der Nacht nicht verhungern. Kolibris sind die buntesten Vögel der Welt. Sie benutzen ihre Farben, um Konkurrenten zu vertreiben. Jede Blüte hat ihren speziellen Kolibri, den sie mit Nektar versorgt. Dafür bestäubt er sie. Es ist eine perfekte Verbindung. Blüte und Vogel können nicht ohneeinander.«

Sein Blick traf mich.

Wahrscheinlich schoss mir das Blut ins Gesicht. Ich hatte in der Tat sofort an uns gedacht. War ich die Blüte, er der Kolibri? Nichts dergleichen, sagte ich mir, wir konnten sehr wohl ohneeinander leben. Wir waren nicht aufeinander angewiesen, um zu überleben. Das war Kitsch. Und dennoch sah ich den fliegenden Smaragd an der roten Blüte noch lange vor mir.

»Bei euch gibt es keine Kolibris, nicht wahr?«, fragte Damián.

»Nein. Wir haben Bienen.«

»Hier gibt es auch Pflanzen, die von Insekten bestäubt werden, aber es regnet oft oder der Nebel hängt in den Bäumen. Dann können Insekten nicht fliegen. Kolibris aber fliegen immer. Deshalb haben sich viele Pflanzen einen Warmblüter als Bestäuber gewählt. Das Leben findet immer einen Weg.«

Auch dieser Satz fiel mir tief in die Seele. Warum sollte es nicht auch für uns einen Weg geben, für Damián und mich, wenn wir nur intensiv genug danach suchten? Hatte er das sagen wollen?

Diesmal begegnete ich seinem dunklen, prüfenden Blick nicht. Er hatte die Augen an den Rücken meines Vaters geheftet, der auf dem Sattel eine bequemere Position suchte. Armer Papa!

Ich fasste Mut. »Müssen wir nicht fürchten, dass Antonio uns hier irgendwo auflauert? Er weiß doch, wo wir hinwollen.«

Ein Schatten fiel auf Damiáns Gesicht. Ich bereute meine Frage sofort.

»Nein«, antwortete er knapp. »Hierherauf wird er sich nicht wagen. Außerdem muss er …« Er schluckte trocken. »Er muss seine Leute erst wieder sammeln.« Er warf einen kurzen Blick in den Himmel und suchte nach dem hellen Fleck, den die Sonne in die Wolken bohrte. »Wir liegen gut in der Zeit«, verkündete er dann. »Ich glaube, wir sollten deinem Vater eine Pause gönnen.«

Er trieb sein Pferd nach vorn neben das meines Vaters.

Gab es denn nichts, worüber Damián und ich sprechen konnten, ohne dass er die Flucht ergriff?, fragte ich mich. Doch ja, über Kolibris und Kokablätter konnten wir reden, über Pflanzen und Tiere. Das schwirrende Glück in meinem Magen verwandelte sich in einen schweren Stein.

Wir hielten und stiegen ab.

Mein Vater rieb sich den Hintern und stöhnte. »Diese Kokablätter sind ja ein Teufelszeug!«, sagte er dennoch vergnügt. »Hätte ich nie gedacht. Sie machen richtig wach!« Er blinzelte mir zu. »Aber das verraten wir Mama lieber nicht.«

Und weil die Blätter auch den Hunger nahmen, dachte niemand von uns daran, dass wir nichts zu essen dabeihatten. Nicht einmal eine Flasche Wasser. Meine Mutter hätte uns ausgeschimpft. Sie ließ mich nicht in die Schule, ohne mir eine Flasche Wasser in die Schultasche zu stecken, obwohl man im Colegio an jeder Ecke etwas zu trinken kaufen konnte.

Leandro rauchte eine Zigarette. Damián verschwand kurz im Gebüsch und kam mit einer Handvoll grünlicher Beeren wieder, die er zuerst Elena und mir anbot.

»Was ist das?«, fragte Elena.

»Ich kenne nur den indianischen Namen«, antwortete Damián. »Übersetzt bedeutet er so etwas wie Früchte des guten Geruchs oder so ähnlich. Wer sie regelmäßig isst, ist gegen Mückenstiche geschützt.«

Das wiederum interessierte meinen Vater. »Unten im Caucatal gibt es Mücken, die das Denguefieber verbreiten, nicht wahr? Diese Früchte produzieren über den Stoffwechsel vermutlich einen Duftstoff, der die Mücken vertreibt.«

»Vermutlich«, sagte Damián. »Man wird weniger gestochen.«

Ich nahm ein paar Beeren und kostete. Sie schmeckten leicht bitter und entfalteten dann eine honigartige Süße.

»Wie oft hattest du schon das Denguefieber?«, erkundigte sich mein Vater.

Damián zuckte mit den Achseln. »Ich weiß es nicht. Als Kind einige Male.«

»Man kann es vier Mal bekommen«, erklärte uns mein Vater. »Dann ist man gegen die vier Dengue-Virenstämme immun.«

»Es sei denn, man stirbt!«, rief Elena vorwurfsvoll.

»Ach was, die Mortalitätsrate liegt nur bei fünf Prozent«, antwortete mein Vater. »Man sollte nur auf keinen Fall Aspirin nehmen, wegen der inneren Blutungen.«

Elena schüttelte sich. »Hört auf. Ich glaube, mich hat gerade eine Mücke gestochen! Helfen die Beeren auch nachträglich?«

Wir lachten.

Noch nie hatte ich Damián bisher so heiter und entspannt gesehen. Er wirkte jungenhaft, wie er so zwischen uns stand, mit den Beeren auf dem Handteller, und lachte.

Mein Vater wickelte eine der Beeren in sein Taschentuch und verwahrte es in der Jackentasche, um die Pflanze später bestimmen und auf ihre Wirkstoffe untersuchen zu lassen.

»Ihr habt hier ungeheure Schätze«, bemerkte er. »Wer weiß, vielleicht steckt in einer der Pflanzen das Medikament gegen Krebs oder Tuberkulose. Und Leandro, ihr seid so blöd und buddelt nach Smaragden ... Nichts für ungut, aber ...«

Der Gran Guaquero nickte freundlich. »Wenn ich die Gelegenheit gehabt hätte, Pharmazie zu studieren, würde ich vermutlich nicht nach Smaragden graben.«

»Deshalb werden ausländische Firmen unseren Urwald durchpflügen und Milliarden verdienen«, bemerkte Damián mit einem Anflug von Aggressivität. »Und die Medikamente, die sie finden, werden sich meine Leute nie leisten können.«

»Warum so mutlos?«, antwortete mein Vater. »Ihr müsst dafür sorgen, dass ihr selbst es seid, die hier forschen. Ihr habt doch Universitäten. Ihr könnt selbst Firmen gründen.«

Damián ließ die Augen nachdenklich auf meinem Vater ruhen.

Ich war auf einmal stolz auf meinen Papa. Man unterschätzte ihn leicht. Er wirkte immer so freundlich und harmlos mit seinem grauen Bart und seinen lieben grauen

Augen, aber er durchschaute mehr, als man ihm zutraute. Das müsse er auch, wenn er bei Kranken die richtige Diagnose stellen wolle, behauptete er immer. Und gerade war er im Stillen dabei, seine Diagnose über Damián zu stellen, den Jungen, von dem ich vor drei Wochen zornig erklärt hatte, dass er der Mann sei, den ich heiraten wollte. Hätte ich das doch nie gesagt! Natürlich war meinem Vater sonnenklar, was hier lief. Vermutlich hatte er mir längst angesehen, dass ich nicht so vorankam, wie ich es mir erhofft hatte. Und nun versuchte er den jungen Mann aus der Reserve zu locken. Zumindest testete er Damián ein bisschen, wie es sich für einen Vater gehörte.

»Reiten wir weiter!«, sagte Leandro.

»Oje!«, stöhnte mein Vater. »Mir tut alles weh. Ob ich je wieder aufs Pferd komme, weiß ich nicht.«

Leandro half ihm hoch.

Damián setzte sich wieder an die Spitze, Leandro bildete mit dem Packpferd die Nachhut und Elena kam neben mich.

»Da läuft doch was zwischen Damián und dir«, bemerkte sie.

»Nein!«, sagte ich.

Sie lachte. »Wie er dich anguckt. Hast du das gesehen?«

»Ich habe blaue Augen. Deshalb guckt er mich an.«

»Soso! Und du?«

»Was ist mit mir?«

»Du hast dich doch total in ihn verknallt! Das hat sogar dein Vater gemerkt. Mir kannst du es ruhig sagen. Ich erzähle es nicht weiter. Ich könnte das verstehen. So gut, wie er aussieht.«

»Und wenn? Es hätte eh keine Zukunft.«

»Das wäre mir egal«, behauptete Elena. »Wenn ich mich

mal verliebe, wäre es mir völlig egal, wer er ist. Ob er Geld hat oder nicht. Das ist egal, wenn man liebt.«

»Aber deinen Eltern wäre es nicht egal.«

Sie lachte. »Du bist unromantisch. Außerdem sind Eltern immer dagegen, ganz gleich, wer er ist. Väter sind immer eifersüchtig auf den Freund ihrer Tochter. Meiner wäre es jedenfalls.«

»Damián ist nicht mein Freund«, sagte ich. »Ich kenne ihn ja kaum.«

Elena lachte vor sich hin.

»Echt nicht!«, rief ich. »Halt endlich die Klappe, ja!«

Sie lachte.

Der Weg führte um eine Bergnase herum und wurde wieder schmaler. Es war mir eine willkommene Gelegenheit, mein Pferd zu parieren und Elena voranreiten zu lassen. Wir mussten uns unter Zweigen durchbücken. Damián, mein Vater und Elena verschwanden zeitweilig aus dem Blickfeld. Auch Leandro fiel allmählich zurück. Er hatte sein Satellitenhandy aus der Westentasche gezogen, wie ich noch sah, bevor die Zweige hinter mir zusammenschlugen. Für einige Minuten war ich allein mit meinem Pferd in der feuchten und dichten Natur, allein mit den schwirrenden Insekten und dem Geflatter unsichtbarer Vögel. Die Blätter tropften, bunte Frösche klebten an ihnen. Zweige knackten, ein flüchtendes Tier raschelte.

Noch vor einem Jahr hätte ich mir nicht träumen lassen, dass ich einmal auf einem Pferd durch den Regenwald der Anden reiten würde. Was hatte ich mich gegen das Jahr in Kolumbien gewehrt! Jetzt war ich froh, dass meine Eltern sich durchgesetzt hatten. Ich hätte sonst einen wichtigen Teil meines Lebens nicht gelebt, dachte ich. Auch wenn ich momentan nicht wusste, ob dieser Teil meines Lebens gut oder böse ausgehen würde. Aber es war mir seltsamerweise gleichgültig. Ich fühlte mich so lebendig und stark wie nie. Insgeheim war ich mir sicher, es könne nicht böse oder traurig enden. Wenn wir uns nur einig waren, Damián und ich. Wenn wir nur wollten.

Hatte mir nicht Elena gerade eben versichert, dass er mich auf diese besondere Art anschaute, dass er sich in mich verliebt hatte? Sie konnte es von außen besser beurteilen als ich, die ich bis über beide Ohren in meiner Erregung steckte. Sie hatte die Zeichen gesehen, die Vanessa auch immer untrüglich erschienen waren und die sie mir nie hatte erklären können. Wenn das stimmte, dann war es ein Wunder, das ich noch gar nicht begreifen konnte. Was für ein Glück, dass ich blaue Augen hatte, die Damián faszinierten, und diese in Deutschland so langweiligen rötlich blonden Haare und eine blasse Haut. Hier wirkte ich exotisch damit. Damián fand mich schön, das hatte er gesagt, gestern auf der Treppe der Kathedrale.

Hinter der nächsten Biegung wartete Elena auf mich.

»Wo ist Papa?«, rief sie.

Ich hielt mein Pferd auch an. Nach einer Weile hörten wir die Tritte von Leandros Pferd wieder. Außerdem hörten wir seine Stimme. Er telefonierte. Als er unter dem Gezweig erschien, steckte er das Handy gerade zurück in seine vieltaschige Weste. Sein Gesicht war ernst.

»Was ist?«, fragte Elena.

»Satellit verloren«, murmelte er. »Zu viele Bäume.«

»Hast du mit Mama telefoniert?«

Leandro schüttelte den Kopf. Seine Miene blieb finster. Er hielt sein Pferd ebenfalls an.

»Was ist los?«, drängelte Elena. »Irgendwas ist doch!«

»Na ja, wahrscheinlich nichts. Ich hatte Pepe dran.«

Das war einer der Bodyguards, die wir auf dem Pass zurückgelassen hatten.

»Sie sind inzwischen in Popayán. Sie haben gehört, dass es einen Kampf gegeben hat, letzte Nacht, ein Gemetzel, heißt es. Fünf Tote. Es soll sich um die Leute von Major Antonio handeln. Aber er selbst ist nicht unter den Toten.«

Mein Herz begann heftig zu pochen.

»Man hat sie im Wald gefunden, nicht weit von unserer Herberge entfernt.«

»Und wer war es?«, fragte Elena etwas beklommen.

»Wer wird das wohl gewesen sein?«, antwortete Leandro hart. Er nickte mit dem Kinn voraus, wo mein Vater und Damián aus unserer Sichtweite verschwunden waren. »Es wäre ein Wunder gewesen, wenn es ohne Blutvergießen abgegangen wäre. Das war zu erwarten gewesen.«

»Und was bedeutet das für uns?«, fragte Elena.

»Wollen wir hoffen, dass meine Spende an den CRIC groß genug war. Jedenfalls befinden wir uns jetzt in seiner Hand. Hoffen wir, dass er es ehrlich mit uns meint. Denn uns schuldet er ja nichts, während wir ihm unser Leben schulden, so wie es aussieht.«

Auf Deutsch hieß das: vom Regen in die Traufe. Aber mir fiel die Übersetzung nicht ein. Und eigentlich wollte ich es auch gar nicht aussprechen. Ich konnte mir einfach nicht vorstellen, dass wir Geiseln von Damián sein sollten.

»Dann verstehe ich jetzt«, sagte Elena mit Angst in der Stimme, »warum wir so überstürzt aufbrechen mussten. Er wollte nicht, dass wir erfahren, was mit Antonios Leuten passiert ist.«

»Wahrscheinlich gab es keinen anderen Weg«, überlegte Leandro. »Während Antonio und seine Leute mit dem Scharmützel abgelenkt waren, konnte man uns in aller Ruhe aus der Herberge holen, ohne Gefahr, dass Verstärkung anrückte.«

Die glückliche Erregung, die eben noch in mir gegluckert hatte wie ein klarer Quell, versiegte. Die böse Realität der Berge Kolumbiens hatte mich endlich eingeholt und kroch mir eisig in die Glieder. Es hatte so stolz und selbstsicher geklungen, als Damián mir erklärte, dass die Indianer seines Stammes keine Schusswaffen trugen, es hatte klug und pazifistisch geklungen, so als gäbe es ein Häuflein Vernünftiger und eine Chance auf Frieden in diesem Land, in dem jeder gegen jeden kämpfte. Aber es war eine Lüge gewesen, ein schöner Traum, eine Illusion. Im besten Fall hatte er mich beschwichtigen wollen, mich, das naive Mädchen aus Deutschland, das man mit den Gewalttätigkeiten dieses Landes nicht erschreckte. Im schlechtesten Fall hatte er mir den guten Menschen mit Prinzipien vorgespielt, um uns in seine Gewalt zu bringen, aber nicht mich, denn mein Vater und ich waren nichts wert verglichen mit Leandro Perea, El Gran Guaquero.

»Los, weiter!«, sagte Leandro.

»Und wenn wir einfach umkehren?«, fragte Elena.

»Und mein Vater?«, rief ich.

Leandro schüttelte den Kopf. »In zwei Stunden wird es dunkel. Bei Nacht finden wir den Rückweg nicht. Außerdem, wie könnten wir Markus alleinlassen …«

»Er ist Arzt!«, sagte Elena. »Ihm werden sie nichts tun. Sie lassen ihn bestimmt wieder laufen. Sie wollen doch nur dich!«

»Elena!«, donnerte ihr Vater. »Was soll denn Jasmin von dir denken?«

Elena senkte den Blick. »Entschuldige, Jasmin«, murmelte sie.

»Ich habe auch Angst«, antwortete ich.

»Los dann!«, forderte uns Leandro erneut auf. »Nicht, dass wir noch den Anschluss verlieren. Und solange das Telefon funktioniert, sind wir nicht verloren. Ich habe GPS, ich kann meinen Leuten immer haargenau sagen, wo wir sind.«

– 17 –

Nach fünf Minuten hatten wir meinen Vater und Damián an einem steinigen Hang eingeholt. Sie warteten auf uns.

»Gab's ein Problem?«, fragte mein Vater auf Deutsch.

Elena und ich schüttelten den Kopf. Aber wir sahen vermutlich ziemlich betreten aus. Papas graue Augen trafen meine, er zwinkerte kurz. Seit meiner Kindheit war das ein Zeichen, dass er wusste, was los war, und ich mir keine Sorgen machen sollte. Meistens, wenn ich ihn später gefragt hatte, was er denn geglaubt hatte, was mir Sorgen machte, hatte er richtiggelegen. Für einen Moment fühlte ich mich tatsächlich beruhigt. Aber schon einen Augenblick später machte ich mir klar, dass Papa nicht wissen konnte, was Leandro bei seinem Telefongespräch mit seinen Bodyguards erfahren hatte. Diesmal lag mein Vater falsch. Ich wünschte, es wäre nicht so gewesen. Zum ersten Mal fühlte ich mich trotz der Gegenwart meines Vaters verlassen und verloren. Auf einmal wusste ich, dass auch er nicht allwissend und allmächtig war und keineswegs all das, was mir Sorgen bereitete, wieder in Ordnung bringen konnte. Es war traurig, ungeheuer traurig. Ich war wieder ein Stück erwachsen geworden und es fühlte sich nicht so aufregend und abenteuerlich an wie in der vergangenen Nacht, als wir in der Herberge auf unsere Befreiung gewartet hatten und Elena sich an ihren Vater gekuschelt hatte und mir plötzlich klar geworden war, dass ich nicht mehr Papas kleine Tochter war, sondern eine junge Frau mit einem Körper, für den sich ein junger Mann wie Damián interessierte. Da hatte ich mich frei und mutig gefühlt, meine Zukunft anzugehen. Jetzt spürte ich, was ich dabei verlor. Nicht einmal mehr mein Vater, der Arzt, der alles heilte, Körper und Seele, konnte mir Sicherheit geben. Er hatte aufgehört, mehr zu wissen als ich.

Was mich noch mehr schmerzte, war, dass ich zugleich Damián verloren hatte, zumindest meine Illusionen über ihn. Fünf der jungen Männer, die uns vorgestern Nacht überfallen hatten, waren tot. Sie waren nicht unsere Freunde gewesen, sie hatten uns beraubt, aber sie hatten uns eigentlich nichts getan. Und sie waren jung gewesen, manche vermutlich kaum älter als ich, doch schon dazu verdammt, dieses Leben im Kampfanzug mit Gummistiefeln zu leben, weil es keine Arbeit gab, nur Mangel, Hunger und Ungerechtigkeit, und weil einige skrupellose Männer wie Don Antonio daraus ein blutiges Geschäft unter dem Deckmäntelchen des Kampfs für mehr Gerechtigkeit machten. Ich hatte die jungen Männer nicht gekannt, manche waren maskiert gewesen, aber nun waren sie tot, und es war mir nicht egal, es ließ mich nicht kalt, es erschreckte mich. Es war anders, als von Toten in der Zeitung zu lesen oder im Fernsehen oder Radio zu hören. Eben noch hatte ich die Jungs herumspringen und sich um Elenas Silberkettchen balgen sehen, ein paar Stunden später lagen sie irgendwo reglos im Schlamm. Aus und vorbei.

Und Damián hatte sie getötet.

Es war furchtbar, als mich sein forschender Blick traf. Seine Augen waren so scharf und dunkel, so lebendig und klug. Er war mir so entsetzlich vertraut wie ein Teil von mir: das kurze Zucken seiner linken Braue, kurz bevor er lächelte, seine kräftigen Hände, die selbst in Ruhe immer ein klein wenig in Bewegung waren, so als seien sie immer bereit zuzupacken. Eben noch hatte ich mich stark genug gefühlt, sein Geheimnis zu ergründen und zu ertragen, und die Aussicht, ihn kennenzulernen, hatte wie ein aufregendes Abenteuer vor mir gelegen. Und jetzt ... Die Liebe war doch fürchterlich. Sie machte verletzbar, sie machte wehrlos, sie war der Vorbote der Enttäuschung und Desillusionierung. Das wusste ich auf einmal. Es waren die Schmerzen, die meine Mutter mir hatte ersparen wollen. Aber es war ihr nicht gelungen. Und ich musste ganz allein damit fertigwerden. Niemand würde mir helfen, nicht einmal Damián.

Er hatte sich zu uns umgedreht, deutete auf den Geröllhang, der vor uns lag, und sagte: »Der Hang ist vor ein paar Tagen abgerutscht. Wir steigen besser ab und führen die Pferde. Sicher ist sicher.«

Er saß ab. Mein Vater fiel mehr vom Pferd, als dass er abstieg. Die Wirkung der Kokablätter war längst verflogen, auch mir tat der Hintern weh.

»Wir müssen die Zügel verknoten«, ordnete Damián an und half meinem Vater einen Knoten in die Zügel zu drehen, damit sie nicht durchhängen konnten.

Dann kam er zu mir.

»Was ist los?«, raunte er mir ins Ohr, während er ein paar unnötige Griffe ins Zaumzeug und an den Sattel meines Pferdes machte. »Was ist passiert?«

»Nichts!«, antwortete ich. Auf keinen Fall durfte ich ihm

sagen, was Leandro, Elena und ich befürchten mussten. Unser Misstrauen war der einzige Vorteil, den wir hatten. Ansonsten lagen alle Vorteile auf seiner Seite.

»So, nichts?«, fragte er zurück. Sein Blick überflog rasch das verstörte Gesicht von Elena und die finstere Miene Leandros. »Nun«, sagte er hart, »wie du meinst.«

Die Heiterkeit der letzten Stunden war aus seinem Gesicht verschwunden. Er biss die Zähne zusammen, wandte sich ab, verzichtete darauf, Elenas und Leandros Pferde zu überprüfen, und ging zu seinem Pferd zurück.

Die Geröllhalde, die den Weg verschüttet hatte, war schätzungsweise fünfzig Meter breit. Die Steine schienen locker zu sitzen und waren teilweise von Schlamm überzogen.

»Am besten«, wandte Damián sich wieder an uns alle, »ihr lasst die Pferde alleine laufen und achtet nur darauf, wo ihr hintretet. Und wenn ein Pferd abrutscht: nicht nach dem Zügel greifen. Sonst reißt es euch mit, wenn es abstürzt. Verstanden?«

»Ja«, antwortete mein Vater. Er war der Einzige, der antwortete.

»Und wenn einer von euch ins Rutschen kommt, bleibt ihr alle stehen. Keiner bewegt sich! Keiner eilt dem anderen zu Hilfe. Und der, der rutscht, wirft sich hangaufwärts auf den Bauch und wartet, bis alles wieder zur Ruhe kommt. Klar?«

»Sollten wir nicht lieber umkehren?«, fragte Elena. »Ich glaube, ich schaffe das nicht.«

»Das halte ich auch für besser«, sagte Leandro rasch.

Damián richtete sich auf und blickte uns nachdenklich an. »Ihr wollt umkehren? Von mir aus. Allerdings geht die

Sonne in anderthalb Stunden unter. Wir müssten kampieren.«

»Und wie weit ist es bis zu dir nach Hause?«, erkundigte sich mein Vater.

»Etwa eine halbe Stunde.«

Mein Vater drehte sich zu uns um. »Also, ich als alter Bergsteiger würde sagen, es ist gefährlich, aber machbar. Und der Gedanke, den ganzen Weg unverrichteter Dinge wieder zurückzureiten, gefällt mir nicht, vor allem meinem Hintern nicht. Jetzt, wo wir schon so weit gekommen sind. Allerdings würde ich zu unserer aller Sicherheit vorschlagen, dass wir eine Seilschaft bilden. Wir können ja die Zügel aneinanderschnallen. Oder nicht?«

»Auf dem Packpferd ist ein Seil«, antwortete Damián knapp. »Die Entscheidung liegt bei euch.« Sein Blick traf mich, und vielleicht nur für mich setzte er hinzu: »Ich habe euch nicht darum gebeten, mit mir zu kommen.« Es klang bitter.

»Stimmt«, sagte mein Vater. »Also los! Schauen wir uns das Seil mal an!«

Auch Leandro mochte zu dem Schluss gekommen sein, dass wir nicht unbedingt in Sicherheit waren, wenn wir im Urwald übernachteten, und noch weniger, wenn Damián spürte, dass wir Verdacht geschöpft hatten. Wir waren ihm ausgeliefert. Wir würden nichts dagegen tun können, wenn er unser Nachtlager verließ und seine Mordbanden rief, diejenigen, die Antonios Bande den Garaus gemacht und ihr unsere Wertsachen wieder abgenommen hatten. Jedenfalls bestand Leandro nicht darauf umzukehren. Er machte sich zusammen mit meinem Vater daran, Elena und mich mit Hilfe unserer Gürtel ins Seil zu schnallen.

Damián lehnte die Beteiligung an der Seilschaft ab. Er wollte als Erster den Geröllhang überqueren, zusammen mit allen Pferden, dann sollten mein Vater, ich, Elena und Leandro im Seil folgen. Das hieß zunächst warten.

Damián betrat die Halde, ohne zu zögern. Die Steine lagen fester, als es aussah. Dennoch bebte ich bei den ersten Schritten, die er machte, und als ein Stein rollte, verschlug es mir den Atem.

»Na, geht doch«, meinte mein Vater.

Als die sechs Pferde eines nach dem anderen die Geröllhalde betraten, konnten wir Damián, der vorneweg ging, kaum noch sehen. Ein paarmal rutschten die Pferde mit den Hufen ab und Steine prasselten zu Tal, aber eigentlich ging es ganz gut. Die Pferde trampelten außerdem für uns einen kleinen Pfad in die Halde, der es uns leichter machen würde.

Elena bibberte dennoch vor Angst und Erschöpfung. »Ich schaffe das nicht«, sagte sie immer wieder. »Ich will da nicht hinüber. Ich habe heute Geburtstag, ich will nicht sterben!«

»Ich bin doch bei dir«, sagte ihr Vater. »Ich halte dich fest.«

»Es ist auch gar nicht so gefährlich«, ergänzte mein Vater.

Aber die Tränen liefen Elena übers Gesicht. Sie war total fertig. Sie war derartige körperliche Anstrengungen nicht gewöhnt, genauso wenig wie ich oder mein Vater. Aber das war es nicht allein.

»Wozu soll ich denn mein Leben hier riskieren, wenn wir nachher sowieso umgebracht werden!«, schluchzte sie.

»Was soll denn das heißen?«, erkundigte sich mein Vater.

Leandro informierte ihn kurz über das, was er von seinen Bodyguards erfahren hatte.

»Aha!«, sagte mein Vater ernst. Er überlegte: »Und warum war Damián dann sofort bereit, mit uns umzukehren, wenn er eigentlich dich, Leandro, in seine Gewalt bekommen will? Wie passt das zusammen? Warum lässt er uns hier alleine stehen? Wahrscheinlich, damit wir uns in Ruhe beraten können. Glaubt ihr denn, er hat nicht gemerkt, dass ihr drei ziemlich ängstlich dreinblickt? Und in einem hat er Recht. Er hat uns nicht gebeten ihn zu seiner kranken Schwester zu begleiten. Ich habe darauf bestanden und du auch, Leandro!«

Leandro nickte. »Das stimmt schon.«

»Na bitte!« Mein Vater wandte sich an Elena, die zitternd in unserer Mitte stand. »Überleg doch mal! Was denkst du, warum Damián uns hier stehen gelassen hat. Er möchte, dass wir uns darüber beraten können, ob wir ihm folgen und seiner Schwester helfen wollen, so wie wir es versprochen haben. Er gibt uns die Gelegenheit umzukehren. Wir können sie nutzen. Und uns wird nichts passieren.«

»Aber er hat die Pferde!«

»Die würden uns bei einem nächtlichen Marsch durch den Urwald wahrscheinlich sowieso nicht viel nützen.«

Elena biss sich auf die Lippen.

Damián war mit seiner Karawane inzwischen fast auf der anderen Seite angelangt. Mein Vater blickte uns der Reihe nach an und sein Blick verweilte etwas länger in meinem Gesicht.

»Warum dieses Misstrauen?«, fragte er schließlich. »Glaubt ihr wirklich, dieser junge Mann, der aufs Colegio Bogotano gegangen ist und eine Universität für seine Leute gründen will, ist ein blutrünstiger Krimineller, der sein Geld mit Geiselnahmen verdient?«

»Weiß man's!«, sagte Elena kleinlaut.

»Wenn man von jedem Menschen immer erst einmal das Schlimmste annimmt, wird man niemals vorwärtskommen im Leben«, sagte mein Vater. »Misstrauen erzeugt immer nur Misstrauen. Im Vertrauen liegt das Wunder des Lebens.«

Noch nie hatte ich meinen Vater solche Sätze sagen hören. Natürlich wusste ich, dass er seine Prinzipien hatte, aber Simon und ich, wir hatten seine pathetische Ader immer nur als Sozialromantik bespöttelt. Er war zu gut für diese Welt, hatten wir befunden, er ignorierte einfach, dass es schlechte Menschen gab, er konnte es sich leisten, denn er war Arzt, und die Menschen waren auf seine Hilfe angewiesen. Aber ich hatte nicht den Eindruck, dass er unsere Lage völlig falsch einschätzte. Im Gegenteil. Leandro, Elena und ich hatten irgendwie den Kopf verloren, vielleicht aus Erschöpfung, aber mein Vater nicht. Ich war auf einmal sehr stolz auf ihn. Und ich schämte mich meines Kleinmuts und Misstrauens. Auf Elena machten seine Worte ebenfalls Eindruck. Leandro war sicherlich nicht so leicht zu beeindrucken, aber er hatte sich ja ohnehin entschieden den Weg fortzusetzen.

»Also, was ist?«, fragte mein Vater in die Stille. »Umkehren oder weitergehen? Wir haben die Wahl.«

»Wir gehen weiter«, sagte ich. »Wir halten unser Versprechen.«

Elena nickte tapfer.

Damián war inzwischen auf der anderen Seite angekommen. Er hatte die Pferde an den nächsten Baum gebunden, stand an der Geröllhalde und wartete auf uns.

Mein Vater betrat als Erster die abschüssige Fläche. In der Bergsteigersprache nannte man das den Vorsteiger. Er war allerdings schon lange nicht mehr auf Tour gegangen. Ich konnte mich noch dunkel erinnern, dass meine Mutter, wenn er in den Alpen unterwegs war, das ganze Wochenende in Angst verbracht hatte, zittrig, nervös und hektisch, bis er endlich wiederkehrte. Ich denke, er hat seine Kletterei gelassen, weil er ihr diese Angst nicht mehr zumuten wollte. Vielleicht hatte auch der Tod von Simons Vater im Himalaja ein wenig dazu beigetragen, dass er auf riskante Unternehmungen verzichtete.

Aber es war wirklich nicht schwierig, den Geröllhang zu überqueren. Die Steine waren zwar glitschig, aber fest verkeilt. Auch wenn meine Sneakers und Elenas Chucks nicht unbedingt für Kraxeleien gemacht waren. Papa hatte immerhin seine üblichen Schnürboots an und Leandro Schaftstiefel mit ordentlichen Sohlen.

Einmal schrie Elena auf, weil ein Stein abrutschte und in die Tiefe kollerte, aber sie blieb aufrecht. Beängstigend waren eigentlich nur der Blick hinauf, die endlose schroffe Halde aus Stein und Fels, der sich hoch über uns aus einer Wand gelöst hatte, nackt und drohend in den Himmel ragte, und der Blick nach unten, wo Nebel ein Ende des Abhangs und die Tiefe verhüllte, in die man stürzen konnte.

Auf einmal war es mir peinlich, dass wir, ängstlich und auf Sicherheit bedacht, angeseilt gingen, während Damián frei und sorglos über den Hang gelaufen war. Ich kam mir feige vor. Noch beschämender als die Angst, in die Tiefe zu rutschen, schien mir meine Angst vor Damián, vor dem düsteren Geheimnis seiner Existenz, vor dem ich gerade eben eingeknickt war, überwältigt von der Angst Elenas und den Behauptungen Leandros über das Gemetzel der Nacht, für das es keinerlei Beweise gab. So schnell hatte ich mich einwickeln lassen und Damián mein Vertrauen aufgekündigt! Was war meine Liebe wert, wenn ich sofort bereit war, das Schlimmste von ihm anzunehmen? Ohne ihn zu fragen, ohne ihm Gelegenheit zu geben, dass er sich verteidigte? Ich hatte ihn einfach verurteilt.

Gott, war das alles schwierig! Ungeheuer schwierig. So schwierig hatte ich mir die Liebe nicht vorgestellt.

Ein Stein gab unter meinem Fuß nach und klackerte in die Tiefe. Ich musste mich am Seil festhalten. Elena schrie auf. Mein Vater griff nach mir. »Aufpassen, Jasmin!«

Als ich wieder nach vorn blickte, war Damián zwei Meter auf uns zugekommen, angespannt und heftig atmend. Im nächsten Moment entspannte er sich, drehte sich um und ging zurück. Am Waldrand war ein kleines Mädchen erschienen, vielleicht fünf Jahre alt. Es bohrte sich in der Nase und schaute uns mit großen Augen zu. Damián ging in die Hocke, strich ihm über das struppige schwarze Haar und redete mit ihm. Das Kind nickte.

Doch ich hatte den Eindruck, dass er sich nur deshalb so intensiv mit der Kleinen beschäftigte, weil er nicht mehr zuschauen konnte, wie wir den Hang entlangkippelten. Dennoch schien er uns nie aus den Augen zu lassen. Als wieder einmal ein Stein rollte, zuckte er zusammen.

Mitleid überwältigte mich plötzlich. Vermutlich war unser Ausflug für ihn auch nicht einfach. Er war ja nicht begeistert davon gewesen, dass mein Vater seine kranke Schwester untersuchen wollte. Vielleicht wollte er sich nicht neue Hoffnungen machen, wo keine mehr bestanden. Und wir waren so arrogant zu glauben, dass ein deutscher Arzt Wunder bewirken konnte, was voraussetzte, dass wir den Ärzten im Hospital von Popayán nichts zutrauten. Vielleicht hatte er auch keine Lust gehabt, sich mit vier nervösen Städtern zu belasten. Vermutlich hatte er vorausgesehen, dass die Verantwortung, die er damit übernahm, groß sein würde.

Doch warum hatte er nachgegeben und sich auf das Unternehmen eingelassen? Mich hatte die Aussicht, ihm wenigstens zwei Tage ganz nahe zu sein, beflügelt. Hatte er genauso empfunden? War er der Versuchung erlegen, dem riskanten Ausflug in die Berge zuzustimmen und uns zu sich nach Hause zu führen, weil auch er doch nicht so einfach von mir lassen konnte, wie es nach dem Diplomatenball ausgesehen hatte?

Oder war es nur ein Missverständnis und seine Haupthoffnung galt seiner Schwester und den medizinischen Künsten meines Vaters? Würde mein Vater seine Hoffnungen einlösen können? Ich hoffte es sehr. Ich wünschte es mir dringend. Leider nicht ganz uneigennützig, sosehr ich mich auch bemühte, jeden Nebengedanken zu vertreiben. Mir schien, dass Damián irgendwie Teil unserer Familie wurde, wenn mein Vater seiner Schwester helfen konnte. Mein Vater und schließlich auch meine Mutter würden ihn mit anderen Augen sehen lernen. Und er? Wenn mein Vater seiner Schwester helfen konnte, würde er dankbar sein, würde uns, auch mich, nicht einfach vergessen können, würde den Kontakt mit uns aufrechterhalten müssen und vielleicht mit der Zeit erkennen, dass die Gräben zwischen uns und ihm gar nicht so tief waren und dass ich gewillt war sein Leben zu verstehen. Wir würden Zeit bekommen, uns kennenzulernen. Zeit! Fast ein Jahr noch! Und wenn das Jahr rum war, konnte er mich nicht mehr einfach gehen lassen. Dann konnte er nicht einfach sagen: »Es geht nicht.«

Auf einmal waren wir drüben auf der anderen Seite der Halde. Mein Vater befreite uns aus dem Seil. Wir bestiegen die Pferde wieder und setzten unseren Ritt fort. Damián hatte das kleine Mädchen zu sich in den Sattel genommen. Kein einziges Mal hatte er mich angeblickt. Ich spürte, wie mir die Tränen in die Unterlider stiegen.

Was für ein fürchterlicher Tag!

– 18 –

Kurz vor Sonnenuntergang erreichten wir ein gerodetes Hochtal, das mit einem glitzernden Bach in seiner Mitte zu schroffen Felshängen hinaufstieg. Auf den gelbgrünen Flächen weideten weit verstreut Alpakas und zwei Kühe. Ganz unten am Waldrand stand bei einem Maisfeld ein kleines Holzhaus, umgackert von Hühnern.

Drei weitere kleine Kinder erschienen und betrachteten uns mit großen Augen. Das Mädchen, das Damián bei sich auf dem Pferd gehabt hatte, sprang zu ihnen und grinste stolz. Eine ältere Frau hockte unter dem Vordach des Hauses an einem gemauerten Herd mit offenem Feuer und buk Arepas, die Maisfladen, die man hier anstelle von Brot aß. Sie hatte ihre Arbeit unterbrochen und starrte uns entgegen. Zwischen den Tieren auf der Weide befanden sich zwei junge Frauen mit Eimern in den Händen, die sich unverzüglich in Marsch setzten und zu uns herabkamen.

Über dem Tal hing ein grauer Himmel, aus dem rasch das Tageslicht verschwand. Nebel kroch aus den Gipfeln nach.

Wir stiegen ab. Es war unglaublich still.

Damián stellte uns seiner Familie vor. Die ältere Frau hieß Maria und war seine Tante, die beiden jungen Frauen hießen

Alejandra und Ana und waren Cousinen. Der Kindersegen gehörte ihnen, die dazugehörigen Männer waren nicht sichtbar.

»Und das sind Leandro, Elena, Jasmin und Markus«, stellte Damián danach uns vor, wobei es ihm erneut gelang, meinem Blick auszuweichen. »Markus ist Arzt.«

Marias Gesicht erhellte sich. »Ah! Gott segne ihn. Clara geht es heute wieder gar nicht gut. Willkommen in Yat Pacyte!«

»Wo ist Clara denn?«, erkundigte sich mein Vater.

Sie befand sich im Haus. Maria und Damián führten ihn hinein. Sie kamen aber schon wenig später wieder heraus. In ihrer Mitte ging eine junge Frau. Sie war blass und schmal und es fiel ihr schwer zu gehen. Aber sie war wunderschön. Das dichte schwarze Haar war zu Zöpfen geflochten, die schimmernd wie flüssiges Pech bis zum Hintern herabfielen. Ihre Gesichtszüge waren fein und glatt, ihre Augen lebhaft, wenn auch glanzlos. Sie trug einen blauen Poncho mit violettem Saum über einer weißen Bluse und einen schwarzen Rock, unter dem ihre blanken Beine hervorlugten. Die Füße steckten wie die von Maria und den anderen in groben Bergstiefeln.

Mein Vater und Maria führten Clara zu einem Stein, der ein Stück von der Hütte entfernt aus der grünen Wiese aufragte, und ließen sie darauf niedersitzen. Damián brachte die beiden Arztkoffer vom Packpferd, und mein Vater begann Clara im letzten Licht des Tages zu untersuchen, während Damián unsere Pferde absattelte und ein Stück weit hinaus auf die Weide führte. Sie begannen sofort zu grasen.

Ich wusste, dass man meinen Vater bei einer Untersuchung allein lassen musste, ihm war das Arztgeheimnis sehr wichtig. Deshalb wandte ich mich ab und bewog auch Elena und Leandro bei der Hütte zu bleiben. Maiskolben brutzelten auf dem Rost über dem Feuer. Auf frischen Bananenblättern häuften sich die Arepas, die Maria gerade eben gebacken hatte. In Kolumbien aß man, zumindest auf dem Land, nicht viel zu Abend. Die Hauptmahlzeit war das Frühstück. Außerdem hatte Maria nicht damit rechnen können, dass sie vier Gäste zum Abendessen haben würde. Es schien sie aber auch nicht in Verlegenheit zu bringen. Sie lächelte und brachte aus dem Haus Kochbananen, die sie in der Schale zum Rösten neben das Feuer legte, und Gläser mit eingelegtem Gemüse und rosige Teile, die Leandro als Maniok identifizierte.

Maria bedeutete uns mit Gesten, uns zu setzen. Sie war eine stabile Frau mit einem müden, aber freundlichen Gesicht. Ich suchte in ihren Zügen nach Ähnlichkeiten mit Juanita. Sie schien sich nicht sicher, ob wir sie verstehen würden, und beschränkte sich darauf zu lächeln, wobei sie mehrere Zahnlücken offenbarte.

Die Kinder scharten sich um das Essen. Unser überraschender Besuch bescherte ihnen offensichtlich mehr Köstlichkeiten als sonst. Auch Damián war inzwischen wieder da. Er aß, ohne aufzublicken. Ich merkte erst jetzt, was für einen Hunger ich hatte. Auch Elena langte ordentlich zu. Die jungen Frauen musterten uns neugierig und fragten uns, wo wir herkämen. Wo Deutschland lag, konnten sie sich gar nicht vorstellen. Auch Bogotá war sehr weit weg für sie.

Als es vollständig dunkel war, kamen auch mein Vater und Clara zu uns ans Feuer. Maria, Damián und seine Cousine Ana machten sofort Platz für sie.

»Er hat mir eine Spritze gegeben«, erklärte sie uns. Sie lächelte und wirkte frischer als vorhin. Ihr Blick wanderte neugierig über Elena und Leandro und blieb an mir hängen. Das feine Lächeln, das auf ihren Lippen lag, schien speziell mir zu gelten.

Damián forderte meinen Vater auf, sich zu setzen, und schob ihm Maisfladen, Kochbanane, Maniok und Gemüse zu.

Mein Vater glaubte immer, er sei gut im Pokerface und niemand könne ihm ansehen, was er über einen Patienten dachte. Aber ich konnte es ihm immer ansehen. Und jetzt sah er gar nicht glücklich aus, aber auch nicht übermäßig ernst, eher nachdenklich.

»Hm, lecker!«, sagte er gezwungen munter. »Ich habe vielleicht einen Hunger!« Es war seine Art, deutlich zu machen, dass er jetzt nicht über Claras Krankheit reden würde.

Das Gespräch ging hin und her. Wenn Clara ab und zu ein Wort sagte, dann merkte man sofort, dass sie sich von ihren beiden Cousinen unterschied. Sie sprach ein gutes Spanisch. Offenbar hatte sie wie ihr Bruder eine gute Schulbildung genossen. Aber warum lebte sie dann noch hier, in den Bergen?

Man konnte es ein einfaches Leben nennen, wenn man es romantisch sah, aber in Wahrheit war es primitiv und armselig und keineswegs glücklicher als das in den Städten.

Es gelang mir allerdings kaum, mich auf die Unterhaltung zu konzentrieren, denn Damián saß mir schräg gegenüber. Ich musste ihn einfach immer wieder anschauen. Auch er konnte es, wenn er Elena, seine Tante oder Leandro ansprach, kaum vermeiden, dass sein Blick mich streifte. Das Feuer beleuchtete sein Gesicht und gab ihm einen urtümlichen, wilden Anstrich. Er wirkte angespannt und trotz des blauen Ponchos, den er sich übergeworfen hatte, fremd zwischen seinen beiden Cousinen. Sie schwatzten, gelegentlich kichernd, unter sich in einem indianischen Dialekt, den sie *Nasa Yuwe* nannten, die Sprache der Nasas. Ich hatte den Eindruck, dass sie sich manchmal darüber lustig machten, dass Damián nicht immer gleich Worte in dieser Sprache einfielen.

»Er ist in Bogotá aufs Gymnasium gegangen«, erklärte uns die Tante voller Stolz. »Er wird einmal ein großer Politiker. Vielleicht wird er sogar Präsident unseres Landes werden und dann werden wir alle in Frieden und Freiheit leben.«

Damián winkte ab und zischelte etwas auf *Nasa Yuwe*, was ziemlich verärgert klang. Dann wandte er sich an uns, hauptsächlich an Leandro, und erklärte: »Es ehrt mich, dass meine Familie an mich glaubt. Aber sie überschätzt mich.«

Leandro lächelte und hob den Blechbecher mit dem Wasser aus dem Fluss, das in einem Plastikkanister an der Hauswand zum Nachschenken bereitstand. »Auf den künftigen Präsidenten von Kolumbien. Meine Stimme hast du, Junge!«

Einen Moment lang war es ganz still am Feuer. Auch ich hatte überlegt, ob in Leandros Worten Ironie oder Spott zu hören gewesen war, hatte aber nichts dergleichen erkennen können.

»Wir würden deine Minen verstaatlichen, Leandro!«, warnte Damián, ebenfalls lächelnd.

»Von mir aus. Ich habe genug verdient. Solange ihr nicht anfangt, die Reichen im Land abzuschlachten oder nach Amerika zu verjagen. Aber dazu bist du wohl zu klug, Damián. Du weißt, dass eine neue Regierung des Volkes auch

Industrie, Investoren und Leute mit Geld braucht, um Wohlstand zu schaffen, hm?«

»Aber ihr müsstet ordentlich Steuern zahlen.«

»Wenn wir sicher wüssten, dass sie den Armen zugutekommen und nicht in die Taschen der Politiker wandern, dann zahlen wir gern Steuern.«

»Sollte ich jemals Präsident werden«, antwortete Damián lächelnd, »dann werde ich persönlich bei dir klingeln und dir den Steuerbescheid überreichen.«

Leandro lachte. »Ich werde dich erwarten.«

Mit einem Mal war die misstrauische Anspannung der letzten Stunden gewichen. Offenbar hatten die beiden Kolumbianer unter Männern geklärt, dass der eine den anderen nicht als Geisel nehmen würde und der andere den einen nicht als Verbrecher betrachtete.

El Gran Guaquero bot uns Zigaretten an, aber nur Maria nahm eine. Dann zündete er sich selbst entspannt eine an. Die Mädchen sprangen auf und holten Musikinstrumente. Alejandra kam mit einer Klarinette und Ana mit einer Tiple und einer Bandola, beides gitarrenähnliche Zupfinstrumente in gewagten Formen und mit vier bis fünf Saiten. Die Bandola überreichte sie Damián. Clara bekam ein Chucho in die Hand gedrückt, ein mit Samen gefülltes hohles Holz.

Sie und ihre Tante Maria erklärten uns, dass Musik bei den Indígenas eine große Rolle spiele. Es gebe einige Dörfer, in denen jedes Kind ein Instrument spielte, Geige, Cello, Konzertgitarre. »Da spielt mancher Zehnjährige schon Mozart und Chopin«, sagte Clara lächelnd.

»Sie haben vermutlich viel Zeit zum Üben«, bemerkte mein Vater. »Kein Fernsehen, keine Computer …«

»Wir sind sowieso gut in Musik!« Elena zählte rasch kolumbianische Musiker auf: Juanes, Shakira, die Rapper Sociedad FB7 aus Medellín und weitere Namen, die ich nicht behalten habe.

Ana, Alejandra, Clara und Damián spielten erst ein paar Hits, bei denen auch Tante Maria vergnügt mitsang, dann Folklore. Schließlich spielten sie eine Guabina, den Tanz der Liebe, der uns atemlos machte. Zumindest mir blieb die Luft weg. Ich war leider nicht sonderlich musikalisch, mein Traum, ein Instrument zu beherrschen und damit andere zu faszinieren, würde sich nie erfüllen. Ich hatte meine Versuche, Gitarre zu spielen, bald zu Gunsten von Reitstunden aufgegeben.

Aber Damián beherrschte sein Instrument. Seine Linke sprang das Griffbrett hinauf und hinunter, seine Rechte hüpfte locker über die Saiten. Er war hoch konzentriert und hatte dennoch Zeit, seinen Cousinen und seiner Schwester einen Blick oder ein Lächeln zu schenken. Die Musiker bildeten eine eingeschworene Gemeinschaft voll Vergnügen und Lust am Spiel. Die Musik schwang sich empor in die Nacht. Mir schien, als hallte sie in den Bergen wider.

»Schau, die Sterne!«, wisperte mir Elena zu. Der Himmel war auf einmal klar und von Myriaden von Sternen übersät. Darin hing wie eine Wiege die Mondsichel.

Aber ich hatte keine Augen für die Schönheiten des Himmels. Ich konnte meinen Blick nicht von Damián lassen. Wieder offenbarte er mir eine neue Seite von sich. Ich hatte ihn zuerst als Gärtner gesehen und für einen Dieb gehalten. Dann war er mir im Smoking begegnet und hatte ausgesehen wie ein wohlerzogener Student. Heute hatte ich ihn als Reiter und Krieger erlebt, an der Hand eine Wunde von einem düsteren Kampf, und ihn für einen Mörder gehalten. Er kannte sich aus mit den Tieren und Pflanzen des Urwalds. Vorhin beim politischen Schlagabtausch mit Leandro hatte ich in ihm den künftigen Präsidenten von Kolumbien gesehen, und jetzt saß er vor mir im Schein des Lagerfeuers unterm Sternenhimmel als Musiker, der mehr Augen für seine kranke Schwester hatte als für mich oder jeden anderen.

Wieder schämte ich mich, dass wir, auch ich, vorhin am Geröllhang plötzlich Angst vor ihm gehabt hatten. Er hatte mein Misstrauen sofort gespürt, und jetzt vermied er es, mich anzuschauen. Es schien, als versteckte er sich ein wenig zwischen den Seinen, als wollte er mir auf diese Weise demonstrieren, dass sein Leben, seine Kultur, die reicher war, als ich gedacht hatte, auch wenn sie äußerlich primitiv wirkte, mir immer fremd und unzugänglich bleiben würde. Er konnte hier oder in der Stadt leben, er fand sich im Urwald zurecht und im Internet, er war Krieger und Student, er war vertraut mit dem Tod und der Musik, und das mit zwanzig Jahren.

Plötzlich kam ich mir klein und unbedeutend vor, unerfahren und unreif. Was konnte ich schon? Nichts. Ich wusste bestenfalls, wie man auf einem Flughafen in ein Flugzeug eincheckte und wie man möglichst viele Titel auf einen MP3-Player lud. Was hatte ich erlebt? Ein bisschen Mobbing in der Schule. Ich kam aus einer Welt, in der es keine Probleme gab, es sei denn, man machte sie sich. Verglichen mit dieser kleinen Familie, die immerhin ein Haus besaß, ein Maisfeld und etliche Tiere, waren wir reich, unermesslich reich. So reich, dass ich mir nie über Politik Gedanken gemacht hatte. Es war nicht nötig, dass wir noch für etwas kämpften. Wir hatten ja alles.

Damiáns ruhiges Gesicht mit den scharf gezeichneten Lippen, den schmalen Augen, den zuckenden Brauen und den wie Pech glänzenden Haaren, deren letzter Schnitt mindestens drei Wochen zurücklag, verbarg Erlebnisse, Gefühle und Wünsche in einer Menge und Intensität, wie ich sie nie würde ermessen können.

Ich hatte nie Hunger gelitten, und wenn ich krank wurde, kümmerten sich Ärzte um mich und die Krankenkasse zahlte. Meine Eltern waren nicht vor meinen Augen erschlagen worden. Bis vorgestern hatte ich nie Maschinengewehre und Pistolen gesehen. Mit einem Mal kam es mir sogar egoistisch vor, Damián mit meinen Gefühlen und Wünschen zu behelligen. Er konnte sich nicht mit mir aufhalten, ich würde sein Leben nur noch komplizierter machen, als es ohnehin schon war. Wie sollte es denn gehen? Wollte ich hier oben Lamas hüten und Pullover stricken und Kinder kriegen? Würde er mit mir in einer Stadtwohnung in Bogotá oder Popayán wohnen? Und was sollte ich da tun, außer Wäsche waschen und Kinder großziehen? Es ging wirklich nicht. Er hatte das sofort gesehen. Wie passten wir zusammen, er mit seinen Kämpfen und revolutionären Projekten, ich mit meinen sechzehn Jahren, meinem europäischen Denken, meiner Schulweisheit? Immerhin wollte ich Ärztin werden. Das war das einzig Sinnvolle, was ich tun konnte, wenn ich in diesem Land zu irgendetwas nütze sein wollte.

Damián und seine Cousinen wechselten zu südamerikanischer Volksmusik, erst bekannter, dann solcher, die nicht einmal mehr Elena kannte. Nur Leandro konnte noch mitsingen.

Und mir wurde klarer als klar, fürchterlich klar, dass ich

Damián liebte. Ich würde ihn immer lieben, egal wer er war und was er getan hatte. Aber in diesem lichten Moment in der Nacht in den Nebelbergen der Anden erkannte ich auch, dass meine Gefühle für Damián zu einem großen Teil Schwärmerei waren. Irreal. Unwirklich. Eine Illusion. Ein Traum aus einer anderen Welt, die in utopischer Zukunft lag und in der es gerechter, friedlicher und gelassener zuging.

Ich würde auf ihn verzichten müssen, sagte ich mir. Zu seinem Besten. Das war in den sieben Leben der Liebe mein Opfer, das ich bringen würde, bringen musste. Aber wenn ich mir eines doch noch wünschen durfte, dann würde ich mir wünschen, dass Damián der erste Mann würde, mit dem ich schlief. Die eine Nacht mit ihm. Erst die Erfüllung, dann mein Opfer. Das war doch vielleicht nicht zu viel verlangt.

– 19 –

Kälte weckte mich trotz der warmen Alpakadecken, die über mir lagen. Elena schlief noch. Neben ihr lag Leandro. Aber der Platz meines Vaters war leer. Das Haus bestand aus zwei Räumen. Vorne schlief Damiáns Familie, hinten hatte man uns zwischen Säcken mit Mais und Zucker, Töpfen mit Wollfarbstoff und Wollballen auf dem Boden Lager bereitet.

Ich stand auf, sehnte mich nach einer Dusche, tadelte mich für den Wunsch nach minimalem Luxus und verließ durch die hintere Tür die Hütte. Die Sonne ging gerade auf, rosiger Nebel kroch durch die Schluchten herab und verdampfte. Im Osten standen die Berge nicht ganz so hoch. Das Tal von Yat Pacyte, in dem wir uns befanden, stieg klar und tauglitzernd gen Südwesten an, bis die bewaldeten und schroffen Hänge es abfingen. In zweiter und dritter Reihe wurden die Gipfel der Anden immer blauer.

Die Kinder befanden sich am Bach, der die tiefste Stelle des Tals durchschnitt. Ana war bei ihnen, Alejandra sah ich über die Weiden auf eine Kuh mit Kalb zustapfen. Sie hatte einen Eimer in der Hand. Ich holte Zahnbürste und Zahnpasta, die wir gestern Vormittag zusammen mit ein paar notwendigen Kleinigkeiten mit Hilfe von Leandro noch gekauft hatten, denn er hatte auf einer Bank Geld holen können, und begab mich ebenfalls zum Bach. Ana war dabei, Geschirr und Töpfe aus Blech zu spülen. Sie lächelte, schien aber nicht zu wissen, was sie sagen sollte. Ich sagte, ich hätte gut geschlafen. Sie nickte und lächelte.

»Es ist schön hier«, ergänzte ich. »Es gefällt mir.«

Sie lächelte immer noch. »Aber es ist sicher auch schön, in der Stadt in einer Wohnung zu wohnen, wo das Wasser aus der Wand kommt und wo man Brot in einem Laden kaufen kann.«

»In der Stadt ist es laut und staubig«, sagte ich, kam mir dabei aber vor, als würde ich etwas schlechtreden, was ohne Zweifel einfach besser war. Fließendes Wasser, elektrischer Strom und vor allem ein Klo im Haus. Elena hatte mir gestern Nacht erklärt, dass das Loch in der Erde hinter dem Bretterverschlag, über das diese Ansiedlung verfügte und aus dem die Fliegen stiegen, fast schon Luxus war. Vielerorts gingen die Leute einfach auf die Weide und hockten sich zwischen Lamas und Schafen nieder.

Die Kinder guckten, als ich mir die Paste auf die Bürste quetschte und mir die Zähne zu putzen begann. Das Wasser war eisig kalt und glasklar. Kleine Fische schossen darin herum.

Ich fragte Ana, ob ich ihr abwaschen helfen sollte, aber sie schüttelte den Kopf. Also ging ich zurück. Elena und ihr Vater schliefen immer noch, als ich meine Zahnbürste und die Tube zurücklegte.

An der Feuerstelle vor dem Haus saßen, mit dem Rücken zu mir auf dem Boden, mein Vater und Damián. Mein Vater blätterte in Papieren, wie ich erkennen konnte, und Damián stocherte mit einem Stock im Feuer. Auf dem gemauerten

Herd standen ein Topf und eine große Kanne, in der, wie ich hoffte, Kaffee kochte. Die beiden hatten mich noch nicht bemerkt, und ehe ich mich bemerkbar machen konnte, wandte sich mein Vater an Damián. »Diese Untersuchungen hier«, fragte er, »sind vor einem halben Jahr im Krankenhaus gemacht worden?«

Damián nickte. Er trug, obwohl es kühl war, ein graugrünes T-Shirt, unter dem seine Schulter- und Rückenmuskeln spielten.

»Die Nierenwerte sind nicht gut«, sagte mein Vater. »Die Blutwerte deuten auf eine Entzündung hin. Was haben die Ärzte damals diagnostiziert?«

»Eine Stoffwechselerkrankung«, antwortete Damián. »Sie haben gesagt, es sei ein Gendefekt. Es ist unheilbar.«

Mein Vater nickte vor sich hin. »An eine Stoffwechselkrankheit habe ich auch schon gedacht. Wenn es das ist, was ich vermute, dann kann man es behandeln. Clara könnte ein normales Leben führen. Sie müsste allerdings ein bestimmtes Enzym nehmen, und das ein Leben lang. Und sie müsste wohl in die Stadt ziehen, damit sie regelmäßig Infusionen bekommen kann. Leider sind diese Enzyme …« Er stockte.

»Sie sind teuer«, bemerkte Damián.

Papa nickte. »Es ist eine sehr seltene Krankheit. Man gewinnt die Enzyme aus Zellkulturen des chinesischen Hamsters.«

Damiáns Rückenmuskeln zuckten, er stocherte schweigend im Feuer, das mit ärgerlichen Funken antwortete.

»Eine Portion Infusionslösung kostet«, fuhr mein Vater fort, »über siebentausend US-Dollar. Clara brauchte alle vierzehn Tage eine Infusion. Das würde also ungefähr

15.000 Dollar im Monat kosten. Ich denke, die Umrechnung in eure Pesos kann ich mir sparen.«

Damián lachte trocken auf und warf den Stock ins Feuer.

Es war Zeit, dass ich mich bemerkbar machte. Eigentlich hätte ich das nicht hören dürfen, denn, wie gesagt, mein Vater legte großen Wert auf die ärztliche Verschwiegenheit. Niemals hätte er mit mir oder gar in Gegenwart von Leandro und Elena über Claras Krankheit gesprochen.

Ich trat kräftig auf und ließ ein Steinchen rollen.

Damián fuhr herum.

»*Buenos días!*«, sagte ich und vermisste wieder mal unter den spanischen Grüßen das »Guten Morgen«.

Damián sprang auf, murmelte etwas, was als Gruß gelten mochte oder als Erklärung, dass er etwas zu tun habe, und verließ die Feuerstelle in Richtung Bach.

Mein Vater faltete die Papiere zusammen und steckte sie in einen abgegriffenen Umschlag zurück. Sie enthielten, wie ich immerhin sehen konnte, Zahlenreihen von labortechnischen Untersuchungen unter dem Briefkopf eines Krankenhauses von Popayán.

»Schlechte Nachrichten?«, fragte ich.

»Hm.«

»Ich habe eben aus Versehen ein bisschen was mitgehört«, gestand ich. »Eine Krankenversicherung gibt es nicht, die die Kosten übernimmt, oder?«

Mein Vater blickte mich mit seinen grauen Augen an. »Kolumbien hat eine vergleichsweise gute Krankenversorgung. Bei Angestellten funktioniert das mit den Krankenkassen wie bei uns in Deutschland. Und für die Arbeitslosen, die Vertriebenen und die Indígenas gibt es das *sisben*, eine Sozialversicherung, wo die Eigenbeteiligung je nach Einkommen abgestuft ist. Im Notfall muss jedes staatliche Krankenhaus die Menschen erst einmal kostenlos behandeln.«

»Na dann!«

»So einfach ist es nicht, Jasmin. Falls Clara derzeit nicht krankenversichert ist, kann sie einen Antrag stellen. Kein Problem. Aber man würde kommen und sie zu Hause besuchen und schauen, wie viel ihre Familie besitzt. Und das ist vergleichsweise viel. Tiere, ein Haus, es gibt Einkommen, das die Frauen mit Wolle und Stricken verdienen. Das *sisben* hat verschiedene Niveaus. Wenn jemand gar nichts hat, muss er auch nichts zuzahlen. Aber schon bei Niveau 1 müssten Clara oder ihre Familie fünf Prozent der Kosten für Behandlung und Medikamente übernehmen. Fünf Prozent von 15.000 Dollar im Monat, das wären 750 Dollar! Das ist unvorstellbar viel für so eine Familie. Und es ist auch sehr die Frage, ob die Sozialkasse überhaupt eine so teure Spezialbehandlung zahlen würde. Vermutlich müsste man es mit Anwalt einklagen. Und bis es so weit ist, dass die Kasse zahlt, müsste jemand die Kosten für die Behandlung auslegen.«

»Das könnte Leandro doch machen. Ich meine, der hat doch Geld wie Heu und außerdem ist er Damián verpflichtet und …«

»Stopp, Jasmin!«

»Aber wenn man ihn fragen würde … «

»So geht das nicht. Du wirst auf keinen Fall irgendjemandem etwas erzählen! Weder Elena noch Leandro. Dem schon gar nicht! Das ist Sache von Clara und ihrer Familie. Du darfst dich da nicht einmischen.«

»Aber …«

»Kein Aber. Du kannst nicht einfach fremde Leute verpflichten, dass sie womöglich über Jahre hinweg, wenn nicht ein ganzes Leben lang, die Behandlung für einen ihnen fremden Menschen finanzieren. Das würde nämlich auch bedeuten, dass Clara ein Leben lang von diesen Leuten abhängig wäre. Und was, wenn sie plötzlich nicht mehr zahlen können oder wollen? Dann würden sie sie zum Tod verurteilen. Nein, Jasmin. Es klingt zwar hart, doch das sind Probleme, die man mit privaten Mitteln nicht lösen kann.«

»Aber dann wird sie sterben, oder?«

»Langsam! Wer weiß, ob das, was ich jetzt vermute, wirklich stimmt. Damit ich eine genaue Diagnose stellen kann, müsste Clara mit uns nach Bogotá kommen. Bei uns im San Vicente haben wir sehr viele Möglichkeiten.«

»Okay. Dann nehmen wir sie mit. Ihre Großmutter lebt ja dort.«

Mein Vater lächelte schwach. »Das scheint nicht so einfach zu sein.«

»Wieso nicht?«

»Das habe ich auch nicht kapiert. Anscheinend ist der Onkel dagegen.«

»Welcher Onkel?«

»Der Mann von Damiáns Tante Maria.«

»Und wo ist der?«

Mein Vater zuckte mit den Schultern. »Das wollte Damián mir nicht so genau sagen. Jedenfalls ist er derzeit nicht hier und ich hatte den Eindruck, dass das ganz gut so ist.«

Mein Vater rieb sich fröstelnd die Hände. Sein Bart war struppig, gekämmt hatte er sich auch nicht. Eigentlich sah er voll süß aus. Wieder einmal war ich ein bisschen stolz auf ihn. Er hatte bisher keinen Stress gemacht, im Gegenteil. Es schien ihm Spaß zu machen. Nie hätte ich gedacht, dass er sich auf so ein Abenteuer einlassen würde. Ich hätte eher erwartet, dass er darauf bestanden hätte, dass wir in Popayán blieben, zur Polizei gingen, die Rückreise planten.

Das würden wir Mama nie erklären können. Ich musste innerlich lachen. Sie würde ihm nachträglich alle die Risiken und Gefahren vor Augen führen, die er in Kauf genommen hatte. »Wie konntest du das nur tun?« Völligen Mangel an Verantwortung als Vater würde sie ihm vorhalten, Unvernunft, romantische Vorstellungen, Vertrauensseligkeit. »Fünf Stunden auf dem Pferd? Bist du von allen guten Geistern verlassen? Du kannst doch gar nicht reiten!« Es würde klingen, als ob sie ein kleines Kind ausschimpfte. »Was hast du dir nur dabei gedacht?«

»Hast du mal mit Mama telefoniert?«, erkundigte ich mich.

»Gestern Abend. Alles okay! Ich soll dir Grüße ausrichten.« Er zwinkerte mir zu.

»Hast du ihr gesagt, wo wir sind?«

Mein Vater grinste. »In einem idyllischen Dorf in den Bergen bei gastfreundlichen Leuten.«

Ich lachte.

»Ist es denn nicht so?« Papa feixte. »Allerdings habe ich langsam Hunger.«

Ich hob den Deckel von dem Topf, der auf dem Herd stand. Knoblauchduft warf mich fast um. Was da brodelte wie Lava, war eine Changua, eine Suppe aus Milch, Wasser, Zwiebeln und Eiern. Die Hauptmahlzeit eben.

»Der Hunger treibt's rein«, murmelte mein Vater. »Übrigens sollen wir nur abgekochtes Wasser trinken, sagt Mama. Und nur unter Malarianetzen schlafen.«

Wir lachten.

Maria kam aus dem Haus mit Bechern für den Kaffee und Löffeln für die Suppe Sie lächelte freundlich und erklärte, dass Alejandra gleich mit der Milch komme. Sie begann Kochbananen zu schälen und legte sie zum Braten auf ein Blech. Die Kinder wuselten inzwischen ebenfalls bei uns herum. Leandro und Elena erschienen verschlafen und gähnend.

»Wo kann man sich die Zähne putzen?«, fragte Elena morgenmuffelig.

»Am Bach«, sagte ich und wies in die Richtung. »Das Wasser ist absolut klar und sauber. Soll ich mitkommen?«

Elenas Gesicht hellte sich auf und wir machten uns auf den Weg. Alejandra kam mit ihrem Eimer die Weide herab. Unsere Pferde hatten sich ziemlich weit entfernt, wie ich jetzt sah. Drei von ihnen hatten sich hingelegt, wie es Pferde gerne taten, wenn es am Morgen wieder hell wurde.

Damián war auf dem Weg hinauf zu ihnen. Ohne Hast, aber zügig schritt er aus.

»Was hat seine Schwester denn eigentlich nun?«, erkundigte sich Elena.

»Keine Ahnung. Mein Vater spricht mit mir nicht über die Krankheiten anderer Leute.«

»Hm.«

»Aber er würde sie gerne mit nach Bogotá nehmen.«

Elena machte nur noch Geräusche, denn sie hatte begonnen, sich die Zähne zu putzen. Sie hob das Kinn in Richtung von Damiáns Gestalt und stieß unartikulierte Zahnpastalaute aus, die klangen wie: »Hm-hmm-hm-hm-hmmmm?«

»Ganz recht«, antwortete ich lachend. »Ich gehe ihn holen. Gleich gibt es Frühstück.«

Und damit setzte ich mich in Marsch.

»He!«, rief mir Elena hinterher. Was sie sonst noch sprudelte, klang wie: »Warte doch mal!«

»Ich bin doch gleich wieder da!«, rief ich ihr zu.

Elena zog eine fatalistische Grimasse und winkte mir zu, dass ich mich vom Acker machen sollte.

– 20 –

Die Luft war klar und kalt. Es tat gut, die steifen Muskeln zu bewegen. Ich schritt zügig aus. Der Boden war weich. Unter meinen Füßen knackten Kraut und Gräser, die den freien Flächen hier einen gelblichen Grünton gaben. Wenn man genau hinsah, entdeckte man winzige Blüten, seltsame Dolden und ledrige Blätter. Tautropfen glitzerten überall. Die Sonne ging in meinem Rücken auf und warf einen blauen Schatten vor mich. Es schien, als verdunste der Tau als bläulicher Nebel dicht über dem Boden. Der zarte Zauber des Morgens täuschte darüber hinweg, dass wir uns in einer der ursprünglichsten und wildesten Gegenden der Welt befanden.

Die Nacht hatte meine Gedanken geklärt. Gestern noch hatte ich auf jede kleinste Gefühlsregung von Damián mit dramatischen Gefühlswallungen meinerseits reagiert. Und er wiederum hatte sich von jedem Signal meiner Unsicherheit zurückweisen, zurückstoßen und vertreiben lassen. So einen grauenvoll dramatischen Tag wollte ich nie wieder erleben. Heute konnte ich schon fast darüber lächeln. Mein Standpunkt war auf einmal glasklar. Es war, als hätte sich mein innerer Kompass plötzlich genordet. Meine Unsicherheiten und Zweifel waren verflogen. Ich liebte Damián. Diesen und keinen anderen, auf Gedeih und Verderb, für immer und ewig. Und wenn er mich nicht liebte oder wenn ich nicht in sein Leben passte, dann musste er mir das jetzt sagen und erklären und begründen.

Und dann würde ich ihm sagen, dass ich … Na ja. Wie sagte man einem Mann, dass man mit ihm schlafen wollte, ohne dass es peinlich wurde? Ich hatte keine Ahnung, aber ich hoffte, dass mir die richtigen Worte einfallen würden, oder die richtigen Signale und Gesten. Etwas mutiger, als ich mich fühlte, aber innerlich wie äußerlich entschlossen, stapfte ich den Weidenhang hinauf.

Die Hütte war bereits überraschend klein geworden, da unten am Wald neben dem Maisfeld. Wie eine Fahne wehte der Rauch des Feuers über dem Wellblechdach. Die Lamas waren stehen geblieben und guckten mich an. Auch eines unserer Pferde, die noch ein ganzes Stück entfernt waren, hatte den Kopf gehoben und die Ohren aufgestellt.

Das wiederum musste Damián bemerken und richtig deuten. Er blieb stehen und drehte sich um. Die Sonne fiel ihm ins Gesicht, der Bronzeton seiner Haut nahm eine fast kupferne Färbung an. Sein Haar glänzte wie polierter schwarzer Marmor. Er hatte außer dem T-Shirt noch eine alte Hose an, die ihm kaum über die Knie fiel. Und er war barfuß.

Er kam mir nicht entgegen, ein abwartendes Lächeln lag auf seinen Lippen.

»Hei«, sagte ich, als ich die letzten Meter überwunden hatte. Ich war natürlich wieder mal außer Atem, denn auch hier war die Luft ziemlich dünn.

Damián antwortete nicht. Noch schöner als das leise Lächeln auf seinen Lippen war das Leuchten in seinen Augen. Sie wirkten weich wie schwarzer Samt zwischen den dichten Wimpern. Sein Blick schien mich zu streicheln und ich dachte, ich müsste gleich ohnmächtig werden. Eine herrliche Ruhe lag auf seinem Gesicht, das eben noch, als er vom Feuer aufstand, traurig und bitter gewesen war.

»Es tut mir leid«, sagte ich. Im Spanischen sagt man dafür »*lo siento*«, »ich fühle es«, und das kam dem, was ich ausdrücken wollte, sehr nahe. Ich fühlte mit ihm.

»Was tut dir leid?«, fragte er zurück. Und auf Spanisch lautet das, wörtlich übersetzt: »Was ist es, was du fühlst?«

»Allerlei«, antwortete ich. »Es tut mir leid, dass ich gestern plötzlich Angst hatte ...«

»Aus gutem Grund«, antwortete er rasch, ehe ich fortfahren konnte, ihm zu erklären, dass mir auch das mit seiner Schwester leidtat.

»Wie meinst du das?«, fragte ich überrascht.

Seine Lippen waren halb geöffnet und im direkten Licht der Sonne sah ich, dass ihm eine harte Antwort auf der Zunge schwebte, aber im nächsten Augenblick wurden seine Züge wieder weich und glatt. Statt mir die Antwort zu geben, die ihm im Sinn schwebte, hob er die Hand und strich mir sachte über die Wange. Ehe ich auch nur wusste, wie mir geschah, hatte er mich gepackt. Er zog mich an sich und küsste mich, liebevoll und verzweifelt.

Für immer!, dachte ich. Für immer und ewig und auf Gedeih und Verderb. Jetzt war es unumkehrbar. Aber er löste sich von mir und schob mich weg.

»Du bist so schön!«, sagte er gepresst. »Du hast Augen wie die Seen im Gebirge, in die nie ein Mensch seine Hand getaucht hat. Dein Haar ist wie Gold. Ich habe nie ein Mädchen gesehen, das so schön ist wie du, so klar, so geheimnisvoll und so … so unschuldig und … rein …«

»Und ich …«

Er unterbrach mich mit einer kleinen Geste seiner Hand. »Ich weiß, Jasmin. Ich weiß! Du hast ein großzügiges und ehrliches Herz, fast zu großzügig und zu … zu unerfahren. Ich möchte dir nicht wehtun. Aber ich würde es tun müssen.«

»Warum denn? Ich weiß sehr wohl, dass wir in sehr gegensätzlichen Welten leben. Das weiß ich doch. Es wird nicht leicht. Aber ich will …«

»Scht, Jasmin! Bitte!« So viel Liebe und Hingabe sah ich in seinem Gesicht, eine so übersprudelnde Zärtlichkeit und zugleich eine wilde Entschlossenheit, dass mir die Knie weich wurden. Ich würde gleich ohnmächtig vor ihm hinsinken.

»Bitte«, fuhr er leise fort. »Es geht nicht. Glaub mir. Drei Jahre lang habe ich auf dem Colegio Bogotano mit euch gelebt, mit euch Weißen. Sie haben mich mit Achtung behandelt, das wohl. Sie würden nie einen Indio spüren lassen, dass sie seine Leute in den Bergen eigentlich für primitiv halten, dass sie nicht verstehen, wie wir so leben können.«

Er schwenkte mit der Hand über die Weide und die ferne Hütte hin, die hier in dieser Gegend einen großen Reichtum darstellte.

»Sie verstehen nicht, dass wir nicht versuchen mehr aus uns zu machen, dass wir nicht in die Schulen streben, Arbeit suchen, dass wir nicht kämpfen für unser Fortkommen. Wenn es ein Sonderling wie ich so weit bringt, dass er an einer Privatschule einen Abschluss macht und studiert, dann sind sie sehr bemüht einem weiterzuhelfen. Es sind gute

Leute. Sie tun ihr Bestes. Aber ich gehöre nicht zu euch. Und ich will es auch gar nicht. Ihr Weißen seid nicht meine Freunde, Jasmin.«

Ich schluckte.

»Verstehst du?« Seine Stimme wurde eindringlicher. »Ich habe gesehen, wie sich Weiße und Indios ineinander verliebt haben. Wenn ein weißes Mädchen einen Indio liebt, dann wird es irgendwann von den eigenen Leuten verachtet. Was kann sie schon an so einem finden? Ist er so gut im Bett? Denn was hat er ihr denn anderes zu bieten? Machismo, Armut, Brutalität. Und umgekehrt, wenn sich ein Weißer eine Indígena nimmt, dann … nun ja … Er wird sie verlassen, wenn er einen Posten in einer Bank oder einem Konzern bekommt, denn dann braucht er eine Dame, mit der er sich zeigen kann, eine Frau mit Bildung und Umgangsformen, eine Mutter für seine Kinder, die später einmal nicht wegen ihres indigenen Aussehens Nachteile erfahren sollen. Es geht nie lange gut. Es geht nicht.«

»Aber wir leben im 21. Jahrhundert, Damián.«

»Du vielleicht, ich nicht. Schau dich um. Wir leben, wie wir gelebt haben, als die spanischen Eroberer kamen, um uns auszurauben, abzuschlachten und zu versklaven.«

»Aber du nicht!«, widersprach ich. »Du hast mehr vor. Du willst etwas tun für deine Leute, du willst eine Universität gründen.«

Damián lachte bitter auf. »Würdest du dich für mich interessieren, wenn ich dich nicht auf Englisch angesprochen hätte, wenn ich nicht auf dem Diplomatenball im Smoking erschienen wäre, wenn meine Tante nicht von mir behaupten würde, ich würde einmal der Präsident von Kolumbien werden?«

Mir lag eine schnelle Antwort auf der Zunge und sie lautete: »Ja, auch dann.« Aber es wäre nicht die Wahrheit gewesen. Die Wahrheit war eine andere.

»Nein«, sagte ich und ich wunderte mich selbst, wie selbstverständlich und umstandslos mir die Worte kamen. »Ich habe mich ja nicht in irgendeinen Indio verliebt. Ich ... ich habe mich in dich verliebt, Damián! In dich! Und frag mich nicht, warum. Das weiß ich nicht. Aber ich weiß, dass mir deine Art zu reden und zu denken gefällt, sogar, dass du mich zurückweist, deine Reserviertheit, deine ...« Ich musste unwillkürlich lächeln. »Deine Angst, Damián.«

Jetzt schluckte er.

»Ich habe auch Angst«, fuhr ich fort. »Ich habe gestern den ganzen Tag lang Angst gehabt. Vor dem, was mit mir passiert, vor meinen Wünschen und Hoffnungen, vor meiner Enttäuschung, ich habe um dich Angst gehabt und ... und vor dir. Doch dann ...«

»Jasmin!«, unterbrach er mich hastig. Und seine Stimme war leise, drängend und sanft. »Süße, kluge Jasmin, hör auf! Bitte. Du ahnst nicht, wem du dein Vertrauen schenkst. Du hattest völlig Recht, vor mir Angst zu haben. Du musst vor mir Angst haben, Jasmin. Das wollte ich dir schon lange erklären. Aber ... Himmel, wie soll ich das in deine hellen blauen Augen hinein sagen? Wie kann ich das?«

Mir war, als hätte eine Wolke die Sonne verdunkelt. Böse Kälte fiel über mich herein und rann mir in die Glieder. Damián hatte mich längst losgelassen, jetzt trat er einen Schritt zurück. Da stand er vor mir und hob die Hände.

»Hast du dich denn noch nicht gefragt, wie viel Blut an meinen Händen klebt?«, fragte er fast tonlos. »Wie oft ich getötet habe? Und noch töten werde, weil die Umstände es unumgänglich machen? Oder auch nur, weil es notwendig erscheint im Kampf um Gerechtigkeit. In meinem Kampf gegen euch, die Weißen! Einen Kampf, den wir wahrscheinlich verlieren werden und ich persönlich sowieso. Bevor ich Präsident des Landes Kolumbien werden könnte, wird man mich ermordet haben, Jasmin. Alle Politiker, die für die Rechte der Indígenas eingetreten sind und Chancen hatten, ins Parlament zu kommen, wurden bisher ermordet. Die Brutalität macht brutal, verstehst du?«

Ich verstand es durchaus, dennoch konnte ich nur die eine Frage herausbringen: »Hast du die fünf Männer von Antonios Bande getötet, vorgestern Nacht?«

Damián stutzte kurz. Für einen angstvollen Moment hatte ich den Eindruck, er werde mir nicht die Wahrheit sagen. Er werde mir eine Notlüge auftischen, aber nicht eine, die mich beschwichtigen sollte, sondern eine, die mich dazu bringen würde, mich endgültig geschockt von ihm abzuwenden. Aber er tat es nicht.

»Nein«, antwortete er und es klang plötzlich müde. »Das war mein Onkel mit seinen Leuten.«

»Der Ladenbesitzer in der Calle Sexta in Popayán?«

»Nein, nicht Gustavo, sondern Marias Mann Tano. Er hatte eine alte Rechnung mit Don Antonio offen, einst waren sie Kampfgenossen der FARC, jetzt sind sie Todfeinde. Als Tano hörte, dass Antonio euch gefangen hält, um mich zu kidnappen – übrigens nicht von mir, sondern von dem Freund von Rocío, die im Büro des CRIC arbeitet –, ist er mit zwanzig Leuten losgezogen. Ich konnte ihn nicht davon abbringen. Tano ist … er ist ein Revolutionär der alten Schule. Er lehnt das, was ich mache, total ab. Meinen Weg der …« Er zögerte, widersprach das, was er mir gerade erklärte, doch dem wilden Bild des Kriegers mit Blut an den Händen, das er gerade eben noch von sich zu zeichnen versucht hatte. »... meinen Weg der selbstbewussten Kooperation.«

»Und dieser Tano«, hakte ich nach, »will auch nicht, dass mein Vater Clara nach Bogotá mitnimmt, damit sie behandelt werden kann.«

Damián nickte nur.

»Lohnt es sich zu fragen, warum nicht?«, erkundigte ich mich. »Würde ich es verstehen?«

Damián musste unwillkürlich lächeln. »Verdammt, Jasmin«, sagte er und ich spürte, wie er meine Hand ergriff. »Ich versuche hier dir klarzumachen, dass wir beide keine Zukunft haben, jedenfalls keine gemeinsame, erstens, weil ich ohnehin wahrscheinlich nicht lange lebe, und zweitens, weil ich nicht weiß, was für Kriege hier noch stattfinden werden! Und du ... du spottest über mich.«

»Nein, gar nicht! Ich finde nur, es wird nichts so heiß gegessen, wie es gekocht wird. Und bis man dich als ersten indianischen Präsidentschaftskandidaten von Kolumbien ermordet, ist es noch eine Weile hin. Außerdem willst du erst einmal eine Universität gründen. Wo eigentlich? Popayán hat ja schon eine.«

Er entspannte sich etwas. »In der Gemeinde La María, Piendamó. Das liegt etwas nördlich von Popayán.«

»Und warum will nun dein Onkel nicht, dass wir Clara helfen?«

»Die indianische Tradition muss hochgehalten werden. Was die Schamanen nicht schaffen, schafft auch die westliche Medizin nicht. Zumindest darf sie es nicht. Andererseits ist mein Onkel nicht so sehr Traditionalist, dass er als Nasa keine Schusswaffen gebrauchen würde.«

»Und was machen wir da nun? Entführen wir Clara kurzerhand?«

»Darüber dachte ich gerade nach, als ...« Damián lächelte schief und schlang seine Finger in die Finger meiner Hand. »... als du kamst.«

– 21 –

In meinem Körper summte das Glück. Auch wenn ich nicht so genau wusste, worauf genau wir uns bei unserem Gespräch verständigt hatten. Aber ich hatte den sicheren Eindruck, dass wir einen kleinen Aufschub errungen hatten, bevor wir schwerwiegende Entscheidungen treffen mussten oder vielmehr er sie treffen würde. Denn meine Entscheidung war längst gefallen. Für immer und ewig, auf Gedeih und Verderb. Und an diesem Morgen glaubte ich felsenfest, dass ich ihn am Ende überzeugen würde. Ich musste! Er war nur jetzt noch so schrecklich ehrenwert. Er wollte mir sein schwieriges Leben ersparen. Er wollte mich schonen. Aber ich musste nicht geschont werden. Das würde er schon noch begreifen. Da war ich mir sicher. Fast!

Damián ließ meine Hand erst los, als wir die Hütte erreichten und kurz bevor die anderen uns sahen. Wir waren den ganzen Weg schweigend gegangen. Er hatte, bevor wir uns auf den Rückweg machten, mit einem Pfiff das Pferd gerufen, das er geritten hatte, und es hatte sich in Marsch gesetzt, um uns zu folgen, und die anderen Pferde der kleinen Herde mitgezogen.

Mein Vater unterhielt sich mit Clara etwas abseits der

Kochstelle, wo die anderen gebratene Bananen, Zwiebelmilchsuppe und Maisbrot aßen und dazu Kaffee tranken. Elena zwinkerte mir zu. Ihr geheimnistuerisches Mienenspiel fragte: »Na, habt ihr euch geküsst?« Als ob das die Frage zwischen Damián und mir wäre. Ich lächelte mein schönstes »Alles prächtig!«-Lächeln zurück, gepaart mit einem »Ich erzähl dir nachher alles«-Augenaufschlag. Sie grinste.

Damiáns Tante Maria lud uns ein zu essen.

»Ich glaube, dein Vater will was von dir!«, unterrichtete mich Elena. »Er hat vorhin schon nach dir gefragt.«

Ich schaute mich nach meinem Vater um, der bei Clara saß. Er fing meinen Blick auf und winkte mich zu sich. Clara hob ebenfalls die Hand, aber sie meinte offenbar Damián. Wir begaben uns zu ihnen hinüber.

Mein Vater hatte einen Stein gefunden, auf dem er sitzen konnte, was ihm sichtlich angenehmer war, als auf dem Boden zu hocken wie Clara.

Ich hatte noch nie einen Menschen gesehen, der so offenkundig krank aussah wie sie. Claras feines und kluges Gesicht war sehr blass, fast grau. Ihre Haut war rau und fleckig. Sie sah müde und mutlos aus und rieb sich Hände und Beine, als würden sie kribbeln und stechen. Und trotzdem lächelte sie ihrem Bruder und mir herzlich und offen entgegen.

Wir setzten uns auf den Boden.

»Was gibt's?«, fragte ich.

Mein Vater zögerte. Er wollte Clara das Wort überlassen. Aber sie wusste offenbar nicht, wie sie beginnen sollte.

»Ich habe Clara gerade erklärt, was ich vermute und welche Konsequenzen das hat«, ergriff mein Vater schließlich das Wort.

Damiáns Blick ruhte besorgt und zärtlich auf seiner Schwester. Sie wirkte, wenn man die beiden so nebeneinander sah, älter und reifer als er. Aber vielleicht lag es auch nur daran, dass sie so krank war.

»Ja, er hat mir alles erklärt«, sagte sie. »Ich bin ihm sehr dankbar dafür. Ich weiß jetzt, womit ich rechnen muss.«

»Ich habe ihr versucht zu erklären«, ergänzte mein Vater, »dass sie ins Krankenhaus muss, damit wir eingehende Untersuchungen machen können. Dass ich sie mitnehmen möchte nach Bogotá.«

Clara schüttelte lächelnd den Kopf.

Zwischen Damiáns Brauen stand wieder die steile Falte. »Wenn du gesund werden willst, dann geht es nicht anders«, sagte er.

Clara blickte ihren Bruder an, eindringlich und lange. Er senkte den Blick und fing an mit einem Stöckchen Kreise in den Boden zu zeichnen.

»Was die Kosten betrifft«, argumentierte mein Vater, »so haben wir in San Vicente, dem Krankenhaus, wo ich arbeite, einen Fonds für solche Fälle. Die Erstbehandlung ist gesichert. Und dann sehen wir weiter.«

Damián hob die Augen und blickte seine Schwester bittend an. Aber sie lächelte ruhig und bestimmt und schüttelte nachdrücklich den Kopf. »Ich fühle mich sehr geehrt«, sagte sie. »Aber ich bin doch nur ein Mädchen aus den Bergen. Solche wie mich gibt es viele. Wenn man für jede so einen Aufwand treiben würde … Ich weiß schon lange, dass ich bald sterben muss. Das macht mir keine Angst.«

Ich war perplex. Versuchte sie meinem Vater und mir zu erklären, sie sei es nicht wert, dass man sich um ihre Gesundheit kümmerte? An dem Blick, mit dem mein Vater meinen Blick erwiderte, erkannte ich, dass er vergeblich versucht hatte Clara ihre Chancen klarzumachen.

»Aber du könntest leben«, sagte Damián. Er klang, als hätte auch er es schon ein paarmal vergeblich versucht. »Möchtest du das denn nicht?«

»Und du könntest«, ergänzte ich, »viel machen, wenn du in Bogotá bist. Und wir könnten in Konzerte gehen.«

Claras Blick aus diesen unheimlich trüben Augen richtete sich auf mich. Aufmerksam und unverwandt musterte sie mein Gesicht. Und urplötzlich verstand ich sie. Wir waren gar nicht so verschieden, sie und ich. Sie war ein Mädchen wie ich, sie hatte Sehnsüchte und Träume, sie war nicht dümmer als ich, nicht primitiver, sie hatte die gleichen Gefühle wie ich und sie war unglücklich.

Es war ein Fehler zu denken, sie müsse zufrieden sein mit dem Leben hier oben im Rauch des offenen Herds, unter den Wolken, zwischen Lamas und Nebel. Ich wäre es nicht gewesen, warum sollte sie es sein? Vielleicht träumte sie davon, eine große Musikerin zu werden oder Medizin zu studieren oder Bücher zu schreiben oder Lehrerin zu werden und die Kinder ihrer Landsleute zu unterrichten. Vielleicht träumte sie auch von weiten Reisen, hübschen Kleidern, einem reichen Mann und einem Haus mit Swimmingpool. Ich wusste nicht, wovon sie träumte, aber ich wusste plötzlich: Hier oben wollte sie nicht ihr ganzes langes Leben verbringen. Es ödete sie an, es deprimierte sie, es machte sie krank vor Langeweile und Einsamkeit. Niemand musste viel Geld dafür ausgeben, dass sie weiter Alpakas scheren und Pullover stricken oder auf die Kinder ihrer Cousinen aufpassen konnte. Dafür musste sie nicht gesund werden.

Ich fragte mich, was ich ihr sagen musste, was sie hören

wollte, um wieder Mut zu schöpfen. Was brauchte sie wirklich? Ich fragte mich, was ich mir in den Momenten immer gewünscht hatte, wenn ich unzufrieden, unglücklich und mutlos gewesen war, weil ich mir wieder einmal hässlich, ausgegrenzt und gänzlich überflüssig vorkam und mich fragte, wofür ich eigentlich lebte. Etwa damit ich so wurde wie meine Eltern? Arbeit, Karriere, Erschöpfung, Streitereien am Abendbrottisch. Sie hatten es ja selbst nicht ausgehalten und deshalb noch einmal ausbrechen müssen, um ein Jahr lang in einem Drittweltland die Erfahrung zu machen, dass man sie brauchte.

»Vielleicht«, sagte ich, »braucht deine Zukunft dich noch.«

Ich spürte, wie Damián mich forschend anblickte. Aber ich zwang mich, Claras nachdenklichen Blick auszuhalten.

Auf einmal richtete sie sich etwas auf. »Darf ich dich einmal etwas Persönliches fragen?«

Ich nickte.

Sie warf meinem Vater einen kurzen zweifelnden Blick zu.

»Papa«, sagte ich. »Könntest du uns mal kurz alleine lassen? Und Damián, du auch? Das ist was unter Frauen.«

»Oh, ja, natürlich!« Hastig und etwas verlegen stand mein Vater auf. »Dann schauen wir mal, ob es noch Kaffee gibt.«

Auch Damián erhob sich.

»Dein Vater ist ein guter Mann«, sagte Clara, nachdem die beiden zum Feuer gegangen waren.

»Ja, das ist er. Und Damián liebt dich auch sehr.«

Sie nickte. »Du magst deinen Vater, nicht wahr?«

»Ja.«

»Aber wenn dein Vater nun etwas von dir verlangen würde, was du nicht richtig findest? Oder wenn er dir etwas verbieten würde, was du unbedingt tun willst? Was würdest du dann tun?«

»Das kommt darauf an ...«

»Wenn es dir wichtiger ist als alles andere, als dein Leben?«

Vor vier Wochen wäre meine Antwort darauf ziemlich theoretisch gewesen. Aber da hatte ich Damián noch nicht gekannt und noch nicht gewusst, dass niemand, auch meine Eltern nicht, mir verbieten konnten, ihn zu lieben. Und dass sich weder mein Vater noch meine Mutter zwischen uns stellen konnten. Sie hatten in diesem Punkt keine Macht mehr über mich.

»Ich würde versuchen es meinem Vater zu erklären«, sagte ich. »Und wenn er es nicht versteht, dann würde ich ... ich würde meinen eigenen Weg gehen. Es ist mein Leben!«

Clara blickte nachdenklich drein.

»Was ist das, was dir so wichtig ist?«

Sie lachte verlegen. »Wir hatten eine Lehrerin. Sie hat hier in der Gegend Schulunterricht gegeben. Viele Familien lassen ihre Mädchen nicht in die Schule gehen. Aber Susanne kam zu uns. Sie ist aus Deutschland zu uns gekommen. Von so weit weg! Und nur, damit wir, meine Cousinen und ich und ein paar andere aus den Bergen, mehr als lesen, schreiben und rechnen lernen konnten. Sie hat von anderen Ländern erzählt, von Menschen, die ins Weltall fliegen, von solchen, die Eisenbahnen und große Brücken bauen, die mit Mikroskopen ins Innere der menschlichen Zellen blicken und Veränderungen vornehmen, von Menschen, die in den Tiefen des Meeres riesige Kraken suchen und das Leben von

Delfinen, Walen und Haien erforschen. Wenn ich mir etwas hätte aussuchen können, dann hätte ich mir gewünscht, dass ich Meeresforscherin werden kann.«

»Vielleicht kannst du es werden.«

Clara lächelte. »Das hat die Lehrerin auch gesagt. Um Meeresbiologie zu studieren, müsste ich auf eine Schule gehen und das Abitur machen, hat sie gesagt. Aber mein Onkel war dagegen.«

»Aber ...«

Clara hob bremsend die Hand. »Vor drei Jahren ist unsere Lehrerin plötzlich verschwunden. Niemand konnte sagen, wo sie ist. Bald darauf haben wir erfahren, dass man sie entführt hat.«

»Wer? Die FARC?«

Clara schwieg.

Ich ahnte Schlimmes. »Doch nicht dein Onkel?«

»Das weiß ich nicht. Aber er kennt die Leute. Und ich habe gehört, dass sie krank ist. Sie wird sterben, wenn sie nicht bald befreit wird.«

»Wie heißt sie, hast du gesagt? Susanne? Du sprichst doch nicht etwa von der deutschen Lehrerin Susanne Schuster? Mein Gott!« Fast immer, wenn sich Deutsche trafen, redete man über diesen Entführungsfall. »Die ist genau hier in der Gegend entführt worden? O Gott! Sag das bloß meinem Vater und Elena nicht!«

Clara nickte. Sie schien meine Sorge zu verstehen, obwohl sie doch eigentlich selbst so viele Probleme hatte. »Ich sage nichts«, fügte sie hinzu. »Aber ihr solltet möglichst schnell wieder verschwinden. Es war gefährlich, überhaupt zu kommen. Ich verstehe Damián nicht, dass er euch hierhergebracht hat. Nur meinetwegen! Mein Onkel Tano kann sehr wütend werden, wenn er sich hintergangen fühlt. Und wenn ihr mich mitnehmen würdet nach Bogotá und er erfährt es, dann würde er uns folgen und mich zurückholen. Nicht einmal in Bogotá bei meiner Mama Lula Juanita wäre ich sicher.«

»Warum tut er so was?«

Clara zuckte mit den Schultern. »Er mag es nicht, wenn Frauen die alte Ordnung verändern. Mama Lula Juanita ist von hier weggegangen, weil Tano der Ansicht ist, eine Frau kann keine Heilerin sein, bestenfalls eine Hexe. Meine Großmutter hat bei den großen Medizinmännern in Peru und Bolivien gelernt. Mein Onkel kann nichts gegen sie ausrichten, er fürchtet ihre Macht. Deshalb wird er alles tun, um zu verhindern, dass ich zu ihr nach Bogotá komme. Ich möchte nicht, dass ihr in Gefahr geratet. Schon die Lehrerin aus Deutschland muss meinetwegen leiden. Sie wird in Geiselhaft sterben, weil sie mir den Traum in den Kopf gesetzt hat, meine Familie zu verlassen und Meeresbiologie zu studieren.«

Ich ahnte, was in Clara vorging. Der Schock hatte sie gelähmt und ihren Lebenswillen gleich mit vernichtet. Sie hatte Angst vor ihrem Onkel, und sie hatte Schuldgefühle, weil eine deutsche Lehrerin, die sie gemocht hatte, entführt worden war.

»Aber diese Susanne Schuster ist doch sicherlich nicht deshalb entführt worden«, versuchte ich sie zu trösten. »In Kolumbien sind mehr als tausend Menschen Geiseln diverser Banden. Da geht es einfach nur um Geld.«

Clara antwortete mit einem langen traurigen Blick.

»Und deshalb musst du mit uns kommen, Clara. Du darfst nicht sterben, nur weil dein Onkel nicht will, dass du ein eigenes Leben führst. Das bist du dir schuldig! Und was hast du zu verlieren? Dein Leben hast du schon verloren, wenn du bleibst. Schlimmer kann es nicht kommen.«

Clara lächelte mich an und nahm meine Hand. »Du erinnerst mich an Susanne. Sie hat auch so geredet. Man muss die Familie achten, hat sie gesagt, aber die Familie muss auch meine Wünsche achten. Und wenn nicht, muss man kämpfen.«

»Ich stecke nicht in deiner Haut«, antwortete ich. »Und ich weiß nicht, ob ich wirklich den Mut hätte, mich gegen meine Eltern zu stellen und ein ganz anderes Leben anzustreben. Aber wenn du mich fragst, was ich tun würde, dann würde ich sagen: Ich würde es wenigstens versuchen.«

Clara nickte. »Aber ich weiß nicht, ob ich für die Reise stark genug bin.«

»Wenn mein Vater sagt, es geht, dann wirst du es schaffen«, antwortete ich.

Eine Stunde später brachen wir auf. Damián schlug uns einen anderen Rückweg vor als den, den wir gekommen waren. Einerseits konnten wir so den gefährlichen Geröllabhang und manch andere unwegsame Stellen umgehen, andererseits war er deutlich länger und wir würden womöglich irgendwo in der Wildnis übernachten müssen.

»Und wir werden deinen Onkel Tano überlisten«, sagte ich, als Damián zu mir ans Pferd trat und mir beim Auflegen und Festzurren des Sattels half.

»Auch das«, erwiderte er. Für einen Moment berührten sich unsere Hände. »Aber hab keine Angst vor meinem Onkel Tano. Er wird sich nicht direkt gegen mich stellen. Er wird Clara nicht mit Gewalt zurückholen. Sonst müsste er mich töten. Und das wagt er nicht, solange unsere Mama Lula Juanita lebt. Er hat viel zu viel Angst, sie könnte ihn mit einem Fluch belegen.«

Da Clara mit uns ritt und wir das Packpferd nicht nur für die Arztkoffer meines Vaters, sondern auch für den Beutel mit Claras Sachen brauchten, fehlte uns ein Pferd. Mein Vater bestand darauf, zu Fuß zu gehen. Das war ihm als altem Bergsteiger sowieso lieber, als zu reiten. Außerdem tat ihm der Hintern immer noch weh von dem gestrigen Ritt. Also schwang Damián sich wieder auf sein Pferd und setzte sich an die Spitze.

Die Kinder begleiteten uns noch ein gutes Stück des Wegs, der auf der entgegengesetzten Seite, von der wir gestern gekommen waren, aus dem Hochtal in die bewaldeten Hänge führte. Erst nach einer Stunde kehrten die Kinder wieder um.

Ich musste währenddessen mein mimisch gegebenes Versprechen einlösen, Elena alles zu erzählen. Sie bestand darauf zu erfahren, was Damián und ich allein da oben auf der Weide gemacht hatten.

»Er liebt dich, stimmt's?«, drängte sie mich. »Hat er dich geküsst? Oder ist er noch weiter gegangen?«

»Elena! Sei nicht kindisch!«

Sie kicherte. »Nimm dich in Acht, Jasmin. Die Indiomänner lieben es, Kinder zu zeugen, aber wenn sie zahlen sollen, dann sind sie verschwunden.«

»Damián respektiert mich«, verteidigte ich mich.

»Ja, ja! Du bist für ihn die schönste Frau der Welt, eine Göttin. Die Männer erklären dir immer, wie sehr sie dich respektieren und dass sie nie etwas tun würden, was du nicht willst. Dann werden sie immer drängender und drängender. Und bums! Glaub mir! Ich kenne die Indios besser als du.«

Elenas Ton gefiel mir nicht. Aber ich beschloss die Verächtlichkeiten zu überhören. Ich hatte nicht die geringste Absicht, ihr tatsächlich ein einziges wahres Wort von dem zu erzählen, was Damián und ich besprochen hatten und was nur ihn und mich etwas anging. Aber Elena ließ sich ohnehin leicht mit meinem Bericht über Onkel Tano ablenken.

»Stell dir vor, Damián glaubt, dass dieser Onkel und sein Trupp die fünf Jungs von Major Antonios Truppe umgebracht haben. Es soll sich um eine alte Feindschaft ehemaliger Waffenbrüder handeln. Don Antonio ist wohl entkommen. Tano soll von dem Freund der Frau im Büro des CRIC erfahren haben, dass Antonio uns in Popayán gefangen hält, um an Damián heranzukommen. Tano ist dann wohl sofort losgezogen, um sie zu überfallen.«

Elena überlegte einen Moment. »Dann haben wir es wohl Tano zu verdanken, dass wir unser Satellitenhandy und unseren Schmuck wiederbekommen haben.«

»Allerdings keinen Peso von unserem Geld«, gab ich zu bedenken.

Elena zuckte mit den Schultern. »Was ist schon Geld!«

Damit ihre Gefühle für Onkel Tano nicht so freundlich blieben, erzählte ich ihr, dass er uns womöglich folgen würde, sobald er erfuhr, dass wir Clara zu einem Arzt in die Stadt brachten, weil er nicht wollte, dass sie ihr eigenes Leben führte und gesund wurde.

Elena guckte sich besorgt um. »Was glaubt der, wer er ist!«, fluchte sie. »Das kann er doch nicht bringen. Wir leben doch nicht mehr in der Zeit der spanischen Eroberer!«

»Damián sagt«, fuhr ich fort, »das würde Tano nicht wagen, weil er die schwarze Magie seiner Schwiegermutter fürchtet.«

Jetzt guckte Elena mich erschrocken an.

»Du hast vermutlich schon von ihr gehört«, erklärte ich. »Mir hat jedenfalls Felicity Melroy – die Grauhaarige, die mir auf dem Ball mit dem Kleid geholfen hat, du erinnerst dich – von einer Wunderheilerin erzählt, die in Bogotá lebt. Im Norden, in einem Haus im Wald mit geheimnisvollen Zeichen und Gesichtern an den Pfosten. Zu der alle gehen, wenn die Schulmedizin nicht mehr weiterhilft.«

»Ach, die Kräuterhexe! Ja, von der habe ich auch schon gehört. Meine Mutter wollte schon mal zu ihr gehen, wegen ...« Elena winkte ab. »Egal! Mein Vater war total dagegen.« Sie lachte auf. »Und weißt du, warum? Mein Vater glaubt nämlich insgeheim an die Macht der alten Magie. Das ist das indianische Blut von irgendeiner Großmutter oder Urgroßmutter. Aber er will natürlich nicht zugeben, dass es ihm Angst macht. Deshalb hat er meiner Mutter verboten die alte Hexe aufzusuchen. Man weiß ja nicht, ob sie die schwarze Magie anwendet. Mein Vater hat viele Feinde, weißt du.«

»Und, glaubst du daran?«, fragte ich.

»Ich bin mir nicht sicher. Man hat schon die wundersamsten Sachen von solchen Leuten gehört. Ein bisschen unheimlich ist es schon. Aber ob da wirklich was dran ist ... Ich weiß nicht. Immerhin hat sie Clara nicht heilen können, nicht wahr?«

»Vielleicht ist das wie bei einem Psychologen. Da heißt es doch auch: Allen möglichen Leuten kann er helfen, nur sich und der eigenen Familie nicht.«

»Vielleicht«, antwortete Elena nachdenklich.

– 22 –

Gegen Mittag hielten wir auf einer kleinen Lichtung mitten im grünen Urwald. Clara brauchte eine Pause. Sie hatte Schmerzen in Armen und Beinen. Mein Vater spritzte ihr ein Schmerzmittel und empfahl eine halbe Stunde Ruhe, bis die Wirkung voll eingesetzt hatte. In der Mitte der Lichtung befand sich eine kalte Feuerstelle. Auf den Steinen, die sie umgaben, waren die geometrischen Gesichter gemalt, die ich von Juanitas Torpfosten kannte. Das Sonnenlicht drang kaum bis zur Erde durch, so hoch ragten die Bäume empor. Sie standen auf mächtigen Wurzelsockeln und fünf Männer hätten es nicht geschafft, sie zu umfangen.

»Pass auf!«, wisperte mir Elena ins Ohr, als wir den Pferden die Zügel hochbanden, damit sie fressen konnten. »Das ist bestimmt ein heiliger Ort. Wenn wir irgendwas abbrechen, dann ziehen wir den Zorn der Götter auf uns und aus dem Wald tauchen Eingeborene auf und schießen mit vergifteten Pfeilen auf uns.«

Damián, der ein feines Ohr hatte, drehte sich um und grinste. »Ihr Weißen seid noch abergläubischer als wir.«

Elena lächelte ertappt. »Na ja! Aber das hier ist doch ein bestimmter Ort.«

Damián nickte. »Allerdings. Und wenn ihr wollt, dann zeige ich euch, was das für ein Ort ist. Hört ihr das?«

Er hob den Finger.

Jetzt hörte ich es auch. Es war ein fernes Rauschen.

»Wasser?«, fragte ich.

»Ein Wasserfall?«, jubelte Elena. »Ein See? Oh! Kann man darin baden?«

Damián nickte lächelnd.

Wenige Minuten später führte er Elena, meinen Vater und mich durchs Dickicht, wo nur er einen Pfad sah, in den Urwald hinein. Schon nach wenigen Schritten umgab uns das üppige und feuchte Grün so undurchdringlich, dass ich mir nicht mehr zugetraut hätte den Rückweg zu finden. Große Käfer stolperten über Äste, Insekten schwirrten, knallbunte Frösche hockten im Gezweig und auf der schwarzen Erde.

Elena schrie auf und blieb stehen. »Pfeilgiftfrösche!«

»Interessant!«, sagte mein Vater und beugte sich hinab.

»Nicht anfassen!«, kreischte Elena. »Sie sind tödlich giftig!«

»Ich weiß. Es ist ein Kontaktgift und man weiß nicht genau, wie sie es herstellen.«

Elena schüttelte sich. »Hier geh ich keinen Schritt weiter!«

»Sie greifen nicht an«, sagte Damián trocken. »Außerdem sind wir gleich da.«

Elena ließ sich bewegen weiterzugehen. Das Grün öffnete sich plötzlich und gab den Blick frei. Es war wie ein Eckchen vom Paradies. Ein Rinnsal klaren, hellen Wassers fiel über eine grüne Kante einen vielleicht fünf Meter hohen Felsen herab in einen unvermutet großen smaragdgrünen See, dessen Ausfluss sich im Schatten zwischen Bäumen und großblättrigen Stauden verlor. Das grüne Leuchten des Sees entstand dort, wo die Sonne auf die Wasserfläche fiel.

»Wir nennen ihn den Smaragdsee«, sagte Damián.

»Die Männer drüben, wir hier!«, ordnete Elena an. Sie hatte sich schnell wieder gefangen und ihren Sinn für praktischen Anstand in Gang gesetzt. Damián und mein Vater begaben sich hinter die mannshohen Wurzeln eines Baums, so dass Elena und ich uns in Ruhe ausziehen konnten.

Ich probierte mit der Zehenspitze. Das Wasser war eiskalt. Es hatte auf keinen Fall mehr als 18 Grad. Ich hörte, wie mein Vater und Damián sich ins Wasser warfen. Es wurde Zeit, dass auch wir hineinkamen. Ich ergriff Elena am Arm und zog sie mit mir. Sie kreischte. Ich warf mich ins Nass. Als Elena die Männer sah, ließ sie sich ebenfalls fallen. Sie japste. Es war so kalt, dass man einfach schwimmen musste, um nicht tot zu versinken.

Ich schaute mich nach Damián um. Er schwamm mit langen kräftigen Zügen in den See hinaus. Mein Vater keuchte vor Kälte. Wie ich ihn kannte, würde er nicht lange im Wasser bleiben. Elena kreischte und kicherte permanent und schaufelte mir Wasser ins Gesicht. Ich spritzte zurück und versuchte sie zu überzeugen, dass sie ein paar Meter mit mir schwamm. Aber sie gab schon nach ein paar Zügen auf. Jetzt durfte es nicht so aussehen, als würde ich Damián hinterherschwimmen. Auf keinen Fall! Ich peilte die Sonnenstelle im See an und streckte mich im Wasser. Es tat gut. Nach zehn Zügen spürte ich die Kälte nicht mehr. Das Wasser war klar und schmeckte süß. Der ferne Wasserfall trieb kleine Wellen über die Fläche. Manchmal sah ich Fische fliehen.

Wo die Sonne auf die Fläche traf und das eigenartige grüne Leuchten hervorrief, war das Wasser deutlich wärmer.

Die Sonne schien mir direkt in die Augen und glitzerte in den Tropfen, die mir an den Wimpern hingen. Ich wischte mir das Wasser aus den Augen und drehte mich zum Ufer um. Mein Vater und Elena waren schon wieder aus dem Wasser gestiegen und dabei, sich links und rechts vom Baum anzuziehen.

Und wo war Damián?

Ich entdeckte seinen schwarzen Schopf sehr viel weiter drüben. Auch er war auf dem Rückweg. Eine kleine Enttäuschung zuckte in mir. Ich versuchte sie zu vertreiben. In Wahrheit hatte ich, als wir zum See gingen, hektisch darüber nachgedacht, ob sein Schamgefühl ein anderes war als meines und ob ich es fertigbrachte, mich einfach nackt auszuziehen. Und würde er sich gänzlich entkleiden? Zumindest seinen schlanken und muskulösen Oberkörper, den ich unter dem Gärtnerhemd schon erahnt hatte, würde ich wohl zu sehen bekommen. Und nun? Nichts dergleichen. Aber vielleicht war es besser so. Ich wäre entweder augenblicklich in Ohnmacht gefallen oder unendlich befangen gewesen.

Ich versuchte im Wettkampfrhythmus zu schwimmen und konzentrierte mich auf meinen Atem. Das Ufer tauchte schneller vor mir auf, als ich erwartet hatte. Allerdings war ich von der Richtung abgekommen. Ein Baum stand schräg in den See hinein. Seine Blätter bildeten einen Vorhang zwischen mir und der Stelle, wo sich mein Vater und Elena befanden. Daneben leuchtete ein kleiner von der Sonne beschienener Fleck.

Ich machte noch ein paar Züge und schwenkte dann um. Urplötzlich tauchte Damiáns Kopf vor mir auf.

Sein Haar troff und glänzte, seine Augen blitzten zwischen tausend Tropfen, seine Lippen waren halb geöffnet,

Wasser lief ihm das Gesicht hinab. Er stoppte, ließ die Beine sinken und hielt sich nur mit ein paar sparsamen Handbewegungen über Wasser. Ich sah seine Gestalt im grünen Licht unter der Oberfläche, im Spiel der Wellen wabernd, aber dennoch deutlich. Auch ich stoppte. Ich wusste, er sah von meiner Gestalt genauso viel wie ich von seiner, nur dass meine Haut viel heller leuchtete, fast schneeweiß.

Die geheimnisvollen Strömungen im See oder unsere unwillkürlichen Paddelbewegungen trieben uns zueinander. Er tat nichts dagegen, ich auch nicht. Unsere Hände trafen sich. Er flocht seine Finger in meine. Mir war, als hielte der See den Atem an, keine Welle bäumte sich zwischen uns auf, als sich unsere Lippen berührten. Erst waren es nur unsere Lippen, dann unsere Beine, dann unsere Körper, die sich fanden. Wir versanken. Ich fühlte seine Arme mich heftig und verlangend umschlingen, ich spürte sein Geschlecht an meiner Scham. Eine jähe Erregung raubte mir die Besinnung. So fühlte sich also die Ohnmacht an, die ich die ganze Zeit befürchtet hatte: sanft und mächtig, süß und schmerzhaft. Keinen Gedanken verschwendete ich an die Sorge, dass wir ertrinken würden.

Wir sanken auf den Seegrund. Nie werde ich das Gefühl vergessen, als er mich losließ, mein fürchterliches Bedauern, meine Trauer, meine Verzweiflung darüber, dass ich zum Luftholen nach oben musste. Und nie werde ich den Anblick seines Körpers vergessen, wie er im smaragdgrünen Wasser über dem Seegrund schwebte: seine schmalen Hüften mit dem Geschlecht, die breiten Schultern, die langen Beine, die Arme, denen ich entglitten war, ohne es zu wollen, nach mir ausgestreckt. Seine Augen waren offen wie meine, sein Blick folgte mir gegen das Licht des Wasserspiegels.

Als ich wieder Luft bekam und die Welt ihre normale Lautstärke zurückgewonnen hatte, hörte ich Elena nach mir rufen und schwamm mit ein paar Zügen in ihr Blickfeld.

Damián kam später und aus einer ganz anderen Richtung ans Ufer geschwommen. Da hatten Elena und ich uns längst wieder angezogen.

Am Pfad zur Lichtung trafen wir uns mit den Männern. Die Kleider juckten etwas auf der feuchten Haut. Aber mein Vater sah erfrischt aus und lächelte vergnügt.

»Entschuldige«, raunte Damián mir zu, kurz bevor er den kaum sichtbaren Rückweg betrat.

»Wofür?«, fragte ich leise zurück.

Ein Lächeln huschte über sein Gesicht, wie ich es noch bei keinem Menschen gesehen hatte und wie es wohl nur Männer im Moment der tiefsten Freude zeigten, kurz bevor die Frau, die sie begehrten, sich ihnen hingab.

Wie ein Schatten fiel Elenas Warnung in meine Erinnerung. Erst erklären sie, dass sie dich respektieren, und dann … Aber Elena hatte keine Ahnung. Was zwischen Damián und mir war, war anders. Da ging es nicht nur um Sex. Außerdem wollte ich genau das. Ich wünschte mir, was unser kurzes Treffen im Wasser verhieß. Es war wie ein Versprechen, das er einlösen musste. Er musste! Ich sehnte es herbei wie eine Erlösung.

War das schon das vierte der sieben Leben der Liebe, die mir Damiáns Großmutter aufgezählt hatte? Erst kam der Schrecken, dann die Blindheit für die Fehler des anderen, dann meine Wandlung zur Frau und dann … die Erfüllung. War es wirklich nur schnöde Erfüllung, die ich herbeisehnte und die mir wie eine Erlösung vorkam? War ich am Ende gegen die bösen Leben der Liebe gefeit – Zerstörung und Opfer –, solange ich noch nicht mit Damián geschlafen hatte? Zumindest redete ich mir das ein.

Die nächsten Stunden auf dem Pferd hatte ich jede Menge Zeit, den unwirklichen Moment im Smaragdsee immer wieder und wieder nachzuerleben. Jeden Blick, jeden Atemzug, unsere kurze Umarmung unter Wasser und die Sehnsucht unserer Körper, beieinander zu sein, sein ernster Blick, das Glühen in seinen schwarzen Augen, seine leise Entschuldigung danach. Was für Köstlichkeiten, was für ein Glück! Leider wollte es auch Elena ganz genau wissen. Ihr war natürlich nicht entgangen, dass Damián und ich im See für eine Weile nicht zu sehen gewesen waren.

»Ich habe gar nicht gesehen, wo Damián war«, behauptete ich.

Elena lachte ungläubig. Ich hoffte, dass mein Vater sich nicht ähnliche Gedanken machte wie Elena.

»Du willst mir aber nicht erzählen«, insistierte sie, »dass dir entgangen ist, wie total gut er aussieht, eh?«

»Na, so viel hat man ja nun nicht gesehen.«

Ich versuchte den lockeren Ton anzuschlagen, den solche Gespräche hatten, die Vanessa und ich Kichergespräche genannt hatten. Jetzt wusste ich, dass Vanessa niemals ernsthaft verliebt gewesen sein konnte, wenn es ihr Spaß gemacht hatte, mit mir oder anderen Küsse und Körper eines total süßen Typs zu besprechen. Sie hatte mir sogar von ihrem ersten Mal mit Steffen erzählt, gleich danach, brühwarm. Sie hatte in der Badewanne gesessen und mit mir telefoniert. Es erschien mir inzwischen ganz und gar unmöglich, wenn man wirklich liebte. In meinem Fall wäre das eine Sache nur zwischen Damián und mir gewesen. Dessen war ich mir sicher.

Um Elenas Neugierde zu entkommen, ließ ich mein Pferd zurückfallen und setzte es neben Clara.

Die Schmerzmittel taten ihr gut. Sie wirkte vergnügt und wollte wissen, wie es bei uns in Deutschland war. An ihren Fragen erkannte ich, dass Susanne ihr und den anderen Schülerinnen viel erzählt hatte von Jahreszeiten mit Schnee und Eis oder Sonne und Hitze, von Frühling und Herbst, von unseren Dörfern mit Steinhäusern, von Unmengen Autos auf den Straßen. Clara wusste, welche Nutzpflanzen wir anbauten und was wir hauptsächlich aßen. »Ihr esst viel Brot«, sagte sie. »Ganz viele verschiedene Sorten, dunkles Brot.« Fast alle meine Antworten dienten ihr zur Bestätigung dessen, was sie schon wusste.

»Wo aus Deutschland kam Susanne her?«, erkundigte ich mich. Ich hatte bei den Gesprächen über die Entführte nie genau genug hingehört, um mir das gemerkt zu haben.

»Aus Berlin«, antwortete Clara. »Hier hat sie sich Susanne Zapatero genannt. Sie hat mir erklärt, dass so Schuster auf Spanisch heißt.«

Auch für Clara war der deutsche Name schwer auszusprechen. Spanischsprachige Zungen verknoteten sich, wenn sie »sch« sagen mussten.

»Was meinst du?«, erkundigte ich mich. »Wird sie hier irgendwo in der Gegend gefangen gehalten?«

»Das kann ich dir nicht sagen«, antwortete Clara. »Es ist gefährlich, darüber zu sprechen. Verrat wird mit dem Tod bestraft. Bitte, frag nicht weiter!«

Am späten Nachmittag gelangten wir auf ein Plateau, von dem aus man gen Süden Hunderte von Kilometern weit schauen konnte. Hintereinander schichteten sich die Bergzüge in Reihen, die von Mal zu Mal blauer wurden. Die Hänge waren von Urwald bedeckt, der die Gipfel überzog wie eine Schicht Samt. So dicht standen die Bäume, dass man in den Tälern keine Bäche sah. Nur manchmal glitzerte wie ein Silberfaden ein Wasserfall an einer Steilwand. Nebelschwaden krochen durch die Schluchten. Obwohl man immer irgendwo Vögel pfeifen und Affen und Papageien schreien hörte, stieg eine immense Stille aus den Tälern herauf zu unserem Plateau.

Damián führte uns zu einer Holzhütte, die am Waldrand stand. Sie war nach einer Seite offen und diente wohl Hirten als Regenschutz, wenn sie hier oben Rinder bewachten.

»Hier könnten wir die Nacht verbringen«, schlug Damián vor.

Wir stimmten zu.

Mein Vater holte tief Luft und ließ den Blick schweifen. Er genoss unsere ungeplante Reise. Ein bisschen staunte ich immer noch, wie gelassen und freundlich er sich den Umständen anpasste. Zu Hause war er eigentlich ganz anders: pingelig mit dem Essen, geräuschempfindlich, ungeduldig und gereizt, wenn etwas nicht gleich so ging, wie er es sich vorgestellt hatte.

»Schau mal, Jasmin, ein Kondor!«, rief er.

Der Vogel, der ohne einen einzigen Flügelschlag seine Kreise zog, war weit weg und wirkte dennoch riesig.

»Sie nutzen die Thermik wie ein Segelflugzeug«, erklärte mein Vater. »Sie fliegen erst, wenn es warme Aufwinde gibt. Stimmt's, Damián?«

Damián nickte.

Leandro schlug vor Feuerholz zu sammeln. Wir sattelten die Pferde ab. Mein Vater kümmerte sich um Clara, die offensichtlich mehr Kraft und Ausdauer besaß, als sie sich selbst zugetraut hatte. Elena, Leandro und ich sammelten trockenes Holz, Zweige und Äste, schichteten sie auf einen Haufen und legten aus Steinen einen Ring darum. Maria hatte uns Maisbrot, Maiskolben, Kochbananen und Dörrobst, in ein Tuch gewickelt, mitgegeben. Den Mais rösteten wir am Feuer, Clara kochte in einem Topf starken schwarzen Kaffee.

Damián brachte aus dem Wald außerdem Wurzeln, Zwiebeln und etwas, das aussah wie kleine rote Ananas. Es waren die Blütenstände der Ananas, wie uns Clara erklärte. Deren Böden schmeckten süßlich. Clara lachte. »Mein Bruder ist ein *e'shavytjas*. Das heißt in unserer Sprache: ›als ob er ein Bär wäre‹. Er ist als kleines Kind ein paar Tage einer Bärin und deren Jungen gefolgt.«

»Einem Andenbären?«, fragte mein Vater. »Sind die nicht äußerst selten?«

»Sie leben nur sehr verborgen«, antwortete Damián.

»Wir nennen sie Brillenbären«, erklärte mein Vater, »wegen der weißen Zeichnung im Gesicht. Man weiß fast nichts über sie.«

»Damián hat fast mit ihnen gelebt«, erklärte Clara voller Stolz auf ihren Bruder. »Er war im Urwald verloren gegangen und die Bärin hat ihn nicht verjagt. Sie hat ihm gezeigt, was man essen kann im Urwald und wie man sich im Baum für die Nacht ein Nest baut. Dann hat sie ihn zu uns zurückgeführt. War es nicht so, Damián?«

Er lächelte verlegen. »Ich erinnere mich nicht genau. Ich war damals fünf Jahre alt. Ich hatte Glück, dass die Bärin keine schlechten Erfahrungen mit Menschen gemacht hatte.«

»Du hast sogar eine Nacht bei den Jungen und ihr in so einem Baumnest geschlafen«, sagte Clara.

Damián lachte. »Das behauptet Mama Lula Juanita immer und Tante Maria erzählt es auch so. Es könnte aber auch nur ein Traum sein, den Juanita mir erzählt hat.« Er wandte sich an meinen Vater und erklärte: »Sie ist eine *Piache,* eine Traumdeuterin.«

»Aber du hast das Zeichen des Bären auf deinem Rücken, Damián.« Clara wandte sich uns zu. »Es sind Kratzspuren der fünf Krallen. Sie kommen daher, dass die Bärin ihn wie ihre Jungen auf den Schlafplatz im Baum hinaufgezogen hat.«

»Wirklich?«, rief Elena. »Zeig mal!«

»Man sieht sie kaum«, wehrte Damián ab.

»Es gibt nur wenige Menschen«, erklärte uns Clara eifrig, »die jemals den großen Bären zu Gesicht bekommen. In unserer Kultur, der Kultur der Nasas, wird derjenige, der mit einem Bären Freundschaft schließt, einmal ein großer weiser Mann sein, ein Friedensstifter.«

Leandro hob seinen Kaffeebecher und prostete Damián zu. »Auf den künftigen Präsidenten von Kolumbien!«

»Zeig doch mal dein Zeichen des Bären«, insistierte Elena. Sie blinzelte mir zu. »Stell dich nicht so an!«

Damián hatte ihr Augenzwinkern aufgefangen. Sein Blick schoss mir in die Augen, erstaunt und fragend. Ich schüttelte leise den Kopf. Elenas taktlose Zweideutigkeiten begannen mir auf die Nerven zu gehen.

»Es ist ihm peinlich!«, lächelte Clara.

»Was ist daran peinlich?«, fragte Elena.

Damián richtete seine ernsten Augen auf sie. »Glaubst du an Bärenzeichen und indianische Götter?«

Elena richtete sich auf. Ihre grünen Augen blitzten. »Ich nicht. Aber ist es nicht eure Kultur? Du solltest daran glauben.«

»Wieso denn? Damit ihr über uns lächeln könnt?« Damiáns Gesicht war hart geworden. »Weil wir noch an Naturgötter und Magie glauben und unsere Zukunft aus den Träumen alter Frauen ablesen. Ihr würdet uns Indígenas, unsere bunten Kleider und Hütten doch am liebsten unter Naturschutz stellen wie die Affen im Urwald. Ihr hättet es am liebsten, wenn wir Computer für einen Zauber hielten, der uns die Seele raubt, damit ihr, wenn ihr vor uns steht, vom einfachen Leben in Harmonie mit der unberührten Natur träumen könnt. Aber wir Indios wollen eure Träume vom einfachen Leben nicht einlösen. Wir wollen überall Zugang zum Internet!«

Elena stöhnte. »Entspann dich, Damián! Muss du immer gleich politisch werden? Weiße, Mestizen, Schwarze, Indígenas … wir sind doch alle nur Menschen. Und jeder soll so leben, wie es ihm gefällt, wenn du mich fragst.«

»Dann ist es ja gut«, antwortete Damián.

»Trotzdem verstehe ich nicht, warum du deine Bärennarben nicht zeigen willst.«

»Hast du auch ein Muttermal oder eine Narbe, die du uns zeigen möchtest?«

Elena schnaubte entrüstet. Leandro, mein Vater und Clara lachten. Damián lächelte schließlich auch.

»Übrigens ist eine Bärin mit ihren Jungen hier in der Gegend«, sagte er. »Ich habe ihre Spuren gesehen.«

»Was?«, rief Elena alarmiert. »Eine Bärin! Und das sagst du uns erst jetzt? Wie soll ich da heute Nacht ein Auge zutun? Ich werde die ganze Zeit denken, dass sie uns überfällt.«

»Bären schlafen nachts auf ihrem Baum«, erwiderte Damián. »Die Bärin wird nicht zu uns kommen, wir haben nichts, was sie interessiert.«

»Na hoffentlich.« Elena seufzte.

Die Abenddämmerung war kurz, aber gigantisch. Die Sonne versank hinter den blauen Reihen der Berge und färbte die Wolken erst rosa, dann orangerot und schließlich violett. Was für einen Aufwand die Natur doch trieb, dachte ich, was für Farben! Und für wen? Wir Menschen wussten es zu schätzen, unseren Augen und Sinnen tat es gut. Doch auch wenn es uns Menschen nicht gegeben hätte, dann hätte die Natur das Schauspiel veranstaltet. Für nichts und niemanden.

Damián verließ unser Lagerfeuer und schaute nach den Pferden. Leandro nahm sein Satellitentelefon und rief seine Bodyguards an, die in Popayán auf Anweisungen warteten, wo sie uns mit dem Hubschrauber auflesen konnten. Dann rief er seine Frau Sandra an und gab sie an Elena weiter. Ich überlegte, ob ich unauffällig aufstehen und nach Damián schauen gehen konnte. Aber jetzt übergab Leandro das Handy an meinen Vater, der Mama anrief. Also musste ich bleiben und warten, bis er das Telefon an mich weiterreichte. Mama klang nach Migräne, wie ich gleich an ihrer Stimme hörte.

Sie erzählte, dass John Green nach mir gefragt und dass Felicity Melroy angerufen habe, um mich zu einem Ausflug einzuladen. »Aber du bist ja nicht da.« Es klang vorwurfsvoll. Plötzlich wusste ich, dass meine Mutter tief unglücklich war. Nur meinem Vater zuliebe war sie nach Kolumbien mitgekommen. Und jetzt sehnte sie sich nach Zuhause, wo sie aber auch nicht wirklich glücklich war. Ich glaube, für meine Mutter war das Glück immer dort, wo sie gerade nicht war. Zum ersten Mal in meinem Leben sah ich ganz deutlich, dass die Ehe meiner Eltern keineswegs so perfekt und harmonisch war, wie ich es in meiner kindlichen Naivität bis jetzt angenommen hatte.

Mein Vater blickte auch nicht sonderlich froh drein, als ich ihm das Telefon zurückgab. Er sah aus, als hätte meine Mutter ihm das kleine Abenteuer vermiest, das er genoss.

Als wir mit diesen bescheuerten Telefonaten durch waren, war auch Damián wieder da. Wir richteten uns für die Nacht, so gut es ging, mit Decken und unseren Regencapes auf dem Boden unterm Dach der Hütte ein.

»Ganz schön anstrengend, dein Damián«, wisperte Elena mir ins Ohr, als wir nebeneinander ausgestreckt lagen.

»Er ist eben kein Dummkopf!«, antwortete ich.

»Aber warum macht er so ein Geschiss um diese albernen Bärenkratzer? Ich habe doch gar nicht behauptet, dass er ein primitiver Indio ist. Wie kann man nur so empfindlich sein! Solange die Indígenas sich immer gleich wegen ihrer Herkunft benachteiligt sehen, kommen sie nie weiter, das sagt auch Papa. Ihnen fehlt es an Selbstbewusstsein und Biss.«

»Aber du bist gar keine Rassistin, was, Elena?«, raunte ich bissig zurück.

»Nein, bin ich nicht!«, zischelte sie zurück. »Aber es gibt einfach Unterschiede in der Mentalität.«

Ich lag noch eine ganze Weile mit offenen Augen und dachte nach. Auch meine Eltern hätten jederzeit den Vorwurf von sich gewiesen, sie hätten irgendwelche Vorurteile gegen Schwarze, Indios oder Türken. Meine Eltern waren keine Rassisten. Natürlich nicht. Menschen anderer Hautfarbe waren nicht weniger wert, das nicht. Aber auch sie hatten von der anderen Mentalität und kulturellen Unterschieden gesprochen, als ich ihnen eröffnet hatte, dass ich Damián heiraten würde. Es war zwar total peinlich, wenn ich mich an die Szene erinnerte, aber ich wusste seitdem, dass meine Eltern nicht so vorurteilsfrei waren, wie sie immer getan hatten. »Willst du künftig wie eine Wilde im Urwald leben, ihm fünf Kinder zur Welt bringen und Lamas hüten?«, hatte meine Mutter gefragt.

Inzwischen hatte ich die Hütte in den Bergen am Bach gesehen, wo Damián herkam. Natürlich wollte ich dort nicht leben. Nicht mein ganzes Leben lang. Doch das stand ja gar nicht zur Debatte. Damián wollte es auch nicht. Und im Gegensatz zu mir hatte er bereits das Abitur und studierte.

– 23 –

Etwas weckte mich. Es war noch dunkle Nacht. Ich musste mich erst orientieren, wo ich war. Ich lag in der Hütte auf einem Plateau in den Nebelbergen. Wir schliefen aufgereiht nebeneinander, ich ganz außen. Elena atmete tief auf meiner rechten Seite, aber an meiner linken, dort, wo eigentlich nur Wand hätte sein dürfen, war auch jemand.

»Jasmin!«, hörte ich es flüstern. Kräftige warme Finger schlangen sich in die meiner Hand. So fühlte sich nur Damián an. »Komm!«, wisperte er.

Ich krabbelte von meinem Lager. Damián zog mich hinter die Seitenwand der Hütte.

Im Osten zeigte sich bereits der erste Hauch des Morgenlichts.

»Ich möchte dir etwas zeigen«, sagte Damián. »Wenn du willst.«

»Ja!«, flüsterte ich. Mein Herz klopfte heftig.

Er nahm mich bei der Hand und führte mich von der Hütte weg. Sein Schritt war schnell und leicht. Aber ich stolperte auf dem dunklen Boden und geriet außer Atem. Er bremste seinen Schritt.

»Wo gehen wir hin?«, fragte ich.

»Die Bärin übernachtet mit ihren Jungen nicht weit von hier.«

»Dann hast du gestern nicht nur ihre Spuren gesehen?«

Damián lachte leise. »Nein, ich habe sie mit ihren Jungen gesehen. Aber ich wollte nicht, dass Elena sich noch mehr aufregt. Hast du Angst?«

»Nein«, sagte ich. Niemals hätte ich Angst gehabt, solange Damián bei mir war, egal wo er mich hinführte.

»Sie wird ihren Schlafplatz verlassen, wenn die Sonne aufgeht«, erklärte er. »Deshalb müssen wir vorher dort sein.« Ich hörte ein frohes Lächeln in seiner Stimme und mir schwindelte vor Glück. »Willst du?«

»Ja! Unbedingt!«

Hand in Hand gingen wir durch die Nacht, die ebenso schnell wich, wie abends der Tag endete. Ein helles Grau stieg aus den östlichen Bergen in den Himmel empor, bald färbte es sich rosig und dann blinzelte auf einmal die Sonne zwischen zwei Bergen auf und erhellte schlagartig die dunkelgrünen, von Nebeln umschlichenen Wälder, die hellgrüne Ebene, an der wir entlanggingen, und die taufeuchten Blätter und Büsche.

Wir umrundeten ein Gebüsch und Damián blieb plötzlich stehen. Er deutete auf einen einzeln stehenden, fast blattlosen Baum, der vielleicht zwanzig Meter vor uns stand. »Siehst du?«

Ziemlich hoch oben auf einer aus starken Ästen zusammengebauten Plattform schimmerte im Morgenlicht das schwarze lange Fell eines Tiers. Es war ein sehr großes Tier.

»Beweg dich nicht, egal was passiert!«, raunte mir Damián ins Ohr. »Sie wird uns riechen. Aber sie sieht uns nicht. Bären sehen schlecht.«

Tatsächlich hob die Bärin bald witternd den Kopf. Es war ein mächtiger Schädel mit einem weißen Strich auf der Nase, der sich über ihren Augen teilte. Sie richtete sich auf. Im schwarzen Fellhaufen ließen sich zwei weitere, viel kleinere Köpfe erkennen.

Wir standen Hand in Hand, völlig regungslos und, zumindest ich, mit angehaltenem Atem. Damián schien keinerlei Sorge zu haben, dass die Bärin unsere Anwesenheit missverstand. Sie streckte sich und gähnte. Ihre Jungen turnten auf die Äste und begannen den Abstieg vom Baum. Es sah nicht sonderlich geschickt aus. Mehrmals hatte ich Angst, dass sie fallen würden. Einmal baumelte eines der Jungen an zwei Pfoten, aber irgendwie turnte es sich wieder auf den Ast hinauf. Es wirkte so unbeholfen, als seien sie eigentlich nicht gebaut, um zu klettern. Mir fiel auf, dass die Andenbären schlanker und langbeiniger waren als die Braunbären, die ich im Zoo gesehen hatte. Ihr Fell war sehr lang und glänzte seidig.

Schließlich rutschte auch die Bärin den Stamm hinunter und kam, die Nase witternd erhoben, auf uns zu. Wäre Damián nicht bei mir gewesen, wäre ich jetzt wohl doch davongelaufen. Aber seine Hand, mit der er meine hielt, zuckte nicht einmal. Hätte auch nur die geringste Gefahr für mich bestanden, hätte er mich nicht hierhergeführt, sagte ich mir.

Langsam und immer wieder nach allen Seiten schnüffelnd, kam die Bärin auf uns zu. Ich hörte sie schnaufen. Ihre beiden Jungen hielten sich hinter ihr. Immer näher kamen sie. Bald konnte ich ihre kleinen Augen sehen. Sie schmatzte und grunzte. Was für gewaltige Kiefer. Mit ihnen konnte sie mühelos armdicke Äste brechen und zerbeißen.

Keine zwei Meter von uns entfernt blieb sie stehen. Ihre

Jungen betrachteten uns aufmerksam, dann begannen sie sich zu balgen. Die Bärin setzte sich. Es war, als wollte sie uns ihre prächtigen Kinder zeigen. Die Kleinen schnappten nach Insekten, verbissen sich in Ästen oder Wurzeln. Und plötzlich kugelte eines genau vor meine Füße. Als sei es das Selbstverständlichste von der Welt, zog es mit Krallen und spitzen Zähnen die Schnürsenkel meines Sneakers auf.

Ich war versucht zu lachen, verkniff es mir aber.

Schließlich fand die Bärin, dass es genug sei, gab einen Laut von sich, dem die Jungen sofort gehorchten, stand auf, drehte sich um und marschierte davon. Die kleinen Bären folgten ihr in putzigen Sprüngen.

Inzwischen stand die Sonne hell am Himmel. Es war Zeit, dass auch wir unseren Rückweg antraten. Vögel zwitscherten. Kolibris tranken sich an Blüten voll. Ich war glücklich wie nie. Damián ging an meiner Seite, die Finger seiner linken Hand in die meiner rechten Hand verflochten. Er hatte mich kurz angelächelt, als wir uns dem Rückweg zuwandten. Mit diesem unnachahmlich leichten Schritt ging er neben mir. Ab und zu berührten sich unsere Oberarme. Ich hörte seinen ruhigen Atem.

»Wie ist es damals dazu gekommen, dass du im Urwald verloren gegangen bist?«, fragte ich. »Und dass du zu der Bärin gestoßen bist?«

»Mein Onkel Tano hatte mich geschlagen, weil ich Maispflanzen umgeknickt hatte. Da bin ich fortgelaufen.«

»Dein Onkel hat dich geschlagen?«

»Du musst ihn verstehen. Der Mais war unsere Nahrung für den Winter.«

»Aber du warst ein kleines Kind! Wenn mein Vater mich schlagen würde … !«

»Mein Onkel Tano ist kein schlechter Mensch. Es war ein hartes Leben. Damals kam es auf jeden Maiskolben an, auf jedes Huhn, auf jede Hand, die mitarbeitet.«

»Will er deshalb nicht, dass Clara weggeht?«

»Die Pullover, die sie strickt, sind besonders schön. Es waren Leute einer britischen Handelskette hier, die unsere Pullover in Europa verkaufen wollen. Sie zahlen einen guten Preis.«

»Aber wenn sie stirbt, kann sie auch keine Pullover mehr stricken.«

»Wenn sie in Bogotá ist, hat mein Onkel auch nichts mehr davon.«

»Das ist ziemlich egoistisch, findest du nicht?«

Damián blickte mich ernst an. »Es ist leicht, von Egoismus zu sprechen. Aber die ganze Familie lebt von dem, was geschickte Hände produzieren.«

»Könnten deine Cousinen das nicht auch lernen?«

Damián lachte. »Jasmin, du willst in zwei Atemzügen Probleme lösen, die wir in vielen Jahren nicht gelöst bekommen haben. Meine Cousinen scheren die Alpakas, spinnen Wolle und färben sie. Maria verkauft sie in Popayán und kauft dafür die maschinell gesponnene Wolle, die Clara braucht. Meine Cousinen kümmern sich außerdem ums Vieh und ackern auf dem Maisfeld. Sie arbeiten viel. Auch sie können stricken, aber ihren Mustern fehlt der Zauber, sagt Tante Maria. Und sie hat Recht. Schau mal!«

Er deutete auf einen winzigen Kolibri am riesigen Kelch einer Blume. Sein Schnabel war länger als sein Körper.

»Kolibris sind die Juwelen der Nebelberge«, sagte er mit einer leisen Zärtlichkeit in der Stimme, als meinte er mich. »Wir nennen sie *e'tscuë*. Das kommt von Smaragd.«

Wir gingen den Rest des Wegs fast schweigend. Empfand Damián wirklich das Gleiche wie ich?, fragte ich mich.

In mir herrschte eine eigenartige selbstsichere Ruhe und zugleich eine zuckende Lebendigkeit. Glück eben. Als ob wir alles besprochen und unseren Vertrag fürs Leben geschlossen hätten und die Bärin uns ihren Segen erteilt hätte. In keinem Moment hatte ich es genauer gewusst: Er gehörte für immer zu mir und ich zu ihm. Und wenn er hier irgendwo als Hirte hätte leben wollen, ich hätte, ohne zu überlegen, Ja gesagt. Ich hätte einfach zu allem Ja gesagt. Aber mein Ja schien er nicht zu wollen. »Es geht nicht«, hatte er mir zweimal erklärt. Ich war eine Weiße, ich passte nicht hierher.

Also musste ich irgendetwas tun, um ihm zu beweisen, dass ich die Richtige war, dass ich stark genug war, mit ihm zu gehen, wohin auch immer. Aber wie konnte ich ihm das beweisen?

Die Erinnerung an unsere kurze Umarmung unter Wasser jagte mir einen Schauer über den Körper. Da war doch etwas, sagte ich mir. Eindeutig. Er liebt mich! Er hielt meine Hand, er hatte mir seine Bärin gezeigt. Aber er hatte mich auch um Entschuldigung gebeten nach unserer Begegnung im Smaragdsee. Als sei es ein Ausrutscher gewesen. Und heute hielt er nur meine Hand. Mehr nicht. Er schien eine Grenze gezogen zu haben zwischen uns, die er nicht mehr überschreiten wollte. Aber durfte er ganz allein entscheiden über uns? Hatte ich nicht auch noch ein Wörtchen mitzureden?

Unter zartblauem Himmel standen in Staffeln hintereinander die blauen Bergzüge. In den Tälern waberten im Schatten die Nebel der Nacht. Der Wind, der das Plateau heraufstrich, war kühl und feucht.

Ich fasste Mut und holte Luft. »Damián …«, begann ich.

Im selben Moment straffte er sich, schärfte den Blick nach vorn und zog, ziemlich heftig, seine Finger aus den Fingern meiner Hand.

Mein Vater stapfte mit großen Schritten über die Fläche. Noch hatte er uns nicht gesehen, aber gleich würde er uns erblicken. Keinesfalls durften wir jetzt nach Heimlichkeiten aussehen. Deshalb hob ich die Hand und winkte heftig.

Mein Vater bemerkte uns, änderte seine Richtung und kam eilig zu uns an den Waldrand. Mir blieb das fröhliche »Guten Morgen!« im Hals stecken. Sein Gesicht war grimmig und besorgt.

»Wo wart ihr?«, war seine erste Frage. »Wo zum Teufel habt ihr gesteckt?«

»Ist was passiert?«, fragte ich erschrocken.

»Das frage ich dich, Jasmin!«, antwortete mein Vater, diesmal auf Deutsch. So wütend hatte ich ihn selten erlebt. »Hast du irgendeine Vorstellung, welchen Schrecken du uns eingejagt hast? Wir stehen auf und du bist nicht da? Weg, verschwunden! Weißt du eigentlich, wie spät es ist? Wir suchen jetzt seit einer guten Stunde nach dir!«

»Damián hat mir die Bärin gezeigt.«

»Na, wunderbar! Dazu musstet ihr bei Nacht und Nebel davonschleichen, ohne irgendwem ein Wort zu sagen? Kannst du mir das mal erklären, Jasmin?« Er blickte mir scharf in die Augen. »Oder muss ich annehmen, dass du das Vertrauen, das ich in dich gesetzt habe, ausgenutzt hast?«

»Nein, Papa! Ich schwör's. Da war nichts.« Ich sprudelte los. »Wir haben nur eine Bärin beobachtet. Sie hat zwei Junge, sie ist ganz nah an uns herangekommen und ein Junges hat mir die Schnürsenkel aufgezogen. Total süß, echt!

Die Bärin hat sich hoch oben im Baum ein Nest gebaut, aus Ästen. Sie verlässt es bei Sonnenaufgang, deshalb mussten wir so bald dort sein und ich wollte niemanden wecken, deshalb ... « Weiter kam ich nicht.

»Erzähl bitte keine Märchen, Jasmin«, donnerte mein Vater. »Du bist wahrlich alt genug, um zu wissen, dass wir uns Sorgen machen, wenn du plötzlich verschwindest, und dann auch noch mit ... «, er musterte Damián kurz und unfreundlich, »... mit diesem jungen Burschen hier. Was sollten wir da denn denken? Leandro war drauf und dran, das Militär zu aktivieren! Muss ich dir erklären, in was für einem Land wir uns befinden? Hier sind Entführungen gang und gäbe, Jasmin!«

Ich versuchte zu lachen. »Aber Papa!«

»Und den anderen Verdacht möchte ich lieber nicht aussprechen«, fuhr mein Vater fort. »Du bist erst sechzehn, Jasmin. Vielleicht habe ich dich überschätzt. Mein Fehler. Ich hätte nicht gedacht, dass du mein Vertrauen missbrauchen würdest. Allerdings hatte ich auch gehofft, dass Damián mehr Verantwortungsgefühl hat.«

Damián richtete sich hoch auf. Er hatte auf dem Colegio Bogotano Deutschunterricht gehabt. Er verstand, was mein Vater sagte.

»Papa«, schrie ich. »Es ist nichts passiert! Gar nichts!«

Mein Vater schluckte, blinzelte, nahm mich am Arm und zog mich von Damián weg. »Na gut. Ich will hoffen, dass du die Wahrheit sagst. Aber von jetzt an bleibst du bei mir. Und auf keinen Fall wirst du mit Damián irgendwohin gehen, wo ich dich nicht sehe. Verstanden?«

»Papa! Was ist denn in dich gefahren? Bisher hast du doch ... «

»Das war ein Fehler, wie ich sehe. Und du ...!« Mein Vater wandte sich Damián zu. In seinem Zorn vergaß er sogar ins Spanische zu wechseln. »Du lässt die Finger von meiner Tochter. Damit das klar ist! Andernfalls zeige ich dich an. Sie ist nämlich noch minderjährig. Zumindest nach deutschem Recht.«

Damián schlitzte die Augen. »Keine Sorge, Markus!«, antwortete er auf Deutsch, wenn auch langsam und jedes Wort überlegend. »Ich habe nicht vor, deine Tochter zu ... zu entehren.«

»Dann hör auf, ihr den Kopf zu verdrehen!«

Die steile Falte erschien zwischen Damiáns Brauen.

»Er verdreht mir nicht den Kopf, Papa!«, ging ich dazwischen. »Hör auf, ihm Vorwürfe zu machen. Er hat keine Schuld! Und ich ... ich bin alt genug, um zu wissen, was ich tue.«

»Das bist du nicht! Wie du heute bewiesen hast. Und jetzt komm! Wir müssen weiter.«

Er packte mich erneut am Arm und wandte sich mit mir dem Weg zur Hütte zu. Im Umwenden sah ich einen Ausdruck von Bitterkeit über Damiáns Gesicht huschen. Er presste die Lippen zusammen, atmete tief ein und senkte den Blick auf den Boden.

Ein Stich fuhr mir in die Magengrube.

– 24 –

Beim Abstieg kamen wir in Nebel und Regen. Wasser tropfte von den Blättern, auf dem Weg flossen Bäche. Die beschlagenen Hufe der Pferde rutschten immer wieder auf den Steinen ab. Ihre Mähnen troffen vor Nässe. Wir zogen die Kapuzen unserer Capes tief in die Gesichter. Mit der Zeit drang die Nässe durch die Nähte. Wir waren ständig damit beschäftigt, jedes Loch, durch das Wasser drang, zu verstopfen und die Capes über die Knie zu zupfen. Aber es half nicht viel. Die Feuchtigkeit kroch von den Füßen über die Beine hoch. Es passte alles prächtig zu unserer Stimmung.

Schweigend zogen wir den Hang entlang bergab. Schweizer Berge bei Regen sahen kaum anders aus, grau und verhangen.

Elena hatte sich gleich zu Beginn des Ritts bei mir erkundigt, was denn vorgefallen sei. Dann hatte sie sich entschuldigt. Es sei vermutlich ihre Schuld, hatte sie erklärt, sie habe, als Damián und ich überhaupt nicht wiederkamen und Leandro und mein Vater sich ernsthaft Sorgen zu machen begannen, sie beruhigen wollen und gesagt, sie glaube nicht, dass er mich entführt habe, jedenfalls nicht so, sie glaube eher, dass wir ausgebüxt seien. Als die Väter nachfragten, habe sie – nur zu meinem Schutz und zur Beruhigung der Lage – erklärt, sie glaube, Damián und ich seien ziemlich ineinander verknallt. Daraufhin sei mein Vater erst richtig sauer gewesen und wie ein Irrer losgerannt, um uns zu suchen. »Es tut mir leid«, sagte sie.

»Muss es nicht. Meine Eltern wissen eh, dass ich Damián liebe. Vermutlich hat meine Mutter meinem Vater gestern Abend am Telefon noch einmal eingeschärft, dass er aufpassen soll.«

»Du liebst ihn?«, hatte Elena fast geschrien und sich dann den Mund zugehalten. »Dann habe ich also Recht! Warum machst du so ein Geheimnis daraus? Wir sind doch Freundinnen. Erzähl mal! War da wirklich nichts? Hat er dir wirklich nur die Bärin gezeigt? Kein Kuss? Nicht mal das? Mir kannst du es doch sagen.«

Ich hatte nur den Kopf geschüttelt. Daraufhin hatte Elena mich ernst angeschaut. »Was ist wirklich los, Jasmin?«

»Er liebt mich nicht. Das ist los.«

»Ach komm! Natürlich ist er total verknallt in dich! So wie er dich anschaut!«

»Verknallt ist was anderes als Liebe, Elena. Zumindest für mich. Kann schon sein, dass er mich ganz interessant findet mit meinen blauen Augen und so. Aber für ihn bin ich noch ein Kind. Jedenfalls will er nichts anfangen mit mir. Ich passe nicht in sein Konzept.«

Elena hatte zu lachen versucht. »Seit wann passt Liebe in irgendein Konzept?«

»Eben«, hatte ich erklärt. »Er liebt mich nicht. Punkt, fertig. Reden wir nicht mehr drüber.«

Er hätte um mich kämpfen müssen! Aber das sagte ich nicht.

Stundenlang ging es durch den Regen. Fahrspuren zeigten, dass hier auch Autos unterwegs waren. Ab und zu passierten wir eine Ansiedlung. Kinder standen am Wegrand. Damián hielt jedes Mal sein Pferd an und wechselte mit jedem Menschen ein paar Worte. Einmal kam uns ein Fahrzeug entgegen und wir mussten mit den Pferden von der Straße runter ins Unterholz.

In einer kleinen Ortschaft, die aus der matschigen Straße und ein paar wüst zusammengebretterten Hütten bestand und von einer Art Autowerkstatt beherrscht wurde, vor der sich kaputte Auspuffe und rostiger Schrott häuften, stiegen wir ab und bekamen in einem Wirtshaus, in dem zwei Tische standen, ein Mittagessen. Es bestand hauptsächlich aus Morcillas. Das waren dicke Würste aus Reis, Erbsen und Rinderblut. Dazu gab es Chicharrones, kross gebratene Schwarte vom Schwein. Grauenvoll! Elena beschränkte sich auf Arepas, die Maisbrote, und Tinto, den schwarzen Kaffee, in den sie Unmengen Panela schüttete, den braunen Zucker aus Zuckerrohrsaft. Damián hatte sich nicht mit uns zusammen hingesetzt und ließ sich die ganze Mahlzeit hindurch auch nicht blicken. Ich wusste nicht, auf wen ich wütender war, auf meinen Vater, der uns runtergeputzt hatte wie zwei Kinder, oder auf Damián, weil er sofort klein beigegeben und mich fallengelassen hatte.

Besser du merkst jetzt, was er für ein Feigling ist, als später, wenn es wirklich darauf ankommt, sagte ich mir. Das zumindest hätte Elena mir in ihrer Schulweisheit erklärt, und Vanessa auch. Und meine Mutter vermutlich auch. Alle hätten das gesagt. In allen Filmen und Büchern wurde so etwas fortwährend gesagt. Das tut zwar weh, aber besser jetzt als später.

Meinem Vater tat es natürlich jetzt leid. Er versuchte immer wieder mich in eine Unterhaltung einzubeziehen. Aber das hatte ich ihm wenigstens voraus: Ich konnte besser und länger beleidigt sein als er. Er würde sich bei mir entschuldigen müssen. Mehr als »Ja« oder »Nein, danke« bekam er so lange von mir nicht zu hören.

Ich reagierte auch nicht, als er sich die Fußgelenke rieb und erklärte, man sei ja nichts mehr gewöhnt. Als junger Mann habe er tagelang wandern können, ohne dass ihm die Füße wehgetan hätten.

Leandro bot ihm sein Pferd an, aber er lehnte ab. Er hatte ja nur mich zu Mitgefühl bewegen wollen. Scheißspiele, die die Eltern mit ihren Kindern spielten. Immer sollten wir Mitleid mit ihnen haben. Aber hatte er welches mit mir? Er zerstörte mein Glück, mein Leben und wollte, dass ich mir Gedanken über seine Füße machte? Sollte er sie sich doch blutig laufen!

Nach dem Essen begab sich Leandro vors Haus. Durch das kleine Fenster, dessen Scheibe einen Sprung hatte und das wohl seit seinem Einbau nicht mehr geputzt worden war, sah ich, dass er sich eingehend mit Damián unterhielt. Damiáns Gesicht konnte ich nicht sehen, er stand mit dem Rücken zu mir, aber Leandro nickte mehrmals zufrieden. Schließlich klopfte er Damián freundschaftlich auf die Schulter und nahm sein Satellitenhandy, um zu telefonieren. Währenddessen überprüfte mein Vater bei Clara Blutdruck und Puls und gab ihr irgendwelche Medikamente.

Immerhin hatte es aufgehört zu regnen, als wir unsere Pferde wieder bestiegen. Vielleicht hatte Leandro Damián erzählt, dass meinem Vater die Füße wehtaten, jedenfalls überließ er Papa das Pferd, auf dem bisher Clara geritten war, setzte Clara auf sein Pferd und ging nebenher. Ich sah, wie sie sich unterhielten. Clara schüttelte mehrmals heftig den Kopf.

Leandro lenkte sein Pferd neben das von meinem Vater und erläuterte uns, sich immer wieder zu Elena und mir umdrehend, dass Damián ihm gesagt habe, dass wir in wenigen Stunden in einem Ort namens Yat Wala ankommen würden. Der liege an einem See und biete Platz für die Landung eines Hubschraubers. Wenn das Wetter es zulasse, könne uns der Hubschrauber noch heute holen, und heute Abend seien wir dann in der Mine bei Inza und schliefen im Hotel.

»Hoffentlich!«, stieß Elena so inbrünstig hervor, dass ich lachen musste. Auch sie lachte und gestand: »Bergtouren mit Camping sind nichts für mich, ehrlich gesagt. Ich möchte morgens duschen.«

Ich gebe zu, dass auch ich das Ende der Reise herbeisehnte. Am liebsten hätte ich den Tag verflucht, an dem wir sie angetreten hatten, aber es gelang mir beim besten Willen und trotz meines Zorns nicht, auch den geheimnisvollen Moment zu verfluchen, wo Damián und ich uns im Lichtfleck des Smaragdsees begegnet und im Kuss und einer Umarmung auf seinen Grund gesunken waren. Hätten wir nur für immer versinken können. Es war eben doch etwas zwischen uns, das mächtiger war als alles andere. Er hatte es mir mit seinem Kuss gesagt und mit den Fingern seiner Hand, die sich immer wieder in meine Finger geflochten hatten.

Ich hatte seine wilde Sehnsucht gespürt! Es konnte keine Täuschung sein. Worte konnten lügen, Gesten und Mienenspiel nicht. Da war ein großes und tiefes Gefühl zwischen uns. Auf Gedeih und Verderb, für immer und ewig. Warum nur wollte er das nicht zulassen? Fehlte es ihm an Mut, es zu versuchen? Ich hatte ihn doch auch. Und brauchte ich nicht eigentlich mindestens doppelt so viel Mut wie er? Ich gab meine Heimat auf, mein Land, meine Eltern, alles! Er musste gar nichts aufgeben!

Ja, wenn ich gewünscht hätte, dass er mit mir in Deutschland lebte! Hatte ich aber nicht. Fürchtete er, dass ich es eines Tages tun würde?

Es war ein fruchtloses Grübeln. Und bei dieser langsamen Art der Fortbewegung hatte man verdammt viel Zeit fürs sinnlose Kreiseln der Gedanken. Stundenlang nur grüner Wald, Berggipfel, Wolken, das Spiel des Nebels. Eine feuchte, kalte grüne Hölle war das! Ich hasste es. Zu gern wäre ich aus der Haut gefahren und hätte mich verflüchtigt. Das hätten sie dann alle davon gehabt. Wenn ich Damián nicht lieben durfte, wozu sollte ich dann leben?

Das Geknatter eines Hubschraubers, das in den Bergen widerhallte, riss mich aus den finsteren Grübeleien und die anderen aus ihrer Lethargie. Elena jubelte. Plötzlich öffnete sich der Dschungel und ein grünes Tal breitete sich vor uns aus. Mitten in ihm glitzerte ein blauer See, an dem ein überraschend großes Haus stand, aus Stein gemauert.

»Yat Wala, das heißt Großes Haus«, erklärte Leandro und blickte auf seine Uhr. »Und da steht der Hubschrauber auch schon.«

Der schwarze Helikopter wirkte wie ein Insekt, das nicht hierhergehörte. Kinder hatten sich um ihn versammelt, Alte und Frauen starrten aus gebührender Entfernung das Gerät und die vier Bodyguards von Leandro an, schwarze Dämonen mit Sonnenbrillen, Gewehren über der Schulter, Munitionsgürteln und den gelben Schleifchen ihres Schutzengels auf der Brust.

Würde Damián mit uns fliegen?, fragte ich mich. Wohl nicht. Warum sollte er? Es musste außerdem jemand die Pferde zu ihrem Besitzer zurückbringen. Die Erkenntnis brannte wie Feuer in meinen Eingeweiden. In wenigen Minuten war es so weit. Dann kam der Abschied für immer. Wie sollte ich das überleben?

Doch dann geschah etwas, das mich meine stummen Fragen ohne Antworten schlagartig vergessen ließ.

Es passierte alles gleichzeitig, aber dass etwas passieren würde, erkannte ich zuerst daran, dass die Gesichter der Kinder, Alten und Frauen, die bislang dem Hubschrauber zugewandt waren, herumfuhren und uns bleich entgegenstarrten. Gleichzeitig warfen die vier Bodyguards ihre Zigaretten weg und brachten ihre Maschinenpistolen und Pumpguns in Anschlag. Wollten sie uns niedermetzeln?

Nein, denn hinter uns kam im donnernden Galopp etwa ein Dutzend Reiter aus dem Wald den Hang herab.

Elena stieß einen Schrei aus. Leandro sprang vom Pferd, zog seine Tochter aus dem Sattel und schrie: »Zum Hubschrauber! Schnell!« Mit Elena an der Hand rannte er los.

Mein Vater fiel mehr aus dem Sattel, als dass er abstieg. Ich sprang ab und zog ihn auf die Füße. Er wankte. Er hatte sich offenbar den Fuß verknackst. Inzwischen waren Elena und ihr Vater bei den Bodyguards angekommen. Sie winkten uns hektisch zu.

Es waren wilde Gestalten, die auf ihren Pferden heranstürmten. Tano und seine Leute! Das wusste ich, ohne dass es mir jemand erklären musste.

Sie trugen Gewehre.

Jetzt kapierte es auch mein Vater. »Komm!«, schrie er und zog mich am Arm zum Hubschrauber. Aber er humpelte so, dass wir es nicht schaffen würden, hinter die Reihe der Bodyguards mit den Gewehren im Anschlag zu gelangen, bevor die Reiter am Haus ankamen.

Und wo waren Clara und Damián?

Ich drehte mich um. Clara saß noch auf dem Pferd, offenbar gelähmt vor Angst. Damián stand bei ihr und blickte der heranstürmenden Horde entgegen. Er kehrte mir den Rücken zu. Clara und er standen genau in der Schusslinie zwischen den Bodyguards und Tanos Männern.

»Damián, Clara!«, schrie ich. »Kommt!«

Ich wollte zurück, aber mein Vater hielt mich fest. »Das ist nicht unsere Sache«, sagte er. »Das ist eine Sache zwischen ihm und seinem Onkel.«

»Natürlich ist das unsere Sache!«, schrie ich. »Und glaubst du wirklich, im Hubschrauber sind wir sicher?«

Ich riss mich los und rannte zurück.

»Jasmin!«, schrie mein Vater angstvoll und kam mir hinterhergehumpelt.

Damián blickte sich nach uns um. Zum ersten Mal seit dem Morgen schaute er dabei auch mich wieder an. Mir wurde fast schwindlig vor Glück, auch wenn es der Situation völlig unangemessen war.

Mein Vater packte mich erneut und zog mich Richtung Hubschrauber. Ich sträubte mich mit Händen und Füßen.

»Komm wenigstens aus der Schusslinie raus!«, brüllte er mich an. Er wollte mich zum Haus ziehen. Ich spürte es kaum.

Lächelte Damián? Ich weiß es nicht.

Jetzt hob er die Hand und bedeutete meinem Vater und mir stehen zu bleiben. Es war eine gebieterische Geste. Wir gehorchten. Damián drehte Claras Pferd mit dem Kopf zu uns und gab ihm einen Schlag aufs Hinterteil. Es setzte sich in Trab. Ich fing es ab und half Clara aus dem Sattel.

»Zum Hubschrauber!«, rief Damián uns zu. Aber Clara war auf die Knie gesunken. Sie zitterte fürchterlich. Ich konnte sie zwar auf die Füße ziehen, aber laufen konnte sie nicht. Und mein Vater konnte auf seinem verknacksten Fuß auch nicht richtig auftreten. Wir hatten keine Chance mehr.

Die Reiter hatten die Talsohle erreicht.

Der vorderste parierte sein Pferd im vollen Galopp. Steine und Erde spritzten. Der Trupp hinter ihm kam ebenfalls zum Stehen, manche Pferde stiegen. Es waren verwegene Gestalten, die mit ihren Gäulen verwachsen schienen. Viele trugen die ledernen Chaps der Cowboys an den Beinen, einige schienen einfache Bauern zu sein, manche trugen Tarnhosen oder Militärjacken. Der Mann auf dem Vorpferd war nicht sonderlich groß, aber sehnig und gut bewaffnet. Er hatte ein langes Gesicht mit buschigen Brauen.

Ich zweifelte nicht daran, dass das Onkel Tano war.

Sein Blick glitt über den Hubschrauber mit den vier Bodyguards mit den Maschinenpistolen im Anschlag, über mich, Clara, meinen Vater und das große Haus und kehrte dann zu Damián zurück, der allein auf der steinigen, spärlich bewachsenen Fläche zwischen dem großen Steinhaus und dem glitzernden See stand.

Tano rief etwas. Aber ich verstand es nicht. Er sprach *Nasa Yuwe*, die Sprache seines Volks. Es war eine Sprache voller Nasal- und Knacklaute.

»Er will, dass ich mit ihm zurückkomme«, flüsterte Clara angstvoll. »Er hat gehört, dass ihr mich zu einem Arzt in Bogotá bringen wollt. Damit ist er nicht einverstanden.«

Damián antwortete etwas in derselben Sprache.

»Er sagt, es sei meine Entscheidung«, übersetzte Clara, wohl weniger, um uns zu unterrichten, als vielmehr, um ihre Angst mit uns zu teilen.

Tano war nicht abgestiegen, er redete heftig vom Pferd herab. Damián stand vor ihm, gänzlich unbewaffnet, und antwortete umso ruhiger, je mehr sein Onkel sich aufregte. Das Regencape hatte er über die Schultern zurückgeworfen. Darunter waren sein grünliches T-Shirt und die zerschlissene Hose zu sehen, die nur von einem Gürtel auf den schmalen Hüften gehalten wurde. Seine Bewegungen waren beherrscht und ruhig, fast gelassen.

»Und jetzt sagt Tano«, hauchte Clara, »dass wir ihm gehorchen müssen. Er sei das Familienoberhaupt. Wir hätten seine Abwesenheit ausgenutzt und ihn hintergangen. Das könne er nicht dulden. Über Damián könne er nicht bestimmen, aber mich werde er jetzt mit zurücknehmen, ob ich wolle oder nicht. Und niemand, auch Damián nicht, werde ihn daran hindern können.«

Auf einmal richtete Tano den Gewehrlauf auf Damián, genau auf sein Herz. Die Männer auf den Pferden hinter ihm entsicherten ihre Flinten. Auf Tanos Gesicht lag das hasserfüllte Grinsen des Siegers.

Damián trat einen Schritt zurück, bückte sich und hob einen halbwegs geraden Stock von gut einem Meter Länge vom Boden auf.

Man hätte lachen können, wäre unsere Lage nicht so aussichtslos gewesen. Da stand der einfache junge Mann mit einem Prügel in der Hand einem Dutzend Reitern mit Gewehren gegenüber, die vor allem nervös waren wegen der vier Bodyguards am Hubschrauber mit Pumpguns und Maschinenpistolen. Was für ein Wahnsinn! In Kolumbien knallten schnell die Gewehre und man starb im Dutzend. Solche Szenen waren Alltag. Und auf einmal war ich mittendrin. Ich hätte Todesangst haben sollen. Hatte ich aber nicht. Solange Damián bei mir war … Er redete ruhig, beinahe freundlich.

»Was sagt er?«, fragte ich Clara.

»Damián sagt, dass die Nasas ein friedliebendes Volk seien und dass sie einst, nur mit ihren traditionellen Stöcken bewaffnet, zwischen die Armeen des Medellín-Kartells und der FARC getreten seien und verhindert hätten, dass sie ihre Kriege auf unserem Boden austragen. Und deshalb werde nicht geschossen im Cauca. Er sagt, dass keiner dieser fremden Soldaten auf einen Sohn der Nasas geschossen habe und dass auch Tano das nicht tun werde. Und er sagt, dass Tante Maria ihn nicht mehr niedersitzen lassen wird an ihrem Herd und ihm kein Essen mehr kochen wird, wenn Tano nicht mit diesem Theater aufhört und uns nicht in Frieden gehen lässt.«

Diese Drohung schien die stärkste zu sein, denn Tano senkte das Gewehr und stieg vom Pferd.

Clara seufzte und lächelte. »Ja, am Herd haben die Frauen das Sagen.«

Tano und Damián sprachen jetzt zu leise, als dass wir sie verstehen konnten, sosehr Clara auch lauschte.

Nach einer Weile wandte sich Damián zu den vier Bodyguards um, die den Hubschrauber bewachten. Leandro und Elena saßen bereits im Helikopter.

»Könnt auch ihr die Waffen senken?«, rief er ihnen auf Spanisch zu.

Die Männer rührten sich nicht.

»Sie gehorchen nur Leandro«, bemerkte mein Vater leise.

»Verdammt, dann soll er den Befehl geben!«, fluchte ich und begann zu winken. Mein Vater machte ebenfalls Zeichen. Aber nichts rührte sich.

Damián marschierte los, direkt auf die vier Schwarzgekleideten zu. Sie standen breitbeinig, die Augen hinter den Sonnenbrillen versteckt. Die gelben Schleifchen ihres Schutzengels leuchteten auf ihren Jacken.

Gleichzeitig kam Tano auf uns zu, auf Clara, mich und meinen Vater. Clara stieß einen angstvollen Ton hervor und klammerte sich an mich. Mein Vater stellte sich halb vor uns, so fest, wie es sein verletzter Knöchel zuließ.

Das Gewehr lässig über die Schulter gelegt, bog Claras Onkel Tano noch mal ab, schlenderte zu unseren Pferden, ergriff das Packpferd am Zügel und kam damit zu uns. Seine schmalen kohlschwarzen Augen waren die harte Variante von Damiáns Augen. Sein Gesicht war von Höhensonne und Wind und Wetter gegerbt. Um seinen Mund lag ein humorloser Zug. Seine linke Backe war dick von Kokablättern. Sein Lächeln hätte einen Sommerregen auf der Stelle zu Hagel gefrieren lassen. Gegen diesen Mann war Don Antonio, der Major mit der Narbe im Gesicht und Anführer einer Truppe von unerfahrenen Jugendlichen, ein harmloser und liebenswerter Philosoph gewesen. Ein kleiner Gangster, der Lastwagen klaute und den Inhalt in den Bergen verscherbelte oder verschenkte und sich dabei vorkam wie Robin Hood.

Ja, Tano hat die deutsche Lehrerin Susanne Schuster entführt!, sagte ich mir. Der hat vor zwei Nächten, vermutlich mit dieser Truppe, fünf junge Guerilleros getötet. Der tötet! Und wenn er erfahren würde, dass im Hubschrauber Leandro Perea, El Gran Guaquero, und seine Tochter saßen, dann wäre der blutige Ausgang dieser Begegnung gewiss. Solche Goldesel würde er sich nicht entgehen lassen. Nie war mir ein Mensch fremder und unheimlicher vorgekommen als Tano Dagua, der kleine, sehnige Mann mit den fremdartigen indianischen Zügen.

»Bitte«, sagte er mit einer Stimme wie vergifteter Honig, »nehmt eure Sachen. Ihr seid Gäste in diesem Land. Euch wird nichts geschehen.«

Mein Vater ließ Clara los und schnürte seine Arztkoffer und den Beutel mit unseren paar Habseligkeiten vom Pferd.

Unterdessen sagte Tano ein paar Worte zu Clara, die ich nicht verstand. Aber seine Handbewegung war eindeutig. Sie sollte aufs Pferd steigen.

»Sie ist nicht transportfähig!«, sagte mein Vater schnell.

Tano hob das Kinn und musterte meinen Vater. »Du bist der Arzt?«

»Ich bin Arzt«, antwortete mein Vater. Seine Stimme klang rau, ein verstecktes Zeichen von Unsicherheit. Noch nie hatte ich so deutlich wie jetzt gespürt, dass mein Vater Angst hatte. Vielleicht fürchtete er um sein Leben, aber noch mehr, dessen war ich mir sicher, hatte er Angst um meines. Hatten wir nicht meiner Mutter versprochen vorsichtig zu sein und gesund heimzukommen? Daran dachte auch ich.

»Du willst sie in Bogotá behandeln?«, erkundigte sich Tano mit einem überlegenen Lächeln. »Wird sie gesund werden?«

»Wenn sie das hat, was ich vermute, wird sie ein normales Leben führen können. Aber sie wird Medikamente brauchen.«

Tano nickte. Dann geschah das, wovor ich die ganze Zeit

Angst gehabt hatte: Sein Blick heftete sich auf mein Gesicht. Er streckte die schwielige Hand aus und fasste mich am Kinn.

»Und das ist dein Töchterchen?«

Ich konnte nicht anders, ich befreite mich mit einem Ruck.

Tano lachte, wie man über die Purzelbäume von jungen Katzen lachte.

Mein Vater musste seine Stimme erst frei husten. »Ja, das ist meine Tochter«, antwortete er.

»Und wenn«, fragte Tano mit freundlicher Heimtücke, »wenn ich sie jetzt mitnehmen würde und würde ihr ein Lebenselixier geben und sie würde ein langes glückliches Leben führen in den Bergen, würdest du sie mir dann anvertrauen?«

Was auch immer mein Vater jetzt sagte, es wäre verkehrt. Sagte er Ja, hätte er mich verkauft, sagte er Nein, mussten wir Clara herausgeben.

Mein Vater blinzelte, sein grauer Bart sträubte sich, mit schmalen Augen sagte er bedächtig: »Du kannst ihr kein Lebenselixier geben, genauso wenig wie ich deiner Nichte Clara ihre Gesundheit zurückgeben kann. Das kann nur Gott.«

Tano lachte anerkennend. »Du hast einen klugen Vater, Jasmin«, sagte er und musterte mich erneut eingehend. »Und du bist also das Mädchen, in das sich mein Neffe Damián verliebt hat.«

Mir lief es eiskalt den Rücken herunter. Woher wusste er das?

»Bist du genauso klug wie dein Vater? Dann beantworte mir eine Frage.«

Ich fühlte, wie ich inwendig zu zittern anfing. Erst zitterte es nur in meinem Bauch, dann breitete es sich in meine Arme und Beine aus und stieg bis in meine Kinnlade hoch. Ich biss die Zähne aufeinander.

»Hat meine Schwiegermutter Juanita … du kennst Juanita?«

Ich nickte.

»Hat sie dir von den sieben Leben der Liebe erzählt? Schrecken, Blindheit, Wandlung, Erfüllung … was kommt dann? Richtig: Zerstörung, Opfer und Erlösung.« Tano nahm das Gewehr von der Schulter, rammte den Kolben in den Boden und stützte sich mit beiden Händen auf die Mündung. »Es ist eine alte Weisheit meines Volks, der Nasas. Hast du von Uyu gehört, das ihr Tierradentro nennt?«

Ich nickte wieder. Ich konnte nicht anders.

»Es ist nicht weit von hier. Dort befinden sich in ausgemalten Höhlen die Gräber unserer Vorfahren. Die Zeichen und Inschriften sind unsere Bibel. Da steht die Geschichte von *e'tscuë*, dem Kolibri, und *e'shavy*, dem Bären. Sie liebten einander zärtlich, aber die Familie der Kolibris sah es mit Angst und Schrecken, denn die Bären vernichteten die Blüten, um an die Süße in den Zweigen zu kommen, und waren ihre Feinde. Aber auch die Bären waren gegen die Verbindung, denn die Kolibris klauten ihnen den Nektar aus den Blüten. Und so brach ein schrecklicher Krieg aus. Die Kolibris hackten den Bären die Augen aus, und die Bären holten die Kolibris mit einem Prankenschlag aus der Luft, bis der Boden im Wald der Nebelberge übersät war mit smaragdgrünen Leibern der Kolibris, und in ihnen wälzten sich blind und rasend vor Schmerzen die Bären.

E'tscuë und *e'shavy* sahen es und erkannten, dass sie ihre Liebe opfern müssten, damit wieder Frieden herrschte. Weil sie sich aber so sehr liebten, dass sie nicht voneinander lassen konnten, beschlossen sie zu sterben. Und erst hackte *e'tscuë* dem Bären die Augen aus, damit er blind verhungere, und kaum hatte sie das getan, zerquetschte *e'shavy* den Vogel zwischen seinen Pranken. Erst im Jenseits, wo weder Kolibris noch Bären Nektar zum Leben brauchen, werden sie einander wieder begegnen und in Frieden lieben können.«

Mir klopfte das Herz im Hals. Alles, was ich in den letzten Tagen über Kolibris und Andenbären gehört und von ihnen gesehen hatte, schwirrte in meinem Kopf herum.

»Und das Traurige an dieser Geschichte«, fuhr Tano fort, »die Feindschaft zwischen den Kolibris und den Bären dauert bis heute fort. Den Opfertod der Liebenden konnte niemand wieder rückgängig machen. Doch Cuene, der Gott des Blitzes, hatte ein Einsehen und stattete die Kolibris mit großer Schnelligkeit aus, damit die Bären sie nicht mehr aus der Luft schlagen konnten, und die Bären mit einer guten Nase, damit sie auch ohne Augen ihre Nahrung finden konnten, und so endete der Krieg.«

Ich sah Clara zustimmend nicken. »Es ist eine sehr verbreitete Legende.«

»Ja«, sagte Tano lächelnd. »Und darum gibt es bei uns ein Gesetz. Denn wir wollen, dass von den sieben Leben der Liebe nur die ersten vier gelebt werden müssen. Du kannst dir sicher denken, was das für ein Gesetz ist.«

Ich hätte mir eher die Zunge abgebissen, als es zu sagen.

Tano lächelte amüsiert. »Entweder du bist nicht klug genug oder zu klug, es zu sagen. Oder dein Vater hat es dir auch schon gesagt und du hast dich deshalb mit ihm überworfen. Aber du solltest auf deinen Vater hören, so wie Damián auf unsere Alten hören wird.«

»Bei uns heißt die Legende *Romeo und Julia*«, sagte ich zornig. »Ein Dichter namens Shakespeare hat sie als Theaterstück geschrieben. Die Kinder zweier verfeindeter Familien verlieben sich ineinander. Aber die Familien wollen es nicht dulden und da bringt Romeo Julia um und vergiftet sich dann selbst. Eine total bescheuerte Geschichte!«

Tano lachte schallend. Aber es war ein Gelächter, das den Wind die Luft anhalten ließ. Mir fiel plötzlich auf, wie still es in dem Tal war. Kein Vogel piepste.

Und dann geschah es: Die Bodyguards am Hubschrauber legten auf einmal ihre Pumpguns und Maschinengewehre weg. Wie hatte Damián das bloß geschafft? Er kam mit raschem, leichtem Schritt auf uns zu, den Blick auf seinen Onkel geheftet.

Was er zu ihm sagte, verstand ich nicht. Aber Tano drehte sich zu seinen Leuten um und rief ihnen etwas zu. Sie entspannten und sicherten ihre Gewehre und stiegen einer nach dem anderen ab.

Dann musterte Tano uns mit seinen fürchterlichen Augen. Erst meinen Vater, dann mich, dann seine Nichte Clara, die immer noch an meinem Arm hing. Tano streckte die Hand aus und fasste Clara am Kinn.

Seine Worte waren leise, sein Ton war väterlich, doch es schwang eine Drohung mit, die Clara erschauern ließ. Sie nickte und nickte immer wieder.

Schließlich ließ er sie los, drehte sich um und ging.

Damián deutete mit der Hand auf den Hubschrauber und sagte: »Los, geht!«

»Und du, Damián?«, fragte Clara. Wenn sie es nicht gefragt hätte, so hätte ich es getan. Falls ich mich getraut hätte.

Er hob das Kinn. »Ich werde nicht mitfliegen, Clara. Viel Glück!«

Schau mich an!, dachte ich. Schau mich an! Aber ich weiß nicht, ob ich einen Ton herausbrachte.

Damián wandte sich ab und ging mit großen Schritten und zugleich leicht und fast unbeschwert seinem Onkel hinterher.

»Damian!« Ich wollte ihm hinterherlaufen, aber mein Vater hielt mich fest. »Damián!«, schrie ich. »Geh nicht weg!«

Sein Schritt stockte. Langsam drehte er sich um.

Der Griff meines Vaters an meinem Ellbogen war fest. Ich erinnere mich, dass ich versuchte mich loszureißen. Aber es ging nicht.

»Damián, bitte!«

Er zögerte, dann kam er langsam ein paar Schritte zurück. Er blickte mich an, aber es war nicht der Blick, den ich suchte. Er schaute mich nicht wirklich an. »Jasmin«, sagte er viel zu ruhig, fast kalt. »Ich kann nicht mit euch kommen. Es geht nicht.«

»Aber …«

»Komm!«, sagte mein Vater.

»Lass mich!«, fuhr ich ihn an.

»Hör auf deinen Vater«, sagte Damián. »Ihr müsst gehen. Und pass gut auf Clara auf. Ich vertraue sie dir an.« Er wich zwei Schritte zurück und machte eine verzweifelt bedauernde Geste. »Leb wohl, Jasmin!«, setzte er leise hinzu. Ein letzter Blick, der mich nicht wirklich sehen wollte, dann drehte er sich hastig um, lief zu seinem Pferd und schwang sich hinauf. Der Trupp von Tano stieg ebenfalls auf. Im wilden Galopp folgten sie dem Weg, den wir gekommen waren, hinauf in die Nebelberge.

»Komm jetzt!«, sagte mein Vater. »Der wird sich schon wieder melden, wenn ihm wirklich was an dir liegt!« Energisch zog er mich zum Hubschrauber.

Einer der Bodyguards kam uns entgegen und nahm die beiden Arztkoffer und Claras Bündel. Die Rotorblätter des Hubschraubers begannen sich zu drehen.

– 25 –

Als der Hubschrauber sich knatternd vom Boden erhob und Yat Wala, das große Haus, am See unter uns schrumpfte, zerbrach etwas in mir. Elena und Leandro lachten erleichtert und redeten durcheinander, während in mir etwas starb. Das gab es wirklich. Es machte knacks in einem drin und auf einmal war nichts mehr so wie vorher. Die Welt hatte andere Farben, die Musik andere Tonarten, die Menschen andere Gesichter. Alle Gefühle waren weg und andere da, die ich noch nicht kannte.

Mein Vater saß vor mir und sah aus wie mein Vater, mit Bart, grauen Augen und Lachfalten, mit dem Ehering an der rechten Hand, erschöpft, aber froh, dass wir entkommen waren, doch meine Gefühle für ihn waren verschwunden: nicht nur mein Zorn, meine Wut, mein Groll, sondern auch das Vertrauen, das ich seit meiner Kindheit für ihn empfunden hatte. Er war ein fremder Mann geworden. Zum ersten Mal sah ich, dass er nicht mehr jung war. Er war ein Mann Mitte vierzig, schmächtig gebaut mit zierlichen Handgelenken und empfindsamen Chirurgenhänden.

Elena umarmte mich und rief: »Gerettet, wir sind gerettet!«

Und ich verstand nicht, warum sie sich freute. Seit dem ersten Tag, den ich aufs Colegio Bogotano ging, war sie meine Freundin. Wir hatten Musiktitel getauscht, waren zusammen ausgeritten, hatten über unsere Mütter geseufzt, die immer überall Gefahren witterten. Wie kindisch! Ich kam mir vor, als ob ich meine Klassenkameradin Elena, die vor zwei Tagen sechzehn geworden war, mit einem Sprung um zehn Jahre an Alter überholt hätte.

War es der Schmerz, der so etwas bewirkte? Ein Verlust, von dem ich annehmen musste, dass er unumkehrbar war? Für immer und ewig. Ich hatte mich in Damián verliebt, ich hatte geglaubt, er empfinde genauso viel für mich. Hatte ich mich getäuscht?

Für Clara hatte er gekämpft, um mich nicht. Nun gut, sie war seine Schwester.

Sie erklärte uns das auf dem Flug so: »Damián hat den traditionellen Stock der Nasas erhoben, das Zeichen der Gewaltlosigkeit und der Furchtlosigkeit. Denn mit dem Stock kann man gegen ein Gewehr nichts ausrichten, und wenn man ihn trotzdem erhebt, zeigt man, dass man den Tod nicht fürchtet.«

So hatte Damián nicht nur Tanos Horde, sondern auch Leandros Bodyguards entwaffnet.

»Sie haben anerkannt«, sagte Clara, »dass er die größere Macht bei sich hat.«

»Was für eine Macht?«, fragte Elena.

»Die Macht von *e'shavy*.«

Also die des Bären. Das Wort hatte sich mir eingeprägt.

»Ein Indianerzauber!«, rief Elena aus. »Ein Glück, dass ihr an so etwas glaubt. Sonst wären wir wahrscheinlich jetzt tot und …«

»Nein, Elena«, unterbrach Leandro sie. »Es war kein kultischer Zauber. Es war nicht die Macht des Bären. Das ist nur ein Symbol für ein Talent, das Damián besitzt. Ich habe ihn beobachtet, wie er verhandelt, wie er sich bewegt. Immer ruhig, immer gelassen, immer freundlich und aufmerksam. Ich habe Gewerkschaftsführer gesehen, die hatten auch so ein Talent, und manchmal auch Politiker.«

Vielleicht war es auch nur ein Deal gewesen, dachte ich. Damián blieb bei Tano und seiner Horde, damit Clara mit uns ziehen durfte und eine medizinische Behandlung bekam. Es war ein Opfer.

Unendliche Müdigkeit überfiel mich. Dass man so müde sein konnte! Ich war nahezu unfähig mich zu bewegen, etwas zu sagen, geschweige denn, ein Gespräch zu führen. Vom Flug bekam ich fast nichts mit. Wie im Nebel zogen die Berge an mir vorbei.

Die Sonne berührte die fernen Gipfel der Berge, als wir auf dem Hubschrauberlandeplatz des Bergwerks von Inza aufsetzten. Wie eine Festung klebten die Gebäude der Mine am bewaldeten Hang oberhalb eines tiefen Einschnitts, durch den sich ein Fluss schlängelte. Die Anlage war umgeben von hohen Zäunen mit Wachtürmen. Überall sah man bewaffnete Sicherheitsleute. Unterhalb der Mine hingen wie Pusteln an den steilen Hängen die Bretterbuden der Guaqueros. Es waren Tausende. Sie gehörten den armseligen Schatzsuchern, den Schlammwühlern, die Tag für Tag, Monat für Monat, Jahr um Jahr mit Kind und Kegel auf die Schlacke aus der Mine warteten, um ein paar grüne Splitter vom großen Reichtum abzugraben.

Leandro warf sich ein Handtuch über die Schulter, bevor

er ausstieg, das Tuch der Guaqueros, mit dem sie die Edelsteine sauber rieben. Die Guaqueros draußen am Zaun jubelten ihrem Patron zu wie einem Helden, einem großen Friedensstifter und Gönner der Armen. Es waren ausgemergelte Gestalten, Kleider und Gesichter waren schwarz vom Schlamm. Unter ihnen befanden sich Kinder und Frauen.

»Ich habe der Gegend Frieden gebracht«, erklärte uns Leandro. »Ich habe Regeln aufgestellt und setze sie durch. Jeder kann sein Glück machen, wenn er sich an die Regeln hält. Zwanzig Prozent des Ertrags der Mine geht an diese Menschen. Was sie finden, gehört ihnen. Das ist mein Geschenk an die Leute. So mancher ist über Nacht reich geworden.«

Mein Vater war still. Vermutlich tat ihm der Fuß weh. Er hatte ihn im Hubschrauber verbunden.

Leandro erläuterte, was wir von oben sehen konnten, während wir zu den eigentlichen Minengebäuden hinübergingen.

Unten am Flussufer wimmelte es von Geschäftemachern, Wunderheilern, Losverkäufern, Wahrsagerinnen, Schnapsverkäufern und Drogenhändlern. Autos standen auf einem kleinen Platz im schwarzen Schlamm. Auf den Motorhauben stellten Verkäufer auf Lappen ihre Funde aus. Diejenigen, die in sauberen Anzügen von Angebot zu Angebot schlenderten, waren die Smaragdkäufer. Vom Handeln mit Edelsteinen lebte es sich offensichtlich besser als vom Schürfen. Eine fragile Seilbahn überquerte in zehn Metern Höhe den Fluss. Drüben gab es Baracken mit Läden, Kneipen und Bordellen. Manche Guaqueros lebten seit fünfzehn Jahren so. Die Aussicht, im Schlamm aus der Mine eines Tages den einen großen Smaragd zu finden, war wie eine

Sucht. Sie vergaßen darüber ihre Familien, ihre Frauen, ihre Freundinnen.

»Morgen zeige ich euch den Schacht«, versprach uns Leandro.

Elena war die Einzige von uns, die noch munter und aufgeregt war. Sie würde heute Abend endlich von ihrem Vater das lang ersehnte Geburtstagsgeschenk überreicht bekommen.

Ich dagegen war einfach nur müde. Das Getriebe und Geschrei, das Gewusel von Menschenmassen nahm ich wie durch einen Schleier wahr.

Es war ein Wunder, dass meine Füße mich überhaupt den Weg vom Hubschrauberlandeplatz zum Hotel trugen, das den absurden Namen *El Palacio* trug, Palast. Nur für Clara war es mit unvorstellbarem Luxus ausgestattet. Natürlich kannte sie Waschbecken und WCs, zumindest aus dem Krankenhaus von Popayán, aber dass sie selbst ein Zimmer für sich allein haben würde, wo warmes Wasser aus der Wand kam und ein riesiger Spiegel über einer Badewanne hing, wo auf dem Nachttisch Lampen mit Schirmen standen und wo ein Radio und ein Fernseher, wann immer sie es wollte, fremde Stimmen und Gesichter in ihre Welt brachten, das hätte sie nie zu träumen gewagt. Am meisten entzückte sie die ungeheure Glätte der Bettwäsche und die plustrige Weichheit der Kopfkissen. Und zugleich erschreckte es sie.

»Bitte«, flüsterte sie mir zu, »ich möchte nicht alleine hier schlafen.«

In ihrem ganzen Leben hatte sie noch nie ein Zimmer für sich allein gehabt. Ich gab meinen Schlüssel zurück und zog zu Clara ins Zimmer.

Elena und ihr Vater würden oben in ihrer Suite übernachten, die immer für Leandro reserviert war. Wenn wir uns frisch gemacht hatten, sollten wir zu ihm hinaufkommen, wo er mit Abendessen und Musik eine kleine nachträgliche Geburtstagsfeier für Elena veranstalten würde.

Die Dusche belebte mich etwas. Nur hätte ich auch gern frische Kleider gehabt. Das verstand Clara nicht wirklich. Sie fand es auch ziemlich lustig, sich einfach so zu duschen. »Ich komme mir vor wie eine Prinzessin«, sagte sie kichernd.

»Die baden in Eselsmilch«, antwortete ich. »Zumindest in unseren Märchen.«

»In Eselsmilch?« Clara lachte. Dann aber begab sie sich doch ins Badezimmer, um ziemlich lange mit Wasserhähnen und der Brause herumzuspielen. Ich stand am Fenster und sah, wie die Nacht über Berge und Tal fiel. Die Dämmerung brachte die Fledermäuse. Schnell verlor das Treiben der Händler und Glückssucher im Tal die Farben, erlosch, wurde grau und verschwand. Tausende kleiner Lichter begannen zu glimmen, flackernd und flüchtig.

Was mochten die Männer, Kinder und Frauen wohl denken, wenn sie zu uns heraufblickten und die erleuchteten Fenster des Hotels sahen? Wie ein Palast musste es ihnen vorkommen. Für sie waren Leandro und mein Vater Könige und Elena und ich Prinzessinnen, die in Eselsmilch badeten.

Auch mir kam der Unterschied krass vor. Erst vor einer guten Stunde waren wir in einem einsamen Tal an einem See fast von Dschungelkriegern erschossen worden. Erst heute Morgen hatte ich mit den Andenbären Freundschaft geschlossen und Damián meine ewige Treue geschworen. Gestern war ich mit ihm im Smaragdsee geschwommen und ihm so nahe gewesen wie nie vorher.

»Er wird sich schon bei dir melden, wenn ihm wirklich was an dir liegt«, hatte mein Vater vorhin gesagt! Hatte er eigentlich gewusst, was er da aussprach, ungeduldig und schnell, damit ich endlich mit ihm zum Hubschrauber ging? Ein rasches, vernichtendes Urteil. Wenn ihm was an dir liegt, siehst du ihn wieder, wenn du ihn nicht wiedersiehst, dann liegt ihm nichts an dir. So einfach ist das. Aber so einfach war es eben nicht! Zwischen Damián und mir gab es etwas, das uns immer verbinden würde. Auch wenn das alles nur ein Märchen gewesen war, das in diesem brutalen Land zwischen Minenelend und Diplomatenball keinen Bestand haben konnte.

»Sei nicht traurig«, sagte Clara und legte mir die Hand auf den Arm. Ihr Haar war feucht von der Dusche und hing ihr offen und üppig bis zum Gürtel herab. Sie lächelte mir schwesterlich in die Augen. »Du musst dir merken, was du träumst, Jasmin. Dann wird Mama Lula Juanita dir sagen, was geschehen wird.«

»Dann hat sie sicher auch deine Träume gedeutet?«

Ein Schatten fiel über Claras Gesicht. Sie nickte.

»Und, was sagen sie?«

»Es ist lang her, über drei Jahre. So lange ist Juanita schon fort. Meine Träume haben damals gesagt, dass ich bald sterben werde. Aber Mama Lula meinte, dass Träume sich auch irren können, wenn sie gefangen sind in der Angst.«

Den Abend verbrachten wir in Leandros Hotelsuite. Er hatte eine kleine Band gebeten aufzuspielen. Das Hotel servierte uns ein festliches Ajiaco Santafereño und dann bekam Elena von ihrem Vater einen Platinring mit einem daumennagelgroßen Smaragd überreicht.

Ich erinnerte mich dunkel, dass ich in meinem vorigen Leben insgeheim gehofft hatte, auch für mich werde Elenas Vater ein kleines Schmuckstück mit einem Smaragd als Geschenk haben, aber das kam mir jetzt bedeutungslos vor. Wie hätte ich auch ein Schmuckstück tragen können, das nicht ein Geschenk Damiáns gewesen wäre? Es wäre mir wie Betrug vorgekommen. Außerdem wäre es mir peinlich gewesen, wenn Clara dabei leer ausgegangen wäre. Zum Glück gehörte Leandro nicht zu denen, die mit den teuren Edelsteinen, die sie fördern ließen, freigiebig umgingen.

Mein Vater wollte bald zu Bett und am anderen Tag früh aufstehen, um so vielen Menschen wie möglich seine medizinische Hilfe anbieten zu können. Uns allen fielen die Augen zu, deshalb zogen wir uns ziemlich bald in unsere Zimmer zurück.

Clara staunte, wie weich die Matratze war, die ich in meinem Bett ziemlich hubbelig fand. Sie war sich sicher, die Nacht überhaupt nicht schlafen zu können, vor allem vor Aufregung.

»Ich bin frei!«, sagte sie leise und inbrünstig. »Mein Onkel Tano hat mir zwar befohlen, dass ich zurückkomme, aber ich weiß, dass ich nie wieder in Yat Pacyte leben werde. Ich werde Tante Maria und Ana und Alejandra nie wiedersehen …« Daraufhin weinte sie ein bisschen. Ich legte den Arm um sie und weinte auch ein bisschen. Grund genug hatte ich dazu.

»Da fällt mir etwas ein!«, sagte Clara plötzlich, stand auf und begann in dem Beutel zu kramen, den sie bei sich hatte. Sie zog eine murmelgroße weiße Kugel hervor, durch die ein Loch gebohrt und eine dünne, aber zähe Pflanzenfaser gefädelt war.

»Kautschuk«, erklärte mir Clara. »Er hat etwas eingeritzt.«

»Wer?«

»Damián. Er hat es mir zum Abschied gegeben.«

»Wann denn? Er hat sich doch gar nicht von uns verabschiedet.« Er war uns ja nicht einmal mehr nahe genug gekommen, um uns auch nur die Hand zu geben.

Clara lächelte. »Doch. Er hat sich von mir verabschiedet, als Tano mit seinen Reitern den Berg herabkam. Er hat mir das hier gegeben und mir gesagt, ich solle zum Hubschrauber reiten. Aber dann kamt ihr, dein Vater und du. Schau!«

Sie gab mir die seltsame Kette. Die weiße Kugel war zwar hart, aber nicht so hart, dass man nicht mit einem Fingernagel eine Kerbe hätte hinterlassen können. Senkrecht zum Bohrloch war rundherum etwas in die Oberfläche eingeritzt worden. Es waren Buchstaben. Ich konnte auf den ersten Blick kein zusammenhängendes Wort erkennen, hatte auch das Gefühl, dass es mich vielleicht nichts anging, und reichte sie Clara zurück.

Sie wehrte ab. »Ich kann zwar lesen, was da steht«, sagte sie. »Aber ich weiß nicht, was es bedeutet. Weißt du es? Es sind Buchstaben. Dd-cric…«

Ich musste lachen. »Es ist eine E-Mail-Adresse.« Sie lautete: ddagua-cric@googlemail.com. »Es ist Damiáns E-Mail-Adresse.«

Nun lachte Clara auch, aber sicherlich nicht wie ich darüber, dass auf einem solch urtümlichen Schmuckstück aus Gras und Kautschuk etwas so Modernes stand wie eine E-Mail-Adresse. Sie lachte mehr aus Scham.

»Ich weiß«, sagte sie, »was eine E-Mail ist, aber ich habe

das Zeichen nicht erkannt, das ›arroba‹.« So hieß das @ auf Spanisch.

»Er möchte, dass du ihm per E-Mail berichtest, wie es dir geht«, stellte ich fest.

Clara blickte mich etwas zweifelnd an.

»In Bogotá«, erklärte ich, »gibt es überall Computer, von denen aus man E-Mails verschicken kann. Ich habe einen zu Hause, im Krankenhaus haben sie sicher auch welche, und es gibt Läden, wo man das tun kann. Ich zeige dir, wie das geht. Es ist das Einfachste von der Welt.«

Clara umarmte mich völlig überraschend und drückte mir einen Kuss auf die Wange. »Davon habe ich immer geträumt!«, flüsterte sie.

– 26 –

Mitten in der Nacht wachte ich auf. Es war stockfinster. Clara röchelte im Bett neben mir, als würde jemand sie erwürgen. Einen Moment lag ich steif vor Angst, dann machte ich Licht. Erst einmal war ich erleichtert, dass niemand neben mir Clara erwürgte, aber dass sie röchelnd um Luft rang, war beunruhigend. Und ich bekam sie auch nicht wach.

Ich rannte zur Zimmertür meines Vaters und klopfte, bis er aufwachte. Er kam mit seinem Notfallkoffer. Claras Zustand hatte sich nicht geändert, ihr Brustkorb hob und senkte sich im verzweifelten Bemühen, Luft zu kriegen, ihr Atem ging pfeifend, doch ihre Augen waren noch immer geschlossen.

Mein Vater klopfte ihr auf die Backe und rief ihren Namen. Auf einmal schlug sie die Augen auf. Sie versuchte sich aufzurichten, aber ihr fehlte die Luft. Die Augen traten ihr vor Angst aus den Höhlen. Es war fürchterlich anzusehen.

»Ganz ruhig!«, sagte mein Vater und half ihr, sich in eine sitzende Position aufzurichten. »Versuch auszuatmen. Nur ausatmen. Gleich geht es dir besser.«

Er kramte in seinem Koffer, zog eine Spritze auf, desinfizierte eine Stelle an Claras Oberarm und injizierte den Inhalt. Obwohl ich ihn aus dem Schlaf gerissen hatte, arbeitete er hellwach und konzentriert. Ob ich das jemals können würde?

»Was hat sie denn?«, fragte ich.

»Asthma«, antwortete mein Vater schlicht.

Clara lächelte schon wieder und atmete bereits deutlich ruhiger. Sie berichtete, dass sie auch früher schon an Atemnot gelitten habe. Ihre Großmutter Juanita habe ihr dann immer Kaffeebohnen gegeben, die sie zerbeißen und schlucken musste.

Mein Vater nickte anerkennend. »Stimmt. Starker Kaffee kann helfen.« Er erklärte ihr, wie das Asthmaspray funktionierte, das er dabeihatte. Dann ermahnte er mich ihn sofort zu holen, falls es Clara wieder schlechter gehen sollte, was er allerdings nicht erwartete, und ließ uns allein. An Schlafen war nicht mehr zu denken. Clara war hellwach, was auch an den Medikamenten lag. Und mir war der Schreck auch gehörig in die Glieder gefahren.

Nebeneinander saßen wir auf den Betten, warteten auf den Sonnenaufgang und erzählten uns, wie wir bis jetzt gelebt hatten. Clara berichtete mit so viel Wärme von ihrem Leben bei ihrem Onkel und ihrer Tante mit den Cousinen, den Kindern, den Tieren, dass ich nicht verstand, warum sie es so dringend aufgeben wollte. Es schien ein Leben nach einem ruhigen Rhythmus gewesen zu sein, hart und arbeitsam, aber nicht trübsinnig. Seit sie denken konnte, hatten sie Tiere versorgt, Mais kultiviert, Lamas geschoren, Wolle verkauft und Pullover gestrickt. Sie hatten sich Geschichten erzählt und gesungen. Stundenlang hatten sie gesungen, oft im Kanon.

»Man sagt«, erklärte sie mir, »das Leben der Frauen vom Volk der Nasas sei Liebe, Hingabe, Tapferkeit und Widerstand. Unsere Kinder sind unsere Liebe, bei uns gibt es keine verlassenen oder misshandelten Kinder, unsere Hingabe gilt der Familie, deren Seele und Ernährer wir sind, zu Hause am Herd. Tapferkeit brauchen wir, um unsere Männer im Kampf um Land und Freiheit zu begleiten, und unser Widerstand gilt der westlichen Kultur, der spanischen Sprache und dem verfluchten Katholizismus, der uns unsere Identität geraubt hat. Wir sind es, die unsere Kultur aufrechterhalten, wir lehren die Kinder unsere Sprache, wir bestellen die Felder und füttern die Tiere. Wir sind der Kern des Widerstands gegen die westliche Kultur. Die Männer gehen fort und erliegen allzu oft den Versuchungen von Alkohol und Geld.«

»Aber wenn eine Frau diese Rolle nicht spielen will?«, fragte ich.

Clara lächelte. »So wie Mama Lula Juanita. Sie ist nicht nur eine *Piache*, eine Traumdeuterin, sie ist auch eine Medizinfrau und Zauberin. Und obwohl sie nichts anderes tut, als unsere uralten Traditionen zu erhalten und auszuüben, hat sie zugleich mit der Tradition gebrochen. Denn bei uns kann eine Frau niemals Medizinerin und geistliche Führerin sein. Diese Rolle ist dem *Thé Wala* vorbehalten, dem Großen Mann.«

»Hat sie euch deshalb verlassen und ist nach Bogotá gegangen?«

»Vielleicht.« Clara wirkte plötzlich verschlossen. »Es gab Diskussionen mit Tano und Männern aus anderen Siedlungen. Und dann kam Susanne ...«

»Die Lehrerin aus Deutschland.«

Clara nickte. »Tano gehört zu den Leuten, die dagegen

sind, dass man uns Lesen und Schreiben beibringt. Vor allem lehnt er es ab, dass wir in unserer eigenen Sprache, dem *Nasa Yuwe*, lesen und schreiben lernen.«

»Das ist doch bescheuert.«

»Nicht unbedingt. Unsere Kultur wird mündlich überliefert, von den Müttern und den *Thé Walas*. Sie besitzen das Wissen. Sie fürchten, dass sie ihre Autorität verlieren, wenn das Wissen aufgeschrieben wird und für jedermann zugänglich ist.«

»Typisch Mann!« Clara lachte.

Aber im Grunde war es bei ihr genauso gekommen. Sie und andere Mädchen aus den Bergen waren bei Susanne in den Unterricht gegangen und hatten viel mehr über die Welt erfahren, als die Kinder üblicherweise in den Dorfschulen der Ureinwohner lernten. Als Clara dann verkündete, sie wolle Meeresbiologin werden, hatte Tano ihr verbieten wollen sich weiter mit Susanne zu treffen. Sie hatte es trotzdem getan, er hatte es herausbekommen und es hatte Streit gegeben. Das war vor gut drei Jahren gewesen.

»Hat er dich geschlagen?«, fragte ich.

Clara schüttelte stumm den Kopf.

»Was hat er gemacht?«

»Nichts!«

Das klang schlimmer, als wenn er sie verprügelt hätte.

»Aber mir war klar, dass ich ihn nicht noch einmal hintergehen durfte. Es gibt immer den Punkt, da weiß man, dass man nicht weiter gehen kann, nicht wahr?«

»Und deine Großmutter Juanita? Wo war die?«

»Sie hat mich unterstützt. Aber dann ...« Ein Schatten fiel über Claras Gesicht. »... wurde Susanne entführt. Und Juanita ist weggegangen.« Sie schloss die Augen.

Ich fragte Clara nicht mehr nach ihren Eltern, die bei einem Überfall der Paras auf ihr Dorf getötet worden waren, wie Juanita mir erzählt hatte. Clara war zwei Jahre älter als ihr Bruder, sie musste damals alles mitgekriegt haben.

Irgendwann sickerte Morgenlicht ins Dunkel des Zimmers. Die Sonne ging auf. Es war sechs Uhr.

Clara amüsierte sich köstlich, dass ich schon wieder duschen ging, tat es mir aber nach und fand es schön. Mein Vater untersuchte sie noch einmal. Zum Frühstück trafen wir Leandro. Elena schlief noch. Leandro und mein Vater gingen hinaus, um draußen am Zaun um die Festung der Mine eine Art Sprechzimmer aufzubauen, das aus einem Tisch und einem aufgehängten Tuch als Sichtschutz bestand und von Sicherheitsleuten bewacht wurde. Am späten Vormittag gesellte sich Elena zu uns. Wir gingen hinauf in die Suite ihres Vaters. Gegen Mittag kam Leandro ebenfalls herauf. Er brachte meinen Vater mit, der ziemlich desillusioniert war. Es waren weniger gekommen, als er erwartet hatte. Ein paar Männer hatten ihn konsultiert, aber sie hatten so schwere Leber- und Nierenschäden, dass sie sofort in ein Krankenhaus gemusst hätten, was sie rundheraus ablehnten. Eine Frau war bei ihm gewesen, die Rheuma in den Händen hatte. Auch sie war durch nichts zu bewegen gewesen mit dem Schürfen aufzuhören. Der Rest hatte gar nichts gehabt oder harmlose Wunden.

Leandro wunderte es nicht. »Vor ein paar Jahren haben wir ein Sozialprogramm aufgestellt mit Krankenversicherungen für die Guaqueros und Ausstiegsprogrammen, damit sie ein anderes Leben führen können. Aber sie wollen hier nicht weg. Solange es Smaragde gibt, gibt es Verrückte, die für einen großen Stein ihr Leben riskieren.«

Er bot an, uns die Mine zu zeigen. Elena verzichtete. Sie hatte das alles schon oft gesehen. Auch Clara blieb auf Anraten meines Vaters im Hotel.

Zu dritt begaben wir uns ins Herz der Förderanlage, die schwarzen Schlamm ausspuckte. Er klebte überall, an allen Fahrzeugen, Kleidern, Gebäuden und in den Gesichtern der Arbeiter.

Vor sechzig Jahren, erklärte uns Leandro, hatten sich die Minen in Staatsbesitz befunden, korrupte Beamte hatten in ihre eigene Tasche gewirtschaftet. Familienclans und Verbrecherbanden kämpften um die Vorherrschaft in der Region. Polizei und Armee waren machtlos. Dann versuchte das Medellín-Kartell ins Smaragdgeschäft einzusteigen. Tausende von Menschen kamen bei Gefechten ums Leben. Als Leandro vor dreißig Jahren ins Geschäft einstieg, stellte er eine private Garde auf, welche die Guaqueros schützte. Der Staat gab die Minen dann in Privatbesitz. Leandro erwarb für vier Minen die Lizenz, sie auszubeuten. Die von Inza gehörte sowieso schon ihm selbst, weil er vor zwanzig Jahren den richtigen Riecher gehabt und den Bauern Grund und Boden abgekauft hatte. Er hatte viel investiert, um den Berg nach smaragdführenden Quarzadern zu durchsuchen, nach fünf Jahren war er endlich auf eine ergiebige Ader gestoßen.

Aber wirklich vorbei war der Krieg nicht. Das Drogenkartell von Medellín hatte zwar an Einfluss verloren, aber dafür versuchten die FARC und andere Gruppen in der Region Fuß zu fassen. Immer wieder fand man die Leichen ermordeter Guaqueros. Erst vor zwei Jahren war ein Freund von Leandro in die Hände unbekannter Mörder gefallen und lebend aus einem Hubschrauber über der Mine abgeworfen worden.

»Achtzigtausend Kolumbianer leben vom Edelsteinhandel«, erklärte uns Leandro. »Wir exportieren sechzig Prozent aller Smaragde, die auf dem Weltmarkt gehandelt werden, nicht mitgerechnet die Steine, die illegal geschürft und außer Landes gebracht werden.«

Beklommen stolperten wir über das Gelände. Ein Bagger hieb seine Schaufel in das weiche Gestein. Darum herum standen Männer mit Hämmern und schwarz verschmierten Gesichtern und hieben auf alles ein, was nach weißem Quarz aussah, immer in der Hoffnung, ein grünes Fünkchen zu erhaschen. Der Bruch wurde in die Waschanlage gezogen. Ein Jeep brachte uns schließlich zum Schacht.

Heiße Luft schlug uns entgegen. Der Schacht reichte hundert Meter in den Berg. In kleinen Loren kam das Gestein aus dem Bergwerk. Die Männer, die es ausluden, waren klitschnass und rabenschwarz. Leandro besorgte uns Gummistiefel und führte uns in den Berg. Die Gänge waren eng. Oft konnte man nur geduckt laufen. Wasser troff aus dem Gestein. Es war heiß und stickig. Leandro versicherte uns, dass Frischluft in die Stollen geblasen werde, dennoch hatte ich das Gefühl zu ersticken. Alles war schwarz und glitschig. Mit Presslufthämmern bohrten sich die Männer in den Berg. Grüne Steine glitzerten an der Decke, die von weißem Quarz durchzogen war. Enge, die Hitze, die Nässe und der Lärm trieben meinen Vater und mich sehr schnell wieder aus dem Bergwerk.

Leandro lachte. »Da muss man sich dran gewöhnen, nicht wahr?«

Die Männer dort drin arbeiteten zehn Stunden am Tag und sieben Tage die Woche. »Ich zahle gut«, behauptete Leandro.

Ich war auf einmal heilfroh, dass ich von Leandro nicht auch einen Smaragd geschenkt bekommen hatte. So was würde ich nie mehr tragen können. Auch meinem Vater war die Erschütterung anzusehen. Er war, wie schon gesagt, ein hoffnungsloser Sozialromantiker. »Wenn man einen Missstand erkannt hat«, pflegte er zu sagen, »dann muss man ihn beseitigen.« Er war nach Kolumbien gekommen, weil er glaubte helfen zu können. Doch auf unserer Reise in die Nebelberge hatte er nichts anderes erfahren, als dass er entweder nicht helfen konnte oder seine Hilfe nicht erwünscht war. Und es hatte nicht einmal Sinn, sich darüber aufzuregen und Protestaktionen anzuzetteln. Angesichts der gigantischen schwarzen Hölle gab es nichts Vernünftiges mehr zu sagen.

»Es wird niemand gezwungen hier zu arbeiten«, sagte Leandro, der unser Entsetzen spürte. Wie hätte er es auch verleugnen können? Jedem Menschen musste klar sein, dass es unmenschlich war, was hier geschah.

Und dennoch geschah es.

Warum? Warum machten Menschen so etwas mit? Für die paar Pesos, für den Traum vom großen Stein, den sie im Mund aus der Mine schmuggeln würden? Aber die allgemeine Not war nicht die Antwort. Viele hatte ich inzwischen gesehen, die sich irgendwie anders über die Runden brachten.

Und wie hielt Leandro das aus? Da oben in seiner Luxussuite im Hotel mit Blick auf die Barackenstadt der Guaqueros, die auf den Schlamm warteten, sein Geschenk an sie. Ein tückisches Geschenk, hielt es doch Zehntausende von Menschen in der Nähe der Mine unter dem grünen Fluch.

– 27 –

Sieben Wochen Sommerferien lagen vor mir und ich sehnte bereits ihr Ende herbei. Unser Ausflug nach Popayán und in die Nebelberge des Cauca hatte nur sechs Tage gedauert. Was tun mit dem Rest Schulpause? Weder mein Vater noch meine Mutter hatten Urlaub. Elena lud mich zwar ein, mit ihr und ihren Eltern für vier Wochen an die Karibikküste zu fahren – sie hatten dort ein Ferienhaus direkt am Meer –, aber ich lehnte ab. Meine Eltern hätten nichts dagegen gehabt, aber ich wollte Clara nicht allein lassen. Sonne, Strand, Palmen und Meer, Drinks, Partys und Ausflüge mit der Jacht zu irgendwelchen Inseln passten auch nicht zu meiner Gemütslage. Im Grunde passte nichts. Ich war wie gelähmt. Nur die Besuche bei Clara waren ein Argument, morgens aufzustehen. Sonst wäre ich den ganzen Tag im Bett geblieben und erst aufgestanden, wenn meine Mutter aus dem Labor heimkam.

Clara lebte bei ihrer Großmutter Juanita im Waldhaus. Als Papa und ich sie dort ablieferten, schien die Alte mit den langen Zöpfen und dem Bowlerhut nicht sonderlich überrascht. Sie umarmte ihre Enkelin herzlich und bemerkte: »Jetzt wirst du gesund. Du bist schon gesund.«

Mein Vater war da skeptischer. Clara musste zunächst für ein paar Tage zur gründlichen Untersuchung ins Krankenhaus. Ich fuhr jeden Tag zu ihr. Als klar war, welche Medikamente sie bekommen musste, durfte sie nach Hause. Sie war so unbändig neugierig auf die neue Welt, in der sie sich befand, dass wir fast täglich Ausflüge unternahmen. Wir fuhren mit dem TransMilenio in andere Stadtteile. Wir besichtigten die engen Gassen von La Candelaria, dem Altstadtkern von Bogotá, gingen ins Goldmuseum, standen auf dem Plaza de Bolívar vor dem Rathaus und schlenderten durch die Einkaufspassagen. Ich zeigte Clara die weitläufigen Anlagen des Colegio Bogotano und wir besuchten den Campus der Staatlichen Universität, wo allerdings Semesterferien herrschten. Mit ihr zusammen traute ich mich auch in die Slums im Süden der Stadt, wovon ich meinen Eltern wiederum nichts erzählte. Auch zum Flughafen fuhren wir, Düsenjets angucken. Clara war die Existenz dieser Dinge bekannt, sie hatte vieles einfach nur noch nicht gesehen, etwa so wie ich aus Fernsehfilmen Kolibris, Tapire, Affen, Brillenbären oder Papageien kannte, sie aber in der Natur noch nie gesehen hatte. Ich freute mich über die Affen in den Bäumen, sie sich über die Hochhäuser, Busse und Schaufenster. Sie bewunderte den spiegelblank polierten Steinboden der Einkaufspassagen, die Abfalleimer und die Tatsache, dass man, wo auch immer man stand oder ging, etwas zu essen kaufen konnte. Sie sah und grüßte das Reinigungspersonal, wenn es dunkelhäutig war, all die Menschen, die hinter uns herwischten, uns bedienten, die unseren Dreck wegräumten und die wir normalerweise übersahen, und verwickelte sie in Gespräche. Ich erfuhr von so manchem Imbissverkäufer und mancher Klofrau, wo sie herkamen und wer ihre Eltern waren.

»So viele Menschen!«, stöhnte Clara manchmal.

»Und du kannst nicht mit allen sprechen«, bemerkte ich.

Sie lachte. Wo sie herkam, schaute man allen, denen man begegnete, in die Augen und wechselte mit ihnen ein paar Worte, denn es waren nicht viele und man sah selten neue Gesichter.

Ich nahm sie auch mit zu uns nach Hause. Neidlos bestaunte sie mein Zimmer mit eigenem Bad. Sie bewunderte die Möbel im Salon und den Elektroherd, an dem Estrellecita kochte. Doch jedes Mal war sie wieder glücklich und erleichtert, wenn wir ins Waldhaus zurückkehrten, wo ein offenes Herdfeuer glomm und es für Juanita und Clara nur den einen Raum gab, um zu schlafen und zu essen, wo die Ziege hinter dem Haus meckerte und Hühner im Boden scharrten.

Clara schien von unerschöpflicher Neugierde beseelt. Ich vergaß manchmal sogar, dass sie krank war und nachts immer wieder Asthmaanfälle hatte. Auch taten ihr oft Arme und Beine weh. Doch woran genau sie litt, erfuhr ich nicht. Sie fand entweder nicht die richtigen Worte oder sie dachte nicht in so exakten medizinischen Begriffen wie wir.

Ich half ihr den Antrag auf Krankenversicherung zu stellen. Nach einem Besuch des Sozialdiensts in Juanitas Hexenhaus im Wald wurde Clara auf Niveau 1 eingestuft, also mit fünf Prozent Eigenbeteiligung. Ich war bei dem Besuch nicht dabei, aber Clara erzählte mir, dass die beiden Sozialdienstler auf der Suche nach versteckten Reichtümern alles umgedreht hätten, weil Mama Lula Juanita als Wunderheilerin galt und einen Ruf bis hinauf in höhere Kreise hatte. Und die ließen sich ihre Dienste sicherlich was kosten. Doch Juanita hatte ihnen schließlich glaubhaft versichern können, dass sie nur Kräuter und Tees verkaufe und Ratschläge kostenlos erteile. Das Gegenteil konnte der Sozialdienst nicht beweisen, auch wenn er versucht hatte aus den geschnitzten Knochen, die im Haus herumlagen, und den mit Nasa-Masken bemalten Pfosten überall im Garten auf Zauberei, Magie und Heilungszeremonien zu schließen. Aber Juanita hatte erklärt, das seien nur Erinnerungen an ihre Heimat. Das hatte man ihr glauben müssen. Doch auch die fünf Prozent Eigenbeteiligung an den Arztkosten, erläuterte mir Clara, überstiegen die finanziellen Möglichkeiten ihrer Großmutter um ein Vielfaches ihres monatlichen Einkommens.

»Ich kann das, ehrlich gesagt, nur schwer glauben«, bemerkte mein Vater eines Abends dazu, als wir beim Essen saßen. »Dass sie die teuren Untersuchungen im Krankenhaus nicht zahlen kann, meinetwegen, wir haben einen Fonds für so was, obgleich das San Vicente als privates Krankenhaus gar nicht verpflichtet ist Patienten aufzunehmen, die keine Krankenversicherung haben. Aber dass Claras Großmutter sich so stur stellt, das gefällt mir nicht.«

»Es kann doch wirklich sein, dass sie für ihre Heilungszeremonien kein Geld nimmt«, wandte ich ein. »Clara hat mir erzählt, dass es im Cauca Regionen gibt, wo kein Geld in Umlauf ist. Da bezahlt man noch mit Naturalien.«

»Wir sind in Bogotá, Jasmin!«

»Aber die Medikamente sind doch sehr teuer …«

»So teuer sind sie auch nicht. Clara hat nicht, wie ich erst dachte, Morbus Fabry, sie …«

»Was ist das?«, fragte ich dazwischen.

»Das ist eine Erbkrankheit, und sie ist tödlich, es sei denn, man gibt ein sehr teures Enzym. Aber es hat sich ja nun nicht bestätigt.«

»Gott sei Dank!«, sagte meine Mutter.

»Allerdings ist sie auch nicht gesund«, bemerkte mein Vater. »So viel kann ich euch sagen.«

»Vielleicht ist es ein seelisches Problem«, stellte ich fest.

»Das wäre sicher gut möglich«, pflichtete mir Mama bei. »Wer weiß, was Clara alles gesehen und erlebt hat. Sie könnte traumatisiert sein.«

»Ja, ja«, sagte Papa leicht gereizt. »Schön, dass euch das alles so klar ist. Doch dann verstehe ich wirklich nicht, warum ihre phänomenale Großmutter sie nicht heilen konnte. Der Zauber, den die Medizinmänner hier veranstalten, arbeitet hauptsächlich psychisch mit Suggestion. Aber vielleicht ist diese Juanita eben einfach eine Betrügerin.«

»Sie ist keine Betrügerin!«, widersprach ich heftig. »Wie kannst du so was behaupten?« Ich dachte daran, dass sie mich bei der ersten Begegnung als Jungfrau angesprochen hatte. »Sie hat Fähigkeiten, glaube ich.«

»Na, wenn sie eine erfolgreiche Heilerin ist«, antwortete mein Vater bissig, »dann leuchtet mir nicht ein, dass sie kein Geld hat. Normalerweise bedanken sich Geheilte in unseren nichtindianischen Kreisen mit Geld.«

»Immer nur Geld!«, stöhnte ich.

»Du hast leicht reden, mein Kind! Wenn du erst einmal dein eigenes Geld verdienen musst, wirst du es nicht mehr so großzügig verteilen wie jetzt unser Geld.«

»Was?« Ich verstand gar nichts. Aber mein Vater hatte sich verändert nach der Reise in die Nebelberge. Er brauste öfter auf. Seine Kommentare waren bissig und hart.

»Das ist doch ganz einfach«, erklärte er mir. »Wie viel hast du jetzt in zwei Wochen für Clara ausgegeben, für Bücher, Kinobesuche, Essen, Busfahrten?«

»Aber …«

»Auf jeden Fall mehr, als dein Taschengeld beträgt. Mama und ich haben es dir gern gegeben. Doch nun soll Clara auch noch ein Fahrrad haben.«

Ich schluckte. »Aber dann müsste sie nicht mehr überallhin mit dem Bus fahren. Und Bewegung ist doch gesund!«

Mein Vater lächelte ungeduldig. »Schon richtig gedacht, Jasmin. Aber man kann nur Geld ausgeben, das man hat. Clara hat eine Großmutter, die ein Haus besitzt und einen Beruf ausübt, über den sie, so fürchte ich, uns alle im Unklaren lässt. Mag ja sein, dass sie für Medikamente aus der Schulmedizin kein Geld bezahlen möchte. Aber unter dieser Bedingung sehe ich es nicht ein, dass wir Claras Aufenthalt in Bogotá finanzieren. Jedenfalls nicht in dem Maße, wie es dir vorzuschweben scheint.«

»Wir können sie doch jetzt nicht einfach fallenlassen!«

»Davon redet auch keiner!«, griff meine Mutter in dem Ton ein, der vermittelnd und beruhigend klingen sollte, mich aber erst richtig auf die Palme brachte. Ich dachte an all das, was ich Clara versprochen hatte, Bücher, das Fahrrad, eine Reise ans Meer.

»Dann darf ich sie wohl auch nicht mehr zu uns zum Essen einladen«, stellte ich fest.

»Darum geht es nicht, Jasmin«, sagte mein Vater. »Clara ist uns jederzeit willkommen. Doch wir können nicht ihren Lebensunterhalt übernehmen.«

»Aber wir haben so viel mehr als sie!«, rief ich aufgebracht. »Wir haben doch das Geld!«

»Wir schon, Jasmin, aber du nicht. Deine Mutter und ich, wir arbeiten hart für unser Geld. Und wir haben hart dafür gearbeitet, dass wir so weit gekommen sind. Wir haben studiert …«

»Wie hätte Clara studieren sollen? Wo denn? Außerdem wollte ihr Onkel das nicht. Sie hatte nicht die Chance und wird nie die haben, die ihr hattet!«

»Auch das stimmt«, antwortete Papa. »Aber du hast ja gehört, Leandro kommt auch vom Land. Er war arm wie eine Kirchenmaus. Doch er hat es auch geschafft. Wenn man will, kann man alles schaffen. Aber man muss Eigeninitiative ergreifen und sich Ziele setzen.«

»Leandro?« Ich schnappte nach Luft. »Dieser Verbrecher … Außerdem ist er ein Mann!«

»Stopp, Jasmin. Ehe du andere verurteilst, überleg lieber, was du tust. Du willst Clara mit einem Luxus überschütten, auf den sie nicht vorbereitet ist und auf den sie wieder verzichten muss, wenn sie zu ihrer Familie zurückkehrt.«

»Sie wird nicht mehr zurückgehen. Eher stirbt sie!«

»So?« Mein Vater zog die Brauen hoch. »Na gut. Dann wird sie aber lernen müssen, selbst für ihren Lebensunterhalt zu sorgen.«

»Und wie? Sie kann nicht studieren.«

»Man muss nicht studieren, um Geld verdienen zu können.«

In mir explodierte etwas. So also war das! »Dann muss ich ja auch nicht studieren!«, sagte ich.

»Nun schütte mal nicht gleich das Kind mit dem Bade aus«, sagte meine Mutter. »Wir wollen doch nur, dass du verstehst, weshalb wir nicht einfach die Verantwortung für Claras Zukunft übernehmen können.«

»Warum denn nicht?« Ich rastete aus. »Dass ihr es nur wisst, sie ist meine Freundin. Sie ist wie eine Schwester für mich! Und ich fühle mich durchaus für sie verantwortlich. Ich kann mich nicht achselzuckend abwenden und sagen: Sieh zu, wo du bleibst.«

»Es ist schön, dass du Verantwortung für sie empfindest«, antwortete meine Mutter. »Aber wenn du meinst, Clara müsse unbedingt ein Fahrrad haben oder einen Englischkurs besuchen, dann musst du dir eben überlegen, wie und wo du die finanziellen Mittel dafür herbekommst.«

»Ich verstehe. Ein bisschen Gott in Weiß spielen und ein Leben retten, das könnt ihr, sobald es euch jedoch euer eigenes Geld kostet, ist es aus mit dem sozialen Gewissen!«

»Du weißt ganz genau, wie ich das meine!«, sagte meine Mutter mit angelegtem Kinn. »Und du solltest dir vielleicht auch einmal überlegen, warum du dich so für Clara engagierst. Könnte es sein, dass du es nur tust, weil sie die Schwester von diesem … diesem Indio ist, in den du dich …«

»Damián!«, schrie ich. »Er heißt Damián, Mama. Er hat einen Namen!«

»Weil du dich in diesen Damián verguckt hast. Ich darf dich daran erinnern, dass du uns versprochen hast, dass du dich nicht heimlich mit ihm triffst.«

»Ah, so ist das! Ihr glaubt also, ich würde Clara nur benutzen, damit ich Damián sehen kann? Aber da täuscht ihr euch! Zwischen Damián und mir ist es …« Ich musste schlucken. »… ist es aus. Und es war auch nie was!«

»Es fällt mir schwer, das zu glauben, Jasmin. Dein Vater hat mir natürlich erzählt, was auf der Reise vorgefallen ist, und …«

Da rastete ich vollends aus. »Was heißt hier vorgefallen? Nichts ist vorgefallen! Papa kommt doch bloß nicht damit klar, dass die Guaqueros ihn nicht als Gott in Weiß gefeiert haben. Man braucht seine Hilfe hier nicht! So ist das nämlich. Eure ganze Sozialromantik ist für den Arsch! So ist das doch!«

Mein Vater biss die Zähne zusammen und sagte kein Wort.

»Es reicht, Jasmin!«, sagte meine Mutter gefährlich leise. »So redest du nicht mit uns!«

»Gut, dann brauchen wir ja überhaupt nichts mehr zu reden«, sagte ich und warf die Serviette auf den Tisch. »Ihr traut mir ja eh nichts Vernünftiges zu. Und ich bin ja auch noch zu dumm und zu unreif, um zu verstehen, warum ihr auf eurem verdammten Geld hockt!«

»Jasmin!«, sagte mein Vater schwach. »Bitte!«

Aber es war alles zu spät. »Ich verachte euch!«, schrie ich und lief aus dem Zimmer.

– 28 –

Sie warteten auf eine Entschuldigung. Und ich auch. Aber sie mussten den ersten Schritt machen. Sie waren schließlich die Eltern, sie hatten die Macht, sie konnten bestimmen, wo ich lebte und wie, und sie waren überdies die Erwachsenen, die für sich in Anspruch nahmen, vernünftiger und reifer zu sein als ich. Dann sollten sie das auch mal beweisen, dachte ich.

Wir sprachen in den nächsten Tagen nur das Nötigste.

Clara erzählte ich nichts von dem Krach. Ich hätte mich zu sehr für meine Eltern geschämt. Wie hätte ich ihr erklären können, dass meine Eltern, die mit dem Flugzeug aus Deutschland gekommen waren, in einer Wohnung mit vielen Zimmern und Haushaltshilfe lebten, ein Auto besaßen und jederzeit mit dem Taxi fahren konnten, weil sie beide einen gut bezahlten Job hatten, auf einmal fanden, dass sie nicht dafür zuständig waren, Claras Aufbruch in ein neues Leben zu finanzieren?

Natürlich verstand ich es auch. Wo hätte das hingeführt? Es gab so viele, die es genauso verdient hätten wie Clara, eine Chance zu bekommen. Clara hatte Freundinnen und Cousinen. Sie alle hatten Träume. Warum sollten meine Eltern also ausgerechnet für Clara den Weg bereiten? Immerhin hatte mein Vater schon dafür gesorgt, dass sie medizinisch behandelt wurde. So richtig verstand ich es jedoch nicht. Man konnte nie allen helfen, nicht allen ein Stück vom Glück verschaffen, aber wenn man es zufällig bei einem Menschen konnte, warum sollte man es dann nicht einfach tun? Allerdings war mir schon auch klar, dass ich gut reden hatte, solange es sich nicht um mein Geld handelte. Leider konnte ich nichts verdienen. In Bogotá waren die Jobs rar. Außerdem hätte ich mich vor den Sommerferien darum kümmern müssen. Irgendwo kellnern oder putzen ging nicht, damit hätte ich Bedürftigeren den Job weggenommen. Und meine Eltern hätten mir es auch nicht erlaubt.

Was mir zuerst wie Wortbruch, Weltuntergang und Scheitern erschienen war, erwies sich als Vorteil. Clara und ich hatten plötzlich viel Zeit, weil wir nicht mehr so viel unternehmen konnten. Wir verbrachten oft den ganzen Tag in Juanitas Waldhäuschen. Wir saßen draußen, wenn das Wetter schön war, oder am Tisch neben dem Herdfeuer, tranken tintenschwarzen Kaffee und unterhielten uns. Clara strickte Pullover. Das Geld für die Wolle hatte Juanita ihr gegeben. Und ich saß mit Heft und Stift dabei und schrieb. Es hatte damit angefangen, dass ich mir von Clara Worte ihrer Sprache hatte erklären und übersetzen lassen. Mittlerweile wuchsen sich meine Notizen zu einem Wörterbuch aus. Außerdem hatte ich begonnen, Juanita auszufragen. Die kleine Medizinfrau mit den langen Zöpfen gab bereitwillig Auskunft über Mythen und Legenden der Indianervölker Südamerikas. Und plötzlich war ich dabei, Lexikon und Grammatik der Sprache der Nasas und eine Legendensammlung zu erstellen.

»Und wie ist das mit dem Träumedeuten?«, fragte ich eines Tages.

»Erzähl mir einen Traum«, antwortete Juanita.

Ich wusste keinen. »Ich träume nicht.«

»Jeder träumt. Du erinnerst dich nur nicht daran. Dein starker Verstand deckt die Bilder der Nacht zu.«

Für so stark hatte ich meinen Verstand bisher noch nicht gehalten.

Juanita lächelte mich an, mit kleinen funkelnden Augen und blitzenden Goldzähnen. »Du hast sogar einen sehr starken Verstand, Jasmin. Du willst alles durchdenken, alles regeln, alles lösen. Du hast bestimmt schon mal geträumt, dass du rennst, aber doch nie dorthin kommst, wo du hinwillst.«

Ich nickte. Jetzt, wo sie das sagte, fiel mir ein, dass ich erst kürzlich geträumt hatte, ich müsste in die Berge, weil mein Vater entführt worden sei, und ihn retten. Aber erst war das Auto im Schlamm stecken geblieben, dann hatte ich mich im Urwald verlaufen. Atemlos war ich irgendwo liegen geblieben.

»Und was bedeutet das jetzt?«, fragte ich. »Dass meinem Vater etwas Schreckliches passieren wird?«

Juanitas Augen lächelten nicht mehr. Sie dachte nach. »Wer es eilig hat, muss langsam gehen«, sagte sie schließlich.

Ich war etwas enttäuscht. »Das klingt wie eine Rätselaufgabe.«

Clara lachte. »So ist das immer.«

Juanita lächelte wieder, doch der Ausdruck von Wachsamkeit verschwand nicht aus ihren Augen. »Ich kann nicht in die Zukunft schauen, Jasmin«, sagte sie. »Ich kann nur sehen, was gerade ist. Und gerade bist du sehr ungeduldig.

Aber wer rennt, rennt immer nur einen Weg und sieht die besseren Wege nicht, die von ihm abzweigen.«

»Hm.« Ich verstand zwar, was sie sagte. Aber ich entdeckte nicht, was das mit mir zu tun hatte. Oder ich wollte es nicht verstehen. Wollte sie mir etwa klarmachen, dass ich Damián nicht hinterherrennen durfte, weil es der falsche Weg war? Aber ich lief ihm ja gar nicht hinterher. Ich versuchte ihn zu vergessen. Was allerdings nicht hieß, dass ich nicht mehrmals am Tag an ihn dachte. Ich wachte mit ihm im Kopf auf und ging mit ihm im Sinn schlafen.

Schon in den ersten Tagen hatte ich Clara in einem Internetshop eine E-Mail-Adresse eingerichtet und ihr geholfen, eine Mail an die Adresse zu schicken, die Damián auf der Kautschukkugel eingeritzt hatte. Es hatte ewig gedauert, bis Clara mit der Tastatur zurechtkam, und sie hatte immer wieder laut gelacht, wenn sich ein Buchstabe auf dem Bildschirm materialisierte.

Sie bekam wohl auch eine Antwort von Damián, aber von sich aus sprach sie nicht über ihn und ich schnitt das Thema nicht an. Ich hatte das Gefühl, dass weder Clara noch Juanita über ihre Familie reden wollten. Als ob da unaussprechliche Kränkungen oder Schmerzen säßen.

Einmal hatte ich am Computer im Arbeitszimmer meines Vaters gesessen – meine Mutter lag mit Kopfschmerzen im Bett und mein Vater war noch im Krankenhaus – und hatte in die Adresszeile Damiáns E-Mail-Adresse getippt, die in meinem Kopf eingraviert war. Ich hatte angefangen den Brief zu schreiben, den ich jede Nacht in meinem Kopf entworfen, wiederholt, variiert und immer wieder neu vor mich hin gemurmelt und auswendig gelernt hatte.

»*Querido Damián …*«

Im Spanischen bedeutete das, was wir mit »lieber Damián« übersetzt hätten, schlicht und direkt »geliebter Damián« und entsprach vollkommen meinen Gefühlen. Ich hätte es auch auf *Nasa Yuwe* schreiben können, aber das schien mir zu aufdringlich und zu weit vorausgegriffen. Es hätte geklungen, als wollte ich ihn damit bestechen, dass ich seine Sprache lernte.

»Lieber Damián«, hatte ich geschrieben, »Du hast eine Entscheidung für uns beide getroffen, die ich akzeptieren muss. Du hast gewusst, dass Dein Onkel und mein Vater gegen unsere Beziehung sein würden. Die Reaktion meines Vaters war ungerecht und ich schäme mich dafür. Ich hätte ihn nicht für so engherzig gehalten. Meinen Standpunkt kennst Du. Ich glaube daran, dass wir beide die Chance gehabt hätten, die größten Hindernisse zu überwinden. Wir hätten es probieren sollen. Aber ich verstehe, dass wir beide unterschiedliche und vielleicht unvereinbare Leben leben. Ich werde Kolumbien in neun Monaten wieder verlassen, Du musst Deinen Weg gehen. Aber wenn wir schon kein ganzes Leben für uns haben, so könnten wir doch vielleicht ein paar Monate haben. Deshalb möchte ich Dir vorschlagen ...«

Ich brach ab. Wie konnte ich, wenn ich einen Mann so liebte, wie ich Damián liebte, eine zeitlich begrenzte Affäre vorschlagen? Ich brachte es nicht fertig. Es wäre von vornherein eine Lüge gewesen. Und wenn es keine Lüge war, wenn ich wirklich geglaubt hätte, wir könnten uns neun Monate lang treffen und lieben und uns dann trennen, dann war die Liebe nichts wert und ein solcher Vorschlag unnötig. Unmoralisch wollte ich ihn nicht nennen, aber eigentlich kam er mir so vor.

Also löschte ich alles wieder.

»Hallo Damián«, fing ich von neuem an, »ich möchte Dir nur kurz mitteilen, dass wir für Clara eine Schule gefunden haben, auf der sie in zwei Jahren die Hochschulreife erwerben kann.«

Aber das hatte Clara ihm vermutlich schon selbst geschrieben. Immerhin konnte ich Damián so zeigen, dass Clara mir nichts über den E-Mail-Austausch mit ihm, ihrem Bruder, erzählte.

»Es ist eine öffentliche Schule« fuhr ich fort, »nicht weit von Juanitas Haus, mit einer Mittagsküche für ärmere Kinder. Clara wird in der Küche mitarbeiten und nachmittags die kleinen Kinder betreuen. Gesundheitlich geht es ihr sehr viel besser. Die Behandlung ist weniger teuer als befürchtet. Clara ist glücklich. Aber sie möchte nicht mehr nach Yat Pacyte zurück. Ich vermute, sie wagt es nicht, Dir das mitzuteilen und Dich zu bitten, dass Du auf Tano dahingehend einwirkst …«

Himmel! Das konnte ich unmöglich schreiben. Erstens unterstellte ich Clara, dass sie ihrem Bruder ihre Sorgen nicht anvertraute, und zweitens deutete ich an, dass ich Grund hätte anzunehmen, dass sie Damián nicht vertrauen konnte, und drittens mischte ich mich in eine Angelegenheit mit einer Bitte ein, die mir nicht zustand.

Und wieder löschte ich alles.

»*Querido Damián*, ich möchte Dich wiedersehen! Ich kann ohne Dich nicht leben. Ich denke jeden Tag und jede Nacht an Dich. Ich gehöre Dir, auf Gedeih und Verderb und für immer und ewig!«

Bloß nicht! Ich löschte den Text und die E-Mail-Adresse zur Vorsicht gleich mit. Nicht, dass mir die Mail irgendwie entwischte und bei ihm auftauchte!

Was anderes mochte ihn viel mehr interessieren.

»*Hola* Damián, bald beginnt auch Dein Semester wieder. Dann wirst Du sicher wieder bei Deiner Mama Lula Juanita wohnen wollen. Keine Angst, ich werde dann nicht mehr dort aufkreuzen. Ich werde auch nicht versuchen anderweitig mit Dir Kontakt aufzunehmen. Du kannst also ganz beruhigt nach Bogotá zurückkehren. Ich werde Dir nicht im Weg stehen. Auf keinen Fall darfst Du meinetwegen Deine Ausbildung unterbrechen.«

Oder so ähnlich.

Aber vielleicht zerbrach er sich über so was gar nicht den Kopf. Vielleicht war es ihm egal, ob er mich traf oder nicht. Vielleicht würde er einfach kommen, plötzlich da sein. Oder er würde nicht kommen, weil er andere Pläne hatte oder neue Aufgaben im Indianerrat des Cauca übernommen hatte. Vielleicht hatte er längst alles aufgegeben, was ihm das westliche Leben in Bogotá anbot, um sich wieder in die mehr oder weniger kriegerischen Horden einzugliedern und den ewigen Kampf der Indios um eigenes Land fortzuführen. Womöglich hatte die Begegnung mit mir ihn zu der Erkenntnis gebracht, dass sein Platz nicht unter Weißen, den höheren Söhnen und Töchtern von Bogotá war, sondern bei seinem Volk im Urwald, bei den Bären und im Kampf für mehr Rechte.

Wenn das so war, wäre ich indirekt schuld daran gewesen, dass die Hoffnungen derjenigen, die ihm ein Stipendium und das Praktikum im Colegio Bogotano verschafft hatten, nun enttäuscht wurden. Alles für die Katz. Ich hörte schon meinen Vater reden: »Wer nicht will, der hat schon.« Wieder ein Indio, um den man sich bemüht hatte und der die ihm dargebotene Chance ausschlug.

Oder war es ganz anders? Hatte er sich in Wirklichkeit für seine Schwester geopfert? Das war der Deal mit Onkel Tano gewesen: Du lässt Clara ziehen, dafür kehre ich zu dir in die Truppe zurück und verzichte auf mein Studium.

Oh, Damián! Bitte erkläre es mir! Ein Wort, ein Hinweis, und ich gebe Ruhe!

Nichts zu wissen war schlimmer, als es die Gewissheit gewesen wäre, dass ich ihm komplett gleichgültig war und er überhaupt nie annähernd so viel für mich empfunden hatte wie ich für ihn. Ich hätte damit leben können, dass er sich nur ein bisschen in meine blauen Augen und meine europäische Exotik vergafft hatte. Dann hätte ich ihn dafür verachten oder hassen können. Dann hätte ich ihn aus meinen Gedanken streichen können. Aber so! Vielleicht hatte ich das Entscheidende nur nicht begriffen. Vielleicht hätte ich etwas tun können oder müssen. Vielleicht wusste er gar nicht, dass ich ihn liebte. Vielleicht dachte er, er sei mir gleichgültig. Oder ich würde letztlich meinem Vater gehorchen und hätte ihn aufgegeben.

Im September begann endlich die Schule wieder. Mit meinem kleinen Lexikon und meiner Legendensammlung war ich bestens vorbereitet auf alle Referate und Zusatzleistungen des Schuljahrs.

Auch das gesellschaftliche Leben in Bogotá kam wieder in Gang. Nachbarn, Bekannte und Freunde kehrten von den Küsten zurück. Elena war braun gebrannt und beschwerte sich, dass Clara nicht mit ans Meer gekommen war. »Sie hätte tauchen lernen können. Davon träumt sie doch!«

»Es ging nicht. Sie ist noch in Behandlung.«

Dabei dachte ich wieder einmal, wie so oft, an den Streit

mit meinen Eltern und ihre Ermahnung, Clara nicht mit dem gesamten Luxus der westlichen Welt zu überschütten. Aber erstens ärgerte ich mich immer noch darüber und zweitens war das nicht der wahre Grund gewesen, warum ich mit Clara nicht in die Karibik gefahren war. Ich hatte einfach keine Lust auf Elena und ihre Eltern gehabt, auf Silberbesteck und den ganzen Smaragdreichtum.

»Verstehe schon«, zwinkerte sie mir zu. »In der Karibik hättest du Damián nicht treffen können.«

»Ich habe ihn nicht getroffen.«

»Hat er denn seine Schwester nicht besucht?«

Zum Glück gab es bald ein anderes Thema, über das sich die ganze gute Gesellschaft und mit ihr Elena fürchterlich aufregte. In den Slums im Südosten von Bogotá hatte ein Mann einen anderen beauftragt, sein zwei Monate altes Baby zu töten, weil er der Mutter keinen Unterhalt zahlen wollte. Der Mann und sein Killer saßen im Gefängnis, und die Menschen gingen zu Hunderttausenden auf die Straßen und hielten Kerzen in die Höhe, um gegen das Morden zu protestieren. Elena, Clara und ich waren natürlich auch mit dabei.

Um zu erfahren, ob auch Damián sein Studium an der Staatlichen Universität wieder aufgenommen hatte und wo er wohnte – denn im Waldhaus erschien er nicht –, hätte ich Clara fragen müssen. Es war eigentlich eine ganz einfache Frage, die jeder normale Mensch, der an ihr und ihrer Familie interessiert war, hätte stellen können. Nur ich konnte es nicht.

Denn egal wie die Antwort ausfiel, sie hätte mich um meine mühsam in den Ferien erworbene Ruhe gebracht: War er nicht da, fühlte ich mich schuldig, weil er sein Studium abbrach. War er aber da, würde kein Tag vergehen, an dem ich nicht hoffte und fürchtete ihm zufällig zu begegnen. Eine überaus lächerliche Furcht in dieser riesigen Stadt mit ihren sieben Millionen Einwohnern. Begegnete ich ihm aber nicht, weil er eben auch nie seine Schwester in Juanitas Haus besuchte, dann hätte ich gewusst, dass er mir aus dem Weg ging. Es war die Hölle!

– 29 –

Als ich meinte, es keine Minute länger aushalten zu können, ohne zu platzen, zu schreien, aus der Haut zu fahren oder mich jemandem anzuvertrauen, meldete sich, als ich daheim das Telefon abnahm, überraschend Felicity Melroy.

»Schöne Sitte«, sagte sie auf Englisch, »dass ihr Deutsche euch immer mit Vor- und Zunamen am Telefon meldet. Da weiß ich doch gleich, dass ich nicht erst fragen muss, ob ich mit der Tochter oder der Mutter spreche oder mit der Haushälterin. Und zu dir wollte ich, Jasmin.«

»Zu mir?«

Sie lachte mit tiefer Stimme und hustend. »Ja. Ist das so abwegig? Wir haben uns doch gut unterhalten auf dem Diplomatenball. Und weißt du was, ich habe eine Kreuzfahrt unternommen und war in Europa und jetzt bin ich wieder hier und langweile mich fürchterlich. Am besten, du kommst am Samstagnachmittag um vier zum Tee und wir unterhalten uns ein bisschen.«

Das war keine Frage, das war eine Anweisung, der ich nicht hätte widersprechen können. Meine Eltern hatten auch keine Einwände. Felicity wohnte im zwölften Stock eines Hochhauses in Chapinero, dem schrillsten Viertel der

Stadt, in dem sich zahllose Schwulen- und Lesbenbars befanden.

»Keine Angst«, sagte sie, als wir unter dem Dach ihres Balkons saßen und im Earl Grey rührten, »ich werde dich nicht mit meinen Reiseerlebnissen anöden, Hotel, Essen, bunte Abende, alte Leute mit vielen Klunkern um den Hals, es ist immer dasselbe und dürfte dich kaum interessieren.«

Es regnete wieder mal auf das Meer der Häuser nieder, aber wir saßen trocken mit Decken auf den Knien.

»Du hast eine viel interessantere Reise gemacht als ich«, fuhr Felicity Melroy fort. »Ein Überfall, eine Geiselnahme, ein romantischer Ausflug in die Berge, ein Bär, ihr wärt beinahe erschossen worden ... du siehst, ich weiß alles.«

»Woher denn?«, fragte ich.

Sie lachte gemütlich. »Ach weißt du, Kleines, die ausländische Gemeinde ist ein Dorf in der Stadt. Da erfährt man alles über jeden, über kurz oder lang. Nur dem, den es betrifft, sagt keiner was. Oder weiß deine Mutter Bescheid? Deine Freundin Elena hat ihrer Mutter allerdings einiges erzählt, die hat es ihrer Freundin Mrs Green weitererzählt oder einer anderen, und die hat es dann Mrs Green erzählt. Letztlich erzählen alle alles Mrs Green, und ich habe es von ihrem Sohn gehört, John Green, der ist ...«

»Der Militärattaché an der britischen Botschaft. Er hat auf dem Ball erst mit mir und dann mit Elena geflirtet.«

»Und er ist ein bisschen in dich verliebt, mein Kind, wie ich aus zuverlässiger Quelle weiß! Aber möglicherweise ist er auch ein kleines bisschen mehr in deine Freundin Elena verliebt. So richtig hat er sich noch nicht festgelegt, fürchte ich. Soviel ich weiß, soll er Elenas Smaragd sehr bewundert haben. Eine dumme Idee, einem sechzehnjährigen Mädchen einen Smaragd zu schenken! Ein iPod wäre angemessener gewesen, nicht wahr? Aber den hat sie vermutlich schon. Ich finde jedenfalls, dass Smaragde junge Mädchen alt machen. Aber die Geschmäcker sind verschieden. Und jetzt erzähl du mir mal. Ich bin ja so neugierig, obgleich das überhaupt nicht britisch ist und ich mich dafür schämen sollte. Dieser Damián Dagua soll euch das Leben gerettet haben.«

»Da bin ich mir inzwischen nicht mehr so sicher.«

Felicity zog die Brauen hoch. »Oh! Du zweifelst an dem jungen Mann? Das klingt gar nicht gut. Es klingt nach Liebeskummer. Dachte ich's mir doch. Was ist los? Besser, du erzählst es mir als jemand anderem, denn ich bin keine Klatschbase. Von mir wird niemand etwas erfahren. Aber wenn du nicht darüber reden willst ... Ich werde nicht in dich dringen. Es ist nur ein Angebot, mehr nicht.«

Die alte Dame mit den kurzen grauen Haaren hatte mir schon in meinem peinlichsten Moment auf dem Ball zur Seite gestanden. Sosehr sie mich anfangs mit ihrem Spott geärgert hatte, so sehr mochte ich sie inzwischen. Und irgendwem musste ich endlich mal meine Geschichte erzählen. Ich verschwieg nichts. Auch nicht den Kuss im Wasser des Smaragdsees, wenn ich auch nicht ins Detail ging. Ich erzählte von unserer Begegnung mit der Bärin und von der Szene, die mein Vater uns danach gemacht hatte. »Er hat sich benommen wie ein eifersüchtiger Trottel!«

»Das tun Väter immer, wenn ihre Tochter den ersten Freund hat«, antwortete Felicity lächelnd. »Sie erkennen, dass sie bald ihren Einfluss auf ihr Engelchen verlieren werden, und bäumen sich ein letztes Mal auf.«

»Damit hat er seinen Einfluss bereits verspielt. Wie soll ich ihn jetzt noch ernst nehmen?«

»Er hat Angst, mein Kind. Das wirst du verstehen, sobald ihr euch wieder vertragt.«

»Aber er hat keinen Grund dazu. Ich kann selber auf mich aufpassen!«

Felicity Melroy lachte in ihren Tee. »Sicher kannst du das«, sagte sie. »Aber dein Vater kennt dich noch aus einer Zeit, wo er auf dich aufpassen musste, und das ist erst ein paar Jahre her. Dir kommt das wie eine Ewigkeit vor, du fühlst dich schon lange erwachsen, doch ältere Leute wie deine Eltern haben ein anderes Zeitempfinden. Ihnen scheint alles, was ein paar Jahre zurückliegt, gerade erst gestern gewesen zu sein. Dein Vater braucht etwas Zeit.«

Im Grunde hatte sie Recht und ich wusste es auch. Ich wusste, dass es meinen Eltern Angst machte, wenn ich mich in einen Indio verliebte. Es hatte mir ja selbst Angst gemacht. Die Konsequenzen waren so einschneidend. Wie hätte ich in neun Monaten mit meinen Eltern nach Deutschland zurückkehren können? Ich hätte in diesem Land heimisch werden wollen und müssen, mit allem, was dazugehörte, den Vätern, die ihre Kinder ermordeten, weil sie den Unterhalt nicht zahlen wollten, den Paramilitärs, die ganze Dörfer auslöschten, den Smaragdminen, der Milch-Zwiebel-Suppe zum Frühstück und der Regenzeit. Auf Frühling, Sommer, Herbst und Winter hätte ich verzichten müssen, und den Bodensee mit seinen Hunderten weißer Segel und den Gipfeln der Schweizer Alpen im Hintergrund hätte ich nicht mehr wiedergesehen.

»Aber lassen wir mal deinen Vater beiseite«, sagte Felicity. »Reden wir über den jungen Mann. Was ist denn eigentlich nun mit Damián? Was ist da schiefgelaufen?«

»Wenn ich das nur wüsste.«

»Du hast mir erzählt, ihr hättet euch unterhalten am Morgen nach der Nacht auf der Hochebene, wo seine Cousinen und seine Schwester lebten, und er wolle nichts mit einer Weißen anfangen, denn wir Weiße seien seine Feinde. Er müsse auf der Seite seiner Leute stehen oder so ähnlich.«

Ich überlegte. Wenn ich es genau bedachte, erinnerte ich mich kaum an das, was er wirklich gesagt hatte.

»Du hast es nicht hören wollen«, stellte Felicity fest. »Aber lass dir eines gesagt sein von einer alten, Kummer gewohnten Frau wie mir, Jasmin: Wenn man jemanden liebt, dann sollte man ihm ganz genau zuhören. Das ist das Allerwichtigste. Zuhören! Wenn man nicht wissen will, was der andere denkt, auch wenn es einem vielleicht nicht gefällt, dann ist das, was man Liebe nennt, nur eine Art Überfallkommando. Verstehst du?«

Ich schüttelte den Kopf.

»Du hast dich zum ersten Mal verliebt? Ich meine, so richtig?«

Ich nickte.

»Na dann!« Sie lachte. »Ich erinnere mich noch gut, wie es bei mir war, beim ersten Mal. Er war groß und blond und spielte sagenhaft gut Tennis. Ich spielte nicht so gut Tennis, leider, und ich war spindeldürr und ziemlich unansehnlich in meiner Jugend, fürchte ich. Na ja, ich habe mich ordentlich in ihn verliebt. Und ich weiß noch, es war … der Horror! Es war einfach so viel, was da gleichzeitig in mir passierte, dass ich es nicht geordnet kriegte. Ich konnte nicht schlafen, nicht essen, dann wieder hatte ich einen Bärenhunger und schlief zwölf Stunden am Stück. Ich sage dir, beim zweiten Mal läuft das wesentlich ziviler ab. Du weißt dann schon, was kommt, und bist nicht mehr so mit dir beschäftigt. Und eure Unterhaltungen sind weniger schwachsinnig. Du kriegst ihn dann schon dazu, dass er dich küsst.«

Ich lachte freundlich.

»Ich weiß, das interessiert dich jetzt gar nicht. Du denkst nicht an deine zweite Liebe. Deine erste ist jetzt das Problem. Und du liebst ihn. Das ist klar.«

Ich nickte.

»Aber du weißt nicht, ob er dich liebt.«

»Ich glaube, dass er mich liebt. Das ... das spürt man doch. So wie er ...«

»Verstehe schon! Du brauchst mir nicht im Detail zu beschreiben, wie er dich berührt und geküsst hat. Dennoch bleibt ein Restrisiko vorhanden. Wenn du verstehst, was ich damit sagen will. Du bist bis unter die Haarwurzeln angefüllt mit deinem Gefühl. Du träumst von ihm, er sieht toll aus, du bist glücklich in seiner Nähe. Du überrollst ihn gewissermaßen mit den Stürmen deiner Liebe, und vor lauter Wellenschlagen kommst du nicht dazu herauszufinden, wie er wirklich empfindet. Und er auch nicht, weil er immer nur am Luftschnappen ist.«

Vielleicht hatte sie Recht. Aber so weit war ich ja auch schon gekommen, mir einzugestehen, dass er nicht so für mich empfand wie ich für ihn.

»Er hat nie gesagt, dass er mich liebt«, erinnerte ich mich.

»Hast du ihm denn gesagt, dass du ihn liebst?«

»Das weiß er!«

»Hast du es ihm aber auch gesagt? Männer sind manchmal etwas begriffsstutzig.«

»Damián nicht. Er weiß es. Außerdem habe ich ihm doch gesagt, dass ich es mit ihm probieren will.«

»Na gut. Dann nehmen wir an, er weiß, dass du ihn unsterblich liebst. Jetzt müssen wir nur herausfinden, ob er dich ebenso liebt.«

»Das würde nichts nützen. Ich passe nicht in sein Leben. Ich bin Weiße, er ist Indio. Ich werde in neun Monaten wieder verschwinden, er wird immer hierbleiben, denn er sieht hier seine Aufgaben. Er will eine Universität in seiner Heimat gründen und manche Leute sagen, er werde einmal der erste Indio-Präsident von Kolumbien sein.«

»So?« Felicity zog die Brauen hoch. »Die Leute sagen das? Die Leute reden schon über ihn? Nicht schlecht. Als Präsidentengattin hättest du vor allem repräsentative Aufgaben: Kinder streicheln, Stiftungen gründen, Aidskrankenhäuser besuchen, auf Bällen eine gute Figur machen, immer lächeln. Willst du das?«

Ich musste lachen. »Das weiß ich doch jetzt noch nicht. Außerdem ist das im Moment nicht das Thema. Damián meint, er werde ohnehin vorher erschossen. Alle vom CRIC, die in der Politik was hätten werden können, seien bisher ermordet worden.«

»Ah!«, rief Felicity Melroy. »Da liegt der Hase im Pfeffer. Du hast ja doch zugehört. Du hast es nur nicht hören wollen. Er möchte dich nicht als weinende Witwe zurücklassen. Oder noch schlimmer: Du stirbst an seiner Seite im Kugelhagel. Oder – und das ist für ihn sicherlich die schlimmste Vorstellung, die wahre Hölle – du wirst entführt, damit sie ihn erpressen können. Sie schleppen dich jahrelang durch den Urwald, immer in Ketten.«

So hatte ich das noch nicht gesehen. »Aber auf die große Liebe verzichten, nur weil man vielleicht selbst stirbt oder der andere ein Unglück erleidet? Wenn jeder so denken würde, könnte nie eine Ehe zu Stande kommen.«

»Ein weises Wort«, lächelte Felicity. »Gott schützt die Liebenden, sagt man. Und wenn zwei junge Menschen das Wunder der Liebe entdecken und zusammenfinden, dann denken sie natürlich nicht an all die Autounfälle, Flugzeugabstürze oder tödlichen Krankheiten, die sie ereilen und sie vorzeitig voneinander trennen können. Das ist richtig. Aber Damián denkt daran. Das ist ziemlich weitblickend. Wahrscheinlich wird er mal ein sehr guter Politiker.«

»Aber ich komme nicht vor in diesem seinem Leben«, bemerkte ich bitter.

»So sieht es aus«, nickte Felicity und rührte nachdenklich in ihrem Earl Grey. Der Regen rauschte auf die Stadt nieder. Die Sonne machte sich daran, hinter den blauen Gebirgszügen zu verschwinden.

»Weißt du was?«, sagte Felicity plötzlich und blickte mich unternehmungslustig an. »Wir zwei machen mal zusammen übers Wochenende einen Ausflug. Du bist ja inzwischen eine richtige Spezialistin in Sprache und Kultur der Indígenas vom Cauca. Ich schlage vor, wir besuchen die Katakomben von Tierradentro. Ich will da schon lange hin, habe aber keine Lust, alleine zu fahren. Was meinst du?«

Mein Herzschlag beschleunigte sich.

»Mein Professor … ich habe dir doch von ihm erzählt, der Fachmann für die Indígenas, der weiß über die Páez …«

»Sie nennen sich selbst Nasas.«

»… also über die Nasas kaum etwas. Wobei mir einfällt, dein Wörterbuch, das könnte ihn brennend interessieren. Du solltest ihn unbedingt mal besuchen.« Sie blickte zu mir herüber und setzte wie nebenbei hinzu: »Deinem Damián lässt du eine Nachricht zukommen, wann du in Tierradentro bist, und dann schauen wir mal, was er tut. Hm?«

Mir schlug das Herz bis zum Hals. »Meine Eltern haben mir verboten mich heimlich mit ihm zu treffen.«

»Hm.« Mrs Melroy überlegte. »Das ist ein Problem. Ich kann dir nicht raten dich über das Verbot deiner Eltern hinwegzusetzen, nicht?«

»Außerdem habe ich keinen Kontakt zu ihm.«

»Tatsächlich?« Sie musterte mich prüfend. »Und du hast dir noch nicht überlegt, wie du dich mit ihm in Verbindung setzen könntest? Wirklich nicht?«

»Doch«, gab ich zu. »Ich habe eine E-Mail-Adresse. Aber …« Ich unterbrach mich.

»Du willst ihm nicht schreiben. Verstehe ich. Nachlaufen tun wir den Jungs auch nicht, ist es nicht so?«

Ich musste lachen. »Na ja.«

»Also gut. Dann mache ich dir folgenden Vorschlag. Ich rufe deine Eltern an und frage sie, ob ich dich mitnehmen darf zu einem kleinen Ausflug nach Tierradentro. Am zwölften Oktober ist *Día de la Raza*. Das ist ein Sonntag, also hast du Montag schulfrei. Und falls du da noch nichts anderes vorhast …«

Ich schüttelte den Kopf.

»Also abgemacht. Und alles Weitere überlassen wir dem Schicksal. Einverstanden?«

– 30 –

»Das war eben Mrs Melroy«, sagte meine Mutter einige Tage später zu mir, nachdem sie den Hörer aufgelegt hatte. »Sie fragt, ob sie dich mitnehmen kann nach Tierradentro an dem Wochenende, an dem *Día de la Raza* ist.«

Ich sagte gar nichts dazu. Ich hatte eben gehört, wie meine Mutter Felicity Melroy ausweichende Antworten gegeben hatte. Sie müsse sich das erst überlegen. Sie müsse mit mir darüber reden.

»*Día de la Raza*, was ist das eigentlich?«, überlegte sie laut.

Ich zuckte mit den Schultern. Es war eigentlich der Tag des Kolumbus, den man hier Tag der Rassen nannte. Vor fünfhundert Jahren hatte die spanische Eroberung begonnen, die zur Vernichtung und Unterdrückung der indianischen Ureinwohner geführt hatte.

»Das ist doch eine nette Einladung«, bemerkte meine Mutter. »Mrs Melroy hat irgendwie einen Narren gefressen an dir, nicht?«

Ich zuckte wieder mit den Schultern.

»Aber ist das nicht wieder viel zu gefährlich?«

Dazu hatte ich auch nichts zu sagen.

»Möchtest du denn überhaupt mit Mrs Melroy dorthin fahren?«, fragte meine Mutter. Meine Eltern gaben sich seit dem Streit große Mühe, mich in Gespräche zu verwickeln. »Ich meine, so eine Reise … und du kennst Mrs Melroy doch kaum? Was meinst du denn dazu, Jasmin?«

»Was soll ich dazu meinen?«

»Du musst doch wissen, ob du überhaupt Lust und Zeit hast zu so einem Ausflug.«

»Lust und Zeit hätte ich schon.«

»Gut, dann werde ich mit deinem Vater darüber sprechen.«

Als ich am Abend durch den Flur zur Küche ging, um mir einen Saft zu holen, hörte ich, wie meine Mutter im Wohnzimmer zu meinem Vater sagte: »Ich komme überhaupt nicht mehr an sie heran. Sie hat total dichtgemacht.«

»Sie spielt die beleidigte Leberwurst«, grummelte mein Vater. »Aber sie wird sich schon wieder einkriegen. Spätestens, wenn sie Geld braucht.«

Die Tür zum Wohnzimmer war angelehnt, und ich hatte keine andere Wahl gehabt, als meine Eltern zu hören. Aber jetzt blieb ich stehen und lauschte.

»Sei nicht so hart mit ihr!«, sagte meine Mutter. »Sie ist erst sechzehn und zum ersten Mal verliebt!«

»Bist du sicher, dass sie sich in Tierradentro nicht bloß wieder mit diesem Damián treffen will?«, hörte ich meinen Vater fragen.

Es gab eine kurze Stille im Salon. Ich kannte das Gesicht meiner Mutter, wenn sie aus allen Wolken fiel. Dann sah sie wie ein junges Mädchen aus und lächelte verlegen.

»Ist dir klar«, setzte mein Vater nach, »dass Tierradentro im Cauca liegt, gar nicht weit von dort, wo wir … « Er suchte nach unverfänglichen, aber alarmierenden Worten. »... wo diese Daguas zu Hause sind?«

»Meinst du wirklich, dass Jasmin uns so hintergehen würde?«, hörte ich meine Mutter zaghaft fragen. »Das Ganze geht auf Mrs Melroys Initiative zurück und Jasmin schien nicht übermäßig begeistert, als ich es ihr mitteilte.«

»Hm!«, machte mein Vater.

»Außerdem haben wir doch keinen Grund anzunehmen, dass sie uns hintergeht. Es gab den ganzen Sommer über keinen Vorfall. Wir können ihr doch nicht alles verbieten. Irgendwo müssen wir ihr doch auch vertrauen. Wir können sie nicht Tag und Nacht kontrollieren. Und ich möchte ihr auch nicht alles verbieten, Markus. Ich hätte gern, dass unsere Tochter mal wieder normal mit uns spricht. Ich halte das jedenfalls nicht mehr lange aus!«

Die Stimme meiner Mutter schwankte.

Hastig verließ ich meinen Lauscherposten. Es war eine geniale Idee von Felicity gewesen, selbst bei meinen Eltern zu fragen, statt mich fragen zu lassen. Das erkannte ich jetzt. Und dass ich nicht überschwänglich begeistert reagiert hatte, war ebenfalls geschickt gewesen. Es schien grundsätzlich besser, wenn die Eltern nicht wussten, woran mir etwas lag. Dann konnten sie es mir nicht verbieten, nur weil sie irgendeinen Verdacht schöpften. Andererseits ließ es mich natürlich auch nicht kalt, dass meine Mutter mehr litt, als ich gedacht hatte. Auch mein Vater schien ziemlich frustriert. Es tat mir schon leid, aber ich konnte es auch nicht ändern. Wenn Papa und Mama erwarteten, dass ich klein beigab und die glückliche Tochter spielte, obwohl sie mir mein Glück zerstört hatten, dann hatten sie sich getäuscht. So charakterlos war ich nicht. Und für sie wäre es ganz leicht, ihr Verhältnis mit mir ins Reine zu bringen. Sie mussten nur ihren Widerstand gegen Damián aufgeben. So einfach war das.

Elena wusste bereits, dass ich mit Mrs Melroy einen Ausflug nach Tierradentro machen wollte, als ich sie am anderen Tag in der Schule traf. Meine Mutter hatte bei ihrer Mutter angerufen und sich erkundigt, wie gefährlich so eine Reise war.

»Wirst du Damián treffen?«, fragte Elena.

»Alle scheinen zu meinen, dass ich Damián dort treffen müsse!«, stöhnte ich genervt.

»Wieso, wer noch?«

»Mrs Melroy, mein Vater ... Aber dazu müsste Damián wissen, dass ich dort bin. Und ich wüsste nicht, von wem er es erfahren sollte. Von mir jedenfalls nicht.«

Elena lächelte nur.

»Vielleicht sage ich Mrs Melroy einfach ab«, überlegte ich.

»Aber wieso denn?«

»Was soll ich denn in Tierradentro? Mal ehrlich! Das Kapitel ist für mich abgeschlossen.«

Elena lachte. »Ja klar! Und wozu hast du in den Sommerferien Nasa gelernt? Kannst du mir das mal erklären? Von wegen abgeschlossen. Dass ich nicht lache!«

»Dann lach halt!«, erwiderte ich ruppig.

Tatsächlich war ich nicht sonderlich wild auf eine solche touristische Reise. Ich wusste, ich würde von einem Tief ins nächste fallen. Ich würde ununterbrochen an Damián denken. Allerdings dachte ich sowieso ununterbrochen an ihn, so oft und so viel, dass ich manchmal wünschte, es möge ein Ende haben, ein tiefer Schlaf möge mich übermannen, und wenn ich aufwachte, wäre alles wieder wie früher, als ich ihn noch nicht gekannt hatte. Und auch mein Verhältnis zu Papa und Mama wäre wieder in Ordnung.

Mein Vater hatte absolut Recht, wenn er vermutete, dass die Reise zu den rätselhaften Grabstätten der Nasas für mich nur dann interessant war, wenn ich hoffen durfte Damián zu treffen. Ich ertappte mich dabei, dass ich mir vorstellte, Elena würde sich mit Clara in Verbindung setzen, Damiáns E-Mail-Adresse herausbekommen und ihm an meiner Stelle eine E-Mail schicken. Aber so viel Initiative traute ich ihr nicht wirklich zu. Und sicherlich würde sie sich nicht derartig einmischen wollen. Das hätte ich im umgekehrten Fall auch nicht gemacht. Dann wieder malte ich mir aus, dass Felicity Melroy Wege gefunden hatte, Damián über das Büro des CRIC die Nachricht zukommen zu lassen. Halbe Nächte brachte ich damit zu, davon zu träumen, dass all meine Freundinnen, fremde Menschen, ja das gesamte Schicksal sich darum bemühten, dass Damián und ich uns noch einmal trafen. Wenn es so sein sollte, würde es so sein, sagte ich mir. Ich musste nur Vertrauen haben. Gott schützt die Liebenden. Dann war ich regelrecht high. Aber ebenso oft überfiel mich die Ernüchterung. Wenn ich wollte, dass Damián und ich noch eine Chance bekamen, dann musste ich mich selbst darum kümmern. Daran führte kein Weg vorbei. Schicksal gab es nur in Romanen.

Als ich Clara bei einem meiner beinahe täglichen Besuche am Spätnachmittag nach der Schule in der Hütte am Wald von den Reiseplänen erzählte, nickte sie nur. Ich fragte sie, ob sie mitkommen wolle, aber sie schüttelte heftig den Kopf. »Vielleicht würde Onkel Tano davon erfahren und dann würde er mich holen kommen.«

»Wie sollte er davon erfahren?«

Clara blickte mich ängstlich an. »Ich weiß nicht. Aber die haben Informanten überall. Auch hier in der Stadt.«

»Wer, die?«

Clara zuckte mit den Schultern. »Es ist gefährlich, darüber zu reden.«

»Meinst du die, die auch deine ehemalige Lehrerin gefangen halten, Susanne Schuster?«

»Vielleicht.«

Ich merkte, dass Clara sich verkrampfte, und ließ von dem Thema ab, ehe sie einen Asthmaanfall bekam. Ich hatte mittlerweile schon ein paarmal erlebt, dass sie in Atemnot geriet, wenn sie durch irgendetwas an ihren Onkel Tano und die entführte Lehrerin erinnert wurde.

Ich hatte schon überlegt, meinen Vater zu fragen, ob Asthma irgendwas mit einem Schock zu tun haben konnte, aber leider herrschte derzeit Funkstille zwischen ihm und mir. Also hatte ich das Internet zu Rate gezogen und gelesen, dass Asthma eher mit Ehrgeiz in Verbindung gebracht wurde. Interessanterweise entstand die Atemnot nicht, weil die Bronchien sich so verengten, dass man nicht mehr einatmen konnte, sondern weil die verengten Bronchien verhinderten, dass man ausatmen konnte. Die Lunge steckte also voller Luft, man wurde sie nur nicht los, weil die Lunge oben den Ausgang dichtmachte.

Ich hatte mir das vorgestellt. Ich hatte mich gefragt, wie sich Clara wohl fühlte. Das war, als wenn etwas bis zum Platzen gefüllt, aber der Deckel fest verschlossen war. Vermutlich musste Clara dringend etwas loswerden, etwas erzählen, schaffte es aber nicht, weil die Angst ihr die Kehle zuschnürte.

Ich atmete aus, sammelte Mut und holte Luft. »Wo steckt Damián derzeit eigentlich?«

Clara blickte mich prüfend an. Es war das erste Mal seit zwei Monaten, dass ich ihren Bruder erwähnte.

»Und ich dachte schon, du würdest mich nie nach ihm fragen«, sagte sie.

Ich war überrascht. »Wieso?«

»Juanita hat mir eingeschärft zu warten, bis du ihn von dir aus erwähnst.«

Ich musste lachen. »Was ist das denn für eine Geschichte? Was geht hier ab?«

Clara lachte auch. »Sie hat gesagt, du müsstest dich entscheiden, für oder gegen ihn. Wenn man verliebt ist, hat sie gesagt, traut man sich nicht, den Namen des Geliebten anderen gegenüber zu nennen. Man muss sich erst seiner Gefühle sicher sein. Dann wird man auch anderen gegenüber seinen Namen aussprechen.«

Ich lachte erstaunt.

»Ist es nicht so?« Clara lächelte. »Juanita hat gesagt, der Name müsse reifen. Du wirst ihn aussprechen, entweder wenn mein Bruder dir gleichgültig geworden ist oder wenn … nun, wenn du bereit bist dich zu ihm zu bekennen. Dann wirst du mich nach ihm fragen, hat sie gesagt. Aber du hast lange gewartet.«

»Er hat sich schließlich von mir abgewandt, nicht ich von ihm«, bemerkte ich, leicht verärgert.

»Was?« Clara riss erstaunt die Augen auf. »Aber nein! Er liebt dich, Jasmin.«

Mir wurde unvermutet schwindelig. »Woher weißt du das? Hat er es dir gesagt?«

Sie schüttelte den Kopf.

Ach so!, dachte ich. »Wieso meinen eigentlich alle, Damián und ich, wir würden uns lieben?«

Claras Lächeln vertiefte sich.

»Ja gut«, steigerte ich mich in einen Zorn, den ich selbst nicht verstand. »Wir haben uns geküsst. Oder vielmehr er hat mich geküsst. Ist das schon Liebe? Ja, er sieht total gut aus. Und er findet meine blauen Augen faszinierend. Aber ist das Liebe? Stimmt, wenn er mich fragen würde, ob ich ihn heiraten will, würde ich, ohne zu überlegen, Ja sagen. Aber meine Eltern wären dagegen. Du kennst ihn doch kaum, sagen sie. Und das stimmt: Ich kenne ihn kaum. Ich kenne ihn so gut wie gar nicht. Ich habe keine Ahnung, was er eigentlich will. Er sagt es mir ja nicht. Das heißt, eigentlich hat er es mir gesagt: Er will mich nicht lieben. Ich passe nicht zu ihm. So ist die Lage, Clara.«

Sie legte den Arm um mich. »Juanita könnte einen Liebeszauber sprechen«, sagte sie leise. »Soll ich sie fragen, ob sie das macht?«

Ich fuhr hoch. »Bloß nicht!«

Clara schaute mich überrascht an.

Ich musste kurz überlegen, warum mich der Gedanke erschreckte. »Das ... das käme mir künstlich vor.« Ich musste mich regelrecht schütteln. Die Vorstellung, dass sich ein Mann für mich entschied, der durch einen Trank oder Zauberspruch seiner Urteilskraft beraubt worden war, erschreckte mich.

»Wenn sich ein Mann für mich entscheidet«, versuchte ich zu erklären, »soll er es tun, weil er mich meint, nicht weil irgendeine äußere Kraft ihn dazu zwingt.«

»Aber was ist die Liebe anderes als eine Kraft, die wir mit unserem Willen und unserer Vernunft nicht bezwingen können?«, gab Clara zu bedenken. »Sie trifft dich wie ein Pfeil und du weißt nicht, warum. Sie zwingt dich deinen Vater und deine Mutter zu verlassen und deine Freunde zu enttäuschen. Du folgst dem Geliebten, auch wenn du weißt, dass es dein Verderben ist. Die Liebe ist eine fremde Macht.«

Ich schüttelte heftig den Kopf. »So was will ich gar nicht erst denken.«

Clara lachte. »Du musst keine Angst haben vor der Magie. Auch ein Zauber kann einen Menschen zu nichts zwingen, was nicht sowieso schon in ihm steckt und was er ohnehin zu tun bereit wäre.«

»Trotzdem! Ich will nicht, dass da irgendwelche Magie ins Spiel kommt.«

Clara lächelte.

Ich gab ihr einen kleinen Schubs. »Grins nicht so, Clara! Ich weiß, was du denkst. Ich bin Europäerin. Mir ist der Gedanke an Magie unheimlich, obwohl ich nicht an so was glaube. Verstehst du das?«

Sie nickte. »Ich glaube auch nicht, dass Mama Lula Juanita bereit wäre bei dir die graue Magie anzuwenden. Sie sagt, bei Weißen sei das problematisch. Sie hätten zu viel Angst vor allem, was sie nicht rational begreifen können, und wenn es dumm läuft, dann verlieren sie vor Angst den Verstand.«

Ungefähr so fühlte ich mich gerade. »Eine weise Frau, unsere Juanita.«

Die Alte hatte meine Fragen nach der weißen, grauen und schwarzen Magie bisher nie wirklich beantwortet. Sie hatte so getan, als wüsste sie nicht viel darüber, aber Clara hatte mir mal erklärt, dass die weiße Magie der Heilung diente und die graue der Besänftigung des Schicksals. Darunter fielen Zeremonien zum Schutz auf einer Reise oder zur Abwehr eines Unglücks. Und dann gab es noch die schwarze Magie. Sie enthielt Flüche und Schadenszauber und die jeweiligen Gegenzauber.

»Warum hat sie eigentlich dich nicht heilen können?«, fragte ich an diesem Abend endlich einmal.

»Weil ich mich von ihr nicht habe heilen lassen wollen«, antwortete Clara freimütig. »Juanita hat immer gewusst, dass ich die Berge verlassen muss, um gesund zu werden. Sie hat es mir auch gesagt, bevor sie selbst uns verlassen hat. Ich sei kein Kind der Berge, hat sie gesagt, ich sei ein Kind des Wassers. Aber ich habe es ihr nicht geglaubt. Ich habe gedacht, diesmal irrt sie sich. Ich sei glücklich bei meiner Familie.«

Ein Schatten fiel auf ihr Gesicht.

»Erst als die deutsche Lehrerin nicht wiederkam, habe ich begriffen, dass nicht sie, sondern ich mich geirrt habe. Es hatte mich glücklich gemacht zu lernen. Als sie verschwunden war, wurde mir klar, dass ich für den Rest meines Lebens Pullover stricken, Mais ernten und das Vieh versorgen würde.«

»Und dass dein Onkel dich nie gehen lassen würde.«

Clara nickte.

»Warum hat Damián dir nicht geholfen?«

»Ich wollte nicht, dass er sich meinetwegen mit Onkel Tano überwirft. Ich dachte, dass ich sowieso bald sterbe.« Sie atmete schwer und griff nach dem Asthmaspray.

Ich hatte plötzlich eine Eingebung. »Es hat alles mit dieser Deutschen zu tun, nicht wahr? Mit Susanne Schuster.«

Clara schaute mich angstvoll an.

»Ich weiß, es ist gefährlich, darüber zu reden. Aber wir

sind allein, Clara. Niemand hört uns zu. Die Spione deines Onkels sind nicht hier. Sie trauen sich nicht an den Göttern vorbei, die hier überall auf die Pfosten gemalt sind.« Auf einmal begriff ich, warum Juanita sich hier hinter den Insignien ihrer Kultur verschanzt hatte. »Juanitas Macht beschützt dich.«

»Susanne wollte …« Clara keuchte und setzte dann neu an. »Sie wollte mich mitnehmen nach Deutschland.«

Ich war erstaunt. »Sie wollte dich wirklich mitnehmen?«

Clara nickte. »Sie hat gesagt, ich sei zu begabt, um in den Bergen zu versauern. Ich … ich habe sie sehr geliebt. Aber Tano war … er war stärker.«

»Er hat sie entführt?«

Clara schwieg. Sie versuchte krampfhaft auszuatmen, hatte aber das Spray noch nicht genommen.

»Und du weißt, wo er sie gefangen hält?«, fragte ich weiter.

Sie nickte.

»Wo?«

Tränen rannen Clara über das Gesicht. »Wahrscheinlich ist sie schon lange tot. Anfangs hat Tano mir gedroht, dass sie leiden müsse, wenn ich weiter gegen ihn aufbegehre. Aber seit einem Jahr hat er sie nicht mehr erwähnt, wenn ich mit ihm diskutiert habe. Ich bin sicher, dass sie tot ist. Sonst wäre ich niemals mit euch gegangen. Aber vielleicht habe ich mich geirrt und er hat sie erst jetzt getötet.«

»Sicher nicht«, behauptete ich. »Sonst hätte Damián sich nicht für dich opfern müssen. Er ist doch geblieben, damit du gehen konntest, nicht wahr?«

Clara nickte und beruhigte sich wieder etwas.

»Und wo«, fragte ich noch einmal, »wo hat er sie gefangen gehalten?«

»Du kennst den Ort nicht. Es ist ein verborgenes Camp, das in einem Tal liegt, das *Yu' cjuch* heißt.«

»Schwarzes Wasser.« So viel verstand ich inzwischen.

– 31 –

In der Schulbibliothek und im Internet versuchte ich herauszufinden, wie der spanische Name des Ortes lautete und wo er lag, aber ein Agua Negra fand ich nirgendwo. Schließlich erinnerte ich mich an den Professor für Anthropologie, den Felicity Melroy schon zweimal erwähnt hatte. Wer, wenn nicht so einer, kannte die spanischen Entsprechungen zu den Namen, die die Ureinwohner ihrer Gegend gegeben hatten? Ich rief Felicity Melroy an.

»Ja, klar«, sagte sie, »ich stelle dir den Kontakt her. Graham hockt gern bis in die Nacht über seinen Büchern in der Uni. Graham Torres y Torres, heißt er. Er wird dich sicher gern nach der Schule empfangen. Ich frage ihn und rufe dich dann wieder an. Und es bleibt bei unserem Ausflug? Am übernächsten Wochenende?«

»Ja«, sagte ich.

»Über die Finanzen brauchst du dir keine Sorgen zu machen. Du bist von mir eingeladen.«

Das hatte ich mir noch gar nicht überlegt. Es war beschämend und beruhigend. Mochte sein, dass meine Eltern mir was zustecken würden, aber bitten würde ich sie nicht. Dabei war ich chronisch knapp bei Kasse. Clara hatte allerdings noch weniger. Mit ein paar meiner Klamotten hatte ich ihr schon aushelfen können, aber ein paar Sachen hatte ich ihr auch gekauft, Dinge, die alle Mädchen besaßen: einen Haartrockner zum Beispiel, Tampons, die ihre Oma ihr bestimmt nicht gekauft hätte, weil sie ihr den Gebrauch nicht erklären konnte, und Zeitschriften und Bücher, immer wieder Bücher. Clara hatte sich so lange für jede Kleinigkeit bei mir bedankt, bis ich ihr einmal erklärt hatte: »Es ist nur Geld! Dafür bedankt man sich nicht.«

»Ist das eine Regel bei euch?«, hatte sie mit einem Augenzwinkern zurückgefragt.

»Ja, bei uns ist das so.«

Und wir hatten gelacht. Nachdem wir uns gegenseitig so oft hatten erklären müssen, welche Bräuche bei ihr und bei uns herrschten, war ein Spiel daraus entstanden. »Das ist eine Regel bei uns!«, sagten wir, wenn die eine von uns nicht wollte, dass die andere groß Fragen stellte.

»Danke für jetzt und immer«, hatte Clara erwidert und sich danach nie wieder für das Kleingeld bedankt, dass ich für sie ausgab. Als Juanita mitbekam, dass ich Claras Bücher bezahlte, kam bei ihr auf einmal auch Geld zum Vorschein. Immer in kleinen Scheinen. Sie verkaufe viel Tee und Kräuter auf der Straße, erklärte sie uns. Sie war in der Tat oft den ganzen Tag außer Haus.

Felicity rief mich am folgenden Tag an und teilte mir mit, dass ich Professor Graham Torres y Torres am Montagabend in seinem Büro in der Universidad Nacional antreffen würde. Er sei informiert und warte auf mich.

Vorher musste ich noch ein Wochenende herumbringen. Elena und John Green wollten Samstagabend in La Candelaria zu einem Jazzkonzert. Elena hatte mich gedrängt mitzukommen. Aber Jazz! Ätzend! Elena redete seit Wochen ständig über John, was er alles machte, dass er neun Jahre älter war als sie, über britische Lebensart und all das. Sie hatte jedenfalls kein Problem mit dem Namen John. Sie war verknallt. Warum sie mich dann unbedingt dabeihaben wollte, verstand ich nicht.

Am Vormittag saß ich auf dem Balkon vor meinem Zimmer, überlegte, ob ich am Abend wirklich mit den beiden durch La Candelaria ziehen wollte, und schaute in die Grünanlagen hinab. Ein junger Mann war dort zugange. Er trug beigefarbene Hosen und ein enges T-Shirt, das seine schmalen Hüften und den sportlichen Oberkörper betonte. Seine Haut schimmerte bronzefarben in der Sonne, sein Haar war kurz und schwarz.

In der ersten Sekunde schoss mir das Herz förmlich zum Hals heraus, doch dann drehte er sich um, und meine Erregung fiel in sich zusammen wie ein Strohfeuer. Der Junge sah auch gut aus, stellte ich fest, als ich wieder ruhiger atmen konnte. Aber er löste in mir nicht das aus, was Damián in mir ausgelöst hatte: gleich beim ersten Anblick. Mein ganzer Organismus hatte gestoppt. Und beim Neustart war ich eine andere gewesen.

Aber ich stand nicht auf Indios. Ich war nicht eine von den Weißen, die dunkle Haut und muskulöse Indiokörper grundsätzlich attraktiv fanden. Nein, ich hatte mich in Damián verliebt, in ihn als Person.

Am Abend kamen Elena und John Green, um mich abzuholen. Elena wusste, dass sie meine Eltern fragen musste, ob ich mitdürfte, denn ich würde sie nicht fragen. Es war mir auch total gleichgültig, ob sie mir die Erlaubnis erteilten. Genau deshalb erlaubten sie es mir. John Green, der Militärattaché, war ja dabei. Mein Vater fragte mich sogar, ob ich genügend Geld hätte, und gab mir was.

Der Militärattaché war schon gegen elf ziemlich betrunken. So viel zu unserem volljährigen Aufpasser. Wir schleppten ihn durch die engen Gassen der Altstadt und setzten ihn in ein Taxi.

Wahrscheinlich lag es daran, dass Elena und ich auch einiges getrunken hatten, jedenfalls erzählte ich ihr unter dem Siegel der Verschwiegenheit, dass ich vielleicht wüsste, wo die deutsche Geisel Susanne Schuster gefangen gehalten wurde, und dass ich am Montag einen Professor für indigene Kulturen treffen würde, der vielleicht helfen konnte, den Ort zu identifizieren. Elena regte sich fürchterlich auf und schrie mich immer wieder an, das müsse ich den Behörden melden, wenigstens der deutschen Botschaft.

»Die wissen das doch längst«, widersprach ich. »Die haben Undercover-Leute in die FARC eingeschleust und von Hubschraubern aus längst alle Camps in den Wäldern fotografiert.«

»Und wenn nicht? Du musst es der Polizei sagen!«

»Vermutlich ist Susanne längst tot.«

»Und wenn nicht? Es hat doch im Februar einen Versuch gegeben, sie freizukaufen. Aber dann hat die FARC einen Rückzieher gemacht, weil zu viel Militär in der Gegend war.«

»Eben! Das Militär ballert immer gleich herum. Deshalb darfst du niemandem davon erzählen, Elena. Hörst du!« Ich hatte plötzlich das Gefühl, den schwersten Fehler meines Lebens gemacht zu haben. »Das musst du mir versprechen.«

Sie versprach es hoch und heilig. Und bis heute glaube ich, dass sie ihr Versprechen gehalten hat.

Am Montagmorgen war mein Vater schon weg. Meiner Mutter sagte ich, dass ich nach der Schule noch zu Clara gehen würde. Sie nickte. Sie hatte wieder einmal Migräne und würde wohl nicht ins Labor gehen. »Aber um sechs bist du zu Hause«, sagte sie wie immer. Grundsätzlich musste ich bei Einbruch der Dunkelheit zu Hause sein.

Nach der Schule fuhr ich zur Universidad Nacional. Das Gelände der Staatlichen Universität war eine Oase in der Stadt, ruhig und entspannt. Im Park liefen verwilderte Pferde und eine Kuh herum und schauten den Joggern nach, die abends die Wege bevölkerten. Ich musste ein bisschen herumfragen, bis ich das Gebäude der Anthropologen fand. Dass das rote Klinkergebäude das Institut der Wirtschaftswissenschaftler enthielt, wusste ich damals noch nicht.

Eine Studentin nannte mir die Zimmernummer von Professor Graham Torres y Torres. Ich stieg eine Treppe hinauf und bog um eine Ecke. Ein langer Gang dehnte sich schummrig vor mir. Vor einem Schwarzen Brett am Ende des Gangs im Gegenlicht eines Fensters stand ein Student und las die Anschläge.

Mein Herz setzte aus. »Damián?« Ich weiß nicht, ob ich es sagte oder nur dachte.

Er drehte den Kopf. Das Gesicht lag im Schatten des Gegenlichts, schwarzes Haar schimmerte. Er trug Jeans, die ihm locker auf den schmalen Hüften saßen, darüber ein T-Shirt und eine der blauen Wetterjacken, wie sie jeder Zweite trug. Über der Schulter hing ein Rucksack.

Es war anders als am Samstag auf dem Balkon, als ich beim Anblick eines fremden Gärtners erschrak. Diesmal war ich absolut sicher. Es war gar keine Frage. Es war Damián. Seine Gestalt hätte ich überall wiedererkannt. Sie war in meine Seele eingebrannt, sie erzeugte unweigerlich Schwingungen von Glück und Sicherheit. Vielleicht war es auch nicht so sehr seine Gestalt als vielmehr diese Art, sich zu bewegen, so kraftvoll und leicht und doch nie lässig.

Zwei Sekunden standen wir unbeweglich oder war es nur der Bruchteil einer Sekunde oder eine Ewigkeit? Dann war der Spuk vorbei. Der Student war verschwunden. Schnell und leise, als hätte er den kleinen Moment von Blindheit eines Wimpernschlags genutzt, um sich unsichtbar zu machen.

Hätte ich bis dahin noch gezweifelt, wäre ich mir jetzt sicher gewesen. So verschwinden konnte nur Damián, und nur er hätte einen Grund gehabt, sich bei meinem Anblick in Luft aufzulösen.

Ich rannte los, den Gang entlang. Aber ich, eine Weiße, war zu langsam, zu trampelig, um einen Indianer einzuholen. Ich stieß auf eine Tür zu einem Treppenhaus und lauschte. Es waren keinerlei Tritte auf den Stufen mehr zu hören.

Mir wurden die Knie weich. Ich riss das Fenster am Ende des Gangs auf und holte tief Luft. Das Rauschen der riesigen Stadt drang herein. Also war Damián doch wieder in Bogotá, dachte ich. Aber wenn er wieder hier war, wieso wussten dann Clara und Juanita nichts davon? Oder hatten sie es mir nur verschwiegen? Oder war das eben doch nur ein Spuk gewesen? Eine Halluzination?

Benommen klopfte ich an der Tür des Professors. Graham Torres y Torres war ein älterer Herr in Karohemd und Jeans und empfing mich freundlich lachend. Er hatte einen Bart wie viele spanische Professoren, war aber groß gewachsen wie ein Engländer. Er war das Abbild der englisch-spanischen Mischung seines Namens.

»Ich kenne Ihren Vater, Miss Auweiler«, begrüßte er mich. »Ich habe mich auf dem Diplomatenball mit ihm unterhalten. Ihr Vater ist ein kluger Mann mit vielen Idealen. Wie weit ist er denn mit seinem mobilen medizinischen Dienst gekommen?«

»Zwei Wagen gibt es schon, die in den Slums unterwegs sind, soviel ich weiß«, antwortete mein kommunikativer Autopilot. »Leandro … ich meine Señor Perea finanziert sie.«

»Solche Männer sollte es mehr geben. Setzen Sie sich. Was darf ich Ihnen anbieten? Ich fürchte, außer Kaffee und Wasser habe ich nichts.«

»Nichts, danke, Herr Professor.«

»Nennen Sie mich Graham. Sie heißen Jasmin, nicht wahr? Freut mich sehr. Felicity hat mir erzählt, dass Sie in den Sommerferien die Sprache der Páez oder Nasas studiert haben. Es ist selten, dass sich deutsche Schülerinnen für die indianischen Sprachen interessieren. Sie haben meist alle Hände voll damit zu tun, Spanisch zu lernen. Sie müssen ziemlich sprachbegabt sein. Sie haben ein kleines Lexikon und eine Grammatik verfasst, hat mir Felicity erzählt. Haben Sie sie dabei? Ich bin schon sehr neugierig darauf.«

So schwatzte er freundlich vor sich hin, während er hinter seinem Schreibtisch Platz nahm, auf dem sich Bücher türmten. Er wies mir einen Stuhl auf der anderen Seite des Schreibtischs zu, auf dem, wie ich vermutete, normalerweise seine Studenten Platz nahmen. Ich gab ihm meinen Hefter mit dem Wörterbuch.

»Sehr schön!«, murmelte er blätternd. »Vorzüglich … Ach, interessant!« Sein Murmeln wurde immer leiser in dem Maß, wie er sich festlas, und verstummte dann ganz.

Ich weiß nicht, wie lange wir schweigend saßen. Es war mir recht. So konnte ich meine Gedanken ungestört der Begegnung auf dem Gang zuwenden. Und es waren keine angenehmen Gedanken. Damián hatte die Flucht ergriffen. Er wollte mich nicht sehen, nicht mit mir sprechen. Das musste ich endlich akzeptieren. Es war aus. Und ich würde ihn auch nicht in Tierradentro treffen, selbst wenn ich ihm eine E-Mail geschickt hätte oder schicken würde und selbst wenn Elena oder Felicity oder das Schicksal für mich intrigiert hätte. Er wollte mich nicht sehen. Ich sagte mir im Kopf jedes einzelne Wort vor: »Er … will … dich … nicht … sehen! Finde dich damit ab. Vergiss ihn.«

»Jasmin!«

Ich schreckte aus meinen Gedanken. Der Professor blickte mich mit großen blauen Augen an. Er sah aus, als hätte er schon mehrmals gerufen.

»Ja?«, sagte ich.

Was mache ich eigentlich hier?, fragte ich mich. Mein Hirn war wie leer gefegt. Nichts von dem, was bis eben noch Bedeutung gehabt hatte, war jetzt noch wichtig. Es war völlig gleichgültig, was mit mir geschah oder mit einer gewissen Susanne Schuster oder mit meinen Eltern. Es war nicht mehr wichtig, was meine Eltern mir verboten oder erlaubten. Es war alles ganz und gar gleichgültig geworden, ganz still und starr.

»Das ist sehr beeindruckend!«, sagte Professor Graham Torres y Torres. »Ich wünschte, meine Studenten brächten so etwas zu Stande. Was wollen Sie denn später mal studieren? Ich würde Ihnen zu etwas Sprachlichem raten. Und womit kann ich Ihnen nun helfen?«

Ich starrte ihn an. Ich hatte keine Ahnung. Ich war tot. Ich war nicht mehr Jasmin Auweiler aus Konstanz, die sich in Bogotá in einen Indio verknallt hatte, ich war so etwas wie eine Pflanze, die grün und dumm im Sumpf vor sich hin vegetierte.

»Felicity sagte mir, Sie suchten jemanden, der die indianischen Namen der Region kennt. Sie hätten da einen Namen und wüssten nicht, wo der Ort liegt.«

Hatte ich das Felicity erzählt? Nun denn.

»Ich suche einen Ort, der auf *Nasa Yuwe* Schwarzes Wasser heißt«, sagte ich wie automatisch. »Es soll ein Tal sein. Irgendwo im Cauca in der Gegend von Yat Wala oder Yat Pacyte, falls Sie wissen, wo das ist.«

»Schauen wir mal«, sagte der Professor, stand auf, zog aus einer Papprolle ein großes Papier und entrollte auf seinem Tisch über den Büchern eine Landkarte. Aus reinem Höflichkeitsreflex stand ich auf, um ebenfalls einen Blick auf die Karte zu werfen. Der Professor hatte an vielen Stellen Orte, Dörfer und Gebäude eingezeichnet und mit den offiziellen und indianischen Namen versehen.

»Seit gut dreißig Jahren«, erzählte er, »sammle ich Namen. Früher bin ich da noch überall selbst herumgestapft, heute berichten mir die Studenten, was sie bei ihren Reisen notieren.«

Wir suchten eine Weile. Ich fand den Weg, den wir von Popayán aus genommen hatten, erst auf der Straße, dann mit den Pferden. »Da hat übrigens eine Steinlawine den Weg überrollt«, konnte ich Graham mitteilen. Auch das Anwesen von Clara, Maria, Tano, Ana und Alejandra war verzeichnet. Aber es stand nur ein spanischer Name dabei.

»Sie nennen es Yat Pacyte«, unterrichtete ich den Professor.

Er lächelte. Auch er wusste, was das wörtlich übersetzt hieß: »Das Haus den Hang hinauf.«

Mit einem spitzen Bleistift trug er den Namen auf seiner Karte ein. Der Bach, das Tal und die umliegenden Gipfel hatten bereits indianische Namen. Wir fanden auch den Smaragdsee, der in der Sprache der Nasa-Indianer *e'ts* hieß, Esmeralda, wovon sich der Name des Kolibris ableitete, und unsere Zeigefinger landeten schnell bei Yat Wala, dem Großen Haus am Gelben See. Der Fluss, der ihn speiste, hieß *Yu'wala yaj,* der bittere Fluss.

»Er enthält Schwefel und Salze«, erläuterte mir der Professor. »Und da haben wir es ja: *Yu' cjuch,* das Schwarze Wasser. Sehen Sie es? Das liegt schätzungsweise dreißig Kilometer westlich vom Großen Haus. Warum interessiert Sie dieser Ort denn, wenn ich fragen darf?«

»Wie sieht es denn dort aus?«

»Es ist das Ende eines Tals, nicht sonderlich hoch, aber mitten im tiefsten Regenwald.«

In diesem Moment machte ich den entscheidenden Fehler, denn ich sagte, ohne nachzudenken: »Ein gutes Versteck.«

»Hm«, sagte der Professor. Sein Blick sprang mich kurz an, dann senkte er sich wieder auf die Karte. »Ein sehr entlegenes Gebiet im *Cxab Wala Kiwe,* dem Territorium des Großen Volkes. Es liegt auch nicht unter einer der gängigen Hubschrauberflugrouten. Wenn sich dort ein Camp befände, würde man es nicht bemerken, wenn nicht gerade irgendwo ein Feuer brennt und Rauch aufsteigt. Rauch sieht man kilometerweit. Es sei denn, der Nebel hängt in den Tälern. Dann natürlich nicht.«

Was redete er eigentlich? Mein Verstand taumelte. »Ja, ja«, wiederholte ich. »Ein gutes Versteck.«

»Dort in der Gegend wurde vor drei Jahren die deutsche Lehrerin entführt.«

»Susanne Schuster«, purzelte es aus mir heraus.

»Wissen Sie was über die Entführung?«, fragte der Professor weiter, die Augen immer noch auf der Karte und in einem Ton, als mache er nur Small Talk.

»Nichts«, antwortete ich. Dann wachte ich endlich auf. »Ich weiß wirklich nichts über die Entführung, was nicht alle wissen.« Es klang viel zu sehr nach Entschuldigung und Ausrede, ich hörte es selbst. »Seit meiner Ankunft in Bogotá reden alle über Susanne Schuster. Beim Diplomatenball, in der Schule, überall.«

»Es ist eine äußerst tragische Sache. Susanne war eine einfache Lehrerin, sie hatte Ideale, sie wollte die Kinder in den Bergen unterrichten. Sie sprach *Nasa Yuwe*. Und ausgerechnet so jemand wird entführt. Eine von den Guten, verstehen Sie? Ich kannte sie. Eine sympathische Frau. Seit Februar gibt es keinerlei Nachrichten mehr von ihr. Aber wenn Sie ...« Er blickte mich hoffnungsvoll an. Geradezu sehnsüchtig. »Wenn Sie irgendetwas wissen, dann ...«

»Ich weiß nichts! Echt nicht! Woher auch?«

Wie ich mich vom Professor verabschiedete und aus dem Büro hinauskam, erinnere ich mich nicht. Völlig unbeachtet ließ ich im Anthropologischen Institut auch die Erkenntnis zurück, dass Professor Graham Torres y Torres für Susanne Schuster womöglich mehr empfand als das übliche von Grauen geprägte Mitleid für ein Entführungsopfer, das man persönlich gekannt hat. Aber hätte ich in den folgenden Tagen über die Gefühle des Professors nachgedacht, wäre dann wirklich alles anders gekommen?

Irgendwie gelangte ich nach Hause, irgendwie gelang es

mir, mit meinen Eltern eine halbwegs normale Abendbrotunterhaltung zu führen, wobei ich vergaß, dass ich eigentlich nicht mehr mit ihnen redete. Und irgendwie kam ich ins Bett, stand anderntags wieder auf und ging in die Schule. Irgendwie vergingen diese Tage, ohne dass sie sich nennenswert in meinem Gedächtnis verankerten.

Ich schämte mich bis ins Mark, dass ich nicht viel eher begriffen hatte, dass Damián wirklich nichts von mir wollte. Für ihn war ich immer nur ein kleines blauäugiges Mädchen gewesen, das ihn anhimmelte und ihm nachlief wie ein Teenie einem angesagten Popstar, das ihm inzwischen lästig wurde. Er war vier Jahre älter als ich. Was konnte so einer auch schon mit einer sechzehnjährigen Schülerin aus Deutschland anfangen, die in ein paar Monaten wieder weg sein würde? Er hatte sich mit mir nur ein bisschen die Zeit vertrieben. Er hatte mir die Bären gezeigt, weil man junge Mädchen mit so was beeindrucken konnte. Hätte er noch ein bisschen mehr Zeit gehabt, hätte er mich womöglich sogar flachgelegt, einfach weil ich so verknallt war und ihn dazu einlud. Und ich war so bescheuert gewesen zu glauben, er sei der Mann meines Lebens. Ich hatte mich mit dem Gedanken vertraut gemacht, mein Leben in Kolumbien zu verbringen, hatte mich mit meinen Eltern überworfen. Und ich hätte mit ihm geschlafen. Ich wäre so kopflos gewesen, so blöd, so blind!

Von mir unbemerkt wurde es Samstag und ich saß mit Felicity Melroy und dreißig anderen Touristen in einem komfortablen Bus, der uns nach Tierradentro bringen würde, durch saftige Ebenen, hinauf ins gewaltige Bergmassiv, vorbei an prächtigen Wasserfällen.

Felicity merkte schnell, dass ich innerlich zu einer Pflanze geworden war und automatisch Tonbänder mit Kommunikation abspulte, und fragte so lange, bis es aus mir heraussprudelte.

»Wie habe ich mich nur so täuschen lassen können!«, klagte ich. »Warum merkt man es nicht eher, warum schlägt man alle Warnungen in den Wind? Ist das immer so? Dann will ich mich nie wieder verlieben. Nie wieder!«

Sie lachte nicht. Wir unterhielten uns sehr lange, während der Bus in den Abend rollte. »Mit dem Verlieben ist das so eine Sache«, erklärte sie mir. »Sie läuft auf zwei Ebenen ab. Du siehst einen Jungen. Irgendwas an ihm lässt dir keine Ruhe. Dann sprichst du mit ihm und entweder er wird plötzlich uninteressant oder es funkt. Und weißt du, warum das so ist? Nicht, weil er ein blöder Schwätzer ist oder weil er interessante Sachen sagt. Es liegt daran, dass man sich nahe kommt, und dabei kommt die Nase ins Spiel. Ich fand den Gedanken immer eklig, aber es ist so. Es gibt in unserem Gehirn eine Instanz im Riechzentrum, die dir sagt: Der passt zu mir. Und zwar rein genetisch. Der ist gut, um jede Menge gesunde Kinder mit ihm zu haben. Das ist natürlich nicht das, woran wir zuerst denken, wenn wir uns verlieben. Wir denken, mit dem möchte ich leben. Wir mühen uns ab, Gemeinsamkeiten zu finden. Wenn wir Glück haben, dann haben wir ähnliche Interessen, dann können wir miteinander reden und stellen uns unser gemeinsames Leben einigermaßen ähnlich vor. Nach einiger Zeit lässt die Verliebtheit nach. Dann müssen wir anfangen einander zu lieben. Liebe ist nämlich was anderes als Verliebtsein. Sie ist dazu da, dass wir beieinanderbleiben, auch wenn wir uns manchmal streiten und über den anderen ärgern. Du hast dich in Damián verliebt. Aber ob du ihn liebst, kannst du jetzt noch gar nicht wissen. Deine andere Ebene, deine biologische, die mit der Nase zu tun hat, die gaukelt dir vor, dass du ihn liebst. Dabei willst du ihn nur haben. Ich rede von Sex. Aber du musst nicht alles glauben, was deine Biologie dir weismachen will. Das geht vorbei. Glaub mir.«

»Und wann?«

»Na ja, so nach anderthalb bis zwei Jahren. Oder wenn du dich in einen anderen verliebst. Gibt es denn da keinen Jungen in Deutschland?«

Ich dachte an Simon. Lange hatte ich schon nicht mehr an ihn gedacht. Ich schüttelte den Kopf.

»Na, du bist noch jung!«, sagte Felicity. Sie blickte mich von der Seite an. »Habt ihr schon miteinander …?«

Ich schüttelte den Kopf.

»Wärst du denn darauf vorbereitet gewesen? Entschuldige, wenn ich das frage, ich will dich nicht in Verlegenheit bringen. Die heutige Jugend ist ja aufgeklärt, nicht wahr? Ich meine, ihr wisst im Prinzip, wie es geht. Aber ich sage dir, es ist anders. Vor allem passiert es schneller, als man denkt. Plötzlich ist man mittendrin und dann hat man nichts dabei.«

Sie hatte durchaus Recht.

»Warst du schon beim Frauenarzt? Oder ist dir das Thema peinlich?«

»Nein«, behauptete ich.

Sie lachte. »Mir war es ungeheuer peinlich, als meine Mutter den Versuch unternahm, mich aufzuklären. Eigentlich wollte ich damals gar nicht wissen, wie meine Eltern mich produziert hatten. Außerdem wollte ich nicht, dass meine Mutter sich mit dem beschäftigte, was ich mir unter körperlicher Liebe vorstellte. Sie sollte sich da nicht einmischen. Das war meins. Eltern sind für solche Gespräche nicht die Richtigen. Aber deine Mutter sollte mit dir wenigstens mal beim Frauenarzt gewesen sein.«

»War sie aber nicht.«

»Himmel, ich sag's ja immer: ein Ärztehaushalt! Es ist immer das Gleiche. Ein Arzt vertraut keinem anderen Arzt. Jedenfalls schließe ich daraus, dass du die erste Erfahrung noch nicht gemacht hast.«

»Das ist richtig.« Seltsamerweise war es mir nicht peinlich, es zuzugeben.

»Besser so«, antwortete sie. »Zu früh ist auch nicht gut. Das sage ich nicht aus moralischen Gründen. Aber Sex ist halt etwas, was deiner Biologie noch mal mächtig Aufwind verschafft. Da glaubst du dreifach an die Liebe, auch wenn es dem Mann nur darum ging, dich ins Bett zu kriegen. Dann ist er fort und du denkst immer noch, es sei Liebe gewesen. Wenn man älter ist, steckt man das leichter weg.«

Später, nach einer kurzen Pinkelpause im letzten Gasthaus vor dem Ende der Zivilisation, drückte sie mir was in die Hand. »Für alle Fälle. Und steck es schnell weg.«

Ich versenkte es in der Tat ziemlich schnell in meiner Jackentasche. Denn es war ein in Plastik verpacktes rotes Kondom.

Wir kamen spät in der Nacht in San Andrés de Pisimbalá an. Es war ein dunkles Städtchen mit einer alten weißen Indianerkirche und einem Hotel namens *El Refugio*, in dem wir untergebracht wurden. Felicity Melroy besaß das Geld und das Alter, auf einem Einzelzimmer zu bestehen, so dass ich auch ein Einzelzimmer bekam. Der Rest der Reisenden waren Paare. Ein örtlicher Reiseleiter erklärte uns, dass wir morgen die Grabhöhlen von Tierradentro und die beiden Museen im Ort besuchen und abends an einer Tanzveranstaltung im Hotel teilnehmen würden. Am Montag würden wir dann wieder nach Bogotá zurückkehren.

Nichts war mir je so sinnlos vorgekommen wie diese Reise. Sie war absurd! Die Erkenntnis überfiel mich erneut wie ein Blitz und lähmte mich schlagartig. Ich kam kaum die Treppe hoch. Ich brachte es gerade noch fertig, Felicity eine gute Nacht zu wünschen. Tränen liefen mir die Wangen hinunter, als ich die Tür meines Zimmers hinter mir zumachte. Wie sollte ich das nur alles schaffen? Aufstehen morgen, Felicity Rede und Antwort stehen, Wandmalereien würdigen.

So lange hatte ich durchgehalten, jetzt war ich am Ende mit meiner Kraft. Nichts ging mehr. Ich hatte nicht einmal mehr die Kraft, mich auszuziehen. Ich ließ mich einfach aufs Bett fallen. Selbst zum Schlafen, so kam es mir vor, war ich zu müde. Ich würde mit offenen Augen auf dem Bett liegen und an die Decke starren. Ins Wachkoma fallen. Und nichts, absolut nichts würde mich bewegen können wieder aufzustehen.

Plötzlich ein Geräusch. Ein Rascheln. Oder?

Es war stockfinster. Ich musste doch geschlafen haben. Dabei erinnerte ich mich nicht, das Licht ausgemacht zu haben. Vermutlich wieder mal ein Stromausfall. In diesem fürchterlichen Land fielen ständig Strom oder Wasser aus. Wäre doch nur morgen schon der Tag, an dem ich mit meinen Eltern das Flugzeug besteigen und das Land endlich wieder verlassen durfte. Ich hasste den Dauerfrühling in den Hochebenen der Anden. Den Regen, den Nebel. Ich sehnte mich nach Schwarzbrot, nach Käsespätzle, nach Maultaschen, nach dem Winter am Bodensee, nach klarer Luft, nach Breitengraden, wo die Winter dunkel und kalt waren, die Sommer warm und die Sommertage lang. Wo die Dämmerung der Sonne Zeit ließ, Luft und Wolken rosig zu färben. Dann kam die blaue Stunde, in der See und Berge, Häuser und Büsche, Vögel und Autos unmerklich ihre Farben verloren und Straßenlaternen und Leuchtreklamen plötzlich die Herrschaft übernahmen. Und noch lange sah man im Westen den hellen Schimmer der Sonne.

Ich wollte heim, Vanessa wiedersehen, Simon, meine Klassenkameraden, den Schulhof. Ich hatte es so satt! Ich war nicht geschaffen für die Fremde. Es war zu anstrengend, nichts war einem vertraut, die Menschen lebten und dachten nach anderen Regeln. Alles musste man erklären, alles sich erklären lassen. Ich würde Leute wie Clara und Juanita nie verstehen. Und sie mich nicht. Und wozu auch? Wir lebten doch besser in unseren eigenen Kreisen und in den Ländern, deren Blumen und Tiere, deren Autokennzeichen und Wetter wir kannten Es war ein Irrsinn alles! Ein riesiger Irrtum! Ein Fehler!

Meine Eltern bereuten es doch auch längst.

Mein Vater war kein einziges Mal mit einer der mobilen Krankenstationen, die er ins Leben gerufen hatte, mitgefahren. Die Reise in die Nebelberge hatte ihn geheilt von aller Sozialromantik. Er hatte begriffen, dass Widerstände und das Desinteresse zu groß waren für ihn, den Idealisten. Sie brauchten keinen Deutschen, der ihnen zeigte, wie man den Armen half. Im San Vicente spielte er den Dr. Alemán, von dem sich die Reichen voller Vertrauen operieren ließen. Und meine Mutter hasste das Labor. Ständig hatte sie Migräne, an die Höhenluft und das Klima hatte sie sich nie wirklich gewöhnt. Kokablätter lehnte sie ebenfalls ab. Sie würde doch nicht wie die alten Männer auf der Straße mit einer dicken Backe voller Blätter herumlaufen!

Es raschelte wieder. Vermutlich eine Maus. Und noch einmal. Nein, das war keine Maus! Mäuse knisterten, aber hier schlurfte etwas, schleifte …

Der Schreck fuhr mir in die Glieder, ganz plötzlich. Da war noch jemand im Zimmer!

Ich versuchte die Dunkelheit mit meinen Blicken zu durchlöchern, ich hielt den Atem an, lag schreckstarr auf meinem Bett, das Blut rauschte mir in den Ohren. Was sollte ich tun? Mich schlafend stellen?

Wie war er überhaupt reingekommen? Hatte ich meine Zimmertür nicht abgeschlossen? Ein verhängnisvoller Fehler in diesen Gegenden. Schon kam einer und ermordete mich und verschwand mit meiner geringfügigen Barschaft und mit Simons Uhr. Ja, diese Uhr, Simons Pfand meiner Wiederkehr, sie musste mich retten, sie musste mich doch nach Deutschland zurückbringen.

Aber für solche Gedanken war jetzt eigentlich keine Zeit. Statt über Simons Uhr nachzudenken, sollte ich mir lieber überlegen, wie ich meiner Ermordung entkam. Falls ich das überhaupt wollte.

Es war wie verhext. Meine Angst entwischte mir wieder. Zu berauschend war die Idee: meine Ermordung nicht verhindern, ihr nicht zu entkommen trachten, sich ihr hingeben. Der Tod war nicht das Schlimmste. Er war Frieden. Mein kurzes Leben fand ein Ende in einer Absteige irgendwo in den Nebelbergen, weil ein Dieb ein paar Pesos haben wollte und eine alte goldene Uhr. Wozu auch noch länger leben? Was konnte jetzt noch kommen? Studium, Arbeit, Haushalt, Kinder. Glück war das nicht. Das konnte ich an meinen Eltern sehen. Ja, meine armen Eltern! Sie wären traurig, ohne Zweifel. Das tat mir leid. Aber sie hatten wenig Mitgefühl und Verständnis gezeigt in den letzten Wochen und Monaten. Da konnte ich auf sie auch keine Rücksicht nehmen. Ich musste jetzt an mich denken. Und sterben … ein Segen, eine Wohltat, eine Erlösung!

Einen halben Atemzug später saß ich senkrecht im Bett und das Herz pumpte. Da war wirklich einer! Er hatte sich geräuspert, nicht absichtlich und laut, sondern so, wie jemand, ohne es zu merken, einen kleinen Belag auf den Stimmbändern mit etwas mehr Druck als normal wegatmet.

»Hallo? Ist da jemand?«, wollte ich rufen, bekam aber keinen Laut heraus. Im nächsten Moment hörte ich einen fremden Atem, etwas stieß an mein Bett, das Holz knarrte, die Matratze senkte sich, Hände fassten nach mir und hielten mich fest.

»Scht!«, zischte es.

Und dann flochten sich die Finger der fremden Hand in meine.

– 32 –

»Damián, wie kommst du hierher? Was machst du hier? Wie bist du in mein Zimmer hereingekommen? Bist du wahnsinnig, mich so zu erschrecken! Wenn ich jetzt lauthals um Hilfe geschrien hätte! Was hättest du gemacht?«

Er lächelte, die Finger seiner Hand fest in meine gefaltet. Er hatte im Nachttisch eine der Kerzen gefunden, die für Stromausfälle bereitlagen, sie angezündet und auf den Nachttisch gepflanzt. Das kleine Licht beleuchtete sein Gesicht. Seine Augen funkelten unter langen Wimpern. Er trug die blaue Wetterjacke, Jeans und Gürtel und darunter ein Sweatshirt mit Kapuze. Sein Haar war zerzaust.

»Und ich dachte, du willst nichts mehr von mir wissen!«

Er wurde ernst. »Dann warst das wirklich du am Montag in der Uni?«

»Und du bist abgehauen!«

»Ja.« Er senkte die Lider und spielte mit meiner Hand. Sein Gesicht wirkte glatt und klar. Wieder fiel mir auf, wie jung er eigentlich war. Bisher war er mir meist als Mann erschienen, der mir an Jahren und Erfahrung unendlich viel voraushatte. Ich hatte ihm unterstellt, dass er stets überlegt und planvoll handelte, sich unter Kontrolle hatte und genau wusste, was er wollte. Aber eigentlich war er nur vier Jahre älter als ich, und jetzt, wie er so auf meiner Bettkante saß, als Einbrecher und Überraschungsgast, wirkte er jungenhaft und unsicher.

»Ich wusste nicht«, sagte er, »wie ich dir in die Augen schauen sollte. Ich … ich habe dich da in Yat Wala einfach stehenlassen. Aber ich … ich konnte mich nicht von dir verabschieden. Ich wusste nicht, wie. Ich …« Er schluckte. In seinen Augen funkelte etwas, was aussah wie zu viel Flüssigkeit. Beim nächsten Wimpernschlag löste sich eine kleine Träne und rann ihm über die Wange.

»Ein Indianer weint nicht«, sagte ich und wischte ihm mit dem Daumen die Salzspur von seinem Backenknochen.

Er versuchte zu lachen. Doch dann schlang er plötzlich die Arme um mich, so heftig, dass es mir den Atem verschlug. Ich spürte seine Muskeln zittern vor Erregung. Er ächzte, er holte tief Luft, dann fanden sich unsere Lippen.

Vergesst alles, was ihr je für Unsinn über euren ersten richtigen Kuss gedacht habt. Die Zunge und all das, und wie sich das wohl anfühlt. Es ist anders. Es ist viel selbstverständlicher, du denkst nicht, wie es sich anfühlt, du willst es, du willst ihn, du atmest ihn ein, du bist vereint und glücklich. Und es soll nie zu Ende gehen, aber irgendwann müsst ihr beide einfach wieder Luft holen.

Er strich mir die Haare aus dem Gesicht, ein gelöstes Lächeln erhellte seine Gesichtszüge. Mit den Fingerspitzen fuhr er meine Brauen nach, strich mir über die Wange. Sein Blick war sanft. Ich griff ihm in die kurzen schwarzen Haare. Sie fühlten sich hart und glatt an. Die Haut seiner Wangen war zart und weich, in seinem Hals pulsierte das Leben, seine Muskeln zuckten vergnügt.

Es war, als fänden unsere Körper mit jeder Berührung und jeder Entdeckung unserer Hände mehr und mehr Gefallen aneinander, als verliebten wir uns mit jedem neuen Kuss von neuem und schließlich rettungslos ineinander.

»Ich liebe dich!«, flüsterte er. Er sagte es auf Deutsch. Denn das spanische *»te quiero«* bedeutete eben auch kurz und ruppig: »Ich will dich.« Und *»te amo!«* sang man nur in Kitschliedern.

»Ich liebe dich auch«, radebrechte ich auf *Nasa Yuwe* und scheiterte an der Kombination von Vokalen und Konsonanten.

Er lachte erstaunt und heiter.

»Einen Versuch war es wert«, bemerkte ich.

»Nein, es war gut.« Er grinste. »Ich weiß ja, was du sagen wolltest.«

»Das ist jetzt nicht sehr romantisch!«, beschwerte ich mich.

Er wurde ernst. »Ich weiß, Jasmin. Ich weiß doch, wie viel du für mich empfindest. Dein Herz ist groß. Du hast viel mehr Mut als ich. Ich habe nie daran gezweifelt, dass du mich liebst.«

Leider konnte ich das nicht mit derselben heiteren Sicherheit von meinen Gedanken über ihn behaupten.

Er spürte meine Scham und blickte mich prüfend an. »Aber du warst dir da nicht so sicher, was mich betrifft, nicht wahr? Ich habe mich blöd verhalten, kopflos …«

»Kopflos ist nicht gerade das, was mir zu dir einfällt«, bemerkte ich. »Eher besonnen, selbstbeherrscht, kontrolliert, abweisend, kalt.«

»Oje. War es so schlimm?«

»Schlimmer, Damián!«

Seine warmen Hände lösten sich von mir. Er schwang die Beine aufs Bett und lehnte sich neben mich mit dem Rücken gegen das Kopfkissen und die Wand. Die Finger seiner rechten Hand fanden erneut den Weg, sich zwischen die Finger meiner linken zu falten.

»Du hast mich ganz schön aus dem Gleichgewicht gebracht, weißt du das, Jasmin?«

Er wandte den Kopf und schaute mich an. So nah war mir sein Gesicht, dass ich trotz des spärlichen Kerzenlichts die zwei gekreuzten Wimpern in seinem Augenwinkel sah, die kleine Narbe in der Augenbraue.

»Ich habe gedacht, ich könnte es überwinden. Ich dachte, wenn ich so schnell wie möglich verschwinde, dann würde ich damit fertig.« Er lächelte schief. »Ich meine, ehe wir uns richtig ineinander verlieben. Ehe es ernst wird. Aber ...« Er seufzte tief. »... ich konnte nicht aufhören an dich zu denken. Und je entschlossener ich war dich zu vergessen, desto klarer ist mir geworden, dass es nicht nur um mich geht, sondern auch um dich. Ich hatte meine Entscheidung getroffen, ohne dich zu fragen, ohne dir etwas zu erklären. Vielleicht kannst du mir verzeihen, wenn ich dir sage, dass du und ich in meinem Inneren so sehr eins waren, eine Person mit gleichen Gefühlen und Gedanken, dass ich wie selbstverständlich davon ausgegangen bin, dass du mich verstehst und mit mir einig bist. Aber ...«

Seine Finger zuckten in meinen und verkrampften sich.

»Aber Clara hat mir geschrieben, dass es dir nicht gut geht.« Er blickte mich an. »Und sie meinte damit nicht einfach, dass es dir schlecht geht, sondern sie meinte damit die Trauer, die man empfindet, wenn man einen geliebten Menschen verloren hat und sich immer wieder fragt, warum. Die

Fassungslosigkeit, das Unbegreifen, die innere Lähmung. Sie hat mir geschrieben, dass du *Nasa Yuwe* lernst und doch nie meinen Namen nennst. Und dann hat sie mir geschrieben, dass du und Mrs Melroy dieses Wochenende in Uyu sein würdet. Und weißt du, wenn bei uns jemand unsere alten Grabstätten besucht, dann weil er Frieden wünscht und endgültig Abschied nehmen will. Wenn Mama Lula Juanita mitgekommen wäre, hätte sie mit dir eine bestimmte Zeremonie vollzogen. Dann wäre ich in deinem Herzen für immer tot gewesen. Und deshalb ...« Er zögerte und seine Finger zuckten gequält in meinen. »Deshalb habe ich mich heute ganz früh aufs Moped gesetzt und bin losgefahren.«

»Von Bogotá?«, fragte ich entsetzt. »Auf einem Moped?«

Er lächelte nur. »Ich musste es tun. Ich hatte plötzlich das Gefühl, es sei meine letzte Chance, dir mein Verhalten zu erklären und dabei auf dein Wohlwollen zu stoßen. Danach würdest du mich nicht mehr anhören.«

Da hatte er vielleicht sogar Recht. Morgen früh hätte ich ihm womöglich die perversen Schmerzen, die ich litt und die er mir bereitet hatte, nicht mehr verziehen. Ich wäre innerlich gestorben gewesen.

»Wir müssen uns irgendwo treffen und reden«, sagte er sanft. »Darum wollte ich dich bitten. Falls du mir zuhören willst. Ich konnte nicht warten. Als ich euch vorhin aus dem Bus steigen sah ... dein Gesicht war so leer und traurig ...«

Mir schwindelte kurz. Da hatte er also irgendwo im Dunkeln gestanden, keine paar Meter von mir entfernt, und ich hatte es nicht bemerkt. Nicht auszudenken, wenn er sich nicht hätte entschließen können mit mir Kontakt aufzunehmen!

»... und da wusste ich, dass ich dich keine Minute länger

als nötig einem solchen Zustand überlassen durfte. Ich habe gesehen, in welchem Zimmer du Licht gemacht hast. Aber ich konnte nicht eher hier heraufkommen, die Rezeption war ständig besetzt. Und jetzt habe ich dich geweckt. Du bist müde.«

»Unsinn!« Die bleierne Müdigkeit von vor ein paar Stunden war wie weggeblasen. Ich fühlte mich wacher und lebendiger denn je. »Bleib, Damián. Lass uns jetzt reden. Ich könnte sowieso nicht mehr schlafen.«

Geradezu absurd, der Gedanke, jetzt zu schlafen. Simons Uhr zeigte kurz nach halb vier. Und wer wusste, was morgen sein würde? In dieser Nacht würde sich unser Schicksal entscheiden. Womöglich hatte ich nur diese eine Nacht, diese zweieinhalb Stunden bis Morgengrauen, um Damián und mir eine Zukunft zu geben.

Denn er war ja eigentlich gekommen, um ordentlich Abschied zu nehmen. Ich sollte verstehen, warum es so sein musste. Ich sollte am Ende Ja sagen und zusammen mit ihm unsere Liebe opfern, denn nach der Zerstörung des Familienfriedens kam das Opfer, das sechste Leben der Liebe. Nur durch das Opfer konnte man den Frieden wiederherstellen und den Krieg unter den Bären und Kolibris beenden. Damián wollte, dass ich einsah, dass wir verzichten mussten, weil unsere Kulturen, Einstellungen und Lebensentwürfe nicht kompatibel waren. So schmerzhaft, so unerträglich und fürchterlich das für uns auch sein würde.

– 33 –

Im Licht der kleinen Kerze saßen wir auf meinem Bett und Damián erzählte seine Geschichte.

Er hatte sich auf den ersten Blick in mich verliebt. Es hatte ihn wie ein Blitzschlag getroffen, als er mir in der Grünanlage von *El Rubí* die Uhr zurückgab, die das Seidenäffchen seiner Großmutter mir geklaut hatte. Da stand vor ihm plötzlich ein Mädchen mit Augen so hell und blau wie zwei Gebirgsseen, mit Haaren vom satten Rotblond der Maisblüten und scheu wie ein Lamafohlen.

Nie hatte er damit gerechnet, sich in ein weißes Mädchen zu verlieben. Die Töchter der Reichen, mit denen er auf die Schule gegangen war, hatte er nie interessant gefunden. Sie kamen aus einer fremden Welt, in der es alles gab, Handys, Partys, Schmuck und Kleider nach der letzten Mode. Manche hatten ihn angeglitzert, hatten mit ihm geflirtet, dem stattlichen Indio mit der bronzefarbenen Haut und der Wildheit der Urwälder in Blick und Bewegungen, aber sie hatten ihn kaltgelassen. Gefährlich hatte ihm keine werden können.

Doch plötzlich stand ich vor ihm wie ein auf die Erde geplumpster Engel, ein bisschen verwundert, sogar ängstlich, aber nicht abweisend. In meinem Gesichtsausdruck hatte er nichts von der lächelnden Herablassung gefunden, die er so oft in den Gesichtern seiner Klassenkameradinnen bemerkt hatte, wenn sie sich mit ihm unterhielten, dem Indianer aus den Nebelbergen, der auf dem Colegio Bogotano Englisch und Deutsch lernte und Wirtschaftswissenschaften studieren wollte. Medizin hätten sie noch verstanden, damit hätte er seinen Landsleuten am ehesten helfen können, meinte man immer. Er hatte ihnen etwas von Wolle und Textilindustrie erzählt. Sie hatten zufrieden genickt, wenn er ihnen erklärte, dass man etwas von Wirtschaft verstehen müsse, um in rückständigen Gebieten funktionierende Kleinunternehmen aufzubauen und zu Kollektiven zusammenzufassen, die auf dem globalisierten Markt bestehen konnten. Doch in einem Bankhaus von Bogotá konnten sie sich ihn nicht vorstellen. Bestenfalls als Kleinkreditgeber für Frauen, die sich Wolle kaufen wollten, oder für Kokabauern, die auf weniger einträgliche Kulturen umsatteln wollten. Einer wie er, das schien ausgemacht, musste die Bildung, die er mit Hilfe eines Stipendiums erwarb, in den Dienst seiner verarmten Landsleute stellen.

Hätte ich ihn genauso spöttisch oder mitleidig angesehen, hätte er kein Problem damit gehabt, mir mit ironischem Lächeln die Uhr zu überreichen und auf den Grundverdacht anzuspielen, dass die Indios alle Diebe seien. Aber es hatte ihm förmlich die Sprache verschlagen.

Zuerst hatte er mich für eine Engländerin gehalten, eine von den Luxustöchtern, die von ihren Vätern auf weite Reisen mitgenommen wurden und den ganzen Tag nichts zu tun hatten, als einzukaufen. Eigentlich hatte er mir erklären wollen, dass der Affe ihm nicht gehöre, sondern ihm nur gefolgt sei und dass er gelegentlich klaue, was ihn stets ziemlich in Verlegenheit bringe. Vermutlich sei er von einem seiner Besitzer einst auf Klauen abgerichtet worden. Aber das alles hatte er mir plötzlich nicht mehr sagen können. Es war ihm zu brutal vorgekommen. Ich sah schon erschrocken genug aus. Außerdem hatte es die Hausverwaltung nicht gern, wenn die Gärtner die jungen Mädchen ansprachen. Das konnte missverstanden werden.

Und so hatte er mich stehenlassen, hatte den Affen mit dem Moped zurück zu seiner Großmutter gebracht, ihr erzählt, was jener angestellt hatte, und war dann zur nächsten Anlage gefahren, die er betreute. Am Abend hatte Juanita ihm zu seiner großen Überraschung berichtet, dass das Mädchen mit der Uhr bei ihr am Gartentor gestanden habe.

»Sie hat mich damals mit Namen angesprochen«, unterbrach ich Damián. »Woher wusste sie ihn?«

»Das weiß ich nicht. Mama Lula weiß manchmal Dinge, die sie nicht wissen kann. Vielleicht kam es dir auch nur so vor, als hätte sie dich beim Namen genannt. Sie hat etwas in ihrem Verhalten, was die Leute manchmal glauben lässt, von ihr Dinge gehört zu haben, die sie nicht gesagt, die sie sich selbst aber gedacht haben. Mir hat sie jedenfalls deinen Namen nicht genannt.«

»Vielleicht hast du ihn nur nicht hören wollen«, spöttelte ich. »Und deshalb glaubst du, sie habe ihn nicht gesagt. Deine Oma hat ja was an sich, was die unbewussten Wünsche zum Vorschein bringt, nicht?«

Damián lachte. Er hatte meine Hand zu sich auf den Bauch gezogen und spielte mit meinen Fingern.

Nach dieser ersten Begegnung hatte er sich über mich keine weiteren Gedanken gemacht. Es lag völlig außerhalb seiner Vorstellungskraft, mich wiedersehen oder gar mit mir ausgehen zu wollen. Aber das Paar blauer Augen und die Maisblütenfarbe meiner Haare hatte er nicht vergessen. Sie erleuchteten in den folgenden zwei Tagen plötzlich seinen Sinn. Dann hielt er beim Reparieren von Jalousien oder Säubern der Schultoiletten plötzlich inne und lächelte. Ihm war, als sei ein Kolibri auf seiner Hand gelandet, hätte sich ein bisschen das schimmernde Gefieder geputzt und sei dann weitergeflogen.

Dann sah er mich auf dem Campus der Schule zusammen mit Elena, der Tochter des Gran Guaquero, eines der reichsten Männer Kolumbiens. Plötzlich fiel ihm ein, dass er mich auch vor unserer Begegnung im Garten der Anlage *El Rubí* schon ein paarmal gesehen haben musste. Doch da war ich ihm noch nicht aufgefallen, da hatte ich ihn nicht angeschaut und er hatte mir nicht in die Augen geblickt. Da war er mir noch nicht nahe genug gekommen, um mich überall wiederzuerkennen.

Er begann sich zu fragen, was mich aus dem Gros der anderen Mädchen hervorhob, die zu Hunderten über die Wege schlenderten, auf den Wiesen lagen, in der Mensa saßen. Viele von ihnen hatten auch blaue Augen und blonde Haare. Aber das Blau meiner Augen war anders und die Farbe meiner Haare einmalig. Auch in meinem Verhalten unterschied ich mich nicht von meinen Mitschülerinnen, nur dass er fand, dass mein Verhalten gleichzeitig völlig anders war. Er meinte, eine gewisse Distanz zu den Umtrieben meiner Altersgenossen zu bemerken, als ob mir all das wenig bedeutete, was ihnen normalerweise so wichtig war: Handys, Musiktitel, Einkaufstouren durch die Stadt, Konzertkarten und der Sommerurlaub in der Karibik. Ich sah so aus, als beobachtete ich alles, immer ein wenig verwundert und erstaunt, durchaus wohlwollend und Anteil nehmend, aber nicht so, als entschiede sich auf dem Campus mein Lebensglück. Wie eine Außenseiterin war ich ihm also vorgekommen, und da hatte er sich mir verwandt gefühlt in diesem staunenden und beobachtenden inneren Abstand zur privilegierten Welt des Colegio Bogotano, in der er vom Abiturienten zum Praktikanten abgestiegen war.

Zwar war es ein Praktikum, das ihm die Rektorin Claudia Aldana persönlich verschafft hatte, ein Lernen für höhere Aufgaben, aber die meisten Schülerinnen und Schüler, die ihn noch als Absolventen kannten, waren bald weg und der Rest sah ihn nicht mehr als Damián Dagua, sondern als irgendeinen Pepe, einen Angestellten der Schule mit dunkler Hautfarbe, an den man zuerst dachte, wenn irgendwas geklaut wurde.

Ich spürte, wie seine Bauchdecke sich unter meiner Hand in einem stummen Seufzer hob. Er blickte zu mir herüber.

»Und dann standest du plötzlich im Computerraum, wo ich saß.«

Doch in meiner Miene hatte damals nicht nur Erstaunen gelegen, sondern auch Misstrauen und Zweifel. Was machte der hier? Einer, der sich mit diversen Jobs über Wasser hielt und, wenn es niemand mitkriegte, seinen Affen auf Diebestour schickte? Abscheu und Verachtung hatte er zu erkennen gemeint und plötzlich war Ärger in ihm aufgestiegen. Er hätte mir gern ins Gesicht gesagt: »Guck nicht so! Ich bin keiner eurer Dienstleute, die euren Dreck wegmachen, ich bin Student!«

Aber das hätte er vor den anderen Schülerinnen und Schülern unmöglich sagen können. Außerdem hatte mein

Anblick ihn zum zweiten Mal getroffen wie ein Blitz aus heiterem Himmel. So viele Gedanken und Gefühle waren gleichzeitig durch seinen Kopf geschossen, dass er kapituliert und sein Heil in der Flucht gesucht hatte.

Am liebsten wäre er noch viel weiter fortgelaufen als nur ins Büro des Hausmeisters und abends ins Haus seiner Großmutter. Er hatte sich seines Ärgers geschämt, es hatte ihn bedrückt, dass er in Versuchung gewesen war, mir gegenüber mit seinen Projekten, seiner Zukunft aufzutrumpfen. Denn das bedeutete, dass er sich mir sozial unterlegen gefühlt hatte, dass es ihm nicht egal gewesen war, was ich über ihn dachte.

Die Liebe kam ihm ungelegen. Für ihn war immer klar gewesen, dass er irgendwann ein Mädchen aus seinem Volk heiraten würde. Vage hatte er dabei an Rocío aus dem Büro des CRIC gedacht, an eine, die Schulbildung besaß und politisch aktiv war, die das Leben in der Stadt kannte. Er war sogar ein paarmal mit ihr ausgegangen, bis sie ihm gestanden hatte, dass sie bereits einen Freund hatte. Genauso gut hätte er sich in ein Mädchen aus den Bergen verlieben können, das weder mit Computern noch mit dem Leben in der Stadt vertraut war. Er hätte eine gefunden, die, auch wenn sie nicht seine Schulbildung besaß, klug genug gewesen wäre seinen Weg mitzugehen, so eine wie seine Schwester Clara. Aber eine Weiße, eine Deutsche, das konnte er sich beim besten Willen nicht vorstellen.

Er hatte durchaus auch früher schon weiße Frauen gekannt – Susanne Schuster zum Beispiel –, die das einfache Leben in den Bergen schätzten. Sie waren aus ihren Lebensumständen geflüchtet, vielleicht weil sie dort nicht glücklich geworden waren und nun glaubten, das einfache

Leben sei einfacher, das Kochen am offenen Feuer, das Waschen im Gebirgsbach. Sie verkannten dabei, dass auch das Leben der Leute in den Nebelbergen kompliziert war. Die Regeln des familiären Miteinanders, die sozialen Gesetze waren nicht so einfach zu durchschauen. Die Brutalität der Lebensumstände spiegelte sich in autoritären Familienverhältnissen wider. Das männliche Familienoberhaupt übte eine Gewalt aus, die für Außenstehende nicht akzeptabel war. Und die Macht der Mütter am Herd war für Außenstehende wiederum kaum erkennbar. Susanne Schuster hatte den Fehler gemacht, sich zu schnell als eine von ihnen, den Indios, zu betrachten und sich einzumischen. Deshalb hatten die Alten sie mit Misstrauen betrachtet und schließlich davongejagt.

»Aber sie ist doch entführt worden«, sagte ich.

»Erst als sie wieder zurückkam. Aber lassen wir diese unselige Geschichte jetzt mal beiseite.«

Je weniger Damián von mir hatte wissen wollen, desto mehr hatte er über mich erfahren. In der Schule wurde durchaus anerkennend über mich gesprochen. Er erfuhr, dass ich eine gute Schwimmerin war und alle schulinternen Wettkämpfe gewann. Er hörte, dass meine Freundin Elena und ich mit Elenas Vater die Mine bei Inza besuchen wollten, damit Elena dort ihren ersten Smaragd geschenkt bekommen konnte. Er erfuhr, dass ich auf Elenas Pferden ritt. Das alles missfiel ihm. Ich war doch nur eine von denen, die es schafften, in diesem Land zu leben und die Augen komplett vor seiner Armut und Ungerechtigkeit zu verschließen, eine von denen, deren Hauptsorge momentan das Kleid für den Diplomatenball war, zu dem unsere Väter und damit auch wir selbstverständlich eingeladen worden waren, aber niemals ein Indio wie er, der keinen bedeutenden Vater hatte, sondern gar keinen, weil er nämlich zusammen mit dem ganzen Dorf abgeschlachtet worden war. Und endlich, dachte er, konnte er mich ad acta legen und vergessen.

Doch dann rief ihn die Rektorin ins Büro und überreichte ihm lächelnd eine Einladung für genau diesen Diplomatenball. Sie bekam stets ein gewisses Kontingent, das sie an verdiente Lehrer und Mitarbeiter der Schule vergab, den Religionslehrer und Pfarrer zum Beispiel, der seit Jahren Schulklassen bewog, Patenschaften für ein paar Familien in den Slums von Bogotá zu übernehmen, und jetzt auch an ihn, Damián, den Hausmeistergehilfen.

»Da können Sie wichtige Leute kennenlernen und versuchen sie für Ihre Pläne zu gewinnen«, sagte sie. »Außerdem müssen Sie lernen sich auf glattem Parkett zu bewegen, wenn Sie wirklich was werden wollen.«

Damián konnte die Einladung nicht zurückweisen, er fühlte sich der Rektorin zu Dank verpflichtet. Der Respekt, den man ihm, dem Indio, als Schüler im Colegio entgegengebracht hatte, hatte entscheidend dazu beigetragen, sein Selbstbewusstsein zu stärken. In den drei Jahren als Schüler hatte er gelernt sich das, wovon er träumte, auch wirklich zuzutrauen. Er hatte begriffen, dass es nicht genügte, einer benachteiligten Minderheit anzugehören und revolutionäre Ideen zu vertreten, sondern dass er mitarbeiten musste, um sie auch umzusetzen. Er hatte sich im Schülerparlament engagiert und Erfahrungen gesammelt.

»Zum Beispiel«, sagte er, »habe ich gelernt, dass es keinen Sinn hat zu sagen, die Indígenas müssen mehr Rechte haben. Dann nicken alle, aber niemand ist mit dem Herzen dabei. Man muss eine Geschichte erzählen, damit die anderen fremde Beweggründe nachvollziehen und zu ihren eigenen machen können. Seitdem erzähle ich Geschichten. Nur bei dir …«, er lächelte schief, »… habe ich es nicht zu Stande gebracht. Dir habe ich, wie das in eurer Kultur üblich ist, nur das Ergebnis meiner Überlegungen präsentiert. Ich habe dir keine Chance gegeben, meine Beweggründe zu deinen eigenen zu machen.«

Vielleicht besser so, dachte ich plötzlich. Doch in diesem Moment, um fünf Uhr nachts im Hotel von San Andrés de Pisimbalá, war ich noch absolut sicher, dass es Damián auch mit einer noch so langen Geschichte nicht gelingen würde, mich davon zu überzeugen, dass auch ich am Ende sagte: »Ich sehe es ein. Es geht nicht mit uns. Wir haben keine Zukunft.« Das würde nicht geschehen.

Aber ich sagte es nicht, um Damián nicht zu warnen. Man durfte ihn nicht unterschätzen. Mir war total klar, dass der Indio, der so liebevoll mit meinen Fingern spielte und so sehnsuchtsvoll und leidenschaftlich küssen konnte, ein raffinierter Friedensstifter war, wie man das in seiner Kultur nannte, oder ein echter Politiker, wie wir sagten. In jedem Fall war er geübter als ich im Reden und Überzeugen.

Während seiner Zeit im Colegio Bogotano hatte er entdeckt, dass er ein besonderes Talent besaß, nämlich das, Konflikte zu erkennen, zu durchschauen und zu schlichten. Das hatte seine Großmutter Juanita ihm zwar schon bescheinigt, aber auch ein Talent brauchte Gelegenheit, sich auszuprobieren, zu üben und weiterzuentwickeln. Begierig hatte Damián sich die westlichen Methoden der Konfliktvermeidung und Deeskalation angeeignet. Und nicht selten hatte er europäische oder amerikanische Streithähne mit indianischen Friedensriten verblüfft und Mestizen, Halbindios und

Schwarze mit den Prinzipien der Gesprächsführung, wie man sie in großen Konzernen anwandte.

So war in ihm allmählich die Erkenntnis gereift, dass sein Traum vom Frieden kein Traum bleiben musste, sondern dass er das Talent und die Mittel besaß, dazu beizutragen, die gegensätzlichen sozialen Klassen in seinem Land miteinander zu versöhnen. Und wenn seine eigenen Leute, die Indios, als Lehrer, Ärztinnen oder Beamte den Weg in die Gesellschaft von Kolumbien finden sollten, dann brauchten sie zuallererst eine gute Bildung und Ausbildung.

Die Rektorin hatte ihn in seinen Ideen bestärkt und ihm den Job als Praktikant an der Schule gegeben, damit er lernte, wie eine große Lehranstalt aufgebaut war und funktionieren konnte. Dafür war er ihr dankbar. Für ihn war sie wie Mutter und Vater, die er nie gehabt hatte, allerdings nur, was ihre Bereitschaft betraf, ihn zu führen, ihm seinen Weg und seine Grenzen zu zeigen und ihn etwas zu lehren. Privat hatte er ihr nie etwas anvertraut. Und nun, da sie ihm die Karte für den Ball schenkte, hatte er sie nicht enttäuschen wollen. Also hatte er sich an einen Freund gewandt, der in La Candelaria ein kleines Theater betrieb, sich einen Smoking ausgeliehen und sich von der Maskenbildnerin die Haare schneiden lassen.

Eine von Damiáns wesentlichen Charaktereigenschaften war seine absolute Furchtlosigkeit. Nichts und niemand konnte ihn einschüchtern. Auch kein Saal voller Herren in schwarzen Anzügen und Damen mit Schmuck, der mehr wert war, als er, Damián, jemals im Leben verdienen würde. Selbst wenn man ihn aufgefordert hätte vor Menschen, die ihn auspfeifen und auslachen oder sich schweigend abwenden würden, eine Rede auf Englisch oder Deutsch zu halten, hätte ihn das nicht ins Schleudern gebracht. Es war ihm von jeher egal, was Menschen von ihm dachten, mit denen er nicht verwandt oder befreundet war.

Und dann kam ich und lehrte ihn das Fürchten.

»Da standest du unter den funkelnden Kronleuchtern zwischen deinen Eltern, in diesem wunderschönen Kleid, das so anders war als das der anderen Mädchen, und ich wünschte im Erdboden versinken zu können.«

»Aber wieso denn?«, fragte ich verwundert.

»Ja, hast du es denn immer noch nicht verstanden, Jasmin? Vom ersten Augenblick an hatte ich Angst vor den Konsequenzen, die meine Gefühle haben würden, nicht so sehr für mich als vielmehr für dich. Für dich bin ich die Katastrophe!«

»Nein, gar nicht!«, sagte ich. »Hör auf mit dem Unsinn. Du bist nicht für alles allein verantwortlich. Ich habe auch einen Anteil daran! Ich wollte es! Ich will es, Damián!«

Seine Augen funkelten, sein Griff um meine Hand wurde fest. Seine Lippen öffneten sich. Ich sah einem Mann ins Gesicht, der mich begehrte, der mich in Besitz nehmen wollte und sich doch unter Aufbietung all seiner Kräfte beherrschte. Er schloss die Augen und ließ sich wieder gegen das Kissen fallen.

»Du hast Recht, Jasmin«, stöhnte er. »Als ich dich in den Ballsaal treten sah, in dem Kleid in unseren Farben, denen der Indígenas, da wusste ich plötzlich, ich hatte mich in dir getäuscht. Du hast nicht die Vorurteile – und seien sie auch noch so verborgen und unbewusst –, die die anderen Mädchen in ihren amerikanischen Ballkleidern haben.«

In diesem Moment war Damián bereit gewesen, alles, was er bis dahin gewollt und so leidenschaftlich angestrebt hatte, über Bord zu werfen und mir sein Herz zu Füßen zu legen. Die oder keine! Bis ans Ende der Welt wollte er mir folgen. Es gab nur noch ein Leben, das mit mir. Und wenn es ihn sein eigenes gekostet hätte!

Er hatte sich gerade von der hinteren Ecke des Saals auf den Weg gemacht, um mir und meinen Eltern entgegenzutreten und sich vorzustellen, da goss mir diese unselige Kellnerin den Inhalt der Gläser auf ihrem Tablett übers Kleid.

Gleich darauf holte ihn seine Wirklichkeit ein. Unter der Schar der Kellner entdeckte er einen Burschen, den er kannte und der sich aus seinen Augen zu schleichen versuchte. Es war einer von Don Antonios Leuten, einer seiner besonderen Freunde. Und der gehörte eindeutig nicht nach Bogotá und schon gar nicht in das Heer der Kellner, die im Bolívar-Hochhaus vermögende und bedeutende Gäste betreuten.

»Das war der Kellner, mit dem du dich im Treppenhaus bei den Toiletten gestritten hast«, erinnerte ich mich.

Damián nickte. »Ich hatte ihn mir gegriffen und von ihm verlangt, dass er mir erklärte, was er hier suchte. Er bestritt erst, der zu sein, für den ich ihn hielt, dann behauptete er, er gehöre nicht mehr zu Antonios Guerilleros und arbeite schon seit einiger Zeit in Bogotá. Dabei wurde er immer nervöser. Er hatte Angst.«

»Was kann er denn gewollt haben?«, fragte ich.

»Immerhin hatte Präsident Uribe sein Kommen angesagt.«

»Aber er kann doch nicht vorgehabt haben, ein Attentat zu begehen! Er alleine!«

»Unwahrscheinlich. Aber schon, wenn er nur ein paar Kreditkarten und Brieftaschen geklaut hätte, wäre es für deren Besitzer gefährlich geworden. Wenn man jemanden entführen will, ist es gut, wenn man weiß, wo er wohnt und arbeitet. Und auf so einem Ball kann man sich wunderbar einen Überblick verschaffen, welche Frau teuren Schmuck trägt und bei wem es sich lohnt, das Töchterchen oder den Sohn zu entführen. Das habe ich ihm auf den Kopf zugesagt. Daraufhin hat er mich beschimpft. Die Tage meines Onkels Tano seien gezählt, auch für mich sei es besser, wenn ich schleunigst Bogotá verließe.«

»Darauf hast du ihm gedroht, er solle auf seine Mutter und seine Schwestern achtgeben.«

Damián lächelte schief. »Ich habe mich hinreißen lassen. Dich hat es erschreckt, nicht wahr?«

Er selbst war nicht weniger erschrocken gewesen, als er sich umgedreht hatte und mich in der Tür der Damentoilette stehen sah, ernst und mit großen Augen. Er hatte sich augenblicklich für den wüsten Wortwechsel, dessen Zeugin ich geworden war, geschämt. Und noch schlimmer: Angst hatte ihn urplötzlich überfallen, echte, bohrende Angst. Nicht um sich selbst, sondern um mich. Was würde er mir antun, wenn er mich an seine Seite zog? In was für eine Welt würde er mich führen? Er konnte mich ja nicht einfach schnappen und mit mir das Land verlassen. Und solange er hier war, war er Teil von Onkel Tanos und Don Antonios Fehde. Als Tanos Neffe war er stets in Gefahr, entweder selbst Opfer einer Gewalttat zu werden oder mit ansehen zu müssen, wie seine Schwester Clara oder seine Cousinen Ana und Alejandra einem sinnlosen Gemetzel aus Rache oder Rivalität zum Opfer fielen. Eben gerade hatte er selbst dem falschen Kellner und seiner Familie genau das angedroht. Er, Damián, der bisher keine Furcht gekannt hatte, weil er sich auf sein

Talent und seine Kraft verlassen zu können meinte, verstand auf einmal, wie verletzlich er sein würde, wenn er liebte. Schlagartig erkannte er, dass er mir niemals würde näher kommen dürfen als in diesem Moment. Niemals durften unsere Unterhaltungen die Grenze des Konventionellen überschreiten, mehr als ein Händedruck war nicht erlaubt.

»Ich glaube, ich habe ziemlich herumgestottert«, bemerkte Damián leise.

»Ich aber auch«, lächelte ich. »Du hast mich auf Englisch angesprochen.«

»Und du hast die ganze Zeit fieberhaft überlegt, was ich auf dem Ball mache. Ob ich nicht vielleicht ein Spion der FARC wäre.«

»Daraufhin hast du mir vorgeworfen, wir würden euch Indios alle für Diebe halten.«

Damián lachte peinlich berührt und zog halb bewusst mit dem Finger die Linien meiner Handknochen nach. »Nichts von dem habe ich so gemeint, Jasmin. Ich wusste nicht, was ich sagte. Du hast mich völlig durcheinandergebracht.«

Er hatte mir danach ernsthaft aus dem Weg gehen wollen. Deshalb hatte er sich im Speisesaal aufgehalten, wo nach dem Essen die Zahl der Menschen überschaubar war. Doch Claudia Aldana, die Rektorin, hatte ihn entdeckt, die noch bei meinem Vater am Tisch saß, und ihn herbeigerufen. Er hatte sich eine Weile mit meinem Vater unterhalten und sich gefragt, wie es wohl wäre, meinen Vater zum Schwiegervater zu haben. Er hatte sich von ihm mit freundlicher Unbefangenheit und Respekt behandelt gefühlt. So als sei es nicht weiter verwunderlich, wenn ein Indio aus dem Cauca plane eine Universität zu gründen.

Um mir nicht im Tanzsaal, an der Bar oder im Tearoom über den Weg zu laufen, hatte er sich dann entschlossen mit dem Chef der Catering-Firma zu klären, wie lange Don Antonios Mann schon in dessen Diensten stand und in welchen Häusern er bereits gewesen war, und hatte sich zur Küche begeben. Doch es war vertrackt: Dort stand ich schon wieder und fragte eine Kellnerin nach einer anderen – nämlich jener Manuela, die mir die Getränke aufs Kleid geschüttet hatte –, um zu verhindern, dass sie entlassen wurde.

Das rührte ihn. Es erinnerte ihn ein bisschen an die deutsche Lehrerin, die seinem Onkel Tano zugesetzt hatte, damit er Clara in die Stadt auf ein richtiges Gymnasium schickte. Das Gute wollen, ohne die Verhältnisse zu kennen und zu wissen, wo man wirklich ansetzen musste, um Erfolg zu haben, das war so typisch für all die Fremden, die in sein Land kamen. Aber immerhin, es war anständig von mir, nobel! Es beruhigte ihn sogar ein wenig in dem ganzen Wirrwarr seiner Erregung und Verzweiflung, dass er sich in keine egoistische Luxustussi verguckt hatte, sondern in eine, die sich um eine Kellnerin Sorgen machte. Wenn es auch naiv war, was ich tat. Denn Manuela war längst nach Hause geschickt worden und ich konnte ihr nicht mehr helfen, es sei denn, ich wäre ihr in die Stadtteile gefolgt, wo Weiße normalerweise Angst hatten.

Plötzlich fiel ihm auf, wie jung ich war. Wenn ich in die elfte Klasse ging, war ich gerade mal sechzehn Jahre alt. Für eine Indígena wäre das alt genug gewesen, um zu heiraten und Kinder zu kriegen, aber europäische Mädchen genossen in diesem Alter noch das Privileg der Jugend und man verzieh ihnen nicht nur die Fehler, die sie aus Unerfahrenheit begingen, man beschützte sie auch.

Der Gedanke an meine Minderjährigkeit verflog allerdings, kaum hatte ich mich umgedreht und ihn erkannt, kaum sah er mein helles Gesicht, das schimmernde Maisblütenblond meiner Haare und meine zwei großen blauen Augen, die ihn erschrocken anblickten und im nächsten Moment schon aufleuchteten und strahlten. Ich fiel, als die Kellner vorbeirannten, gegen ihn, er spürte meine weiche Weiblichkeit an seiner Brust, atmete tief meinen Duft ein und war verloren.

Nun gab es nur noch ein Ziel für ihn: mich in seinen Armen halten. So sehr war er in diesem Augenblick Mann, dass er nicht für sich hätte garantieren wollen, ob er, wenn ich willens gewesen wäre, noch hätte an sich halten können. Ein Glück, dass wir uns unter Massen von Menschen befanden. Mich vom Ball und aus dem Haus zu entführen war unmöglich, es sei denn, er hätte sich dem ernsten Verdacht aussetzen wollen, es auf ein weißes Mädchen abgesehen zu haben, auf seine Unschuld oder das Geld seiner Eltern. So hatte er nur die Möglichkeit gesehen, mir im obersten Stockwerk des Bolívar-Hochhauses einen schöneren Ausblick auf die Stadt zu versprechen, in der vagen Hoffnung, wir würden dort alleine sein. Er war fast erleichtert gewesen, dass wir es nicht waren.

Von einem Kuss hatte er sich nicht abhalten können und es hatte ihn fast verrückt gemacht, mich so zu lieben und mir im nächsten Moment doch sagen zu müssen, wer er wirklich war und dass es für uns beide keine Zukunft gab. So war er wiederum erleichtert gewesen, sofern man das bei seinem Gefühlszustand überhaupt sagen konnte, als Elena mit ihrem und meinem Vater und John anrückte. Auch wenn es ihn schmerzte, mich mit ihnen ziehen zu lassen.

»Du hast mich regelrecht fortgeschickt zu ihr!«, widersprach ich.

Es war ihm nichts anderes übrig geblieben. Es wäre fatal gewesen, wenn man uns hinter der Stellwand der Cafeteria erwischt hätte. Außerdem hatte ich so gezappelt in seinen Armen, war so verlegen und unruhig gewesen, als hätte ich mich auf einmal geschämt, von Elena mit einem Indio erwischt zu werden. Doch zu allem Unglück hatte, als er sich davonschleichen wollte, mein Vater ihn entdeckt, erkannt und zu sich gerufen, und er war so verpeilt gewesen, dass er gegen alle Regeln des indianischen Friedensstifters und Politikers versucht hatte den Großen Guaquero zu provozieren.

In seiner Bitterkeit hatte er ihm vorgehalten, die Nasas um ihr Land und die Ausbeute der Smaragdmine betrogen zu haben. Das war nicht klug gewesen und überhaupt nicht diplomatisch. Aber als zu krass hatte er in diesem Moment den Gegensatz zwischen dem Dollar-Milliardär, seiner Tochter, dem lächelnden deutschen Arzt und mir auf der einen Seite und sich selbst, dem Indio im Smoking, auf der anderen Seite empfunden. Er war nur Gast in dieser Welt und würde nur geduldet werden, wenn er sich benahm. Kritik an Leandro Perea gehörte nicht dazu.

Mit dem Gefühl, sich an diesem Abend auf ganzer Linie falsch verhalten zu haben, war er geflohen. Er hatte mich wider besseres Wissen in den Armen gehalten und eine Sekunde später zurückgestoßen, er hatte Front gegen einen der reichsten Männer von Kolumbien gemacht, statt ihn als Geldgeber für Bildungsprojekte im Cauca zu gewinnen, und als Elena ihn als Dieb bezeichnete, war er davongelaufen.

Zu Fuß ging er nach La Candelaria, um im Theater seines

Freundes den Smoking loszuwerden. Dann machte er sich, wieder zu Fuß – denn das Moped war ihm am Morgen dieses Tages verreckt –, auf den langen Weg zum Haus seiner Großmutter am Waldrand im Nordosten der Stadt. Während er durchs nächtliche Bogotá lief, versuchte er seine Gedanken und Gefühle zu ordnen. Er beschloss das Praktikum im Colegio Bogotano abzubrechen, denn nur so konnte er weitere Begegnungen mit mir vermeiden. Vor allem musste er den Job als Gärtner bei unserer Hausverwaltung kündigen.

Um mir auch ganz gewiss nirgendwo über den Weg zu laufen in dieser Millionenstadt, ließ er sich von seinen Uniprofessoren für den Rest des Semesters wegen einer wichtigen familiären Angelegenheit beurlauben und fuhr, nachdem er sein Moped repariert hatte, nach Popayán, wo er im CRIC Rocío helfen und sich bei der Organisation des festlichen Jahrestreffens der Indígenas des Cauca nützlich machen konnte. Außerdem ging es Clara wieder einmal schlechter als sonst und Onkel Tanos Fehde mit Don Antonio hatte ein solches Ausmaß an Feindseligkeit erreicht, dass Damián sich erstmals als Vermittler anbot.

Aber wie das oft der Fall war innerhalb einer Familie: Damiáns friedensstiftende Kräfte versagten bei seinem Onkel, genauso wie Großmutter Juanitas heilende Kräfte bei Clara nicht wirkten. Je mehr Damián in Tano drang, um der Einheit der Indígenas willen seine Fehde mit Antonio zu begraben, desto leidenschaftlicher wurden Tanos Hassreden und Racheschwüre dem ehemaligen Kampfgenossen gegenüber. Er ging sogar so weit, von Damián ein klares Bekenntnis zu ihm, Tano, und seiner Familie zu verlangen. Andernfalls wolle er ihn nicht mehr sehen. Clara zuliebe ließ Damián es nicht auf eine Konfrontation ankommen.

»Aber warum hasst dein Onkel diesen Antonio so?«, fragte ich.

»Tano ist besessen von der Idee des Kampfs«, sagte Damián. »Tano und Antonio waren einst Waffenbrüder in den Zeiten, als das Drogenkartell von Medellín und die FARC um die Macht in den Provinzen kämpften und überall Kämpfer rekrutierten. Sie gehörten einer kleinen Guerilla-Einheit an, die Dörfer überfiel, Menschen entführte, Kokainküchen unterhielt und den Kokabauern und der Landbevölkerung gegenüber die Wohltäter spielte. Ihre Freundschaft hielt auch noch an, als die Zeiten der Waffengänge vorbei waren. Doch vor gut drei Jahren änderte sich das plötzlich. Seitdem nennt Tano seinen ehemaligen Freund einen geldgierigen Hurensohn und Antonio spricht von Tano nur noch als dem blutrünstigen Metzger.«

»Was ist passiert?«

»Nun ja, sie haben sich über die Strategie zerstritten. Tano wollte den politischen Kampf gegen die Terratenientes, die Großgrundbesitzer, er wollte Attentate verüben, Antonio dagegen hatte genug vom Töten, er wollte vor allem Beute machen.«

Im Gegensatz zu Tano, fuhr Damián fort, war Antonio bei den Leuten in den Bergen beliebt, weil er und seine Leute Lastwagen kaperten und die Ware verteilten. Tano dagegen focht seinen eigenen revolutionären Kampf gegen die Macht der Weißen, was den Bauern in den Bergen weniger gut gefiel, denn er erwartete von ihnen, dass sie Militärposten beschossen, statt Lastwagen auszuplündern.

»Vor drei Jahren wurde doch auch Susanne Schuster entführt?«, bemerkte ich.

Damián blickte zu mir herüber. »Und?«

»Vielleicht haben sich Tano und Antonio darüber zerstritten. Könnte das nicht sein?«

»Nein!«, antwortete Damián knapp.

»Aber Clara glaubt ...«

»Sie hat mit dir darüber gesprochen?«

Ich spürte seine Anspannung und hatte plötzlich ein ganz vertracktes Gefühl. Würde Damián mir jemals die volle Wahrheit erzählen?, fragte ich mich. Ich versuchte den Gedanken zu vertreiben. Ich schämte mich sogar meiner Zweifel. Aber sie waren da.

»Was hat sie dir erzählt?«, fragte Damián.

»Nicht viel. Eigentlich nichts. Sie glaubt, dass dein Onkel Tano Susanne entführt hat.«

Ich verschwieg das entscheidende Detail, nämlich dass Clara überzeugt war, den Aufenthaltsort von Susanne Schuster zu kennen, und dass ich versucht hatte herauszubekommen, wo er lag. Vielleicht hätte ich das noch gesagt, hätte Damián mich nicht mitten in meinen Überlegungen unterbrochen.

»Ja«, sagte er, »Clara glaubt sogar, Tano habe die Deutsche entführt, um sie ihr wegzunehmen.«

»Stimmt das?«

Damián blickte mich an. Sein Atem ging nicht mehr so ruhig wie bisher. Er schluckte. »Tano hat mit Susanne Schusters Entführung zu tun, das stimmt. Aber er war es nicht allein. Sie hat viele hier in der Gegend gestört. Sie hat sich in alles eingemischt. Nicht nur, dass sie die Mädchen gegen ihre Familien aufgehetzt hat ...«

»Aber das ist doch kein Grund!«

»Es war auch nicht der Grund. Aber ...« Er stockte. »Verschieben wir das Thema. Lass mich zu Ende erzählen, ja?«

Kurz nachdem er aus Bogotá nach Popayán geflüchtet war, bekam Damián von seiner Großmutter Juanita einen Brief, den sie ans Büro des CRIC adressiert hatte. Damián wunderte sich ziemlich, denn Juanita mochte das geschriebene Wort nicht. Noch nie hatte er von ihr einen Brief erhalten. Ein- oder zweimal hatte sie bei seinem Onkel Gustavo im Laden in der Calle Sexta angerufen. Aber sie musste zum Telefonieren zur Nachbarin und man konnte sie nicht zurückrufen. Damián entfaltete den Brief und wusste augenblicklich, warum Juanita ihm das nicht über seinen Onkel Gustavo hatte ausrichten lassen wollen, sondern zu Papier und Bleistift gegriffen hatte. Das Blatt mit der ungeübten Handschrift begann in seiner Hand zu zittern.

»*La virgen me visitó*«, begann der Brief. »Die Jungfrau hat mich besucht.«

Ich schnaubte. Dieser Titel hatte mich schon damals geärgert.

Damián lächelte. »Stimmt es denn?«, fragte er.

»Was meinst du?«, fragte ich ärgerlich zurück. »Dass ich sie besucht habe?«

»Nein, dass du noch Jungfrau bist.«

»Wenn Juanita es sagt!«

Er lachte leise.

Aber mir war es total peinlich. Ich kam mir wieder kindlich und unerfahren vor. Wahrscheinlich würde Damián jetzt nie mehr tun, als meine Hand zu halten und mich zu küssen, vor lauter Respekt vor meiner Jungfräulichkeit. Und er würde mich nie wirklich ernst nehmen. Er würde mich wegschicken wie ein Kind, hinaus in eine andere Zukunft ohne ihn, in der, wie er meinte, ein anderer Mann mich lieben und heiraten würde, und zwar unbefleckt!

Scheiße war das!

Ich dachte an das Kondom, das mir Felicity Melroy zugesteckt hatte. Es musste noch irgendwo in einer Tasche meiner Jacke stecken. Wenn ich jetzt einfach …

Nein, einfach war es nicht. Ich zögerte. Einfach die Gesten imitieren, die Frauen in den Fernsehserien und Liebesfilmen machten, wenn sie einen Mann rumkriegen wollten, das konnte ich nicht. Es wäre mir billig und verlogen vorgekommen. Damián war kein Mann, den man einfach so verführte und vernaschte, damit man Macht über ihn gewann. Es wäre ihm gegenüber unfair gewesen.

»Was ist?«, fragte er.

»Nichts.«

Er zog mich an sich und flüsterte mir ins Ohr: »Möchtest du?«

Ich konnte nur hoffen, dass er das meinte, woran ich gerade so intensiv dachte, und nickte. Ich spürte seinen Atem an meinem Hals und seine Lippen an einer empfindlichen Stelle unterhalb meines Ohrläppchens. Die Härchen stellten sich auf an meinen Armen. Es war erregender und schöner, als ich es mir je vorgestellt hatte, eine wahnwitzige Vorfreude zuckte in mir. Es war irre! Er drehte mein Gesicht zu sich und küsste mich. Und zum ersten Mal spürte ich seine Hand an meiner Brust. Ein bisschen erschreckte es mich doch: der Ernst, die Begierde in dieser Berührung. Vielleicht zuckte ich. Denn er löste sich von mir.

»Du weißt nicht, worauf du dich einlässt«, sagte er kaum hörbar.

»Ich weiß sehr wohl …«

»Scht, Jasmin. Du weißt noch lange nicht alles über mich, was du wissen musst, um dich richtig zu entscheiden.«

Nichts wollte ich in diesem Moment weniger, als mich richtig entscheiden. Aber Damián war unerbittlich. Mit seiner ruhigen Stimme fuhr er leise fort zu erzählen.

Wortwörtlich hatte seine Großmutter in ihrem Brief zitiert, was ich ihr zum Schluss des Gesprächs, den Tränen nahe, erklärt hatte. Ich hätte wissen wollen, was er nach unserem Kuss auf dem Ball hatte sagen wollen, aber nicht gesagt hatte. Jetzt wisse ich es. Er könne sich nicht mit mir abgeben. Er habe andere, wichtigere Ziele. Sie, Juanita, könne ihm sagen, das hätte ich jetzt verstanden. Ich würde ihn nicht weiter belästigen.

Damián hatte, als er das las, an seinem Schreibtisch im Büro des CRIC zwischen Stapeln von Papier, Plakaten und Pamphleten gesessen und war tief betroffen gewesen. Einerseits beruhigte es ihn zu erfahren, dass ich offenbar zumindest halbwegs verstanden hatte, warum er sich davongemacht hatte, andererseits spürte er, mehr als ihm lieb war, dass es auch mir nicht gut ging. Er war nicht der Einzige, der ins Schlingern gekommen war. Auch ich musste ziemlich durcheinander sein, dachte er sich, wenn ich zu seiner Mama Lula hinausgefahren war, ganz offensichtlich in der Hoffnung, ihn, Damián, dort zu finden. So etwas tat ein Mädchen aus gutem Hause nicht, hatte er in seiner Zeit am Colegio gelernt, sie lief keinem Jungen hinterher, sie wartete auf seinen Anruf. Und wenn sie es doch tat, dann war es mehr als ein Flirt. Dann war es ihr ernst.

Viel weniger, als ich dachte, hatte er tatsächlich abschätzen können, wie ich zu ihm stand. Wir hatten nicht gerade viel miteinander geredet, er hatte keinen blassen Schimmer, wie ich wirklich tickte. In seinen Augen folgte mein Leben völlig anderen, ihm völlig fremden Regeln.

Er stellte sich mein Verhältnis zu meinen Eltern eng und liebevoll vor, so freundlich, wie ihm mein Vater begegnet war. Er glaubte, dass ich meinen Eltern vollständig vertraute und gehorchte und dass ich zögern würde mich auf einen wilden Gesellen wie ihn einzulassen. Er hatte die Vorstellung, er müsse über viele Wochen hinweg artige Besuche bei meinen Eltern abstatten und sich ihnen als fleißiger Student präsentieren, ehe er die Erlaubnis bekam, einmal mit mir auszugehen oder sich von mir mit auf mein Zimmer nehmen zu lassen. So war das seiner Vorstellung nach in den vom spanischen Katholizismus geprägten Familien der Reichen und Schönen üblich, so hatte er es in amerikanischen Filmen gesehen. Er konnte sich einfach nicht vorstellen, dass ich sonderlich viele Gedanken an ihn verschwendete, den unglücklichen Indianer, der mich in eine peinliche Lage gebracht und mir den Ball verdorben hatte.

Doch nun schrieb ihm Juanita, dass ich bei ihr gewesen war und nach ihm gefragt hatte und dass ich, als sie mir mitteilte, er sei weggegangen, betroffen und traurig ausgesehen hätte und schließlich wütend die Worte gesprochen hätte, die sie zitierte. Juanitas Brief endete mit einer Lebensweisheit aus den Legenden der Nasas, die da lautete: »Wenn du eine Frau liebst, die in einem fremden Haus lebt, dann entfache einen Krieg oder fahre für immer nach Hause.«

»Was heißt das?«, fragte ich.

»Sie wollte damit sagen, dass in der Liebe die Unentschiedenheit ins Verderben führt. Entweder ich kämpfe oder ich verzichte. Ein Zwischending gibt es nicht. Oder anders gesagt: Sie wollte mich davor warnen, wieder nach Bogotá zurückzukommen.«

»Und daran hast du dich gehalten.«

Er schaute mich ernst an. »Ja. Ich hatte mich entschieden.«

Für einen Moment war es still im Zimmer. Das erste Licht des Morgengrauens deutete sich im Fenserviereck an.

– 34 –

Dann hatten sich die Ereignisse überschlagen. Damián war auf dem Weg in die Berge nach Yat Pacyte gewesen und hatte noch etliche Stunden zu reiten gehabt, als er durch eine Ansiedlung kam, in der zwei betrunkene junge Männer in die Luft schossen. Vor den angstvollen Bauern prahlten sie damit, dass sie gerade einen Lastwagen gekapert und ein paar Touristen aus Bogotá ausgeraubt hätten. Damián stieg ab und beruhigte die Lage. Die jungen Bürschchen zeigten ihm ihre Beute, Geldbörsen, Scheine und eine Uhr. Der Schrecken fuhr Damián in die Glieder, als er die Uhr wiedererkannte, die der Affe seiner Großmutter mir einst geklaut und die er eine Weile bei sich in der Tasche getragen hatte, ehe er sie mir zurückgeben konnte. Er würde sie überall wiedererkennen, diese sonderbare altmodische Uhr aus Gold mit buckligem Glas auf einem vom Alter gegerbten Lederarmband, die eigentlich eher zu einem Mann gepasst hätte als zu einem jungen Mädchen.

»Ein Freund hat sie mir gegeben«, erklärte ich. »Zum Abschied. Es ist ein guter Freund, er heißt Simon. Die Uhr hat seinem Vater gehört. Er hat behauptet, die Uhr brächte Glück, und er hat sie seinem Sohn geschenkt, bevor er zu seiner letzten Reise aufbrach. Er ist beim Bergsteigen im Himalaja verunglückt. Vielleicht hätte er die Uhr mitnehmen sollen, dann wäre er nicht gestorben.«

»Oder umgekehrt«, sagte Damián, »er hat insgeheim gewusst, dass er nicht die Kraft haben würde zurückzukehren, und sie deshalb seinem Sohn geschenkt.«

In seiner friedlichen Art hatte Damián die betrunkenen jungen Guerilleros ausgefragt und erfahren, was geschehen war. Zum Schluss hatte er ihnen für ein paar Pesos meine Uhr abgekauft. Sie hatten die kleine Ansiedlung in Richtung ihrer Heimatdörfer verlassen und Damián hatte sein Pferd gewendet und war, so schnell er konnte, zurückgeritten. Am Vormittag erreichte er das Gasthaus mit den Pferdekoppeln, wo auch wir, mein Vater, Elena, Leandro und ich, zwei Tage später unsere Pferde bestiegen hatten, um in die Berge zu reiten.

Auf seinem Moped war er nach Popayán gerast. Von den beiden betrunkenen Guerilleros hatte er erfahren, dass Don Antonio die beiden Deutschen und die zwei Reisenden aus Bogotá nach Popayán gebracht hatte. Er vermutete, dass Antonio uns im Gästehaus seines Schwagers am Südostrand der Stadt untergebracht hatte. Aber es hatte keinen Sinn, wenn er alleine dort aufkreuzte. Also fuhr er ins Zentrum von Popayán, stellte sein Moped hinter dem Laden seines Onkels Gustavo ab und lief zum Büro des CRIC.

Sein Plan war, ein paar Leute zusammenzutrommeln. Sie sollten blaue Hemden und keine anderen Waffen als den drei Zoll langen Stab der Nasas tragen und ihn zum Gästehaus von Antonios Schwager begleiten. Er hoffte, mit dem folkloristischen Aufmarsch dem Ganzen den kriegerischen Anstrich zu nehmen und die Sache friedlich lösen zu können.

Aber war es wirklich Zufall, dass Don Antonio ausgerechnet mich und meinen Vater entführt hatte?, fragte er sich. Es wusste eigentlich niemand, was ihn, Damián, mit mir verband. Doch nur er war damit erpressbar, dass mir jemand etwas antat. Dass der Fall, den er so fürchtete, derartig schnell eintreten würde, erschreckte ihn. Und noch mehr erschreckte ihn die Angst, die er um mich hatte. Diese Angst erzeugte neue Ängste. So fürchtete er plötzlich, die Angst um mich könnte seine Urteilskraft trüben und ihm die Besonnenheit rauben und er könnte vor lauter Nervosität einen Fehler machen.

Panik stieg in ihm auf. In diesem, ihm völlig unbekannten Zustand hastete er die Treppen zum Büro des CRIC hinauf.

»Da bist du ja!«, schrie Rocío. »Wir suchen schon wie verrückt nach dir. Iván ist vor einer Stunde losgefahren, um dich zu holen. Warum legst du dir nicht endlich mal ein Handy zu?«

»In den Bergen habe ich eh kein Netz«, antwortete Damián. »Was ist los?«

Rocío berichtete ihm, dass eine Weiße da gewesen sei, die eine wahrhaft abenteuerliche Geschichte erzählt habe und am Uhrenturm auf ihn, Damián, warte.

Er drehte auf dem Absatz um, rannte die Treppen wieder hinunter und hinaus auf die Straße. Doch als er ein paar Minuten später unter dem gedrungenen weißen Turm mit der Uhr stand, war ich nicht dort. Damián umrundete den von Menschen überfüllten Park, lief einmal quer hindurch und fragte schließlich den Fotografen Gilberto, den er kannte, ob er mich gesehen habe.

Gilberto nickte. »Don Antonio hat sie heute Morgen gebracht. Seitdem wartet sie auf jemanden. Don Antonio wartet auch, dahinten in einer Bar. Er hat eine Pistole unter der Jacke, sagen die Leute. Nimm dich in Acht, Damián. Sie ist Antonios Lockvogel. Da kommt sie übrigens.«

Und wieder hatten wir plötzlich voreinander gestanden und wieder traf es ihn wie ein Blitz. Wie hatte er jemals ernsthaft glauben können, er könne mich vergessen! Die blauen Augen, den Goldschimmer in meinem Haar, den weichen und verträumten Zug um meinen Mund, das Herausfordernde in meinem Blick.

Er hatte erst gar nicht kapiert, was ich zu ihm sagte. So sehr war er damit beschäftigt, meinen abgekämpften Zustand zu bedauern. Ich sah müde aus, gehetzt, nervös und zu allem entschlossen. Und keine Spur von Angst. Das hatte auch ihn schlagartig beruhigt. In meinen Augen hatte er sich selbst wiedergefunden.

Nur so viel war ihm klar: Er musste mit mir sofort von dem Platz verschwinden, ehe Don Antonio ihn und mich sah. Falls er uns nicht schon gesehen hatte. Die Kirche schien Damián der geeignete Rückzugsort. Antonio war wie alle in der Gegend als Kind in der Schule katholisch gedrillt worden. Es gab kaum eine katholischere Stadt in Kolumbien als Popayán, und Antonio hatte einst zu den jungen Kerlen gehört, die bei den Prozessionen die tonnenschweren Heiligenbilder durch die Straßen trugen und mit ihren dicken Schultermuskeln prahlten. Auch wenn Antonio inzwischen das Katholische verfluchte, die Gottesfurcht der Kindheit ließ sich nicht so leicht abschütteln. Er würde nicht schießen in einer Kirche.

Zudem würde er, Damián, in der Kirche seinem atemberaubend dringenden Wunsch, mich in die Arme zu ziehen, nicht nachgeben können. Zu meinem doppelten Schutz also schleppte er mich in die Kathedrale unter die Augen der Muttergottes und zahlreicher Heiliger.

Er hatte mehrere vergebliche Anläufe unternommen, einen klaren Gedanken zu fassen. Während ich meine Geschichte vom Überfall und meine Notlüge hervorsprudelte, ich sei mit ihm, Damián, am Uhrenturm verabredet, drängte sich in seinem Kopf immer wieder die eine Frage in den Vordergrund: Warum hast du die Reise unternommen? Meinetwegen? Hast du mich wiedersehen wollen?

Aber er wagte es nicht zu fragen. Als ich meinen Besuch bei seiner Großmutter Juanita erwähnte, über den er bestens unterrichtet war, und ihn dann ausführlich über Claras Krankheit befragte, hatte er für einen irrwitzig beglückenden Moment wirklich geglaubt ich hätte von Anfang an geplant nach Popayán zu gelangen und nicht nur Don Antonio mit einer Notlüge dazu gebracht, uns hierherzutransportieren, sondern auch meinen Vater zu der Reise bewegt mit der Behauptung, er müsse sich unbedingt um Damiáns kranke Schwester kümmern.

Ganz schön mutig, fand er. Und keinen Moment hatte ich, soweit er das beurteilen konnte, den Kopf verloren. Ich hatte mich nicht von Angst überwältigen lassen und, sobald es möglich war, die richtigen Leute um Hilfe gebeten. Dass eine wie ich sich überhaupt gemerkt hatte, was er über den CRIC, den Indianerrat des Cauca, erzählt hatte, das hatte er nicht erwartet, und es erfüllte ihn mit einer gewissen stolzen Befriedigung. Ich hatte schnurstracks seine Freunde aufgesucht. So viel Umsicht und Vertrautheit mit den Gegebenheiten seines Landes hatte er mir nicht zugetraut. Er hatte sich in ein Paar blauer Augen und in ein unschuldiges

Gesicht verliebt, aber nun empfand er Hochachtung und Bewunderung. Ich war doch gar nicht so verkehrt, ihm gar nicht so fern. Ich hatte was kapiert von seinem Leben. Zum ersten Mal fühlte er sich mir nahe, ja fast vertraut. Umso mehr quälte es ihn, dass er mir nicht die Wahrheit über sich sagen durfte.

Erst auf der Treppe vor dem Portal der Kathedrale war ihm die Uhr eingefallen, die ihn auf meine Spur geführt hatte und die er immer noch am Handgelenk trug. Fast bedauerte er sie abnehmen zu müssen, denn sie hatte sich gut angefühlt an seinem Arm, warm, weich und vertraut, ein Stück von mir, das Einzige, was er jemals besitzen würde und nun schon wieder hergeben musste, zum zweiten Mal. Und wieder schaute er mir in die Augen, wie damals in der Grünanlage von *El Rubí*. Hier, vor der schneeweißen Kathedrale, gab es kein Verbot der Hausverwaltung, weiße Mädchen zu belästigen, hier durfte er einen Augenblick lang Mann sein, mich unterm Kinn fassen und mich zwingen seinem Blick standzuhalten und einen Moment stillzuhalten, mich ihm zu ergeben.

Immerhin hatte ich gerade eben frech und stolz von ihm verlangt, dass ich ihm das Geld zurückgeben durfte, das er dem Guerillero für meine Uhr bezahlt hatte. Auch jetzt noch spürte er mein zappeliges Aufbegehren und musste innerlich lächeln. So zuckte ein Mädchen zurück, das noch von keinem Mann, der es begehrte, angerührt worden war.

»Keine Angst«, hatte er mich deshalb zu beruhigen versucht und erklärt, dass er noch nie Augen gesehen habe, die so blau waren. Und da war ich weich und nachgiebig in seiner Hand geworden und hatte ihn vertrauensvoll angeschaut.

Danach hatte er sich sofort wieder ins Büro des CRIC begeben und angefangen unsere Befreiung zu organisieren. Am späten Nachmittag kam Iván zurück, der versucht hatte ihn, Damián, auf dem Weg in die Berge abzupassen. Iván, der Bärtige mit dem Zopf und den behaarten Armen, war Rocíos Freund. Wovon er lebte, war unklar. Aber er liebte es, seine Fantasien von Freiheit und Abenteuer in Lederjacke auf dem Motorrad auszuleben. Den Regionalrat der Indígenas schien er als seine Gang zu betrachten. Damián mochte ihn nicht besonders. Iván neigte zu Eigenmächtigkeiten. Auf seiner Fahrt in die Berge hatte er denn auch mehr Schaden angerichtet als genützt. Damián war in höchstem Maße alarmiert, als Iván verkündete, er habe einen von Tanos Leuten getroffen und ihn gebeten nach Yat Pacyte hinaufzureiten und ihn, Damián, zu holen.

Was das bedeutete, war ihm sofort klar gewesen: Tano würde Antonios Aktion als Provokation werten, seine Leute sammeln und zur Gegenaktion schreiten.

In Windeseile organisierte Damián zehn Leute, die uns gegen Mitternacht aus dem Gasthaus von Antonios Schwager befreien sollten, und schwang sich selbst noch vor Sonnenuntergang auf sein Moped, um in die Berge zurückzurasen. Als er sein Pferd die Berge hinaufhetzte, war es bereits stockdunkel. Er war geritten wie der Teufel, aber er kam zu spät.

Als er Antonios Camp erreichte, war das Gemetzel schon vorbei gewesen. Ein großes Siegesfeuer brannte und fünf Guerilleros lagen tot im Schlamm, unter ihnen der falsche Kellner, den Damián beim Diplomatenball erkannt und verjagt hatte, der Rest war geflohen.

Zur Feier des Siegs hatte Tano seinen Leuten den Lastwagen geschenkt. Doch sie hatten ihn nicht zum Laufen gebracht und waren nun dabei, ihn auszuräumen. Er hatte Drogerieartikel geladen, Shampoos, Seife, Abschminktücher, Nagellack, Rasierwasser, Dinge, die man nicht wirklich dringend brauchte. Und ihm, Damián, überreichte Tano eine Handvoll Kettchen, Uhren und ein Satellitenhandy. »Die gehören sicherlich den Leuten, die der Hurensohn entführt hat. Gib sie ihnen in meinem Namen zurück. Wir rauben die Gäste in unserem Land nicht aus.«

Es war absurd! Aufgebracht und verzweifelt versuchte Damián Tano und seinen Männern klarzumachen, dass eine solche blutige Gewalttat alles zunichtemachte, wofür der Regionalrat der Indígenas kämpfte. Wie konnten sie Frieden und demokratische Grundrechte einfordern, wenn sie sich gegenseitig abschlachteten?

Tano hatte nur gelacht und ihn fortgeschickt wie einen kleinen Jungen. So verzweifelt und zornig war Damián gewesen, so sehr hatte er sein Pferd gehetzt, dass ein Ast ihn an der Hand verletzte. Dabei wäre er am liebsten überhaupt nicht mehr nach Popayán zurückgekehrt. Mit solch bösen Bildern im Kopf wollte er mir nicht unter die Augen treten.

Allerdings blieb Damián nichts anderes übrig, denn er musste wissen, ob unsere Befreiung gelungen war. Und so kam es, dass er die zweite Nacht hintereinander erst auf dem Pferd und dann auf dem Moped verbrachte. Gegen halb neun traf er im Büro des CRIC ein, Rocío kam ein paar Minuten später und beruhigte ihn. Alles sei glattgelaufen, wir seien im Hotel *La Plazuela* untergebracht.

Ein Luxusschuppen! Sagenhaft teuer mit seinen fünfzig Dollar pro Zimmer. In Popayán konnte man schon für vier Dollar gut übernachten. Zu gern wäre Damián sofort zu uns geeilt, zu mir, um sich an meinem Blick zu betrinken und zu beruhigen, sich in meinen unschuldigen Armen zu entspannen und sich von meiner strahlenden sauberen Welt weißer Laken, weicher Kissen und Getränken in der Hausbar einhüllen und trösten zu lassen.

Aber so verdreckt, wie er war, konnte er dort nicht aufkreuzen. Frische Sachen hatte er bei seinem Onkel Gustavo im Laden in der Calle Sexta, wo im Warenlager auch ein Bett für ihn stand. Doch bevor er sich davonmachen konnte, trafen wir ein. Er hörte uns auf der Treppe kommen und zog sich in einen Nebenraum zurück.

Er hörte uns im Büro eintreten, er hörte Leandro und meinen Vater auf Rocío einreden. Er hörte, dass sie sich bedanken wollten. Aber mich hörte er nicht. Das beunruhigte ihn so, dass er sich nicht über den Gang und die Treppe davonschlich, sondern wie gebannt stehen blieb, bis Rocíos Freund Iván herüberkam, um ihn zu holen.

Damián fragte ihn, ob ich dabei sei, ein Mädchen mit blauen Augen und Haar von der Farbe von Maisblüten. »Ich glaube schon«, antwortete Iván. »Auf jeden Fall sind es zwei Mädchen.« Ihm war vor allem Elena aufgefallen.

Ich lachte.

Damián lächelte. »Das hätte mir genügen sollen, aber ich konnte der Versuchung nicht widerstehen, dich noch einmal zu sehen, Jasmin ...«

Er drückte meine Hand. Ein ungeküsster Kuss schwebte zwischen uns. Ich hielt es schier nicht aus. Aber ich musste. Meine Chance würde noch kommen, dachte ich. Nachher wird es passieren. Es wird geschehen, was geschehen muss!

Die Anspannung der durchrittenen Nacht begann von Damián abzufallen, als er hinter Iván ins Büro trat. Doch als mein Blick seinen auffing – klar, fragend, mitfühlend und leicht bestürzt –, wusste er, dass die blutigen Ereignisse dieser Nacht ihn meilenweit von mir trennten. Er würde es mir nicht erzählen können, und wenn er es doch eines Tages musste, würde er mir kaum vermitteln können, warum er, Damián, seinen Onkel Tano nicht der Polizei ausliefern konnte.

Da standen mein Vater, Leandro, Elena und ich und blickten ihm vertrauensvoll entgegen. Er sah vier ausgeruhte, heitere und dankbare Menschen, die die Nacht in den Kissen eines Luxushotels verbracht, sich geduscht und gut gefrühstückt hatten und nun ihre Dankbarkeit loswerden wollten. Doch Dankbarkeit war das, was er an diesem unseligen Morgen am wenigsten brauchen konnte. Er hatte auf ganzer Linie versagt, er hatte ein Blutbad nicht verhindern können.

Rocío blinzelte ihm wild zu und deutete mit dem Kinn auf den Scheck, den der große Leandro Perea eben ausgefüllt hatte. Er verscheuchte seine Gefühle und zwang sich zu einem Lächeln. Meinen fragenden Blick vermied er, so gut es ging. So besorgt, wie ich ihn anschaute, fühlte er sich durchschaut. Und da ich nun einmal schon ahnte, dass unsere Befreiung nur der harmlose Teil einer sehr viel ernsteren Aktion war, griff er sich in die Taschen seiner schlammverkrusteten Hose und legte den Schmuck und das Handy auf den Tisch, die Tano den Toten abgenommen und ihm übergeben hatte, damit er sie zurückgab.

Leandros Entschlossenheit, ihn nicht ohne Dank davonkommen zu lassen, und unser Drängen, er möge es zulassen, dass mein Vater seine Schwester Clara untersuchte, halfen ihm Trauer, Scham und Entsetzen zurückzudrängen und in die Welt normaler Gespräche zurückzufinden. Er hatte zwar keine Hoffnung, dass mein Vater etwas anderes diagnostizieren würde als ein halbes Jahr zuvor die Ärzte im Krankenhaus von Popayán, aber er durfte seiner Schwester diese eine, letzte Chance nicht vorenthalten. Nur mussten wir gleich aufbrechen, solange Onkel Tano noch fern von Yat Pacyte damit beschäftigt war, den Sieg über Antonios Truppe zu feiern und den erbeuteten Sattelschlepper von seinen Kämpfern plündern zu lassen.

Damián musste zwar nicht befürchten, dass Tano uns etwas antat, waren wir doch die Geiseln, die er Don Antonios Händen entrissen hatte, aber wenn wir mit Tano zusammengetroffen wären, wäre schnell offenbar geworden, wessen Neffe er, Damián, war. Solange er immer wieder hinaufritt zum Yat Pacyte, dem Haus am Hang, konnte er uns kaum glaubhaft versichern, dass er mit den gewalttätigen und kriminellen Machenschaften seines Onkels nichts zu schaffen hatte. Und er hatte ja durchaus damit zu schaffen. Sehr viel mehr, als er es manchmal wahrhaben wollte.

Deshalb schlug er vor, dass wir sofort aufbrachen. Es gelang ihm, schnell ein Auto zu organisieren. Die Aussicht, zwei oder drei Tage mit mir zu verbringen, erfüllte ihn zunehmend mit Freude und Erregung. Müdigkeit und Erschöpfung verflogen. Jede Faser in seinem Körper, alle Sinne bis in die Fingerspitzen, sein Herz und jede Nervenzelle in seinem Hirn freuten sich unbändig darauf, mir nahe zu sein und mich sehen zu können, wann immer er sich umschaute. Ich saß im Fond des Autos, er begegnete meinem Blick im Rückspiegel. Und wenn ich gerade aus dem Seitenfenster schaute, konnten seine Augen sich an meiner hellen Haut kaum sattsehen. Ich darf sie küssen!, sagte er sich, halb benommen von Freude. Es gefällt ihr. Sie liebt mich ... zumindest ein wenig ... Er war entschlossen zu genießen wie ein unschuldiger Student eine Studienfahrt zusammen mit seiner ersten Liebe. Drei Tage, in denen er ignorieren würde, was unüberbrückbar zwischen uns stand – das musste ihm erlaubt sein, fand er.

Er wählte, als wir auf den Pferden saßen, nicht den bequemeren, sondern den kürzeren Weg hinauf nach Yat Pacyte, obwohl er wusste, dass kurz vor dem Ziel ein Bergrutsch den Weg blockierte. Auch wenn er auf meine Frage hin bestritt, dass Don Antonio uns verfolgen und sich in Tanos Gebiet vorwagen würde, wollte er alle bösen Überraschungen ausschließen. Denn ganz sicher war er sich nicht, ob Antonios Rachedurst diesmal nicht doch groß genug war, um einen Gegenüberfall zu starten. Wer auch immer sich dieser Tage auf den Weg in die Berge um Yat Pacyte herum aufmachte, würde nicht diesen Aufstieg wählen, sondern bei Yat Wala am See in die Berge reiten. Also waren wir einigermaßen sicher.

Leider zwang ihn der schmale und stellenweise kaum sichtbare Pfad, meist voranzureiten. Aber wenn er sich umblickte, sah er mich. Ich saß entspannt auf dem Pferd. Beglückt registrierte er, dass ich den Ritt durch den Urwald genoss. Elena dagegen blickte unzufrieden und ängstlich drein, und Leandro, ganz am Schluss, versuchte immer wieder mit seinem Satellitenhandy jemanden anzurufen. Irgendwann musste es ihm gelungen sein. Denn plötzlich hatte sich die Lage verändert. Damián erkannte es an den bestürzten Gesichtern, die Leandro, seine Tochter und ich machten. Nun hatten wir doch vom Gemetzel an Antonios Leuten erfahren. Er konnte sich vorstellen, was in unseren Köpfen vor sich ging. Wir fragten uns, ob wir, aus der einen Geiselhaft befreit, einem neuen Geiselnehmer in die Hände gefallen waren. Es schmerzte ihn zu sehen, dass auch ich an ihm zweifelte. Andererseits musste er sich sagen, dass es vernünftig war, misstrauisch zu sein. Er hatte mir keinen Einblick in sein Leben und die Motive seines Handelns gegeben. Woher sollte ich das blinde Vertrauen in ihn nehmen? Und verdiente er es überhaupt?

Am Geröllhang hatte er uns absichtlich Zeit gegeben, uns darüber klar zu werden, ob wir ihn für einen Kriminellen, einen Mörder oder einen Geiselnehmer hielten und umkehren oder ihm weiter folgen wollten. Er hatte gespürt, dass mein Vater sich von uns vieren am wenigsten von den Nachrichten aus Popayán hatte beeindrucken lassen und am meisten seinem Gefühl vertraute, dass er, Damián, ein anständiger junger Mann sei.

»Aber du wusstest doch auch«, bemerkte ich, »dass wir in der Falle saßen. Wir hätten kaum aus eigener Kraft wieder zurückfinden können, oder?«

»Doch, schon. Leandro hätte es sicher geschafft, zumal mit seinem GPS-Handy. Allerdings wohl nicht in der Nacht.«

»Also konntest du eigentlich in Ruhe abwarten, bis wir uns besonnen hätten.«

»In Ruhe? Ich war nie ruhig auf dieser Reise, Jasmin. Leandro hätte auch eine Pistole dabeihaben können. Die Situation hätte eskalieren können. Männer wie Leandro sind gefährlich. Sie sind es gewohnt, die Kontrolle zu behalten. Da stirbt ganz schnell mal einer. Wer weiß, für wie viele Morde Leandro verantwortlich ist.«

Ich fuhr auf. »Was?«

»So ist das in diesem Land, Jasmin«, sagte er.

»Aber so was muss man auch beweisen!«, protestierte ich.

»Willst du Leandro in Schutz nehmen? Tatsächlich hat er sich auf unserer Reise als sympathischer, großzügiger und ruhiger Gefährte erwiesen. Er liebt seine Tochter. Er glaubt, er tue was Gutes, wenn er die Bevölkerung am Gewinn seiner Mine beteiligt. Aber es sind schon zwei Politiker des CRIC ermordet worden, die die Zustände im Tal unterhalb der Mine angeprangert und gefordert haben, dass man Leandro die Konzession entzieht und ein anderes System findet, die Smaragdmine auszubeuten.«

»Was für ein System denn?«

»Ohne diese Schlammlawinen, in denen jedes Mal, wenn sie zu Tal rauschen, ein paar Guaqueros sterben. Ohne Zehnstundenschichten sieben Tage die Woche unter Tage. Unter Aufsicht der Gewerkschaften, unter Kontrolle unserer örtlichen Politiker. Leandro hält sich für einen sozial denkenden Menschen, weil er zwanzig Prozent der Ausbeute der Mine im Schlamm den Zehntausenden kleiner Guaqueros überlässt. Aber er schafft damit nur eine fürchterliche Sucht, eine verheerende Abhängigkeit, die ganze Familien ins Unglück stürzt. Deshalb fordern wir, dass er die Mine vollständig selber ausbeutet und die zwanzig Prozent in Gebäude, Schulen, Krankenhäuser, Straßen und ein Gesundheitswesen in der Region investiert.«

»Aber dich hat er noch nicht ermordet«, stellte ich fest.

Damián lachte hart. »Ich bin ihm ja auch noch nicht in die Quere gekommen.« Er blickte mich prüfend an. »Tut mir leid, Jasmin. Ich habe vergessen, dass du aus einen Land kommst, wo es unvorstellbar ist, dass irgendwelche Gruppen das Recht in die eigene Hand nehmen, die Polizei korrupt ist und Politiker das Militär für ihre Ziele missbrauchen. Vielleicht ist Leandro nicht direkt für den Tod unserer beiden Politiker verantwortlich. Es gibt Leute, die für ihn die Drecksarbeit erledigen, oft ohne direkten Auftrag, einfach weil sie denken, dass man einen Gegner kurzerhand ermordet, statt mit ihm zu diskutieren. So behält Leandro immer eine weiße Weste, man kann ihn nicht erpressen und man wird ihn nie vor Gericht stellen können, wenn wir eines Tages auch bei uns einen Rechtsstaat hinkriegen.«

Zwischen seinen Brauen stand wieder die steile Falte. Unvermittelt ließ er meine Hand los, die er so lange in den seinen gehalten hatte.

»Was ist?«, fragte ich.

Sein Ton war bitter. »Erinnerst du dich, was ich dich am Morgen auf der Weide von Yat Pacyte gefragt habe?«

Ich erinnerte mich gut. »Du hast mich gefragt, ob ich wüsste, wem ich mein Vertrauen schenke.«

»Ich wollte von dir wissen, ob du dich noch nicht gefragt hast, wie viel Blut an meinen Händen klebt.«

Ich erinnerte mich an meinen Schrecken und erschrak erneut. Er hatte mir erklärt, dass es richtig gewesen war, dass wir am Geröllhang plötzlich Angst vor ihm bekommen hatten. Ich müsse Angst vor ihm haben, hatte er mir gesagt. Ich müsse mich fragen, wie oft er getötet habe und noch töten werde in diesen Kämpfen im Namen der Revolution, bei denen es letztlich darum ging, wer in diesem Land sich die Schätze unter den Nagel reißen durfte, und bei denen die Indígenas immer den Kürzeren zogen.

»Wir alle«, sagte Damián leise, »die wir etwas erreichen wollen, was wir für eine Besserung der Verhältnisse halten, greifen immer wieder zu Mitteln, die nichts besser machen.

Der Zweck heiligt die Mittel, sagt man. Aber das Einzige, was dabei herauskommt, ist Gewalt und Tod und Leid.« Er schaute mich an. Sein Blick war angespannt. »Und ich frage dich noch mal, Jasmin, was meinst du denn, wie viel …«

»Die Antwort ist ganz einfach«, unterbrach ich ihn. »Du hast überhaupt kein Blut an deinen Händen, außer deinem eigenen. Sei nicht so dramatisch, bitte. Du wirst nie jemanden ermorden. Dazu bist du nicht fähig, Damián. Das weiß ich.«

Er schlang die Arme um mich. Sein Kuss schmeckte nach Liebe und Trauer, nach Verzweiflung und Entzücken. Viel zu schnell riss er sich los und sprang auf.

– 35 –

Es wurde schnell heller im Fenserviereck des kleinen Zimmers im Hotel von San Andrés de Pisimbalá. In knapp zwei Stunden würden wir zu den unterirdischen Gräbern des geheimnisvollen Volks der Nasas aufbrechen, in denen man Abschied nahm von den Irrtümern des Lebens und sie zurückließ wie Tote. Damián stand am Fenster. Ich fröstelte, allein auf dem Bett.

Noch immer trug er die blaue Wetterjacke, deren Rascheln mich vor zwei Stunden geweckt hatte. Noch immer lag ich in Kleidern und Schuhen auf dem Bett, so wie ich mich am Abend hatte fallen lassen, halb tot vor Trauer und so kraftlos, dass ich geglaubt hatte, selbst zum Schlafen zu müde zu sein.

Irgendwo draußen sang ein Vogel, laut und traurig. Es war der einzige Ton, den man hörte.

»Damián!«, sagte ich. Meine Stimme klang klein und verzagt.

Er drehte sich um und lehnte sich gegen das Fensterbrett. Die Sonne war noch nicht aufgegangen, aber so hell war es schon, dass die Kerze auf dem Nachttisch fahl und sinnlos wirkte.

»Das alles habe ich dir erzählt, Jasmin, damit du mich verstehst. Ich hätte dir schon viel früher von meinen Gedanken und Gefühlen erzählen sollen. Ich hätte nicht immer weglaufen dürfen. Stattdessen hätte ich mich auf unsere Tradition besinnen sollen. Wir erzählen uns lange Geschichten, wir haben viele Legenden und Sagen. Sie dienen dazu, dass wir verstehen, was wir fühlen.«

»Die Legende von der Liebe des Kolibris und des Bären zum Beispiel«, bemerkte ich.

Er schaute mich überrascht an. »Ach so«, fiel ihm dann ein. »Du hast ja angefangen dir von Juanita unsere Legenden erzählen zu lassen und sie aufzuschreiben.«

»Diese hat mir Tano erzählt«, erklärte ich. »In Yat Wala. Ich bin beinahe gestorben vor Angst dabei. Sie endet fürchterlich.«

Damián nickte. »In gewisser Weise erzählt sie von uns, Jasmin.«

»Wir haben auch so eine alte Geschichte: *Romeo und Julia*.«

»Shakespeare, ich weiß.« Er strich sich über die Haare. Sein Blick ging ins Leere. Für eine Weile starrte er verloren vor sich hin, dann sah er auf und lächelte traurig. »Es sind uralte Wahrheiten, Jasmin. Wir können uns nicht gegen sie stellen.«

»Doch, wir können!«, widersprach ich aufgebracht. »Wir leben im 21. Jahrhundert. Und heute«, fiel mir ein, »ist *Día de la Raza*, Tag der Rassen.«

»Ganz recht«, sagte er. »Heute gedenken wir Indígenas unserer Unterwerfung und Vernichtung durch die Spanier, die Kolumbus folgten.«

»Aber wenn der Tag irgendeinen Sinn hat, Damián, dann

doch den, dass wir die Brutalität überwinden müssen. Wir müssen lernen einander zu achten und zu vertrauen. Wir beide, Damián! Wir können das. Wer, wenn nicht wir! Wir lieben uns. Dagegen kann keiner etwas machen. Wir müssen eine neue Legende schaffen!«

Es kam mir vor wie ein letztes Aufbegehren vor dem Untergang.

»Ich gehe mit dir, wohin du willst, Damián!«

Er stieß sich vom Fenster ab und fiel mehr auf mein Bett, als dass er sich setzte. Er ergriff meine Hände. »Jasmin, es ehrt mich und es macht mich glücklich, dass du mir vertraust. Aber ich kann dich nicht mit mir nehmen. Schon deshalb nicht, weil du noch nicht volljährig bist. Dein Vater kann dir verbieten mit mir zu gehen.«

»Dann haue ich eben ab. Damián, ich ...«

Er schüttelte den Kopf. »Es käme einer Entführung gleich, wenn ich dich mit mir nähme.«

»Na und! Wer würde uns finden? Sie suchen seit drei Jahren nach der entführten Deutschen und haben sie nicht gefunden. Und in zwei Jahren bin ich achtzehn, dann darf ich selbst entscheiden, wo ich leben will.«

»Du willst Medizin studieren, hast du mir erzählt.«

»Ach, das ...«

Er unterbrach mich. »Und dazu musst du einen Schulabschluss machen. Du kannst dich nicht zwei Jahre lang im Urwald verstecken.«

»Und wenn ich gar nicht Medizin studieren will?«

Er hob erstaunt die Brauen.

Ich schämte mich sofort meines trotzigen Satzes. In Kolumbien wäre so mancher junge Mensch dankbar, wenn er sich seinen Traum erfüllen und Medizin oder etwas anderes studieren könnte, mit dem er gutes Geld verdient und das Land weiterbringt, und ich wollte das einfach so wegwerfen? Ich besann mich. »Und wenn ich in zwei Jahren wiederkomme?«

Damiáns Augen blitzten kurz auf. Er konnte es nicht verbergen, jedenfalls nicht vor mir, wie viel Hoffnung in ihm aufflammte, wild und verzweifelt.

Ich redete ebenso verzweifelt weiter: »In neun Monaten werde ich mit meinen Eltern zurück nach Deutschland gehen müssen, so wie die Dinge liegen. Aber ich komme wieder, Damián. Ich mache mein Abitur, und sobald ich volljährig bin und meine Eltern nicht mehr darüber bestimmen können, wo ich lebe, komme ich zu dir zurück. Dann studiere ich hier Medizin. Vielleicht sogar an der Universität, die du inzwischen gegründet hast.«

»Das klingt schön«, sagte er leise. »Das wäre wunderschön. Aber es …«

Es klopfte an der Zimmertür.

Damián zuckte zusammen und sprang auf.

»Jasmin!«, rief Felicity Melroy und klopfte noch einmal. »Bist du wach?«

Damián huschte leise zur Wand hinter der Tür. Aber Felicity kam nicht herein. Sie hatte mich offenbar nur wecken wollen. »In einer Viertelstunde gibt es Frühstück!«, rief sie von draußen.

»Ja«, antwortete ich laut. »Ich bin schon am Aufstehen.« Ich schwang meine Beine aus dem Bett, das ordentlich knarrte.

»Wir brechen gleich nach dem Frühstück auf«, fügte sie hinzu.

»In Ordnung.«

Wir hielten beide den Atem an, bis ihre Schritte im Gang verklungen waren. Dann löste sich Damián von der Wand, kam zu mir, schlang die Arme um mich und küsste mich leidenschaftlich. Ich zitterte vor Aufregung, Angst und Kälte und wahrscheinlich auch vor Müdigkeit.

»Wir müssen uns noch mal sehen«, sagte ich. »Am besten heute Abend. Da gibt es Musik und Tanz hier im Hotel. Ich sage einfach, mir sei nicht gut, und gehe auf mein Zimmer.«

Damián strich mir die Haare aus dem Gesicht. Seine Miene war zärtlich und ernst. Seine Finger berührten die Haut meiner Wangen zart wie Spinnweben. Sein Blick schmolz. Doch wieder rückte er von mir ab.

»Jasmin! Du … du weißt noch nicht alles!«

Eigentlich wusste ich es längst. Insgeheim war es mir klar. Doch auch jetzt wagte ich nicht zu fragen, zu sehr fürchtete ich seine Antwort, die mir keine Wahl mehr lassen würde.

»Du erinnerst dich an den Kellner, mit dem ich mich auf dem Diplomatenball gestritten habe?«, begann er stockend.

Ich nickte.

»Ich habe dir erzählt, dass ich ihn unter den Toten von Don Antonios Männern wiedererkannt habe. Ich bin schuld daran, dass er tot ist.«

Ich konnte nichts sagen. Ich verspürte Erleichterung. Solange es nur um diesen Kellner ging. Ich rief mich aber zur Ordnung. Auch der Kellner hatte ein Recht auf Leben.

»Als ich ihn unter den Toten sah«, fuhr Damián leise fort, »wusste ich bereits, dass er Don Antonios Truppe tatsächlich vor gut einem halben Jahr verlassen hatte, um in Bogotá ein ehrliches Leben zu führen. Er hatte eine Anstellung in der Catering-Firma gefunden, die beim Ball serviert hat. Sein

Pech war, dass ich ihn erkannte, ohne zu wissen, dass er nicht mehr zu Antonios Kämpfern gehörte, und dass ich ihn zur Rede stellte und ihm damit drohte, dass ich seinem Chef sagen würde, wo er herkam. Damit habe ich ihm sein neues Leben zerstört. Er hatte keine andere Wahl, als in den Cauca zurückzukehren und sein altes Leben wieder aufzunehmen und … zu sterben.«

»Aber du konntest doch gar nicht wissen …«

Damián hob die Hand. »Der wahre Grund, warum ich ihm damit gedroht habe, ihn als Spion der FARC zu denunzieren, war, dass er auch mich erkannt hatte, den Neffen von Tano el Carnicero, Tano dem Schlachter, der vor drei Jahren die deutsche Lehrerin, Susanne Schuster, entführt hat. Ob meine Gönner eigentlich wüssten, fragte er mich grinsend, dass der gute Junge mit dem Stipendium des CRIC ein mieser kleiner Verbrecher sei.«

»Er wollte dich erpressen?«, sagte ich aufgebracht.

»Nein, Jasmin. Er hat mir zeigen wollen, dass wir beide im selben Boot sitzen, dass ich nicht besser bin als ein Kellner, nur weil mir der Botschafter die Hand geschüttelt hat und ich einen Smoking trage.«

»Trotzdem konntest du nicht wissen, dass der Mann wieder zu Don Antonio zurückkehrt und später von deinem Onkel und seinen Leuten getötet werden würde.«

Damián blickte mich lange an und nickte dann. »Nein, wissen konnte ich das nicht. Aber ich habe einen Fehler gemacht. Ich habe nur an mich gedacht. Denn wenn der Kellner sich tatsächlich an die Behörden gewandt hätte, dann hätte mein Onkel Tano kaum Schwierigkeiten bekommen – denn ihn hätten sie erst einmal festnehmen müssen –, ich aber umso mehr.«

Ich nickte und merkte nicht, dass ich immer noch nichts verstanden hatte und dass Damián bereits begonnen hatte mir das zu sagen, was ich so sehr fürchtete, weil es mir – weil es uns beiden – keine andere Wahl mehr ließ.

»Die Polizei«, sagte ich, »hätte dich vernommen zum Entführungsfall Susanne Schuster.«

»Nicht die Polizei, Jasmin. Sondern Spezialeinheiten des Militärs. Sie sind nicht zimperlich mit uns, wenn es darum geht, Entführungsfälle zu lösen. Ich wäre entweder für viele Jahre im Gefängnis verschwunden, falls ich nicht überhaupt spurlos verschwunden wäre, oder ich hätte den Aufenthaltsort der Geisel verraten müssen. Und damit hätte ich wiederum nur bewiesen, dass ich in die Sache verwickelt bin.«

»Aber sie hätten es dir doch auch beweisen müssen, Damián. Leandro würde dir einen Anwalt stellen, da bin ich sicher. Elena ist meine Freundin, sie wird ...«

Damián legte mir den Finger auf die Lippen. »Scht, Jasmin. Ehe du meine Verteidigung vor Gericht organisierst, musst du eines wissen: Ich war tatsächlich an der Entführung von Susanne Schuster beteiligt.«

Nun hatte er es doch gesagt: den Satz, vor dem ich Angst hatte, seit Clara von Susanne Schuster erzählt und ich Onkel Tano in die bösen, kalten Augen gesehen hatte.

»Ich habe die Lehrerin in den Hinterhalt gelockt«, fuhr Damián fort. Sein Blick war wild und verzweifelt. »Ich war das, Jasmin, ich!«

»Aber ...« Ich verschluckte mich fast. »Warum?«, fragte ich verzweifelt. »Warum, Damián?«

Er senkte den Blick.

Das also war das Ende, dachte ich. Es war ein unsagbar niederschmetternder Gedanke. Der Mann, der vor mir auf meiner Bettkante saß, breitschultrig, stark und mit dieser kraftvollen Leichtigkeit in den Bewegungen, die mich von Anfang an fasziniert hatte, wirkte auf einmal müde und kraftlos.

»Warum?«, schrie ich fast. »Sag es mir!«

»Ja, warum?« Er blickte mich an. Seine Augen waren wie erloschen. »Wie soll ich dir das erklären?« Er schaute sich im Zimmer um. Das Hotel war inzwischen erwacht. Man hörte Türen gehen, Stimmengemurmel, Schritte auf dem Gang. Noch ein paar Minuten, dann würde Felicity wieder klopfen. »Und jetzt«, fuhr er fort, »ist auch nicht mehr die Zeit, es zu tun.«

Ein Funke Hoffnung blitzte in mir auf. Ich klammerte mich daran. Wenn er mir noch etwas erklären musste, dann … dann war es doch noch nicht das Ende.

»Ich möchte es aber verstehen«, sagte ich. »Du musst mir die Chance geben.«

Er lächelte leicht. Er durchschaute meinen Versuch und vielleicht empfand er genauso wie ich. Solange es noch etwas zu besprechen gab, solange noch nicht alles gesagt war, mussten wir uns wiedersehen, bestand Hoffnung.

»Und dann überlegen wir, wie wir es wiedergutmachen können«, sagte ich eifrig. »Wir müssen den Behörden sagen, wo die Geisel ist. Du kannst es wiedergutmachen.«

Er lachte hart. »Auf Verrat steht der Tod. Sie werden mich umbringen.«

»Wer, die Militärs?«

»Nein, die Organisation. Die Geisel ist seit einem Jahr nicht mehr in Tanos Besitz. Er hat sie an eine andere, viel größere Gruppe der FARC verkauft. Die Organisation bestraft jeden Verrat mit dem Tod. Ich dürfte bestenfalls hoffen, dass sie mich zuerst töten und ich nicht mit ansehen muss, wie sie Tante Maria, meine Cousinen Alejandra und Ana und deren Männer umbringen. Die Einzigen, die sie vielleicht am Leben lassen werden, sind die Kinder. Willst du das, Jasmin?« Sein Blick bohrte sich in meinen. »Wenn du das wirklich willst, dann tue ich es!«

Wie konnte ich das wollen? Nein, natürlich wollte ich das nicht! Aber ich konnte auch nicht einfach sagen: »Tu es nicht!« Das hätte mich zur Komplizin der Geiselnehmer gemacht. Ich hätte dazu beigetragen, dass Susanne Schuster vielleicht noch viele weitere Jahre in Geiselhaft litt, womöglich sogar starb.

Wie sollte ich die richtige Antwort finden, in den wenigen Minuten, die Damián und mir blieben in dem inzwischen taghellen Zimmer des *El Refugio* von San Andrés de Pisimbalá in den Nebelbergen von Kolumbien? Ich fand keine.

– 36 –

Der Himmel war blau. Die Gipfel sahen aus, als hätte man ein Tuch aus samtigem Laub über sie geworfen. Die Ausgrabungsstätten von Tierradentro lagen nicht weit von San Andrés de Pisimbalá in einem ruhigen offenen Gelände. Hier und dort wuchsen geheimnisvolle steinerne Pfosten aus dem Boden, in denen man Arme, Beine und Köpfe erkannte, Gnome, die Wache zu halten schienen. Die Gräber befanden sich an Orten, die Loma de Segovia, Alto del Duende oder El Tablón hießen – Bergrücken von Segovia, Koboldhöhe oder Tafel. Manche Schächte waren bis zu sieben Meter in den Berg getrieben und besaßen zahlreiche Kammern, in denen einst die Urnen der Toten gestanden hatten. Die Wände waren weiß gefärbt und mit roten und schwarzen Mustern, geometrischen Fratzen und unverständlichen Zeichen bemalt.

»Als im sechzehnten Jahrhundert die spanische Eroberung begann«, erklärte uns der einheimische Fremdenführer, ein Nasa, »lebten hier die Páez oder Nasas, die damals im Krieg lagen mit ihren nördlichen Nachbarn, den Pijaos, und im Süden mit den Völkern der Yalcones und Timanaes. Doch nun verbündeten sich diese Gruppen, um den Spaniern entgegenzutreten. Die Kämpfe dauerten fast ein Jahrhundert und nur die Nasas überlebten. Die Eroberer fürchteten sie als wilde Krieger, die mit Lanzen, Pfeil und Bogen und Knüppeln kämpften.«

Der einheimische Führer machte seine Sache gut. Es war nicht nötig, dass ich Mrs Melroy irgendetwas über die Kultur der Nasas erzählte. Ich konnte mich ganz darauf konzentrieren, meine Fassung zu wahren.

Wir hatten uns nicht einmal mehr geküsst, Damián und ich, als Felicity noch einmal geklopft hatte, um mich zum Frühstück abzuholen. Wir hatten uns nur angeschaut, wie erschlagen von der Wahrheit, die uns für immer trennen würde. Weder er noch ich hatten die Hand heben können für eine letzte Berührung. Er hatte es gewollt, ich auch, aber etwas hatte uns gestoppt, eine Zange, in der wir steckten und aus der wir nicht herausfanden. Nicht in der kurzen Zeit.

Felicity hatte an die Tür geklopft, Damián hatte sich in die Ecke hinter die Tür gedrückt. Keine Sekunde zu früh, denn Felicity hatte sie geöffnet und hereingeschaut, lächelnd, ausgeschlafen, unternehmungslustig, frisch frisiert und geschminkt. Ich war, bevor sie womöglich ganz hereintrat und Damián entdeckte, auf sie zugestürzt – in Jacke und festen Schuhen, die ich die ganze Nacht nicht abgelegt hatte –, hatte sie auf den Gang gedrängt und die Tür zugezogen, ohne Damián noch einmal einen Blick zuwerfen zu können.

Er hatte mir die Frage nicht mehr beantwortet, ob wir uns am Abend wiedersehen würden. Durfte es so enden? Ganz ruhig!, sagte ich mir. Wir konnten uns auch in Bogotá treffen. Es musste nicht heute Abend hier sein.

Aber würde er mir die Erklärung wirklich noch liefern, was ihn vor drei Jahren als Siebzehnjährigen bewogen hatte den Handlanger für seinen Onkel Tano bei einer Entführung zu spielen? War nicht eigentlich alles gesagt? Würde er, unter dem Eindruck meiner blauäugigen Forderung, alles wiedergutzumachen, jetzt doch schnurstracks zur Polizei gehen, den Helden spielen und mir zuliebe Tano und den Aufenthaltsort der Geisel verraten? O Gott! Würde es dann wirklich zu diesem Gemetzel an seiner Familie kommen, das er befürchtete?

Mir war richtig schlecht vor Angst. Zum Frühstück brachte ich jedenfalls keinen Bissen herunter. Benommen stolperte ich danach mit der Gruppe mit. In Gräber hinein, aus ihnen heraus. Ins Museum, in die kleine weiße Indianerkirche.

Ich musste Damián sagen, dass er den Aufenthaltsort der Geisel niemandem zu verraten brauchte. Das konnte ich tun. Ich gehörte nicht dazu. Mich würde das Militär nicht in die Mangel nehmen, mich würde die Organisation nicht für den Verrat bestrafen. Ich würde Polizeischutz bekommen oder zur Not mit meinen Eltern das Land verlassen können.

Aber würde ihn das retten? Ich würde natürlich Fragen beantworten müssen. Zwar konnte ich wie schon dem Professor gegenüber behaupten, ich hätte jemanden bei Yat Wala vom Schwarzen Wasser reden hören, wo sich die Geisel befinden solle. Doch damit wären Damián und Clara nicht wirklich außen vor. Man würde bald wissen, dass mein Vater Clara Dagua behandelte. Man würde ahnen, woher ich meine Informationen tatsächlich hatte. Man würde nach Damián fahnden, das Militär würde Tano verfolgen, die Organisation würde Verrat wittern und alle töten. Vielleicht sogar auch mich!

Der Gedanke beruhigte mich plötzlich, so absurd das klingen mag. Es war fast leichter zu ertragen, wenn wir beide starben. Damián hatte Recht gehabt. Ich würde immer Angst haben müssen, dass er getötet würde und ich übrig blieb. Für uns beide gab es keine Zukunft. Ich musste die Zähne zusammenbeißen, bis mir der Kiefer wehtat, um nicht loszuheulen. Noch vor ein paar Stunden war ich voller Mut und Gewissheit gewesen, dass ich niemals zu demselben Schluss kommen würde wie er! Wie naiv war ich gewesen, wie blauäugig.

»Habe ich dich heute Morgen irgendwie gestört?«, erkundigte sich Felicity unvermittelt, als wir einen steinigen Weg durch das hellgrüne feuchte Tal gingen.

Ich brachte keinen Ton heraus, versuchte aber den Kopf zu schütteln.

»Na, es war nur so ein Eindruck. Jedenfalls läufst du jetzt neben mir her wie ein Zombie.«

»Ich habe schlecht geschlafen.«

Sie musterte mich von der Seite. »Weißt du, als ich noch jung und hübsch war, war ich mal mit einem Schwarzen liiert. Er kam aus dem Kongo. Wir haben uns sehr geliebt. Er war wunderschön und ... gut im Bett!« Sie lachte. »Wir waren vier Jahre zusammen. Tja, was soll ich sagen? Es passte nicht. Er ging abends gern aus, sich mit seinen Kumpels im Pub treffen. Da wollte er mich nicht dabeihaben. In seiner Welt ging ein Mann alleine aus, während die Frau zu Hause in der Hütte auf ihn wartete. Wir haben nächtelang diskutiert, dann gestritten. Alleine losziehen war seine Idee von Entspannung. Meine nicht. Wir haben keine Lösung gefunden.«

Ich begann zuzuhören.

»Du denkst an nichts anderes als an Damián. Hab ich

Recht? Reden deine Eltern mit dir eigentlich über ihre Erfahrungen mit der Liebe, über ihre Irrtümer und Probleme? Vermutlich nicht. Die meisten Eltern meinen, ihre Kinder müssten nicht unbedingt wissen, dass es noch andere Männer und Frauen in ihrem Leben gab, vielleicht sogar die ganz große Liebe, aus der nichts geworden ist.«

Ich erschrak unwillkürlich. Hatte mein Vater vor meiner Mutter eine andere geliebt, vielleicht sogar noch mehr als meine Mutter? Und wie konnte er damit leben?

»Warum wollen sie nicht, dass wir das wissen?«, fragte ich.

»Ich habe keine Kinder, deshalb weiß ich es nicht so genau, Jasmin«, antwortete Felicity. »Aber sicher wollen Eltern ihre Kinder nicht verletzen.«

»Wieso verletzen?«

»Würde es dich nicht verletzen, wenn du erfahren würdest, dass deine Mutter einen anderen Mann viel mehr geliebt hat als deinen Vater und dass sie ihn nur geheiratet hat, weil sie mit dir schwanger war? Und dass du nicht geplant warst?«

Ich überlegte. »Manchmal glaube ich wirklich, dass ich nicht erwünscht war.«

»Oje!«, sagte Felicity. »Das musst du nicht denken. Kinder sind vielleicht manchmal nicht geplant, aber wenn sie da sind, werden sie heiß und innig geliebt. Im Leben kommt es oft anders, als man denkt, und das ist meistens keine Katastrophe, sondern ein Segen.«

»Hm.«

»Jedenfalls«, fuhr die Britin energisch fort, »haben wir – mein schwarzer Lover und ich – damals auch gedacht: Unsere Liebe überwindet alle Hindernisse. Warum soll das nicht gehen mit uns beiden, auch wenn die Verwandten den Kopf schüttelten?«

»Wenn man es nicht ausprobiert, dann kann man es nicht wissen.«

»Richtig, mein Kind! Wir müssen alle unsere eigenen Erfahrungen machen. Du wirst nicht auf mich hören, wenn ich dir sage, dass es auch sehr wehtut, wenn eine Beziehung nach ein paar Jahren scheitert, so wie es alle vorhergesagt haben.«

»Soll man es darum lassen?«

»Ich weiß es nicht. Wahrscheinlich nicht. Es könnte ja auch gut gehen. Vielleicht muss einfach jeder Mensch eine unglückliche Liebe auf seinem Lebenskonto haben. Sonst wird er nie wirklich erwachsen. Aber eines würde ich dir gerne sagen, und ich würde mir wünschen, dass du es wenigstens wohlwollend bedenkst …«

Ich musste lachen über so viele vorsichtige Formulierungen. »Was denn?«

»Lass dir und ihm ein bisschen Zeit, Jasmin. Du bist noch jung. Du hast mehr Zeit, als du glaubst. Ihr jungen Leute wollt immer alles gleich entschieden haben, und wenn es heute nicht geht, geht es niemals mehr. Aber es muss nicht alles heute entschieden werden. Die Welt geht nicht unter, wenn ihr nicht gleich zusammenzieht und heiratet. Liebe muss sich entwickeln und bewähren. Es gibt Post, es gibt E-Mail und Telefone und es gibt Flugzeuge. Du kannst in zwei Jahren wiederkommen.«

»Das habe ich ihm ja vorhin auch gesagt, aber …« Ich biss mir auf die Zunge.

Zu spät.

»Soso!«, bemerkte Felicity. »Also doch! Aber sei so gut

und erzähl mir nichts. Ich möchte es nicht wissen. Sag mir nur, ob ich mich womöglich in neun Monaten vor deinen Eltern wegen meiner Vertrauensseligkeit werde rechtfertigen müssen.«

Mit den Fingern stieß ich in meiner Jackentasche unabsichtlich auf das viereckig eingeschweißte Kondom. »Nein!«, sagte ich. »Keine Sorge.«

»Gut. Aber was ich eigentlich sagen wollte, Jasmin: Wenn du befürchtest, dass dein Damián in zwei Jahren nicht mehr an dich denkt oder eine andere hat, dann ist es tatsächlich besser, wenn du ihn gleich vergisst.«

Ich nickte. »Schon klar.«

»Das klingt noch nicht sonderlich überzeugt, Jasmin.« Felicity hakte sich bei mir unter, denn die Steine waren rutschig. »Was ich sagen will: Irgendwann muss man seinen Verstand wieder einschalten und sich ehrlich ein paar Fragen beantworten.«

»Welche?«

»Zum Beispiel, ob du überall mit ihm leben könntest. Auch hier, in diesen Hütten.«

»Ja«, antwortete ich tapfer, »ich glaube, das könnte ich.«

»Und würde er auch mit dir nach Deutschland gehen?«

Ich schwieg.

»Ah, da steckt ein Problem! Das belastet dich insgeheim und es wird dich immer belasten. Ich sage dir, all diese kleinen Irritationen häufen sich mit der Zeit zu einem riesigen Berg an. Irgendwann hast du das Gefühl, du hättest dein Leben, deine Zukunft und deine Chancen für ihn aufgegeben. Wir Frauen geraten schnell auf diese Schiene! Irgendwann fragen wir uns: Was hat er eigentlich für uns aufgegeben? Und dann fangen wir an, uns über dumme Kleinigkeiten zu streiten. Über Zahnpastareste im Waschbecken und herumliegende Socken und solche Sachen.«

»Wir sicher nicht!«

Felicity lachte. Glücklicherweise hatte ihr Lachen keine Ähnlichkeit mit dem metallischen Spottgelächter meiner Mutter, wenn ich ihr mit solchen Sätzen widersprach.

»Also gut«, sagte die alte Dame freundlich und mitfühlend, »wenn alle vernünftigen Argumente nicht greifen und alles gesagt ist, dann muss es wohl so sein, dass man das Unmögliche versucht. Das ist der Vorteil, den ihr jungen Leute habt. Ihr seid noch nicht so oft gescheitert, ihr habt noch die frische Kraft des Idealismus und dazu ein blindes Selbstvertrauen. Was man wirklich will, erreicht man auch. Irgendwann! Es kostet Zeit, Jasmin, glaub mir! Irgendein Weg findet sich schon, nur ist es vielleicht ein anderer, als du jetzt denkst. Und was dir heute zu Ende erscheint, muss noch lange nicht zu Ende sein. Man sieht sich immer zweimal im Leben! Glaub mir.«

Irgendwie ging der Tag auch herum. In jedem Grabschacht, den wir betraten, in jedem Gasthaus, das wir aufsuchten, erwartete ich insgeheim, Damián in einem versteckten Winkel zu erblicken, darauf wartend, dass ich mich davonstehlen konnte, um unser Gespräch zu Ende zu führen.

Aber ich entdeckte ihn nirgendwo. Er befand sich nicht unter den Männern, die untätig auf den Straßen herumstanden, nicht unter den Museumswächtern, er war nicht unter den Musikern, die uns abends aufspielten, er war nicht unter den Kellnern. Er kam nicht, als ich mich frühzeitig auf mein Zimmer begab. Und er hatte ja Recht. Was hatten wir in Wahrheit noch zu besprechen? Es war alles gesagt. Er hing in der Geiselnahme mit drin, und wenn er seine Leute ans Militär verriet, dann würden er und seine Familie sterben. Das waren die Gesetze in diesem fürchterlichen und zugleich so schönen Land.

Am anderen Morgen erwachte ich mit dem Gefühl, dass wieder etwas in meinem Leben unwiderruflich abgeschlossen war, tot, aus und vorbei. Es gab kein Zurück mehr, vorbei waren die Zeiten, wo ein Fleck auf meinem Ballkleid mich todunglücklich machte.

– 37 –

Meine Eltern schauten mich anders an, als ich am Montagabend zurückkam. Sie standen zu meinem Empfang im Flur, zwei unglückliche Menschen, denen ich fremd geworden war. Sie hatten sich sicherlich lange über mich unterhalten und vergingen vor Sorge. Das tat mir leid und ärgerte mich zugleich. Konnten sie mich nicht einfach so sein lassen, wie ich war? Mussten sie mich zum Problemfall machen?

Felicity hätte zu mir gesagt: »Gib ihnen Zeit. Sie verstehen dich nicht mehr. Du bist nicht mehr die Jasmin, die sie kennen.«

Ich ermahnte mich zur Geduld.

»Na, wie war's?«, erkundigte sich mein Vater. Diesmal klang es nicht nach einer Frage, die Väter stellten, um irgendwie zu würdigen, was das eigene Kind an Erlebnissen mitbrachte. Es klang ängstlich und besorgt. Aber nicht nur das, es klang auch neugierig und ernsthaft interessiert. So als hätte ich ihm was voraus.

»Schön«, antwortete ich.

»Möchtest du was essen?«, fragte meine Mutter.

»Wir haben auf der Fahrt gegessen«, antwortete ich.

Essen war das Letzte, wonach mir der Sinn stand. Am

liebsten hätte ich meine Reisetasche in eine Ecke geknallt und mich aufs Bett geworfen, mir die Kopfhörer auf die Ohren und die Decke bis zum Kinn gezogen und an die Decke gestarrt. Aber meine Eltern erwarteten, dass ich mich nach dem Tasche-Auspacken noch mal blickenließ und auf Familienleben machte, zumal mein Vater ausnahmsweise mal zu Hause war. Er schien unter seinen Kolleginnen und Kollegen der Einzige zu sein, der Wochenendbereitschaften mit der Familie vereinbaren konnte.

Da saßen sie in dem Wohnzimmer mit den dunklen Möbeln im spanischen Kolonialstil, dem spiegelnden Granitboden, der im heißen Spanien Kühlung versprochen hätte, im kalten Bogotá aber das allgemeine Frösteln beförderte. Finstere Nacht stand hinter den Fenstern. Und meine Eltern saßen da, mit in den Schoß gelegten Händen und erwartungsvollen Gesichtern. So als hätte ich Erklärungen abzugeben.

»Was ist los?«, fragte ich.

Meine Mutter war wie üblich schneller und undiplomatischer als mein Vater. »Dein Vater und ich«, sagte sie viel zu laut, »wir fragen uns, ob du uns nicht vielleicht etwas mitzuteilen hast.«

»Ist das hier ein Tribunal oder was?«

»Nein, und das weißt du!«, sagte mein Vater und versuchte zu lächeln. »Wir machen uns einfach Sorgen, Jasmin. Das musst du verstehen.«

Immer wenn das Wort »einfach« auftauchte, war es alles andere als einfach, begriff ich plötzlich. Warum konnten sie mich nicht einfach in Ruhe lassen? Weil es nicht einfach war. Warum durfte ich Damián nicht einfach lieben? Weil Liebe niemals einfach war. Und sie machten sich einfach Sorgen. Und das war jetzt mein Problem.

»Das müsst ihr nicht«, sagte ich, vielleicht etwas zu bissig, »falls ihr euch wegen Damián Sorgen macht ... denn das ist ja wohl das Einzige, was euch interessiert ...«

»Bitte nicht in diesem Ton, Jasmin!«, rief meine Mutter.

»In was für einem Ton denn?«, fragte ich schnippisch zurück.

»Jasmin«, mahnte mein Vater. »Lass uns bitte reden wie erwachsene Menschen.«

Ich schluckte. Er hatte Recht. Ich hatte mich gerade nicht sonderlich erwachsen verhalten, sondern trotzig wie ein Kind. »Okay. Was wollt ihr wissen?«

»Deine Mutter und ich, wir würden gerne wissen, ob du Damián wiedergesehen hast.«

»Wann?«, fragte ich irritiert. Wer sollte ihnen von vorgestern Nacht erzählt haben?

»Also hast du ihn wiedergesehen!«, schloss meine Mutter messerscharf. »Ist dir bewusst, dass du damit unser Vertrauen getäuscht hast? Ganz verblödet sind wir ja nun auch nicht, Jasmin. Wir wollten dir die Besuche bei Clara nicht verbieten, aber wir hätten schon gedacht, dass du dich an unsere Abmachung hältst und uns mitteilst, wenn du dich dort mit Damián triffst.«

»Ich habe mich dort nicht mit Damián getroffen«, sagte ich.

»Wo dann?«

»Gar nicht! Was soll das überhaupt? Ich habe doch schon gesagt, dass es aus ist. Was soll ich denn noch sagen, damit ihr mir glaubt?«

»Bitte, du musst uns verstehen«, sagte mein Vater. »Wir machen uns Sorgen, dass du in etwas hineingeraten könntest, was du alleine nicht bewältigen kannst.«

»In was denn?« Meine Stimme zitterte, ich hörte es selbst. »In was sollte ich hineingeraten?«

»Mein liebes Kind«, sagte meine Mutter, »für wie naiv hältst du uns eigentlich? Du willst uns doch nicht weismachen, dass du nicht wüsstest, dass dieser Damián und seine feine Sippe für die Entführung von Susanne Schuster verantwortlich sind.«

Ich schluckte mächtig. »Wieso ... wer sagt das?«

Meine Eltern blickten sich an. »Die Polizei war bei uns«, sagte mein Vater schlicht.

Das also war es. »Wann?«

Es war die sinnloseste Frage, die ich stellen konnte, aber ich konnte nicht mehr klar denken. Hatte Elena geplaudert? Oder vielleicht doch der Professor? Ich versuchte mich zu erinnern, was ich ihm erzählt hatte. Ich hatte ihm nicht gesagt, dass ich den Aufenthaltsort der Geisel kannte. Nein, Graham Torres y Torres hatte selbst die Rede auf Susanne Schuster gebracht, nachdem wir auf der Karte das Schwarze Wasser gefunden hatten. Er hatte, daran erinnerte ich mich auch, mit eigenartiger Bitterkeit betont, dass er Susanne Schuster gut gekannt habe. Ich Trottel! Ich Hornochse, ich hatte mich wirklich total blond verhalten.

»Am Freitagabend«, antwortete meine Mutter.

»Warum habt ihr mich nicht angerufen?«, fragte ich aufgebracht.

»Warum hätten wir sollen?«, erkundigte sich mein Vater mit wachsamer Miene. »Warum wäre das so wichtig gewesen?«

Ich wusste nicht, was ich sagen sollte. Zumindest hätte ich Damián warnen können.

»Wozu hätten wir dich informieren sollen?«, hakte mein

Vater nach. »Was für Konsequenzen hätte das denn für dich auf dieser Reise gehabt?«

Dachte er etwa, ich wäre dann gleich mit Damián davongelaufen? Was sollte ich sagen? Am Ende hatte er sogar Recht.

»Was … was wollte die Polizei denn von mir?«, stammelte ich die einzig sinnvolle Frage, die sich stellte.

»Nun …«, sagte mein Vater gedehnt und lehnte sich zurück. »Offenbar weißt du etwas über den Aufenthaltsort der Geisel. Und ich kann dir verraten, Jasmin, es war ziemlich peinlich, dass wir als deine Eltern wie die Idioten dastanden und keine Ahnung hatten, was unsere Tochter so treibt, mit wem sie sich abgibt und wen sie deckt!«

»Von der Polizei mussten wir erfahren«, brach es aus meiner Mutter heraus, »dass du mit Geiselnehmern und Mördern gemeinsame Sache machst und …« Sie brach in Tränen aus.

»Das ist doch total bescheuert!«, schrie ich. »Das ist …«

Mein Vater hob die Hand. »Ich habe durchaus begriffen, Jasmin«, sagte er mit erzwungener Ruhe, »dass du kein Vertrauen zu uns hast …«

»Ist das ein Wunder«, keifte es aus mir heraus, obwohl ich es gar nicht wollte, »wenn ihr mein Glück zerstört!«

»Hör doch auf mit diesem kindischen Geschwätz!«, schluchzte meine Mutter. Sie schnäuzte sich die Nase und blickte mich aus roten Augen an. »Was für ein Glück soll das denn bitte schön sein? Mit einem Mörder durch den Dschungel zu ziehen? Ich bitte dich, du hast doch wirklich einen Knall!«

»Damián ist kein Mörder!«, schrie ich.

»Was denn sonst?«

»Woher wollt ihr das denn wissen? Ihr kennt ihn doch gar nicht.«

»Aber du kennst ihn, ja?«

»Ja!«, sagte ich aufgebracht.

Meine Mutter lachte entrüstet. »Wenn du ihn so gut kennst, dann erklär uns doch bitte mal, warum die Polizei hier bei uns aufkreuzt und uns fragt, wo du steckst und was du über das Schicksal der deutschen Geisel weißt? Und weiß Gott, Jasmin, wir waren uns auf einmal gar nicht mehr sicher, ob du von deiner Reise nach Tierradentro überhaupt wieder zurückkommst.«

Auf einmal taten sie mir leid. Ich dachte wieder an Felicity: Sie verstehen dich nicht mehr. Ich ermahnte mich zur Geduld. Aber gleichzeitig begann mein Herz zu klopfen, als mir eine neue Gefahr bewusst wurde. »Und was habt ihr der Polizei erzählt?«

»Was hätten wir erzählen sollen?«, fragte mein Vater zurück. »Wir wissen ja nichts.« Er blickte mich mit seinen grauen Augen scharf an. »Du hast uns ja nichts erzählt, und Clara da mit reinziehen, das wollten wir nicht.«

Ich war erleichtert.

»Die Polizei wollte von uns wissen, ob wir einen Ort kennen, der Schwarzes Wasser heißt. Ob wir bei unserer Reise am Anfang der Sommerferien dort gewesen seien.«

»Und, was hast du gesagt?«

»Was wohl? Ich habe keine Ahnung, wie die Orte hießen, wo wir waren. Ich konnte der Polizei aber immerhin erklären, dass wir keine deutsche Geisel mit Namen Susanne Schuster zu Gesicht bekommen haben, uns aber zeitweilig in den Händen eines gewissen Don Antonio befunden haben. Das wussten die aber schon. Wie es dann komme, wollte der Comisario wissen, dass du behauptest, die Geisel befinde sich an diesem Schwarzen Wasser.«

Ich schwieg. Hatte nun der Professor geredet oder Elena?

»Und jetzt möchten wir von dir wissen, was Sache ist, Jasmin.«

»Woher wusste die Polizei denn, dass ich angeblich … «

Mein Vater schüttelte den Kopf. »Nein, Jasmin. Nicht wir beantworten deine Fragen, sondern du antwortest auf unsere. Also, raus mit der Sprache. Was weißt du über die deutsche Geisel?«

Zumindest hatte der Professor meine Eltern nicht angerufen. Sonst hätten sie gewusst, dass ich ihn und seine Karte konsultiert hatte. Graham Torres y Torres musste sich sofort an die Behörden gewandt haben. Wie viel Lüge und wie viel Wahrheit durfte ich erzählen?, fragte ich mich.

»Ich weiß gar nichts«, erklärte ich. »Clara hat mir von Susanne Schuster erzählt. Sie war Lehrerin in der Gegend, wo sie lebte. Clara hat mir erzählt, dass sie glaubt zu wissen, wo die FARC sie versteckt hält, und zwar an einem Ort namens Schwarzes Wasser. Aber das ist nur eine Vermutung. Und wenn Susanne Schuster jemals dort war, so ist sie jetzt bestimmt nicht mehr dort. Man weiß doch, dass die FARC die Geiseln immer wieder woanders hinbringt.«

»Ist das alles?«, fragte mein Vater mit großen, mahnenden Augen. »Oder gibt es da noch etwas, was wir wissen sollten?«

»Na ja«, druckste ich, »ich war in der Uni bei einem Professor Graham Torres y Torres. Er ist Anthropologe und Spezialist für indigene Völker. Ich habe doch im Sommer dieses Lexikon der Sprache der Nasas angefangen und Mrs Melroy wollte unbedingt, dass ich es ihm zeige. Er hatte eine

Karte mit indianischen Ortsnamen und da haben wir auch geschaut, wo *Yu' cjuch* liegt, das ist der einheimische Name für Schwarzes Wasser. Es hat mich halt einfach interessiert.«

»Und wann warst du bei ihm?«, fragte meine Mutter.

»Vor einer Woche, am Montag nach der Schule.«

»Und warum erfahren wir das erst jetzt? Warum sagst du uns so etwas nicht?«

Ich zuckte mit den Achseln. Es war im Rückblick nicht mehr zu erklären. Ich hätte schon damals dieselbe Ausrede benutzen können wie jetzt eben. Aber immer noch besser, meine Eltern machten mit meinem Besuch beim Professor herum, als dass sie mir weitere hochnotpeinliche Fragen stellten wie zum Beispiel, ob ich in Tierradentro Damián getroffen hatte.

»Ich weiß nicht«, sagte ich.

»Aber ich weiß es«, antwortete meine Mutter. »Du hast dich an der Uni mit Damián treffen wollen.«

»Nein!« Und das konnte ich ohne jedes lügnerische Beiwerk sagen. »Warum auch? Wir hätten uns jederzeit bei Clara im Haus ihrer Großmutter treffen können. Haben wir aber nicht.«

Mama sah so aus, als leuchtete ihr das ein. »Aber dann verstehe ich wirklich nicht«, sagte sie, fast verzweifelt, »warum diese Heimlichkeiten sein mussten?«

»Es war blöd von mir«, lenkte ich ein. »Ich war total sauer auf euch. Vor allem auf Papa!« Ich schaute meinen Vater an.

Er blinzelte leicht verlegen, nickte aber ermutigend.

»Du weißt, warum«, sagte ich. »Weil du Damián und mich an dem Morgen nach der Nacht auf dem Hochplateau abgekanzelt hast wie zwei Schulkinder. Dabei hatten wir nichts gemacht. Überhaupt nichts! Damián hat mir wirklich nur die Bären gezeigt. Und es war ein ganz tolles Erlebnis für mich. Ich hätte dir sofort davon erzählt. Aber du kamst gleich mit deinen Verdächtigungen. Für Damián musste sich das so anhören, als hättest du was dagegen, dass deine Tochter etwas mit einem Indio hat, und zwar, weil er Indio ist.«

Mein Vater schüttelte den Kopf. »Ich war vielleicht etwas voreilig. Aber wir hatten uns wirklich Sorgen gemacht. Verschwindest einfach so im Morgengrauen und keiner weiß, wo du steckst.«

»Das tut mir ja auch leid«, sagte ich.

»In Ordnung«, nickte mein Vater. »Schwamm drüber.«

»Und …«, fragte ich. »Wie … wie geht es jetzt weiter?«

»Wir beide«, antwortete er, »werden in den nächsten Tagen aufs Kommissariat gehen müssen. Du wirst dort eine Aussage zu Protokoll geben. Das mussten wir dem Comisario versprechen.«

Es klang, als sei das die Strafe für das, was ich ausgefressen hatte.

»Und ich hoffe, das war jetzt wirklich alles, Jasmin. Die ganze Wahrheit. Kann ich mich auf dich verlassen?«

Ich nickte.

Der Abend endete damit, dass ich um Entschuldigung bat und mich einsichtig und zerknirscht gab. Dabei fand ich, auch sie hätten einsehen können, dass sie alles falsch gemacht hatten. Statt panisch zu reagieren, weil ich mich verliebt hatte – und zwar nicht in John Green oder einen deutschen Jungen aus meiner Schule, sondern in den Indio Damián Dagua –, hätten sie mit mir reden können, so wie Felicity Melroy es getan hatte. Einfach erst einmal zuhören und dann meinetwegen von ihren Erfahrungen und Enttäuschungen erzählen. Sie hätten mich endlich mal für voll nehmen müssen, statt mit Verboten zu reagieren. Ich war ja schließlich kein kleines Kind mehr. Sie hätten mir ruhig mehr vertrauen können.

Hatte ich nicht selbst eingesehen, dass ich nicht mit Damián zusammen sein konnte, solange die Entführung von Susanne Schuster andauerte? Hätten sie ruhig mit mir gesprochen, hätte ich ihnen bestimmt gesagt, dass sie sich keine Sorgen zu machen brauchten, dass Damián und ich etwas Unvernünftiges taten. Aber was ich fühlte und dachte, interessierte sie nicht wirklich. Sie waren viel zu sehr mit sich selbst beschäftigt.

Meine Mutter hatte wieder Migräne. Mein Vater war frustriert, weil sie an den Feiertagen keine Radtour mit ihm gemacht hatte. Auf einmal blickte ich in den Abgrund von Unzufriedenheit und Unglück, der zwischen meinen Eltern klaffte. Liebten sie sich überhaupt noch?, fragte ich mich. Oder träumten beide, jeder für sich allein, von einem ganz anderen Leben? Endeten wirklich alle Ehen, wie Mrs Melroy meinte, in dieser Sackgasse zwischen Bergen angehäufter, aber nie ausgesprochener Frustrationen und Vorwürfe? Und wie konnte man das verhindern?

– 38 –

»Ich habe nichts gesagt!«, schwor Elena am Dienstag in der Schule. »Ich hätte auch gar nichts sagen können, denn ich habe schon wieder vergessen, wie der Ort hieß, von dem du gesprochen hast.« Das Entsetzen sickerte langsam in ihr Gemüt. »Ist das wirklich wahr? Damián hat Susanne Schuster entführt, er und dieser fürchterliche Onkel Tano! Kann man denn diesen Indios nie trauen? O Gott, wenn ich mir das überlege. Wir waren tatsächlich praktisch in der Höhle des Löwen!«

»Damián hat uns das Leben gerettet, Elena! Schon vergessen?«

»Einen Nutzen wird er davon schon auch gehabt haben«, bemerkte sie.

»Was willst du damit sagen?«, fragte ich erregt.

Die Ankunft des Lehrers unterbrach uns.

Eine Stunde lang dachte ich darüber nach, ob es nicht doch Elena gewesen war, die etwas erzählt hatte, vielleicht ihrer Mutter, und die hatte es dann ihrem Mann erzählt oder irgendeiner Freundin. Doch Elenas Mutter hätte dann sicher sofort meine Mutter angerufen. Also doch der Professor? Oder war John Green noch dabei gewesen, als ich Elena erzählt hatte, ich wüsste, wo die Geisel ist? Nein, definitiv nicht. Aber vielleicht hatte es Elena ihm später erzählt.

»Wie steht es eigentlich mit John und dir?«, fragte ich sie in der nächsten Pause.

Sie zwinkerte mir zu. »Er ist total verknallt in mich, so viel steht fest.«

»Und du?«

Sie zuckte desinteressiert mit den Schultern. Doch ihre Augen glitzerten verräterisch. Ich kannte das von Vanessa. Wenn sie ein bestimmtes Gesicht aufsetzte, so eines, in dem ständig ein Lächeln zuckte, dann war sie verliebt und ich war regelmäßig für die nächsten Wochen abgemeldet gewesen, genauso wie Simon. Dann hatten Simon und ich auf meinem Zimmer Tee getrunken und über Liebe und Freundschaft philosophiert. Dabei hatte er an Vanessa gedacht und ich an ihn.

»Du bist aber auch ganz schön verknallt, Elena!«, neckte ich sie. »Was macht ihr denn so zusammen? Was hast du ihm erzählt?«

»Worüber?«

»Über dich, über uns, über Damián?«

»Nichts! Was hätte ich ihm erzählen sollen?«

Sie hatte Recht. Was hätte sie ihm erzählen können, was nicht jeder wusste? Susanne Schuster war im Cauca entführt worden.

»Er sagt übrigens, dass die Deutsche längst …« Elena stoppte, hielt sich den Mund zu und fing dann an zu lachen.

»Dann habt ihr also doch darüber gesprochen!«

»Jeder spricht über die deutsche Geisel, Jasmin. Das ist nichts Besonderes. John hat mir nur erzählt, dass die Regierung immer noch eine Befreiung plant, obwohl die erste im

Februar schiefgegangen ist. Sie haben jetzt einen Spitzel bei der FARC eingeschmuggelt. Sie wissen genau, wo die Geisel ist. Aber das darfst du niemandem erzählen, Jasmin. Auch Damián nicht.«

»Wieso Damián nicht? Du denkst doch nicht wirklich, dass er losrennt und die FARC warnt!«

Elena schwieg verstockt. Dann wurde sie hektisch. »Ich muss los. Wir reden nachher weiter, in der Mittagspause.«

Es war die letzte Stunde vor der Pause, in der die Klasse zu unterschiedlichen Wahlkursen auseinanderströmte. Elena hatte Theater belegt, ich Ethnologie. In der Mittagspause passte ich sie vor dem Theatersaal ab, schleppte sie im Galopp zur Essensausgabe und zog mich mit ihr an einen Zweiertisch in der Ecke bei den Klos zurück, damit unsere Clique uns nicht dazwischenkommen konnte.

Elena erklärte mir lang und breit, was John Green ihr alles über Geiselnahmen erzählt hatte. »Den kleinen Guerillagruppen geht es nur ums Geld für Waffen und Sold und so. Aber bei der deutschen Lehrerin ist nichts zu holen. Deshalb hat die kleine Guerillagruppe sie vor einem Jahr oder so an die FARC verkauft. Das ist eher ein Nachteil, sagt John, denn bei der FARC geht es um Politik. Unsere Regierung verhandelt aber nicht mit der FARC. Die FARC kann Susanne Schuster noch jahrelang irgendwo versteckt halten, und zwar so lange, bis Deutschland die Nerven verliert und was zahlt. Die deutsche Regierung zahlt letztlich immer, heißt es.«

»So.« Ich überlegte, wie ich Elena dazu brachte, mir zu verraten, was sie dem britischen Militärattaché über Damiáns Familie erzählt hatte. »Du hast doch deinem John sicher erzählt, dass Damián uns das Leben gerettet hat?«

Elena zog die Brauen hoch. »Hat er das denn wirklich?«

»Spinnst du? Natürlich hat er. Zum Beispiel hat er verhindert, dass es in Yat Wala eine Schießerei zwischen euren Bodyguards und Tanos Truppe gab.«

»Falls es wirklich so war.«

»Wie denn sonst?«

»Nun ja.« Elenas Augen glitzerten schlau. »Es könnte doch auch alles Show gewesen sein. Damit wir glauben, wir würden ihm unsere Rettung verdanken.«

»Schwachsinn! Wozu sollte das gut sein?«

»Mein Vater hat viel Geld an diese Organisation gespendet, diesen Indianerrat. Vielleicht hofften sie auf mehr. Ein Mann wie mein Vater kann ihnen lebend und in Freiheit mehr nützen als als Geisel, verstehst du?«

»Ich hätte deinen Vater wirklich für dankbarer gehalten. Aber anscheinend ist er auch nur einer von diesen ...«

»Vorsicht!« Elenas Augen blitzten. »Sag jetzt nichts Falsches, ja! Du sprichst von meinem Papa! Verstehst du?«

Ich verstand plötzlich. So sah die Dankbarkeit des Gran Guaquero aus. Er leugnete, dass er sich in Gefahr befunden hatte, er erklärte die Handlungen seines Retters zur großen Show. So befreite er sich aus seinen Verpflichtungen beispielsweise der Sache der Indígenas vom Cauca gegenüber und kehrte in sein altes Leben zurück, in dem er der König der Smaragde war und Elena sein Prinzesschen. Ich spürte, wie die kalte Wut in mir hochstieg.

»Ja, ich verstehe, Elena!«, sagte ich. »Ihr seid euch alle einig, dass Damián ein Verbrecher ist, der nur an seinen Vorteil denkt. Die Indios sind alle Diebe, nicht wahr? Und wenn ihr ihm jetzt noch eine Geiselnahme anhängen könnt, müsst ihr ihm nicht mehr dankbar sein, dann gilt alles nichts mehr, was er für uns getan hat.«

»Wir haben ja auch was für ihn getan!«, warf Elena ein. »Wir haben seine Schwester mitgenommen. Dein Vater hat sie gesund gemacht.«

»Ah so. Dann schuldet ihr Damián nichts mehr, meinst du? Wunderbar. Und vielleicht erschießt ihn ja jetzt das Militär, dann kann dein Vater sich die Killer sparen, die ihn eines Tages ermorden müssten, wenn er als Politiker zu unbequem wird.«

Elena war kurz sprachlos. »Wie …«, stotterte sie, »wie kommst du dazu, meinem Vater so etwas zu unterstellen?«

»Bist du wirklich so naiv, Elena?«, legte ich in meinem blinden Zorn nach. »Glaubst du wirklich, dein Vater hätte nicht den einen oder anderen Menschen auf dem Gewissen? Er ist Minenbesitzer! Einer wie er hat viele Feinde! Und er hat viele vernichtet, sonst wäre er nie so weit gekommen. Das muss dir doch klar sein, Elena! So dumm kannst du doch nicht sein!«

Tränen schossen ihr aus den Augen. Wortlos stand sie auf und lief aus der Kantine. Das Tablett hatte sie stehen lassen.

Ich war erschrocken. Sollte ich ihr nachrennen? Die entscheidende Frage hatte ich Elena gar nicht gestellt, fiel mir plötzlich ein. Hatte sie John oder ihrem Vater erzählt, wo sich Clara aufhielt? Und hatte John es der Polizei weitererzählt? Elena wusste nur, dass Clara bei ihrer Großmutter wohnte. Aber wo die Großmutter wohnte, das herauszufinden war nicht schwierig, galt sie doch in den Kreisen, in denen Elenas Mutter genauso wie Mrs Melroy verkehrte, als Wunderheilerin. Aber vielleicht war das nicht einmal mehr die entscheidende Frage. Die Polizei hatte mit meinen Eltern gesprochen. Und zwar auch über unsere Reise Anfang der Ferien nach Yat Pacyte. Mein Vater hatte sicher erzählt, dass wir Clara mitgebracht hatten. Jetzt brauchte die Polizei nur bei der staatlichen Krankenversicherung nachzufragen, wo Clara sich aufhielt. Die Sozialdienstler hatten die genaue Adresse, sie waren ja dort gewesen. Und wenn das Militär sich Clara holte, dann war Damián erpressbar.

Scheiße!

Ich musste Clara warnen! Und Damián!

Stopp! Machte ich mich damit nicht endgültig zur Komplizin? Und wenn die Polizei nichts von Clara wusste? Vielleicht sollte ich zunächst meinen Vater anrufen und ihn fragen, was er der Polizei genau erzählt hatte. Das hatte ich gestern Abend versäumt. Gestern Abend hatte ich mich meinen Eltern gegenüber genauso verhalten wie heute Elena gegenüber: Statt zuzuhören und so viel wie möglich zu erfahren, hatte ich herumgeschrien, mich und Damián ungerecht behandelt gefühlt und Vorwürfe verteilt.

Der Lärm in der Mensa war tumultartig. Ich kam kaum zum Nachdenken. Und schon überfiel mich der nächste Schrecken. Wenn tatsächlich weder mein Vater noch Elena der Polizei irgendetwas über Damián, Clara und das Schwarze Wasser erzählt hatten, wenn es wirklich nur der Professor gewesen war, dann bedeutete es, dass die Polizei Susanne Schuster womöglich tatsächlich inzwischen wieder in der Gegend von Damiáns Heimat vermutete, weil sie mir unterstellte, ich hätte die allerneuesten Informationen über ihren Aufenthaltsort. Also war ich schuld, wenn jetzt Damián und seine Familie ins Visier von Militär und Polizei gerieten.

Hilfe! Was musste ich tun? Ich rannte hinaus in die Grünanlagen und fragte mich immer wieder: Was soll ich nur tun? Was muss ich tun?

Zu allem Unglück hatte ich auch noch Elena tödlich gekränkt. Ich war wütend auf mich gewesen und auf Damián, auf unsere ausweglose Situation und hatte eine Schuldige gesucht. Ich hatte ihr wehtun wollen und das war mies gewesen. Das Schlimme daran war, dass ich das, was ich gesagt hatte, nicht mehr zurücknehmen konnte. Ich hatte Elenas Vater als Mörder bezeichnet. Ohne einen einzigen Beweis. Ich hatte es getan, weil Damián es behauptet hatte. Ich hatte es ihm einfach nachgeplappert.

Auf einmal steckte ich ganz tief drin in der Scheiße, die dieses verfluchte Land regierte. Krieg, Verbrechen, Feindseligkeit, Unversöhnlichkeit. Ich, Jasmin Auweiler aus Konstanz, sechzehn Jahre, war unversehens Teil des großen bösen Kriegs geworden. Womöglich hing es sogar von mir ab, ob Susanne Schuster befreit wurde, lebte oder starb, und ich hatte keine Ahnung, was ich tatsächlich tun musste, damit es für sie gut ausging, und für mich und für Damián und, nicht zu vergessen, für Clara und Juanita.

Es war niemand da, den ich um Rat fragen konnte. Für meine Eltern wäre der Fall klar gewesen. »Du musst der Polizei alles erzählen, was du weißt. Das ist nicht unsere Sache, Jasmin.« Wenn es nach ihnen ging, musste ich Damián verraten. Er war der Böse, wir die Guten.

Was hätte Felicity Melroy mir geraten? Tu, was dein Herz dir sagt. Die Liebe kennt kein Gut und Böse, sie kennt nur blinde Treue.

Mir fiel das Handy schier aus der Hand vor Hektik. Aber es ging nur die Haushälterin dran. Mrs Melroy sei ein paar Tage außer Haus, verkündete sie. Mein Vater war ebenfalls nicht zu erreichen. Er operierte gerade.

Also gut. Vielleicht war es ein Zeichen, dass ich zuerst einmal Elena suchen ging, um sie irgendwie um Entschuldigung zu bitten. Aber entweder ich suchte nicht gründlich genug, weil ich mich insgeheim vor der Szene fürchtete, oder sie war heimgegangen. Eine gute Idee! Ich hätte mich sowieso nicht mehr auf den Unterricht konzentrieren können.

Ich täuschte Übelkeit vor, entschuldigte mich und setzte mich in den Bus.

Vom Colegio Bogotano fuhr man über die große Autopista a Tunja auf die Wolkenkratzer von Santafé zu. In der blauen Ferne zackten sich die immensen Gipfel der Anden. Wieder einmal fiel mir die krasse Mischung aus Gelassenheit und Raserei, Eselskarren und Limousinen, Hütten und Hochhäusern auf, die Bogotá ausmachte. Die Straßen waren so breit, dass sie selten voll wirkten, obwohl ständig vom Verkehrskollaps die Rede war, die Sonne tauchte die Asphalt- und Steinlandschaft im Dunst der Stadt in ein gelbes Licht, auf den Fußwegen spiegelten Pfützen vom letzten Regen. Das alles war mir längst vertraut. Wie oft war ich mit dem Bus die Strecke gefahren und hatte mich gefragt, ob ich hier leben wollte. Das war, als ich noch dachte, wenn ich mich für dieses Land entscheiden würde, könnte ich Damián davon überzeugen, dass es mit uns beiden ging.

Meine Mutter war nicht zu Hause. Estrellecita saß auf dem Sofa und telefonierte. Sie sprang auf und beendete hektisch das Gespräch, als ich eintrat.

»Mama ist nicht zu Hause?«, fragte ich.

Estrellecita schüttelte den Kopf.

»Dann ist sie heute doch arbeiten gegangen?«

Estrellecita nickte.

Eigentlich hatte ich angenommen, dass meine Mutter sich heute wegen Migräne wieder mal eine Auszeit genommen hatte, nach der Szene gestern. Aber gut.

Die Wohnung war wie üblich grabeskalt. Ich ging in mein Zimmer, zog die Schuluniform aus und Jeans, Shirt und Weste an und nahm die Regenjacke, ohne die man nie aus dem Haus ging. Immer noch steckte das Kondom in der Tasche. Gut, dass meine Mutter nicht dazu neigte, meine Jackentaschen zu durchwühlen. Ich sagte Estrellecita, dass ich zum Abendessen wieder da sein würde, und verließ das Haus. Ich machte mich auf den mir so unendlich vertrauten Weg nach Santa Ana.

Als ich das blaue Tor zwischen den beiden mit Motiven aus Uyu oder Tierradentro bemalten Pfosten öffnete und auf dem schmalen Weg über die Bretter balancierte, die über die Pfützen und matschigsten Stellen gelegt waren, musste ich daran denken, mit welch bangen Gefühlen ich den Weg zum ersten Mal hinaufgegangen war, in diesem unheimlichen Spalier indianischer Magie, die mich an Giftpfeile und rituelle Tänze erinnert hatte.

Juanita hockte auf dem Boden vor der Tür und zerstieß Kräuter in einem Mörser. Die Hühner scharrten in der Erde nach Würmern, die Ziege meckerte hinterm Haus. Der kleine Hund namens El Tonto, der Idiot, lag in der Sonne. Er bellte schon lange nicht mehr, wenn ich kam. Ganz so idiotisch konnte er also nicht sein. Es war alles wie immer, ruhig und friedlich. Clara war noch nicht da, sie kam erst abends aus der Schule.

Die Alte lächelte.

»Ich brauche deinen Rat, Juanita«, sagte ich.

Sie musterte mich einen Moment. Dann nickte sie und stand auf. Dabei knickte sie wie immer über der linken Hüfte ein. »Komm!«

Auf dem Holzofen stand ein Topf mit Canelazo, einem

sirupsüßen Getränk aus Zuckerrohrwasser mit Anisschnaps, Zimt, Nelken und Orangenschalen. Juanita nahm zwei Steingutbecher, schnitt eine Zitrone auf, benetzte die Ränder der Becher mit Zitronensaft, tauchte sie in die Schale mit Rohrzucker und füllte das Getränk hinein. Allein die Zeremonie beruhigte. Der Becher wärmte meine Hände und das Gesöff meine Kehle und meinen Magen.

Viele Stunden hatte ich in diesem Sommer, der keiner war, mit Clara an dem grob zusammengezimmerten Tisch verbracht. Aber jetzt erinnerte ich mich wieder an das erste Mal, als ich auf dem Schemel gesessen und mich kaum getraut hatte aufzuschauen zu den Regalbrettern voller Kräuter, Dosen, Knochen, Wurzeln, Totems und Decken. Inzwischen war mir Juanitas Welt vertrauter. Ihr brauchte ich nichts vorzumachen. Sie schaute Menschen genau ins Gesicht und schloss aus kleinen Zeichen in der Mimik, Körperhaltung und Stimme auf das, was sie »böse Träume« nannte.

Auch jetzt hatte ich wieder das Gefühl, dass ich ihr eigentlich gar nichts erzählen müsste. Aber ich tat es doch, einfach, weil ich es so gewohnt war, vielleicht auch, weil ich das Schweigen nicht ausgehalten hätte.

»Die Polizei war bei meinen Eltern«, sagte ich. »Sie denkt, ich wüsste den Aufenthaltsort der deutschen Geisel Susanne Schuster. Ich muss heute oder morgen Abend mit meinem Vater hin und zu Protokoll geben, was ich weiß.«

»Und was weißt du?«, erkundigte sich Juanita, ohne sich von meinem gehetzten Ton anstecken zu lassen.

»Ich habe einen Fehler gemacht«, erklärte ich. »Ich habe einen Professor an der Uni gefragt, ob er einen Ort namens Schwarzes Wasser kennt. Und jetzt denkt er, dort werde Susanne Schuster gefangen gehalten.«

»Du glaubst also, dass Susanne Schuster am Schwarzen Wasser gefangen gehalten wird.«

»Clara hat es mal erwähnt. Aber ich weiß, dass die Geisel vermutlich nicht mehr dort ist und ...« Ich stockte.

»Und du glaubst, dass Damián etwas damit zu tun hat«, vollendete Juanita.

Ich nickte. »Er hat es mir selbst gestanden.«

Juanita schaute mich nachdenklich an. »Und warum kommst du zu mir? Möchtest du von mir wissen, ob das, was du glaubst, stimmt? Oder soll ich dir sagen, was du tun musst?«

Ich nickte heftig. Genau das war es, was ich wollte: dass sie mir sagte, was die Wahrheit war und was ich damit anfangen sollte. Die törichte Hoffnung durchflutete mich, dass sie mit ihrem verschmitzten Goldzahnlächeln alles ungeschehen machen könnte: Damián hatte Susanne Schuster nicht entführt, hatte seinem Onkel nie geholfen und es hing nicht von mir ab, ob sie litt, lebte oder starb.

»Ich kann weder das eine noch das andere tun«, sagte Juanita. »Aber ich kann dir eine Reinigungszeremonie anbieten. Danach wirst du wissen, was richtig ist und was du tun kannst.«

Das war nun gar nicht das, was ich erhofft hatte. Ich spürte leisen Ärger in mir aufsteigen.

»Und Damián soll daran teilnehmen«, fuhr Juanita nachdenklich fort. »Er muss endlich seine Eitelkeit ablegen.«

»Wie?« Ich verstand nichts. »Hier geht es doch nicht um Eitelkeit!«

Die Alte kicherte gemütlich. »Damián ist ein bisschen eitel. Ist dir das noch nicht aufgefallen? Er glaubt, alles hinge von ihm ab. Doch wenn er für alles die Verantwortung übernimmt, kann er nicht mehr handeln, dann zwingen ihn die anderen zu handeln.«

Ich verstand nur Bahnhof. »Was willst du damit sagen, Juanita?«

»Ich will damit sagen, dass es dumm und eitel ist, wenn man für etwas, was ein anderer tut, die Verantwortung übernimmt.«

»Und das bedeutet …« Ich verschluckte mich halb vor Aufregung. »… dass er die Verantwortung für eine Geiselnahme übernimmt, mit der er nichts zu tun hat?«

Juanita schwieg auf die Art, die ich als Ja zu deuten gelernt hatte.

»Warum tut er das?«

»Jasmin, du hast es immer noch zu eilig.« Sie überlegte kurz, dann holte sie tief Luft und sagte: »Auch ich weiß nichts anderes, als dass Damián seinem Onkel Tano geholfen hat Susanne zu entführen. Aber ich war nicht dabei.«

»Und warum? Verdammt, warum?«

»Weil er selbst ein Gefangener war.« Juanita blickte mich ernst an. »Er war damals kaum älter als du, Jasmin. Böse Träume beherrschten ihn des Nachts, und am Tag lebte er das harte Leben der Berge. Er ist mit dem Schmerz im Herzen aufgewachsen, dass sein Vater von den Paramilitärs erschossen wurde, als er sein Haus verteidigen wollte, und seine Mutter geschändet und erschlagen wurde vor seinen Augen und denen seiner Schwester. Clara erinnert sich, sie war damals fünf, aber Damián war drei, er hört das Geschrei nur in seinen Träumen. Ich war nicht im Dorf, als es geschah. Als ich einen Tag später aus dem Wald zurückkam, rauchten die Häuser nur noch. Das Gesumm der Fliegen lag in der Luft, Raben stritten sich im Flug, der Kondor kreiste am Himmel. Mit den Kindern bin ich zu meiner Tochter Maria nach Yat Pacyte gegangen. Hätte Damián bei seiner Begegnung mit der Bärin nicht verstanden, wie viel Kraft in der Ruhe liegt, so wäre er wohl völlig unter Tanos Macht geraten. Denn Tano erkannte Damiáns kindlichen Zorn und förderte ihn, er erzog ihn zum Kämpfer. Als er vierzehn Jahre alt war, schien Damiáns Leben entschieden, genau so wie das vieler anderer junger Männer meines Volks. Entweder er würde als Tagelöhner sein Geld verdienen oder auf Kriegs- und Beutezügen.«

»Aber er hat Tano nicht gemocht. Tano hat ihn geschlagen«, warf ich ein. »Deshalb ist er weggelaufen.«

Juanita lächelte fein. »Nein, Tano hat ihn nicht geschlagen und Damián ist nicht weggelaufen. Ich habe ihn zur Bärin geschickt. Damián war damals fünf Jahre alt. Er erinnert sich nur noch an das, was ich ihm später, als er älter war, erzählt habe.«

»Und warum hast du ihm erzählt, dass Tano ihn geschlagen habe?«

»Weil ich nicht wollte, dass Damián seinen Onkel bewundert. Tano ist ein gewalttätiger Mann mit großem Hass im Herzen. Er hasst sein Leben, er träumt vom Reichtum, er glaubt, andere enthielten ihm den Wohlstand vor, der ihm zusteht, und er müsse sich das Seine mit Gewalt holen. Er hat nie verstanden, dass er sich selbst bewegen muss, wenn er ein anderes Leben haben möchte. Er fand, das Glück müsse zu ihm kommen. Daraus entstand der große Konflikt mit Clara, als die Deutsche in unsere Gegend kam und anfing unsere Kinder zu unterrichten. Susanne kleidete sich wie die Frauen von uns, sie sprach unsere Sprache, sie besuchte uns in unseren Häusern in den Bergen, sie redete auf die Eltern ein, ihre Töchter in richtige Schulen zu schicken. Vor allem Clara hatte es ihr angetan. Sie erklärte uns, Clara sei zu intelligent, um ihr Leben lang Pullover zu stricken. Aber Tano wollte nicht, dass Clara zu den Weißen geht und lebt und denkt wie die Weißen. Dabei denkt er selbst wie ein Weißer. Er glaubt, es müssten die alten Männer sein, die bestimmen, weil sie das Land mit ihrem Blut verteidigen. Doch als vor vierhundert Jahren die ersten Spanier ins Land kamen, geführt von Pedro de Añazco, und als dieser einen Mann aus unserem Volk tötete, der sich nicht vor ihm hatte verbeugen wollen, da war es eine Frau, die ihn rächte. Die Mutter des Mannes wurde zur Kriegerin und führte mit Waffen in der Hand den Widerstand gegen die Spanier an. Man nannte sie La Gaitana. Sie nahm Pedro de Añazco gefangen, stach ihm die Augen aus und tötete ihn.«

Ich nickte. Ich kannte die Geschichte. Aber ich hatte längst gelernt, dass man sich an den Herdfeuern der Indígenas immer wieder dieselben Geschichten erzählte. Es beruhigte, es erklärte einem die eigenen Gefühle, es half, dass man sich nicht alleine fühlte.

»Man sagt, unsere Gesellschaften seien reine Männergesellschaften, die Frauen seien zu einem Leben am Herd verurteilt. Aber das stimmt nicht. Seit einigen Jahren hat jede Ortschaft zehn Wächter, die nur mit dem traditionellen Stab bewaffnet sind und sich über Walkie-Talkie miteinander verständigen können. Viele dieser Wächter sind Frauen. Wenn die Guerilleros einen jungen Mann mitnehmen, dann ziehen sie los und fordern ihn zurück. Wir Nasas haben stets Widerstand geleistet, doch am erfolgreichsten waren wir immer dann, wenn wir dabei nicht die Waffen erhoben haben. Vor hundert Jahren hat Manuel Quintin Lame, ein

Knecht der Großgrundbesitzer, den Widerstand angeführt, den wir La Quintinada nennen. Er hat nicht geschossen, die Bauern haben nur massenhaft das Land besetzt. Und so haben wir Nasas unsere alten Ländereien im Cauca wieder unter unsere Kontrolle gebracht. Aber Tano ist ein Verlorener, er glaubt nicht an die Macht der Gewaltlosigkeit. Es ist auch sehr schwierig, daran zu glauben, wenn unsere Bischöfe und Politiker ermordet werden und niemand dafür zur Verantwortung gezogen wird.«

»Und was war nun mit Susanne Schuster?«, fragte ich, obwohl ich wusste, dass ich den Fluss von Juanitas Erzählung nicht stören durfte. Wenn die Alten redeten, hörte man zu. Und jede Geschichte hatte ihre genaue Zeit.

Juanita lächelte. »Du bist wirklich arg ungeduldig.«

»Tut mir leid.«

»Nun ja, als dann die Deutsche zu uns kam und verlangte, dass Tano den Kindern seiner toten Schwägerin eine gute Schulbildung erlaubte, da schickte er nicht Clara nach Popayán auf die höhere Schule, sondern Damián. Denn Damián war in Yat Pacyte nicht viel nütze. Clara dagegen strickte die kunstvollsten Pullover. Das war ihr Pech. Und es war Damiáns Glück, denn in Popayán kam er mit den Leuten des CRIC in Kontakt und lernte, dass wir noch eine ganz andere Tradition haben als Tanos Krieg, nämlich den Frieden. Er spürte, dass sich sein Innerstes für den Frieden mehr erhitzte als für den Krieg, er glaubte, dass seine Kraft größer und mächtiger wäre, wenn er sie für den Frieden einsetzte. Er sprach mit mir darüber. Ich hatte lange auf diesen Moment gewartet und schon befürchtet, er werde nie kommen. Ich erzählte ihm von seiner Begegnung mit der Bärin und ihren Jungtieren und er erinnerte sich wieder daran. Ich erklärte ihm, dass in unseren Legenden die Bärenmenschen Friedensstifter sind, denn der Bär besitzt in seinen Kiefern und Krallen eine tödliche Kraft. Er kann Äste durchbeißen, die dicker sind als dein Arm, er kann das Rückgrat eines Tapirs brechen. Dennoch greift er niemals an. So sehr liebt er das friedliche Leben, dass er beschlossen hat nur vom Nektar in den Ananasblüten, von Wurzeln und Beeren zu leben und von dem Getier, das bereits tot ist. Nur in der Not tötet er selbst.«

Juanita nahm einen Schluck Canelazo und hustete ausführlich.

»Ich bot Damián die große Reinigung an«, fuhr sie fort, »aber er zögerte. Er konnte nicht ganz lassen vom Glauben an die Macht der Waffen. Es ist nicht so einfach, Jasmin! Im Rückblick erscheint ein Weg oft klar, aber wenn man ihn geht, sieht man ihn nicht. So erging es Damián. Er ist mit der Gewalt aufgewachsen, mit dem Tod, der Trauer. Er wusste von der Kraft des gewaltfreien Widerstands in der Tradition der Nasas, aber er glaubte nicht wirklich daran. Es hat so viel blutigen Krieg gegeben in diesem Land. Wir wurden christianisiert, zerstreut und getötet. Über viele Jahrhunderte hinweg hatten wir Nasas unseren traditionellen Stab abgelegt und sind Cowboys, Guaqueros, Kokabauern und Tagelöhner geworden. Damián hat mir erst kürzlich erklärt, dass viele Männer von uns ihre Vorstellung von dem, was ein Indio ist, aus amerikanischen Western haben. Das Bild, das wir von uns selbst haben, ist nicht mehr unser eigenes, sondern das, was die Weißen von uns gezeichnet haben. Und die einfachste Lösung, auf die ein Mann verfällt, der sich ungerecht behandelt und benachteiligt fühlt, ist der Kampf. Der Kampf ist immer männlich. Und im Kampf zu sterben ist nie verkehrt, vor allem dann nicht, wenn es für eine Sache ist, die man für eine gute Sache hält.«

Juanita sah die Dinge ganz klar, schien mir.

»Wir wissen nicht mehr, wer wir sind und wo unsere Stärken liegen. Damián wusste es damals nicht. Er wusste, er wollte Frieden stiften, er versuchte es, aber es gelang ihm oft nicht. Deshalb zweifelte er an sich. Wenn er in den Ferien nach Hause kam und wieder unter Tanos Einfluss stand, erwachte auch sein Hass wieder. Er zog mit Tano und seinen Leuten herum. Und dann, er war gerade sechzehn geworden, kam die Deutsche zu uns nach Yat Pacyte herauf und erklärte uns, dass sie Clara mit nach Deutschland nehmen wolle. Sie fand, Clara dürfe ihr Talent nicht verschenken. Sie müsse studieren. Sie sagte, uns würden daraus keine Kosten entstehen. Den Flug werde sie bezahlen, Clara werde auch bei ihr wohnen. Sie werde mit den deutschen Behörden alles klären.«

»Das ist doch wie das große Los im Lotto«, bemerkte ich. »So eine Chance kommt nur einmal.«

Juanita musterte mich nachdenklich. »Wie würdest du dich fühlen, wenn jemand zu deinen Eltern kommt und sagt: Ich nehme Ihre Tochter mit. Sie hat Besseres verdient. Sie wird in großem Reichtum leben?«

Ich stutzte.

»Wovon träumst du, Jasmin?«

»Äh!« Ich wusste so schnell keine Antwort. Wovon hatte ich immer geträumt? Dass ich eine berühmte und gefeierte Schauspielerin wäre, dass mich ein Millionär mit Gestüt heiratete ... Das kam mir plötzlich alles kindisch und banal vor.

»... würdest du, wenn dir jemand Glück verspricht, Ja sagen und deine Familie verlassen, ohne nachzudenken?«

»Vermutlich nicht«, antwortete ich. »Aber das ist doch auch nicht vergleichbar. Ich habe im Prinzip alle Chancen.«

»Glaubst du, wir würden unsere Heimat nicht lieben? Die Berge, in denen wir geboren wurden, die Menschen, mit denen wir aufwuchsen. Glaubst du, wir würden nicht zuallererst unser Glück hier suchen?«

»Doch, das glaube ich schon, aber ...«

»Du hast auf alles ein Aber, Jasmin«, bemerkte Juanita ein bisschen spöttisch.

»Aber ...« Ich musste lachen. »Aber vermutlich wäre Clara nicht für alle Zeit fort gewesen, sondern nur für ein paar Jahre. Ihr hättet zumindest darüber nachdenken müssen.«

»Das haben wir, und Clara hat sich dagegen entschieden.«

»Aber doch nur, weil Tano Nein gesagt hat!«

»Vielleicht sagte Tano nur Nein, weil er spürte, dass Claras Angst zu groß war. Die Deutsche hat das nicht verstanden. Sie sagte harte Worte. Tano hat sie aufgefordert zu verschwinden. Am Tag darauf wurde Clara zum ersten Mal krank.«

»Dann ist es ja klar!«, ereiferte ich mich. »Claras Krankheit hat damit zu tun, dass sie nicht das Leben führen darf, das sie sich wünscht.«

Juanita schüttelte den Kopf. »Nein. Sie ist krank geworden, weil sie nicht Abschied nehmen konnte, weder von uns und den Bergen noch von ihren Träumen. Vor ihr lagen zwei Wege, die in zwei verschiedene Himmelsrichtungen führten. Tagsüber fütterte sie das Vieh und strickte Pullover, nachts träumte sie von Büchern und den fremden Wesen des tiefen dunklen Meeres. Eine Reinigungszeremonie reinigt nur von bösen Träumen und Claras Träume waren keine bösen Träume. Auch ich habe es erst so gesehen wie du. Ich habe Tano erklärt, dass Clara nur gesund wird, wenn er sie mit der Deutschen ziehen lässt. Und wenn sie tot ist, nütze sie ihm auch nicht mehr als Strickerin. Doch wenn er sie ziehen lässt, kommt sie vielleicht zurück und bringt viele Geschenke und Reichtum. Tano sah es ein und sagte schließlich Ja.«

»Ach!«

»Es gelang Damián, die Deutsche in Popayán zu finden, eine Woche bevor sie nach Deutschland fliegen wollte. Doch zwei Tage bevor der Flug ging, bekam Clara schweres Fieber, Krämpfe, Atemnot und Schmerzen in Händen und Beinen. Wir mussten befürchten, dass sie die Reise nicht überleben würde. Ihr Geist wollte die Berge verlassen, ihr Körper nicht. Sie war innerlich zerrissen.«

»Und jetzt?«, erkundigte ich mich. »Als wir sie zu dir nach Bogotá brachten, hast du gesagt, sie sei gesund. Was hat sich geändert?«

Juanita lächelte. »Sie hat ihren Weg gefunden. Sie hat die Berge verlassen, aber nicht das Land, das ihre Heimat ist.«

»Sie hätte auch eine höhere Schule besuchen müssen.«

Juanita nickte. »Doch als die Deutsche die Gegend verließ, war Clara schon achtzehn Jahre alt. Da wird man bei der staatlichen Schule nicht mehr genommen. Außerdem war sie krank. Sie dachte nur an die Deutsche und an den Weg, den sie ihr gezeigt hatte. Sie war blind für jeden anderen Weg. Und eines Tages erzählte man sich, die Deutsche sei zurückgekommen. Sie habe sich ein Haus in San Andrés de Pisimbalá gekauft. Tano fluchte.«

»War sie denn wegen Clara zurückgekommen?«, fragte ich.

Juanita nickte. »Die Deutsche hatte sich in eine Idee verliebt. Sie war besessen von dem Gedanken, Clara zu retten und ihr zu einer besseren Zukunft verhelfen zu müssen. Es hätte auch ein anderes Indiomädchen sein können, aber nun war es eben Clara.«

Bei uns nannte man es das »Helfersyndrom«. Simon hatte es mir erklärt. Seiner Überzeugung nach hatten es Entwicklungshelfer. Sie berauschten sich an der Idee, Menschenleben zu retten und Zukunft zu schaffen. Dafür nahmen sie dann alle Entbehrungen in Kauf. Bei meinem Vater hatte Simon es auch diagnostiziert. Bei meiner Mutter dagegen nicht. Deshalb vertrug sie das Klima von Bogotá wohl immer noch nicht.

»Und so hat Tano einfach beschlossen«, fragte ich, »die Deutsche zu entführen?«

»Eigentlich wollte er sie töten.«

»Reizend! Und wieso hat er dann ... ?«

»Damián hat vorgeschlagen sie zu entführen.«

»Damit hat er Susanne das Leben gerettet!«

Juanita nickte. »Deshalb meinte er wohl, er hätte keine andere Wahl, als Tano bei ihrer Entführung zu helfen.«

»Hatte er denn eine?«

»Man hat immer eine andere Wahl«, antwortete Juanita. »Man muss nur die Seele reinigen von aller Angst, allem Hass und aller Feindseligkeit.«

»Er hätte Susanne warnen können!«, fiel mir ein.

»Das hat er versucht. Er hat sie besucht und ihr gesagt, sie müsse verschwinden. Es gebe Leute, die sie entführen wollten. Sie verlangte von ihm, dass er ihr Namen nenne oder zur Polizei gehe. Das konnte Damián nicht. Er hatte gerade sein Stipendium für das Colegio Bogotano zugesprochen bekommen. Die Schule hätte ihn nicht genommen, wenn sein Name oder der seines Onkels im Zusammenhang mit Entführungsplänen genannt worden wäre. Unsere Ortschaften waren – und sind immer noch – von Paramilitärs besetzt. Vermutlich fühlte die Deutsche sich sicher. Aber Tano und seine Leute brauchten bloß nach San Andrés de Pisimbalá zu ziehen und die Paras in ein Scharmützel zu verwickeln und so abzulenken. Ich sah Damiáns Unglück und warnte Tano. Ich sagte ihm, ich würde Yat Pacyte verlassen, wenn der Deutschen etwas geschähe. Aber Tano war so gefangen in seinem Hass und seiner Gier auf Lösegeld, dass er glaubte, er brauchte mich nicht mehr in seinem Haus. Und so geschah es, dass er mit seinen Leuten nach San Andrés de Pisimbalá zog. Damián eilte zu der Deutschen und erzählte ihr, die Schießerei gelte ihr. Diesmal ging sie mit ihm. Tano passte sie in den Bergen ab und nahm die Deutsche mit sich.«

»Aber dann hat Damián doch versucht sie zu retten!«

»Aber es war so halbherzig durchgeführt«, sagte Juanita, »dass Tano Erfolg hatte. Ich glaube, Damián weiß bis heute nicht, was er damals wirklich gewollt hat. Ich habe Yat Pacyte noch am selben Tag verlassen.«

Juanitas Erzählung fachte meine Hoffnungen wieder an, dass Damián weniger schuldig war, als er behauptete. Und wenn das so war, musste Susanne Schusters Entführung nicht zwischen uns stehen. Vor allem dann nicht, wenn es uns gelang, sie zu beenden.

»So eine Reinigungszeremonie ...«, fragte ich vorsichtig. »Was bewirkt die?«

»Sie reinigt den Geist von allem, was bei einer Entscheidung hinderlich ist, zum Beispiel Angst, Zorn oder Hass.«

»Und was … was müsste ich da tun?«

»Du musst nichts tun. Du musst nur etwas zulassen.«

»Muss ich Drogen nehmen?«

Sie lachte. »Nein. Es ist keine schwarze Magie, nur graue.«

»Und … wann? Ich meine … ich muss noch zur Polizei. Aber vermutlich kann ich das auch morgen machen.«

»Also heute Abend.«

»Und Damián? Du hast doch gesagt, er solle dabei sein?«

»Ich werde ihn fragen.«

»Und wie?« Ich stellte mir eine telepathische Anfrage vor.

»Clara wird ihm eine E-Mail schicken, heute Abend, wenn sie nach Hause kommt. Sie sagt, er sei jeden Tag am Computer in der Bibliothek in der Universität.«

»Also gut, ich … werde kommen.«

Ich würde Damián wiedersehen! Das war die Hauptsache. Und schaden konnte es vermutlich nicht, sagte ich mir.

Dennoch machte ich mich besorgt auf den Heimweg. Wie sollte ich das meinen Eltern verklickern? Sie würden mich sicher nicht zu einer indianischen Zeremonie fortlassen. Schon gar nicht nach Einbruch der Dunkelheit. Und Elena fiel als Alibi aus, nachdem ich sie so beleidigt hatte.

Und wenn Damián heute Abend außerdem gar nicht kam, weil er Claras E-Mail erst morgen las? Wenn ich ganz umsonst bei meinen Eltern den Aufstand probte?

Wieder fühlte ich mich furchtbar allein. Und ich vermisste Damián. Es war kaum zum Aushalten. Ich sehnte mich nach seinen warmen Fingern, die sich zwischen meine flochten, meine Haut gierte nach seiner Berührung. In jeder freien Minute hatte ich gestern und heute jede Sekunde unseres nächtlichen Gesprächs im *El Refugio* in meine Erinnerung gerufen. Immer wieder hatte ich seine männliche Begierde gespürt, die Sehnsucht seines Körpers, mich zu besitzen, die mich im ersten Moment erschreckt hatte und jetzt mit wohliger Erregung erfüllte. So fühlte es sich an, wenn ein Mann eine Frau begehrte. Es war überwältigend. Warum nur war ich zurückgezuckt, statt ihm deutlich zu machen, dass ich es auch wollte? Wieso hatten wir es nicht getan in dieser Nacht? In der ersten und vielleicht einzigen Nacht, die uns gehört hatte.

Mir klopfte nachträglich das Herz, heftig und schmerzhaft. Alles in mir wusste, Damián war der Mann, dem ich mein Leben anvertrauen wollte und konnte, nur mein Kopf schien es noch nicht so genau zu wissen. In meinem Kopf saßen meine Eltern und ihre Bedenken. Ich war zu ängstlich gewesen! Er hatte es gespürt und nur meine Hand gehalten und seine Geschichte erzählt. Eine Geschichte, mit der er die Bedenken meiner Eltern unterstützt hatte. Ich bin nichts für dich. Mein Leben ist zu hart. Es ist vom Tod begleitet. Du kannst nicht gutheißen, was ich tun muss. Die kulturellen Unterschiede sind zu groß. Es geht nicht.

»›Geht nicht‹ gibt's nicht«, pflegte meine Tante Valentina zu sagen.

»Deine Sprüche immer!«, seufzte meine Mutter dann gern.

Valentina war das Gegenteil von ihrer Schwester, meiner Mutter. Sie war groß und dick und lachte gern. Sie leitete ein Unternehmen, dessen genaue Tätigkeit mir nie klar geworden war. Sie und ihre Leute berieten Firmen bei Auslandsinvestitionen.

Seit ich denken konnte, schwiegen meine Eltern, wenn sie gerade über Valentina gesprochen hatten und ich ins Zimmer trat. Die männlichen Namen, die in Zusammenhang mit ihr genannt wurden, waren immer wieder andere. Ich erinnerte mich, dass ich sie als Kind einmal gefragt hatte, warum sie keinen Mann habe. »Weil mir einer zu wenig ist«, hatte sie darauf geantwortet. Das hatte ich damals nicht verstanden. Als ich älter war, erklärte mir Mama, dass meine Tante beziehungsunfähig sei. Sie liebe niemanden außer sich selbst.

Wie kann man sich selbst lieben?, hatte ich mich gefragt. Im Grunde fragte ich es mich bis heute. Und jetzt noch mehr. Denn die Liebe war ein Gefühl, das man für einen anderen empfand. So wie ich für Damián. Mit mir konnte ich immer leben, von mir musste ich mich nicht trennen. Die Liebe aber war etwas anderes. Die Liebe war der Schmerz, zu wissen, dass mein Herz brach, wenn ich nicht mit Damián zusammen sein konnte.

Nicht mit ihm leben können war wie eine rasende Fahrt in einen finsteren Tunnel, der nicht mehr enden würde.

– 39 –

Ich stieg in den TransMilenio um und ließ mich zur Universidad Nacional bringen. Ich musste mit Damián reden, heute noch! Ich musste sicherstellen, dass er erfuhr, dass seine Mama Lula Juanita heute Abend mit uns eine Reinigungszeremonie durchführen würde.

Eigentlich hätte ich, kaum dass ich aus dem Bus gestiegen war, auf das ziegelrote Gebäude der Wirtschaftswissenschaftler stoßen müssen. Aber die Ciudad Universitaria, die sogenannte Universitätsstadt, war riesig. Auf der Fassade des Hauptgebäudes am Plaza de Santander prangte das Gesicht von Che Guevara, so wie ich es von T-Shirts und Plakaten kannte. Während ich über den Campus lief, wählte ich auf meinem Handy die Nummer meiner Mutter im Labor. Eine Kollegin erklärte mir, sie sei nicht da. Sie sei den ganzen Tag nicht da gewesen. Sie habe sich doch krank gemeldet.

Peinlich! Ich erklärte, ich sei vorher in die Schule gegangen und hätte es nicht mitbekommen, und bat um Entschuldigung. Wieso war meine Mutter heute Mittag, als ich vorzeitig aus der Schule kam, nicht zu Hause gewesen?, fragte ich mich. Wo war sie eigentlich? Estrellecita nahm das Telefon ab. Ich fragte sie, ob meine Mutter jetzt da sei. Sie war es nicht. Und viel wichtiger als die Frage, wo meine Mutter steckte, war es Estrellecita, zu erklären, dass das Telefonat, bei dem ich sie vorhin überrascht hatte, nur ganz kurz gewesen sei. Ihr Großvater habe einen Schwächeanfall erlitten, sie habe in der Apotheke angerufen. »Das ist schon in Ordnung, Estrellecita«, sagte ich. Es war mir so was von egal!

Meine Mutter hatte kein Handy. Sie mochte die Dinger nicht. Sie fand, dass sie ihre Neigung zu Kopfschmerzen verstärkten. Ich überlegte kurz, ob ich meinen Vater anrufen sollte. Aber dann hätte ich alle verrückt gemacht. Vielleicht war es meiner Mutter nicht recht. Zum ersten Mal fragte ich mich, was sie eigentlich den ganzen Tag machte, wenn sie nicht arbeiten ging. Leichte Unruhe beschlich mich.

Aber darum konnte ich mich jetzt nicht kümmern. Ich betrat das markante rote Gebäude der Wirtschaftswissenschaftler und mein Herz klopfte aus ganz anderen Gründen. Würde Damián dort sein? Würde er sich freuen mich zu sehen? Als ich ihn damals in der Bibliothek des Colegio Bogotano am Computer überraschte, hatte er sich nicht gefreut. Das Bild stand mir noch vor Augen. Seine überraschte, fast erschrockene Miene, die steile Falte zwischen seinen Brauen. Rasch und leise war er hinausgehuscht. Und als ich ihn kürzlich bei den Anthropologen gesehen hatte, war er ebenfalls sofort verschwunden.

Was hatte er eigentlich dort gesucht? Ein Wirtschaftswissenschaftler kam doch nicht zufällig bei den Anthropologen vorbei? Es kam mir auf einmal merkwürdig vor. Doch vielleicht lag es an den Spuren der Unruhe, die die Suche nach meiner Mutter hinterlassen hatte.

Wieder verstand ich, warum man Bogotá auch die Hauptstadt der Bücher nannte, so liebevoll und hell, wie die Bibliothek sich präsentierte. Es war still und roch nach Büchern. Und es gab ungefähr zwanzig Computerplätze, die alle besetzt waren.

Er kehrte mir den Rücken zu. Er saß an einem Computer und unterhielt sich mit einem Mädchen mit schwarzen Haaren und großen goldenen Kreolen in den Ohrläppchen. Ich ging direkt auf sie zu. Das Mädchen sah mich zuerst und hob den Blick. Daraufhin drehte sich auch Damián um.

Überraschung flackerte über sein ernstes Gesicht, dann lächelte er.

Er lächelte! Ich war erleichtert. So wenig kannten wir uns, dass ich nicht wusste, wie er reagieren würde, wenn ich ihn in seinem Bekanntenkreis überraschte. Er schien mich besser zu kennen. Immerhin hatte er mich nachts in meinem Hotelzimmer besucht. Er musste sich schon sehr sicher gewesen sein, dass ich nicht in hysterisches Geschrei ausbrechen würde und er mir willkommen war.

Er stellte mich dem Mädchen vor, einer Studienkameradin, deren Namen ich sofort wieder vergaß. Wir machten ein bisschen Small Talk, sie fragte, wie es mir in Kolumbien gefalle. Ich sagte, der Campus sei sehr schön. Sie lächelte zwischen Damián und mir hin und her und verabschiedete sich bald.

»Damián, ich muss mit dir reden«, platzte es aus mir heraus. »Die Polizei war bei uns, ich muss demnächst eine Aussage machen. Ich komme gerade von Juanita und sie sagt …«

»Langsam!«, sagte er. Er lächelte immer noch. Sein Blick war weich und zugleich mächtig und eindringlich. Ich spürte seine Hand an meinem Ellbogen. Wärme floss mir durch die Glieder. Die Hektik der letzten Stunden fiel von mir ab und Ruhe breitete sich in mir aus. Alles würde gut. Wenn wir nur zusammen waren! Es gab keine andere Lösung. Das wusste ich jetzt. Wir mussten da gemeinsam durch.

Wir stiegen die Treppen hinunter. Ich ging wie im Nebel. Mir war, als sei es nun entschieden. Als würde ich ein Leben lang so neben ihm gehen dürfen, egal wohin. Seine Wärme überbrückte den kleinen Abstand zwischen uns, seine Hand berührte gelegentlich meine. Ich spürte seine Schritte in den Bewegungen seines Körpers neben mir. Es war, als sei er ich und ich sei er. Ich spürte seine tiefe Freude darüber, dass ich gekommen war. Dass ich mich nicht von dem hatte abschrecken lassen, was er mir vor zwei Nächten erzählt hatte. Es war richtig, was ich tat.

Wir redeten, während wir aus dem Gebäude traten und uns zum Park wandten, über banale Dinge.

»Hast du keine Schule?«, fragte er.

»Und du, musst du nicht in ein Seminar?«

Er lachte. »Sieht so aus, als würden wir beide heute den Unterricht schwänzen.«

»Wo gehen wir hin?«

Er deutete auf einen Pfad, der zwischen zwei Gebäuden in den grünen Park führte. »Wie viel Zeit hast du?«

Ich guckte auf die Uhr. »Eine Stunde. Um sechs muss ich daheim sein.« Ich dachte an meine Mutter und ihre seltsame Abwesenheit, vergaß den Gedanken aber sofort wieder. Mein Handy war angestellt. Also, wenn was war …

Fast alle Wände der Gebäude waren von Graffiti bedeckt. »Das Herz schlägt links«, las ich auf einem grün-roten Bild. »Seien wir Realisten, tun wir das Unmögliche.«

Einige Leute spielten Frisbee in den Anlagen. Jogger trabten die Wege entlang. Radler rasten in alle Himmelsrichtungen, die Kuh der Universität lag auf der Wiese und käute wieder. Es war bekannt, dass in dem Park auch Pferde und Hunde lebten. Es war ein kleiner, aber dichter grüner Urwald, in den wir hineinkamen. Damián ergriff meine Hand und flocht seine Finger durch meine.

»Wo wohnst du eigentlich?«, fragte ich.

»In einer Studentenherberge. Ich wohne mit einem Spanier und einem Franzosen zusammen.«

»In einem Zimmer?«

Er nickte. In dieser riesigen Stadt gab es, so schien mir, keinen Flecken, wo wir alleine sein konnten. Es gab nur eine abseits gelegene Bank zwischen zwei alten Bäumen.

Wir setzten uns. Damián wandte sich mir zu und musterte mich mit seinen schwarzen Augen. »Und nun erzähl, Jasmin. Was ist los? Worüber willst du mit mir sprechen?«

»Die Polizei ist dabei ...«, sprudelte es aus mir heraus. Aber auf einmal schien mir das eine von den aufgeregten Unwichtigkeiten zu sein, mit denen wir unser Leben verplemperten. Ich lächelte und schaute Damián in die Augen. »Ich wollte einfach mit dir zusammen sein, Damián. Ich wollte dir sagen, dass ich ...« Ja, was genau wollte ich ihm sagen?

Er lächelte aufmerksam.

»Ich wollte sagen«, fuhr ich stockend fort, »dass ich zu dir stehe.«

Damiáns Finger hielten inne.

»Deine Großmutter Juanita schlägt vor, dass wir ...« Ich lachte unwillkürlich verlegen. »Dass wir so einen ... na ja, sie nennt das Reinigungszauber machen. Heute Abend.«

Erstaunen malte sich auf Damiáns Gesicht.

»Sie sagt«, fuhr ich fort, denn ich hatte auf einmal Angst, Damián werde Nein sagen, »es würde uns Klarheit verschaffen. Und es kann ja nicht schaden, oder?«

Damián lächelte. »Wenn du da so rangehst, kann es auch nicht helfen, Jasmin. Ein Zauber schadet niemandem, wenn er nicht daran glaubt, aber er hilft dann auch nicht.«

»Glaubst du denn daran?«

»Ich bin mit Juanita in einem Haus aufgewachsen. Ich kenne ihre Fähigkeiten. Ich weiß, dass sie die Macht hat. Ja, Jasmin ...« Er nickte. »Ich glaube daran.«

»Warum hast du dann nie erlaubt, dass Juanita bei dir einen Reinigungszauber macht?«

»Wie kommst du darauf?«

»Ich komme gerade von ihr. Sie hat mir erzählt, dass sie es dir angeboten hat, dass du es aber nicht wolltest. Das war, als du entdeckt hast, dass du lieber Frieden stiften willst, als den bewaffneten Kampf deines Onkels fortzuführen.«

Zwischen seinen Brauen erschien die steile Falte. »Ach so. Nun, Juanita hat einen ganz eigenen Blick auf die Dinge.«

»Stimmt es nicht?«

»Doch, Jasmin. Alles, was wir übereinander sagen, stimmt irgendwie. Was hat sie dir denn noch erzählt?«

»Dass ihr damals eigentlich alle innerlich zerrissen wart, zumindest Clara und du. Und dass du bis heute nicht weißt, ob du deinem Onkel geholfen hast, Susanne Schuster zu entführen, absichtlich, meine ich.«

Damián senkte den Blick. Sein Atem ging tief und heftig. Sein Blick suchte Ausflüchte und blieb im grünen Dickicht hängen. Man sah nichts von der Stadt, aber sie rauschte um uns herum und übertönte den Wind in den Bäumen.

Ich streichelte seine Hand. »Was ist? Bitte sag es mir.«

Er hob den Blick. »Meine tapfere Jasmin«, sagte er leise. »Du willst einfach nicht wahrhaben, dass es für uns keine gemeinsame Zukunft gibt.« Er strich mir mit dem Handrücken über die Wange. »Du bist eine Kämpferin. Ich bin sehr stolz darauf, dich zu lieben!«

Er sagte es einfach so, aber mir fuhr es in die Glieder. Er liebte mich. Es war das erste Mal, dass er es in der Sprache sagte, in der er fühlte und träumte: auf Spanisch. Lange hatte ich darauf gewartet, und nun tat er es, als sei es eine Selbstverständlichkeit. Nein, keine Selbstverständlichkeit, das nicht, sondern als sei es etwas, worauf er auch noch besonders stolz war.

Auch ich war stolz darauf, Damián zu lieben. Aber ich konnte es ihm nicht so sagen. Es schien ihm auch nicht wichtig zu sein. Er zweifelte nicht an mir, er glaubte an mich. Sein Blick war zärtlich. In seiner Haltung lag eine Ruhe und Kraft, die mich überwältigte.

Unwillkürlich hob ich meine Hand und strich ihm über die Wange. Es war wie ein elektrischer Schlag. Im nächsten Moment küssten wir uns. Der Wald, in dessen Nische wir saßen, schloss sich um uns mit seiner mächtigen Stille. Damián schlang seine Arme um mich. Auf einmal fand ich es natürlich und schön, dass seine Hand über mein Schlüsselbein rutschte und meine Brust berührte. In seinem Körper zitterten Sehnsucht und Leidenschaft. Es war das Natürlichste von der Welt, dass ich die Härte seines Geschlechts spürte. Ich wünschte, dass wir jetzt sofort irgendwohin gehen könnten, wo wir alleine und ungestört gewesen wären. Ich wollte es. Keinen Augenblick hätte ich jetzt noch darüber nachgedacht. Ich sah wieder seinen Körper vor mir, wie ich ihn unter Wasser im Smaragdsee gesehen hatte. Gab es denn in dieser verdammten riesigen Stadt keinen Ort, wo wir allein sein konnten als zwei erwachsene Menschen, die sich liebten? Ja, ich war mit einem Mal erwachsen geworden. So kam es mir vor. Ich würde mit Damián schlafen.

Ein Gelächter irgendwo fern zwischen den Bäumen fuhr zwischen uns und katapultierte uns in die Wirklichkeit zurück. Wir lösten uns voneinander. Damiáns Augen schimmerten dunkel.

Wir brauchten einen Moment, um uns zu orientieren. Wir befanden uns in einer Grünanlage der Universität und es fiel uns schwer, nicht mehr zu tun, als verliebte Studenten im Park miteinander taten.

»Ich werde der Polizei mitteilen, dass ich im Zusammenhang mit der Entführung von Susanne Schuster den Namen Schwarzes Wasser gehört habe«, sagte ich irgendwann. »Ich werde sagen, ich hätte es in Yat Wala die Leute sagen hören. Was dann passiert, ist Sache des Militärs. Aber wenn Susanne ohnehin nicht mehr dort ist …«

»Es ist ganz egal, was du sagst, Jasmin«, unterbrach er mich. »Es wird nichts ändern.«

»Woran?«

»Das kann ich dir nicht sagen. Ich kann dir nur so viel sagen, dass Susanne Schuster bald freikommen wird.«

»Wieso? Wirst du …«

»Jasmin, bitte frag nicht! Und ich möchte dich auch bitten mit deinen Leuten nicht darüber zu reden. Ich meine, mit Elena oder deinen Eltern oder Mrs Melroy.«

Ein Anflug von Ärger streifte mich. Warum sprach er von meinen Leuten, als ob wir in einander feindlichen Welten lebten? Dabei fiel mir etwas ein. »Sag mal, als ich dich kürzlich gesehen habe, das war doch im Gebäude der Anthropologen.«

Damián runzelte die Stirn. Er spürte das Misstrauen, das mich veranlasst hatte die Frage zu stellen, was er dort gesucht hatte, auch wenn ich es nicht direkt aussprach.

»Mir hatte jemand erzählt«, antwortete er nach einer kleinen Pause, »dass ein Konzert mit indigenen Instrumenten stattfinden würde, und ich habe am Schwarzen Brett nachgeschaut, wann und wo es stattfindet.«

Ich schämte mich sofort. Es war eine einfache Erklärung, die keinen Raum für Misstrauen ließ. Was hatte ich eigentlich gedacht? Dass auch er bei Professor Torres y Torres gewesen war? Warum hätte er das tun sollen? Es war vertrackt. Aber wie sollte ich ihm auch voll vertrauen, wenn er aus seinem Denken und Tun immer wieder ein Geheimnis machte?

Damiáns Lächeln war nachsichtig. »Ich glaube«, sagte er, »Juanita hat Recht. Und wenn du es willst, dann werde ich mit dir zusammen die Reinigungszeremonie machen.«

Ich nickte. »Ich möchte es tun, Damián.«

Und ich wollte es tatsächlich in diesem Moment, ich glaubte wirklich, dass es unsere einzige Chance war, unsere Liebe von allen Irritationen und Gefühlen des Misstrauens und der Unsicherheit zu reinigen. Danach, so glaubte ich, würde ich wissen, was ich von ihm denken und wie ich mich verhalten und was ich tun musste.

»Ich weiß nur noch nicht«, räumte ich ein, »wie ich das meinen Eltern beibringe. Aber zur Not … zur Not schleiche ich mich irgendwie davon.«

Damián brachte mich zur Bushaltestelle in der Calle 30, ohne mich an der Hand zu nehmen. Wir gingen nebeneinanderher wie andere Studentinnen und Studenten auch. Zwischen anderen Studenten warteten wir auf den Bus und redeten nichtige Dinge. Damián erklärte mir, dass die Universität auch La Nacho genannt wurde und die Studenten Nachos oder aber Tirapiedros, Steinewerfer, nach den Protesten und Schlachten mit der Polizei im vergangenen Jahr.

Die ganze Zeit hatte ich das verrückte Gefühl, als ob uns der Beschluss, uns Juanitas Magie anzuvertrauen, einander nähergebracht und zugleich voneinander entfernt hätte. Immerhin hatten wir uns verabredet. Zum ersten Mal. Wir würden uns wiedersehen. Das war zum ersten Mal sicher nach all den Monaten, die wir uns jetzt kannten. Deshalb standen wir entspannt beieinander, im Vertrauen, dass es ein Morgen geben werde. Bisher hatten wir uns jedes Mal aneinandergeklammert wie Ertrinkende, die jeden Moment auseinandergerissen werden konnten. Und dennoch vermisste ich in diesem Moment die drängende Suche seiner Hand nach meiner. Ach, es war alles so schwierig! Wirklich. Nichts war eindeutig und klar. Meine Gefühle wechselten von Euphorie, Ruhe und Vertrauen unmittelbar zu Unruhe, Verzweiflung und Angst.

Er küsste mich zum Abschied, viel zu kurz und zu schnell, fast flüchtig. Ich stieg in den Bus und setzte mich ans Fenster. Da stand er unten, ein schmaler junger Mann mit breiten Schultern und pechschwarzem Haar, mit seinem schönen bronzefarbenen Gesicht, dem Ernst in den Augen, einem Lächeln auf den Lippen, und hob die Hand zum Abschiedsgruß.

Als der Bus rollte, überfiel mich eine fürchterliche Angst. Ich versuchte herauszufinden, wovor. Vielleicht war es die Angst, Juanitas Zeremonie würde mir klarmachen, dass ich von Damián lassen musste. Denn das war es, was mir die Vernunft die ganze Zeit zu sagen versuchte. Es war das, was meine Eltern sagten. Dabei verdankte Susanne Schuster Damián eigentlich ihr Leben. Und wenn sie bald freikam, wie Damián behauptet hatte, wer würde dann in ein paar Jahren noch darüber nachdenken, ob Damián mehr hätte tun können, um sie vor der Entführung zu bewahren?

Nein, ich hatte keine Angst davor, dass Juanitas Reinigungszeremonie mir die Liebe zu Damián nehmen würde. Ich hatte Angst davor, dass ich Damián nie wiedersehen würde, jetzt, wo wir uns zum ersten Mal verabredet hatten.

– 40 –

Außer Estrellecita war niemand zu Hause, als ich kurz vor sechs eintrudelte. Sie saß mit dem fertigen Abendessen in der Küche. Im Wohnzimmer war gedeckt.

»Wo sind sie alle?«, fragte ich.

Sie zuckte mit den Schultern. Es hatte auch niemand angerufen, um zu sagen, dass sie später kämen.

Ich erlöste Estrellecita und schickte sie nach Hause, damit sie sich um ihren kranken Großvater kümmern konnte. Sie bedankte sich überschwänglich und eilte davon.

Ich blieb in der leeren Wohnung zurück und sichtete hastig die Anrufliste meines Handys, aber niemand hatte versucht mich zu erreichen. Ich wählte die Nummer der Abteilung meines Vaters im San Vicente. Eine der Schwestern erklärte mir: »Ihr Vater ist bei Ihrer Mutter.«

Ich fiel aus allen Wolken. Meine Mutter war im Krankenhaus. Was sie genau hatte, konnte oder wollte mir die Schwester nicht sagen. Sie sei auf der neurologischen Abteilung. Die Schwester versprach meinem Vater zu sagen, dass er mich anrufen solle. Mein Vater benutzte im Krankenhaus sein Handy nicht. Deshalb konnte ich mich nicht mit ihm in Verbindung setzen. Ich überlegte, ob ich doch lieber gleich ins Krankenhaus fahren sollte. Mit dem Bus oder mit einem Taxi? Doch wenn ich jetzt losfuhr, kam ich womöglich im Krankenhaus an, nachdem mein Vater sich eben – vielleicht zusammen mit meiner Mutter – auf den Heimweg gemacht hatte.

Seltsamerweise machte ich mir um meine Mutter keine besonders großen Sorgen. Das Essen wurde kalt auf den Herdplatten in der Küche. Warum rief mein Vater nicht an? Starb meine Mutter gerade? Oder war sie schon tot und er mochte mir das am Telefon nicht sagen? Ich kam zu dem Schluss, dass ich ins Krankenhaus fahren musste. Wenn meine Mutter tot war, brauchte mein Vater mich jetzt. O Gott, wenn Mama tot war … Panik flackerte in mir auf.

Ich hatte mich gerade wieder angezogen und den Schlüssel eingesteckt, als das Telefon klingelte. Es war Papa. Er fragte zuerst: »Wo hast du gesteckt? In der Schule warst du nicht und zu Hause auch nicht. Oder es war besetzt!«

Er hätte auf meinem Handy anrufen können. Aber das sagte ich nicht. Es war nicht der Moment für große Erklärungen. »Was ist mit Mama?«, unterbrach ich ihn.

»Sie ist auf der Straße umgekippt«, antwortete er. »Heute früh. Man hat sie zunächst in ein städtisches Krankenhaus gebracht. Die Ärzte dachten, sie hätte die akute Höhenkrankheit, ein Hirnödem. Jemand hat ihr die Handtasche geklaut, deshalb hatten die Ärzte keinen Ausweis. Aber zum Glück hat irgendwann ein Kollege sie erkannt und mich angerufen.«

»Aber …« Mir fielen ganz viele Aber ein. Wenn meine Mutter sich am Morgen im Labor krankgemeldet hatte, was ging sie dann raus auf die Straße? Wenn sie etwas gebraucht hatte, aus der Apotheke zum Beispiel, hätte sie Estrellecita schicken können. Doch es war jetzt auch nicht der Moment für mein Aber.

»Ich habe sie dann hierhergeholt«, fuhr mein Vater fort.

»Und was hat sie jetzt?«

»Das ist unklar. Kopfschmerzen, Bewusstseinsstörungen.«

»Soll ich kommen?«

»Nein, das ist nicht nötig. Du kannst hier nichts tun. Mach dir keine Sorgen, Jasmin. Ich werde die Nacht im Krankenhaus verbringen.«

»Okay. Wenn du meinst ...« Ich war unsicher. »Sie kommt doch wieder in Ordnung?«

»Ich denke schon. Aber vielleicht müssen wir ...« Er unterbrach sich. »Darüber reden wir später.«

»Und was ist mit der Polizei? Ich muss noch mein Protokoll machen, oder?«

»Da habe ich schon angerufen. Wir gehen morgen oder übermorgen. Es eilt nicht.«

Ich empfand ganz ungehörige Erleichterung. Außerdem war ich froh, dass mein Vater momentan nicht den Kopf hatte nachzufragen, warum ich heute Mittag weder in der Schule noch zu Hause erreichbar gewesen war. Gleich darauf überfiel mich das schlechte Gewissen. Ich hätte mich um meine Mutter sorgen müssen, aber ich hatte nur an mich und an Damián gedacht.

Und ich dachte auch jetzt sofort an die Möglichkeiten der unverhofft geschenkten Freiheit dieser Nacht. Ich konnte sofort zum Waldhaus fahren und mich Juanitas Reinigungszeremonie unterziehen. Ich musste nichts erklären, nicht lügen – jedenfalls jetzt noch nicht –, ich musste nicht über den Balkon flüchten. Ich konnte meine Verabredung mit Damián einhalten. Alles war plötzlich ganz leicht.

Zwei Minuten stand ich im Flur und überlegte. War da irgendwo ein Haken? Würde mein Vater sich umentscheiden und doch noch nach Hause kommen?

Ich holte Papier aus meinem Zimmer, schrieb: »Übernachte bei Elena, Küsschen Jasmin«, und legte den Zettel auf den Esstisch. Damit er meinem Vater auch auffiel, falls er doch noch heimkam, musste ich noch schnell das Geschirr abräumen, das Estrellecita gedeckt hatte.

Alles erledigt? Dann los!

Sonderlich gut fühlte ich mich nicht, als ich den Bus bestieg. Ich hätte meinen Vater wenigstens fragen müssen. Meine Mutter lag im Krankenhaus, womöglich starb sie, und ich war nicht da. Ich versuchte mich damit zu beruhigen, dass ich jederzeit auf meinem Handy erreichbar war. Erst auf den letzten Metern zum Tor des Waldhauses gelang es mir, die Stachel meines Gewissens abzuschütteln. Ich tat ja nichts Böses. Ich tat nichts, was gegen alle Vernunft war.

»Was ist los?«, fragte Juanita, als ich in die Hütte eintrat, in der sie und Clara am Tisch saßen. Damián war auch schon da.

»Meine Mutter ist im Krankenhaus«, antwortete ich.

Es berührte mich ganz sonderbar, Damián in der Hütte seiner Mama Lula Juanita zu sehen. Es schien, als gebe er ihr eine besondere Wärme, als fülle er sie mit Kraft und Energie. Zum ersten Mal fiel mir auf, wie klein die Hütte war.

»Oh!«, rief Clara erschrocken. »Was Schlimmes?«

»Ich weiß nicht«, sagte ich.

»Aber Angst musst du um sie nicht haben«, bemerkte

Juanita. Erst viel später wurde mir klar, dass sie in diesem Moment nur meine Gefühle las und keineswegs eine Zukunftsprognose abgab. Ich war außerdem gänzlich mit Damiáns Lächeln beschäftigt, mit dem Glitzern in seinen dunklen Augen, dem Widerschein des Feuers und der Öllampen auf seiner seidig glatten Haut.

Er stand auf und gab mir einen kurzen Kuss, so wie es unter Liebenden üblich war. Clara lächelte breit. Und mir schwindelte vor Glück. Zum ersten Mal gab es so etwas wie Normalität zwischen Damián und mir. Wir mussten uns nicht verstecken. Die kleinen Gesten der Zuneigung und Zärtlichkeit waren nicht verboten. Auf einmal kam mir alles, was ich in den letzten Wochen gedacht und gefühlt hatte, meine Qualen der Unsicherheit, der Zweifel und die Schmerzen, nur noch halb so dramatisch vor. Vielleicht hatte Damián und mir immer nur die Normalität gefehlt, der Anstandsbesuch bei meinen Eltern, ein Kinobesuch, Kaffeetrinken in einer Bar, Spazierengehen, ein paar Partys.

Juanita stellte mir einen Tinto hin, einen Kaffee.

»Trink! Wir gehen gleich los«, sagte sie und machte sich daran, ein paar Dinge von den Regalen, aus ihren Körben und Hausecken in eine Decke zu sammeln, die sie nach der typischen Art der Indios zusammenrollte und sich vor dem Schlüsselbein verknotete, so dass der Inhalt wie ein Rucksack auf ihrem Rücken hing.

»Wo gehen wir hin?«, fragte ich.

»Eine Reinigungszeremonie muss an einem fließenden Gewässer stattfinden«, erklärte Clara. Sie wirkte heiter und unbeschwert, so als hätte sich für sie bereits alles geklärt. Ich nahm mir vor sie nachher zu fragen, ob sich für sie etwas Glückliches ergeben hatte, ein Job, eine erste Liebe …

»Und wo gibt es hier ein fließendes Gewässer?«, fragte ich. Mir fielen eigentlich nur Abwasserkanäle ein.

Clara zwinkerte. »Vertrau dich Mama Lula an. Sie kennt den Berg.«

Damián nahm mich bei der Hand. Ich spürte, wie meine zappeligen Finger in seinen noch einmal kurz aufbegehrten und dann ruhig wurden.

Es war eine laue Nacht, die Luft war geschwängert mit dem Duft von Nachtblüten, die um Nachtfalter warben. Das ewige Rauschen der Stadt wurde gelegentlich übertönt von den Rufen und Schreien von Getier. Es hätte mich nicht gewundert, einen Jaguar brüllen zu hören, so komplett war die Illusion von Urwald und Wildnis am Hang hinter der Hütte.

Juanita ging mit ihrem humpelnden Schritt voran. Sie trug die Petroleumlampe. Damián hatte dagegen eine starke Taschenlampe dabei. Clara kam wie selbstverständlich auch mit.

Von mir aus hätte der Weg nie enden müssen. Nie hatte ich mich Damián näher gefühlt. Seine Finger waren locker durch meine geflochten, manchmal schloss er die Hand, als ob er sich versichern wollte, dass ich noch da war und ihn spürte, und als ob er mir sagen wollte: Ich bin bei dir und ich freue mich, dass du bei mir bist.

Wir gingen in den Himmel.

Plötzlich standen wir an einem Bach. Im Licht unserer Lampen sprang das Wasser blitzend über Steine und verschwand zwischen Gebüsch und Wurzeln in der Dunkelheit. Juanita legte ihren Sack ab, schlug die Decke auseinander und begann die Gegenstände zu ordnen und zu verteilen. Sie füllte eine Tonschale mit Wasser und streute Pulver.

Ich wollte schon fragen, wann es losging, dann merkte ich, es hatte längst begonnen. Die Zeit war vorüber, wo ich, Jasmin Auweiler aus Konstanz, noch was zu sagen gehabt hätte. Längst hatte Juanita Zeit und Raum übernommen. Sie band Damián und mir Wollfäden ums Handgelenk, sie umrundete uns und streute dabei schwarzes Pulver um uns herum, sie befeuchtete den Finger und malte uns mit dem Pulver Zeichen auf die Stirn. Dabei murmelte sie atemlos und beinahe tonlos Worte und Sätze, die ich nicht verstand.

Ehrlich, ein bisschen lächerlich war es schon. Sogar ziemlich lächerlich. Wenn ich das Vanessa erzählt hätte oder Vanessa so etwas mir erzählt hätte, wir hätten uns totgelacht. Da standen Damián und ich, so wie wir vorhin unsere Häuser verlassen hatten, ganz und gar moderne Menschen, in Jeans und Regenjacken mit Turnschuhen an den Füßen und – zumindest ich – Handy in der Tasche beim Schein einer Petroleum- und einer Taschenlampe und ließen uns die Stirn zeichnen und von einer hinkenden Alten mit langen Zöpfen umrunden, die indianische Sprüche murmelte, mit einem Federbündel wedelte, uns mit Wasser besprengte, mit Staub bewarf, wieder besprengte, uns die roten Wollfäden von den Handgelenken riss und schließlich ein verdorrtes Tier ins Mondlicht hielt, das – wie mir schlagartig einfiel – der mumifizierte Fötus eines Lamas sein musste.

Ich schaute Damián an. Er lächelte und ergriff meine Hand. Ich fand es beruhigend, dass man lächeln durfte. Mir fiel auf, dass wir überhaupt die ganze Zeit Menschen blieben. Es war nichts dabei, wenn Clara hustete oder kurz auflachte oder Juanita sich ausgiebig am Hals kratzte und einmal nicht recht weiterzuwissen schien. Ich fragte mich, wo eigentlich der Zauber war. Ich spürte nichts.

Der Wind strich mir übers Gesicht und ich wischte einen Tropfen weg, der mir in den Kragen zu rollen drohte. Sterne leuchteten zwischen den Baumkronen. Ich konnte mich nicht erinnern, dass ich in Bogotá jemals die Sterne gesehen hatte. Wenn nicht dicke Sturmwolken sie verdeckten, dann verschleierte sie die Dunstglocke über der Stadt.

Und dann hörte ich Damiáns Stimme. Doch sie kam nicht von ihm, der neben mir stand, mit geschlossenen Lippen, die Augen auf seine Mama Lula Juanita gerichtet, und meine Hand hielt. Seine Stimme war in mir.

»Wir werden uns wiedersehen«, sagte er. »Irgendwann.«

»Das klingt, als würdest du dich gerade von mir verabschieden, Damián.«

»Es gibt keinen Abschied zwischen uns beiden«, antwortete seine Stimme in mir. »Wir gehen nur zwei verschiedene Wege, die zum selben Ziel führen. Wir werden uns wiedertreffen. Doch jetzt braucht deine Mutter dich und dein Vater braucht dich auch noch. Du kannst sie nicht verlassen. Sie würden es nicht verstehen. Du würdest sie zornig und traurig zurücklassen.«

»Unmöglich!«, protestierte ich. »Das ist mein Leben!«

»Ja, das ist dein Leben, Jasmin. Du musst es so leben, wie es dir bestimmt ist. Und ich muss mein Leben leben. Ich kann nicht mit dir gehen. Ich kann meine Schwester und meine Großmutter nicht ihrem Schicksal überlassen. Ich habe noch etwas zu tun, Jasmin. Ich muss etwas in Ordnung bringen.«

»Meinst du das mit der Geisel?«

»Auch.«

»Aber du willst dich doch nicht opfern, Damián! Du wirst nicht sterben?«

»Nein. Ich will mich nicht opfern, Jasmin. Cuene, der Gott des Blitzes, hat uns vor vielen Hundert Jahren schon das Menschenopfer erlassen.«

»Wie Gott im Alten Testament dem Abraham, der seinen Sohn Isaak opfern wollte und im letzten Moment dafür einen Widder erhielt.«

»Ja, so. Deshalb opfert Juanita ihm heute ein ungeborenes Lama. Es ist im Mutterleib gestorben mit einer Seele, die ganz Liebe ist und nichts weiß von Falschheit und Lüge. Auch wir müssen vielleicht ein Opfer bringen, Jasmin. Aber wir müssen nicht uns opfern. Unsere Liebe darf nur nicht auf Egoismus gegründet sein. Wir können denen, die wir bisher geliebt haben, nicht den Rücken kehren. Du würdest es dir nie verzeihen, wenn deine Eltern an dich künftig nur mit Trauer und Enttäuschung denken könnten, und ich würde nicht vergessen können, wenn ich meine Leute enttäuscht und im Stich gelassen hätte.«

»Aber ich will nicht leben ohne dich. Mein Leben hätte keinen Sinn mehr!«

»Scht! Jasmin!«, raunte er in mir. »Unsere Liebe ist noch nicht zu Ende gelebt. Wir sind jung. Wir haben noch viel Zeit. Viele Jahre, Jasmin. Und es werden andere Zeiten kommen in diesem Land. Es wird Frieden herrschen. Dann werden wir uns wiedertreffen. Je mehr wir daran arbeiten, desto eher wird das sein. Wir müssen unsere Ziele mit Leidenschaft und Ehrlichkeit verfolgen, und wenn unser Leben nur durch unsere Liebe Sinn bekommt, dann werden sich unsere Wege unweigerlich wieder treffen. Hab Geduld, Jasmin. Vertrau dir selbst. Du kennst deinen Weg.«

»Ich habe Angst, Damián.«

»Ich auch, Jasmin. Aber es ist unnötig.«

Juanita rieb erst mir, dann Damián mit einem Bündel aus würzigen Kräutern das schwarze Zeichen von der Stirn. Und so unmerklich, wie sie begonnen hatte, war die Zeremonie vorüber. Die Alte räumte ihren Krempel zusammen, wickelte den schaurigen Lamaembryo sorgfältig in ein Tuch und machte eine Bemerkung darüber, dass man sie nur noch in Peru bekam.

Ich schaute Damián an. Er erwiderte meinen Blick ruhig. Ich wusste plötzlich, dass unser Gespräch wirklich stattgefunden hatte, wenn auch nur in unserem Inneren.

Hand in Hand gingen wir den Weg zurück. Ich weiß nicht, was Clara und Juanita taten, ich achtete nicht auf sie. Wir sprachen kein Wort. Es musste nichts mehr gesagt werden.

Vorhin war es mir vorgekommen, als gingen wir in den Himmel. Jetzt kamen wir von ihm herab. Aber es war kein Weg in die Hölle, es war der ins Leben. Ich erwartete nicht, dass es einfach werden würde, aber ich hatte doch auch die Hoffnung, dass es erträglich würde. Ich würde studieren, immer mit dem Ziel, nach Kolumbien zurückzukehren. Wir würden uns schreiben, wir würden telefonieren. Meine Eltern würden sich allmählich an ihn gewöhnen. Vielleicht konnte Damián mich sogar einmal in Deutschland besuchen kommen. Wozu sonst war er auf eine deutsche Schule gegangen.

Als wir an der Hütte anlangten, kam es mir vor, als wäre ich lange weg gewesen. Die Stadt begann wieder zu rauschen. Meine Sorgen kehrten zurück: Meine Mutter lag im Krankenhaus, mein Vater war voller Angst und tief unglücklich. Aber ich fühlte mich erfrischt und munter. Ich würde es schaffen, mit all dem klarzukommen.

Ich erinnerte mich, dass ich auf dem Weg hierher davon ausgegangen war, dass ich die Nacht mit Damián verbringen würde, dass diese Nacht uns allein gehören, dass es unsere Nacht werden würde, auch wenn mir nicht recht klar gewesen war, wie das hätte gehen sollen in dieser Hütte, die nur einen Raum besaß, in dem Juanita und Clara lebten. Ich hatte vage gedacht, irgendwie werde das Schicksal uns schon günstig sein, irgendetwas werde sich ergeben. Doch jetzt erkannte ich meinen Irrtum. Es war Wunder genug, dass die Krankheit meiner Mutter mir unverhofft ein paar Stunden Freiheit geschenkt hatte.

»Ich muss jetzt wohl heim«, sagte ich.

Juanita nickte. Ich bedankte mich bei ihr, so gut es ging. Die kleine Alte mit den Zöpfen drückte mich so heftig an sich, dass ihr der Hut vom Kopf fiel. Darüber lachte sie herzlich.

»Ich bringe dich nach Hause«, sagte Damián.

Auch Clara umarmte mich zum Abschied. Ich erklärte ihr, dass ich wohl die nächsten Tage nicht kommen könne. Sie nickte und strich mir über die Wange. »Ich werde nie vergessen, was du und dein Vater für mich getan habt.«

Schweigend gingen Damián und ich den Weg zum Tor hinab. Unten empfing uns die helle Stadt mit ihrem rasenden Verkehr.

Ich dachte daran, wie Damián mir im obersten Stock des Bolívar-Hochhauses die Stadt erklärt hatte. Äonen war das her. Wie erschrocken waren wir beide damals gewesen. Total unsicher, ob unsere Empfindungen sich mit denen des anderen deckten. Ich musste lächeln. Es war aufregend gewesen, fast zu aufregend. Noch mal wollte ich das nicht erleben. Der Beginn einer Liebe war, ehrlich gesagt, fürchterlich. Was hatte ich gelitten! Diese Zweifel! Ein Moment Glückseligkeit und in der nächsten Minute Tränen der Verzweiflung. Nie wieder!

Wir bestiegen den Bus. In der dunklen Scheibe spiegelten sich unsere Gesichter. Damián hatte meine Hand ergriffen. Ich genoss die Ruhe zwischen uns beiden.

»Wenn ich wieder in Deutschland bin«, überlegte ich, »könnte ich versuchen, ob meine Schule eine Patenschaft für dein Uniprojekt übernimmt.«

Damián lächelte.

»Wir könnten Geld sammeln und Informationsveranstaltungen machen. Und dann werden wir dich natürlich auch mal einladen müssen. Praktischerweise kannst du Deutsch.«

»Das wäre schön. Ich würde gerne einmal Deutschland sehen.«

Die Fahrt war viel zu kurz.

Damián brachte mich bis zur Pforte der Wohnanlage *El Rubí* und blieb dann stehen.

Auf einmal schlug mir das Herz bis zum Hals. Jetzt musste ich ihn nur noch fragen, ob er mit hinaufkommen wollte. Die Wohnung war leer. Wir hatten – wiederum unverhofft – diese Nacht für uns allein. Aber traute ich mich wirklich?

»Damián ...«

Er fasste mit beiden Händen mein Gesicht und küsste mich, erst auf den Mund, dann auf die Nase, dann auf die Stirn und dann wieder auf den Mund.

»Wenn du möchtest, wir könnten ...«, versuchte ich es erneut. »Meine Eltern sind nicht ...«

Er küsste mich lang und sehnsüchtig. Er schlug die Arme um mich und drückte mich so heftig, dass mir buchstäblich die Luft wegblieb.

Ich spürte die Härte seines Geschlechts, ein Schauer von unbekanntem Verlangen schüttelte mich. Das war es wohl. Ich war bereit. Ja, ich war bereit.

»Komm!«, sagte ich, sobald ich wieder Luft bekam.

Nur widerstrebend lockerte er seine Umarmung. Doch ganz ließ er mich nicht los.

Wir standen eng voreinander.

»Jasmin«, flüsterte er und strich mir das Haar aus dem Gesicht. »Du bist mein Leben, mein Atem, das Haus meines Herzens. Ich möchte dich in meinen Armen halten und nie wieder loslassen. Aber ...«

Er blickte zur dunklen Scheibe des Pförtnerhäuschen hinüber.

»... ich kann da nicht hinein, Jasmin. Der Pförtner kennt mich. Und die Häuser haben Augen. Jemand würde deinem Vater davon erzählen.«

»Ich will nicht klug sein, Damián.«

Er lächelte. »Ich auch nicht, Jasmin.« Er küsste mich. »Aber wir müssen.«

»Und wann sehen wir uns wieder?«

»Morgen, Jasmin, oder übermorgen. Ich melde mich bei dir. Ich habe ja deine Handynummer. Ich rufe dich an.«

Und noch einmal küsste er mich, so überwältigend und heftig, so atemberaubend und mit solcher Brutalität und männlicher Begierde, dass ich in seinen Armen erstarrte wie ein kleines Tier in den Fängen des Jaguars, gelähmt von unsagbarer Vorfreude auf eine mir unbekannte, aber unzweifelhaft unaussprechlich lustvolle Erfüllung. So also fühlte sich Hingabe an, grenzenloses Vertrauen, völlige Selbstaufgabe, unsägliches Glück.

Irgendwann aber musste auch das enden. Damián riss sich von mir, wandte sich ab und ging mit langen Schritten davon.

– 41 –

Der Regen rauschte. Angst juckte wie ein böser Pickel unter meinem Brustbein, als ich am Morgen aufstand. Es war ein Scheißgefühl. So als ob heute etwas Furchtbares passieren würde, weil ich es versäumt hatte, etwas Bestimmtes zu tun. Als ob meine Mutter über Nacht gestorben wäre oder heute sterben würde. Und nur weil ich gestern nicht ins Krankenhaus gefahren und sie besucht hatte.

Aber hatte Juanita nicht gesagt, ich brauchte mir um meine Mutter keine Sorgen zu machen? Ich dachte an ihren Reinigungszauber und die Angst fiel von mir ab. Ja, es war ein echter Zauber gewesen, ein guter Zauber, er hatte Damián und mich einander so nahegebracht, wie sich zwei Menschen kommen konnten. Alles wird gut.

Estrellecita hatte mir Kaffee und Brötchen hingestellt, die denen eines deutschen Frühstücks ziemlich nahekamen. Aber ich hatte nicht den geringsten Hunger. Ich war angefüllt mit mächtigen Gefühlen, die keinen Platz ließen für Brötchen mit Butter und Marmelade.

Ich musste Estrellecita natürlich von meiner Mutter erzählen. Sie war sofort in heller Sorge. »Du musst deinen Vater anrufen!«, sagte sie. »Du musst ihn anrufen, gleich!«

Ich gehorchte. Eine Schwester erklärte mir, mein Vater habe sich gerade zum Schlafen hingelegt. Meine Mutter habe die Nacht gut überstanden. Ich solle mich mittags wieder melden. Sie werde meinem Vater sagen, dass er dann im Büro sein solle.

Auf dem Weg zur Schule fiel mir ein, dass ich mich gestern mit Elena verkracht hatte. Ich hätte sie unbedingt am Abend noch anrufen müssen, um es in Ordnung zu bringen. Aber ich hatte überhaupt nicht mehr an sie gedacht. Auf einmal kam es mir vor wie ein furchtbarer Fehler.

Worüber waren wir eigentlich in Streit geraten? Sie hatte Damián unterstellt, er hätte unsere Befreiung und Rettung in Popayán nur inszeniert, damit ihr Vater Leandro sich der Sache der Indígenas verpflichtet fühlte. Und ich hatte ihr vorgehalten, ihr Vater sei undankbar und es komme ihm ganz gelegen, wenn Damián als Geiselnehmer von Susanne Schuster verhaftet oder erschossen würde, weil er sich dann später die Killer sparen könne, die Damián töten würden, falls er als Politiker zu mächtig wurde. Was für ein bescheuerter Streit! Es war alles haltlose Spekulation gewesen. Absolut kindisch!

Was waren wir Menschen doch dumm, streitsüchtig, egoistisch und gemein. Und ich war da keine Ausnahme. Als ob es keine anderen Probleme in der Welt gab als unsere eigenen kleinen Ängste, Enttäuschungen und Wünsche. Als ob da draußen nicht Millionen von Menschen ohne Wohnung und Essen auf der Straße lebten, täglich im Schlamm aus der Smaragdmine nach dem großen Glück gruben oder fern aller Ärzte und Krankenhäuser an einer banalen Krankheit starben.

Elena stand am Eingang des Schulgebäudes, als ich über den Campus ging. Sie drehte sich von mir weg, kaum dass sie mich sah, und trat ins Gebäude. Ich rannte ihr hinterher und holte sie auf der Treppe ein.

»Elena«, sagte ich, »ich möchte dich um Entschuldigung bitten. Es tut mir leid, was ich gestern gesagt habe.«

Sie blieb stehen und blickte mich skeptisch an.

»Ich wollte gestern Abend bei dir anrufen«, log ich, »aber meine Mutter liegt im Krankenhaus.«

»Oh!«, sagte Elena, sofort besorgt. »Was Schlimmes?«

»Weiß man noch nicht. Sie ist auf der Straße umgekippt. Sie war den ganzen Tag verschwunden. Man hat nicht gewusst, wer sie war, weil ihr die Handtasche geklaut wurde. Man hat gedacht, sie hätte die akute Höhenkrankheit, wohl, weil sie Ausländerin ist. Papa hat die ganze Nacht im Krankenhaus verbracht.«

»Das ist ja schrecklich!« In Elenas mitfühlenden Augen spiegelten sich die Sorgen, die ich mir um meine Mutter hätte machen müssen. Ich kam mir ziemlich schäbig vor. So leicht hätte Elena es mir nicht machen müssen. Sie nahm selbstverständlich an, dass ich vor lauter Sorge um meine Mutter ganz kopflos gewesen war, und verzieh mir. Von der Reinigungszeremonie konnte ich ihr nun nichts mehr erzählen. Wir würden nie wieder das vertrauensvolle Verhältnis haben, das wir einmal gehabt hatten. Ich hatte ihr zwar früher auch nicht alles genau so erzählt, wie es gewesen war. Aber diesmal hatte ich sie richtig angelogen. Das war das Ende jeder Freundschaft.

Tränen sammelten sich hinter meinen Augäpfeln. Es war nur der Anfang. Alles ging an diesem Tag kaputt.

Vom Unterricht bekam ich nichts mit. Ich starrte aus dem

Fenster in den Regen und fragte mich, warum es mir nicht gelang, um meine Mutter Angst zu haben. Lag es daran, dass sie ständig Kopfschmerzen hatte, dass es ihr eigentlich immer schlecht ging und ich nicht wusste, was ich tun musste, damit es ihr besser ging? Aber ist es wirklich deine Aufgabe, deine Eltern glücklich zu machen? An diesem fürchterlichen Tag begriff ich plötzlich, dass es eine Sache zwischen meinem Vater und meiner Mutter war, was sich da gerade abspielte. Es ging nicht um mich. Ich konnte meine Mutter nicht glücklich machen. Sie erwartete von meinem Vater, dass er es tat.

Wieder fragte ich mich, was meine Mutter gestern vorgehabt hatte. Warum war sie aus dem Haus gegangen? Was hatte sie an all den Tagen gemacht, an denen sie sich krankgemeldet hatte und mein Vater und ich nicht zu Hause gewesen waren? Sie hat einen Liebhaber, ist doch klar, hätte Vanessa gesagt. Und Elena? Sie steckte voller Skandalgeschichten über die Liebschaften und Affären ihrer Kreise. Ihre Antwort wäre vermutlich genauso ausgefallen. Deshalb konnte ich mit ihr darüber auch nicht sprechen. Sie hätte es brühwarm ihrer Mutter erzählt und eine neue Skandalgeschichte hätte in unseren Kreisen zu kursieren begonnen.

In der Mittagspause ließ ich Elena alleine in die Mensa vorgehen – ich hatte noch immer keinen Hunger – und rief meinen Vater an. Er war wider Erwarten tatsächlich in seinem Büro und nahm sofort ab. Ich hörte seiner Stimme an, dass er sich ernstlich Sorgen machte. Was er mir erzählte, passte dazu nicht recht. Die Medikamente schlügen an, sagte er, aber sie werde noch mindestens eine Nacht im Krankenhaus bleiben müssen. Ich könne sie besuchen. Sie werde sich sicher freuen.

Es klang, als sei er sich da gar nicht sicher. Sehr seltsam.

Ich marschierte ins Rektorat und meldete mich für den Nachmittagsunterricht ab, um ins Krankenhaus zu fahren.

Mama lag in einem abgedunkelten Raum, hatte kleine müde Augen und freute sich kaum, mich zu sehen. Sie gab sich Mühe zu lächeln, aber Tränen liefen ihr aus den Augen.

»Was ist denn los, Mama?«, fragte ich.

Sie schüttelte nur den Kopf.

Als ich ging, hatte ich den Eindruck, sie verabschiede sich für immer. Ich ging Papa suchen. Er erklärte mir, sie habe eine schwere Depression. Und dann sagte er plötzlich: »Wir werden nach Deutschland zurückkehren. So schnell wie möglich. Ich habe den Flug schon gebucht. Wir fliegen am Freitag.«

Ich war total geplättet. »Aber das geht doch nicht so einfach.«

»Tante Valentina weiß Bescheid. Ihr könnt erst einmal bei ihr wohnen.«

»Wieso ihr?«, fragte ich.

»Ich werde eine Woche später wieder hierherkommen, nur für ein bis zwei Monate. Es gibt einiges zu regeln, die Wohnung ... den Umzug ... ich muss noch ein paar Behandlungen zu Ende bringen. Die Leute verlassen sich auf mich.«

»Dann will ich auch hierbleiben. Bei dir!«

»Das geht nicht, Jasmin. Ich kann mich nicht um dich kümmern.«

»Ich bin doch kein kleines Kind mehr, Papa! Außerdem müsste ich mitten im Schuljahr die Schule wechseln und ...«

»Glaubst du, dass wäre in zwei Monaten einfacher? Du

bist jetzt gerade mal ein halbes Jahr raus aus deiner Schule und davon gehen auch noch die Sommerferien ab. Das neue Schuljahr hat gerade erst angefangen.«

»Und wenn ich nicht will? Wenn ich hierbleiben will? Wer fragt mich eigentlich mal, was ich will?«

Mein Vater blickte mich an, ohne mich wirklich zu sehen. »Mich fragt auch niemand, was ich will, Jasmin. So ist das nun einmal. Wenn du erwachsen sein willst, dann musst du damit leben lernen. Du kannst nicht mehr einfach sagen: Ich will oder ich will nicht. Es gibt Pflichten, Notwendigkeiten. Ich habe es mir auch anders vorgestellt, glaub mir.«

Er schaute mich so erschlagen und müde an, dass mir der Protest im Hals stecken blieb. Sein Traum ging gerade kaputt. Aber, verdammt noch mal, meiner auch!

»Was ist denn los mit Mama?«, fragte ich. »Ich meine, wirklich!«

Er lächelte traurig. »Manchmal denke ich, du bist doch nicht für den Arztberuf geboren, Jasmin. Du hast ... wie soll ich das ausdrücken? ... Du hast nicht den Blick für Symptome. Es interessiert dich nicht wirklich brennend herauszufinden, was jemandem fehlt. Das ist mir so richtig klar geworden bei unserer Reise zur Mine von Inza. Du hast nicht danach gedrängt, mir im Medizinzelt zu assistieren. Es hat dich nicht wirklich interessiert, die Menschen zu behandeln.«

»Aber du berufst dich doch immer auf die ärztliche Schweigepflicht!«, fuhr ich auf.

»Und damit gibst du dich zufrieden?« Er lächelte. »Ich habe schon als kleiner Junge jede Wunde verbunden und bei meiner halben Verwandtschaft Diabetes, Leberleiden und Alkoholismus diagnostiziert.«

Ich musste wider Willen lachen. »Das fand deine Verwandtschaft sicher super. Aber was hat das jetzt mit Mama zu tun?«

»Nichts.« Mein Vater war ziemlich konfus. »Aber ist dir nie aufgefallen, dass es ihr nicht gut geht?«

»Sie hat ständig Kopfschmerzen. Ja sicher, das ist mir aufgefallen.«

»Und was hast du dir dabei gedacht?«

»Wird das jetzt eine Prüfung oder was?«

»Nein, Jasmin, tut mir leid. So ist das nicht gemeint.« Der verlorene Blick meines Vaters bekam wieder etwas mehr Peilung. »Vielleicht ist es gut so, dass du dich da rausgehalten hast. Vielleicht tun Kinder das, um sich zu schützen.«

»Wovor denn, Papa?«, fragte ich erschrocken.

Er blickte mich an mit seinen grauen Augen. Ich hielt es fast nicht aus.

»Deine Mutter ist schwer depressiv, sie nimmt seit Jahren Medikamente. Es fing nach deiner Geburt an, Jasmin. Wir haben nie mit dir darüber gesprochen. Kinder glauben immer, sie seien schuld daran, wenn es ihren Eltern nicht gut geht. Aber es hat mit dir nichts zu tun, auch dass Mama bald wieder arbeiten ging, weil sie es daheim nicht ausgehalten hat.« Mein Vater senkte den Blick und wischte ein Stäubchen von seinem Schreibtisch. »Irgendwie sind uns unsere Träume abhandengekommen. Ich dachte, Kolumbien würde uns guttun. Neue Herausforderungen, neue Erlebnisse. Ich habe mich geirrt. Sie findet es grauenvoll hier. Sie hat jeden einzelnen Tag gelitten. Die Höhenluft, das Klima, der viele Regen, die Gewalt auf den Straßen, die Armut an jeder Ecke. Sie ist todunglücklich. Zu lange habe ich geglaubt, sie verstecke ihre Niedergeschlagenheit und Ablehnung hinter

Kopfschmerzen, und mir weiter keine Gedanken gemacht. Aber jetzt hat sich herausgestellt, dass es ein sehr ernstes Problem gibt. Sie könnte jeden Augenblick einen schweren Schlaganfall erleiden. Ihre Blutgefäße im Gehirn halten den geringen Luftdruck nicht aus. Sie platzen. Diesmal war es nur eine kleine Ader. Deshalb kann sie sich nicht erinnern, warum sie gestern aus dem Haus gegangen ist, sie war desorientiert. Sie hat nicht mehr gewusst, wo sie ist, und ich glaube, so ganz weiß sie es immer noch nicht. Aber das wird wieder. Je eher sie wieder in Deutschland ist, in vertrauter Umgebung bei vertrauten Personen, desto besser.«

– 42 –

»Aber ich will nicht!«, schrie alles in mir, als ich mit dem Bus nach Hause fuhr.

Mein Vater wollte auch diese Nacht bei meiner Mutter im Krankenhaus verbringen. Erst viele Jahre später hat er mir erklärt, dass er sich damals ernstlich Sorgen machte, meine Mutter könnte ihre letzte Kraft dazu benutzen, das Bett zu verlassen und sich vom Krankenhausdach zu stürzen.

Immerhin war ich inzwischen leidlich besorgt um meine Mutter, allerdings auch wütend. Und zwar so was von wütend. Das also war es. Meine Eltern bekamen ihr Leben nicht auf die Reihe. Und ich musste alles mitmachen. Mein Vater hatte irgendwie gehofft, ein Auslandsaufenthalt hole meine Mutter aus ihrem Trott heraus und es käme irgendwie alles wieder in Ordnung. Aber war es je in Ordnung gewesen? Und warum hatte er mich nicht gewarnt? Verdammt: Ich hatte dieses Jahr in Kolumbien nie gewollt. Ich hatte es für eine blöde Idee gehalten. Ich hatte sie gewarnt! Das ist Sozialromantik, hatte ich gesagt. Wie hatte mein Vater nur ernstlich glauben können, dass das, was ihm gefiel, meiner Mutter helfen würde ihre Depression zu überwinden? So blöd konnten auch nur Männer sein.

Aber auf mich hatten sie ja nicht gehört. Also hatte ich mich damit abgefunden und das Beste daraus gemacht. Viel mehr, als ich mir hätte träumen lassen: mein Wunder. Und jetzt? Von heute auf morgen sollte ich weg. Einfach so. Die Flüge waren schon gebucht. Nur zwei Tage noch.

Zwei Tage!

Und warum wollte mein Vater wieder hierher zurück? Meine Mutter brauchte ihn doch. Das war eine Sache zwischen meinen Eltern. Sie wollte doch sicher, dass mein Vater bei ihr war. Aber er kniff. Von wegen den Hausstand auflösen und Behandlungen zu Ende führen! Was für eine fadenscheinige Ausrede! Er musste bei seiner kranken Frau in Deutschland sein. Das war das Einzige, was er musste. Doch stattdessen kehrte er hierher zurück und ich musste in Konstanz bleiben. Das war unfair!

Außerdem konnte ich jetzt nicht gehen. Nicht jetzt! Das ging gar nicht. Es war ganz und gar unmöglich. Nicht schon übermorgen. Totale Panik überfiel mich. Nur noch zwei Tage! Dann war alles zu Ende. Schluss, aus, vorbei!

Gut möglich, dass ich Damián vor unserer Abreise gar nicht mehr sah. Meine Panik schraubte sich ins Unendliche. Und selbst wenn, wie sollte ich diesen Abschied aushalten? Wie überlebte man so was? Hatten Eltern das Recht, so brutal Schicksal zu spielen? Mit einem »Ich habe die Flüge schon gebucht« konnten sie alles abschneiden, abreißen, für immer zerstören, was ich angeknüpft hatte: Freundschaften, die Liebe, Träume, Zukunft.

Durften sie das? Ja, juristisch waren sie im Recht. Ich war noch nicht volljährig. Was ich wollte, zählte nicht. Sie konnten es berücksichtigen, wenn es ihnen gefiel, und wenn es ihnen nicht in den Kram passte, dann galt es einfach nichts.

Stell dich nicht so an! Du bist ja noch jung. Du wirst schon einen anderen Mann finden, den du genauso liebst.

Das war nicht fair!

Es war einfach nicht fair.

Estrellecita wartete in der Wohnung. Sie wollte alles ganz genau wissen. Ihr Mitgefühl war wortreich und belehrte mich darüber, wie ich eigentlich empfinden musste. Meine Mutter war krank, ich musste verrückt sein vor Sorge, ich musste alles tun, damit es ihr wieder besser ging. Sie brauchte mich jetzt.

Es gelang mir erst, sie zu beruhigen, als ich ihr erzählte, dass wir am Freitag nach Deutschland fliegen würden. Und noch mehr beruhigte es sie, als sie erfuhr, dass mein Vater eine Woche später zurückkommen und noch ein oder zwei Monate in dieser Wohnung wohnen und ihre Dienste in Anspruch nehmen würde. So war ihre Welt wenigstens in Ordnung.

Als sie gegangen war, setzte ich mich an den Computer. Ich hatte von Damián keine Telefonnummer, aber immer noch seine E-Mail-Adresse beim CRIC. Er hatte zwar versprochen mich heute anzurufen, aber bis jetzt hatte er es nicht getan. Um zur Uni zu fahren, war es zu spät. Er war vermutlich nicht mehr dort und die Adresse seiner Studentenbude hatte ich nicht. Also schrieb ich ihm, dass wir uns morgen sehen müssten, weil ich übermorgen mit meinen Eltern das Land verlassen musste.

Was konnte ich noch tun?

Mit einem Mal wurde mir klar, dass ich auf keinen Fall wegkonnte. Unter keinen Umständen. Das würde ich nicht mit mir machen lassen. Punktum.

An diesem Punkt meiner Überlegungen rief Elena an. Ich erzählte ihr die ganze Katastrophe.

»Aber das ist doch kein Problem«, sagte sie sofort. »Du kannst bei uns wohnen, falls dein Vater sich nicht um dich kümmern kann. Ich frage gleich nachher meine Eltern. Sie haben bestimmt nichts dagegen. Und deine Mutter schicken wir erst einmal in unser Haus an der Karibikküste. Da kann sie sich von der Höhenluft erholen. Und zu Weihnachten sind wir dann alle dort.«

Das war die Lösung. Hoffnung loderte in mir auf. Doch kaum hatte ich aufgelegt, fiel sie in sich zusammen. Mein Vater würde es ablehnen. Es hatte keinen Sinn, ihn anzurufen. Er hatte seine Entscheidung getroffen. Was sollte meine Mutter am Meer? Und überhaupt: Wer sollte sich dort um sie kümmern? Nein, Jasmin. Mach dir keine Hoffnungen. Erwachsene hatten stets tausend Argumente, warum sie das tun mussten, was sie aus ganz anderen Gründen taten. Mein Vater gab auf, setzte dem Ganzen ein Ende. Die vorzeitige Rückkehr nach Deutschland war sein Opfer. Hoffentlich würde meine Mutter es zu würdigen wissen.

Ohne noch groß zu überlegen, ging ich in mein Zimmer und packte das Nötigste in meine Reisetasche. Ich wagte kaum zu denken, was ich da tat. Es war, als handle mein Körper losgelöst von mir. Er packte den Waschbeutel, steckte Pass und Papiere ein, packte Wäsche, Regenkleidung, Jeans und Stiefel. Mein Kopf war wie leer gefegt, so als ob er sich weigerte zu Ende zu denken, was das bedeutete.

Sonst hätte ich mir sagen müssen, dass ich alles aufgab. Ab morgen würde ich nicht mehr zur Schule gehen. Denn mein Vater würde nach mir suchen und mich in Colegio Bogotano finden. Also würde ich kein Abitur machen. Auch bei Juanita und Clara würde ich höchstens eine Nacht bleiben können. Mein Vater wusste, wo sich das Haus im Wald befand. Er hatte Clara mit mir zusammen dorthin gebracht. Ich würde arbeiten gehen müssen, als Putzfrau in einem großen Kaufhaus oder als Kellnerin. Hätte ich nachgedacht, ich hätte vielleicht Zweifel bekommen, ob Damián mich in seiner Studentenbude aufnehmen konnte oder wollte.

Ein letztes Mal ging ich durch die Wohnung mit ihren dunklen spanischen Möbeln und den immer kalten Steinböden. Ich vergewisserte mich, dass der Herd abgestellt und die Fenster geschlossen waren. Sollte ich den Schlüssel mitnehmen oder dalassen?, fragte ich mich.

Und vielleicht sollte ich meinem Vater doch noch einen Brief schreiben.

Als ich am Tisch saß und nicht wusste, was genau ich schreiben sollte, kam mir zum ersten Mal der Gedanke, wie ungeheuerlich mein Vorhaben war. Angst packte mich. Warum nur konnte man mit Eltern nie in Ruhe reden? Sie waren immer nur mit sich selbst beschäftigt. Meine Sorgen waren ihnen völlig egal. Ich liebte Damián, er war der einzige Mann, mit dem ich leben wollte, aber das galt ihnen nichts. Sie dachten nur über ihre Liebe nach und wie sie sie wiederbeleben und erhalten konnten.

»Lieber Papa«, schrieb ich. »Bitte mach Dir keine Sorgen um mich. Ich kann nicht mit Euch nach Deutschland zurückkehren. Es tut mir leid. Doch es geht nicht. Ich liebe Damián. Ich kann nicht ohne ihn leben. Deshalb gehe ich fort. Aber für mich ist gesorgt. Es wird mir gut gehen. Ich liebe Dich. Jasmin.«

Es war alles gelogen, dachte ich. Jedenfalls stimmte es nicht ganz. Ich wusste nicht, ob für mich gesorgt sein würde.

Ich wusste nicht, ob Damián wirklich jetzt schon mit mir leben wollte. Ich wusste nur, ich konnte nicht übermorgen ins Flugzeug steigen und für immer fortgehen, ohne wenigstens einen Versuch unternommen zu haben, mein eigenes Glück zu erringen.

Ich ließ das Blatt Papier auf dem Esstisch liegen, nahm meine Reisetasche und verließ die Wohnung. Da ich die Tür von außen abschließen musste, nahm ich den Schlüssel mit und warf ihn unten in den Briefkasten.

Die Abenddämmerung stürzte sich mit tropischer Hast auf die Stadt. Ich verzichtete auf ein Taxi und fuhr ein Stück mit dem Bus. Ab jetzt würde ich mein Geld zusammenhalten müssen. Viel war es nicht, was ich besaß. Mit der schweren Reisetasche über der Schulter marschierte ich die mir so vertraute Calle 110 entlang. Es war stockfinster, als ich das blaue Tor mit den indianischen Pfosten erreichte. Erst gestern war ich an der Hand von Damián den Pfad herabgegangen. Er hatte die Pfützen und Bohlen im Schlamm mit der Taschenlampe beleuchtet. Jetzt lag er in völliger Dunkelheit. Die Bäume standen so dicht, dass auch das Mondlicht nicht bis auf den Boden drang. Ich tastete mich förmlich den Weg hinauf. Immer wieder trat ich neben die Bretter in Pfützen. Meine Sneakers waren bald bis auf die Socken nass. Der finstere Weg wollte nicht enden.

Und etwas stimmte nicht. Ich hörte nichts. Es war zu still. Juanitas Hündchen bellte schon lange nicht mehr, wenn es mich kommen hörte, aber die Ziege meckerte immer. Außerdem fehlte jeglicher Funke von Licht, der mir Orientierung gegeben hätte. Ich stand urplötzlich vor dem Haus. Beinahe wäre ich gegen die Wand gerannt.

Ich tastete nach der Tür. Sie war unverschlossen, wie immer. Im Haus roch es nach kaltem Feuer. Ich fand Streichhölzer an der Stelle, wo sie immer lagen, und entzündete die Petroleumlampe. Im flackernden Licht der Ölfunzel kam mir der Raum groß und fremd vor. Dann erkannte ich, was anders war. Auf dem Herd stand kein Topf, die Regalbretter an den Wänden waren leer, die bunten Decken auf Juanitas und Claras Bettstatt fehlten. Die Matratzen waren nackt. Das Haus war verlassen und leer. Juanita und Clara waren fort.

Auf dem Tisch, an dem Clara und ich so viele Nachmittage gesessen hatten und unseren Studien nachgegangen waren, leuchtete etwas im Schein der Lampe weiß auf. Es war die Kugel aus Kautschuk an der Kordel aus Pflanzenfasern, die Damián Clara in Yat Wala gegeben hatte, damit sie wusste, wie sie ihn erreichen konnte. Die Zeichen, die ein Daumennagel hineingedrückt hatte, waren andere und überdeckten Damiáns E-Mail-Adresse.

Unter der Kugel lag ein beschriebener Zettel. Ich erkannte Claras ordentliche Handschrift. Der Text war in *Nasa Yuwe* verfasst. Er lautete: »Behalte das als Erinnerung an mich und Damián. Juanita hat es mit einem Glückszauber versehen. Such uns nicht! Wir sind in Sicherheit. Leb wohl.«

Ich begriff gar nichts. Warum waren sie fort, warum so plötzlich? Gestern hatte nichts danach ausgesehen. Waren sie geflohen? Der Text wirkte wie eine Botschaft in Geheimsprache, die ein Fremder, der zufällig ins Haus kam, nicht verstehen würde, auch die Polizei nicht. Wer konnte schon *Nasa Yuwe*? Und so las ich ihn immer wieder, in der Hoffnung, die geheime Botschaft hinter dieser Nachricht zu entdecken, den Hinweis, wo Clara und Juanita denn nun steckten. Aber ich fand die Antwort nicht.

Mein erster Gedanke war, dass sie nach Yat Pacyte zurückgekehrt waren, aber dann sagte ich mir, dass sie genau dort auf keinen Fall hingegangen sein konnten. Sie waren geflohen, vor der Polizei, vor dem Militär, vor Tano oder den Killern der FARC. Hatten sie es gestern schon gewusst? Oder hatten sie es heute erst entschieden, weil sie nicht wussten, was ich der Polizei erzählen würde? Oder war etwas ganz anderes geschehen?

In mir stürzte der ganze Mut der letzten Stunden zu einem Häuflein Asche zusammen. Wo sollte ich nun hin?

Mein Blick fiel wieder auf die Kautschukkugel. Ich nahm sie hoch. Über Damiáns E-Mail-Zeichen war eine dreieckige Maske geritzt, die mit schwarzer und roter Farbe eingefärbt worden war. Auf der anderen Seite befand sich eine zusammengekrümmte Figur, die mich an den Lamaembryo von der Zeremonie gestern erinnerte. Das Zeichen der Unschuld, mit der jeder Mensch ins Leben trat. In manchen Gegenden in Bolivien wurden bis heute gedörrte Embryos in die Grundmauern eines Hauses eingebaut, zum Schutz und Segen. Aber was bedeutete das mir? Niemals hatte ich mich dem Kulturkreis Damiáns fremder gefühlt als in diesem Moment.

Was für ein schäbiger Witz war das hier angesichts der Situation, in der ich mich befand! Ich hatte mein Zuhause verlassen, um mit Damián und seinen Leuten zu leben. Ich hatte mich entschieden und alles aufgegeben, was bisher mein Leben ausgemacht hatte. Und wo waren sie? Weg. Fort. Ohne mir mehr zu hinterlassen als ein »Leb wohl!«, »Such uns nicht!« und eine Kugel aus Kautschuk an einem Naturfaserband.

Wütend ballte ich die Faust um die Kugel! Sie fühlte sich warm an. Sehr warm. Wie eine Stichflamme schoss mir die

Hitze den Arm hinauf und strömte in meinen Körper. Ich wollte die Kugel fallen lassen, aber meine Hand schien mir nicht gehorchen zu wollen. Erst fühlte ich mich wie gelähmt, dann erkannte ich, dass sich totale Ruhe in mir ausbreitete. Es wurde ganz klar in meinem Kopf.

Ich sah meine Zukunft. Ich sah meinen Weg. Er war undeutlich und verschwommen. Ich sah sein Ende noch nicht, aber ich wusste, ich hatte nur diesen einen Weg. Und die Nebelberge des Cauca lagen nicht an der Strecke. Aber das war nicht schlimm. Denn ich sah mich – ganz in der Ferne – an der Seite eines Mannes, dessen Gesicht ich nicht erkennen konnte. Es waren viele Menschen um uns herum, sie schrien, sie jubelten. Und ich war keine Ärztin, ich war eine Art Sprecherin. Ich übersetzte, was der Mann an meiner Seite sagte. Was das alles bedeutete, war mir nicht klar, aber es war unausweichlich, es war vorgezeichnet, es war mein Wille. Ich, Jasmin Auweiler aus Konstanz, hatte diesen Weg vor mir, bevor ich dort ankam, wo ich geliebt werden würde, aber ich würde es schaffen. Es war keine Vision von »Alles wird gut«, es war eher eine kalte Gewissheit, dass etwas in mir steckte, was genauer als mein Verstand wusste, wofür ich geboren worden war, zur Schule gegangen sein und studiert haben würde.

Hätte ich das nicht so sicher gewusst, ich hätte wohl die nächsten Tage nicht überlebt.

Ich band mir die Kautschukkugel um den Hals. Sie lag warm und glatt in der Halskuhle zwischen den Schlüsselbeinen. Dann nahm ich meine Reisetasche und die Öllampe und verließ für immer das Haus im Wald. Zum letzten Mal ging ich den matschigen Waldweg hinunter. Am Torpfosten löschte ich die Öllampe und ließ sie zurück.

So sah das also aus, wenn Jasmin Auweiler beschloss davonzulaufen und ihr eigenes Leben zu leben. Sie fuhr mit dem Taxi zurück zur *Residencia El Rubí*, stocherte eine halbe Stunde im Briefkasten herum, bis sie den Wohnungsschlüssel wieder herausgefischt hatte, schloss die Wohnung auf, nahm den Brief an ihren Papa vom Tisch und zerriss ihn in viele kleine Schnipsel, räumte die Reisetasche wieder aus, verstöpselte sich die Ohren mit Musik und legte sich aufs Bett.

– 43 –

Das Klingeln des Telefons bahnte sich nur langsam den Weg durch die Kopfhörer und den Beat in mein verstopftes Gehirn und holte mich zurück in die Gegenwart.

Es war Felicity Melroy. »Hast du das im Fernsehen gesehen?«, schrie sie aufgeregt ins Telefon. »Sie haben Susanne Schuster befreit. Sie bringen es in den Nachrichten!«

»Was?«

»Susanne Schuster ist frei! Unverletzt! Stell dir das vor. Sie haben es geschafft. Sie haben sie und noch fünf andere Geiseln aus dem Camp geholt. Es war ein regelrechter Coup. Das hätte man dem kolumbianischen Militär gar nicht zugetraut. Sie hatten einen Verbindungsmann in der Gruppe. Der hat denen klargemacht, dass die Geiseln nicht mehr sicher seien an dem Ort, wo sie waren, irgendwas mit Schwarzem Wasser oder so ähnlich. Aber der Hubschrauber, der dann kam, um die Geiseln in ein anderes Camp zu verlegen, der war vom Militär. Und als den Leuten von der FARC das aufging, war es schon zu spät. Da war der Hubschrauber schon in der Luft. Und mitten in dem Durcheinander hat das Militär zugeschlagen. Zehn oder zwanzig FARC-Rebellen sollen ums Leben gekommen sein.«

Meine Hände und Füße wurden schlagartig eiskalt. Ich konnte den Telefonhörer kaum halten.

»Und was ...« Ich hatte praktisch keine Stimme zur Verfügung. Außerdem wurde mir klar, dass Felicity auf meine Frage »Was ist mit Damián?« nicht hätte antworten können, ganz abgesehen davon, dass sie sie nicht verstehen würde.

»Sie sind schon auf dem Weg nach Bogotá«, redete Felicity weiter. »Sie haben Bilder von ihnen im Fernsehen gezeigt. Susanne Schuster sieht ein bisschen abgemagert und müde aus, ist aber offenbar gesund und unverletzt.«

»Und bei der Schießerei ...«, versuchte ich es erneut, aber meine Stimme gehorchte mir nicht.

»Zwei oder drei Militärs sind wohl auch getötet worden. Aber das ist alles noch nicht so klar. Anscheinend wusste man schon seit einiger Zeit, wo Susanne Schuster gefangen gehalten wurde. Und man hatte schon seit einigen Monaten einen Verbindungsmann in der Gruppe. Ohne ihn hätte man die Falle nicht aufstellen können. Ist das nicht ein Ding?«

Damián! Ich wusste es todsicher. Er war der Verbindungsmann gewesen. Das war es, was er mir nicht hatte sagen können, auch im Moment unserer größten Nähe nicht. Ich hätte mich gestern nicht von ihm verabschieden können, wenn ich es gewusst hätte. Und wenn ich es gewusst hätte, wie anders wäre mein Abschied ausgefallen. Wie grauenvoll anders. O Damián. Bitte nicht! Sei du es nicht! Ruf mich an!

Aber welche Illusionen konnte ich mir noch machen? Clara und Juanita waren fort, Hals über Kopf. Dafür gab es nur eine logische Erklärung. Sie wussten, spätestens seit heute Morgen, dass Damiáns Deckung aufgeflogen war. Sie wussten, dass er der Verräter gewesen war, der dem Militär die Befreiung der Geisel ermöglicht hatte. Und nun mussten sie die Rache der Organisation fürchten. Eine andere Erklärung gab es nicht. Aber musste Damián darum tot sein? Nicht unbedingt. Vielleicht musste er nur das Land verlassen, seinen Namen wechseln, eine neue Identität annehmen.

Andererseits musste er sich doch denken können, in welchen Schrecken mich diese Nachricht versetzen würde. Ein kleiner Anruf, eine E-Mail, irgendeine Nachricht hätte genügt, um mich zu beruhigen. Oder war es am Ende zu europäisch gedacht, wenn ich glaubte, der Gang zum Telefon sei immer der erste Weg nach überstandener Gefahr? Vielleicht gab es da, wo er sich gerade befand, kein Telefon.

Ich weiß nicht mehr so genau, wie das Gespräch mit Felicity Melroy weiter verlief, bin mir aber sicher, dass ich ihr noch mitteilte, dass meine Eltern und ich das Land in zwei Tagen verlassen würden.

Das ist doch alles gar nicht wahr!, dachte ich, während ich es Felicity erklärte. Das alles geschieht nicht wirklich. Aber es geschah. Es geschah unaufhaltsam. Es war nicht zu stoppen.

An diesem Abend durfte ich mir noch Hoffnungen machen. Noch durfte ich bei geöffnetem E-Mail-Programm am Computer sitzen, mit brennenden Augen daraufstarren und hoffen, dass sich im nächsten Augenblick eine Botschaft von Clara oder Damián öffnete. »Ich bin okay. Wir treffen uns morgen. Ich rufe Dich an. Alles wird gut. Ich liebe Dich.«

Morgen schon, wenn die Zeitungen herauskamen mit der jubelnden oder winkenden Susanne Schuster auf der Titelseite, würde ich am Ende des Artikels die Namen der Todesopfer lesen – »Damián Dagua, 20 Jahre« –, falls tote Guerilleros den Journalisten überhaupt eine namentliche Würdigung wert waren.

O Gott!

Ich machte den Fernseher an und landete bei einem amerikanischen Nachrichtensender. Auch der brachte es groß, ließ Reporter sprechen, zeigte Leichen. Während ich, der Ohnmacht nahe, Gesichter zu erkennen versuchte, war ich zugleich unendlich dankbar, dass weder mein Vater noch meine Mutter zu Hause waren. So musste ich wenigstens meine Verzweiflung nicht verstecken. Und es war auch niemand da, der sagte: »Siehste mal! So einer war das!« Oder: »Vielleicht besser so!« Oder: »Das Leben geht weiter. Es wäre sowieso nicht gut gegangen mit euch beiden.«

Ich glaube, ich saß einfach da und heulte.

– 44 –

Acht Jahre sind seitdem vergangen. Es waren keine schlechten. Ich habe mich gefangen, ich stehe mit 24 Jahren an der Schwelle zum Berufsleben. Ich werde für ein Jahr nach Bolivien gehen und meine Abschlussarbeit über das Quechua, die Sprache der Inkas und ihrer Nachfahren, und das Guaraní der Regenwaldvölker an der Grenze zu Brasilien machen.

Simon ist mir noch immer ein guter Freund, aber der Mann, mit dem ich leben werde, ist er nicht. Er erinnert mich zu sehr an meinen Vater, er ist mit ganzer Leidenschaft Arzt. Leider hat er es erst kapiert, als ich ihm vor zwei Wochen mitteilte, dass es jetzt ernst werde und ich für ein Jahr nach Bolivien gehen würde.

»Dann siehst du also keine Zukunft für uns beide«, sagte er bestürzt und gekränkt.

»Doch«, antwortete ich. »Wir werden immer Freunde bleiben, hoffe ich.«

Ich bin sicher, er wird sich damit abfinden. Er hat seine Karriere. Er wird eine Frau finden, die ihm Kinder schenkt und sein Familienleben organisiert.

Er hat es verdient.

In all den Jahren hat mir die Erinnerung an Mama Lula Juanitas Reinigungszauber geholfen. Immer wenn ich dachte, es geht nicht mehr, umfasste ich die Kautschukkugel, die ich an dem wundersam haltbaren Pflanzenfaserband bis heute um den Hals trage, und ließ die Wärme in mich strömen. Dann senkte sich Ruhe in mein Gemüt. Und die Bilder von Damián, die Erinnerung an seine Berührungen, an seine Küsse und seine Stimme verloren die Düsternis des endgültigen Abschieds und bekamen freundliche und heitere Farben. Ja, es war ein sehr mächtiger Zauber. Allmählich gelang es mir zu akzeptieren, dass ich in den Monaten in Kolumbien etwas erlebt und erfahren hatte, was nur wenigen Menschen zuteilwird: die große Liebe, das unbeschreibliche Glück vollkommener Nähe.

Doch die erste Zeit in Deutschland war die Hölle. Ich war innerlich tot, als wir ins Flugzeug stiegen, aber niemand merkte es. Ich lebte wie in Trance. An Gefühle erinnere ich mich nicht mehr, nur noch an die totale Finsternis, an Erstarrung und absolute Gleichgültigkeit. Ich lebte, aber es war mir egal, wo und wie. Meine Mutter kam zunächst in die Psychiatrische Klinik Weisenau bei Konstanz, wo ihre Depression behandelt wurde, und ich wohnte erst einmal bei Tante Valentina in ihrer großen Etagenwohnung. Als mein Vater sechs Wochen später zurückkam, bezogen wir ein Haus am Seeufer mit Bootssteg und Enten. Meine Mutter kam irgendwann auch wieder zu uns. Sie kündigte ihren Job im Labor und begann zu malen.

Ich glaube, meine Eltern haben nie wahrhaben wollen, wie sehr ich Damián geliebt habe. Sie merkten zwar, dass ich unter dem litt, was Erwachsene mit diesem gewissen Schmunzeln »Liebeskummer« nannten, aber sie dachten wohl, Damián sei nur eine Schwärmerei gewesen. Ich habe ihnen bis heute nicht erzählt, dass ich schon die Koffer gepackt hatte, um mit ihm zu gehen. Sie haben nie begriffen, dass ich nicht um eine Liebe trauerte, aus der einfach nichts geworden war, sondern um einen Toten.

Sein Name war in den Zeitungsberichten und Nachrichten über die triumphale Geiselbefreiung von Susanne Schuster nie aufgetaucht. Noch Tage und Wochen danach durchsuchte ich wie besessen stunden-, ja tagelang die Internetzeitungen nach ihm. Ich schrieb E-Mails an alle, die ich in Kolumbien kannte, ich rief mehrmals im Büro des CRIC in Popayán an. Aber Rocío konnte oder wollte mir nie etwas anderes sagen als: »Ich habe nichts Neues für dich. Es tut mir leid.« Von Damián Dagua keine Spur. Über die Geiselaktion konnte sie mir auch nicht viel mehr mitteilen, als in den Zeitungen gestanden hatte. Immerhin wusste sie, dass Tanos Guerillagruppe vollständig aufgerieben und er erschossen worden war. Iván war auch einmal oben in Yat Pacyte gewesen und hatte das Haus verlassen gefunden. Es hieß, die Familie sei nach Peru gegangen.

Felicity Melroy war es schließlich, die zwei Monate später in einem Brief meiner Unrast, meiner verzweifelten Hoffnung und meiner fanatischen Suche jäh ein Ende setzte. John Green hatte ihr im Vertrauen und auch nur, weil er wusste, dass ich mich seinerzeit für Damián Dagua interessiert hatte, mitgeteilt, dass der Verbindungsmann des Militärs bei der Geiselbefreiung ums Leben gekommen sei. Einer der FARC-Rebellen habe den Verrat erkannt und ihn hinterrücks erschossen.

Meine Mutter war zu sehr mit ihrer Depression beschäftigt und mein Vater mit seiner Flucht in die Arbeit, um zu merken, dass ich viele Monate lang nur noch ein Zombie war. Meine tote äußere Hülle besuchte meine Mutter in der Klinik, ging in die Schule, sprach mit Vanessa, schrieb Tests, saß am Esstisch, ging schlafen, stand auf.

Nur Simon erzählte ich alles.

Er trug inzwischen eine andere, eine moderne Uhr am Handgelenk und legte die Uhr seines Vaters, das Pfand meiner Wiederkehr, in eine Schreibtischschublade, als ich sie ihm zurückgab. Sie hatte mir kein Glück gebracht und dennoch hätte ich auf nichts von dem, was ich erlebt und erfahren hatte, verzichten mögen. Ohne die Uhr hätte ich Damián nie kennengelernt. Ohne sie hätte ich nicht erfahren, was Liebe ist, hätte die sieben Leben der Liebe nicht gelebt. Ich hätte den Schrecken nicht erfahren, den es bedeutete, plötzlich zu wissen, dass man liebt, den und keinen anderen. Ich hätte die Blindheit nicht erlebt, die von der Liebe verursacht wird und den Menschen, den man liebt, zum Klügsten, Schönsten und Wertvollsten macht, was man je bekommen kann. Ich hätte die Wandlung nicht durchgemacht vom verliebten Mädchen zur liebenden Frau mit all den Sehnsüchten nach Sinnlichkeit und körperlicher Erfüllung. Auch die Schattenseiten hätte ich nicht kennengelernt: die Zerstörung, welche die Liebe anrichtet, den Bruch mit der Familie, die Schmerzen des Erwachsenwerdens und der Erkenntnis, dass ich allein war und mich sogar gegen meine Familie stellen musste. Ich hätte nie gewusst, was es heißt, ein Opfer zu bringen, nämlich jenes, das Damián mir hatte bringen wollen, indem er mich zurückwies, damit ich niemals die Schmerzen litt, die ich jetzt litt, und das er gebracht hatte, indem er sein Leben opferte für die Befreiung der unglückseligen Susanne Schuster, die sich selbst in Gefahr gebracht hatte. Nur das Wesen des siebten mystischen Lebens der Liebe hatte ich noch nicht verstanden: die Erlösung.

Simon meinte, ich müsste wahrscheinlich erst alt und weise werden, um eines Tages zu verstehen, warum es so hatte kommen müssen, und um zu wissen, wozu es gut gewesen sei.

Die Uhr hatte mir das Glück gezeigt, wenn auch nur für kurze Zeit. Vielleicht war es ein zu großes, ein zu einmaliges Glück gewesen, als dass es hätte andauern können. Vielleicht aber hatte Simons Bedingung, dass ich sie ihm wiederbrachte, mein Glück am Ende durchkreuzt. Natürlich glaubte ich das nicht wirklich, zumindest hätte ich es niemals anderen gegenüber ausgesprochen. Aber wenn ich in Kolumbien eines gelernt hatte, dann, wie mächtig ein Zauber sein konnte, wenn wir ihn zuließen.

In vielen Gesprächen mit Simon wurde mir auch klar, dass ich nicht Medizin studieren würde. Mein Vater hatte richtig beobachtet: Krankheiten interessierten mich nicht. Bei Clara hatte ich gesehen, dass ernste und reale körperliche Leiden von einem schweren seelischen Leiden verursacht werden konnten. Und das hatte mich viel mehr interessiert.

Simon schlug vor, dass ich Psychologie studierte und mich besonders mit der Wirkung magischer Zeremonien auf die Psyche des Menschen beschäftigte. Denn deren Wirkung hatte ich immerhin am eigenen Leib erfahren.

Simon machte sein Abitur ein Jahr vor mir und bekam einen Medizinstudienplatz in Berlin. Als ich mein Abitur hatte, stand für mich fest, dass ich auch nicht Psychologie studieren würde. Denn eigentlich interessierte ich mich am meisten für Sprachen. Sie enthielten alles, was das Leben ihrer Sprecher ausmachte: Wissen und Träume, das Reale und das Vorgestellte, Vergangenheit und Zukunft. Die Vision in Juanitas verlassener Hütte, als ich die Kautschukkugel zum ersten Mal mit der Hand umschloss, hatte es mir ja bereits gezeigt: Ich hatte mich als eine Art Sprecherin gesehen. Der Beruf der Dolmetscherin kam dem am nächsten. Ich wollte lernen, die Gedanken aus einer Sprache in eine andere zu übertragen. Ich wollte Brücken bauen zwischen den Kulturen. So würde der Friedensstifter, der Damián hatte sein wollen, in mir weiterleben. Auf meine Weise würde ich das Werk fortführen. Ich würde den Menschen helfen, miteinander zu reden.

Meine Tante Valentina verstand mich sofort: »Dann musst du Ethnologie studieren, mit Schwerpunkt indigene Sprachen«, sagte sie. »Das kommt mir gerade recht. Ich suche schon lange einen Vertreter meiner Firma in Südamerika.«

»Aber ich gehe nicht nach Kolumbien!«, antwortete ich.

Der Schmerz wäre zu groß. Aber es war tatsächlich so, wie man immer sagte: Die Zeit heilt Wunden. Vielleicht nicht alle, aber viele. Eines Tages merkte ich, dass ich mich wieder in kolumbianische Internetseiten klicken konnte, ohne dass mich der Schmerz lähmte.

Nach dem Abitur ging ich nach Berlin. Simons Geduld mit mir war unerschöpflich. Er wartete lange. Erst an meinem achtzehnten Geburtstag gestand er mir, dass er nie wirklich in Vanessa verliebt gewesen war. Vielmehr habe sie an ihm Interesse gehabt, was ihn – er sei halt ein Mann – gereizt und irgendwie auch verblendet habe. Doch es sei nie mehr als eine Verliebtheit gewesen. Er habe bald gemerkt, dass ich ihm viel mehr bedeutet habe. Simon war der erste

Mann, mit dem ich schlief, kurz nach meinem achtzehnten Geburtstag. Und seitdem weiß ich: Es ist vielleicht sogar ganz gut, wenn der erste Mann, mit dem man schläft, nicht die ganz große Liebe ist, sondern bloß eine kleine. Beim ersten Mal ist man viel zu aufgeregt und es passieren zu viele unbekannte Dinge. Bei mir jedenfalls läuteten die Kirchenglocken nicht, es gab keine Explosion der Sinne, ich kam nicht einmal richtig zum Höhepunkt. Aber es fühlte sich okay an.

Und nun sind die Koffer gepackt. Am Wochenende war ich noch mal bei meinen Eltern am Bodensee. Mein Vater ist alt geworden, finde ich. Meiner Mutter geht es gut. Sie trägt wallende Kleider und malt Blumen. Tante Valentina hat mich herzlich an sich gedrückt. Von ihr habe ich zahlreiche Adressen in Bolivien, wo ich wohnen kann. Ich weiß allerdings noch nicht, ob ich einen Abstecher nach Kolumbien machen werde.

Keinen Tag hat es in den acht Jahren gegeben, an dem ich nicht an Damián gedacht habe. Manchmal war es nur ein kurzer sanfter Hauch von Liebe gewesen, der meine Seele gestreift hatte, manchmal hatten mich Bilder und Gefühle überrollt.

Ich besitze kein einziges Foto von ihm. Ich bin auf meine Erinnerung angewiesen. Ich sehe sein Gesicht mit dem klugen Lächeln, der steilen Falte zwischen den Brauen, ich spüre seine Finger, wie sie sich durch meine flechten, und wenn ich tief Luft hole, erinnere ich mich an den Geschmack seiner Lippen beim unserem letzten Kuss an der Pforte der Siedlung *El Rubí* in Bogotá. Manchmal liege ich auf meinem Bett, die Hand um die Kautschukkugel auf meinem Schlüsselbein geschlossen, und lasse mich treiben im smaragdfarbenen See meiner Gefühle. Mal wird es kalt, mal warm, mal trifft Damián und mich die Sonne, dann wieder geraten wir in den Schatten eines großen Baums. Das nehme ich mit in meine Zukunft.

Heute Abend wird mich meine Mitbewohnerin zum Flughafen fahren. Ich habe mich von allen verabschiedet. Ob ich wirklich wiederkomme, weiß ich nicht. In bin in Deutschland nicht mehr wirklich heimisch geworden. Immer noch staune ich über all den Reichtum und die gemütliche Sicherheit unseres Lebens.

Heute mache ich alles zum letzten Mal. Ich habe am Küchentisch Kaffee getrunken und dem Geschmack des kolumbianischen Tinto auf der Zunge nachgespürt. Zum letzten Mal gehe ich die Treppe hinunter zum Briefkasten und hole die Werbung heraus.

Diesmal ist ein Brief darunter. Er kommt von weit her. Er ging zuerst an die Adresse meiner Eltern. Sie haben ihn mir nachgeschickt. Ich erschrecke. Er kommt aus Kolumbien.

Den Absender kann ich entziffern: F. Melroy, Bogotá. Sie hat mir jahrelang nicht mehr geschrieben. Was für ein Zufall, dass ich ihren Brief an meinem letzten Tag in Deutschland noch bekomme. Ich reiße ihn auf.

Er enthält mehrere Seiten. Zwei davon sind Kopien eines Zeitungsberichts auf Spanisch mit einem Foto. Und sie schreibt, dass es ihr den Umständen entsprechend gehe. »Was will man machen, das Alter!« Sie will nach England ziehen. »Dort regnet es auch ständig, aber das Essen ist besser.«

Dann erzählt sie, dass Elena Perea vor einem Jahr John Green geheiratet hat und unlängst mit ihm, sehr zum Kummer ihrer Eltern, nach Kenia gegangen ist, wo er als Militärattaché für mindestens drei Jahre Dienst tun muss. »Und es geschieht ihm recht, finde ich«, fährt sie fort, »hat sich unser John Green doch als charakterschwächer erwiesen, als ich es einem britischen Diplomaten jemals zugetraut hätte. Aber ich vermute, er hat es Dir nie verziehen, liebe Jasmin, dass Du ihn nicht erhört hast und er sich mit Elena begnügen musste. Anders kann ich mir die Falschinformationen nicht erklären, die er mir im Bewusstsein, dass ich sie Dir weiterberichten werde, untergeschoben hat. Ein rachsüchtiger Mensch, scheint mir.«

Meine Hand beginnt zu zittern. Wovon redet sie?

»Aber lies selbst.«

Mit fliegenden Fingern ziehe ich den Ausschnitt eines Artikels aus *El Tiempo*, der Tageszeitung von Bogotá, unter ihrem Brief hervor. Erst begreife ich nicht, warum sie ausgerechnet den beigelegt hat. Es geht um die Wasserversorgung. »*Carta al Gobernador del Cauca*«, lautet seine Überschrift. »Brief an den Gouverneur des Cauca.« Die Unterzeichner des Briefes drücken ihre Besorgnis über irgendwelche Pläne zur Wasserversorgung aus. Sie haben sicher Recht. Kolumbien eben.

Das Foto fällt mir ins Auge.

Auf ihm sind, um ein Rednerpult gruppiert, drei Menschen zu sehen. Die Frau erkenne ich sofort: Es ist Rocío aus dem Büro des CRIC. Neben ihr steht der Bärtige, den Leandro, Elena, mein Vater und ich ebenfalls in diesem Büro kennengelernt hatten. Iván, der Freund von Rocío.

Mein Herz beginnt zu flattern.

Hinter dem Rednerpult steht eine dritte Person. Es ist ein Mann. Er trägt einen dunklen Anzug mit Krawatte und hat die Hände erhoben, als würde er eben zu Leuten sprechen, die man nicht sieht. Seine Haltung ist ungemein selbstsicher. Eine eigenartige Kraft geht von ihm aus. Sein Haar ist pechschwarz und kurz geschnitten, seine Augen sind schmal und dunkel wie Kohle, sein Gesicht trägt indianische Züge, die unterstrichen und zugleich gebändigt werden durch die Insignien der Zivilisation und des Erfolgs. Er sieht unverschämt gut aus. Fast hätte ich ihn nicht wiedererkannt.

Er lächelt darüber. Er lächelt mich an. Es ist ein zurückhaltendes, ein fragendes Lächeln, das nur mir gilt. »Na, Jasmin. Was denkst du? Wann werden wir uns wiedersehen?« Seine Augen blicken mich direkt an. Er streckt die Hände nach mir aus.

Ich muss mich setzen.

»Er hat«, schreibt Felicity Melroy, »nach der Geiselbefreiung, wie es heißt, einige Jahre im Ausland verbracht. Hätte ich in den letzten Jahren aufmerksamer die kolumbianischen Zeitungen gelesen, wäre mir sein Name wohl längst schon einmal aufgefallen.«

Das Blatt zittert so sehr in meinen Händen, dass ich kaum lesen kann, wer die Unterzeichner dieses offenen Briefs an den Gouverneur des Cauca sind. Endlich kann ich unter den zahllosen Namen unten auf der Seite den einen einzigen einfangen, den ich suche: Dr. Damián Dagua, Director de la Universidad de Piendamó, Comunidad La María.

»Jasmin, ich warte auf dich«, sagt er leise.